小幸运
系　列
02
Lucky little

而你深情似海

Erni
Jingshenshihai

卫好时——著

贵州出版集团
贵州人民出版社

图书在版编目（CIP）数据

而你情深似海 / 卫好时著. -- 贵阳 : 贵州人民出版社, 2018.4（2021.4重印）

ISBN 978-7-221-10509-7

Ⅰ. ①而… Ⅱ. ①卫… Ⅲ. ①长篇小说－中国－当代
Ⅳ. ①I247.5

中国版本图书馆CIP数据核字(2018)第056809号

而你情深似海

卫好时 著

出 版 人：苏　桦
出版统筹：陈继光
选题策划：大鱼文化
责任编辑：唐　博
特约编辑：周丽萍
装帧设计：Insect
封面绘制：vere
出版发行：贵州人民出版社（贵阳市观山湖区会展东路SOHO办公区A座
　　　　　邮编：550081）
印　　刷：北京时尚印佳彩色印刷有限公司
开　　本：880×1230毫米 1/32
字　　数：227千字
印　　张：8.5
版　　次：2018年4月第1版
印　　次：2018年4月第1次印刷
　　　　　2021年4月第2次印刷
书　　号：ISBN 978-7-221-10509-7
定　　价：42.80元

目录/
/contents

目录/contents

第一章

嘘，轻点儿声，那是秘密呀

Erni
Jingshenshihai

湖畔半岛，青山环绕，背靠着格姆女神山，这是里格。

秦青葙的小酒馆就开在泸沽湖的里格岛上，卖酒顺带做做家庭旅馆的生意，就她一个人，老板和店小二都是她。

这地方特别美，没有完全被商业开发，几乎都是原生态的自然景观，可到这儿，要从丽江市坐整整一天的大巴车，所以旅游旺季人很少，淡季人就更少了。

当初秦青葙在大巴车上行了一天的山路，下车后抱着齐人高的黑色行李包摇摇晃晃地蹲在地上吐个不停。她本来只是抱着出来玩的心态见见世面，可听到别人说这里人少，生意不好做时，她眼睛一亮，也不吐了，跳了起来，当下就拍板定下她要在这里做生意，因为人少清闲。

她买了栋两层小楼，没抱盈利的希望，也没有交租金的压力，钱够吃饭就行，于是这店开得也是三天打鱼两天晒网。

酒馆装修得极为简单，一楼墙面都没有粉刷过，只挂了两幅“画”——食品流通许可证和营业执照。柜台旁摆了两个黑釉土陶酒坛，酿酒看心情看天气，卖完就关门。

秦青葙酿酒的手艺是上学的时候在家跟她老爹秦树明学的，酿的是52° 的蒸馏型白酒。秦家酿的酒在家乡的小镇都是出了名的，秦青葙更是把这个手艺学得十足十，只是这两个会酿酒的人都不嗜酒，也很少喝酒，只是单纯地喜欢酿酒的过程——平凡的一粒米，通过一连串的物质转化变成神奇的液体，这份历经时间沉淀的美妙，有着快时代中难得的踏实平和。

秦青葙在里格除了酿酒外，大把时间用来刷英剧打联盟，可是生意却是好得出奇，除了本地人，连外地的游客都慕名来买酒。

秦青葙真是百思不得其解，后来跟路迦和在一起后，才听说了一个词，叫“饥饿营销”。听到这个词的时候，她先摸摸鼻子，然后很是尴尬地笑，她真的只是因为懒而已。

这会儿秦青葙开着门做生意。

她趴在桌子上打着盹儿，卫衣的帽子从背后拉到额前，系了带子，挡住大半的太阳。

听到有人进来的声音也没抬头，等到别人问“老板在吗”，她也只是支着手浅浅地抬了眼，懒懒地说了声：“这不是在这儿嘛，自己找位子坐好了。”

这午间最适合睡觉了，被人烦扰真是讨厌。

秦青葙丝毫没有作为老板忙来忙去招财进宝的自觉性，可等她扒拉两下帽子，抬眼看到这一行人的相貌时，却立马换了张面孔，堆起一张热情的生意人的面孔。

她跳起来，袖口在桌子上擦了擦，主动地腾了位置，不复原本懒散的样子。

“你们别站着了，快过来坐。”她笑。

人都喜欢好看的，她也不例外。

门口刚进来六个人，四男两女，打扮得朴素寻常，T恤、耐磨的浅色牛仔和运动鞋，是典型的游客装扮。

路溪之站在人群最后，可是却显眼得不得了。他二十岁上下，整个人好似一团洋溢的青春，可是穿得刻板，扣子一丝不苟地扣在最上方，架着金丝眼镜。看到秦青葙打量的眼神看过来，他皱了皱眉，更挺直了腰板，明明孩子气十足却故作成熟，不过这并不让人反感，好看的人总会让别人不自觉地让步。

路溪之身边站着一个姑娘，相貌平平，穿得也不出彩，是丢进人堆里都不好分辨的人，非要找一个词来形容，那就是温婉吧。

笑得温婉，举止也温婉，对上秦青葙的时候，眼角一弯，露出一口的小白牙，友好地对她点点头。

掀下帽子露出整张脸的秦青荊，此时正对着阳光，被太阳一照，骨子里的懒散又一丝一缕地顺着毛孔张牙舞爪地冒出来，她刚睡醒的眼角有些泛红，食指支在上嘴唇上浅浅地打了个哈欠，眼里便氲着雾气。她晃晃脑袋，努力地摆出一副老板的架势来："买酒还是住宿？"这是秦青荊的声音，语气中有毫不遮掩的热情，"我这里的每间房都是独卫有厨房，而且都对着海。"

站在路溪之旁边的夏婧婧看了一眼路溪之，等他点头后才脆脆地说了句："住宿。"

她抬眼看了下秦青荊问道："我们能先看看房间吗？"

"当然可以。"秦青荊率先迈开步子，上了楼梯，走了几步，看着夏婧婧仍站在原地，便朝她伸出手来，"你来呀，我带你去看房间。"

夏婧婧觉得这个老板太热情，不过也是，和气生财。思及此，她便跟了上去。

楼上没几间房间，这个时候还没有住房的客人，于是房门对敞着，通着风。房间里是黑胡桃的木床和茶几，蓝色格子的桌布和床单。墙壁上挂着几幅画，是印象派的作品，夏婧婧换了好几个角度都看不出个所以然来，不过二楼的布局跟一楼的"简朴风"截然不同，看出主人是花了几分心思的。

床头柜上摆着干花，风从窗外吹进来，合着花香、湿漉漉的茶香，是一种闻起来让人安心的味道。

夏婧婧对房间很是满意，她对秦青荊说"就这几间了"，可一时没等到回应，等她回过头才发现秦青荊正依靠在门旁，又恢复了懒散的模样，眯着眼吹着风。

夏婧婧喊了声："老板？"

秦青荊才回过神，她先是眼睛眨了眨，随后勾起嘴角："怎么样，很满意吧。"她说得自信，吃准了女孩子的心思。

"很满意，很漂亮，"夏婧婧夸赞，可是随即她想到价钱，皱了皱眉，这样临海的房间一定很贵吧，“多少钱一间？我们都是学生，可不可以便宜些？”

秦青萿一愣，表现出很纠结的样子：“一直的价钱都是六百元。”

夏婧婧咂舌，果然很贵，看来今晚他们还要去其他地方看看住宿了。

“可是，”秦青萿叹了口气，“看你特别合眼缘，就打个对折好了。”

对折的话就是三百，几个人住一间，又有学校活动的报销，剩下的钱几个人还能平摊，这个价格是可以接受的，夏婧婧眼里流露出欢喜。

秦青萿看在眼里，心里也得意，她的小心思也达成了，她就是想让这几个人留下来。

不过，秦青萿表现得揪心：“我真是一点儿都赚不到钱，你们可要多住几晚，不然我这本钱都回不来，房租很贵的。”她一本正经地胡说八道。

“一定一定！”夏婧婧笑眯眯地回答，她对自己砍价的本事很满意。

秦青萿得偿所愿后弯弯眼，眼里的笑便漫出来，贴在下眼睑的睫毛随着笑声小幅度地颤了颤，嘴角的酒窝盛在蜜海里，同为女生的夏婧婧一时也忍不住多看了两眼。

秦青萿手臂环胸，看见她看过来，笑着睨了她一眼：“看什么？”

夏婧婧愣了愣，脸片刻就红了，垂下眼，但又很快地偷偷掀起眼皮，真心实意地夸道：“你真好看。”表情真切极了。

秦青萿有些忍俊不禁，伸出手，笑着摸摸夏婧婧的头：“谢谢你，你学什么的，嘴这么甜。”

夏婧婧不好意思：“法律。”

“哇，大律师呀，高才生嘛。”

“哪有哪有，还在上学。”夏婧婧摆摆手。

“跟你一起的人也是？”秦青葙问。

“是的。”这时候，她才羞涩一笑，“不过我们老师是真厉害，完全是独立办案，不用考勤，只有见客户的时候需要打领带，一年一半时间办案，一半时间游山玩水。”

秦青葙对别人的事情兴致缺缺，但也随着话说：“听起来真不错。”

夏婧婧特别羡慕：“只有那种才能称得上大律师的！我真是羡慕，我什么时候也能这样啊！”

“会有一天的。”秦青葙一向在安慰和鼓励别人方面缺乏天赋，“嗯，只要努力就会成功的。”她转转手中的钥匙，也觉得自己说的听起来有些敷衍，她收了钥匙揣在兜里，岔开话题，“走，我们下去吧。”

夏婧婧落在后面，她跟紧了几步，又问道：“你是不是学过艺术，”她自顾自地解释，“你很有气质，我高中几个学艺术的同学也是这样，嗯……”她两只手比画了一下，“就是看起来很特别的那种。”

秦青葙脚步顿了顿，很轻地笑了声：“也只是上过几年学，拉过几年琴而已，早就荒废了。”

下了楼，夏婧婧把几个人的身份证摞起来，递给秦青葙：“我跟他们商量了一下，先住三晚好了。”

秦青葙堆出作为老板合格的笑容，拿过那一堆身份证，对着电脑敲敲打打，再递回给夏婧婧的时候，身子倾向夏婧婧，在她耳边神秘地说：“我这些房间是大师算过的，能成全姻缘的。”

“真的？”二十出头的小姑娘，正是最相信爱情的时候，夏婧婧也不例外，只是她觉得怎么听起来这么玄乎，顺口回问了一句。

“真的真的。”秦青葙一本正经地摆出神棍的样子，看向夏婧婧的时候，眼神落在她手中最上面的身份证上，姓名那一栏写着三个字——路溪之。

秦青萮顿了顿，片刻后又笑了，然后她的眼神又落在路溪之身上，看了一圈后，又回到夏婧婧身上，严肃地说："这个，你得相信我。"

夏婧婧随着她的眼神转了一圈，看到路溪之的时候，耳尖都红了起来："没有没有。"她着急地摆摆手。

欲盖弥彰这个词用在这儿合适极了。

秦青萮耸耸肩，从钥匙串上取出三把钥匙，递给他们："楼上右手边的三间房，洗漱用品都在柜子里，有什么问题再下来找我。"

一行人拿了钥匙，拽着行李箱，嘻嘻哈哈地上了楼，收拾东西的声音半晌都没有消停。

真是年轻人，秦青萮感叹一句："唉……"

那些人上了楼，秦青萮端着的老板架子一下子放了下来，她脚搭在椅子上，大幅度地晃晃脖子，眼睛有一搭没一搭地看着账本，懒散的老板嘴里嘀咕着："为什么现在挣钱这么难。"闲着的手朝柜台深处摸了摸，没能如愿摸到居家常备的瓜子，她撇撇嘴，抓耳挠腮地继续看着账本。

账本总共没几页，她看了会儿，在页脚歪歪斜斜地画起了乌龟，画到尾巴的时候，听到楼梯上传来越来越近的脚步声。她轻咳了下嗓子，正襟危坐起来，收起笔，眨巴着眼睛看着来人，堆起笑："怎么了？"

路溪之站在楼梯口，听到她说话，便停住脚步，居高临下地看着她："房间里有味道。"

这是一句陈述句，干脆利落，叙述者皱着鼻子表达了对这味道的不喜欢："跟我哥用的洗衣粉的味道一模一样，闻了多少年的味儿……"

他哥路迦和偏爱lux茶香洗衣粉，也只用那一种，时间长了，他简直再熟悉不过了。

“真是巧了，”秦青葙眼睛没有看向他，低着头，轻飘飘地回应，“是干花的味道，你要是不喜欢，我上去换掉。”可是她的神态却不像她说的这么放松，她眉毛皱在一起，嘴巴紧张地抿成一条直线。

路溪之没注意到秦青葙的反应，他还在絮絮叨叨地表达着自己的不满：“真是……”他突然停住话，在空气里嗅了嗅，鼻子上的纹路皱得更深，“这又是什么味儿？”

他顺着味道看见了秦青葙摆在手边的小鱼干，抬起食指堵住鼻子。路二少爷生平最讨厌两个味道，第一是大哥用的lux，二是海鲜味儿，前者完全是因为长年迫于大哥的淫威，闻到相似的味道就心惊胆战，后者是海鲜过敏，他曾不信邪地吃掉海鲜蒸蛋上的几粒虾米，结果肿成了《东成西就》里的梁朝伟，让他的颜值在很长的一段时间里大打折扣，从此他对这个味道避之三里。

此时，路溪之恨不得夺路而逃。

焦黄脆香的小鱼干多么可爱，秦青葙拿出一个，晃了晃：“厨房里还有，你要是想吃可以……”

她话还没说完，路溪之就觉得这味道扑面而来，顺着鼻孔钻进胃里。

“不了！”他跑了几步，想起更重要的事情，“也不要上楼来撤掉花。”他想的是这个吃了半盘小鱼干的女人，衣服上当然会沾上味道。

简直不敢想象！

一头雾水的秦青葙盯着无辜的小鱼干看了看，摸摸鼻子。

“多好吃啊。小黄鱼含有丰富的蛋白质、钙、铁、磷、钾、钠多种微量元素，适宜养生。”她默念道，然后一口咬掉鱼尾巴。

等吃完一整盘小鱼干，又把纸上乌龟的尾巴补完，她心满意足地瘫在沙发椅上，食指和拇指放在嘴角擦拭两下，然后顺手扯出一张抽纸，手指在上面蹭了蹭，稍微弯下腰，手伸了出去，然后精准地投进了旁边的垃圾桶里，抬头的时候，眼神扫到桌子上的台历。这一天的日期用红笔圈了起来，秦青葙想起来今天要做的事情，眯着的眼睛睁大了些。

每周的周五，她都会去李阿婆家探望李阿婆。那个独居的老人腿脚不方便，常年坐在轮椅上，是以前这栋房子的上任房东，当年看秦青葙样子讨喜，嘴也甜，便把这房子低价出售给她。

老人并不图什么，可是秦青葙却把这人情礼节做得到位，每周都去陪陪她，说说话，念念书，时间长了，两人倒成了忘年交。

李阿婆家的房子有着半高的围墙，围墙里面是一棵苹果树，这树长势喜人，这几年越发有直冲云霄的架势，果实也沉甸甸的。

秦青葙几下就翻上墙头，伸手就摘了两个来，捧在卫衣里，放在鼻尖嗅了嗅，然后隔着衣摆随意擦了两下，张口便咬下去，一边对着院里说："阿婆，我又来看你了。"

她只顾着吃苹果，也没往院里看，等了半天没有回音，才拨开树枝伸了脑袋，这一看不打紧，看到了一个美青年。

两相一愣，她摸摸鼻子，估计被人当成了贼。

男人剑眉星目，整个人看起来正气十足，剪了一个板寸，头发根根分明地立着。

看起来脾气不太好，秦青葙这样想着。但是他看到秦青葙看过来，突然就朝着她笑了一下，软和的神情，那短得能看见青青头皮的板寸越发衬得人精神起来。

真是俊朗，秦青葙搜肠刮肚地从没几两墨水的肚里捞出这么一个词。

莫不是这苹果树成了精，化成这么好看的人物来。

秦青葙晃晃脑袋，看看日间最热的太阳，一定是这午间的太阳太灼热了，晒得自己大白天的做了梦。

两看相愣中，她又吧唧咬了口苹果，丝毫没有觉得尴尬：“阿婆呢？”

“搬家了。”他说得简短，看秦青萿皱起眉嘀咕“真是，搬家了也不告诉我”，于是他又补充，“阿婆被他的儿子接走了，走得匆忙，不过留下了一张便笺，说是给来看望她的一个女孩，我想着，应该就是你了。”

“还有便笺？”

“对，你现在要不要看？”

秦青萿在心里估量了从墙头到他面前的途径，无非是两种，一是从这儿直接跳进院子里拿到便笺，二是跳到墙外再从门口进去，拿到便笺。可是，两种途径都不太优雅。

“你念给我听吧。”

他愣了愣，打开了便笺开始念，看到头一句就笑出声：“这棵苹果树的归属权全权属于你。”他抬头看了她一眼，秦青萿又被晃了眼，真说不清是太阳耀眼，还是他看过来的那一眼更耀眼。

他继续说：“所以你就不要再翻墙头了。”

秦青萿脸红，用手里的苹果遮掩：“阿婆才不会这样说话，你别逗我了，这苹果我不是还没吃完嘛。”她偏着脑袋想了想，从怀里拿出一个苹果，瞄了准头扔了过去，那人接得也准，长手一捞，苹果就握在掌心里。

“你尝尝，这苹果可甜了。”秦青萿说得坦然，像自家苹果一样。

青年“扑哧”一声笑了出来，却随了她的意思咬了一口。

“甜。”他挑挑眉，伸手把咬过的一面对着她晃了晃，示意自己真的吃了，而且是真的甜。

真给面子。她又问：“那便笺上到底写的什么？”

这次青年人没有再开玩笑，他念下便笺上的话：“好姑娘，不用担心我这个老人家，我去颐养天年了……没了。”本身就没有几句话，他很快就念完了，合上便笺。

秦青葙果然舒展了眉头，问：“那你现在住在这儿？”

那青年“嗯”了一声。

秦青葙挠挠头：“这苹果真不错哈，嗯……那……那我们下次再见咯。”她一边说着话，一边把一双腿放回墙外，话音刚落自己也几下顺着墙面滑回屋子外。她脚落到实处，才舒了口气，隔着墙懊恼地跺着脚，果然应了那句“蓬头垢面必遇男神”的定律，她看了看自己的衣服，又嫌弃上衣服的随意，只想“以头抢地尔”。

不过他是真好看，好看到自己想立刻抢回家当“压店老板娘”。就这一面，秦青葙就深深地把青年的样子记到脑海里，连同他拿的那本书，那本书名是《中国法制史》。他该是一名律师吧，她胡思乱想着，转眼就忘了自己刚才还那么丢人，哼着歌回到店里。

她托着腮盘算着，要怎么样才能把他拐回家呢？

秦青葙今年二十一岁，很少有心动的感觉，活到她这个年纪的小姑娘，大多数还沉迷于爱情，卿卿我我或撕撕扯扯。

可是，她心里的老鹿叼着一根烟，看见各色的男人面对面地走过来时，摇头晃脑地叹气，然后老鹿吸了几口烟，吐出烟圈来，云雾缭绕，在秦青葙耳边唠叨：“就这样？不撞不撞。”

长此以往，这鹿老得快死掉了，都没有再撞开过少女的心扉，跟以前遇到那个人时，完全不一样。

那会儿，这鹿还年轻，每天在心头横冲直撞，“嘭嘭嘭”不停歇，她要捂着心头，大幅度地喘着气，才能压住心头的悸动，然后佯装出毫不在意的样子，仰着头，神色冷淡地从他面前经过，攥着校服的手心被汗浸得湿润润。

这一次，久违的鹿好不容易撞了撞，秦青葙想，如果再一次见到他，就扑过去，扛回家好了。

秦青葙走了很久，路迦和仍站在原地，他手里捧着苹果，眼神勾在果肉的齿印上，神色不明。

距离最上次见到她，已经是很多年前的时候了，她样子没多大变化，她不记得自己了，这也是正常的，毕竟他和她之间并没有太深的交集。

可是，他心里却很不舒服，明明是意料之中的事情，却还是意难平。

因为路迦和还记得与她有关的每一个细节：她笑着弯起眼睛，露出嘴角酒窝的样子；她意气风发在台上拉大提琴的样子；她咬着笔皱着眉做数学题的样子；连同她贴近自己时，耳垂上那个小小的棕色的痣都那么清晰。

他咬在果肉上，那湿漉漉的甘甜，像那年在逼仄的器材室里，她落在自己脸上然后滑向嘴角的那个吻。

路迦和一时有些舍不得吃掉手中的这个苹果。

直到汁液滴到手指上，他才后知后觉地擦了擦，怎么都擦不干净，像缠绕的回忆，越发黏稠，可他却丝毫没有感到烦躁，反而眉目舒展开来。

这是第二次她递给自己苹果。

第一次是高中时代参加社区活动时，那一次的主题是《爱与意义》。对路迦和来说，这实在是太无聊的活动，题目空大且空泛，没有人参与互动，也起不到什么宣传或者契合主题的意义。

如果不是因为在名单上看到秦青葙的名字，他宁愿把这个周末用在补习班上。

秦青葙不知从哪里借来一件玩偶的衣服。又蠢又大的头罩，把她整个人都罩在其中，连眼睛的轮廓都看得不分明，只能看见黝黑的眼珠子，像星辰落了进去，她每一次眨眼，群星就飞到路迦和的面前。

秦青葙穿着胖熊的衣服，对着每个从她面前经过的人，都开心地晃着脑袋，招招手，然后递上一个苹果。等她看见他时，走到他面前，朝他伸出手来，把苹果塞到他的手里。

路迦和接过苹果，看着她还维持着刚才的动作，有些莫名其妙，于是就这样打量着她的样子，这样子真不好看，他看不清整个的她，就像抓不住什么东西一样，心里有着落空感，这滋味儿有些不好受。

秦青葙也盯着他看了半晌，然后一拍头，反应过来，迈开步子，摇摇晃晃地往回跑，跑了几步，转过身，很不好意思地说："等一下。"

她的声音从头罩里闷闷地传出了，这是路迦和熟悉的声音。

他站在原地等着她。

秦青葙很快气喘吁吁地跑回来，这一次她手里抱着一个纸板，上面写着：为了世界和平，请给我一个拥抱。

真是蠢，路迦和想。

于是，他皱着眉头，犹豫着，半天手还放在兜里，没有伸出来。

她用胖乎乎的熊爪在纸板上拍了拍，很有几分力度，然后又指了指自己，没等路迦和反应过来，她就扑了过来。路迦和被胖熊拥在怀里，还狠命地被拍了几巴掌，没顾得上说什么话，这只胖熊就又扭动着身子跑到其他地方了，连纸板都没顾得上拿。

少年还站在原地，他盯着地面想，那只愚蠢的笨熊。

怎么能再去找别人，跟别人拥抱呢。

真是蠢。

路迦和记得她，其中一个很重要的原因是，她出现在自己面前的概率实在很高，虽然这概率的80%都是他亲手创造出来的。

动者恒动，静者恒静。

人的惰性和任何物体完全一样，一旦习惯了就根植了。

秦青莳的懒惰就是在很早前埋进骨子里的，生了根发了芽，拔不出来。

所以她常常最后一个晃悠进食堂，晚自习也是，等教室里人都走得差不多，她才拖拉着一个书包从他面前的窗旁走过去。她以前不是这样，不知道什么时候染上的这个“恶习”，路迦和想不明白。

她总趿拉着鞋，不抱着琴的时候，丝毫没有艺术生的气质。裙子不像其他女孩那样，往上剪短了几寸，她规规矩矩地穿着，后脑勺扎着一根小啾啾，头发不是很长，也扎不完全，于是很多时候，总有几缕头发不规矩地落到颈部，随着动作，前后浮动。

她没有打耳洞，没有涂乱七八糟的指甲油，看上去很是乖巧，毫无过界的打扮。可是，路迦和见过她低下头，然后把头发从后脑勺全部掀到额前，挑染的七色彩虹便出现在大家面前，她挑着眉，听着周围女生的惊叹和夸赞，明明神采飞扬高兴得不得了，却还是装出波澜不惊的样子，摆着手说：“哎呀，一般一般啦。”

他每次为了等着她，看她一眼，等到教室的灯一盏盏地熄掉，等得很不耐烦，他的性子到后期越发沉稳，大概就是那三年如一日等她，磨砺出来的。

他有时候经过她的教室，她坐在板凳上晃晃悠悠，她握着笔的手，白皙修长，指甲很干净，剪得短，留出了好看的弧形，她对着课本龇牙咧嘴，咬着笔头半天画不出一条辅助线来。

她那段时间头发剪短了几寸，偏着脑袋的时候，白皙的颈部就露了出来，太阳打在玻璃上，折射出七彩的光晕，她耳垂上那颗棕色的痣调皮地落进他的眼里，他盯着看太久，久得步伐迈得越来越慢，久到她像是感受到那道视线，转过身对准他看过来。

路迦和猛地低下头，走了几步，却忍不住往回看，可是她已经收回了目光，又继续盯着课本。

路迦和的情绪有些复杂，后来的每一次经过她的窗前，他便赌气，他要忍住不去看她，可是每一次他都没有管住自己的眼睛，一次次回头去看，期待着什么，可是她的目光从没有落在自己身上。

除了有一次，在拥挤的走廊面对面地经过时，她说："同学，借过一下好吗？"

那一次，她不小心碰触了他的衣袖，于是他第一次把一件衣服连穿了三天。

也是那一次她对自己说了最多的话。

他究竟喜欢她什么呢，她不是最好看的，不是最有趣的，可是所有的特质放在一起，却出奇地合适。

他对她的喜欢也是早就生了根发了芽，拔不出来的。

喜欢这个世上唯一的她。

秦青葙没想到自己会这么快再遇见中午的那个美青年。

路迦和从门口进来的时候，她还怔了怔。

从正在下楼的路溪之的角度看过去，秦青葙看自家大哥的眼神直勾勾的。

这个吃小鱼干没有品位的女人，竟然觊觎自家大哥的美色！路溪之几步跨下楼梯，不着痕迹地站在这两个人之间："我一闻这个熟悉的味儿就知道是我亲大哥来了，特亲切，就是家的味道啊。"

路迦和瞥了一眼路溪之，皱着眉头，朝左前方走了一步，这个位置看秦青葙清清楚楚，可是她没有看自己，而是低着头咬着笔头，在本子上写写算算。

他收回目光，朝着路溪之扬扬眉："去一边坐着。"

桌上摆了一壶酒，路溪之极有眼力见儿地给大哥满上了一杯："我说哥，你怎么来这么慢，我都在这儿等好几天了，你再不来接济我，我就要饿死了。"

路家二少，一边惧怕着自己兄长，可是一见到自己大哥，却又忍不住像无尾猴一样，想攀上去，撒个娇。

路迦和端起杯子，却没有喝，只是放在手上把玩，翻来覆去地看。他来得真不算晚，从知道秦青萮在这里，到订了机票，坐了火车、大巴，风尘仆仆地一路过来，前后不过是四五天。

路迦和从国外毕业回来，就在宴河大学法律系当了个挂名的教授，主要带商法学，其中的一个学生就是自家的弟弟。于是，他对着路溪之说："说起来我还是你的老师，"他正了正衣领，"路溪之同学。"

这次的项目基金能批下来，多半得益于路迦和，他跟学校董事会的那些人说，他要到泸沽湖做一个调查研究，需要带一个小组来考察，小组成员之一就有路溪之。

路溪之同学面对着大哥，表现得很乖巧。他推了推自己的眼镜，正襟危坐着："那个调查其实挺简单的，早几天就完成了。"他说着话，可说着说着，不一会儿又贴了过去，嘀咕道，"你就比我大三岁而已，叫老师感觉很奇怪的……"他抓抓脑袋，"还是叫哥亲切。"

他缠着路迦和说东讲西一刻不停，主题是"泸沽湖哪里最好玩""我还可以在这儿玩多久""经费的话可不可以再多一点"……

过了一会儿，夏婧婧从楼上下来，腼腆且遥遥对着两人打了招呼："老师好。"

秦青萮惊讶，原来路迦和就是夏婧婧说的老师，早知道她就多打听打听了，错失良机，接下来连嗑瓜子都变得兴致阑珊。

从夏婧婧一下楼，路溪之的眼睛都开始目不转睛，把她喊到身旁一起坐着。

到了四五点的样子，楼上的几个人都下来了，把店里的电视打开了。

这个台是娱乐频道，正放着当前最火的娱乐八卦。首席大提琴家苏唐正被一群记者堵在公寓门口，她戴着大墨镜，看不清眉眼，可是唇是艳艳的红，她扬起了下巴，光晕打在上面，很是好看。

苏唐一身素面旗袍，衩开到膝盖处，分寸极好，露出的皮肤像缎子，细腻且有着光泽感。

普通的人，习惯看歌剧舞台表演，时日长了，气质便也出来了，更别说苏唐这种长期浸润其中的人，尝了阳春白雪的味道，怎么样都会端出几分气质。

“请问苏小姐跟瑞华集团的沈公子是什么关系？”

“你们是在交往吗？”

“那苏小姐和沈公子打算在什么时候公开婚讯？”

问题一个接一个地抛出来。

当下，苏唐听了记者咄咄逼人的几句话，神色没变，还是笑着，撩起了头发：“抱歉，我要赶场演奏会。”

她不接话茬，却任由别人猜测，让自己置身于舆论的漩涡里，借着青年才俊火上一把，是多么好的事情，更何况那个人还是她自己喜欢的人，何乐而不为呢。

可这种行径，秦青箱却不齿，她撇了撇嘴，打了一酌酒，灌进肚子里，辣得嗓子痒痒的。

夏婧婧正小声地发出赞叹：“真漂亮，不知道真人是不是也这么好看。”

秦青箱看了一眼电视，下意识地接一句：“真人也不错。”

这句话，让旁边的几个人都看向她。

有人问：“你认识她？”

“哪能啊！”秦青箱一口否决，眼神朝着地面上飘了飘，“我怎么会认识这么厉害的人。我只是觉得她镜头都这么好看，真人也差不到哪儿去吧。”她解释着。

众人“哦”了一声，继续盯着电视。

电视里此时放的正是苏唐的绯闻男友，沈霖郡的照片，是清润的贵公子。

在夏婧婧又一次要发出赞叹的时候，秦青莉适时关了电视：“年轻人多看看积极向上的东西嘛，八卦有什么好看的。”

路迦和指尖在杯壁上敲了敲，他眼神瞥了过去。那个男人，他记得，高中的时候与秦青莉很是要好。

路迦和喝空了杯子里的酒。苏唐、秦青莉、沈霖郡，宴河一中的“三人帮”，做什么都一起，走得很近，真是讨厌极了。

路迦和把装酒的白瓷罐放在自己面前，倒了第二杯，拿起酒杯，刚碰到嘴唇，却被人握住了手腕。

是秦青莉。路迦和眼神扫向自己的右手，她还没有放开自己，他不说话，神色不明，后背的肌肉绷得笔直。

“喝酒不好的。”秦青莉说。

卖酒的人告诉想喝酒的客人少喝酒，跟烟盒上印刷着“吸烟有害健康”是一样的道理，都是无用功。

“又不会少了你的钱。”路溪之的语气不太好，瞪她，眼神在说“还不快放开我哥的手”。

路迦和似笑非笑地看着她。

秦青莉这才后知后觉地放开他的手，转身去柜台的最底下抱出一个陶瓷罐子，罐子上贴了红色封纸，用毛笔字写着“广林福 八二年老白茶”。

她拿过来，放在他面前，从旁边的桌子上取了杯子，又从罐子里取了一勺茶叶，茶叶松紧适度，条索整状，用开水冲泡后，汤色栗色明艳，还有阵阵陈香。

秦青莉只取了一勺，就盖好了盖子。她看到路迦和没有动作，眨了眨眼：“客官实在是好看，忍不住送了本店的珍藏。”

路迦和还没有说话，路溪之的脸色就黑了几分，但是闻到茶叶的香味儿，忍不住开口：“给我也来一杯。”

秦青莉耸了耸肩，不好意思道：“抱歉，没了，那是最后一点的余量。”

路溪之脸上更难看：“哼！”

秦青莉解释：“等到明年开春，茶商会送来雨前茶，你们要是那时候过来，保准喝得痛快。”她顿了顿，又补充道，“不收钱的，全当我尽了地主之谊。”

真是虚伪，路溪之觉得这个女人真是虚伪极了。

别人没看见，可是他离得近，余光扫到那个茶叶罐，明明还有三分之二的量。

他撇撇嘴。

路溪之能看到的，坐在旁边的路迦和自然也能看得一清二楚。他眉眼间的沉郁落下了几分，心情变得欢畅，也不嫌杯中的水烫，喝了一大口，甜津津的，如同加了蜜一般。他说：“是好茶。”

秦青莉咧嘴笑，回到座位上，继续看账本，心情好的时候，效率特别高。

和路溪之一起来的几个同学，除了夏婧婧外，其他几个人连饭都没吃，就一个个寻了借口出了门，跑得无影无踪，估计是跟着老师一起吃饭，实在是太别扭，而且这个老师自带震慑力，实在让人无法食欲大开。

里格的夜里除了几个清吧外，没有什么多余的娱乐活动，店里又关了电视，无线网也不太好，夏婧婧和路家的两个兄弟坐在一起，有一搭没一搭地聊着什么。

坐在老板椅上的秦青莉离他们有些远，在人前，她也不好意思做一些小动作，比如摇头晃脑、抓耳挠腮这些不上台面、影响形象的动作，她有些没精打采。

她注意到，路迦和说话的途中，眼神偶尔会朝自己的方向看过来。她想着自己模样也不差，客栈老板和美青年，怎么想都觉得有故事，她立马坐得更加端正，心里的那只鹿又满血复活起来，踢了踢她的心口：“嘿，姑娘，快过去。”

秦青葙偷偷摸摸地从抽屉深处扒拉出落了灰的小镜子，放在电脑屏前，对着照了照，小幅度地拨弄了头发，怎么也不满意，她又掏出落日晖色的唇釉，涂了一层，可是由于没有带妆的缘故，上了唇釉的嘴巴有些突兀，她对着镜子照了两三下，又抽出卫生纸丧气地擦掉。

她把卫生纸团成一团扔在桌子上的时候，正巧路迦和朝她这里看来第三次，她也朝他尽可能地咧嘴笑，可突然想到自己斑驳的嘴唇，下意识地捂住嘴巴，脸上肌肉抖了抖，这样子有些狰狞。

秦青葙在心里忍不住扶额。

真是丢死人了。

可秦青葙是谁，阿Q精神很快地充斥了整个身体，不一会儿又重燃了斗志。

自己总有很擅长的，比如扔骰子，多好的娱乐！

谁输了就选“真心话”或者“大冒险”，她希望路迦和一直输下去，也一直选“真心话”。这样她就可以知道有关他的更多秘密，然后找到突破点，一举攻下。

秦青葙想得美滋滋的，抱着骰子，乐呵呵地凑过去，提出玩骰子的想法，路迦和点点头。

只要路迦和愿意，其他人就更不用说了，这个提议算是成了。

里格环山绕水，入了秋，风也带了几丝的寒意。

冷风一吹，秦青葙不由得打了个寒战，然后把卫衣的帽子往脖子里扯了扯，头缩了缩。路迦和注意到了，他朝窗子旁移了一个位置，示意她坐在自己刚才的位置上。

窗子即使是关着的，但是由于木质的材质，并不是严丝合缝，冷风一阵阵地往路迦和脖子里钻，他觉得自己是因为有些冷了，所以才朝秦青荋的位置移近了几寸。

他外套上的茶香纠缠着睡莲的味道，先是清冷，但这种味道很快就淡下去，一种成熟、温柔的味道开始占据主导权，味道越来越柔和，像褪去所有的防备，这味道使着劲儿地往秦青荋鼻子里钻，缠绕、禁锢，让她的骨骼都僵硬了几分，舌头也打着卷。

秦青荋觉得自己像中了蛊一样，在几个人奇怪的眼神里，哆哆嗦嗦地把骰子倒在桌子上，然后朝一旁挪远了几分，虚虚地挨着板凳的一角。

路迦和注意到秦青荋的动作，眉头微不可察地皱起，他食指敲了敲桌子，突然毫无预兆地站起身去拿茶杯。

两人坐的板凳是那种老式的长板凳，刷上了原木漆，带了简朴的北欧风。这条瘦瘦长长的木板，加上四根脚柱凑成的一条板凳，木板是面，在木板接近两端的地方钻出了四个孔，每个孔里插进一条脚柱，在脚柱上还连接了一条横着的木条，起了加固作用，这种板凳坐上去很牢固，但是，像秦青荋挨着边的坐法，让板凳两边的受重不同，很容易在另一个人突然起身的时候，让挨着边坐的那个人一屁股坐在地上。

秦青荋吓了一跳，还没反应过来，自己坐的一角便猛然往下一沉，她“哎哟”一声还没喊完，就被路迦和一把捞了起来。

秦青荋站起来，一拍桌子，气势十足地准备埋怨他，可是他看到她的动作，挑挑眉，她小心脏又不争气地开始大力地扑腾，气势化成了软软的棉花。她叹了口气：“你起来怎么不告诉我一声。”

路迦和一脸无辜地看着她：“我想给你们倒杯水，没想到……”他指了指板凳，意思是，没想到你坐得这么远。

“多亏我哥你才没摔着！”路溪之说。

合着都怪她自己了，秦青荋哼哧哼哧地坐下来，咬牙切齿地道谢：“那真是谢谢你了。”

不过这一次，她学乖了，朝板凳中间坐了坐。

路迦和嘴角勾起如愿以偿的笑。

扔骰子猜大小这种事，老手吃瘪也是会有的事儿，毕竟听落地声就能猜出大小的事情，几乎也都停留在传说里。

这种事多数靠的是运气，不过也可能是因为秦青葙坐在路迦和旁边，情绪受到了影响，总之，她在第一轮的猜大猜小中就输掉了。

秦青葙选了“真心话”。

老套的问题，是夏婧婧问的：“秦姐，你喜欢的人是谁呀？”

秦青葙先是一愣，偷看了一眼路迦和，他盯着眼前的酒杯，没有反应，丝毫不好奇。

也是，这种八卦的问题，他怎么会好奇呢。

秦青葙叹了口气，眼神转回来，看着夏婧婧，然后打着哈哈说：“喜欢谁呀？可是就算我说了出来，你们也不知道是谁。”

她补充道：“我把这个‘真心话’换成‘大冒险’好不好，学猫叫，学狗叫，怎么都可以。”

她这个样子，让路迦和想起高三的那个下午。

蝉鸣声一声接着一声，骄阳似火。

体育器材室里，拉上了厚重的窗帘，透不进阳光，他走进去，推拉门自动合上，把刚漏进来的一缕阳光都藏了起来，他刚适应室内的黑暗，她便磕磕碰碰地撞进自己怀里。

她赶紧把身子偏向一边，少女额前的碎发被汗水打湿，紧贴在光洁的额头上，她把头发拨向一边，努力地对准焦距，却是徒劳，眼里露出惶恐的光。

焦灼之下，她一时在杂乱的地板上找不到落脚点，晃得更厉害了。他皱皱眉，把她的身子板正，喊了声“同学”。

她听了这话，身体先是僵硬了几分，随后反而贴近了他一些。

他愣住，少女的馨香从鼻孔里钻进少年的身体里，如影随形地笼罩了整个的他，汗水勾勒出少女姣好的曲线，他第一次羞恼自己良好的视力。他移开眼，手撑住她，脚步却往后撤了几步：“你在做什么？”

他的声音有些恼怒，少女能听出他语气的不善。

可是下一秒，她却踮起脚，凑到他面前，先是脸贴住脸，然后用鼻尖去寻找他的鼻尖，再接着湿漉漉的唇便挨在他的脸上。

那是虔诚的吻，轻轻地挨上去，顺着脸庞滑向嘴角，小幅度地移动，细细密密地黏在每一个毛孔上。

她上衣的校服有些短，随着她的动作，悄悄地露出一片腰线，细腻的，皮肤饱满。

路迦和没有动，也没有回应，他怔在原地，他只觉得自己有些逃无可逃，漫天都是她罩下的网，裹住他。他想问问为什么，却不忍心打断少女的动作。

直到门外等着他的同伴不耐烦，踢了踢门，喊道：“路迦和，你是撸了一发还是怎么着，要这么久。”

少女骤然停了动作。

路迦和这才反应过来，他先扶住她，然后走远了几步拉开门，再走回她的面前：“你……”

阳光洒进来。

他刚开了一个头，她却躲远了几步。

见到阳光的少女，顿时清醒过来，眼睛眨了眨，焦距又重新归来。她捂住脸说着抱歉，然后落荒而逃，可是临走前，却解释了一句：“我以为是……”

原来，她以为是别人。

是她喜欢的人。

是谁，她到底是没有说。

现在也是，她宁愿放下尊严，也不愿提及心里那个喜欢的人。

路迦和有些烦躁，杯子重重地磕在桌子上，睨了她一眼。

路溪之也偏偏跟她唱反调："不行！做人就要愿赌服输。"

秦青葙磨磨牙，看着他，这小子。

"我喜欢……"她没办法，只好抿抿嘴回答，"我喜欢我们之间的一个人。"

路迦和举着杯子的手怔在原地，思索她话中有几分真实度，可是还没等他理出思路来，就看见她嘻嘻哈哈地凑近夏婧婧，流氓气十足地抬起夏婧婧的下巴："我喜欢你呀，跟我走吧，天亮就出发……"还哼起歌来。

夏婧婧哭笑不得："青葙姐。"

路溪之把夏婧婧往自己身边扯了扯，然后打掉秦青葙的手："真的玩不起，那你选真心话有意思吗？"

秦青葙气鼓鼓地说："我是说真的，谁跟你开玩笑了。"她说话间偷偷地瞄了一眼路迦和，他自顾自地喝着水，于是她原本掷地有声的话说到后来，越发没了底气。

她有些羞恼，找回场子地说了句："我还真知道一个'真心话'，就怕你不敢听。"

"谁不敢听，你说说。"

"就是我们当中的一个人喜欢另一个人呗。"秦青葙手里扔着骰子，随意地说出口。

这句话却让这三个人都沉寂下来，每个人都心怀鬼胎。

秦青葙本来是调笑路溪之喜欢夏婧婧，可是现在这个氛围有些奇怪，她也不知道说什么好了。

秦青葙"喵喵喵"了几声，又"汪汪汪"了几声，可是都没有人理她。她看看这个，又看看那个，小声嘀咕道："你们怎么都不说话……"

路迦和被她来来回回的几句话闹得心神不宁，一颗心上上下下，几乎快要灌一肚子的茶水。

后来还是夏婧婧先开了口，她说：“青葙姐，听你的口音有些熟悉，你不是泸沽湖本地人吧？”

“对，我是宴河人。”

“宴河？”这次是惊喜，夏婧婧指指自己，“我也是！”然后又比画了周围几个人，“我们都是，老乡啊！”

秦青葙又一次偷偷看了一眼路迦和，试探地说了句：“那真是巧了。”

但是路迦和头也没抬地应和了声：“嗯。”就这简简单单的一个词，很是敷衍。

秦青葙有些失望，眼睛也不再看向他，而是专注地投向面前的骰子，嘻嘻哈哈道：“来，我们再来一局。”

路迦和坐在一旁，不参与其中，看着秦青葙玩得乐在其中，幽幽地说了句：“不巧，只是刚巧听到了全校传了一个遍的，”他眼神不留痕迹地从她的眉眼落到她的发梢上，沉了沉声音，“关于你早恋的新闻。”

他用了“新闻”两个字，这次秦青葙又猜错了点数，正被罚喝酒，听到他这话，含在嘴里的酒便顺着嗓子呛到气管里，一副见鬼的样子。

这种丢人的事情为什么会传得这么广，饶是秦青葙再厚的脸皮也红了又白。她眼神闪躲，磕磕碰碰地说不出什么来，不知道怎么解释这个莫须有的“罪名”。

她想着措辞的样子，落在路迦和眼里却成了一副做贼心虚的表现。他原本是诈一诈她，可这一下她却像坐实了罪名一样。他的眼神当下就暗淡了几分，嘴里吐出毫不留情的话：“小小年纪就早恋，秦青葙你可真有你的。”

他一副“有这样的同窗，深以为耻”的样子让秦青葙的神色有些难堪，她的一颗心被泡得酸酸胀胀。

她其实是认识苏唐的，很早的时候就认识，而且“早恋”这个新闻跟苏唐有很大的关系。

秦青莳曾经把苏唐当成最好的朋友，有段时间可以说是形影不离，一起上下课，一起吃饭，连去卫生间都是钩着手指一同去的。

上无聊的数学课时，传小字条更是常有的事情。

那天，秦青莳在两人传递的小字条上写着：“酥糖酥糖，酥糖小可爱，下课后我要告诉你一个小秘密，哦，不，是大秘密哟！”末尾画了一个夸张龇着牙笑的小人。

秦青莳想把这个秘密分享给自己最亲密无间的朋友，把这个藏在心底的秘密，把自己懵懂的少女心都摊开给苏唐看。

苏唐拿到字条，却等不到下课，朝着秦青莳的方向，口手并用地比画：“现在告诉我吧。”她很好奇这个秘密。

秘密在同龄的小女生之间常被作为感情升华的筹码，你知道我的秘密，我同样知道你的，我们彼此不外传，只有天地和你我知道，再没有什么人比我们更要好了。

苏唐等秦青莳说这个秘密，等得有些焦灼，她实在等不到下课的时候了。

秦青莳那时候已经能写一手好看的行书，她咬着笔头，本想把心里话写出来，可笔尖触到纸面的时候，那沙沙的触感，像小女生弯弯折折的情愫，她有些不好意思写出实话，又看到苏唐急迫的样子，想逗逗她，便写下：“我喜欢沈霖郡，你要保密哦！”

三个人很是要好，秦青莳觉得这样的玩笑话，当然是无伤大雅的，这种喜欢是伙伴关系，就如同她喜欢苏唐一样的那种喜欢。

是足以信任、足以分享、足以承担的喜欢。

是想一起走下去，当永远永远的朋友的那种喜欢。

可是她没有读懂苏唐的心思，苏唐心里很多的弯弯绕绕，都没有告诉过秦青葙。

在不涉及底线的时候，苏唐可以对她好。

可是……

那字条横跨了半间教室的距离，抵达苏唐的面前，苏唐面前挡着书，双手伸到抽屉里，眼神盯着讲台上板书的数学老师，手里小心翼翼展开团成一团的字条，低下头去看纸上的字，然后心“怦怦怦”地跳到嗓子眼里，再也落不回实处。她攥着那字条，发狠地攥着，她第一次有些讨厌秦青葙。

苏唐察觉到自己翻上心头的情绪，骤然感到羞耻，自己怎么会对朋友产生厌恶之情呢，自己怎么会是这样一个小肚鸡肠的人。

她手中的笔重重地画在字条上，拉开了一条深深的口子，她把字条窝成一团，塞在抽屉的最里面。

她舒了口气，停顿半晌，拿出另外一张纸，写道："放心，我会保密的，我们是最要好的朋友。"

我们是最要好的朋友。

不是吗？

可是这个最好的朋友，第一次出卖了秦青葙。

那张字条不知怎的到了班主任的桌子上，据说是从苏唐的作业本里翻出的。那会儿，苏唐哭哭啼啼地扯着秦青葙的衣角说："对不起，我不知道怎么夹在本子里的……对不起，我真的不是故意的……我不知道……"苏唐哭得上气不接下气，像受了极大的委屈，随时能晕厥过去。

秦青葙对这场景记得太清楚了，是因为那时候的自己简直太傻，她当时是怎么说的？

她说："没关系，没关系，我不怪你，我们是最好的朋友，以后也是。"

她还握住苏唐的手，安慰苏唐。即使她脸上还留着父亲怒其不争，打在她脸上，尚未消掉的红痕。

于是后来，苏唐再一次故技重施的时候，秦青葙是真的再也不能原谅她了。

也是那一次，秦青葙藏在肚子里的秘密没有再吐露出来。

那个秘密随着时间在胃里消化掉，变成酸酸的气泡，偶尔不受控制地翻涌出一些来。

每一个气泡都在叫嚣着——“我喜欢路迦和！”

路迦和，我喜欢你。

这就是秦青葙藏了很久的秘密。

第二章

听到你的名字是欢喜

Erni
Jingshenshihai

秦青萕不知道词典上是如何定义，“一见钟情”和“日久生情”这两个词的。

对她自己来说，她太知道这两个词的意义，组合起来很简单，无非是“第一面就喜欢你，而后越来越喜欢”。

可是故事真的要讲出来，就太长太长，毕竟故事里有着绵长的岁月，有着你和我。

这一天不是她第一次见到路迦和。

相反，她见过他无数次。

这无数次里，有上天注定的巧合，而更多的是她人为制造出来的相遇。

同一个初中，同一个高中，可是两个人说过的话不超过五句。

初二的时候路迦和转校，与她同校。

那时候路迦和就长得很高，挺拔却不单薄，从他转校以来，月榜的成绩单上，他的名字永远高高悬在最上面。

他父亲是检察院的院长，母亲是法官，他走到哪里都引人注目，在人群里极为显眼。

初二一开学，苏唐和沈霖郡就拉着她去看这个转学生，那时候她摆着手，装腔作势地说：“无聊，我才不要去看。”

可是这个学校太小了，见到一个人的概率实在是不小。

她下楼去上体育课的时候，看见一群男生汗津津地走上楼，苏唐拉过她，小声地说：“第一个，看第一个人。”

一群男生簇拥着路迦和上楼，他走在最前方，长衣长裤，袖口高高卷起，手里拿着一瓶冰冻七喜，眉形斜成剑形，薄唇抿着，嘴角朝下，是不喜欢说话的样子。

她主动侧过身，让出上楼的路。

路迦和很高，经过的时候挡住了大半的阳光，阳光打在她脸上，明明暗暗。她忍不住多看了他一眼，却只能看见他的下颚以及锋利的棱角。

那群男生应该是刚上完体育课，衣服上沾满了汗味儿，只有路迦和身上有着好闻的茶香。

这是她第一次闻到lux洗衣粉的味道。

是真的好闻，茶香，当然，还有阳光的味道。

她忍不住吸了吸鼻子，用力地闻了闻，只是幅度有些大，引起了路迦和侧目，他皱着眉头，扫视了她一眼。

她与他对视了一眼，鼓足勇气挺起胸膛对准他的目光，可是肩膀刚打开一半，又塌了下去。

因为他只看了那一眼，就走了。

苏唐比她兴奋："真好看，快赶得上沈霖郡了！"

茶香从心里绕出来，停在她的鼻尖。

她回过神，应了一声。

是好看。

但好看的人太多了，她知道他，记得他，喜欢他，跟他长得怎么样并没有太大的关系。

她对他印象深刻的那一次，说起来并不像偶像剧里浪漫的桥段，相反是她丢人的时候。

她路过篮球场的时候，忍不住朝那个最挺拔的身姿多看了两眼，这一停顿，球场的篮球直直地飞过来，把她砸了个正着，不偏不倚地砸在额头正中间。

那一天，她用最心爱的小发卡把碎发别在脑后，于是黑黑的球印显露在额头正中央，显眼极了。

这一砸，把秦青葙整个人都砸得蒙掉了，脑袋晕晕沉沉，一时听不到声音，半响才后知后觉地感到疼。

其实跟痛比起来，那一瞬间的听觉和视觉与世界断开联系的茫然，更让她不舒服。

她努力地睁开眼睛，调整焦距，球场上那个挺拔的身姿停下了手里的动作，朝她看来，估计是觉得她蠢吧。

肇事者是高中部的学生，他赶过来，先是拿了球，然后打量了她一眼，撇撇嘴，有些看不上她这根豆芽菜，不仅没有道歉，反而怪道："小孩儿，下次离远点儿。"

他踏着步子，跟同伴挥着手，往球场走去，可她却扯住他的衣角："道歉。"

肇事者看着远处的同伴，又看了看她，面子上有些挂不住，用力地拍开她的手："走开。"语气很是不耐烦。

可是那一天，她却较着劲，非得让人给自己道歉。

她咬着牙，红了眼眶忍着不哭："道歉。"这句话说得声音很大，有着誓不罢休的狠劲儿。

路迦和停住手里的动作，抱着球走了过来。他穿着球衣，脸上汗津津的，抹了一把脸上的汗，站在她面前，摸了摸她的脑袋，然后挑挑眉看向肇事者："欺负一个小姑娘可真能呀。"

那时候她还不知道他的名字，只是觉得过来帮助自己的这个男生真是高大。

肇事者把胳膊搭在路迦和的肩上："你也看到了，是这个小家伙自己不看路的，怎么会怪我……"

他话还没说完，路迦和就伸出手把他的胳膊掀下去。

路迦和看向秦青萏，指尖擦过她额头的红痕，停顿数秒放下来，朝着那人说："道歉。"他斜站着，一手抓着篮球，一手叉在腰间，动作看起来漫不经心，可是说的话比之她更有力度。

肇事者没想到路迦和会给一根豆芽菜出头，比较起来，他觉得自己跟路迦和打过几次球，怎么算也是有些交情的，一时脸色也难看起来。

“我就是不道歉怎么着了……”肇事者话音刚落，挑衅的话还没完全说出来，路迦和手里的球就朝他脑门处飞来。

下手之狠，让那人朝后退了几步，晃了两下，才站稳脚步。

“浑蛋！路迦和，”他指着路迦和，并挥手招来自己的同伴，“你有种别走……”

秦青葙觉得情况有些糟糕，伸手扯住路迦和的衣服：“我要不要去找老师……”

路迦和把秦青葙推远了几步，有些不耐烦：“早点回家，别在这里碍事，找什么老师……”

路迦和在下一刻爆出了粗口：“谁怕谁啊……”

那是一场混战，两个球队的人都加入了战局。不过，和路迦和一起打球的人大多都是初中部的，而对方是高中部球队的学生，路迦和这边并没有赢，他一瘸一拐地被教导主任拎到办公室的时候，嘴里还一直骂骂咧咧。

经过秦青葙的时候，他皱着眉头瞪着她，似乎在怪她多管闲事叫来老师。

刚打完架的路迦和眼神有些凶狠，秦青葙看得心里有些发怵，正要低下头，避开他给的压力。可是下一刻，他突然咧嘴一笑，说：“嘿，丫头，你的发卡歪了。”

秦青葙听到这句话，赶紧手忙脚乱地去扶发卡，然后对着他露出了一个比哭还难看的表情。

可是秦青葙怕他吃亏，也跟着跑去办公室，顶着一众老师的眼神压力，要给他做证。

她一个劲儿地说：“不怨他，他是好人，是帮我的。”

她小小的一只，哪来的勇气，路迦和想。

意料之中的训话，连同秦青葙一起。

她被训得眼睛通红，委屈到不行，可还是咬着牙，就是不哭，她说：“我们本来就没有错。”

她还指着路迦和说：“这个同学是为了伸张正义。”

路迦和“扑哧”一声笑出来，被教导主任瞪了一眼，他正了正神色：“是这样，老师，我是帮助同学。”

漫长的训话终于结束。

他跟在她身后出了门，想了想，又喊住她：“那谁。”

秦青葙没有停住脚步。

他又喊：“哎，就是穿校服的那个人。”

今天是周一，到处都是穿校服的人，人来人往。可是秦青葙却知道他是叫自己。

她站住，回过头，看他面色凝重，以为又出了什么天大的事儿。他看着她焦灼的样子，却忽地眉目一展：“真是个笨蛋。”

他从她的身边走过去时，顿了顿，那句话就飘到她的耳朵里。

他说：“不要怕。”

听说后来路迦和找人堵住了那个肇事者，打得人还不了手，非得跪下来给路迦和喊爷爷。

真是解恨极了！

秦青葙听说了这件事，乐不可支。她能想象路迦和把人围起来的样子，他那性子，真像个流氓头子。

这个流氓真是可爱极了。

后来那个肇事者到了秦青葙面前哭天喊地地求原谅，秦青葙秉持着不与人为难的原则，大度地原谅了他，只是走的时候狠狠地踩了他一脚。

踩过之后，秦青葙就有些后悔了，她觉得那一脚实在是太轻太轻了。

这件事的连锁反应是，在很长一段时间里，没人敢招惹秦青葙这根豆芽菜了。

她也特意在路迦和经过的地方等他，只为跟他说一声谢谢，可是每一次他周围都有很多人，男男女女围着他。他似乎也忘了她，忘了那一天在篮球场上的插曲。苏唐说，像路迦和这种家庭的人，正义感是与生俱来的，他不过是随手帮了个忙。

秦青葙想对路迦和说的那声谢谢到毕业也没有说出来，不过，在这件事之后，她给过他一封信。

她起了个大早，等门卫一开门，就跑进教学楼，溜进路迦和的教室里。她深吸了一口气，准备把信小心地安放在他的抽屉里。

可就在这时，她听见走廊里传来脚步声。

中学时代，总是小心翼翼，生怕被人传出暧昧的谣言，秦青葙心虚得不得了，生怕被人看见。

还会有谁来这么早？

她后背浮了一层汗，没等她缓过神，那脚步声却越来越近。

她心跳如鼓，手脚都软了，手忙脚乱地把信件随手夹进路迦和放在桌面上的一本旅行杂志里，然后赶紧猫着腰，从教室后门溜出去，终于吁了口气。

可是第二天，秦青葙就看见那本书躺在教学楼门口的垃圾桶里，显眼极了。

显眼到，秦青葙只是路过就能看见。

说不上来是什么滋味儿，总之不那么好受，还有点心酸，再往大里说，心都要碎掉了。

最开始的时候，秦青葙觉得，她宁愿不见路迦和那一面，而避免被球砸到，可是后来她却觉得这一砸，是真的划算。他记不记得自己都没关系，她记得他就好了。

到了高中时代，秦青葙坐的位置是太阳能直射的位置，她的前座和后座都在窗户上糊了厚厚的报纸，遮挡阳光，除了秦青葙。

每天没事的时候，她就喜欢趴在桌子上，看着窗外。

同桌好奇地问过几次："秦青莉，你在看什么？"

她弯起眼睛，咧出大大的笑容："我在看太阳啊。"

是太阳。

路迦和就是太阳。

是秦青莉的太阳。

平淡无奇的教学楼，因为他的每一次经过，变得耀眼极了。

第一次，第二次，第三次……

每一次，他都对她视而不见。

自己也太平淡无奇了。秦青莉想，或许优秀点，再优秀些，他就能看见自己了吧。她开始比往常用心百倍地去练琴。

可是有些时候也会浮出无力感，在意识到自己与他的差距越来越大的时候，他的名字永远在红榜的第一个，而她呢，在那张纸上找不到名字。

那段时间，她讨厌上课，厌烦学校，每一次听到铃声都忍不住第一个冲出教室。直到有一天，她找不到作业本，翻乱了整个抽屉才找到，等她整理完书桌，走出教室的时候，却发现他正走在自己的前面。

他规整地穿着校服，被风一吹，后背的衣服就鼓了起来，书包背在右肩上，鞋子也刷得干净。

她贪婪地看着他。

就隔了几步远，空荡荡的走廊只有她和他两个人。

月亮拨开云层，晚风送来琴房的风琴声。

他的轮廓是那么清明，落在秦青莉的眼里，也落在了她的心头。

这个夜晚真美，秦青莉刚才不好的心情全部烟消云散，甚至带着抑制不住的小雀跃。她紧了紧书包的背带，小心翼翼地跟在他的身后，迈下步伐，一步，两步……每一步都踏在他走过的路上。

好近好近。

近到，她张开手臂，就能拥抱住他的影子。

她甚至期待着他能转身看一眼自己，就一眼也好，可是他一次都没有。

后来的每一次，秦青萿都磨叽到最后一个走出教室，她关了灯，刚落上门锁，没走几步，就能听见他关灯的声音。她故意放慢脚步，等到他走到自己前面，才又一次亦步亦趋地跟在他的身后。

那么多次的巧合，他却浑然不知。

她甚至假意与他擦肩而过，说了“借过”后，故意碰了碰他的袖子，隔着余光，她看见他皱了眉，手在下一刻就拂到衣袖上，她赶紧扭过头，不敢去看他的下一步动作，她怕他的手落下去，就像拍掉脏东西一样。

路迦和永远云淡风轻，连那一次在器材室里她闻到他的味道、听见他的声音后，鼓足了勇气，吻了他，可他除了恼怒，再也没有其他表情。

他甚至没有问她的名字，也没有找过她。

这是她最接近他的一次。

暗恋真是一件最最最心酸的事情。

迎新会上，他作为优秀代表演讲，而她作为新生代表独奏了一曲。他是开场白，她是压轴曲，中间横亘了长长的银河。

他从不看她，现在也是。

秦青萿有三个愿望：

认识路迦和。

和路迦和相爱。

嫁给路迦和。

如果这样太贪心，那就把这三个愿望并在一起，看一眼路迦和。

看一眼，就好。

可是世人都是贪心的，见一眼怎么够，对自己喜欢的人，独家占有尚且觉得不够。

真是恨不得拆皮扒骨，融进自己的骨肉里。

可是又怎么舍得。

秦青葙从回忆里跳出来，心里长吁短叹着，可是面上伪装出平静。

现在这会儿实在是安静，说到她自己，大概都是暗恋的悲惨事儿，说得越多越难过，不如“祸水东引”。她心里起了这么个念头，眼睛突然一亮，然后滴溜溜转着眼睛，挑衅路溪之：“不如我们玩个大的，输的人答应赢的人一个愿望，怎样都好，当然是不违背社会主义荣辱观的前提下。”

“不玩。”这是初中生的玩法，路家二少一口否决，外带嗤之以鼻。

秦青葙斜着眼睛鄙夷地看了他一眼，把骰子往桌子上一推。

“就知道你玩不起。”她起身，摆摆手，嘴里嚷着，“真没趣，真没趣。”

夏婧婧有些犹豫，想到之前秦青葙还给他们住房打折的事情，她轻轻推了推路溪之的胳膊：“青葙姐也不会出什么难题的吧。”

路迦和倒是没有再开口说话，就算是视线偶尔与秦青葙汇聚在一起，也清明得寻常。

这几年，他整个人越发滴水不漏，只是心思翻涌。

路迦和心里很不乐意，秦青葙也不询问他的意见，只把他当成了旁边的一个摆件，忽略掉。

如果她问他，他当然说好，就算路溪之再怎么不乐意，他也会把路溪之的头按在桌子上，让路溪之答应。

眼下，作为摆件的路迦和有些索然无味，只能盯着手里的杯子，他怕抬头一看见她，不满的情绪就喷出来了。

男孩子在喜欢的人面前总要充当英雄，路溪之听了夏婧婧的话，又面对秦青葙的挑衅，沉不住气地说：“玩呗。”

天大地大，除了自家大哥，他路家二少自称天下第二的大人物，有什么玩不起？

他话音刚落，秦青葙又一屁股坐回板凳上，生怕他反悔，她在桌子旁的抽屉摸了摸，然后掏出来另外三个骰子。

这几个骰子有些不同，是菩提子打磨而成的，制作精美，光滑通透，也是六个面，六个不同的点数，不同的是它中间镂空，嵌了海红豆。

“怎么还跟刚才的不一样了？”路溪之问。

秦青葙握着那几个骰子，这是她特别想念他的时候，自己做出来的，可是她不能说，她只能掂量着话说：“是好运豆啦。”

路迦和多看了几眼，那三粒红豆，在菩提的镂空里，犹如泥土中的种子一般隐秘，也像窗外的风吹动帘幕，鲜血在心脏中鼓动着赤诚。

路迦和看向她，第一次毫不隐讳地看向她。

她却正低着头，把骰盅拿在手里，对路溪之说：“你先选。”

“那我选大吧。”路溪之说。他就喜欢大，到处可以压人一头。

“好，”秦青葙吸了一口气，“那我就选小。”她把骰盅放在手里摇了摇，“那开始了。”

“别！”路溪之拦住她，“你别摇，你这种人，我信不过。”

秦青葙放下骰盅，对着他龇牙：“你摇？”

路溪之伸出手，点点头：“当然！”

秦青葙把骰盅朝他的方向伸出去一些，到了中途却突然收回：“我也信不过你这种人。”

路溪之抓抓头发，什么叫他这种人？哪种人？

算了算了，大人不记小人过，他懒得跟她计较：“那让我哥摇，够公平吧！”

秦青萂看了一眼路迦和，路迦和点点头，于是她说："行。"然后托住骰盅的底座递给路迦和。

路迦和接过去的时候，小心地避开了她的手。

秦青萂收回手，搓了搓指尖，有些尴尬，脸色僵硬地说："那你摇吧。"

她闭上眼，认真地听路迦和摇骰子的声音，然后合起手掌，嘴里念念有词。

路迦和能听到她的许愿词语里有南海观音、西天佛祖、东海龙王、西海小白龙、中土高僧，除了把东南西北中都凑齐了，还提到了红孩儿。

这算哪门子的神？路迦和有些哭笑不得。

闭上眼，就是把心事都藏了起来，只剩下长卷的睫毛一颤一颤的，其实成佛成魔都是她，睁不睁眼都一样。

让她赢吧，就随了她的愿吧，要什么都好，路迦和想。他把骰盅倒扣在桌面上，手压在盖子上。

"就把我的运气都给她吧。"他也在心里许了愿望。

他说："我开了。"

他手放在上面，准备掀开。

秦青萂却突然扯住他的衣袖，是小心翼翼地扯住的。

"你帮我看看，看看是什么样的结果，"路迦和还没说话，她又忐忑地加了一句，"如果是我输了，你就不要告诉我结果了。"

她仍闭着眼。

路迦和有些不敢开盖子，他害怕结果不能如她所愿。他见过她分班考试因为没考好哭得稀拉哗啦；也见过她把征文比赛的名额让给别人时，吸着鼻子，眼眶发红；还见过她练琴练得受不了，咬着牙，一边哭一边继续练习。

她现在不会哭，不会因为赌输了哭一场，可他的手仍抖了抖。

路溪之和夏婧婧凑上前来。

开了盖子后，路迦和半晌没有说话，周围也是一片安静。

三个一点。

秦青葙有多好的运气，路溪之就有多差的运气，他脸色黑得难看。

没人说话。紧闭眼睛的秦青葙眉毛耷拉下来，有些丧气，总不至于是三个六点吧，自己不会那么差的运气吧。不对，如果路溪之赢了，以他的性子，怎么不讽刺自己？难道是自己赢了？

秦青葙沉不住气，忍不住问："路迦和，结果是什么？"

路迦和叹了一口气，轻轻喊了她的名字："秦青葙，你不要太为难路溪之了。"

路迦和这个人委实有些不厚道，话里像是帮着自家兄弟，可实际上他的嘴角开心地扬起幅度来。

路溪之说："没事，哥，输了就是输了。"

"啊？"秦青葙睁开眼睛，看向骰子，然后跳起来，一条腿放在地上，另一条腿跨在板凳上，手用力地拍向桌子，惊喜道，"许愿什么时候这么灵，我什么时候运气变得这么好！"

路溪之的脸更黑了，他哼了两下。

秦青葙哈哈笑，拍了拍路迦和的肩膀，得意忘形："放心，放心，看在你的面子上，我这个社会主义接班人，当然不会为难祖国的花朵的！"

"也就……"秦青葙喜不自胜，"就是让你给我打上一段时间的工。"

"啊？"路溪之指了指自己，"我？你有没有搞错？"他摇摇头，不情不愿的样子。

"怎么，反悔了？"

"不是，过几天学校就开学了，这怎么可能？我不同意！"

"看，我就说你玩不起嘛，玩不起最开始就不要答应。啧，唉唉，还男子汉大丈夫，说什么一言九鼎。”秦青葙把路溪之的话又添油加醋地还给了他。

“是啊，青葙姐，换一个吧。”夏婧婧也觉得这样有些为难人，当初是她撺掇路溪之玩这个游戏的。

秦青葙眼珠子转了转，然后看向路迦和：“那就弟债兄还呗，你不会也有事吧？”

路迦和这条被殃及的池鱼，极为无辜地看着秦青葙，然后皱了眉头。

路溪之觉得秦青葙真是天大的胆子，他哥这人呢，说实在的，蔫坏蔫坏的，他从小可没少被他哥整。

路迦和转了转杯子，回答：“好。”

他答应了，而且还算是爽快，秦青葙觉得惊讶。

“我是说，你留下来打……”秦青葙准备说“打工”，觉得不太合适，又准备用“打杂”，还是觉得不太妥，话在嘴里转了几转，最后变成，“留下来帮忙，嘿嘿嘿……”

她试探性地看了看路迦和。

“有什么问题吗？”路迦和也看了她一眼，有些不耐烦。

他觉得秦青葙这个人真是不识好歹，他留下来陪她，难道不好吗？难道她希望路溪之留下来？他那个弟弟那么丑、那么笨。

路迦和无比嫌弃地看了一眼自家弟弟。

路溪之在大哥的眼神里期期艾艾，大哥一定是嫌弃自己给他添了麻烦。他恶狠狠地剜了几眼秦青葙，都怪这个女人！

路溪之还想说些什么，让这个赌注作罢，路迦和已经站起身说：“我要回去了。”

“好呀，好呀。”路溪之跟夏婧婧说完晚安后，紧随其后。

路迦和推开门，朝着夜更深处走了几步，看见路溪之还跟着自己，斜睨他一眼：“你跟过来干吗？”

想蹭住的路溪之委委屈屈地改口：“送送你。”

路迦和朝身后看了看，酒馆里还亮着灯，他还没有走远，一回头就能看见她，她正端着一盆清水打扫着屋子。

他回过头对路溪之说：“不用了，早点回去吧。”他摆摆手，然后又下了一道命令，“你明天走吧，别住这里了。”

“为什么啊，这才第二天，我可是付了三天的房费……”

“好像你有一门挂科了。哦，刚才太开心，就忘跟你说了。”

路溪之愣了愣：“怎么可能，什么课？”

“商法课。”

“商法课？不是……这门课不是你教的嘛。不是吧，哥。”

“我是说，如果你不听话的话，就可能挂。”

“啊，今晚的月亮真圆啊！”路溪之说，“对了，哥，我觉得吧，我得努力向上，早点去学校学习，所以我得明天就回去。”

听到这些，秦青萜有些气恼，不高兴就直说呗，还不让别人住着，影响她发财，真是过分！

等到路溪之进了屋，她关门的声音大了些。

路溪之多看了秦青萜几眼。

“看什么看？”她的语气实在是不好。

“谁看你了，你又不好看。”路溪之嘟囔。

秦青萜手里的水盆没端稳，泼出来一点，正好洒在路溪之的裤腿上，溅出一个泥点。

“真野蛮！”路溪之讨伐道，“而且你居然让我大哥给你打工，真是……”他还在那儿念念叨叨，想起他最近看的热播港台剧，突然灵光一现，“哎，我说，你不会是喜欢我大哥吧？想着日久生情的桥段，啧啧啧！”

路溪之觉得秦青萜有些怪怪的，于是语气有些调侃，毕竟喜欢自家大哥的人太多了，追他大哥的手段也层出不穷，他早就见怪不怪了，可是路迦和谁都看不上，这让他都觉得，大哥在英国待久了，嗯……

真是罪过罪过。

他只是随口一说，可是秦青葙却停住手里的动作："是啊！这么好看的人，谁不喜欢。"

她语气欢畅，也像是开玩笑的样子。

"那你不用想了，你这样子，啧，太困难了，而且……"路溪之得意，"我大哥有喜欢的人了。"

"哦？"她停下手中的动作，抬眼看他，"多么正常啊，你还有什么事吗？"

他嘴巴动了动，还想逗一逗她，却见她无精打采，眼睛里的神采都收敛了起来。

她起身关掉几个灯。

"啪"的一声，室内的光线暗淡下来。

路溪之趴在楼梯扶手上，咕哝着："我就是想说，我大哥特别喜欢她。"

她"嗯"了一声，过了半晌才说："知道了。"

不知道是不是因为昏暗的光线，路溪之觉得秦青葙现在的表情有些难过。

他往上走了几步，有些后悔自己刚刚的话，他朝着楼下说："哎，我说，你早点休息吧。"

这一次，秦青葙没有说话。

路溪之也没有说什么，走回房间。

哥哥喜欢的那个人是谁，其实他也不清楚，他只是见过一张照片，夹在路迦和的物理书里。

照片里的她，侧着身子，抱着大提琴，漆黑长发披在祖母绿的旗袍上，看不清具体的长相，但那露出的一侧眼睛是那么亮，一笑就像湖水里落满了星星。

年轻又骄傲。

第二日一早，夏婧婧一行人退了房。

秦青葙做生意从来不收押金，因为很多时候客人是早上退的房，可是她起不来，没睡好就要下楼对着押金单给他们退钱，实在是麻烦，于是她干脆省了这个步骤。

这会儿夏婧婧在门口敲了敲门说：“青葙姐，我们走啦。”

秦青葙只是翻了个身，眼睛都没睁开，嘴里嘀咕道：“有空再来玩儿。”

声音很小，也不知道夏婧婧听没听到。

在半睡半醒中，秦青葙记起来，忘记提醒他们走的时候把门也顺带关上，不然万一遭贼了可不好。

但她转念一想，楼下除了几桶酒以外，还真没有什么值钱的东西了，于是她再次安稳地入睡。

等到秦青葙睡到日上三竿，听到楼下的敲门声，她打开门，看见提着行李箱的路迦和时，完全惊呆了。

路迦和在秦青葙微愣的表情下，推门进了屋，然后四处打量了一番，往楼上拎行李。

“我的卧室在哪儿？”

“啊？”

“现在打工不都包吃包住吗？”

秦青葙还在发愣，一时半会儿忘了说话。

路迦和勾起嘴角，露出极淡的笑：“老板原来姓周不姓秦？”

他在说自己是周扒皮？

他还会开玩笑，秦青葙突然觉得自己以前对他的认知并不是那么全面。

路迦和揉揉肚子，状似无意地说：“一大早起来就搬行李，还没来得及吃早饭，哦，对了，秦老板吃过没？”

她看着他笑，心兀地柔软了些。她朝楼上指了指，轻咳一声：

“左边第一间是你的卧室，等你收拾好了，下来一起吃。”

她等他上了楼自己也回到了卧室。

房间里原来的香氛味道散得干净了些，自从之前路溪之提到房间里的味道后，秦青荀就做贼心虚地把几个屋子的门窗都打开了，也没再补充房间里的香氛。

那瓶她好不容易找到的跟他用的洗衣粉相似的香氛，也被她藏进了柜子里。

路迦和应该是闻不到的，这样想着，秦青荀安心了些。

秦青荀站在落地镜旁。

她觉得自己身上这件浅灰色Polo裙，很是简朴。她拉开衣柜，柜子里有一件挂起来的旗袍，祖母绿的。她穿过这件，在毕业晚会上，穿着它独奏了一曲《门德尔松E小调协奏曲》。

那首曲子分成三个乐章，由不太欢快的节奏到活泼的气氛，层层递进。但是那一天，从她指尖流淌出来的音符，从头到尾都很不欢畅，因为那一天她没有见到他。

她穿了自己最好看的衣服，却没有见到他。

好不容易堆积起来的喜悦渐入谷底，她看着镜子里的自己，有些自暴自弃，她为什么要为他捣鼓自己？

这不公平。

她把衣服扔回原处，然后将柜门重重地一关。

路迦和收拾完东西，下楼的时候，看见秦青荀坐在柜台前。

她起身的时候，长至脚踝的祖母绿旗袍晃出一片绿色的波纹，同色系的矮高跟鞋，显得瘦且白，抬手的时候，能看见手背和腕部青色的血管，不知道是这衣服衬了人，还是人衬了衣服，总之好看得出奇。

路迦和见过她穿这件衣服，在毕业典礼上，惊艳得很。他架着相机，趁她低头不注意的时候偷偷地拍了一张。她那天太好看，不少男生围在后台等着她，要联系方式，他连她的演奏都没看完，也跑到后台，长腿一迈，挡在门口，宣告："妖魔鬼怪都退开，秦青葙是我的人。"

可是他还没来得及告诉她，就被家人送到国外读书。高中那会儿，秦青葙家里管得严，她没有手机、没有QQ，一门心思升学，于是路迦和没来得及说的话，就一直被迫藏在心里。

秦青葙穿衣服，从头到脚没有一件配饰，穿这件旗袍也是，显得空空荡荡。

路迦和手微压住自己的兜，那里面有一串菩提作结的串珠，上面有一粒一粒殷红的相思豆串在一起，很是好看。

是他看见了那个玲珑骰子后，今早驱车去商场里买的，想送给她，却不知道怎么开口，好像怎么说都很突兀。

可是，现在他找到了很好的理由。

他从兜里掏出那串相思豆，放在柜台上。

"给你的，"他说，"很配你的这件衣服。"

她怔了怔，将那串相思豆拿在手中："很好看。"

秦青葙把手链戴了上去，这颜色衬得她手腕皓白。

片刻，她又褪下那串相思豆，赧然道："我平时要酿酒的，戴这个不太方便，不过我很喜欢，会好好地保管的。"她握着相思豆，食指在上面细细摩挲。

她褪下那串相思豆的那一刻，路迦和的脸色有些不太好看，等她解释完，才恢复了正常。

她总归是收下了礼物。

他的相思。

虽然没有戴上去。

收到他的礼物，秦青葙心里很是窃喜，她舍不得戴着这串相思豆，万一碰掉了、弄散了，她该多难过，还是收起来比较好。收起手串后，她说：“快来吃热包子，超好吃的肉包，你尝尝。”

路迦和搬进来的第一天，就提了一个建议。

他说：“把二楼关了吧，我睡觉浅，不喜欢被人打扰。”

闻言，秦青葙瞅他一眼，啊喂，你是来打工的，怎么还要当个大爷一样伺候？

她很不乐意，不能因为自己喜欢他，就要迁就他，而且是关乎挣钱生计问题，有骨气的她当然要拒绝。

于是，她想都没想地脱口而出——

“好的呀，我也正打算这样。”她有些赧然，“打理起来实在是有些累。”

事实证明，秦青葙是从一而终的尿。

路迦和敲敲桌子，很是满意，拿出钱包，掏出一张卡放在柜台上：“当然，这个决定多少会影响你的生意，回头你拿这卡，把店里修葺修葺，算作补偿。”

补偿什么？秦青葙觉得不如让她摸他一下，亲他一下，算作补偿，谈钱多么俗。

可是俗字怎么写？

对，人旁！俗气就是人气，人少不了它，没了它，就失去人性的一半了，会孤寂古怪像那个谷。

“那多不好意思。”秦青葙说着话，手指慢慢爬向那张卡，哎呀，她终于摸到了，优雅又不突兀地摸到了那张卡。

她正往回拽着那张卡，路迦和的手突然压下去，正压在她的指尖上。

白静又软，路迦和心里想，于是整个手的力量都落下去，落在了她的手上。

他不说话，秦青葙也不敢冒失地把手往回撤，只是手有些抖。她撇了撇嘴说：“还是算了吧，我还有些钱。”

“什么钱？”

“嫁妆钱。”

路迦和笑：“那这个也留着。”他顿了顿，“也做嫁妆钱。”

他是法律专业出身，职业原因，比中学时期笑得更少了，不笑的时候，眉眼锋利，嘴巴抿成一条线，显得有些难以接近。

可是一笑，眼睛弯弯，像太阳一样好看，眉目落了些天边的云，远得厉害，也近得厉害。

他收回了手，可是温度还留在秦青菥的手背上，灼热得很，她心里发胀发酸，却也喜悦得很。

好想碰一碰他呀。秦青菥低下头。

路迦和把卡往她面前推近了几分：“我也没算过多少钱，不过也不多……”

秦青菥还在想，也不多到底是多少，路迦和的下一句话就说出来了。

“估摸就是一两百万，先装修你自己的卧室，不够再跟我说。”他有些不好意思，“我这次出门有些仓促。”

秦青菥咂咂舌，她那间十几平方米的卧室，要怎么铺张浪费才能造完这些钱。

他顿了顿，又接着说：“密码是我的生日。”

秦青菥猛然抬头看向他。

她小脸白皙，眼珠黑亮，一动不动地看着他。

路迦和并没有说自己的生日是什么时候，等着她问，可是她却没有问，只是停顿半晌才说：“知道了。”

他会不会感到疑惑看出什么端倪，秦青菥不敢想，只觉得自己这个回答真是糟糕透了，却不知道怎么补救。

她干脆把卡收到兜里，整理着柜台的杂物。

“你还有什么需要置办的，出门左拐的超市就能买到，那个超市比较大，东西还算齐全。”

“我是有东西还需要买，”路迦和说完却仍站在原地，等秦青葙疑问的眼神看向他，他才说，“我，方向感不好。”他微皱着眉，眼睛往下看，似乎用了很大的勇气。

她能明白，像路迦和这种天之骄子，承认自己的不足实在是一件为难的事情。

她停住手里的动作，有些心软，感叹道：“还好有我，走吧。”她颇为豪气地挥挥手，带着路迦和出了门。

十分钟后，秦青葙带着路迦和围着路标打着转。

二十分钟后，秦青葙和路迦和仍在去超市的途中。

秦青葙安慰路迦和：“你别急，我记得就在这附近呢，等我看看地图。”

她掏出手机捣鼓半天，才发现地图软件已经很久没有更新，她偷偷瞄了一眼路迦和。

“啊，这个超市真有些远呀。都走这么久了，要是在宴河，一出门就是超市。这里是有些不方便，哈哈哈哈哈……”她嘀嘀咕咕地自嘲着。

“要不我们回去吧，也没什么着急要用的东西。”

“可是我也想买东西的，唉，算了算了，等改天我借个电驴载你去吧。”秦青葙顺杆下。

“好。”

两人说着话，往回走，快走到的时候，路迦和说：“我去小卖部买包烟，你要不要一起来？”

“要的要的。”秦青葙颠颠地跟过去，跟着路迦和，拐了一个弯，“这路这么难走，不跟着你，你会丢的，如果丢了就麻烦……不过，我怎么不知道这附近有卖烟的……”

她突然顿住：“超市？”她跳起来，“嘿，路迦和，是超市！哇！你买包烟就能找到超市，你真是运气好。”

路迦和摸摸鼻子，眼神躲闪：“是你运气好。”

秦青葙完全没有多想，也没有对自己的路痴感到尴尬，她就是觉得高兴：“那这样，我们今天就可以买到需要的东西了，真好。”

她小脸白皙，眼睛黑润。

是真好。

两边是小果垂枝柏，林相整齐，成条状垂下，虽终年长绿，可等到秋天的时候，顶部仍会有些发黄。

“秋天要来了。”她背着手，对着他眨眨眼，“路迦和，你喜不喜欢秋天？”

“都喜欢。”

“怎么会都喜欢？人嘛，在很多很多的喜欢里，总要有个最喜欢。”

“那你呢？”

“我最喜欢秋天，秋高气爽、秋风习习、秋阳杲杲，秋……秋……”她卡住壳，“秋……秋收冬藏！”

“语文学得不错。”路迦和乐了。

“那你呢？最喜欢哪个季节？”她锲而不舍地追问。

“秋有秋的好，秋天过去，有过去的好。”

她疑惑：“这是什么答案？”

还没等路迦和回答，被风一吹，她哆嗦了一下，鼻子发痒，喷嚏却没有打出来。她揉着鼻子的工夫，路迦和越过她，走在了前面，烟灰色的风衣解了扣子，敞开着，替她挡了风。

“一年有四季，四季不同景，每一年，都有四季，可这每一年都不同，因此每一季都不同。”路迦和解释。

秦青葙更迷惑了。

他微侧身子，看了她一眼：“她说秋好，我便也觉得秋好，四季更替都是秋。生命似轻尘，死去亦徒然，活着还是死去，都无关宏旨，只看人自己的选择，是做个大英雄，还是陪在爱人身边。”

秦青葙好像从他的话里捕捉到什么，却瞬间被风吹散，她在思索，下意识地抓住自己的衣摆。

那串相思豆的手链收在她的兜里，此时露出一个角来。

她的手碰到那串珠子。

菩提的白润，红豆的艳亮。

她不太明白他话里的意思，太深奥，可是她却在这不明白里，得到了顿悟——只要他还在这个世上，不管是去了另一座城市，还是另一个国家，甚至哪怕是入了狱，她都有无数种方法，了解这相思。

更何况，他现在就在自己面前，没有什么咫尺天涯，只有近水楼台先得月。

路迦和的生活习惯很规律，完全是老干部画风。

比如早上六点准时起床，洗漱之后，在厨房熬上小米粥，然后坐在大厅里看着书，七点半吃完早饭，核对账簿，打扫卫生，通常他做完一切的时候，秦青葙才姗姗起床。

还有，他每天夜晚准时十点关灯就寝。

再比如，每天九点四十分洗澡。

秦青葙摸准了这个时间表以后，开始酝酿一件大事——偷看路迦和洗澡。

就像现在，她蹲在卫生间的门口，恨不得把墙面盯出一个窟窿来，可是连一丝的灯光都透露不出来，只听到哗哗的水声，她懊恼地在门上磨了磨爪子，抓心抓肝地想，当初为什么要把房子建造得如此严丝合缝。

水声还没停，路迦和却突然开了门，他把手机忘在了楼下，洗澡的时候才想起来，他习惯把手机放在身边，好随时处理事务，所以今天洗得比往常要迅速得多。

秦青葙猝不及防，一下子摔倒在地上。

门敞开着，这一次灯光全部倾出来，可是秦青葙却不敢再有非分之想，只是面红耳赤地低着头。

今日，忌偷窥。

“你在干吗？”路迦和问。他伸出手，想要从地上拉起她。

“在……”秦青葙东看西看就是不敢看他，突然灵机一动，“啊，在找耳钉，对，耳钉，去哪儿了？”她躲过他的手，蹲在地上，摸索着。

地上铺的是原色的李叶苏木，纹理清晰细腻，室内有些干燥，地板正向外释放着水分，秦青葙手贴在地面上，润湿的感觉，她蹲到膝盖发酸，也不敢起来。

路迦和的视线落在秦青葙的耳垂上，打量了片刻又毫无痕迹地移开，她的耳垂薄厚适中，垂直端正，粉粉的白，没有耳洞。

“什么样子的？”路迦和沉默了片刻也蹲下来。

他的头发还滴着水，在地板上氤氲开来。

路迦和离得太近，空气中弥漫着茶的味道。有滴水珠正好滴落在秦青葙的手臂上，那味道就在她的肌肤上旖旎缱绻，然后陷入更深的一层，肌肉、骨骼还有灵魂。

秦青葙隔着手臂，埋头偷偷地看了他一眼，他没有注意到，眼神专注地盯着地板。她深吸了一口气，这一刻她再也闻不到其他的味道。

只有他。

只是他。

真是好喜欢他，喜欢得不得了，想看一眼，再多看一眼。

如果秦青葙没有大学肄业，还走以前的路，凭借她的天分与努力，到现在一定有所成就，最起码，她会比现在有底气，可是她的张扬和肆意早就收敛起来了。

爱是想触碰，又要收回。

"小小的一只。"她收回目光比画道。

路迦和默不作声地打量着她，她的额头只够到自己的肩膀处，是小小的一只。

"还有呢？"

这要怎么编下去，秦青葙有些心虚："呃……就是很普通很普通的那种。"

普通到找不到也无妨的那种。

这个不对。路迦和想，这句话她说得不对，她一点也不普通，不然他怎么会只注意到她。

秦青葙装模作样地在地板上又找了找，然后万般无奈地拍拍手："唉，不找了不找了。"

她站起身，骤一抬头，看见路迦和正看着自己。

他跟随她起身的动作也站起来了，这一次他清楚地看见她根本没有打耳洞，她在说谎。可他一点也不想拆穿她，还兴致勃勃地猜想她为什么在这儿、为什么要说谎。他倚在门框上，环着手，噙着笑，意味深长地"哦"了一声。

一瞬间，秦青葙觉得自己的谎言被看穿了。

她强装淡定地拢拢头发："那，早些休息吧。"她把头发捋到耳后，发梢扫过肩头，退后了几步。

路迦和睫毛微微动了一下。

"好。"他回屋关上了门。

秦青葙吁了一口气。

第二天早上天还没亮，秦青葙就醒了，盯着天花板看了半晌，臆想出他的脸，还眨着眼对她笑。

她无奈地闭上眼，可是也没有用，他好像在她的脑海里无处不在，她懊恼地揪着被子蒙住脑袋。

不要想！不要去想他！

可躺到十点多，实在是躺不下去了。

秦青葙蹑手蹑脚地下了楼，生怕发出一丁点动静被他发现，准备偷偷地溜进厨房觅食，再回到楼上去，可是下到一半才觉得室内安静得过分，她东瞅西瞅才发现他好像不在。

秦青葙试探着喊了他的名字："路迦和？"

她声音大了些，还是没人回应。

"Yeah！"他不在，秦青葙有些放松，她说是要近水楼台先得月，可是还缺乏了一点底气，正巧趁着他不在，没有了那种压迫感，她可以好好地做个计划书。

小米粥在电饭煲里按了保温键，是路迦和走之前做好的，秦青葙后背倚在灶台上，喝着粥觉得路迦和真是个"贤妻"，她越想越乐，捂着嘴笑得乐不可支。

可到了中午，秦青葙就觉得有些无聊了，她依旧趴在柜台的桌子上打着盹儿，平常还能听听他翻书的声音，到了饭点，还有他做的一桌子菜等着自己，可是现在。

秦青葙坐在椅子上晃着腿，从抽屉里摸出瓜子："好无聊啊，路迦和。"

"好饿啊，路迦和。"她一边嗑着瓜子，一边忙里偷闲地嚷嚷，喊着路迦和的名字。

等到路迦和站在她面前，她才吓了一个激灵，还好自己没嚷出来"路迦和，我喜欢你呀"这种话。

"你回来啦，"秦青葙赶紧起了身，拍拍自己的座位，"你坐你坐。"

她这狗腿的样儿，完全是看见路迦和手里提着的袋子，上面写着"炸鸡"两个大字。她眼里冒出光，吸了一口口水："那个，你吃饭没，要不要我给你做点儿什么？"

"好呀！"路迦和回答。

好什么？秦青葙瞪大眼，她根本不怎么会做饭，做饭什么的是客套话，他为什么听不懂？

“啊……”她瞥了瞥他手中的袋子，他没反应。她又瞪圆了些眼睛，视线里全是那袋子上的“炸鸡”二字。

路迦和看见她的动作有些想笑，却还是不动生色地把炸鸡袋子朝柜台上一搁。

秦青葙吞了一口口水，眨眨眼看着他。

路迦和好笑地说：“我在路上吃过了，你随便把粥热一下，我喝点儿就成。”

炸鸡袋里没有炸鸡了。

炸鸡是他送路溪之去车站的时候，路溪之塞给他吃的，他吃完后，在路上没找到垃圾桶，便一路带了回来。

秦青葙这才注意到这袋子瘪瘪的，似是一个空袋子，只飘着残留的肉香。

她很不开心。在美食面前，她决定把对他的喜欢减少一分。

路迦和停顿半晌，从兜里摸出一个小盒子，递给她：“这个给你。”

她无精打采地接过来：“什么？”

这个盒子只有她的手心大，四边形，有棱有角，磨砂黑，在手心里掂了掂，有些分量。

她有些好奇，打开。

一对镜面带绿光的珍珠耳钉躺在同色系的天鹅绒里，耳针是纯金的，光线照进来，折射出光泽。

秦青葙再不识货，也觉得不便宜，她接也不是，不接也不是，一时间呆在那儿。

“怎么了？”她呆呆的样子说不出来的可爱，他想摸摸她的脑袋，好不容易忍住，一本正经地说，“帮你找回耳钉不开心吗？”

“找回来的……耳钉？”当她傻是不是。

“开心！开心！”一个谎言要用一连串的谎言来圆，秦青葙有些想哭。

“戴上去看看。”

“戴……戴上去？”秦青葙有些结巴，她拿什么戴，她没法戴啊，她根本就没有耳洞，“长……长住了。”

“啊，”路迦和的表情有些惋惜，“那……”

“那就收起来吧。”秦青葙截断他的话茬。

“那你下次万一再一不小心弄掉了怎么办？”路迦和陷入思索，“不如你再打一个。”

“好是好，”秦青葙瞄他一眼，纠结道，“不过这附近也没有地方打耳洞，还是先收起来吧。”

简直太机智了！秦青葙心里暗笑。

当路迦和掏出来一个不锈钢耳枪的时候，秦青葙就笑不出来了，她哆哆嗦嗦地看着他：“不，你无证经营。”

“别怕啊，我大学选修过几年西医课程，保准给你打得美观又好看。”

他明明一本正经地解释着，可是秦青葙总觉得他带着笑。

“今日不适宜。”她捂住耳朵垂死挣扎，“对，我看过皇历了，今天光棍节，忌打耳洞。”

十一月十一日，俗称的“一阳节”。

“我也看过日子，今天打不疼。”

“胡说！”秦青葙不信，“谁说的？”

路迦和睨了她一眼，眼睛弯了一下：“东晋道士徐真人在《玉匣记》里说的。”

他看她还不信，于是背起来：“女子穿耳，吉日宜节日，譬如一阳节。”

秦青葙，“……”

好吧好吧，她视死如归地伸出脑袋。

路迦和在她脑袋上拍了拍，又揉了揉，等她要反抗的时候，起身问她要了一支眉笔，消毒用的是自家酿的酒。

他拿着眉笔研究了打耳洞的位置，耳垂正中偏下一点最好看。

他用拇指和食指在她耳垂上揉了揉，把耳垂稍微揉得薄一些，比较好打，他的初衷是这个，可是她耳垂的触感真好，他有些不想松开手。

耳垂很凉，而他的手指却源源不断传着热气，烫得秦青葙面红耳赤，她忍不住问："好了没？"

"快了。"路迦和回答。

又过了好一会儿，他还是没有松开她的耳垂。

等到秦青葙又要问的时候，他的手指却突然离开，然后是"咔"的一声。她嗷了一嗓子，却没有意料之中的疼，是热热麻麻的感觉，过了一会儿，就什么感觉都没了。她尴尬地张着嘴巴，又慢慢地合上，然后歪着脑袋问："这就打好啦？"

他退后几步打量着，Akoya的珍珠耳钉是他在商场里挑出来最适合她的耳钉，这种珍珠因为人工精细养殖和海水的温差影响，表面覆盖一层优良的钙结晶，有着强大的光泽度和晕彩，此时坠在她的耳垂上，圆润光泽，衬得她锁骨和颈部的皮肤越发莹润。

他忽地皱了皱眉。

"怎么了？"秦青葙手边没有镜子，看不见自己戴耳钉的样子，但是她觉得耳钉那么好看，她自己……唔，也好看，所以应该不会太违和吧。

"别动，"路迦和靠得越来越近，提了眉笔贴近她的眉尾勾画了几笔，然后用小指指腹轻轻扫了扫，"这样就更好看的。"

除了你之外，我再也看不见其他人。

好看，比较好看，更好看，最好看，都是你，从来都是你一个人。

第三章

喜欢这个世上唯一的她

Erni
Jingshenshihai

秦青葙没有躲，转过身子看向他。这突如其来的亲昵让她有些发怔，她双眸黑白分明，每当茫然的时候，便如稚童一样清澈。

路迦和的目光落在她微翘的睫毛上，湿漉漉的，像是混了初冬的寒气而浅浅润泽，莫名地让人心中微微发痒。他食指和中指夹着眉笔，笔尖朝下在两指间转了转。

“秦老板。”他的眼睛看向她。

“嗯？”秦青葙回过神。

路迦和继续说：“秦老板，你真好看。”

她心中隐悦，却轻哼了一声：“你真会拍马屁。”她说完，却突然顿了顿，然后踟蹰地问，“你夸过多少人？”

路迦和听了这话先是一愣，而后抬眼看她。她对上他的目光，整个人有着隐约的期待。

路迦和故意做出沉思的样子，然后一本正经地说：“在夸过的那么多人里你最好看。”

秦青葙有些失落。她垂下眸，只过了几秒，又抬起头，伸手推搡着他的肩膀，没好气地说：“路迦和，别以为夸我就可以逃避干活，想得美，快去做饭！”

她起身的时候，耳垂上的珍珠也会跟着晃，晃出一圈一圈的光晕，晃得动人、耀眼，晃到路迦和心里，然后孕育出更多的情愫，云烟弥漫。

“好的。”路迦和的心情很好，答应得很利落。

他朝洗漱池的方向走了几步，一边挽起袖子一边朝她笑：“那如果撩到老板，是不是就可以跷起二郎腿，闲嗑瓜子，什么都不用做了？”

他笑的时候，薄唇会弯起好看的弧度，最后一丝的距离感都被冲刷得一干二净。

她对这调侃感到赧然，剧烈跳动的心在不断地提醒她，那个叫作“爱”的东西正茁壮成长，枝繁叶茂。

“大约是可以的。”她忽地闭上嘴，咬住了舌尖。她不应该说出这句话的，好像落了下风，于是她装出恶狠狠的样子，瞪圆了眼，“路迦和，可是现在不按时做饭是要扣工钱的。”她嘀嘀咕咕，“路迦和，你不好好存钱以后没钱娶媳妇儿的。”

秦青葙很喜欢喊他的名字，路迦和路迦和，真好听，怎么都喊不够，后来喊了一辈子都没有厌烦。

她一遍遍不厌其烦地喊，他一遍遍不厌其烦地应。

路迦和得到了满意的答案，嘴角弯起的弧度更大，他挽起袖口对着水管洗手：“好的，秦老板。”藏青色羊毛衫的袖口翻了两层，最外边是绒绒的毛，让人感觉很温暖，就像冬日暖阳，就像路迦和的笑，就像路迦和。

秦青葙忍了一会儿还是蹭了过去，她手指微微蜷起，只伸出了食指和拇指，偷偷地扯了扯衣服边细软的羊绒。

很软。

很想蹭一蹭，再打个滚。

她忍不住多摸了几下。

等路迦和投来询问的眼神，她才收回手。

她有些尴尬，遮掩道：“我来帮你试试水温。”

房间里是热水器，加热的开关刚打开没多久，热水还没下来，此时水管里的水还是冰冰凉的。路迦和抬起手臂拦住秦青葙的动作：“还凉得很。”他的手浸在水里，一面说着话，一面清洗着菜盆里的蔬菜，水纹荡开，看不太清楚，可偶尔手指抬起的瞬间，仍能感觉出他手指修长、指节分明。

秦青葙关了水龙头，反手撑在琉璃台上。

“等会儿再洗，路迦和。”她声音软软糯糯，有着宴河山水养出的风情，此时却带着不容置喙的坚定，“水凉。”

“大学的时候，我们男生经常洗冷水澡。”路迦和说，“都习惯了。”

秦青葙默默地对比了自己的手，咂舌道：“真是羡慕。”她叹了口气，“我们女生大姨妈受点凉就会疼得不得了，疼得脸色苍白，还有的人疼得晕过去。”她表情丰富，很有渲染力。

路迦和好奇地接了句：“真的……有那么疼？”

秦青葙不屑地瞥了他一眼，看他们男人，永远不知道大姨妈有多么可怕。她有心阐述一下女人是有多不容易，于是问道：“你这辈子最痛的经历是什么？”

路迦和没想到她会突然问这个，略微想了想：“帮人打了官司，结了仇家，让子弹打进了肺里。”他的手还是湿漉漉的，所以只隔空比画了位置，说得平淡。

这件事秦青葙不知道，因为她认识的人里没有谁跟路迦和有过深的交集，她也无从得知，只知道他念了法律，出了国镀了金又回了国，在一些难缠的官司的胜诉律师一栏中经常看见他的名字。才几年工夫，他已成为一个炙手可热的知名律师，可就算是天才，想要不泯然众人，也要付出更多的努力。她能想象他的不容易，可没想到这个职业还会伴随这么高的风险。

秦青葙倒吸了一口气，小脸整个纠结在一起。

路迦和看到她这样子，很想说，已经过去很久了，不疼了。

她嘴巴动了动，说：“路迦和，你为了赢我真是下了血本！编……”顿了顿，她把后半句话吞进了肚子里，那后半句是“编出了这么一个故事”。

以她对他的了解，路迦和一定会说“对啊，骗你的”，然后两人哈哈一笑，就把这件事揭过去了。

她突然想起那一天，她抱着厚厚的作业本经过他的教室，听到老师点他的名字："路迦和，你来念一下你的作文。"

他站起身，抖开卷子，动作漫不经心。

她立马停住脚步，虽然站的地方太阳直射，但她仍站得不偏不倚，因为这个地方能清清楚楚地看见路迦和。

老式的吊扇在上头吱呀响，窗外是蝉鸣，他拿着试卷，朗朗地念："我会选择一样终我一生也绝不怀疑，绝对不会质疑……"那些漫不经心在少年脸上散去，说到最后，他的眼神没有落在试卷上，他目视前方，"绝对不会动摇的东西——法律，这是一种绝对的信仰……"

语文老师在讲台上点评："材料作文、议论作文开头都要写得吸引人，有张力，你们应该多学学人家路迦和……"

秦青萂站在太阳底下，后背的衣服湿了一片，贴在皮肤上很难受，可是她仍站在原地，直到听完他说的最后一个字。

那会儿的他比现在稚嫩得多，轮廓也没有这么分明，唯有眼神不变，黝黑、分明且执着。那时候她就知道，那些话不仅仅是他写在纸上的。

所有的苦难都是勋章，加冕她的英雄。

秦青萂硬生生地把话音转了个弯："便宜你了。"

路迦和有些哭笑不得。

秦青萂说话的时候看起来有些咬牙切齿，可眼神却软了几分。

她义薄云天地说："路迦和，所以你要跟着我发财，让我这个秦老板罩着你！嗑瓜子，追英剧，避开那些风风雨雨。"

路迦和打量了一眼她的小身板。

她在他的眼神里挺直了腰板："用我这高大魁梧的身躯为你遮风挡雨。"

她纤瘦，从腰肢到脚踝，都是柔软，盈盈可握的弧度。说到这里，她自己都想笑，于是不安分地调戏道："快快快，躲进姐姐的臂弯里。”

“不对。”路迦和先是皱起眉头，比画了一下自己的胳膊，“是我来保护秦老板。”他眉目舒展开，点点头，“这样才对。”

秦青葙很难见到路迦和孩子气的一面，可对他那句“我来保护秦老板”满心欢喜，他说什么都对，于是她说：“好好好，你保护我。”

她离他很近，茶香又在她的鼻尖处弥散开来。明明这茶香单独闻起来是冷冽的味道，可是混合了路迦和的味道，竟有种和煦的感觉。

她伸出手指在他受过伤的地方停留住，问：“还会疼吗？路迦和。”没等他回答，然后又小声地自言自语，“我很疼呀，路迦和。”她声音很低，几乎闷在喉咙里。

路迦和没听见。

成年人的世界里就没有“容易”二字。她知道，都知道，道理她都懂，可就是心疼他，这里山好水也好，她永远是他的秦老板多好。

路迦和低下头看她的指尖，她没留长指甲，顺着指尖圆润的弧度，剪得平整，粉粉的红，他想握住她的手，也这样做了。

他碰触了一下她的指尖，那种柔腻的触感让他失了神。

他向来跟穷凶极恶的被告或者愁眉不展的原告打交道，没交过女朋友，身边也都是大老爷们，包括他自己，虽然收拾妥当，但是奔波案子，免不了风吹日晒，算不上白。

可是秦青葙不同，小姑娘娇得不得了，让人想去小心地对待。路迦和忽然有些无措，只想把小姑娘托在手心里娇养。

现在很糟糕，他觉得秦青葙还没有做什么说什么，他就开始节节退败，只差拿了白旗认输。

可是这没什么丢人的，他是男人，男人就应该主动些，比如把她压在墙上，告诉她："嘿，我喜欢你，你得跟我走。"接下来就是强吻过去，吻到她心慌慌，再扛回家。叽叽歪歪、徐徐图之的，像个什么样。

水管没关，水流得欢畅，直到盆里的水满了溢出来，路迦和才后知后觉地关上水龙头。

他清清嗓子，预备说出豪言壮语。

秦青葙已经回到柜台前坐着，怀里抱着一袋瓜子，忙里偷闲地看了他一眼："怎么了？嗓子不舒服？"

"嗯，嗓子痒。"

对比肺部中枪的冲击力，秦青葙觉得嗓子不舒服实在是小事，她"哦"了一声低下头做自己的事情，她说完后又觉得自己的反应是不是有些冷淡，于是补充道："多喝水。

"嗯，多喝开水，路迦和。"

路迦和默了默，过了半晌才说："秦老板？"

秦青葙嗑着瓜子，嘴里含糊道："怎么了？"

"秦老板，把毛巾递给我，谢谢。"

路迦和这人总是这样，好像总见不得她闲下来，明明毛巾就在他面前不远，却要使唤她。

偏偏他的理由还很充足——

"手上太湿，等会儿会把水滴得到处都是，还要拖地。"他说得诚恳。

秦青葙"噫"了一声，没好气地收了手里的瓜子，站起来拿了毛巾扔给他，可屁股还没挨回板凳，他又喊："秦老板？"

秦青葙有些有气无力地回："吱。"

"来，给我打个下手。"

"吱。"

"做火锅吃。"路迦和擦干净了手。

"哎，来了来了。"秦青葙眼睛明亮亮，几步凑到他身旁，

“吃辣的，只要辣的不要清汤好不好？”

秦青箱酿酒数一数二的好，可做饭却是凑合，除了蛋炒饭和西红柿面以外，没有拿得出手的菜，这会儿听到要吃好吃的，干劲十足。

可是说实在的，她帮不了什么忙，就在一旁递递菜还有些手忙脚乱的，可是路迦和没露出一点的嫌弃，这让她更觉得路迦和是个新时代的好青年。

路迦和切菜途中没说话，注意力全部集中在两只手上，上半身微微前倾，离案板一拳的距离。

他连切配料都厚薄一致，左手按稳食材，右手垂直下刀，腕部发力，切一刀后，左手中指的第一个关节朝后退几毫米，再次下刀，心里像有把精准的尺子，分毫不差。

他切完生姜的最后一片，拇指从刀侧抹过，粘在刀面上的几片姜片顺势掉落在案板上。

路迦和伸出左手：“蒜瓣递给我。”

秦青箱手臂撑在桌子上，听到他的话，忙把面前剥好的蒜瓣捧给他。

路迦和做事太认真了，秦青箱无聊地抬起右腿，晃了晃。

“这是什么？”她指向一旁的玻璃器皿。

路迦和刚准备落刀，听见她问问题，停下手里的动作，一一介绍道：“灯笼椒、七星椒、二荆条。都是你买的。”他看向她，特意指出是她买的。

秦青箱摸摸鼻子记起来了，当时超市摆放着一排辣椒品种，她每样都挑了一些。

她狡辩道：“我买的都是一串串的，不像现在这样。”

这些辣椒被放在一个玻璃器皿中，用热水浸泡二十分钟后，小火煮干，再用榨汁机打碎，就是糍粑辣椒。

红艳艳的汁水流进容器里，秦青葙嗜辣，不由自主地咽了一口口水，可是嘴里仍在不停地分泌唾液，她吸了吸口水，声音有些大。她瞄了路迦和一眼，见他没有注意到自己，于是舒了一口气，却又看到他肩头微微发颤，他在笑她。

“喂！”她有些羞恼，伸出手点点他的肩头。

“怎么了，秦老板？”路迦和憋住笑，转过身，面色淡然，哪里还有刚才的一丝笑。

“哎，没什么。”秦青葙摆摆手，尚存最后一丝侥幸。

“哦。”路迦和转回去，背对着她，小声说了句，“好吃。”他说“好”字的时候，发的第四声，唯恐秦青葙听不到，说完还轻咳了一声。

路迦和的这种行径，就像是上学的时候男孩子对待前座心仪的小姑娘，明明喜欢她，却偏偏要扯松她的马尾，惹恼她，看她怒目而视的时候，心里却为接近了她而欢喜。

“哎，我说……”秦青葙的侥幸都掉在地上碎掉，准备辩解什么给自己找场子。

可是路迦和却看向她，一脸无辜地说：“我在说这些香料。”他指过去，“香叶、山柰、草果、陈皮、丁香、豆蔻、八角、桂皮，好吃。”

“都是中药。”秦青葙眉毛抖了抖，“好吃的中药？生吃？”

路迦和正核对着香料，突然侧过身对她说：“青葙。”

他念的是她的名字。

他说：“二月抽青苗，生平谷道旁。”

青葙子，味苦却明目，也是一味中药。

这个她知道，她外公是中医，她的名字是外公给她起的。

可路迦和的下句话是：“青葙很好。”

秦青葙一时有些捉摸不准，他是在夸她的名字好，还是说这一味中药好。

她撇撇嘴："哪里好了，我觉得太素净。"

从小到大，这个名字总被人夸是个好名字，可是秦青葙觉得这个名字起得一点也不贴近她本人。要是光看见这个名字，估摸着叫这个名字的姑娘，有着书卷气，搬着小板凳安安静静地坐在一旁，当个乖孩子。

秦青葙在家时还好，一到寒暑假，去外公外婆住的瑞县过长假，简直就是放飞自我。别的孩子都去少年宫，学各种特长，可秦青葙不，她每年都是把重重的书包背过去，过完假期，再原封不动地背回家，开学前两天再狂补作业。

瑞县四面环山，中间是河，秦青葙的日常就是钓虾、摸鱼、抓螃蟹，还有当大哥。

外公是个老中医，在当地名望很高，一帮跟秦青葙差不多大的孩子就把秦青葙当成孩子王。

秦青葙有段时间特别迷恋陈浩南。陈浩南有着一帮兄弟，秦青葙看着围着自己的一帮小弟很满意，她跷起二郎腿："哎哎哎，你，对对对，就是你，把鼻涕擦擦。"

被点到名的人，赶紧抬起手背在鼻子上蹭了蹭，乖乖地吸了吸鼻子。秦青葙满意地点点头，她觉得当大哥的感觉真不错。

陈浩南每天带着一帮人抢场子赚大钱，秦青葙打量了自己的细胳膊细腿，拎刀有些吃力，不过前几天刚带着小弟们捡了蝉蛹，她掰掰手指，一共卖了两块五毛钱，也算得上是巨款了，能吃上好几根老冰棍呢，她很满意。

可陈浩南有好看的苏阿细陪着他，她却没有，她苦恼了很久。

这一天，她跟往常一样，坐在石榴树的枝丫上，晃着腿，对着"小弟们"说："大哥我最近很是惆怅。"

她一面说着，一面掰了一个树上结的石榴，尝了一口，涩得很。她颇为嫌弃地看了一眼手里的涩石榴，然后随手把涩石榴朝后一丢。

“哎哟——”身后传来一声惊呼。

她朝树后一看，一个粉嫩嫩的小人儿，捂着脑袋，眼里含着一包泪，瞪着她。是被她丢的石榴砸到了的小人儿。

小人儿七八岁的样子，跟她差不多大，只不过男孩长个子晚。

那小人儿控诉道：“你下来给我道歉。”他额前搭着刘海，眼睛亮得像河面被阳光照耀反射出的波纹，嘴唇薄而红润，脸颊鼓鼓的，像个包子。实话说，这长相让他说话显得很没有气势。

好看！跟苏阿细一样好看。秦青葙起身，踩在枝丫上，居高临下地瞅着小人儿，越看越满意。

她从树上跳下，晃到小少年面前，好好地打量了他一番，然后吹了声口哨，总结道：“我说，你长得挺好看的嘛。”

小人儿瞪了她一眼：“没皮没脸！”

哟，还会说“成语”，秦青葙更是满意，单方面决定：“你当我的苏阿细吧！”

小人儿再瞪她：“神经病！”

哟，还会骂人，有些脾气，她喜欢。于是，秦青葙拦住他：“苏阿细。”她学着电视剧里纨绔少爷的样子，随手在小人儿手背上拍了拍，表示自己很满意。

小人儿第一次遇到这种不讲道理的人，他甩开她的手，怒目而视：“谁……谁是苏……苏阿细，我……我是路……路……”

秦青葙也没仔细听他说什么，但是她对好看的人格外宽容，她嘻嘻哈哈地说：“别生气别生气，我罩着你，小小……小结巴。”

她又凑过去，捏住小人儿的脸扯了扯，感叹道：“真软。”

小人儿留着刘海，软软地搭在额前。秦青葙又说道：“这么长的头发，像个小姑娘一样。”说着说着，她突然瞪大眼睛惊讶道，“你不会就是个小姑娘吧？来，把裤子脱了让我们看看。”

旁边的人跟着起哄。

小人儿没想到跟母亲一起出个差，会遇到一只无赖的皮猴子。他气得满脸通红，却只会骂“不要脸，流氓，神经病”一类的话，可这种话对秦青葙来说，根本造成不了半点伤害。她指着小人儿，对着一帮半大不大的孩子说：“这是我的苏阿细。”

“对，是大哥的人。”

“我们都罩着。”

那些孩子纷纷响应。

秦青葙还想说些什么，突然，她听到了熟悉的“嘎吱”声，忙停止动作，脑袋机械地往后转，是爸爸的车。

爸爸妈妈回来了，她立马收敛了嬉皮笑脸的样子，拨了拨刘海，朝着摇下车窗的爸爸露出甜甜的笑。

秦树明喊了一嗓子：“回来写作业！”

秦青葙觉得很没面子，她想着自己已经八岁了，到了可以叛逆的年纪了，该说“喊什么喊，老子就不过去”。她心里这么想着，头也跟着昂得很高。

走下车的秦树明睨了她一眼，她忙朝着车的方向跑了几步，也没再为难小人儿。她走到自家爸爸妈妈面前，笑得很甜：“嗨，秦先生、秦太太，一天没见，我很想你们。”

秦树明满意地点点头，拍拍秦青葙的头：“走，进屋去。”

秦青葙点头。她走在最后，进屋的时候朝身后望了一眼，她的苏阿细已经不知道去哪里了。她跺跺脚，她还没有告诉他，自己的名字呢。

在瑞县第二次见面的时候，两人隔了一条两三米的小河沟。小河沟水很浅，秦青葙正蹲在水里，看到小人儿后，她站起来，手里正拎着一只螃蟹，她只顾着看小少年，手被螃蟹夹住了也不管不顾，只高兴地冲他喊：“苏阿细。”

小人儿看见她后第一反应是转身就走，可顿了一下又回过头来。这次，小人儿说话很流利，他冷冷地看着她："陈浩南没你这么长的头发，你一点也不像。"他没等她说话，又道，"上上下下，哪里都不像。"

秦青葙龇了龇嘴，被重重地打击了。她扔掉手里的螃蟹，扯了扯自己束起来的马尾，觉得他说得很有道理。

比起抓住苏阿细还是当大哥更重要，秦青葙满门心思地想着怎么更像陈浩南。她朝着岸边跑了几步，想起什么又转过身对他说："那个，我叫秦青葙，中药里的那个青葙。"她抓抓头发，不好意思地朝他笑，"那个谢谢你，我要去剪头发了，下次见。"

小人儿低低地哼了一声："名字是好，人却是笨蛋。"

小人儿把这个名字放在嘴里来来回回念了几遍，觉得很好听，又听说青葙是中药里的一种，就更觉得神奇。

小人儿回去翻字典，翻开1998年版本的《新华字典》，看见"青葙"一词旁配的插图是一朵鸡冠花。

小人儿笑得前仰后合："是个好名字。"

三块钱剪一次头发，三块钱也能吃到六根老冰棍，于是秦青葙觉得自己动手剪才最划算。最后的结果是，她顶着狗啃的头发被妈妈拎到理发店，修了个寸头，被同学笑了快半年。

好久之后，秦青葙才想起来，她只告诉小人儿自己的名字，却忘了问他的名字，也忘了告诉他，剪了头发的自己也不像陈浩南，却圆了少年时代的一个英雄梦，虽然就是屁股有点疼，她老爹下手也忒狠了。

"是了，太素净了。"秦青葙眯着眼睛看向路迦和，无比怅然地说，"所以我想过改名字，叫秦浩南。"

"哪里素净，红得发紫的一朵。"路迦和眉毛一扬。

路迦和把香料装袋封口，再用小木槌敲碎，放进牛骨高汤里。

锅里淋过冷油，菜籽油打底，再放牛油，大火烧开，再转小火煮一小时，红油就翻滚上来。

桌上的锅口蒸腾着白色的一团雾气，香气弥漫，勾出人肚里的馋虫。

秦青葙馋得差点被口水淹没，早就忘了追问刚才路迦和的话是什么意思。

她在餐桌旁坐得笔直，问："路迦和，我可以吃了吗？"

锅里的食材满满的，用的九宫格，蘸料是蒜蓉和香油，离得最近的一格是宁蒗裂腹鱼。

"当然，这都是你的。"他笑。

"都是我的，那你不吃？"她反问。

"……"路迦和沉默了一会儿，"吃。"

"噫——"秦青葙挑挑眉，"那还说都是我的。"

秦青葙伶牙俐齿得很，但偏偏她说话的时候，总是弯弯眼，让人计较不了，只觉得神情鲜活极了。

这边，她刚吃了几口菜，放下筷子又问："吃火锅是不是要配上酒才好？火锅和啤酒很般配是不是？"

路迦和本来打算说，火锅和冰冻啤酒是夏天的事情，现在已经是冬天。

可还没等他说话，秦青葙自己说完又懊恼地抓抓头发。

"没有啤酒，白酒好不好？"她眼睛亮晶晶，很期待。

秦青葙期待的不是喝酒，而是喝完酒后的路迦和，最好是喝醉酒后的路迦和，哼哼，喝醉酒后，他就什么都不知道，就不要怪自己为所欲为。

她想得开心，一双眼睛更是发亮。

于是，路迦和在她满眼的期待里说："嗯，很般配。"

秦青葙颠颠地抱出来一坛今天刚酿好的酒，坐下来，先给他倒了一杯，又给自己满上。

"女孩子不要喝酒。"路迦和说。

秦青荀神色莫名，嘟囔道：“跟我老爹一样，他每天也是这样，一边教我酿酒，一边说‘你不要喝酒’‘少喝点酒’……可是那时候我一口都没喝到嘴里去。”

路迦和给她夹了不少菜，热腾腾地堆在碗里，最上面是一块豆腐：“说得对呀，要多吃蔬菜。”

秦青荀戳了戳那块豆腐，夹了起来，尝了尝：“真好吃。”

路迦和得意，他的手艺本来就特别好。

可是，他的笑容还没放大，秦青荀又继续说：“更像我老爹了，他做的水煮豆腐也特别好吃。”

“……”

路迦和默了默：“你想家了？”

“我才不想呢，谁想他们了。”她放下筷子，大声说，“我妈整天就弹琴臭美，我老爹每天说得最多的就是‘臭丫头，又想挨揍了是不是’。”她模仿着，可是越说越小声，“我才不会想他们……”她鼻子很酸。

小时候生活水平不像现在这样，想吃肉就能吃到肉，能吃到肉很奢侈，她长身体的时候每天都缠着爸妈要吃肉，后来爸爸就想了一个办法，用铝锅煮鱼和豆腐，鱼只能买得起半条，但是白花花的一堆都下进去，在氤氲的水汽里看起来有很多很多的鱼肉。

热腾腾的水滚着，像好些鱼眼睛，她搬着板凳在一边乐，爸爸把盘子里一块一块的豆腐拨进水里，等熟了，在氤氲的热气里伸进筷子，夹出鱼片，都放在她面前的碗里，爸爸和妈妈吃剩下的豆腐。

她看着三个人面前碗里的东西不一样，小小年纪，也懂事，把肉夹到爸妈碗里，自己夹了豆腐。

秦树明凶她：“臭丫头，不要把碗里的东西夹来夹去。”

她朝他扮了个鬼脸，嚷嚷着要吃豆腐。

……

想着想着，秦青葙鼻子更酸了，晃晃脑袋，没人跟爸爸分肉了，爸爸肯定吃胖了，他肯定很开心，自己才不要想他。

“路迦和，来，喝酒！”她挑挑眉，满是自豪，“我会酿很多种酒。”

“我知道的，你一直都很厉害。”路迦和由衷地说。

“你在夸我？”她笑，“那你说说我有多厉害？”

路迦和语气诚恳地说：“你很好看，做事情的时候很认真。”

秦青葙心花怒放，支起下巴：“你是第一个这样说我认真的人，但实际上我自己都觉得我做任何事情都是三分热度。”

“不是，”他反驳道，“不是这样。”

秦青葙眼神探向他，他不笑的时候有些严肃，眼睛黑白分明。

秦青葙微愕，他是认真的。

“不是的，”他说，“你酿酒很好，拉琴的时候也很好。”

“你知道？”她惊讶。

他们是高中校友，但一个高中也有很多人啊。

路迦和没有回答她这个问题，只是问：“后来，为什么没有拉琴了？”

他面前放着一杯酒，盛在水青色的瓷杯里，桌面平坦，杯中酒波澜不惊，但他碰上去，水纹便在杯子里荡了荡。

“我……我不喜欢。”秦青葙垂眸，摊开手，一两年没有练琴，早年磨出的茧子也看不见了。她再抬头的时候，脸上是笑着的，“都说了，就三分热度而已。”

“三分热度，有时候突然就不想努力了。”她小声重复，不知在说服谁。

路迦和不自觉地抿了抿唇：“其实我也是，大家都是。”

“嗯？”秦青葙没想到他会这么说，眼睛直直地看向他。

这是他人生中第一次安慰一个女生，此时与秦青葙对视一眼，顿时有些手足无措了。

他不自在地偏过头，斟酌了一下说：“人生最美好的地方就在于，永远多变，永远有选择。”

秦青葙点头。

“你想一想那些迫于现实、迫于压力、迫于生计而丧失选择权利的人，你可以选择，你是多么幸运。”

“是这样……”秦青葙又点头，如果她一直拉琴，有可能一辈子都不会来到泸沽湖，不会开个酒馆，不会自在酿酒，不会再遇见路迦和。

路迦和越说越顺，像打开了话匣子：“有的人觉得让自己成为优秀的人是责任，可有的人觉得必须成为最努力的那个人才算对自己负责，但同样，有的人觉得，过得开心就是对自己最负责的体现……”他顿了顿，“而我希望秦青葙你选择最后一个，做开心的事情，永远都不会后悔。”

她笑，笑得开心。

她说：“我会的。”

锅里的小酥肉完全熟了后，都浮在上面，已经烫了很久，她用筷子拨到碗里，等热气消散的途中问：“你呢？”

“什么？”

“你的选择呢？”

“永不后悔。”他目光坚定，而她喜欢这样的目光。

“包括喜欢的人吗？”她想起那一晚投了骰子之后，路溪之对她说的话，让她心里一直憋着一口气，在灌了不少酒后终于鼓足勇气问了出来。

“是的。”

秦青葙有些不开心，淡淡地“嗯”了一声，杯里的酒又见了底。

路迦和发觉她问话的时候耳尖发红，得到答案脸色却变白，他后知后觉地思考她问这句话的缘由，好像在一瞬间捕捉到什么。

可少女的心思如夜间的风，虚虚渺渺，以为抓到了，可又在这一瞬间从手心里溜走。

“为什么这么问？”

为什么？

秦青葙心里叫嚣着，因为喜欢你，还能因为什么？

她手中的筷子抵在碗里，因为用力，支点滑向一旁，发出清晰的摩擦音。

她觉得自己的意图有些昭然，掩盖性地摸摸鼻子：“我最近在研究酿酒。”

她迎着路迦和的目光，说话有些磕巴：“比如说……嗯，烈酒，哦，还有米酒……”她努力回想自己擅长的，“比起烈酒，米酒更接近人的味觉本能，它源于谷物的香甜，是人对于美和爱的最初想象和向往。”

说完，她眯着眼又嘬了一口酒。

路迦和蹙着眉认真琢磨，想了一会儿：“那为什么你抱着一坛烈酒在喝？”

“够劲儿呀。”秦青葙说得无比认真，“刚才那是营销手段嘛，总要说得天花乱坠才好。”

喝醉酒的秦青葙很是诚实。

她说话的时候，微眯着眼睛，调整着焦距，还没怎么吃菜，但半缸酒已经倒进肚子里。

路迦和把这坛酒移到自己这边的时候，她还起身去抢，没抢到便撇了撇嘴：“路迦和你讨厌。”

“为什么讨厌？”

她脑袋有些涨，手抵着太阳穴揉了揉：“你抢我的酒就是讨厌。”她生气了，“我不喜欢喝酒。”

说不喜欢喝酒的人，趁着路迦和不注意，抢了酒瓶子，对着瓶口，又是咕咚一口。

路迦和失笑，把菜朝着她的方向又推了推。她闻到香味儿，不舍地放下酒杯。

“小酒鬼！”路迦和说。

她反驳道：“我不喜欢喝，我喜欢酿酒。”

“你知道吗，路迦和，”秦青葙喝得有些多，大舌头了，“酿酒的人最重要的是耐心。”她右手握起来，捶了捶桌子，“就像我，我也耐心，我每天把稻米放在蒸笼里煮熟，把每一粒稻谷都变成米饭，变成一朵朵棉花一样的形状，”她用手比画出来，“就像这么大的云朵。”

“我还要把正好的稻米摊凉，把准备好的酒曲按比例拌匀、发酵、蒸馏提纯，比对勾兑，”她吸吸鼻子，“每一天都做一样的事情，我不是不喜欢，但是我有更喜欢的，我喜欢……”她看着自己的手，却不再往下说了。

秦青葙看起来很忧伤，好像酒精这种东西总能催发埋在人内心深处的情绪。

她说累了说饿了，酒壮人胆地使唤路迦和：“多烫一点菜。”

路迦和拿着公筷朝锅里拨着牛肚，他的声音一如既往的好听：“好。”他把牛肚捞起来放进秦青葙的碗里。

她却竖着眉，挑剔道：“就烫了这么两下，就给我吃，没熟会拉肚子的！”

“牛肚不能涮久了。”路迦和很耐心，他的声音像冷冽的清泉、鼓楼的钟声，声声入耳，敲在秦青葙的心上，心里好像起了火花，怎么也扑不灭，反而越烧越旺。

秦青葙眼睛里恍惚朦胧的路迦和幻化成两个小人来，一样的眉眼，而后又重叠在一起。

“嗯，牛肚不能涮久了。”她跟着他的声音在念。

“来，这个给你吃。”路迦和把烫好的香菇放进她的碗里。

秦青葙的筷子放在一侧，她没有去拿，嘴里念着一样的话：“来，这个给你吃。”

她在学他说话，像只小鹦鹉一样。

路迦和说一句，她便紧跟着重复，她觉得好玩。

等路迦和不说话的时候，她还一脸费解地瞪着他，不乐意。

喝醉酒的秦青葙连皮肤上都浮着一层粉红，执拗地等他再开口说话。

路迦和乐了，笑出声来。

秦青葙跟着学他笑，可是不太像，她又一遍遍地轻声笑。

喝醉酒的秦青葙居然还有这样一面。

他伸出手扯了扯她的脸蛋，动作极轻：“小呆子，你不要笑了。”

秦青葙立马冷了脸蛋，拍开他的手，端坐着。

“你……”她身子晃了晃，路迦和连忙扶住她的肩膀。

她刚一坐好，就继续刚才的话：“小呆子，你不要再笑了……”她皱皱眉，掰掰手指，“好像多了一个字。”她眉毛皱得更深了，摇摇脑袋。

这样的秦青葙痴痴的，一点都没有平日里的机灵劲儿，但还是那么可爱。研究表明，越喜欢一个人就越看不见她的不好，目光所及都是好，路迦和觉得今天的自己比昨天更喜欢她，他想到老的那一天，在他眼里，秦青葙一定会是这世上最可爱的老太太。

路迦和揉了揉她额前的碎发，突然极轻地弯弯嘴角：“秦青葙，我喜欢你。”

她微倾着头，一双眼睛睁大了看他，像是思考。她觉得他说的那个名字真熟悉，像是在哪里听过，但是想不起来，她眉头皱在一起，但半晌眼睛一弯：“秦青葙，我喜欢你。”

路迦和更乐。

她托着脑袋，一副等他表扬的样子，可爱极了，他心里一动，这一次他掰正她的身子，正视她的眼睛。他说：“路迦和，我喜欢你。”

这一次，秦青葙的眼睛亮晶晶，她听到这个名字突然很认真，从善如流道：“路迦和，我喜欢你。”

她说得很慢，每个字都说得很清晰。

这一次她没有再等路迦和说什么，她继续说：“如果你是法官，我是犯人，我当场就认了自己犯的罪行。”

世人皆有罪。

你与我同谋。

她有什么罪行，贪婪，对他的贪婪。

路迦和神色变了变，他靠近她，手拨开她的头发：“你喝多了，秦青葙。”

她半眯着眼睛笑，笑容沉淀在眼里，蜜枣糕的甜。

他俯下身，眸色深深：“喝多了会被狼叼走的。”

“就像这样。”他的手支起她的下巴，挑起来，拇指在她嘴唇上摩挲。秦青葙的唇很薄，带着棱角，嘴角上扬，笑起来弧度更大。他突然用力了几分，秦青葙的眼眶立马就红了，手指扯住他的袖子，控诉地看着他，嘴里嚷嚷：“疼……”

“谁让你忘了我。”他语气恨恨，动作却轻了。

秦青葙的衣袖上绣着一只梅花，是衣服上原本就带着的，先前只觉得好看，可等路迦和离她这么近的时候，却觉得这朵花是从他心上长出来的，一路蜿蜒，将他紧紧缠绕住。

他笑得更深，把她的下颌抬得更高，然后倾身吻了上去，从她的眼角开始，分分寸寸，设下诱惑，末了还意犹未尽地舔舔嘴唇。

“就像这样，被别人，乘人之危。”

喝醉酒的秦青葙只觉得全身都在发烫，只觉得面前这个人真真好看，嘴唇也湿漉漉的，像Q糖一样。她咬咬唇，有些踟蹰，但最后还是扑上去，下了蛮力咬住他的嘴唇。

路迦和“嘶”了一声，一手扶着秦青葙，一手摸着受伤的嘴唇，火锅被碰到地上，彻底不能吃了。

始作俑者还揉揉眼，抱怨着Q糖一点也不甜。

路迦和恶狠狠地揉了揉秦青葙的头发，帮她擦了擦脸之后，把她丢进她的卧室里。秦青葙滚进软软的床上，舒服地哼了哼，往枕头处拱了拱，看见面前有个人影。

“谁在那儿，烦人！”她顺手把床头的面膜盒扔了过去，咂咂舌，“去去去，挡住我的光了。”

秦青葙在床上滚了几遭，发现那个没眼力见儿的人还站在原地，不满地使唤道：“去，去给大爷我关上门，碍事的家伙。”

碍事的家伙表示自己一点也不生气，只是重重地关了门，躺在自己床上。

嘶……这一下还真是重，流了不少血，路迦和擦完药，放心不下，又转回去，帮秦青葙脱了鞋盖好被子，蹲下身，掐了掐她的脸：“小没良心的。”

一觉睡到大天亮的秦青葙捧着一碗关东煮跟邻居阿扎聊得正欢的时候，看见路迦和买完菜从门口进来，他脸上青紫了一块，嘴巴也破了块皮，便顺口打趣了一句：“嘿，路迦和，你被哪个阿夏（在泸沽湖当地，一般指对女性的称谓，但男性说‘这是我的阿夏’则意味这是我自由恋爱选择的永远爱人）咬了一口，真是好烈的阿夏。”

路迦和抬手蹭了蹭嘴角那块红肿，睨了两人一眼。泸沽湖还是走婚习俗，看对眼了不论男女立马就能展开攻势，这个阿扎这周已经是第四次送关东煮来了，路迦和看他很不顺眼。

“出门摔了一跤。”路迦和没好气地说。

秦青葙笑得幸灾乐祸，龇牙咧嘴道：“哎呀，你这小身板，要多学学我，多吃饭多吃肉，强壮之后哪能出门被磕到。”

“关东煮好吃吗？”路迦和理所当然地把阿扎挤到一旁，把新鲜的蔬菜放在旁边，硬生生地把阿扎隔出很远的距离。

“好吃呀！”邻居阿扎做的关东煮跟外面摆摊卖的完全不同，这份关东煮的底汤是泸沽鱼高汤、酱油、砂糖和味淋调制而成，汤色稍浓但咸鲜可口，配上了柚子、胡椒和芥子，味道又酸又甜又辣，食材以根茎类蔬菜、魔芋、豆制品和鱼肉糕为主，每种食材入锅的时机都经过了细致的处理。

秦青葙这几天已差不多把关东煮的精髓学到手，她把重点都行行列列地标记在本子上，她想在路迦和走之前能做给他吃一次。她把碗送到路迦和面前：“肉丸好吃，蔬菜也好吃。”

有这么好吃吗？阿扎做的关东煮就好吃到让她眉开眼笑？路迦和面色更冷，阴恻恻地朝她笑了一笑：“是吗，蔬菜很好吃，我也觉得。”

秦青葙不禁打了个寒战。

路迦和保持微笑：“还不去酿酒？看看都几点了。还有你，”他转过身对阿扎说，“你怎么还在这儿，挤死了，没见这空间这么小吗？”

秦青葙觉得路迦和不开心了，反思了自己作为老板的确有些好吃懒做，于是跟阿扎道了谢，赶紧扭过头抱着刚买回来的新鲜米进了酿酒房，回过头就把这件事忘了。

阿扎抱着剩下的一碗关东煮傻傻地站在原地，咧着嘴看着秦青葙的背影。

“有什么好看的，”路迦和挥手赶人，“我们要营业了。”态度很不耐烦。

阿扎不好意思地挠挠头：“就走就走。”他依依不舍地往酿酒房看了几眼，又转身把剩下的关东煮塞进路迦和手里，“很好吃的。她都说很好吃，你吃你吃。”阿扎的汉人老师说“爱屋及乌”，连同乌鸦也喜欢，所以质朴的阿扎觉得喜欢秦青葙，要连同脸色冷冷的路迦和也一同喜欢。

路迦和随手就把盒子放在一边，可这香味即使隔着袋子也源源不断溢出，于是等阿扎一走，他拾起筷子，夹了一片生菜塞进嘴里，整片菜叶上都是鲜美的汤汁，弥漫在舌尖味蕾上，他眯眯眼，忍不住夹了第二片……

路迦和吃掉了整碗关东煮，才意识到自己的错误。

“难吃死了，就想用这么难吃的东西把秦青葙哄骗走？”他嫌弃地扔掉塑料碗。

而后一周，酒馆的食谱是水煮白菜、水煮土豆、水煮胡萝卜，连一块肉都没有。

秦青葙喜欢吃肉，喜欢吃鱼，于是，她在餐桌上以消极进餐抗议。

路迦和倒是吃得津津有味，吃饭的途中抽出空来点评一句：“这道菜我可是一滴油一块肉都没加，水煮的蔬菜，健康。”

他还问：“怎么不吃？”顺手夹了一堆白菜堆在她的碗里。

“我克扣过买菜的钱吗？”秦青葙问。

“没有。”

“那为什么没有肉菜？”秦青葙拿筷子在碗沿磕了磕。

路迦和笑：“你不是说喜欢吃蔬菜嘛，吃素有益健康。”

秦青葙默了默，好像明白了什么，之前夸阿扎，路迦和这个小气鬼不乐意了。她嘀咕道：“小气鬼。”

“呀，小气？”路迦和似笑非笑地看着她，“可是前不久还遇到了一个去我家偷苹果的小贼，我都没有同她计较。”

“那还能怎么样？还能把人揍一顿？”秦青葙贱兮兮地挑衅。

他放下筷子，慢条斯理地把嘴里的饭嚼碎吞下去，才说：“你在这里生活这么久，也该知道，泸沽湖人家夜不闭户都没贼，是因为过去在这里盗窃会被砍掉双手的。”

“有这么严重？”秦青葙还真是第一次听说这件事。

“当然。”他点点头，继续说，“当然，在现代这属于私刑，是违法的，但在法律的界限里，偷苹果这种事还是能大惩小戒的。”

“就几个苹果而已，上升不到法律吧。”秦青葙咧咧嘴。

“你是在质疑一个律师的专业知识？”他挑眉。

秦青葙知道他在逗自己，不太在意，拍了拍他的肩膀，一副哥俩好的样子：“你吓我的，我知道。”

路迦和眼神落在搭在自己肩上的手上，皱皱眉：“你当我在开玩笑吗？”

秦青葙心里思量了一下两个人的交情，除了自己暗恋他这件事，好像真的没了交情，而且，她还贪污掉他的银行卡、饰品，还使唤他做些杂活，最后，还对他做的饭菜挑三拣四。

她对住他的眼神，哆哆嗦嗦地说：“难道不是？”

“当然不是，如果我心情不好，认真跟你打这个官司，你可能要赔上这个酒馆。”路迦和笑，“我就翻身做了主人，除非……”他顿了顿，“除非我心情好，愿意私了。”

“那你现在心情好不好？”

路迦和笑得好看：“不好。”

“……”

他继续吃着饭，还张罗着让秦青葙多吃点。他笑得灿烂，秦青葙就知道，他是吓自己的，他就是个锱铢必较的小人，摆明了让自己讨好他。

秦青葙很生气，她这么一个有尊严有追求的新时代好青年，怎么可能如他所愿，不就是吃素嘛，哼，她决定抗争到底。她张张嘴，肚子也随之“咕噜”一声。

她默默地夹起一筷子菜，扬起笑："今天这菜真好吃呀。"

果然人是铁饭是钢，一顿不吃饿得慌，抗争"帝国主义"也要先填饱肚子才有力气出声反抗。

不过幸好秦青莉有油炸小鱼干，她要自食其力，反抗万恶的"帝国主义"。某晚，她下楼从厨房冰箱里搜罗出一袋冷冻小黄鱼，解冻之后，油炸烹饪，炸得脆黄鲜香，给了适当的盐，再撒点孜然粉，简直酥掉了整只舌头。她心满意足地吃了一整盘，吮了手指，拍拍肚子。吃完后，她把余下的小鱼干又妥当地塞回冰箱里。

这才叫生活，这几天少了油水，虽然额心的痘痘下去了不少，可是没有油炸没有肉的生活能算得上完美的生活吗？秦青莉掰掰手指，心里盘算着，那剩下的小鱼干还能吃上三天。

她上了楼，踏上最后一层楼梯，陡然看见一个黑影。

"呀！"她轻轻呼了一声。

壁灯"啪"的一声亮了。

她看清楚人，忙拍拍胸口："吓了我一跳。"

"你去做什么了？"他半靠在墙上，灰色家居服的领口微敞，能看见流畅的身体线条，一分一毫都是完美的细节，蓬勃又有生机。看起来比小鱼干还好吃，秦青莉想。

她侧过身子，缓了缓，这才恢复了正常。

"去厨房喝了一碗水。"

路迦和眼神在她油光发亮的嘴角巡视了一番："哦……"

秦青莉做贼心虚地"啪"的一声又把壁灯关了："那晚安。"

第二天，等秦青莉起了床，看见路迦和在门口逗猫。

那是邻居家的虎皮猫，它在门口转来转去，尾巴高高耸立，尾尖轻摇，挨在路迦和脚边磨蹭。它有着独特的斑纹，可爱极了。

路迦和蹲着身子，后背朝着秦青莉，对着虎皮猫说："咪咪，来，给你吃肉。"

秦青葙嘴角不由自主地往上扬，心想，路迦和真是一个有爱心的男人，很温暖。

这种感觉在秦青葙闻到一股油炸小鱼干的味道时戛然而止，她脸色一变，冲了过去。

路迦和手中装小鱼干的袋子已经空了，虎皮猫伸出舌头把路迦和掌心里最后一条小鱼干舔进嘴里，心满意足地“喵”了一声，一眼都没瞧秦青葙。

一条小鱼干都不给自己留，超市早在一个月前就断了货，一直都没有补货，她的零食！秦青葙磨磨牙：“你……”

路迦和听到声音满脸惊讶地回过头：“你起床啦？”他伸出手指了指在自己脚边蹭着的虎皮猫，“你瞧多可爱，是不是？”

肥肥胖胖，肯定是肉吃多了，还摇着尾巴，简直谄媚！秦青葙心想。

她皮笑肉不笑地看着路迦和。

路迦和浑然不知，还仔细打量了她一番，总结道：“你最近气色不好，要多吃点饭，不要连我这小身板都赶不上。”

“……”

秦青葙是真觉得，男神和肉不可兼得。

舍男神而取肉，才是人间正道。

几天后，里格一户人家的儿子举办丁礼。丁礼是成年仪式，酒是在秦青葙这儿买的，也邀了秦青葙参加。

丁礼上有晚宴，请的都是当地大厨，鸡鸭鱼肉，想想就流口水，秦青葙打算一个人去，哼，才不要带路迦和去吃肉！

可是，丁礼的夜晚是有篝火晚会的……秦青葙看了一眼坐在一边的路迦和。他左手搁在桌上，右手指尖轻抵在书页上，正专注地看着。

秦青葙看着他发了会儿呆。他像是感受到这道视线，右手放下来，在桌子上有节奏地敲击着。

秦青葙回过神，问："路迦和，你去过篝火晚会吗？"这么善良的自己打算大发慈悲地带他去见见世面。

"没有。"他眼睛盯着书，头也没抬，"都有谁去？"

"隔壁阿扎，还有卓玛、二车、独只……"她很认真地回答，把能记得的名字都说了说。

又是阿扎，还放在第一个说。路迦和心里冷哼，那个讨厌的阿扎。他"嗯"了一声，很是冷淡，很是敷衍。

秦青葙也没了说下去的欲望，收拾完东西就打算出门，他这么冷淡，她不开心了。

"干吗去？"她经过他身边的时候，他问了她一句，这一次他把书放下来，整张脸露出来。

秦青葙今天穿了针织浅色鱼尾裙，裙摆一圈银色的鳞片，外面是亚麻灰的羊毛披肩，既保暖又好看。

"今天穿得很好看，去约会？"

她心虚了虚，有点像被丈夫抓包的妻子。她摇摇头，怎么能这样想。她直起腰板："去参加篝火晚会。"

"嗯。"

秦青葙准备迈开步子继续走，可看到他悠悠看过来的眼神，似颇具深意。他说："去吃好吃的，又多了油水，看来以后要多吃水煮菜，有益健康。"

秦青葙那一步迈不出去了，她犹豫了一下，问："你要不要一起去？"

他的手终于停止了敲击："既然你这么盛情邀请，那我也只好勉为其难地答应，以免落了你的面子。"

秦青葙："……"

第四章

越过山丘握住你的手

Erni
Jingshenshihai

篝火晚会设在晚宴之后。

院子中央，木杆搭成支架，依次堆垒成垛，请了族中有声望的老人佐依用火把点燃。

篝火点燃的那一刻，路迦和看见秦青葙眼里也随之亮了起来。等着晚会开始的时候，她面对着他说："感觉整个世界都亮起来了。"

"是啊！"路迦和只看着她一个人。

天地间只她一个。

裙子的原因，秦青葙迈开的步子很小，总是低着头，生怕被旁边的人踩到。今天场上大多是摩梭人，舞跳得极好，而路迦和要配合着秦青葙的拍子，所以只有他们两个人跳得不伦不类。

"你不觉得我们像鸭子吗？"

的确像，伸展不了手脚，向左向右打着拍子。

路迦和想到小时候秦青葙衣服上那只唐老鸭，笑："是像鸭子，唐老鸭。"

秦青葙惊讶："你也知道唐老鸭？"

路迦和也惊讶："我也是从小长到大的，也是有童年的。"

秦青葙不好意思地笑："原来大神也是接地气的。"

"无论是谁，这世上大家都吃五谷杂粮，也有七情六欲，都一样的。"路迦和回答。

"也会喜欢一个人吗？"

"会喜欢。"

木头在火堆里炸出火星子，撩出一片的噼里啪啦声。

所有的事情到最后都会有一个答案，有时候秦青葙却不想那么早看到结果，因为怕他会说“对不起，我喜欢别人”。

女性生活的真谛永远不是来自哪个男人，但能被喜欢的人喜欢，绝对是一件再幸运不过的事情。

篝火晚会中，旁边的人总是来回更换，可路迦和握着秦青葙的手怎么也不放开。

他抓得太紧，不知道是谁的手心先出了汗，带着润润的潮，可是谁也没有松开手。

路迦和左边一直都是秦青葙，到了篝火晚会快结束的时候，路迦和的右边换了一个年轻的姑娘，是当地人，穿着民族特有的服装，水红色的裙摆垂在地上，腰间和帽子上挂满了银制的装饰。她笑嘻嘻地挽住路迦和的手，在喧哗中凑过去，用蹩脚的汉语夸：“你很好看，标致。”

路迦和皱皱眉，不好意思直接对一个姑娘家生气。

等到这个阿夏钩起他的手，在他的手心里轻轻挠了三下时，他几乎是一瞬间就丢开了她的手。

她也不恼，踮脚过去说：“你不知道我们当地的习俗吗？你要喜欢姑娘的话就要回挠三下。我是镇上最好看的阿夏，你该喜欢我的。”

“你们在说什么？”秦青葙问。

“没什么。”路迦和一瞬间离这个阿夏更远了。

秦青葙一脸恍然大悟的样子，朝着那个阿夏走过去。

这是吃醋要决斗的节奏？路迦和内心反而有些小激动，秦青葙要给自己出头了，可别打起来了。

他刚想劝说秦青葙，这个阿夏没有占到他的便宜。话还没说出口，下一刻，秦青葙已经钩起姑娘的小手：“我比他好看多了，”她朝路迦和努努嘴，“现在讲究平等……”

她还想说什么，却被路迦和一把拉走了。

秦青葙不乐意：“哎，我还想问她的裙子呢，她裙子水红色，很好看。”

“天黑了，路不好走。”路迦和说。

冬天天黑得早，六七点钟天就蒙上青黑色，现在已经是夜晚九点钟。

原来是怕黑。秦青葙善解人意地想，她要保护路迦和，于是她手一挥，决定打道回府，把好看的裙子忘在脑后。

路边设置的路灯很稀疏，光亮只够看清脚底下路面的情况，经过草甸的时候，岸旁的树枝处挂着一盏灯。

有山有水的地方，空气总是格外好，无论春夏秋冬。

“我很喜欢这里。”他说。

秦青葙是知道的，他的那本地理杂志上，“泸沽湖”这三个字被着重圈了圈，整本书里对泸沽湖介绍的那几页翻到最旧。可是最后，他还是扔掉了，连同那封她写给他的告白信。

“人会变吗？”她看着他问，“我是说喜欢一件东西。”

“如果是真喜欢，是不会变的。”

秦青葙语气变得迟缓了些，她喜欢他，喜欢到只看见那个被他用笔圈出来的地名，便一直记在心里。经年之后，跨过了千山万水来和他重逢。

她忽而笑了：“那时候你学习很好，大家都知道你的。”

“那你呢？”他问，“那你知道我吗？”

秦青葙顿了一秒，有些尴尬：“当然也是知道的。”她又重复，“大家都知道。”

“我也知道你。”路迦和说。

他说话的时候表情淡淡，秦青葙以为他是在说子虚乌有的“早恋新闻”，一时间有些尴尬。她撩了撩被风吹到前面的头发，露出整张脸，那双眼睛像一只会牢牢抓人的婴儿的手。

真是疯魔了，路迦和想，他突然笑了：“你见过夜晚的星星吗？冬天的星星。”

“没有怎么注意过。”秦青荀摇头，这次她回答得很快。

“天空很神奇，你在这头看，他在那头看，看的都是一片天。”

“我知道。”秦青荀说，“小时候就经常听大人讲，你今天看到某颗星星和很多年以后看到的那颗，或许都是一颗星。”

路迦和停住脚步：“不知道泸沽湖的星空有什么不一样。”

湖边安静得只剩下风的声音。

挂在树上的灯还亮得很。

与喜欢的人看星星也许是件很浪漫的事情，可秦青荀有些抗拒：“可我不喜欢看星星。”

她说话的时候听起来语气坚定，却下意识地垂下眼睛，不是厌恶，因为她没有抗拒的肢体反应，反而是难过。

路迦和下意识地用学过的心理学分析了她。

她很反常。

她在说谎。

事实上，秦青荀的确很少去看夜空，点灯的时候看不到，灯关掉内心恐慌，她在课本插图和视频里看过夜空，很美，月牙弯弯，群星闪耀，可是这个世上有很多东西，是喜欢却无法接近的。

路迦和忍不住追问：“为什么？”

秦青荀右手握成拳，而后又缓缓地松开：“一到夜晚，就看不见了。”

路迦和心一顿，目光落在她的眼睛上。

她那双眼睛极好看，有型又有神，他是见过光线暗下来时她的样子的。

“以前也会随身携带手电筒，怕黑嘛，天黑就打开。”

秦青荀的衣服大多没有口袋，而她平常没有随身带包的习惯。

路迦和眉头皱了皱，问：“那现在呢？”

“后来手机有了手电筒功能，就不怎么单独带它，而且长期在黑夜中适应了手电筒的光，没有手电筒的时候会更看不清，更适应不了黑暗。”

这个话题有些沉闷，路迦和手抵在鼻子上，微眯着眼睛。

秦青莥看不清楚他的表情，他半晌都不说话，秦青莥觉得他一定不喜欢这个话题。

她停住，没有再说下去。

路迦和凝视着她，然后走近了几步，伸出手拍了拍她的脑袋。

是安抚的动作。

这个动作开启了秦青莥的话匣：“其实之前不知道的，我住的地方路灯很亮，我也从没有在很黑的地方待过，我以为大家都跟我一样。”她抿抿唇，把头发拨到耳后，继续说，“那会儿我才五六岁吧，有天夜晚妈妈让我去不远的奶奶家拿些东西，那晚有月光，不过那么点亮度，并没有什么用。我以为夜晚就是这样，我摸黑到了奶奶家，我白天里去过很多次，那条路我再熟不过了，我知道奶奶家院子里有条笔直的路通向屋门，两侧一边栽了一棵果树，可进院子后，因为月光被房子挡住了，我就只能凭感觉走，但是走了一阵就走不动了，感觉有东西在挡着我，我一直坚信我走的是直线，所以接着往前冲……”

回忆到这里，她笑起来：“后来，奶奶家屋门忽然开了，好多光蹦出来，就看见爷爷站在门口喊：‘干什么呢？’而我自己没走直线，挂在果树上了。后来听爷爷说，他们听见院里一阵窸窸窣窣的，以为家里遭了小偷。是不是很有趣，我现在想起来都忍不住想笑呢。”

路迦和却笑不出来。

“那时候才知道，原来我跟大家不一样。”秦青莥抬起头，“但习惯之后，发现其实也没有什么太大的不一样。”

其实真的没什么的，只是不敢跟别人讲，怕别人会说，她跟他们不一样。

路迦和突然抬手盖住她的眼睛，整个罩在上面。

世界突然暗下来，她吓了一跳。

路迦和的声音就在她耳边：“我在，别怕。”

他说：“我给你表演一个魔法。”

路迦和之前住的房子就在这附近，知道草甸旁的路灯在十点准时熄灯。

他抬起另一只手，腕表秒针快指到了“12”这个格子上，他数出来：“3，2，1！”

灯没关的时候，眼睛仍能从指缝处感受到微弱的光线，秦青莉内心做好了准备，可是灯突然灭了的一瞬间，整个世界完完全全黑暗时，她还是忍不住后退了一步。

“别怕，”路迦和握住她的手，有力地、温暖地握着。

他缓缓地挪开手掌，说：“秦青莉，朝上看。”

她夜间视力很差，努力地朝上看去，的确有很多星星，闪烁的星光犹如即将迸发的小火花，有些剧烈，有些微弱，也有些转瞬消失不见。

她由最开始的茫然，眼睛失去焦距，到最后笑成一团。

她笑：“真好看，路迦和。”

水里有月亮，有满河的星，她的眼里也是。

路迦和从她的眼睛里，看到了家乡的星空。那是很多年里，他在异乡的时候所想念的。他一个人在异国求学很多年，那些年里也有不同的女生向他示好，可他总是会想起秦青莉，想起她那双装了星辰的眼睛，她是故乡的月，明晃晃地照在心底。

他突然问：“你有没有喜欢的人？”

这个问题真的很突然，毫无预兆。

秦青莉卡了壳，在想怎么回答，就回问了一句：“那路迦和你呢？”

路迦和稍稍松开了她的手。

一根弦在秦青萿心里绷得紧紧的，他要是说出来喜欢别人，那以后她还要怎么告诉他，那可是破坏别人姻缘的坏人。秦青萿心里憋着一泡泪，甚至在下一刻就要哭了出来。

可是路迦和弯曲了手指，虚握着她的手，在她的掌心轻轻地挠了三下。

她被惊吓到，整个手心都发了烫，这烫传到耳尖，蔓延到整张脸，连呼吸都急促了几分。

他在回答刚才那句话：“有，我有喜欢的人。”

虽看不清楚他的样子，秦青萿也觉得这句话亮得惊人，眼前就像点了灯，然后这些字一个接一个地蹦到她的心里。

路迦和说：“我喜欢你，喜欢秦青萿你。”

秦青萿心里一团火在烧。

“那你呢，秦青萿你喜不喜欢我？”他的眼睛就像万家灯火，里面只住着一个秦青萿。

秦青萿顿时鼻子就酸了，有很多想说的，却又不知从何说起，握住他的手松了又紧，紧了又松，一生中所有的勇气都用在了此处，最后钩起手指，在他的掌心回挠了三下。

“喜欢。

“喜欢你，想和你一起，从现在到以后。”

想和你在一起，因为就算最黑的夜，我也知道你就在这里。

曾经你有没有喜欢别人，这个问题的答案已经不重要了，起码在此刻一点也不重要，最重要的是，她爱的人在此刻也怀着一样的心爱着她。

路迦和的吻就这样落下，先是试探的蜻蜓点水，等秦青萿踮起脚舔了舔他的下唇后，这吻变成掠夺的，像是要把曾经几年的思念都补回来，后来这吻又变得缠绵，蘸了蜜汁一样甜，他的吻落在她的鼻子上、耳朵上，最后落在眼睛上，带着温热的触感。

真心喜欢一个人，就会微笑着成为她的嘴巴、她的鼻子、她的耳朵、她的眼睛……

后来，他就是她。

你什么样都好，因为我就是你。

“路迦和，你八十岁还会陪我看星星吗？”

“会的。”

“真好。”她说，紧接着她又问，“路迦和，那明天可以做肉吃了吗？”

但凡得不到的，都是百爪挠心。

那得到了呢？

秦青葙还来不及想明白这个问题，就生病了。

那天夜晚在湖边吹吹风，心情又一激动，胃就受了凉。

她趴在沙发上使唤着路迦和给她揉，享受着源源不断的热气，手里还抱着遥控器，来来回回地转换频道。

路迦和又抱着砖头一样厚的“概论”在看，一边把手放在她的肚皮上揉，他不被电视的声音影响，还能一心二用。

“你得多吃点，这几天都不圆滚滚的了。”

“谁是圆滚滚？”秦青葙佯装生气，怒视他，“再说是谁不做肉吃。”

“还疼吗？厨房熬有粥，要不要吃点暖暖胃？”路迦和问。

“唔……”秦青葙想到粥的暖，胃也没刚刚那么疼了，刚要附议“好好好”的时候，电视正转到娱乐频道，这次是苏唐的订婚典礼。

订婚典礼现场暖气开得十足，苏唐穿着复古小拖尾的婚纱，裙摆用了大插片工艺，看起来足够清透，又像云朵一样蓬软丰盈，她对着镜头说：“是的，今天很开心，但也有点儿遗憾，我最好的朋友没能到现场。”她扬起笑，“我希望，在婚礼的时候，她能来参加。”她永远能笑得得体，不管说什么，不管说的是不是实话。

秦青葙换台的动作停下来，一句话噎在嗓子里。

镜头又转到沈霖郡的身上，他的话很少，只是举起酒杯朝向镜头：“希望各位今天愉快。”

苏唐也拿起酒杯，背后的珠串在走动的时候有着细碎的闪光和声音，迷人极了，她与沈霖郡碰了杯：“Cheers！”

秦青葙的胃又开始疼得厉害，忙换了个台。

“还吃吗？”

“吃的！”

“明天呢，想吃什么？”

秦青葙说了一大堆。

“哦，那你明天有事吗？”

秦青葙想，是要约会吗，于是甜滋滋地回答：“没事呀。”

路迦和端回一碗粥放在桌子上，又靠在沙发里，调整了一下坐姿，左手在书脊上摩挲，笑眯眯地问：“那，沈霖郡是谁？”

这转折太急了些。

心里咯噔一下！秦青葙刚放进嘴里的那一口粥变得没有味道。

“著名艺术家苏唐的未婚夫，”她回答，又问，“怎么了？”

“只是觉得青葙你好像很关注名人的生活。”

“没有没有。”秦青葙否认道。

“对，你们高中是一个班的吧？”路迦和笑着拍了拍她的头，“不过从来没有听你提起过，应该也不是什么重要的人。”

秦青葙怔怔地看着路迦和。

“没关系，”路迦和站起身，笑意有一点儿冷下来，然后端起碗走向厨房，“反正名人也都没有我好看，没我有趣。”

啊喂，这还叫没关系，粥都端走了。

“路迦和……”秦青莉可怜兮兮地叫住他。

他回过头：“嗯？”

“粥。”她伸手。

路迦和笑：“忘给你加糖了。”

“哦……”秦青莉应了声，过会儿才想起来，她喝粥不喜欢加糖的呀！

她要辣的辣的！酱油和盐，最好配上小菜，她站起身抗议，胃又开始抽疼得厉害。

病来如山倒，人一生病就想不了太多的事情，秦青莉的生活里只剩下，“吃什么”和“怎么吃”这两大问题。

秦青莉怀里抱着一包抽纸，裹紧了大衣，翻着手机，念：“免疫力是人体自身的防御机制……由于饮食不均衡、睡眠不足、压力过大、运动不够……”她看到这儿，笑得贱兮兮的，指给路迦和看，“运动不够，快亲我一口。”

光天化日调戏路迦和，好歹他也要脸红一两下吧，可路迦和神色淡定，指指地板。

秦青莉不解。

“看到了吗？”路迦和问。

“嗯。”她当然看到了，她只是夜盲，这大白天的，太阳高挂，看得一清二楚，木地板，原色的李叶苏木，好看得很。她的眼光一直不错，包括挑男人的眼光！

“那看见地板上的灰尘了吗？”

“(⊙v⊙)嗯。”秦青莉迷茫地点点头。

“那，饭后活动身体好。”

“我是病人！”她控诉。

“病人就要好好吃饭，好好吃药。”

“我有吃药。”她嘀咕，“但是又不能立马见效，但是……”

她瞄他一眼，顺着胸肌看向腰线，吞了一口口水。

他瞪她一眼："不准乱想。"

"哪有。"她把"比如一起洗个澡就好了"这句话咽下去，补充道，"我只是在想你篮球打得特别好。"

秦青葙觊觎路迦和的肉体，唔，不对，秦青葙摇摇头，把"肉体"这两个字画掉，觊觎他这个人不是一天两天了。

高二开学后不久，就是秋季运动会。

沈霖郡报了篮球赛，打前锋，苏唐邀着秦青葙一起去看："快点儿，提前去占位，去晚了就没好位置了。"

秦青葙没多大兴趣，她咬着笔帽："可是我又看不懂这些，而且我这些数学题都不会，你去吧，我再看会儿。"

"作为铁三角，你必须得去。"

那时候，秦青葙有些琢磨出来苏唐对沈霖郡的意思，铁三角也没有以前那样坚不可摧，她不想去当电灯泡。

秦青葙偏头，打了个哈欠，拒绝的意思很明显。

苏唐有些生气，哼了两声，骂她不够意思，又怕去晚了没位置，骂了两句，嚷着回头再跟秦青葙算账，然后一个人匆匆跑到观众席给沈霖郡呐喊助威。

运动会这两天停课，大家巴不得不上课，就算不去给参加项目的同学加油，也都跑到老师看不见的地方偷懒，这是高中生活里难得的忙里偷闲的机会。

教室里坐着稀稀落落的人。

秦青葙靠窗坐着，她能听见不远的操场上传来一阵阵的欢呼声、口号声。

年轻人！她抓抓头发，研究费神的立体几何："求点到平面的距离就是求点到平面的垂线段的长度……"

秦青葙好像听到有人在喊路迦和的名字。

她停下手中的动作，侧耳听了听，这次什么都没听到，她有些烦躁，习题册里的立体图形变得分散，在脑海里怎么也集中不了。

专心专心！她重新拿起书，强迫自己继续往下分析习题：“不论是求空间距离还是空间角，都要按照一作、二证、三算的步骤来完成……”

这些解题思路只在眼前过了一遍，完全没有记到脑子里，秦青荀放下笔，去卫生间用冷水冲了冲脸。

隔间有人在对话，说到“路迦和”三个字的时候，秦青荀关了水龙头，流水的声音停止。

“就是跑得太快了，我都没看清他的动作……”

“但其他人都只顾耍帅，投不进去几个球，没趣。”

“可……”说话的人有点儿不好意思，“我们就是看他耍帅的呀，投不进去也没事。”

“唔……说的也是。”接话的人顿了顿，肯定道。

“篮球的精髓就在于速度，要跑快跑，不要停止，用速度去撕开敌人的防守……”秦青荀突然插了句话。

“谁在外面？”说话的两人被吓了一跳，问道。

秦青荀在她们出来之前快步离开，回到教室坐下，手上湿漉漉的，水沾在习题册上。她不应该接这句话，可是她觉得路迦和是有自己的骄傲，不是让人围观的，他喜欢篮球才去钻研进取，喜欢他应该懂他。

秦青荀脑袋有点发蒙，好像她看体育频道的时间越来越多，在不知不觉中把解说员的话记到了心里。

手干了，可辅助线一个都画不出来，她放下尺子，站起身，朝操场眺望。

反正也看不进去书，不如去放松一下，劳逸结合。对，就是劳逸结合！她说服自己。

路迦和内搭着吸汗紧身衣，外面套着球服，真讲究。秦青荀心里吐槽着，可是眼睛再也移不开。

秦青荀看到他的时候，他刚好接到一个球，接到球的一瞬间，他下意识地做出三威胁的动作，双脚分开与肩部同宽，身体前倾，腰部绷得笔直，双膝略微弯曲下蹲，双手持球，触球部位为球的两侧偏后，头部向前，眼睛平视前方。

他一副胜券在握随时准备出击的自信劲儿，这一刻足够让人怦然心动。

他在场上反跑、擦板投篮、快攻、背身单打，她慢慢地从远处观望到走进观众席，仔细地瞧着他每一个动作。

他接过球，漂亮地转身，把球切入篮板下，身边都是女生的欢呼："路迦和加油！"

这些人真疯狂，秦青荀有些瞧不上这种张扬，可是她嘴巴却张了张，低声说："路迦和加油啊。"

路迦和加油呀，加油！

她在心里说了很多很多遍，为他每一次进球而雀跃。

中场休息，路迦和下了场地，秦青荀才发觉这场比赛已经暂时告一段落，她意犹未尽又朝他看了几眼。

有女生围过去，递水递毛巾，他全部拒绝了，只撩起篮球衣的下摆，随意地往脸上擦了擦汗，抬头视线扫过她。

秦青荀有些心虚地低下头，握紧手中的矿泉水瓶往场外走，她已经在这儿待太久了，她今天的习题还没有看完。

路迦和嘴角咧开笑，搭着好兄弟的肩说了些什么，又拍了拍他的肩膀，也跟着秦青荀往外走，健瘦的腰线随动作起伏露出。

他腿长，几步就超过了秦青荀，经过她的时候"咦"了一声，没回头，走了几步，又停住，倒退着回到她旁边。

秦青荀心慌地攥紧了瓶子，他是不是认出自己了？他帮自己解过围，自己要先开口吗？那自己要怎么说，说想了很久的谢谢吗？

还是夸夸他，夸他球打得不错？他会理自己吗？他不会觉得自己太热情了吧？

真糟糕，心里一团乱，她组织着语言，算了，还是不要说话了。她努力保持着目不斜视，还朝前走着。

路迦和咂舌：“你把瓶子都攥变形了。”

她刚松了松手，他长手一捞，抢过她的水，拧开瓶盖，咕咚咕咚喝了大半瓶。

秦青葙微愕地张开嘴，看着他。

汗水从他紧绷的颈线流下，他说：“我渴。”

真无赖。秦青葙想，虽然这瓶水就是想递给他的，虽然她没那勇气送给他，可是他也太不见外了。

他又说：“你这丫头瞧着有点儿面熟……”

路迦和等她半天，也没见她接话，估摸着这丫头是不记得自己了，笑着替自己解围道：“不过一个学校，多见过几次面也正常……”

他果然是不记得自己了。秦青葙垂眸，踢了踢脚下的石子：“没事儿……”

“你不高兴？”路迦和抬手，又把瓶子塞给她，他笑，“喏，还有一点，都留给你。”

他把水还给自己，又迈着长腿走掉。

一整天，秦青葙一条辅助线也没画出来。

坐在沙发上的秦青葙再次打量了一番路迦和，好像这么多年过去了，他的身材还是一如既往的好。

秦青葙又咽了咽口水。

路迦和默默地看了她一眼，视线又落到窗外，书页来来回回地翻，到最后进度仍停留在原来的位置，他起身，抱着书上了楼。

呀，路迦和耳朵都红了，是不是害羞了？秦青葙偷笑：“喂，路迦和，我胃又疼了。”

他果然停住脚步，准备关心她。

秦青箱擦了擦嘴角的口水：“路迦和，一起洗个澡就好了，嘿嘿嘿。”

他几步上完楼梯，“啪”地关门。

嘁，不让就不让，小气鬼。

秦青箱哼哼唧唧地爬上楼梯，拖出医药箱，把箱子里的药物一股脑都倒在床上，翻了翻，查看药盒背面的适用病症。急性肠胃炎是炎症药物，头孢是消炎药，藿香正气水又适用于脘腹胀痛、呕吐泄泻，于是她抠出几粒头孢拉定胶囊就着藿香正气水一同喝掉。

药物的联合作用会更好的吧，赶紧好起来吧，秦青箱想跟路迦和一起钩着小手约约会。

她大字形躺在床上，决定每天监督路迦和锻炼，让自己每天都能这么有眼福。

啧，胃突然疼得厉害，本来只是拉肚子轻微的肠胃炎，怎么吃完药以后反而疼得更厉害。

又躺了一会儿，不适感不但没有缓解，头疼心慌的症状反而越来越明显。

她感觉很糟糕，趁着还有力气，爬下床，去隔壁敲响路迦和的门求救。

“我胃疼，路迦和。”

“狼来的故事，秦青箱。”路迦和在房间里，合上书说道。

“……”

“我真胃疼，路迦和！”秦青箱最后一点力气用来咆哮。

这次门开得很快，路迦和开门就看到她坐在门口的地板上，面颊潮红、呼吸沉闷、没精打采的样子，他忙伸手捞她起来。

秦青箱坐在地板上，仰着头看他，傻乐。

他皱眉：“不是胃疼吗，还坐在地上？”

“不用不用。”秦青莙试着自己起来，可一起身就天旋地转，朝一旁倒去。

路迦和把她拉到自己怀里。

“别动。”他把手背放在她的额头处，试了温度，烫得厉害。

她晕乎乎地靠在他身上，顺便摸了一把他的腰。

路迦和睨她一眼，她赶紧不动了，咂咂舌：“呀，头好晕。”

路迦和看她蔫蔫的样子，轻声问：“吃了什么？”

“饭和药。”她回答。

“其他呢？”

“没了，都跟你一样。”

两人吃的饭菜一样，路迦和没有事，那问题多数出在药上。

“什么药？”他又问。

“扔在桌子上了，你自己去看。”她头晕得厉害，不想回答，可看他焦急的样子，又补充，“我看过，没过期。”

路迦和把她平放在床上，去取了药盒，皱着眉看了说明书，但是他也不是医生，看不出个所以然。他取了摩托车的钥匙，把药盒装进口袋里：“去看医生。”

泸沽湖地区的医疗状况较差，最近的就诊地在永宁，那里有一家爱婴医院、两家私人诊所，离里格岛有十七八公里。

路迦和替她掖好衣服，蹲下身子，把围巾绕着她的脖子围了一圈一圈，严严实实地系好，又帮她戴好帽子。

“还冷不冷？”他问。

“不冷。”她摇头，“可我怕。”

几乎我们所有人都是这样，在不熟的人面前铜头铁臂、刀枪不入，在爱的人面前，拆了面前的墙，把一颗心摆出来，柔软地放在他面前。

怕，怕很多，在你面前，就想被你保护。

就像小孩子跌倒后，他们的第一反应其实不是哭，而是抬头去看他在乎的人在不在，如果在，才会放肆地哭。

路迦和的手抬起了，盖在她的脑袋上，手指拨了拨她的头发，然后停住不动，迟迟没有放下手。他轻哄：“怕什么，我在的。”他声音低沉，带着少年人的清朗，“你不要怕，我一直都在，会陪着你。”

这个世上会有不同的人用不同的方式来劝慰你。你信任的，你在意的，你关心的，朋友也好，家人也好，摸头真的很治愈。

秦青葙贴近了他，握住他的手，也不再说话，就是攥着。他很温暖，他掌心的温度比她高，治愈效果是热水袋的一百倍。

路迦和离她很近，近到整个鼻腔都是他衣服上清冷的茶香，但这种味道很快就淡下去，一种成熟、温柔的味道开始占据主导权，味道越来越柔和，像褪去所有的防备。

她趴在他的背上，环住他的脖子，脸贴住他，蹭了蹭，轻声道：“现在好像没那么怕了。”

路迦和背着她下楼，走得太急，楼梯道的灯都没来得及开，转弯的时候路迦和绊了一下，朝前倾倒，他没伸手去扶栏杆稳住自己，反而下意识地护住秦青葙，一双手把她护在身后，自己整个人撞到墙上。

“没事吧？”他站稳后紧张地问。

“唔，就是头疼，头疼，路迦和。”秦青葙晕晕沉沉，也不知道到底怎么了，就是被晃得头疼。

路迦和的眉骨磕到墙面的棱角处，当下有血渗出，他都没感到疼，手在上面随意抹了一把。

他安慰她：“一会儿就到了，别怕……一会儿就见到医生了，见到医生打了针吃了药就不会头疼了……”

他一边安慰她一边继续背着她往楼下走。

摩托车停在车库里，他推得着急，也不知道磕哪儿碰哪儿了，秦青萮歪着头，听到一阵碰撞声。

车库里光线不好，她只知道他走到自己面前，然后把她抱到车的后座上。

“乖乖地坐好，抓紧我。”

她坐在车上，等路迦和也坐上去后，听话地抓紧了他的衣服。

“抓紧了，别松手。”

“唔，”她点头，“没刚才那么难受了。”

路迦和听了她的话，眉目稍稍舒展了些，但焦灼在眉目里化不开。

初冬，漫山遍野的寒气凝结成冬霜，四周是静默的树木，耳边只有呼啸的风声，很大，吹得眼睛都睁不开。

可秦青萮一点也不觉得冷，她身上披着他的大衣，围巾帽子把她密不透风地遮了起来，可也严实地隔绝了他的味道，她有些不安，忍不住抱紧了他。

他问：“是冷了吗？”

她忙摇头，想起来他背对着自己，看不到自己的动作，于是说：“不冷。”

秦青萮把围巾往下扯了扯，冷空气从鼻腔里钻进来，吸到肺里，整个人都是冷的，可还好，又能闻到他的味道，喜欢他的味道。

不冷，只是喜欢你的味道。

弯弯折折的山路，车开得快而平稳，她环住路迦和，安稳地靠在他的背上。

她贪婪地汲取那种味道，就像那年暑期夏令营，他把衣服笼在她的头上，一样的味道。

高二升高三的那个暑假，宴河中学举办了夏令营活动，准高三文科和理科两个实验班被要求全员参与，秦青葙学的文，在文科A班，路迦和学的理，在理科A班。

夏令营期间，学校会组织学生与埃及、德国、英国、冰岛等国的志愿者进行交流学习，宣传得好听，可实际交流活动就在学校举行，住宿条件也实在差得很。

最重要的是，文科班和理科班总是分开活动，秦青葙从夏令营开始就没见过路迦和，她很是不开心。

住的是90年代的职工公寓，筒子楼，男生女生分开住，四五个人一间房，没有空调电扇，而且是老房子，通风性极差。

秦青葙和苏唐分在了一间宿舍。她怕热，一把扇子在手里摇个不停。

“心静自然凉。”苏唐翻了个身，劝她。

秦青葙听不进去，从床上下来，把窗户开到最大，感受微毫的风。她对着光亮看了下手表的时间，才凌晨一点钟，她又去冲了个凉水澡，继续对着窗子吹。

夏天的风到太阳落下也带着热气，秦青葙摇着扇子，眉头锁得紧：“干吗让我们学生住这破房子，这房子多少年都没人住了，简直没人权。”

“大家都是，你忍忍。”苏唐也热得翻来覆去，睡不着，盯着天花板发呆。

“才不要忍。”秦青葙看着不远处的操场，想了想，又噔噔噔几步爬回床上去。

苏唐以为她想通了：“躺着是对的，走来走去更热。”

秦青葙到床上抱了被子，又走到窗前，扬脸一笑：“苏唐，要不要和我一起去操场吹风去？”

苏唐还没反应过来，秦青葙就站在洗漱台上，用力地把被子从窗口处掀到楼下去，还撑在窗台处往下看，拍着手乐：“唔，扔得真准。”

苏唐吓得坐起来，手指着她：“你做什么？”

“出去睡呀，苏唐你得跟我一起，好朋友就要步调一致。”秦青葙说。

苏唐下了床，几步走到秦青葙面前，拉着她的手腕：“跟我下去捡回来。你是疯了，不怕老师？”

“谁怕！”秦青葙反手撑着洗漱台，哼道，“那些领导吹着空调，我们干吗要委屈自己！”

她继续说：“苏唐，你要有反抗精神，要敢于与恶势力作斗争！”她极力游说，“操场跟这屋子太不同，有星星有月亮，有萤火虫，还有风，不比这儿好？”

“你真疯了！”苏唐生了气，说话声音大了几分。

宿舍里其他女生也热得没睡，可所有人都觉得秦青葙离经叛道。学生时代，最多是背后抱怨，很少有谁敢跟师长公开叫板，更何况是实验班的学生，大家眼里的好学生。所有人都站在苏唐这边，劝秦青葙把被子捡回来，再忍几天。

“我是疯了，苏唐你要不要陪我疯？”秦青葙也生气，被一圈人指责，总之是一肚子火。

苏唐没说话。

秦青葙也没再问她，转身就走，开了门要出去。她是打定主意，就算没人陪她，她也不要待在这闷得要中暑的屋子里。一个人就一个人，她才不怕。

“我是朋友才劝你！”苏唐知道秦青葙的夜盲症，老房子的楼梯间没有声控灯，她赶紧追了几步，堵在门口。

“苏唐，”秦青葙看向她，“可我热。”

“谁不热？”

“你们热，也可以像我这样。”

“你不怕老师？”这是苏唐问的第二遍。

秦青葙认真地看着她："可老师也只会说我，你怕什么？"

苏唐知道秦青葙的怨气都是从哪儿来的，就在前几天，征文比赛的名额上明明有着秦青葙，可就在今天，她的名字被一个同领导要好的同学顶替了。

秦青葙一只脚踏出了房门。苏唐看劝不住她，外面又这么黑，实在是不放心秦青葙，咬咬牙，攥住秦青葙："你等我！"

苏唐第二个把被子扔下去，本来是忐忑，扔下去的一瞬间仍觉得自己疯狂，跟着秦青葙一起疯了，可却有种叛逆的畅快。

秦青葙搭住苏唐的肩，笑："哇，果然是我秦青葙的朋友。"

宿舍里其他的女生都坐了起来。

不知是谁先欢呼了一声，胆小的也被怂恿了。

被子一床床地从窗台处扔下去。

整栋宿舍的灯亮了起来，一间接着一间地亮起。

是抗议。年少时的英雄气，不管不顾。

年轻的时候总会做出很多很多疯狂的事情，被人认为的头脑一热，却让少年的面庞生动活泼。

苏唐主动拉起秦青葙的手，下了楼梯，抱起被子，朝操场奔去。那一天，苏唐说："青葙，果然有很多星星，还有萤火虫，是真好看。"她语气激动，"青葙，你真像个英雄。"

秦青葙倒没觉得什么，也没得意，就是觉得凉快，心满意足。她在夜晚看不清的毛病，让她选了个角落的位置，一整晚都拉着苏唐的手，安稳入睡。

到了后半夜，温度开始下降，秦青葙出门前刚冲了个凉水澡，被风吹了，半睡半醒中打了个喷嚏，可盛夏的夜晚也冷不到哪儿去，她的被子只搭着肚子。

她揉揉鼻子，打算趁着困意赶紧入睡。

下一秒，一件外套就扔在她身上，扔得不准，盖在她的脸上。

秦青葙一下子被砸醒，不爽极了，脸皱在一起，可闻到外套上熟悉的茶香，咧着嘴就笑了。

这个味道，除了他，再没有别人。独一无二的味道。

他的声音隔了几个人的距离，传过来。秦青葙心里抱怨，投篮那么准，怎么到自己这儿，扔件衣服都不准。可她都没舍得扒拉掉衣服，一下都没有，她任由它继续盖在自己脸上。

那么热的夏天，不知道路迦和从哪里找来的厚外套，扔在秦青葙的脸上，闷得她都快出痱子了。

大家都躺着，听动静和路迦和之间也隔了好几个人。

路迦和悄悄地扔过去衣服，又躺了下来。他问："盖住没？"

"嗯，盖……盖住了。"

他又问："你还冷不冷？"

如果不是秦青葙果断地说了"不冷"，他可能会再找一床被子，把秦青葙从头到尾密不透风地罩起来。

"谢谢你。"她怕吵到身边睡觉的人，说话的声音很轻。

秦青葙躺着看不到他的脸，只听到他的笑声。他一笑，她也跟着笑，心里面蓬蓬软软的，如果她有尾巴，一定会翘很高。

秦青葙等了很久，等到周围没了声音才慢慢地伸出手攥住衣袖，整张脸埋在衣服里，小心翼翼却又心满意足。

一个人的味道，温度是最直接的感受，荷尔蒙才不会说谎。

他的衣服闻起来很香，很安心。

这个味道而后贯穿了她整个少女时代，从未变过。

少女的心事藏在心里，咚咚作响。

就像现在一样，响个不停。原来在爱的人身边，不管过了多久，不论自己有多大的年纪，那颗心永远系在他的身上，那颗涌动的少女心。

秦青葙靠在他肩头，有些不好意思："我跟你说件事儿，但是你不能嘲笑我。”

“你说吧。”路迦和被风吹得脸有些僵硬，可是仍保持了一个姿势，这个姿势能帮助秦青葙挡住最多的风。

“其实我高中就喜欢你了。”她稍稍停顿，“只喜欢过你一个人。”她把他抱得更紧。

这话顺着风声灌入路迦和的耳中，隐约又强烈，像强大的幻觉。他消化了会儿，被天上掉下的馅饼，砸得晕头转向，他陷入狂喜中，却又觉得不可思议。

秦青葙长久没得到回应，有些忐忑：“我……我就是说说，你不要有压力，我……”

她的话突然顿住，路迦和左手离开车把，从腰部环过去，握住她的手。

他骑得平稳，心里却有千层浪：“说出来或许你不相信，但是我也喜欢你，从更久以前。”

秦青葙没有再问一句“真的吗”，也没有追问“更久以前是多久之前”，她就是全心全意相信他，相信他说的一切。

她回握住他的手，这么多年的念念不忘在这些日子里得到了回响，甚至比曾构想中的还要多，她的眉毛眼睛都弯成了月牙儿。

“很喜欢你呀，路迦和。”她胸腔里都被爱填满，是热辣辣的血液从心脏里迸发，灌注了全身。

她抱着他，时间的邈远，宇宙的洪荒，一并温存在她怀里。

等到了医院门口，路迦和停稳了车，侧过半个身子，轻声唤她：“青葙？”

她烧得昏昏沉沉，没回应他，却乖乖地听了他的话，紧紧地环住他的腰，没松手。

路迦和扶住她一起下了车。

她皮肤潮红，面色有些发绀，身上滚烫得吓人，他一把抱起她，怕她被风吹到，侧过她的脸，面朝自己。

路迦和把她的围巾朝上拉了拉。她感受到他的动作，动了动，难受得皱皱眉，问："是到了？"

"对，到了。"

"嗯。"她攥住他的手，安心地靠在他肩膀上。

她全部的信任和一倒头的踏实感，让路迦和心里像被什么撞了撞。他贴近她的额头，认真道："就像现在这样，你什么都不用怕。"

我会在。

会一直一直在你身边。

到了医院门诊找到值班医生，初步诊断是"双硫仑反应"。与急诊对接开放了急救通道，路迦和帮助导医推着车把秦青葙送到了急诊抢救室。

抢救过程中需要家人在大厅外等候。

大厅处有两排椅子，没坐几个人，路迦和心里不安稳，坐了又起，起了又坐，来来回回地在门口走，抢救室屏幕上"抢救中"那三个红字，折磨着他的一颗心。

终于等到门开了，他冲到前面去，问医生："她没事吧？"

"初步稳定了，血标本送去检查，家属等检查结果吧。"医生皱了皱眉，指指他，"你这额头的伤口怎么不去处理一下？"

路迦和摸了摸额头，真有些疼。他不知道是怎么了，掏出手机，对着屏幕看，才看见半张脸都是干涸掉的血迹，眉骨有一处三四厘米的口子。

"那病人暂时是没事了，先在抢救室里观察观察，但是你得跟我去门诊处缝合下伤口。伤口处都外翻了，不处理很容易感染。"

路迦和回望了抢救室，门开了一条小缝，秦青葙躺在病床上，手上扎了套管针，还戴了氧气罩。他皱了眉，手有些抖。

“医生，”路迦和问，“她怎么戴了那么多东西？”就像电视里演的重病患者一样，看得他很是不踏实。

“来急诊的病人都一样，要监护血压心率和心电图走向，而且里面那么多医生看着的。哎，我说你这个年轻人，赶紧跟我过来处理伤口。”

路迦和这才乖乖地跟医生去了换药间。

打了局部麻药，缝了针，最后一步，涂上了厚厚一层消炎药，然后医生拿出了纱布，准备往路迦和的额头处裹。

路迦和拦住医生的下一步动作：“别缠这么多纱布吧，搞得我像重伤一样，医生，这很影响我的形象呀。”

“不行！”医生坚定立场，“这么深的伤口就算缝合也得固定上药，不然好得慢，伤口也容易撕裂。躺好，别动！”

路迦和咧咧嘴，躺住不动，任医生包扎，可一出了换药间，他径直去了卫生间，对着镜子自言自语：“丑死了。”

然后，他把纱布扯掉，换成创可贴。

第一瓶药快输完的时候，秦青葙醒了过来，她面容疲惫，有些难受地“唔”了一声。

“醒了？”

秦青葙微睁开眼，只见路迦和衬衣领子反窝在毛衣里，唇上冒出浅浅的胡楂，身上有淡淡的烟味儿，只一夜，俊朗的青年变成半个沧桑的大叔。

“你这儿怎么了？”她指着路迦和的眉骨处，“疼不疼？”

她果然一眼看到了。路迦和舒了口气，庆幸自己把纱布换成创可贴。他笑：“被阿夏亲的。小伤口，就亲破了小指甲盖的大小。”

“骗人！”她伸手要揭开，却突然一个激灵，“之前你的嘴巴，难道……”

难道是她醉酒时做的？简直可怕！

他看过来，那眼神明晃晃地在说：是这样，你才知道？

秦青葙又有点头疼。

血液检验报告单出来的时候，医生找家属谈话，是刚刚帮路迦和缝合伤口的医生，他一看见路迦和，就皱起了眉。

路迦和一看他这样子，就觉得不妙，赶紧对着他挤眉弄眼，示意他等会儿再说。

可是毫无用处。

医生生气地道：“都说了你这伤口太深，要好好包扎……”

秦青葙疑惑的眼神看过来，盯着路迦和的伤口看了半晌，明白了什么：“你干吗不听医生的话。”

“没什么的。”路迦和仍坐在板凳上，小声嘀咕，“伤口那么小，小题大做。”

“路迦和！”秦青葙咆哮。

路迦和认命地回到换药间，重新包扎完毕。

他抱怨：“哎呀，女人真是麻烦。”

可是，他的嘴角快翘到天上去了。

第五章

谋杀与创造之时

Erni
Jingshenshihai

医院中午的营养餐是胡萝卜炖小酥肉。

路迦和领了盒饭，一打开就皱了眉。

他最近总在皱眉，像是遇到了很大的难题，秦青葙之前从没见过他这样子。

秦青葙坐起身，靠着枕头，伸手抹平他眉心中的川字。

“别皱眉。”她手指放在他嘴角两边往上提，“来，像我一样多笑笑嘛。”

路迦和扯了扯嘴角。

“笑得开心点，”秦青葙比出相机的手势，“来，笑一个。”

他面容缓和了些，咧出笑容。

“咔嚓”一声之后，秦青葙说：“我在记录你笑的样子，以后呀，都记得你最开心的样子。”

秦青葙说完，催促道：“好饿呀，快让我看看，中午吃什么好吃的！”

路迦和缓缓地揭开盖子。

“胡萝卜。”秦青葙耷拉嘴角。

“等我一下。”路迦和安抚她，然后端着盒饭出去了一趟，又皱着更深的眉头回来，“今天中午医院食堂都是这个菜，你要是不喜欢，我出去给你买想吃的。”

“不用，不用，我喜欢吃。”秦青葙笑，拉过他的手，“这里面还有排骨，我把我最喜欢的胡萝卜都留给你。你看，我是不是最爱你。”

“……”

“我不饿，你都吃完吧。”路迦和一边说着，一边夹了一大口胡萝卜往她嘴边送。

秦青葙立马躲开："你这人，我最讨厌……"她捂住嘴。

秦青葙做贼心虚地偷瞄路迦和，却看见他对着自己笑，一副早知如此的表情。

她立马明白："你知道？"

"对啊，我知道。"路迦和一脸坦然。

"所以你刚打开盖子就皱了眉，还问我要不要吃其他的。"她抱怨，"简直狡诈，我以为是你不喜欢吃！"

"可是你怎么知道我不喜欢吃胡萝卜？"她疑惑。

路迦和朝外挑出胡萝卜的筷子顿住："我猜的。"

秦青葙拧眉："我才不信。"

他笑："为什么不信？有一天我梦到了一个白胡子老爷爷，他告诉我的。"

秦青葙弯起手臂，撞了撞他的胳膊，不满："越说越玄乎，骗骗小孩子还差不多。"

路迦和把胡萝卜都挑了出去，把筷子递给她："趁热吃吧。"

"可是，你还没告诉我呢。"秦青葙咬着筷子。

他把她垂下的刘海拨到耳后："先吃吧，我得想想。"

2005年，宴河市举办了第三十九届中小学生征文比赛。

比赛场地设在宴河市的青年宫。

那是路迦和离开瑞县后第一次见到秦青葙。

他惊讶极了，居然还会遇见她，世界到底是有多小。后来，路迦和才知道，不是世界小，而是该遇见的人，早晚都会遇见。

这次秦青葙倒是安静，坐在石板凳上，晃着腿，侧着头正想着什么。

他睁大了眼，躲在树枝后面观察她。

秦青葙束着马尾，额前有细细的绒毛，穿着小白裙，红色小皮鞋，坐在那儿一动不动。瓷白瓷白的、粉嘟嘟的小娃娃，比路迦和的学校里所有的小女生都要可爱。

真是好巧，这么多年还能见到熟人。路迦和雀跃着接近她，可到了她跟前，却故意做出凶巴巴的神情。

“鸡冠花，鸡冠花！”他故意羞辱她。

“你叫谁呢？”秦青萜站起来，怀里抱着饭盒，问他。

“叫你。”路迦和挑衅。

“你是谁？”秦青萜问。

她居然不记得自己，她明明夸过自己好看，见异思迁的坏女人！他把今早刚在书里看的成语用在她身上。

“我是路迦和。”他语气不好。

秦青萜玩伴多，早就把一年前调戏别人的事情忘记了，这会儿也没听出他语气里的埋怨，只当他在介绍自己。于是，她礼貌地说：“我叫秦青萜。”

“我知道你。”他挑着眉，“你就是那个鸡冠花，鸡冠花，你怀里抱着什么？”

秦青萜不知道这个男生为什么这样叫自己，而且她也没见过什么“鸡冠花”，但她知道玫瑰花、月季花、荷花等等这些漂亮的花，于是她觉得叫什么什么花的，大抵意义也差不到哪里去，说人像花一样，是夸奖。虽然“鸡冠花”这个花听起来名字怪怪的，但还是勉勉强强接受了这个称呼。

听到他问自己，她突然想起来这件糟心的事情——她的母上大人为了饮食均衡健康，给做了一堆蔬菜，关键这堆蔬菜里，还有她最讨厌吃的胡萝卜，咬一口，甜滋滋、水汪汪又脆生生的感觉很奇怪，她很不喜欢。

有多不喜欢，大概就是讨厌做数学作业一样讨厌。她是直到刚刚打开饭盒才发现这一堆胡萝卜的，要在家里就发现，她说什么也不会带过来，一定会软磨硬泡让妈妈做她喜欢吃的饭菜。

“抱的是饭盒，这次比赛不是不管饭吗？”她踢了踢旁边的石头，小皮鞋的鞋头蹭上了灰，鞋带也不知道什么时候散掉了，她撇了嘴，皱了眉头，看到他鞋上系得工整的蝴蝶结，向他求救，“你会系鞋带吗？”

少年骄傲地抬起头，嘲笑她：“都这么大的人了，连这都不会？”

秦青葙狡辩：“我的皮鞋都是粘带扣。”她有些心虚，说话声音越来越小，“就这双不是。”

“那你求我呀。”男生恶劣道。

“求你求你。”秦青葙能伸能屈。

“我听不见。”

“求你求你！”秦青葙扯着嗓子说。

她不尴尬，倒是让路迦和尴尬地四处看了看，有种欺负女孩子的感觉，他从小被教导当个绅士。于是，他警告道：“嘘——小声点。”

秦青葙不满：“大声点是你，小声些也是你，你还要不要给我系鞋带了？”

“系系系！”路迦和无奈，把手里的东西递给她，然后蹲下身子，“你好好看着学习，下次就会自己系了。”

路迦和让秦青葙帮忙拿着的是一个饭盒，她拿在手里翻来覆去地看，明知故问：“这是什么？”

“午饭。”他几下就系好了鞋带。

“午饭呀，”秦青葙眼睛转了转，变得热情，“那你有没有吃饭啊？”

“唔，没有。”他摇头。

“那，我们一起吃好不好？”秦青葙期待。

“不要，我带了午餐，不随便吃别人的东西。”他扬扬手里的盒饭，“我妈给我做了水晶虾饺、兔子包、鸡肉卷、玉米芝士，”他补充道，“我这个饭盒还是可加热的。你瞧，开这个开关就能自动加热。”他给她示范道，语气炫耀。

秦青萡垂涎三尺，强装不屑地说：“我不信，除非你打开给我瞅瞅。”

小白兔路迦和依言打开：“你看，可多啦！我才不会骗你。”

“还是我的好吃。”秦青萡打开自己的饭盒，最上面铺了一层胡萝卜丝，她嫌弃地朝一旁拨了拨，夹了一口其他的菜送进嘴里，感叹道，“超好吃，这胡萝卜特别好吃。”其实，她一口都没有吃它，“你知道大力水手吧，其实还有第二部，这一部里，大力水手吃的不是菠菜，他换了胡萝卜，哇，这可了不得了，只要吃了胡萝卜，波派就能变得力大无穷，坏蛋布鲁托就会被无敌的波派制伏……”

秦青萡为了吃到路迦和的午饭，现场编了一个大力水手的续集，情节生动，跌宕起伏，激发了小少年的那颗英雄心。

“真的？”

“当然啦。”她无比真诚地眨眨眼，“不然你尝尝看。”

后来，秦青萡在征文比赛中得了小组第一名，当时路迦和很不服气，他觉得自己怎么就比不上她了呢，她可是连鞋带都不会系的人。后来，明白一切的路迦和却表示自己万分服气，果然是高手。

那天秦青萡如愿跟路迦和换了午餐，吃得心满意足。

吃完饭，她擦了擦嘴角的油，感叹道：“你太瘦小了，要多吃点胡萝卜。”

瘦小？他在心里比画了一下两人的高度和厚度。他只是比她矮了一点点，真的只有一点点，也就一个手指的距离，而且妈妈说过，男孩子长得晚，等以后，他肯定会长得很高很高的。

可是一年过去了，他的身高仍停留在原地，他吃了很多很多胡萝卜都没有用。

妈妈好奇大儿子突然喜欢吃胡萝卜了，有一天吃饭时问正在往嘴里拼命塞胡萝卜的路迦和："有这么好吃？"

路迦和面无表情，认真道："多吃胡萝卜可以长高。"

妈妈在饭桌上笑得肚子疼。

从这天起，路迦和才知道，吃胡萝卜根本不能帮助自己长高。秦青葙这个骗子！

可是不长高是件大事，关乎尊严。

他开始每天吃三碗饭，均衡营养不挑食，坚持打球，终于在中学时代，超出同龄人一大截。

宴河市一中是宴河最好的中学，师资力量都是数一数二的。

开学那天，路迦和起得特别早，校服在前一天就熨烫得平整，可报名的时候他没看见秦青葙，他想一定是人太多了，所以才没看见她。

于是，他背着书包在校门口等放学的铃声响起，等所有的人都走掉，还是没见到秦青葙的身影，他以为她也会到这个学校来，以她的成绩。

没见到那个讨厌的丫头，他高兴得很，才不会失落。只是，唉，只是不能在她面前炫耀自己的身高。他只是想碰见她，好奚落她。对，就是这样！

还好宴河就两所初中，她不在市一中，那就只会在宴河中学了。初二那年，路迦和转学去了宴河中学，是因为这里的篮球场，球场地面上合成橡胶与周围墙面被粉刷成红、黄、蓝、白为主色，抽象几何图形的"艺术球场"同周围的老建筑风格形成鲜明有趣的视觉对比，超级酷，才不是为了见她，才不是！

路迦和在宴河中学看见秦青葙的那天，打球打得心不在焉，她从球场经过，他的球失了准头，没进筐。

"不打了不打了。"路迦和说。

"怎么不打了，这场比赛才刚开始。"简桥问。

“手酸。”路迦和揉揉手，眼神却跟着秦青葙在走。他在心里比画了一下她的高度，才到自己胸口，这才放下心来。

“嗨，你在看什么？”简桥也顺着他的视线看过去。

路迦和把好友的头掰正，拉着好友就走：“没看什么，学校有什么好看的。也就树树叶叶，花花草草，走走走，学习去。”

可是走了几步，他却忍不住回头看。

他找到秦青葙的背影，她踮起脚，正在够着枝头开得正好的合欢花。他心里笑：“小矮子。”

路迦和记得那么清楚，根本不用想。

可是这个没良心的家伙，一次两次，从来都记不住自己，记性到底是有多差，还说早就喜欢自己了！路迦和想，肯定没有自己喜欢她早。

他夹了一块肉到她的碗里，回答她：“我忘了。”

她鼓着嘴明显不乐意，他又补充：“所以是天作之合，我才能知道你的喜恶。”

“那你猜我喜欢什么样的人？”

路迦和有些恍惚，相同的场景意外地重合在一起。

这个画面他也见过，在天台上，苏唐问秦青葙：“你喜欢什么样的人？”

“苏唐，你问的这个问题也忒俗套。”

“哪有，虽然学校明令禁止早恋，但是，谁心里没个喜欢的人呢？”

“那你喜欢谁？”

“我？现在是我先问你的问题，你先回答我，我再告诉你。”

“哎，你干吗不问我讨厌什么人呢？”

“好吧，那你先说你讨厌谁？”

这是小女生之间的聊天，学生时代很常见的场景，路迦和平常最是讨厌这种没营养的对话，可是这次，他侧过身子，躲在天台的门后。

秦青葙半个身子都趴在栏杆上，一双腿在下面晃来晃去，神态随意：“我讨厌的可多啦，我讨厌那种不尊重女性的人，讨厌那种没有责任感的人，讨厌心比天高又不懂脚踏实地、输了就赖社会的人，还讨厌女生之间的钩心斗角……”

“你呀你。”苏唐无奈。

“不过……”秦青葙眨眨眼，明亮亮的眼睛看着苏唐，“可是我喜欢你呀，也喜欢……”她想起那个夏天，风扇转呀转，她抱着一沓作业本，经过路迦和的教室，他正在念他写的那篇作文，那是最后一句话，他说“我们一路奋战到底，不是为了改变世界，而是为了不让世界改变自己”。她眉眼笑成月牙儿，“最喜欢正义满满的大英雄。”

他亲耳听过秦青葙的回答。

于是，路迦和回答：“你喜欢正义满满的大英雄。”

秦青葙吃了一惊，筷子里的肉咕噜噜又滚回碗里。

“你为什么什么都知道？”她揉了揉惊得僵住的脸，“哦！”她恍然大悟，“原来你喜欢我这么久了，真是开心。”她调侃路迦和，“原来我这么有魅力。”

“确实如此。”路迦和有些赧然，但还是回答了。

“我都要不好意思了。”轮到秦青葙脸红了，她顿了顿，“那我也要夸夸你，你说得对，我喜欢正义满满的大英雄，像路迦和你一样的英雄。”

“那我才要惭愧，我根本没做过什么。”

“你不是刚接了一个案子。”

路迦和很快反应过来：“你知道了？”

“现在网络多先进。”

“你不喜欢？”他试探着问。

“不是，”秦青葙摇摇头，“只是……”

“担心我？”他问，“只是辩护而已，又不是去浴血奋战。”

秦青葙看向他，小脸都皱成一团：“这跟浴血奋战有什么两样，我看过新闻的。2016年9月28日上午，宴河市书店路北行30米的立交桥上发生一起重大刑事案件：一辆宴河警用出勤车停在路中央，造成车辆拥堵，几名车主下车准备与该警用车交涉，却在车中发现一名年轻女性尸体，于是报警。”

秦青葙记性向来好，她把那条新闻背了出来。

“刑事警察在现场勘察发现，死者系宴河市公安局警察邱岸。被害人已有三个月身孕，子弹穿肚而过，弹头和弹壳散落在车内，现场惨不忍睹。根据宴河市公安局刑侦支队报告推测，邱岸被杀害的时间应是9月27日20:00左右，作案工具是邱岸所携带的手枪，但枪支不在现场。

“命案发生的路段人流量大，知道此事者甚广，且被害人是孕妇，又是公安干警，影响恶劣，没几日，铺天盖地的新闻，都是关于这个事件的报道。

“那条新闻下面，有人爆料，死者的丈夫章祁与其关系不和，案发前夕，有人曾目睹，这两人多次在小区内发生争执，且章祁在酒桌上说过，要跟邱岸离婚。网友都评论说，凶手就是死者的丈夫章祁，他有犯罪动机，而且章祁在案发当晚主动要求在所里值班，活动情况无人证实，案发时间也对得上。谁要帮他辩护，那就是……”她停住不说，别过头不去看他。

网上评论一边倒，纷纷讨伐这个“无人性”的丈夫，要求法院早日结案，重判章祁。

律师都知道辩护效益最好的是经济案件，得名得利又钱如潮水，而刑事辩护吃力不讨好，危险系数大，更何况是这种被外界认为“板上钉钉”的案子。

接了“罪人”的案子，律师也一同被标为“罪人”。

可路迦和接了这个案子，作为嫌疑人章祁的辩护人。

“你不开心了？之前怎么不问我？”

她撇嘴：“嫁鸡随鸡嫁狗随狗，夫唱妇和呗。”

紧张感松懈下来，路迦和笑：“那你信不信我？”

章祁被警方留置盘问审查。随后的两个多月中，鉴于案情重大，但一时又缺乏直接定案的犯罪证据，案子一直拖下去，遭到上头和群众的不满，网络上开始出现“因为凶手是警察，所以警方一直在包庇他”的不实言论。

“我当然是信的。”秦青萿连连点头，“我会相信，你接了这个案子，是觉得你的想法是对的。”她盯着他，认真道，“那些人说辩护律师没有良心，只为了利益和立场，可我不信，生而为人，都有着一把标尺，是良心，律师、警察、医生都是这样。”

路迦和展眉一笑：“我当你在夸我。”

“总觉得路迦和你不是那种贪图名利或钱财的人。”

“要是我是那种人，你要怎么办？”

她会怎么办？他想知道。

秦青萿从未想过这种假设，她坚定道：“你就是不会。”

“就这样毫无缘由？”

“就是这么相信。”她态度执拗得可爱。路迦和弯起嘴角，摸摸她的脑袋：“快些吃饭，要凉了。”

她咬着筷子，却偏着头看着他，一动不动。她心里还有太多的疑惑想不明白。

“想听什么？”

秦青萿忙点头：“什么都可以，你讲，我都听着。”

“找我接这个案子的是章祁的父亲。”路迦和想到那个男人，一辈子面朝黄土背朝天的农民，拘谨地站在事务所的一角，不敢上前，怕踩脏了办公室的地板。

那个男人唯唯诺诺，说什么都低着头，压着声音，可唯独说到他儿子的时候，他抬了头，执拗地看着路迦和：“不会是他，我看着他长大，他不是那种人，不是……”

所有的故事台词都是这样，千篇一律，觉得古板，没有新意，可只有亲身经历的人才知道，他要多大的勇气才能说出这样的话。

他不了解事情的经过，不了解事情的真相。

他也会想，我该相信你吗，你还是那个我了解的人吗？可别人都不是这样说，我该听大众的话语吗？

他也会犹豫，我是不是被感情蒙蔽了，也许你还有我不知道的一面。

可最后，他还是选择相信，不是为了帮儿子脱罪，他只是想知道真相。他说：“路律师，要是他杀了人，一定要好好定他的罪，重重地惩罚他……可……”老人老泪纵横，“可我希望他是个人，而不是个畜生。作为一个父亲，我只想知道真相。”

“你觉得他可怜。”秦青萂总结，很快，她又摇了摇头，“仅仅这样，你也不会这么爽快地接了案子。”

“是。”路迦和赞许。

他心里有标尺，不会因为可怜谁，不论是非就脑袋一热接了案子，他也从不凭感觉或者经验就判定一个事件。

一切都要用证据和事实说话。

“我看过案宗，有很多疑点，而且，”他顿了顿，“最让我想不明白的是，章祁在最开始坚决否认，而两个月后突然‘招供’。就是因为他的‘招供’，让他的父亲几乎崩溃，我也觉得奇怪，我见过他，他很机械地认罪，叙述流畅，就像背出来的一样。”

他讲得慢，等她一点点地消化。

“我这样讲，你明白吗？”

她点头。

两人对望一眼，有些话心知肚明。

他看着她把饭菜吃完："几年前，我还在云南当律师助理的时候，有次滇南某贫困村寨的中年妇女捧着四个鸡蛋找到我的老师，说她丈夫杀了人，可她丈夫是个哑巴，只会摇头点头，被带走审讯时拼命地朝她摇头，她相信她丈夫。但当时的事务所不是公益律师机构，老师也是事务所聘请的，做不了什么主，但老师不忍，就对那妇女说：'最少收费是50元，走个程序。'"

秦青葙听得认真："你老师真是个好人。那后来呢？"

路迦和的眼神却变得晦涩，他抿了唇："那妇女一听神色黯然，说：'那就让他被砍脑壳算了！'"

秦青葙倒吸一口气，难以置信。

"这种事情太多了，见过父母出了车祸双亡的，孩子的亲属不要孩子，只争夺赔偿金的。在法学院上的第一课就是辩证，'灰色是黑色还是白色'。"

"什么意思？"

"这是法学院培养律师的方式，不是教你颠倒黑白，而是教你把灰色说成黑，把灰色说成白。"

"我还是不太明白。"秦青葙思索，"可灰色就是灰色，为什么偏要说成其他颜色？"

"因为站在辩护者的立场，"路迦和突然明白了什么，"灰色就是灰色。"他语气变得激动，"有纯白、纯黑，也有介于两者之间的灰色，就像硬币的两面。"

秦青葙接了下去："一面是好的，一面是相对不好的，可还是它。"

"只追逐真相，即便身败名裂，也不能有冤假错案。"路迦和顿悟。

“我曾怀疑这个世界。”

怀疑它没那么美好。

秦青葙看着他的神情，想了想把手塞进他的手心里，她输液的手有些凉。她眼睛一眨不眨地看着他：“我也会，但怀疑过后，还是热爱它呀。”

就算有短暂的沮丧，也会想为这个世界出一份力呀。

“还会继续吗？”

“会的。”

“即便千夫所指？”

“即便千夫所指。”

“那我也是，路迦和，我会永远相信你呀。”

这是2016年冬月。

这个春节过得很忙碌。

秦青葙依旧在泸沽湖过年。

这是她在泸沽湖过的第三个年，跟往年一样，到了年末，酒的销量特别好，酿多少卖多少，她挣钱挣得眉开眼笑。

“这么开心？”路迦和挤到她旁边，看着她打了遍算盘，又数了一遍现金。

“那当然！”她拨了拨算盘，给他看，“哈哈，看到没，我厉害吧。”

“厉害厉害，可那么辛苦干吗？”

“都说了，要存嫁妆呢。”

“我可把工资卡都交给你了。”

“那不一样。”

“怎么不一样了？”路迦和问。

“这是我自己挣的呀。”她数着钱，“哎哎哎，坐远点别捣乱，光顾着跟你说话，我又数岔了。”

“我帮你数。”

路迦和接过算盘，对着账本看。

“你学过这个？”

“什么？”

“打算盘呀。”

“没有。”

“那你居然会？”她惊讶。

“看你打过几次，记住其中的规律了。”

“果然。”她表情有些幽怨。

“什么？”

秦青莃没回答，而是问：“你还记得老郑吗？”

“高中数学老师？”

“哎，对，就是他。”秦青莃捏着下巴，陷入回忆，“老郑不是特岗教师嘛，带文理两个重点班的数学课，就是你们班和我们班……”

郑光明是秦妈妈的同学，两家关系也不错，开学第一天，秦青莃就被秦爸爸提溜到郑光明面前，让他多照顾照顾秦青莃。

郑老师笑得和蔼，问秦青莃：“还记得郑叔叔吗？”

“记得记得。”过年的时候才走动过的，秦青莃记得，她笑得甜，试图留下好印象。

郑光明又夸了夸秦青莃，无非是聪明乖巧的客套话，然后把秦青莃的座位安排到靠前中间的好位置，前后左右都是学霸。

秦青莃不开心了，学霸太死板，以后谁跟自己上课的时候玩“谁是卧底”的游戏呀，但她很快安慰自己，以后作业有着落了。

她还是太年轻，以为的照顾就是，她怎么调皮捣蛋都有人兜着，偶尔作业没写，也能睁一只眼闭一只眼地过去。可现实却是这样的：

她只要是在郑老师的课上走神，他总会第一时间发现她，敲敲黑板，然后说："秦青荷，再走神，我就把你平移出去。"

顿时，大家哄堂大笑。

她觉得自己没走神，她只是在思考人生，比如我是谁、我要怎么挣钱、挣的钱都花到哪里去。

她气闷，老郑把一代哲学家扼杀在摇篮里。

还有为什么她的数学作业要比别人多？多一套卷子还不够，为什么后面的大题还要用两种不同的方式解答？

明明一种方法就能解决的问题，为什么要画蛇添足？

这种精英培训实在是不适合她，她每天早上都顶着两个黑眼圈去上课，还被同桌惊讶地问："昨天作业那么少，我九点就写完了，你老实交代，是不是偷偷学其他了？"

"……"

是的，她承认自己偷学了，学了自杀的一百种方式。

她萎靡不振，再也不想当关系户。

再有，补习就补习，为什么给她的参考答案是路迦和的试卷，难道他的答案比标准答案还好？

老郑每次还在一旁念，路迦和学习有多好。

是的是的。她知道，那每月红榜上不是有嘛，高高挂在第一个。上学的时候去参加数学竞赛集训，几个月不回学校学习，照样甩第二名几十分。

路迦和学习好，还努力。这个，嗯，没在一个班，没看到他的日常，就看到他每天晚饭到晚自习之间的时间都要呼朋引伴去打球。

天才就是天才。

夸就夸嘛，顺便还要打击打击她做什么？

好吧好吧，虽然老郑没有口头上说，但他看她时，那种恨铁不成钢的眼神，她还是能看懂的。

她想，铁就是铁，为什么非得成钢呢？再说了，铁在古代可值钱了，“丹书铁券”还是免死金牌。瞧，她虽然数学不好，但是历史好啊。

她不生气，反正路迦和是自己喜欢的人，路迦和是自己学习的动力。她每天晚上熬夜熬不下去的时候，都在想做完这一题就离他又近了一些。

她喜欢的人本来就千好万好，可是有一天老郑在她面前，把路迦和和李丹丹放在一起夸。李丹丹是她一个班的女同学，也是个数学上很有天赋的人，上次李丹丹还在班里炫耀，说自己跟路迦和一起参加了数学竞赛，一起拿了奖项，一起去了庆功宴。

有什么了不起的，不就是个竞赛嘛，不就是一起去的嘛。

她一点也不嫉妒，虽然她在夜里难过地哭了一场，她哭的是她跟路迦和之间的差距，她也想优秀，想成为家长嘴里的“别人家的孩子”，想轻轻松松就光芒万丈，想离他近一点，再近一些。

早上的时候，路迦和居然来她们班找人，找的是李丹丹。他居然跟李丹丹说话，还给了李丹丹一本什么资料书。

她在座位上看得咬牙切齿。

夜晚去老郑家补课的时候，她心不在焉地做错很多题，又被老郑批评了一顿，他又把路迦和与李丹丹放在一起夸奖，她的小宇宙终于爆发了，戳着路迦和的试卷发誓她再也不要喜欢路迦和了。

她细细研究路迦和的答案。终于有一天，她发现，他的一道解题思路是错误的，还从头错到尾。

哈哈，被她发现了吧，还天才，还学神，瞧，不也犯错了，她要嘲讽他。

她按照自己的思路解完题，拿给老郑批改，她状似无意地说：“最后一道题，我跟路迦和的不一样。”

“不一样？”老郑一边拿着红笔批改，一边随口接下去，“那按照答案来。”

“那他的答案又不是标准答案。”她嘀咕。

老郑皱着眉问：“是哪道题？”

“这个这个。”她把试卷翻过去，指着最后一题，“就是这道题。”

她按捺住小激动。

“啊，你说的这道题啊，”老郑笑，“这怪我怪我，忘跟你说了，这道题本身就出得有问题。”他一脸欣慰，当然这欣慰的表情不是对她，“只有路迦和提出质疑，还给了正确的解题思路，我好多年没教过这么省心的学生了。”

然后，老郑恨铁不成钢地用笔在试题上点了点：“你得学会审题，这题目错了，你要发现。”

她再也不要喜欢那种优秀的人了，不喜欢他了，还要讨厌他！

可是到下周一，路迦和作为国旗手上台升国旗，她就在他旁边，一边拿着话筒发言，一边偷偷地瞄他。

他好像看见自己在偷看他。

他好像对自己笑了笑。

即便路迦和对自己笑是错觉，她心里的那簇要熄灭的小火苗又燃烧了起来。

她想好了，不用光芒万丈地在他左右，当个追逐太阳的向日葵也很不错。

回忆间，路迦和已经数好了钱，递给她：“好了。”

“多少？”

“八万八千八百八。”

“这个数字真吉利，可不对啊，我刚数的不是这个数啊，怎么突然多了这么多？”

“你的压岁钱。”

秦青葙嘿嘿笑，眼睛发亮：“这么好。”

“只对你好。”路迦和嘴角弯起来。

“你现在很会说话。”秦青葙夸着他，夸着夸着突然有了危机感，她突然发问，“你还记得李丹丹吗？”

“谁？”

“就是高中同学李丹丹。”

“不认识。”

她怀疑：“就是那个个子高挑、很漂亮的人。”

路迦和是真记不得了：“很重要的人？”

“也不是。”

“我记不住不相关的人。”

“那我呢？”

“你是，忘不了的人。”

秦青葙心里的小鹿啊，蹦蹦跳跳、欢欢喜喜。

就这样轻而易举地被心上人的话打动。

心上人接着说：“我记得那次我升国旗，你在我旁边发言，我一激动，在全校几千人面前把国旗升倒了。”

秦青葙记得那个乌龙，当时台下突然安静，目光都看着台上。她以为是自己脸上沾上什么脏东西，忙手忙脚乱地摸了摸自己的脸。发现不是，又扭头看着路迦和。

他淡定地降下国旗，又摆正再升上去。

原来是这样，她这才知道。

心上人还说：“只有秦青葙你，能影响我。”

与往年过年不一样的是，今年有路迦和陪在她身边。

早起贴了春联，工工整整。

春联是路迦和写的，行楷，沾了金粉。

路迦和的行楷很有格局，规整里带着不拘一格，字如其人。

那副对联的上联是：

万事平安幸福年

下联为：

吉祥如意拜年顺

吉祥如意，万事平安，好兆头，秦青莃很喜欢。

贴过春联后，就是放爆竹。噼里啪啦，驱除晦气，再招来一年的好运气。

秦青莃拉着路迦和捡着地上没有响的鞭炮。

“这是干吗？”路迦和疑惑。

“是这样，”秦青莃比画，“把这些没响的鞭炮拆开，把火药倒出来，等到夜晚时在地上画各种图，用香火点燃，特别好看，如果能捡到烟花的火药珠，放在其中，就更好看了。我们小时候都是这样。”

路迦和没觉得幼稚，跟喜欢的人在一起做什么事情，都乐在其中，他虚心学习，捡到没响的鞭炮，还扬起手：“这里有一个。”

“我都捡了一把了，快加油。”

两个“小学生”在雪地里比赛捡爆竹，如果被路迦和的同事看到一向不苟言笑的路迦和居然还有这么童心的一面，一定会受到惊吓。

终于等到夜幕降临。

两人把准备好的火药在门前的空地里画了颗心，前几天刚下了场雪，今天太阳出来，雪开始融化。

融雪比下雪寒。

秦青莃在冬天从来不讲什么风度，她说：“年轻人要多穿点，不然老了老寒腿、风湿病什么的全出来了，到时候全身疼得受不了，就不能到处去玩，去吃好吃的了。”

她在初秋就把秋衣秋裤套上了，到了冬天又加上了成套的羊毛衣和羊毛裤，外面罩了暖和的鸭绒服。

暖和是暖和，就是有点走不动路。

她哼哧哼哧地在后面跟着，走几步都要喘几口气：“累死了，累死了。”

秦青葙做完准备工作，就冷得缩到他怀里。

“哎，果然老了，又冷又累。”秦青葙幽幽地叹气，问，“你累不累？老年人。”

老年人路迦和一把把她扛到肩头：“你说呢？”

秦青葙有点天旋地转：“我头晕，快把我放下来。”

路迦和依言放她下来，她刚挨地，他又公主抱把她抱了起来。

地上的那颗心，被点燃，剧烈燃烧。

心里放了一个路迦和。

心里放着一个秦青葙。

那颗赤诚滚烫的心。

“哟，体力不错啊！”秦青葙调侃。

她伸手去摸路迦和，可摸了半天也还是衣服。路迦和跟她在一起后，把保暖这个好习惯学得十足十。

没摸到肌肉的秦青葙失望透顶，萧瑟不已。

吃过年夜饭。

“你不回家过年没关系的吗？”秦青葙问。

“你呢？不想家吗？”

秦青葙塞进嘴里的梅子，化在嘴里，又酸又咸。

“想呀，”她实话实说，“不过当初走的时候放下了狠话，说要衣锦还乡才行。”

“可是父母不是这样想的，更何况你现在也很好。你看，你的生意做得好，酿的酒也受欢迎。”

“话是这样讲。”她顺手塞了一个梅子到他的嘴中。

路迦和酸得苦了脸，她反而笑，继续说：“当初我大学肄业的时候，我爸差点没把我腿打断，还好我跑得快。”

“唔……”路迦和不敢吐出来，把梅子含在嘴里，含糊地问，“肄业？”

“对，我没毕业。”秦青葙倒是坦诚，“好不容易上了个挺不错的学校，可没拿到毕业证。”

路迦和摸摸她的脑袋：“天才都是特立独行的。我大学的时候有个同学，就喜欢喝酒，只喝二锅头，不理头、不换衣服一个月，宿醉后还能完美地完成导师布置的课题，比几个人加起来做的还好。”

他举着例子，秦青葙越听越离谱，扑哧笑出来：“哪有这样安慰人的。”

她低头看了会儿手指：“也没什么不能说的，都过去了那么多年，就是有一些不光彩。保研考试的时候作弊了，研究生没读上，还取消了学位证，羡慕学习好的人。”她说得轻描淡写。

“我在国外念书的时候，成绩不错，所以还没毕业就跟着老师一起做课题、接案子，有次接了个金融案，案子很顺利地结了，但没想到被告那边跟黑手党有关系……我在医院里住了大半年，”路迦和总结，“学习好也很不好。”

“……”

天才果然是特立独行的，比如，路迦和。

梅子吃到后来带着甜味儿，怪不得秦青葙喜欢吃这个，路迦和想了想，说：“跟学习有什么关系，人生最重要的事情，是要遇到甜的人。”

人生苦是有的，但甜也有。有苦有甜，人生百味。

路迦和每次安慰人，都与众不同。

秦青葙笑：“我们好像在比谁更可怜。”

到处弥漫着过年的喜气。

她说：“喜庆的日子就要多说讨喜的话，来年才能更顺顺利利。我先说一个，年年有余。”

果然是吃货，她惦记着年夜饭上的那条红烧鱼。果然，下一刻她回想了味道：“等下次过年，你还做这个吧。”

路迦和抬抬眉梢，爽快地同意，这种事儿小意思。他接着说：“财源滚滚。”

肤浅！庸俗！秦青萮嘴角一抬，就准备嘲笑他。

可他下一句又说：“这是祝愿秦老板的。”

秦青萮眼睛马上弯起来：“谢谢，谢谢，唔，你等下。”

她跑上楼，又很快地下来，笑嘻嘻地从背后拿出来一个袋子：“喏，送你的红包。”

“我的也是你的，你都拿着吧。”

“那可不一样。”她郑重地把红包塞进他手里，“虽然你也一把年纪了，但这个也压压岁，祝你平安喜乐，长命百岁。”

“白头到老。”他突然说了句。

“什么？”秦青萮没听清。

“白头到老。”他语气认真，“你说，喜庆的日子说讨喜的话，就能成真。”

祝你和心爱的人白头到老。

祝你和我白头到老。

“会成真的。说讨喜的话会成真，是我妈告诉我的。”秦青萮想了想，继续说，“所以她跟我爸现在还恩恩爱爱，就是我，是他们的拖油瓶。”

“你有多久没有跟他们联系了。”

“从离开家开始算，很久了。”

“为什么不联系，你不想他们？”

“为什么要联系，他们都没有理过我，再说了，”她委屈，“他们要是心疼我，这些年才不会一个电话、一条短信都没有。”

“你呢？你做到了吗？”

“我……”秦青葙梗着脖子，半晌又耷拉下去，“没有。”

“你退一步就好了。”

“那退一步，下不来台多尴尬。”

“父母面前有什么尴尬的。”

“那也不要。”

“我们打个赌。”

“不要。”

“等我说完你再回答。”

“那你说。”秦青葙缩着肩，无精打采。

“我保证，你给他们发了消息，他们一定会回。”

“不信。”她撇撇嘴。

“那我帮你发。”

“真的？”秦青葙没给他手机，反而问了一句。

“真的！”

“那我试试？”

秦青葙想了想，发了句：“吃饭了没？”

发完后，有些忐忑地攥住手机，她等了很久，丧气道：“我就说嘛，怎么会……”

话音还没落地，短信就进来了，手机振了振，是一条四个字的短信：“多吃些饭。”

下一条又紧接着进来：“天冷多穿点。”

絮絮叨叨的家常话，就像是妈妈和爸爸在家里对着她耳朵念：

“要吃早饭。”

“不要总在外面吃，外面的饭不干净。”

“少玩点手机，对眼睛不好。”

“你看你，拖鞋总是乱放。”

“卧室总这么乱，能不能收拾下，有点女孩子的样子。”

在家的时候，总觉得外面千好万好，觉得不能被束缚在父母身边，要飞出去，只要离开了家，到外面去，就能做人上人，就能发大财，就能实现一切梦想，就能没人管，想怎样就怎样。

可等到一个人在外面，那时候才觉得，千好万好啊，都不及家里亮着的灯和一口热乎饭。

她转过半个身子，飞快地擦了擦眼角，不让路迦和发现她哭了，又转回来，嫌弃地把短信拿给路迦和看，嘴里念叨："真老套，我都这么大人了，难道还照顾不好自己？"

她握住手机，把年年存在手机草稿箱里的短信发了出去："新年快乐。"

烟花爆竹里，一岁又将过。

冰雪在消融，是春天要来了啊。

新年快乐。

过完春节，路迦和又忙了起来，没过完十五，就回到宴河市处理案子。

邱岸一案中，除了章祁的父亲和路迦和以外，每个人都认定了章祁就是命案真凶。

网上人肉很厉害，八代以上的族谱都能翻出来，更何况跟路迦和走得近的秦青葙。

总会有人打来匿名电话威胁两人。

路迦和一方面怕秦青葙害怕，另一方面怕她讨厌自己。

可这丫头，平时虽矜贵，但大事拎得门清。

她不也不怕，还鼓励路迦和："你可要加油啊，我的身家性命可都在你这儿了。"

她还说："现在网上那些人笑得畅快，等到案子结束，哼，看他们屃成什么样儿！"

路迦和耸耸肩："不过这下所有人都知道你是我的女朋友了，你真是想赖也赖不掉了。"

谁想赖账了，秦青葙巴不得能跟他天长地久。

这个案子持续了很久。

久到湖上的冰雪全部消融掉，秦青葙没事的时候能拎着鱼竿去湖边钓鱼。

这一天是一审开庭日，路迦和再次核对材料无误后，驱车赶往宴河市法院。

他在法院门口遇到老熟人，控方检察官江研西。

“听说你前几天提出给被告人体检的要求？”江研西问。

“对，”路迦和应了一声，“之前拜托你的材料呢？”

“什么材料？”江研西逗他。

都这个时候了，难得江研西还有这个心思。

路迦和皱了眉。

“这么着急？”江研西在包里掏了掏，“哎呀，哎呀，没带，这可坏了。”

路迦和淡淡地看了江研西一眼：“前几天，学姐还问我说……”他停下来，看了江研西一眼，吊足了江研西的胃口。

“说了什么？”

路迦和闭口不谈，只伸了手指，对着江研西的公文包。

“给你给你，真的是，一点也不可爱。”

路迦和接过材料：“谢了，学长。”

“臭小子，还知道我是你学长！”江研西抬手看了一眼表，“还有一个小时才开庭呢。”

“所以？”路迦和挑眉，他拿到材料也不急了。

“所以你跟我说说，她都跟你说什么了？”

“也没什么，就说说她在国外的日常生活，说到前几天好像有个留学生追……”路迦和淡淡地打个哈哈，“啊，不早了，我先进去准备准备。”

臭小子！江研西恨得牙痒痒。

“等事情了结再好好聊，学长先准备好宴席。”

“你想怎么样，给你的材料我也看过，没看出什么来。”

“当然，学长这儿，”路迦和笑着没说完，“算了算了，就是大干一场。”

“你也别惹祸了，不然你先跟我透露一点儿？”江研西盯着路迦和的表情看，却丝毫看不出破绽。路迦和说话做事向来滴水不漏，在他这儿根本套不出来什么话。

“我可没忘，学长今天是公诉人。”

“……”江研西磨磨牙。

都说喝水不忘挖井人，这小子恨不得把井都填了，说什么都说一半，真是烦。

“学弟可不要因为这件事毁了自己的职业生涯，毕竟外界的声音，你也知道。”江研西忍不住嘲讽两句。

路迦和懒得跟他计较，淡淡地抬了一下眉梢：“劳学长你费心了。”

路迦和拿了材料，快步去了休息室。他打开材料，再次扫了一遍，确认无误。这天气湿冷，他却热血涌动，他已经准备好了。

秦青莆这天也没有往外面跑，生意也没做，关门在家里拿着手机看直播。

法官例行宣布法庭纪律后，说：“请执勤法警带被告人入庭。”

被告被带上来，他穿着橙色的囚服，戴着手铐，头发被剃得极短，面容憔悴。

——章祁已经被当作杀人犯对待，他目光涣散，是绝望过后的平静。

庭审开始了。

控方首先在法庭上播放了章祁“指认”杀人现场的视频和审讯视频，录像上章祁“承认”了自己作案过程和作案动机：他怀疑自己的妻子与他人有染，连同怀疑孩子也不是自己的，在争执之后开枪杀死了妻子。至于作案工具——手枪，章祁他本人就是警察，熟悉枪械，拆分后把作案工具沿河扔掉。

章祁在看到录像视频的时候，仍旧毫无表情。

公诉人问：“被告章祁，你是否承认杀害邱岸？”

章祁犹豫：“我……”

他看了一眼路迦和，又低下头，嘴巴动了动，他打算承认。

路迦和有些恼火，他告诉过章祁，要相信自己。既然章祁是无罪的，他势必会帮章祁洗脱罪名，可是，现在章祁谁都不相信。

路迦和回想了下刚播放的视频，说：“等一下，这段视频有问题。”

他说完，台下窃窃私语、交头接耳起来。

法官拿法槌敲了一下桌子：“肃静！被告律师继续说。”

“我在查阅卷宗时发现，提审笔录的时长是五十七分钟，可是这个视频时间是三十二分钟，我希望当庭播放全过程。”

公诉人反驳：“体检报告各位也看了，想必路律师您也看过，是没有问题的……”

“体检只检查被告人章祁有没有受到过外伤，但并不能排除被告曾遭受精神上的折磨，如长时间的连续审讯、限制饮食，或不许睡觉……”

“路律师不要说没有根据的话，法庭上要讲究证据。”

“好，我这里就有证据。”路迦和拿出一份资料，“这是曾给章祁做过治疗的医生张想给出的资料。2016年11月2日，急诊医生张想接收病人章祁，病例上面记载，患者章祁精神恍惚，重度营养不良。”

法庭上出现了新证据。

鉴于可能存在的刑讯逼供和取证违法，法庭宣布休庭。

路迦和再次见到了章祁。

“我们又见面了。”

章祁低头看着桌子：“都是无用功，我都认罪了，路律师。”

路迦和摊开记录本：“我在大学的时候修过心理学，你知道微表情吧。”

章祁抠桌子的小动作戛然停止，顿了一两秒，又继续。他无所谓地说：“知道，据说很玄乎。”

“法庭上，我拿出新证据时，你在犹豫。”路迦和问，“你在犹豫什么？”

章祁不说话，路迦和也不着急，他拿着一支笔，有规律地在桌子上敲击。

敲击声先缓后急，先是两三秒一下，渐渐变成一秒一下，最后敲击声不停息。

“别敲了。”章祁变得烦躁。

对，就是这个时候。路迦和说：“可你最终放弃了，有人在威胁你。”

“没有人。”章祁神色不动。

路迦和继续说：“是你最在乎的，家人……”

他语速不快，但他的每句话都在章祁话音刚落的时候接上去，没有给章祁任何缓冲和思考的时间。

“你的父亲，还有对你视如己出的大伯和婶婶，你值班宿舍的那床被子还是你姑姑给你打的棉花被吧，我看过，那被子真厚实，冬天的时候很暖和吧。”

章祁猛然抬头：“你到底想说什么？”

章祁开始着急，随即他反应过来，低了头：“不是，你说的都不是，你猜错了。”

他说："路律师，你打这个案子到底图什么？我家都是穷人，给不了你什么诉讼费，何况我都认罪了。"他嘴角扯了一下，自嘲道，"你何必再做无用功。"

"章祁，我知道你在想什么。你父亲辛苦把你拉扯大，当然你的亲戚朋友也对你很不错，你这么多年家里的开支，上学的钱都是大家伙凑的吧。你很知足，也很感激，到了大学之后勤工俭学，认识了妻子，也就是邱岸，感情很好。"

"别说了！"

"邱岸的所有密码都是你的生日，我认为外界说的家庭不和睦并不属实，所以你们为什么争吵？"

全部开始沉默应对。

"你可以不告诉我，或者认为我对你的保证有心无力，你只能相信你自己，可让我告诉你这样做的结果，你会被判死刑，你的墓志铭上写着'杀人犯'，你的父亲、你的伯伯婶婶，所有跟你有牵连的人额头上都被打了烙印'杀人犯的家属'，所有人都会对他们避之如虫鼠。你的侄子，今年六岁了吧，入了秋就该读小学了……"

"路迦和！"章祁开始愤怒。

"我们说人人平等，他们是无罪的，但事实上呢，社会总对他们有太多苛责，他的同学知道了会排挤他，同学的父母知道了，会不会也要求学校把他赶出去。"

"我让你别说了！"章祁想站起身，把面前这个人狠揍一拳，让他别再说话。可是，他被脚链束缚，刚起了半个身子，又颓然坐回原地。

"真是干净呀。"

"什么？"章祁告诉自己，不要理面前这个人，自己说得越多，破绽也就越多，可他还是忍不住问出来，路迦和到底知道多少。

“你家里。”

“你是违反规定的，谁允许你去的？我要举报你。”

路迦和面上露出嘲讽：“我当然没有权限。”

“你！”章祁愤然。

他根本没去，他在诈自己。

“威胁你的人是不是也这样告诉你？只要你认罪，你的家人就会平平安安。可死亡永远都不是结束，也不是退路。”路迦和直视章祁。

章祁在路迦和的眼神里，开始躲闪：“我、我没有。”

“如果你无罪，你是警察，恢复了职位，你有能力去保护你想保护的人，邱岸只是一个意外。”

章祁不再说话。

“是沈氏集团？”

沈氏集团是宴河市最大的汽车制造公司，沈氏制造的车，以其性能好、外观美、价格低三大优势，产品远销海外，在国内汽车领域也排名前三。

章祁愕然。

“别惊讶，我所知道的内容，只会多不会少。”

章祁握紧了拳又松开，再次握紧，又再次松开。如此四五次之后，他神情松动：“你想知道什么？”

“真相。”

“我……”

“你看着我！”路迦和要求，“现在开始，你要对我说实话，不准有任何的隐瞒，你要相信我。”路迦和拉近板凳，直视他，“先救自己才能救别人，如果连自己都救不了，怎么去救别人？想想你的家人，他们最近都过得很不好，你伯伯出了车祸，是意外吗？下一个会是谁，你猜得到吗？”

章祁开始崩溃：“路律师真的能帮我吗？”

"会，我会帮你，你要信我。"

他在路迦和洞察一切的眼神中，看见自己点头："我信你。"

路迦和一开始知道的并不多，他拿到案宗的时候，完全没有头绪，因为太干净了，不管是认罪过程还是人际关系，除了章祁，再没有第二个嫌疑人。

直到路迦和查到有人去看过章祁。

狱中探监没什么惊奇，有说这人是章祁的同学，但巧的是，监控录像被删去了一部分。

章祁的审讯视频也是，被删去了一部分。

两者会不会有联系。

路迦和继续往下查，可发现探监者丁一，还真是章祁的同学，高中也一个班，可是丁一消失了，等路迦和再想找他的时候，唯一的线索是他曾任职沈氏集团，就一个小职员。

沈氏，可沈氏有什么好查的，路迦和也不是警察，他合了案宗，却突然想到一条消息，有传沈氏集团产品质量出现问题，顾客投诉多次无门，可这消息很快被财大气粗的沈氏给压了下去，又因为没人有证据，沈氏又说是谣传，最后也没造成多大的影响。

车好看又便宜，你顾虑不去买，但多得是人买。

邱岸、章祁、丁一、沈氏，被一条线串在一起。

但奇怪的是，就像有人把证据都摆在路迦和面前，等他找到其中一个线索的时候，余下的证据接二连三地冒出头。

在命案之前，有人拜访过邱岸。

也是从这一天开始，邱岸和章祁开始争吵。

"我翻供。"这声音很低，没多大底气。

下午，审理继续进行。

章祁实在是不相信，路迦和能与沈氏作对。

他说完就后悔了起来。

但法庭上很安静，他说的声音足够让人听得清楚。

“被告人章祁，你当庭否认原来已作的供述，并不能逃避法律追究。”江研西面无表情地说。

“我……”章祁忍不住去看路迦和，可路迦和阖着眼，没有言语、没有动作。

章祁有些六神无主，低下头：“我……”

法庭上更安静。

所有的人都在等待章祁。

路迦和说过“我只能帮你，无法救你，能救你的只有你自己”，章祁心里激出了什么东西，他想到自己最开始当警察的时候，一腔热血，他信奉的忠义。他失去了很多，不妨再去赌一赌。

章祁猛然抬起头，握紧了拳头：“我，翻供！我举报，沈氏集团恶意威胁，逼迫我承认莫须有的罪名！我举报，沈氏内部人员试图买通相关人员，干扰此案。”

审理进行了一整天。

更多的证据被递送上去。

由于本案牵扯到本市最大的企业，涉及商业金融，庭审延期。

市公安局很快组织成立了专案小组。

后续调查还在进行，沈氏的态度令人琢磨，公关先后摆出了两种态度：

强硬的，此事与我们无关，有什么可查。

欢迎的，你们尽管调查，我们也怀疑集团内部有蛀虫。

前后截然不同。

新闻连天报道，最大的冲击是沈氏的股票，大盘和个股持续飘绿。这一系列连锁反应让沈氏内部人员职务在不停地变动，更恶劣的反应是股票跌得厉害。

一团糟才更好，越糟越好。这是沈霖郡的原话。

他坐在椅子上，朝手腕上推了推手表，抬起手来，表盘对准自己："好戏要开始了。"

"哦，对了，丁一这人……"沈霖郡朝沙发上那人问道，"他可是大伯的好助手，要好好款待。"

"放心。"说话的这人还在低头看着报表，核对完最后一项，"都在计划之中。"

说话间，她合上了报表，起身递了过去。

"喏，"她说，"看完了。"

沈霖郡接了过来，翻开大致看了看，满意道："苏唐，你从来都让人省心。"

"那我想要一个奖励。"苏唐开了口。她很少向沈霖郡要礼物，在一起这么多年，她只开口要过一件东西。

那是苏唐的生日。那会儿，她刚跟沈霖郡在一起，她要了一只洋娃娃，做工粗糙。她说："跟小时候那只太像了，只不过后来家里投资失败，为了躲债，匆忙搬了家，不知道妈妈把洋娃娃扔到哪里去了。"

沈霖郡只犹豫了一秒就掏钱买下来给了她。他犹豫的那一秒是在想，这娃娃也太丑了，他印象里见到的那些，被衣着光鲜的小姑娘抱在怀里的，没一个不是做工精良的定制款。

他把娃娃拿在手里，略带嫌弃地丢给她，随后又补送给她一款最新的包。

沈霖郡觉得苏唐是从不会为难自己的，她一向省心极了。

可她这次开口，却是对他说："我想要一枚戒指。"

她说："是套在中指上的那种戒指。"

沈霖郡又推了推手表，停顿了片刻："我前段时间尝了一家苏菜，味道很是不错，晚上带你去尝尝……"

他说完话，苏唐也没开口。她低着头，不知道在想些什么。

沈霖郡有些心虚，继续说：“吃完饭去看看你喜欢的那款牌子有没有出新的包，你背这个太久了。”

“好啊。”苏唐抬起头，翘起嘴角，是真诚的笑容。

沈霖郡终于舒了一口气。

“我最喜欢他们家的包了。”苏唐说。

她一向是最省心的那个人。

沈氏内部的调查出现很多问题，最严重的就是汽车质量问题，方向盘异响、三元催化、转速传感器(行驶中熄火)、ABS刹车泵、内循环电机等重要部件都多少出现了问题。

更严重的是，工程部的人试图贿赂办案人员。

可专案组的人可不吃这套，该查什么一点都不手软。

两周后，有新的凶手浮出水面，是沈氏集团工程部的人。

之前用户多次投诉，虽然这件事被沈氏压了下去，但企业工程维修部的年终奖没有了，工程部几名员工雇佣社会闲散人员对该用户一顿拳打脚踢。

该用户和邱岸一个小区，她找到邱岸，想咨询相关问题，是否能告沈氏获得赔偿。

邱岸几句话套出关键内容，拿了证据，但自己却有了别的心思。她想到自己刚怀孕，自己和丈夫的一点工资，并不能给孩子好的生活，她动了不该动的念头。

邱岸安抚住这个邻居，告诉她：“要忍忍，胳膊终究是拧不过大腿的。”

邻居拿了些赔偿，果然没了后续。

但邱岸忍了三个月，找到了沈氏负责人。她狮子大张口，不给钱就会找媒体曝光。

工程部的几个人面临下岗，他们决定，更狠地报复邱岸。

此案共产生三个死刑、一个死缓、两个无期、一个二十年有期，帮忙在门口把风的一个刚满十八岁的少年被判了六年。

“我总觉得结案有些容易了。”

路迦和私下找过专案组的人员。

“哪里容易了？哥几个可是忙活了很多天，调查太艰难。”

“艰难？”

“可不是。”他看着路迦和不信的样子，更夸大其词，“起初都没人配合，还是那个叫、叫……”他挠挠头，“叫沈霖郡的配合，是什么领导一类的，瞧着是个识相的。”

“证据确凿吗？”

“哎，我说大律师，那些人证、物证不是在吗？死者的邻居都证明了，可别疑神疑鬼了。”他拍拍路迦和的肩，然后走了。

案子就这样结束，路迦和等案子一了结，就准备回泸沽湖。

可怜江研西订了包间请他吃饭，都找不到人。

秦青萮在第一时间打了电话，对路迦和说了恭喜，顺便说，让他不用急着赶回来，她要回趟宴河，说是夏婧婧有事找她帮忙，过两天就能见面了。

到了机场的路迦和又返回家里，整理材料，准备案子的收尾工作，完全把江研西忘得一干二净。

江研西坐在包间里，喝了一肚子茶，打了几通电话都是关机，他咬牙切齿：“好小子，下次别想再让我帮忙。”

忙完这一切，路迦和早关了手机，这么多个月以来第一次睡了个好觉。

第六章

安徒生的美人鱼

Erni
Jingshenshihai

山高路不平，好个宴河城。

宴河是市，开发得早，开山填河，住的人多，相应设施也齐全，跟其他地方没差，灯红酒绿，繁华得很。

可下面的村镇就不一样了，发展相对落后，山深林野，早个二十年山里还有狼，现在虽没了，但每逢过年，街头肉铺还会挂上野猪肉、野山羊一类的野味招揽客人。

西栅镇是宴河市下辖的乡镇，从市里到镇上的车，一天只一趟，下午四点发车。镇上到下面村子里没有固定的班车，村里的一些人买了皮卡车，去镇上拉货的时候，顺便接送本村的人，都是山路，不熟路的人几乎也开不进来，外面的人要去村里完全看运气，看那天能不能遇到载客的车。

夏婧婧就在车站等着秦青葙，大半年没见，她变得很憔悴。

“青葙姐。”小姑娘眼泪汪汪地看着秦青葙。

秦青葙没觉得自己是个多好的人，之前跟夏婧婧的交情也平平。她一路坐车到了西栅镇，是因为夏婧婧那晚打给她的电话里充满了不安。夏婧婧说：“青葙姐，我不知道还能打给谁。”

夏婧婧话语哽咽，叙述错乱，把打给秦青葙的电话当成了最后的稻草，秦青葙是能明白这种感受的。

她也有过难熬的日子，那些日子里，她都是一个人走过来的，可她想过，如果当年有个前辈能指点自己，那么她是不是也能少走不少的弯路？

于是，她摸了摸小姑娘的头：“别怕，我在呢。”

那天，两个人运气不错，在太阳落山前搭上了车。

在路上，秦青葙接到来自路迦和的日常电话，无非是那些“你要好好照顾自己”的话，她看着窗外，有一搭没一搭地回着话，顺便夸了夸："路边风景好，一切不错。"

秦青葙挂了电话，看着一旁的夏婧婧皱着小脸看着她。

"真羡慕你，青葙姐。"

"羡慕什么？"

"羡慕你们感情好。"

秦青葙笑："你跟路溪之不也不错，你跟他现在怎么样？"

夏婧婧更纠结："毫无进展。"

她不太想聊这个话题，没再说话，秦青葙也能理解她。

可沉默了半晌，夏婧婧却突然开口："这次找你……嗯……是有人去世了。"

"是谁？"秦青葙问。

夏婧婧抿抿唇，皱了眉，有些不想开口，但是她不说，秦青葙也猜不到。她斟酌片刻，有些不情愿地说："是爸爸。"

秦青葙正往包里放手机，听这话，心里一惊，手机没放对位置，顺着椅子缝掉在地上。

夏婧婧在电话里只提到自己遇到难题了，没把话说完，对她仍有保留，但她没生气，觉得这种事情的确不好开口。

她默了默，从夹缝里够出手机，再开口："你也别难过，生死由命，活着的人要好好的。"

夏婧婧却转过头看着她，神色有些奇异，忽地笑了："青葙姐，我一点儿也不难过。"

她轻轻阖上眼："我家是泥砖房，床下垫了稻草，没电，点煤油灯，晚上特别多蚊子，没蚊帐活不下去，周围一点儿灯火都没，我以前连厕所都不敢去……"

秦青葙："……"她转过头，往后车窗张望，车子一个急转弯，再一个疾驰，把身后的路标远远地甩开，她好像现在反悔也走不回去了，天要黑了。

夏婧婧睁开眼就看见秦青葙一脸幽怨，笑了声，拉住她的手。

小姑娘声音很轻："屋子外有水渠，引了山上的溪水下来，夏天也不热，凉浸浸的，外面有蛙叫、蝉鸣、鸟啼，晨起收网收索，上午割草浇水，下午摸鱼玩水，等到暮归又放网放索……"

路有些不平，夏婧婧的声音像是催眠曲，秦青萜在颠簸中靠在椅子上睡着了。

车里安静得很。

司机从后视镜里打量了夏婧婧半晌，忍不住开口："程南回来了。"

夏婧婧竖起食指，放在嘴唇前，轻轻地"嘘"了一声："张伯，谢谢您，我知道了。"她神情莫名，坐姿变得僵硬，一刻钟后，她终于换了个坐姿，把后座的衣服搭在秦青萜身上。

夏婧婧也阖上眼，靠在后座上打着盹。程南，程南，她刚才告诉秦青萜的那些趣事，都是跟程南曾一起做过的，但后来程南却成了她如影随形的噩梦。

不想了不想了。夏婧婧晃晃脑袋，甩掉那些杂七杂八的思绪。

秦青萜是被夏婧婧叫醒的，下了车，走过弯弯扭扭的路，进了个院子。

院里停了车，场地本来就不大，还支了大大小小的几个帐篷，留出来的空地上，搭了个戏台子，一群人涂得卡白的脸，吊着嗓子唱《秦雪梅哭灵》。

夏婧婧和秦青萜前后脚进了院子。

帐篷里的那些人，吵吵闹闹，吃饭的吃饭，打牌的打牌，没人注意到她俩，夏婧婧也不在意，牵着秦青萜的手，朝堂屋走去。

堂屋的正中央放着一个棺材，屋子里很破，就像夏婧婧说的那样，连件像样的家具也没有，更别提电器了。

可这棺材却用的柳州木。秦青萜之前装修酒馆，对各种木材也略微了解了一番。这是柳州木中的柚木，纹理深红坚实致密，不亚于金丝楠。棺上刻有“寿”字，又刷了熟桐油上色，上下左右四块完全是一整块木头，一气呵成，不加拼合。

柳州木，入水则沉，入土难朽，香如梓柏，色如古铜。

这种木在现代大多做成工艺品做收藏用，整块的做棺材，几乎没有。

“我没想到你会回来。”一串脚步声和说话声顺着风灌进来。

秦青萮先抬头往外看。

说话的那个男人，平头，极细长的黑眼睛，黑色T恤衫的袖子挽在最上面，露出几何图样的文身。

夏婧婧有些怕他，看见他的第一反应就是朝后退，目光躲避。

“程南哥。”她说。

“你还是回来了？”程南表情有些讥讽，“你居然会回来，真是让我吃了一惊。”

“是我爸爸，该回来的。”

男人有些想笑，却忍住：“对，你是孝子。”

夏婧婧不吭声。隔了几秒，程南问她：“这出戏好听吗？”

戏文里正唱道：

扶灵柩我心如刀绞珠泪簌簌

哭了声商郎夫你真来命薄

自幼儿咱两小无猜早结情果

成亲眷也算是天地巧合

“一般。”

“怎么会一般？这戏文里唱得多好。”

两小无猜。

天作之合。

夏婧婧脸色变得难堪，攥着秦青萮的手有些用力。她嗤笑：“他活着的时候也没见过这么大的排场，你倒是给他面子。”

程南也笑："没关系，这一场葬礼，一分钱都不问你要。"

"我本来就不欠你。"

"是吗？"

屋子里没有电灯照明，只在棺材上点了一盏长明灯，夏婧婧就盯着那点光看。

"那你说说，我欠了你什么？"

"欠我什么？"程南拿了账本，丢在她面前，"你看看。"

她不动，没有去接。

程南径自翻给她看："一笔一笔，我都记得清楚，一分不多一分不少，你要怎么还？"

"那是他欠你的，你找他还。"

"是这个理。可还有句话，父债子还，你倒说说你该不该还？"程南说。

"没钱。"夏婧婧语气也冷。

"用你抵债。"程南朝她走近几步，凑过来，低声说。

那声音小得除了程南自己，也只有夏婧婧和秦青葙能听得见。

程南说完，又退回几步，回到原地，这次抬高了声音："你说说，我这主意好是不好？"

这话说得过分，秦青葙气闷，皱了眉，眼神扫过去："你是谁，追债的？就算是追债的，这个场合也不合适吧。"

夏婧婧拉住她，示意她不要为自己出头。

可秦青葙继续说："欠了多少钱，我替她还。先生，你可以先走了。"

程南笑，睨了她一眼："走？这位小姐是不知道我跟夏婧婧的关系吧。"

他念了戏文里的那段话，然后说："都睡过了，哪那么多矫情，是不是？"他看向夏婧婧，眼神肆无忌惮地打量着，"真是个没良心的。"

“浑蛋！”秦青葙动了气。程南竟然当着这么多人的面这样说夏婧婧。

程南听着秦青葙骂，只是笑，也不还口，等她说完才继续：“不过，你说还账，你这长得还算可以，就是眼睛大了些，嘴巴小了些，有些丑，但也凑合……”

秦青葙脑门上的青筋跳得疼，要是路迦和在就好了，非得揍得面前这人找不到北，只可惜自己打不过他。

这口气没法出，真是气得她头疼。

一时，场面变得僵持。

夏婧婧捏了捏秦青葙的掌心，对程南说：“阿南哥，这事儿回头再说好吗？”

程南打量了她一番，奚落道：“现在你还学会找人帮你撑场面了，这么久不见，你还是没有长进，胆子还跟兔子一样，是不是？”

夏婧婧又喊了声“阿南哥”，语气有些哀求。

程南的心还是软了，每一次都是这样。他心里有些焦躁，掏出一根烟，出了门去了院子里吸。

他一出去，刚进屋那堆人，又哗啦啦全散了。

夏婧婧转头看秦青葙：“他不是好人，手上不太干净。”

“偷东西？”秦青葙问。

“不是。”夏婧婧朝院子里看了眼，恰巧跟程南的目光对上，她扭过头，飞快地说，“沾过血，他什么都不怕。”她加了句，“青葙姐，你千万别惹怒他。”

“你怕他？”秦青葙又问。

夏婧婧神色莫名：“是啊，我怕他。”

“可是，路迦和是律师，你和路溪之也是法律系的高才生，要真有什么事儿你也不该怕的呀。”她有些恨铁不成钢，“要是路迦和他们在就好了。”

“这件事千万不要让路溪之他们知道。”

“为什么？”秦青葙问。

“会让他操心的，我……我心疼他。”夏婧婧抿唇，摸摸脖子，有些支吾。

“呀，还没嫁人呢。”秦青葙打趣。

夏婧婧垂下眼睛，岔开话题：“青葙姐，你饿了吗？我们去吃饭吧。”

“送死多原于奉生”。

宴河注重丧礼，饭桌上有红肉、白肉、丸子、拉莫肉、蛋卷等八个菜品组成的“八大碗”，再加上鸡和鱼，这叫“二顶八”，这是宴河农村老席的标配。

这场丧事，程南几乎发动了全村的老老少少来参加，吃饭的人也多，夏婧婧找了会儿才找到连在一起的两个座位，拉着秦青葙一起过去。

夏婧婧特意落后了几步，等秦青葙先落了座，自己才坐下。

她神色淡淡，也不跟人打招呼，径直落座，拿了筷子，分给秦青葙，就开始吃饭。

秦青葙不好意思，淡笑着跟周围的人打招呼。

可秦青葙的笑还挂在脸上，就被人大声呵斥：“你这闺女，太不懂规矩了，这座位哪是你能坐的？”

秦青葙愕然，没弄懂怎么回事，尴尬得坐也不是站也不是。

“还不起来？”

秦青葙要起身，可夏婧婧却拉住她：“坐下，没事的。”

她安抚秦青葙：“好好吃饭，别挑食。”然后转头对说话的那人说，“七叔伯是老糊涂了吧，我这朋友可比我先坐下，要说不懂规矩，也是我吧。”

白事宴席与其他宴席最大区别就是坐人和上菜都是单。十人席叫十全十美，可白事不讲十全十美，要给走的人留个座留个菜。一般坐九人，意寓九九归一，这个“一”，就是把思念归集到送走的那位。

“那你知道……”七叔伯手里的拐杖重重地敲在地面上，扬起了灰尘。

“请问七叔伯说的是什么规矩？”

“你已经被卖到程家了，却一点也不懂规矩，你这样的，”他突然停住，有些害怕地捂住嘴。他扭头看了一眼程南，程南神色淡淡，注意力看起来不在这儿，他胆子大了些，“你去城里几年，忘了老本了。”

“这是现代社会，也没有买卖人口一说的。不过话说回来，我的确不懂你们的规矩。”夏婧婧一点也没给他面子，扇了扇面前的灰，捂住鼻子，嗤笑道，“说买就买，说卖就卖，我可从来没同意，糟朽的应该被烧掉。”她看向七叔伯，“七叔伯您，当然不是这糟朽的吧。”她手遮住嘴，“看我这话，七叔伯是最懂规矩的，是我嘴没边，该打该打。”

可夏婧婧只是说着，却没有动作，执起筷子继续吃，一边吃一边招呼着桌上的人：“大家都吃呀，别跟我客气，这人死了，活人要享着福。”

“夏婧婧，”秦青葙拉住她，有些尴尬，小声说，“这不太好吧，要不我去别的地方坐，其实我不饿的……”

夏婧婧打断她：“规矩我是知道的。”她缓了缓语气，“没事，继续吃吧。”

秦青葙更愕然，看着夏婧婧。

夏婧婧却毫不在意，筷子在面前菜里拨了拨，挑出个顺眼的，放在秦青葙碗里：“怎么不吃？不喜欢吗？”

“你！”七叔伯被无视，气得不行，扶着拐杖站起身，手指着夏婧婧。

桌上其他人，也嘀嘀咕咕地指责夏婧婧不孝。

夏婧婧不说话，更不理睬他们，只时不时地扭头问秦青莙："青莙姐，还合口吗？"

秦青莙苦笑，她已经跟着夏婧婧一同被这些人仇视了，只能闷头看着面前的碗，食不下咽。

七叔伯更是气得不行，他一口气憋在胸口，不吐不快："虽然你不懂规矩、不孝顺，但好歹你父母他俩能葬在一起，也算是……"

"是。"这次夏婧婧没有发脾气，"虽然我母亲在全村人的纵容下被他打死，但还能葬一起，也不错，是不是，七叔伯？"

全村哑然，有小孩子听不懂，扯着家长的袖子，问个不停。

席上先是安静，又是吵吵嚷嚷。

程南叼着一根烟，朝这个桌子瞄了一眼，眼神扫过全桌的人，筷子在碗沿敲了敲，发了声："吃。"

桌上的人又拿起筷子，包括七叔伯在内的人中途头也没敢抬。

秦青莙总算舒了一口气。

可还没放松两分钟，一个五六岁的小姑娘，跌跌撞撞地从堂屋跑出来，哭得稀里哗啦。

她的父母进城去务工，这次是跟着邻居家的长辈一起过来吃饭的，小姑娘吃饭挑食，没吃几口，就闹着下桌去玩，邻居毕竟不是她的家人，不好太约束她，就放她去一边玩。

夏婧婧听到哭声，脸色变得难看，突然把筷子掷在桌子上："闹腾什么呢，都给我滚。"

秦青莙快被压抑的气氛逼疯，听到小孩哭，忙起身："我去看看。"

小姑娘吓得在旁边哭，身子抖个不停，眼睛都被袖子擦红了。

秦青葙蹲下身子，把小姑娘揽到自己怀里，摸摸她的脑袋，轻声细语：“怎么了？”

“里面……有个好大好大的木盒子……听别人说，这个人死掉了……死掉的人都……都躺在里面吗？为什么和我们不一样？我……我害怕。”小姑娘抽泣着，断断续续地说完。

原来是被吓着了。

这是小姑娘第一次面对死亡，她在想死到底是什么？她还不太懂，但打心眼里害怕，害怕那间只点了一盏灯的屋子，害怕那个黑色的木盒子。盖上了盖子，还要怎么笑？怎么吃饭？怎么跟小伙伴一起玩耍？

“没关系的，不要怕。你看，这里有姐姐陪着你呢。”秦青葙拉着小姑娘坐在一边，帮她解开散乱的小辫，用手指梳顺。

小姑娘慢慢地停止了哭泣，她揪了揪额前的小绒毛，一双手分别托在两侧的脸上，五官皱在一起。她陷入了极大的困惑，小脑袋怎么也想不明白，于是她扬起脑袋问秦青葙：“可人为什么要死呢？死掉多不好，只能躺在小盒子里，不能吃糖果，不能跳绳踢毽子，也没有小朋友一起玩……”

没人问过秦青葙这个问题，可在她小的时候却问过相同的问题，只不过那时候大人都敷衍地告诉她：“死就是死了，再也不会哭，再也不会笑。”

那些大人还说：“我们每个人有一天都会死去。”那时候，她是怎么样的？

她哭得更大声、更恐怖，她一点也不想死掉，在很长一段时间里，她都在恐惧变老，可是那时候她还是个刚掉乳牙、说话都跑风的小孩子。

秦青葙手上的动作停了下来，认真地想了想，看着小姑娘笑了笑，摸了摸她的脑袋，问：“你玩过滑滑梯吗？”

“玩过！”小姑娘用力点头，“妈妈带我去公园滑过两次！”

小姑娘想起妈妈还有滑滑梯，眼睛亮晶晶的。

“那你喜欢玩滑滑梯吗？”

“喜欢！”这次小姑娘更快地点点头。

“那玩滑滑梯的时候，你跟其他小朋友是不是要排队？”

小姑娘又点点头：“是的，妈妈说，要排着队。”她仰着头，“我听妈妈的话，唔……”她补充，“也听姐姐的，因为姐姐跟妈妈一样香、一样温柔。”

秦青葙第一次被一个小姑娘这样夸，耳尖有些红，她帮小姑娘束好头发，接着讲：“我们呢，都像坐滑滑梯一样，会慢慢慢慢地下降。”她手掌朝下，弯成弧形，比画出动作，“我们每个人都会慢慢慢慢地变老，这个过程很缓慢，要几十年，这几十年里我们吃了好多好多好吃的，玩了很多很多好玩的，等到有一天，我们吃不动了，玩也玩够了，我们就坐在滑滑梯上，从最上面到最下面。”

她把小姑娘揽在怀里：“落在地上时，就要起身走开，不然会挡住后面的小朋友。”

“可我们起身后去哪儿了？”

“会变成小朋友重新排队去了呀。”

小姑娘点点头，似懂非懂。秦青葙没打算让她明白得透彻，安慰住她，让她不害怕，她就心满意足了。

她拉起小姑娘：“来，站起身，让我瞧瞧。”

她帮小姑娘束了个马尾，比两个散乱的小啾啾看起来更精神。

“漂亮极了，走吧，我带你去找妈妈。”秦青葙牵起她的手。

小姑娘却往后挣脱：“我妈妈不在家，我跟邻居阿姨来的。”她朝饭桌上的一个位置指了指。

“她不喜欢我。”小孩子才不是什么都不懂，喜欢或者厌恶，他们能感觉得到，甚至这种感觉比很多成人还要敏锐。

“姐姐能送我回家吗？”小姑娘期待地看着秦青葙。

秦青萮朝饭桌上看了看，夏婧婧被程南喊到了一边，她有些担心夏婧婧，有些犹豫。

小姑娘看出来她的犹豫，很乖巧地说："没关系，我可以一个人回家的，姐姐放心好了！"可她眼皮下垂，两侧嘴角微微下拉，明显很失落。

秦青萮有些不忍心："姐姐想让你陪我一起玩一会儿，再送你回家，可是……"她故意叹了声气，"可是不知道你愿不愿意！"

"愿意的！"小姑娘眼里蹦出欢喜，欢天喜地地拉住秦青萮的手，可是却有些忐忑，小心翼翼地又问，"真的可以吗？"

小姑娘又瘦又轻，秦青萮一下子就能把她抱起来，转了个圈，用行动告诉了她答案。

小姑娘乐呵呵地笑个不停。

秦青萮还从包里翻出来一张纸，折了几下，就做出一个纸钢琴来，摊在手心里，递到她的面前。

"哇！"小姑娘欢呼，"这是什么？"

"钢琴。"秦青萮盯着纸钢琴看了会儿，"再等下。"她拿出一支黑色水笔，在上面画出几个黑色的琴键，这下更形象了。

"这是做什么的？"

"可以在上面弹奏，会有音乐声。"秦青萮做了示范，然后递给小姑娘。

小姑娘接过去，像模像样地在上面弹了弹，秦青萮在一旁小声哼着歌。

"好喜欢！以后我想当个音乐家！"

"哇，音乐家，那你知道什么是音乐家吗？"

小姑娘点头："学校里老师讲过的，老师说那些人都是顶顶有才的人，是很漂亮的人……"

小姑娘讲得开心，完全忘记了刚才自己为什么哭。

夏婧婧发了脾气，程南走过去："跟我过来。"

"不去。"夏婧婧公然叫板。

旁边的人吸了口气，咂咂舌。

程南却没生气，反而稍弯了弯膝盖，眼睛与她的视线齐平，揉揉她的脑袋："几年没见，小朋友脾气见长呀。"

程南叫她小朋友，从小他就喜欢这样叫她，从不喊她的名字，每次她跟在他身后喊"程南哥"的时候，他都笑着朝她招手："小朋友是你呀，快过来。"

夏婧婧一时呆了呆。

"快过来。"程南起身，在前面走。

夏婧婧想了想，犹豫了会儿，也跟了过去。

"来，坐在这儿，跟程南哥聊聊。"他手在台阶上拍了拍，拍干净让她坐下，自己倒是没在意地上的灰，随意在一旁坐下来。

"刚才被我吓到了吗？"

"没有。"

"真没有吗？小朋友不要说谎。"程南想摸摸她的脑袋，她却避开了。

她说："真没有。"

"那些人，你不用在意。"

"嗯。"

有风吹过，墙壁上的牵牛花被风吹动，夏婧婧的眼神就追随着牵牛花一起动。

坐的石凳旁长了不少的刺莓，程南伸手摘了几个，挑出来最红的，用手擦了擦，又吹了吹，送到她面前。

"你以前最喜欢吃的。"

夏婧婧没接："我现在……不喜欢了。"

程南也不在意，一把把这些刺莓都扔进嘴里，嚼了嚼，问："这两年过得好不好？"

“好，好着呢，起码比这里要好，要好很多。”她回答。

程南笑出声：“就这么讨厌这儿，这么想离开？”

程南的烟明明灭灭，没等她回答，他自己先笑出声：“不过也是，把他视作生活的耻辱、人生的污点，绞尽脑汁地擦掉，又怎么会不想走呢。”

她轻笑了声。

“说到你想的了，是不是？那我呢，我也是这样的存在吗？”程南忍不住问。

夏婧婧有些沉默，垂着眼睛，不说话。

程南又说：“你怎么不问我过得好不好？”

“那你过得好不好？”夏婧婧吁了口气。

程南盯着她看，然后抬起手指，擦过她的唇，很重的烟味儿。

“我过得好不好，你还不知道？”

夏婧婧朝一旁避开了他的手：“少吸点烟，别得了病死掉，到时候看谁给你收尸。”她的态度突然变得激烈。

“哈，吸几根烟就会得病？那还有人吸了一辈子烟，安享晚年的。”

“狡辩！你还在城里玩死了几个女人。”夏婧婧说。

程南听得清楚，问：“谁说的？”

“村里进城务工的人都这样说。”

他把烟含在嘴里：“这种事你也信？”他似笑非笑地睨着她，“我要是玩女人，也先挑了你是不是？”

“程南，你跟以前一点也不一样了。”

“呵……”他还是笑，“那你是更喜欢以前的我，还是现在的我？”

夏婧婧咬着下唇：“我有喜欢的人。”

“谁？”

“和我一样的人。”

“和你一样？”程南念了好几遍，好半天才吸了一口烟，烟亮了又暗，他站起身，用手指捻灭烟头，猛地拍在她的肩上，沾了烟灰的手指却稍稍朝外移了几寸。

夏婧婧受惊地缩回身子。

“那真是恭喜你了。”程南说完话，踏着步子离开了。

他走后，夏婧婧松了口气，想起他沾满烟灰的手拍在自己衣服上，下意识地朝肩膀看了看，干干净净。

夏婧婧回到院子里，找到了秦青葙。秦青葙趁着天还亮，看得清路，把小姑娘送了回去。

“怎么才回来？”秦青葙问。

“说了些话。”夏婧婧说。

她没提说了什么话，秦青葙也没问。

夜晚的时候，两人随便吃了些东西填饱了肚子，白天这一闹，戏也没人唱了，帐篷里的人也散了。

秦青葙在此之前虽没有去过这种场合，却也知道，守夜要一直进行，戏也会一直唱，直到出棺。

屋子里很脏，地上、桌上都落满了灰，用抹布擦了第二遍还是黑的，两人干脆搬了摇椅去楼顶上乘凉。

“你的那些亲属怎么都回去了？”秦青葙问。

“亲属？”夏婧婧疑惑，但很快就反应过来，“哈，那些人，估计都是程南找来撑场面的，他喜欢那些大场面。”月朗星稀，蚊子很多，她摇着扇子赶走两人身边的蚊子，“谁在乎呢，活人都不在乎，更何况是躺着的、不再喋喋不休的死人。”她笑出声。

“其实我还真蛮好奇青葙姐为什么会来陪我。”难得她在这种情形下也能打趣，“我会以为青葙姐喜欢我。”

“我呀，在提前打理好妯娌关系。”秦青葙也打趣她。

“我要是最后没能跟他在一起呢？你知道的，他家世好，又优秀，我跟他也太不门当户对了。

“不过他真是个好人，你知道吗，在很多年以前，他就攒着零花钱，资助一些困难的孩子，其中就有我。他可是光呢，青葙姐。”

她眯着眼笑，但很快又失落起来：“就是因为是光，太远了，太不般配了。”

“为什么不去试一次？”秦青葙说，“只有彼此喜欢，才是最般配的。”

这一天夜晚，夏婧婧问了秦青葙一个问题：“可试过之后就能实现愿望吗？”

“也许不能，但总要试试的。”秦青葙欲言又止，“我有一个朋友，真的是一个朋友，不是我，”她声音有些轻，“是过去的一个朋友……那时候我们都学大提琴，小时候便认识……”

秦青葙讲的是苏唐。

那时候还小，青春正年少。

少年不知愁滋味，秦青葙以为，这个世上所有人都跟自己一样，想要的都会有，花裙子、新玩偶，撒撒娇就都有了。遇到苏唐的时候才知道，有一种人，想要的现阶段没有，却隐忍地放在心里，一步步地去接近。

秦青葙的母亲是小学音乐教师，秦家有一架脚踏风琴，就放在客厅里。

那是苏唐和秦青葙的启蒙乐器。

在后来的很多年里，她们又学过更多的乐器，笛子、钢琴、大提琴等等，但是启蒙的乐器是一生中最难忘的。

苏唐第一次去秦青葙家里的时候，秦妈妈正弹着琴，奏的曲子，秦青葙现在还记得，是埃尔加《爱的礼赞 Salut d'amour》。

那时候的脚踏风琴声音大多比较洪亮，又尖又亮，幼儿园、小学的音乐课基本都靠它了。

“秦青莉，你家钢琴真好看。”苏唐眼睛里全是羡慕。

“唉，那不是钢琴，是风琴，那下面踩着的可以控制声音的大小。”秦青莉手里拿着的老冰棍快要化掉，她赶紧舔了一口，忙里偷闲道。

苏唐涨红了脸：“我家以前也有。”她终于找回了一点面子。

可秦青莉毫不留情地揭穿：“我才不信，你连风琴都不认识。”她终于吃完那根冰棍，把木棍放进包装纸里，团成一团，扔进垃圾箱里。

“哎，我们去跳绳吧。”秦青莉提议。

苏唐再三地回头：“可我想摸一摸那架琴。”

苏唐最后站在了那架琴的面前。

秦妈妈停下弹奏：“怎么不去玩了？青莉，你要好好地招待客人呀。”

秦青莉撇撇嘴：“她自己不去的，她要摸下你的琴。”

秦妈妈温柔地朝苏唐招招手，等她走到自己面前的时候，拉起她的手，让她坐在身旁，跟她讲道：“这是踏板，又叫强弱音踏板，改变音的力度……这些拉杆是音栓，不同的音栓组合，能配制出无数种音色……”

苏唐听得认真，比上课听讲时还认真，她不住地点头，那一瞬间，她看见了一个全新的世界，毫不夸张。

秦青莉听得无聊，从她记事起，妈妈就拉着她讲了。

她打着哈欠，问：“苏唐，你还要不要跳绳了？”

她一直惦记着跳绳，苏唐心里烦，但还是站起来，跟秦妈妈说：“谢谢阿姨。阿姨很有气质，我特别喜欢您，我以后来还能不能听阿姨讲这些？”

她语气很真诚，真诚中又有着忐忑。

秦妈妈高兴：“当然当然！下次苏唐你来，阿姨给你做好吃的等你。”

“谢谢阿姨。”苏唐心里激动，拉住秦青葙的手，“走啦，去跳绳去。”

去了秦妈妈看不见的地方跳绳，跳了几下，苏唐就无精打采。

“你怎么了？”秦青葙问。

苏唐蹲着身子，拿了根木棍，在地上写着字，写完又抹掉，突然抬起眼，眼里亮晶晶的：“青葙，我们一起学弹琴吧！”

秦青葙吓了一跳，摆摆手：“我才不要，多无聊！”她吁了一口气，“我的梦想呢，就是当只米虫，不做事情就能吃好睡好。”

“可是音乐多有趣啊！”

“可是你家又没有，再说又没人教你。”秦青葙催促她，“哎呀，起来啦，你今天就是来找我玩的，你看你，来了又偷懒。”

苏唐脸上难堪，握紧了拳：“你瞧，青葙，我肯定能的。”

很多年以后，秦青葙再想起以前的事儿，才觉得，有些朋友，在她面前，不是你心里想着什么就能说什么的。

最后，苏唐的确如愿以偿，她嘴甜，又好学，秦妈妈愿意教她，还收了她当徒弟，但秦妈妈还逼着秦青葙在一边学。秦青葙要是不乐意，秦妈妈就会不开心，甚至会抹眼泪，那秦爸爸就会在一边拿着小木棍敲打秦青葙。

秦青葙憋了一泡眼泪，眼泪汪汪地跟着苏唐一起唱着谱子。

后来两人换牙，豁着牙，跑着风，还跟着唱。

那是最初的启蒙课。

再后来，苏唐和秦青葙一起学了大提琴，很快，两个人都喜欢上了这门课程。苏唐太努力，她的大提琴学得比秦青葙要好，她参加比赛前，背着琴说：“你瞧，青葙，我说过的，我肯定行。”

“青葙姐的那个朋友很出名？”夏婧婧问。

秦青葙想到苏唐得到的那些荣誉，肯定地说道：“是的，很出名。”

“那，青葙姐后来为什么没再拉大提琴？”

秦青葙轻轻抿了一下嘴唇，说：“就是后来懒，就不想学了。”她支起脚尖一下一下地点在地面上，摇椅有节奏地摇起来。

“我讲这个故事，就是告诉你，你永远不知道事情怎么发展，但试试总是好的，有求有愿，才能达成所愿。”

“愿望是好的，走的路要也是好的，那结果，肯定不会太差吧。”

这一天是停棺的第六日。

这一晚两人都睡得不太好，在椅子上睡能睡得多舒服，起来后腰酸背痛。

对着压水管漱了口，洗把脸就算完事。

因为一大早就要出棺。

程南也过来了，带了抬棺的人，一个人吩咐完所有的事情，没跟夏婧婧打招呼，自己走在最后面。

进了山，山路难走。村里人给夏婧婧的父亲挑的坟地是当年夏婧婧母亲葬下的地方，村里长辈管这叫合棺，生前做夫妻，死后葬在一起也好照顾。

入土为安，外有棺椁，垒土成丘，即为坟茔。

孝子要烧香点烛行开山礼。

秦青葙担心夏婧婧会像昨天一样，一直提心吊胆地注意着她，可是这次夏婧婧却安静地按照仪式的要求一一完成。

开山的时候要在做墓穴的地方前后打个木桩，然后让孝子在打木桩的范围内用锄头挖三下。接着八仙就过来做穴，做好之后再把太岁的画像烧掉。这种墓穴，是把灵柩推进去的。在墓穴的底部铺垫着两根竹子或者剥了皮的光滑润泽的小杉树，放的时候，把灵柩的上首搁在上面，再用撬棍往里面推。

早晨的山里，雾气重，草地上湿漉漉的，夏婧婧做完一切，鞋子都被泡湿了。袜子粘在脚上，闷得人心发慌，她真想甩手不干了，这个男人，这个躺在棺木里的男人，根本不配让她做这些事情。

可是为了最后一步，她必须忍下去，否则一切都要功亏一篑。

墓穴里放着一个陶瓷罐，罐子上面一会儿要放一盏灯，灯的高度与地面平齐，叫长明灯。这灯现在被夏婧婧拿在手里，灯芯不太亮，尤其是白天，只能看见豆光。

夏婧婧跪下去，磕了头："你要好好的，我会多给你烧纸。"

她起了身，执着长明灯放在上面，又跪了下去，对着棺木小声地说着什么，几滴眼泪滚下来，她用手掌掩住脸，像不想被人看见自己的窘迫。

等起身的时候，由于蹲久了，没站稳，朝一旁倒，碰到了长明灯，夏婧婧惊呼，可她侧过去的脸上却带着奇异的笑。

但长明灯摇摇晃晃却最终稳住，夏婧婧骤然瞪大了眼睛，然后猛然闭上，手攥着衣服，用力得发白。

程南握住她的肩："别难过。"

这只是小小的插曲，谁都没有在意，毕竟谁都会有不小心的时候，虽然是这种场景，不小心是件大事，可长明灯没倒，是不是？

更由于程南在这里，没人再敢说夏婧婧什么。

停棺的最后一步，是把棺木整个推进去之后，再抽掉垫底。

夏婧婧接下来全程都冷着脸，事不关己地漠视着一切。

连秦青葙都看出了她的不寻常。秦青葙握住她的手，她也没有反应。

到要铲一些草皮把洞口砌严封好的时候，长明灯却毫无征兆地突然朝后倒掉。

丧礼上，长明灯倒掉是最大的不吉利。

可它明明是被平放的。

旁边人都惊呼"见鬼了"，吓得连连后退。

只有秦青葙注意到，程南朝前迈了几步，朝罐底踢了一个石子，罐子整个儿倒掉。

秦青葙想说出来，可是她能感觉到身旁的夏婧婧明显松了口气。

秦青葙有些明白了什么，若有所思地打量着程南。

程南注意到这道目光，也抬头，似笑非笑地盯着秦青葙，比出口型："呀，被看到了。"

秦青葙立马低下头。

"这可怎么办？"程南问夏婧婧。

夏婧婧抬眼看着他，弯了嘴角，是开心的笑容："天意。"

"你看，你都吓坏了，别怕别怕。"程南睁着眼睛说瞎话，还说得理直气壮，"出了这事，说明这地方风水不好。你们几个，"他点了点抬棺的几个人，"麻烦再把棺材抬起，换到后山的地方吧。我正巧前几天给我自己找了墓地，倒是便宜他了。"他看着夏婧婧挑挑眉。

"你？"事情已经达到了夏婧婧的预期，可事情这样的走向，却完全超出了她的意料。

"呀，我们都这么熟了，不要推脱。"

夏婧婧不知道他卖的什么关子，但这的确合了她的意。她从不想让这个男人葬在她母亲的身边，那才真的是不得安宁。

"好。"夏婧婧说。

"可这不合规矩。"旁边有人反对。

"怎么就不合规矩了，什么规矩？"程南似笑非笑地看着反对的人，"要不，抬到你家放几天？"

"这……"那人赶紧摆摆手，"您说笑了。"

程南说："我也愁，但这儿明显风水不好，不能葬不能葬，是不是？"他踢了一脚请来的法师。

"是是是！"法师拿了程南的大笔钱，赶紧说，"继续葬会坏了一个村的风水，本来这村是能出状元的，可不能葬。"他眯着眼睛神神道道。

这个法师是十里八乡有名的人物，能通神，能治病，很得村里人信任。

“那就抬走吧。”程南说。

换了个地方，继续刚才的流程，只是没了长明灯，也没人再提这灯的事。

程南笑了声，转过身说：“盖棺。”

灯灭了，盖了棺，是不吉利。民间小说记载过这种情形，逝者灵魂不得安宁。

可什么是安宁？

夏婧婧觉得活着的时候过得幸福才是安宁。

她很多年里都在想，如果她跟那些家庭和满的孩子一样，在父母的宠爱中被教会一些处世为人的道理，会不会跟现在不一样。

她是野孩子，程南也是。

有句话怎么说，半斤八两。

夏婧婧第一次看到这个词，笑着指着它，对程南说：“程南哥，这是说我们的。”

程南没读过书，只知道这是个成语，还夸她学习好，懂得多。

后来，程南知道这个词的意思，又是个贬义词，非得纠正她，还找了很多的褒义词，其中就有“两小无猜”“天作之合”。

程南让她一个个地念给他听，念一个，给一颗糖吃。

那是城里花花绿绿的水果糖，有好看的糖衣，夏婧婧全部念了一遍，得了一罐子的糖，可甜得牙疼。最后，夏婧婧固执地认为，还是“半斤八两”是最最合适。

程南是“典妻”之子。

典妻制度是人类买卖婚姻的一种，早在民国时期，就已经被废止，可在偏远的山村，仍被悄悄保留。那些人理所应当地说“再没有比传宗接代更大的事了”“不孝有三，无后最大”。

程南的生母是被程南的父亲从隔壁村买回来的，花了三百块钱、两头牛、五袋“高价”买回来的米，“租期”三年，三年内生了儿子就能离开，生母一生到死都不能跟儿子相认，这是规矩。

程南没见过自己的生母，他管自己父亲的妻子陈思凤叫母亲，这个被他叫母亲的人不能生育。

“买妻生子”是陈思凤一开始就不同意的，可她不能生育，所有的人都劝她，逼她妥协，全村的人，包括她自己的母亲。

为什么没有一个人能理解她？与其他人分享丈夫，要如何去忍耐？

陈思凤一开始就不情愿，直到那个贱人生了孩子，她变得更疯狂。这个孩子是她的屈辱，一生的屈辱。程南的存在无时无刻不在告诉她，她是一个不健全的女人，一个被全村人看不起的女人。

与大部分孩子一样，程南学会的第一个词也是“妈妈”，这是天性，但陈思凤丝毫没有动容，反而觉得可笑。她不是他的妈妈，他不配。

出嫁从夫，是陈思凤从小被灌输的思想，于是她在丈夫面前，笑得开心，开心得流了泪，抱起小程南，他小小的一团，软软的，像发酵的面团，要是被摔在地上会是什么样子？她在心里想，越想越开心，她把程南托得高高的，举起，朝上扔，却每次都接在怀里。小程南什么都不知道，躺在她怀里，流着口水，咿咿呀呀地说话。

多丑陋啊，他越开心，陈思凤就越是嫉妒得发狂，她偷偷地用力一拧，拧在程南的腰上，不解气，又用力地掐上去。

如她所愿，程南那天哭得嗓子都肿了，她“细心”照料了他一天，被丈夫夸道：“你真好。”

可好什么？是好妻子，还是好妈妈？

只可惜陈思凤都不是，她自己也知道。

终于熬呀熬呀，熬到男人死掉，青壮年的男人雨天下了地收了麦子，就得了肺炎。又不是什么不得了的病，怎么就说死就死了？陈思凤年纪轻轻就做了寡妇，她没觉得有多难过，只是认为是自己命不好，可命不好，得有人同病相怜是不是，要有人比自己过得更不好，自己才不觉得自己过得不好。

陈思凤把程南赶到猪圈生活的时候，他还小，又瘦弱。陈思凤在丈夫还活着的时候，没有明显地表露出对程南的厌恶，程南虽然有些懂她不喜欢自己，可是这个人是妈妈呀，她为什么要推开自己呢？小程南露出不解，他抱着她的腿问："妈妈，妈妈，干吗赶我走，我有不乖吗？"

陈思凤蹲下身子，把他的手拽开："怪你命不好，你要是死了，下辈子投个好胎。"

她关了猪圈的门，上了锁。

那年，程南六岁，刚刚学会写自己的名字，而后的几年都与猪同吃同睡，他不懂反抗，也不知道反抗。

夏婧婧第一次见到程南，是她的赌鬼父亲赢了钱，大发慈悲给她买了个白面馒头。

夏婧婧已经大半年没吃到这么好吃的馒头，又香又软，还能填饱肚子。

她舍不得吃，抱着馒头去上学。她咬了一口，在嘴里品了又品，背着书包蹦蹦跳跳，手里没拿稳，馒头便顺着土坡咕噜噜地溜下去。她一路追着跑，直到到了一个猪圈前，那馒头顺着木板和地面的间隙，滚了进去。

夏婧婧先是趴在地上看，可这个缝隙好像被什么黑黑的东西堵住了。她又站起身，跳着往里面看。她身量小，任她跳得再高也看不见里面，门又锁住了进不去。

她气闷，一屁股坐在旁边的石头上。

啊，石头，有这么高的石头就好办了！

她垫了石头在脚下，又踮起脚，扒在上面看，她看到了馒头！

可馒头却被一个脏兮兮的男孩子拿在手里，他就靠着木板墙坐着，堵住了那个小缺口，难怪她刚才什么都看不见。

男孩子把馒头翻来覆去地看，还放在鼻子前闻，然后盯着看。

“还给我！”

他听到声音，朝上看了她一眼，又继续看手里的东西。

“喂，你是聋子吗？”夏婧婧喊得更大声，可是他不理睬。

夏婧婧从旁边拾起一把小石子，攥在手里，朝他扔去。

“还给我！”她看准了位置，朝他身上砸去。砸身上也不会怎么样，再说又是小石子。夏婧婧这么想，总要教训教训这个拿了馒头不还的坏家伙。

前面几个没扔准，但第四五次的时候，她不小心砸到他的眼角，他呼疼，两只手捂住了眼睛，馒头又滚到地上。

石子的边角划开了他的眼角，血顺着脸颊滴在地上。

夏婧婧做了坏事，害怕极了，连声问：“你还好吗？没事吧？”

他还是不回答，也不擦掉那血。

是个傻子吧。夏婧婧想。不过傻子也好，傻子就不会给父母告状，自己也不会挨打。

不过，夏婧婧觉得更内疚：“唔，对不起！我不是故意的，谁让你……”顿了顿，她才说，“算了算了，给你吃好了。”

夏婧婧看着程南傻愣愣的样子，问：“你不会说话吗？”

他没反应，一只手捂着伤口，露出另一只眼，怯怯地看着她。

夏婧婧比出吃饭的动作，往嘴里塞东西的样子，程南才明白，拿起馒头先咬了小口，嚼了嚼，朝她看了一眼，又低下头，把馒头整个塞进嘴里。

“哎哎，我说你这人，慢点吃！”夏婧婧捂着咕咕叫的肚子，朝他喊，“会噎着的！”

"哎，我说吧！"

"水呢水呢，你家的水缸在哪里？"

她把自己的茶杯灌上了水，扔了进去，这一次，她小心地避开了他。

"哎，你这人，怎么喝水也这么急。"

都是夏婧婧一个人在说，程南只看着她忙碌，等她忙完看着他的时候，他又低下头，沉默不语。

那一年，夏婧婧八岁，小学二年级。

程南十岁，在猪圈生活的第四年。

夏婧婧没有小伙伴，她爸爸是赌鬼，赌输了就会喝酒，喝完酒就会打妻子，打完又会后悔，觉得自己没能力，不能挣钱，就又去赌博，企图通过赌博翻身。

如此如此，恶性循环。

直到他失手打死了自己的妻子，没人报案，被整个村子掩盖起来，草草下葬。

大人都不允许自己的孩子跟夏婧婧玩，夏婧婧不能明白，她不丑，两个眼睛一个鼻子一张嘴，明明跟大家都是一样的，她也不喜欢生气，可是为什么没人跟自己玩呢？

那些同学甚至会打她骂她、孤立她，还撕毁她的课本。以前夏婧婧会很难过，可是现在一点也不，她找到了一个玩伴，还是她自己找到的，用了一个馒头结交的朋友。

虽然，这个朋友不会说话，还有点傻，但起码不会骂她，也没有赶她走。

夏婧婧每天都会隔着这个木板，在猪圈外跟他絮絮叨叨地说着琐事。她讲："今天在路边看到了一朵花，你肯定没见过，是紫色的。"她从缝隙里塞给他，"喏，接着，这是我给你的礼物。"

她讲："今天同桌特别坏，老师把我叫起来回答问题，同桌在我起来的时候，把凳子抽掉，我一屁股坐在地上，全班人都在笑我。他们都太坏了，我摔得屁股都成了四瓣，疼死我了。”

她讲：“今天我爸爸又喝了酒，我不敢回去，我真怕他。你说，我们什么时候会长大，长大了会不会比现在好？”

她还讲：“今天天气真好，天空又蓝又白，还有很多鸟在飞。”

蓝色的是天，白色的是云，外面的世界太美好。

可程南没想过出去，直到有一天，夏婧婧没来。

第二天也是。

第三天依旧是。

终于没人在耳边聒噪，程南反而不习惯。他在想，她是不是在路上摘花的时候摔了一跤，还是被同学欺负了，抑或遇到了更好的朋友，一个能陪她说话，一起做游戏的朋友。

他坐立不安，人生第一次知道忧愁的感觉。他第一次想走出去，想看看蓝天，想看看外面的世界，想看看夏婧婧。

他在猪圈里找到割猪草的镰刀，砍在木板上，从破了一个洞的木屋里爬了出去。

这一年，他十二岁。

夏婧婧跟他说过自己住在哪儿，程南找到了她，她生了病，躺在床上咳嗽着。

程南站在她面前的时候，她以为自己病得厉害，出现了幻觉，用力地掐了自己一下，疼得龇牙咧嘴，才说：“原来你是真的！

“你是想我了吗？

“你快坐下，在我旁边坐呀。

“干吗不坐下，我生病全好了，不会传染给你的。”

还是夏婧婧一个人在说话，程南坐在她的身旁。

“我给你念书吧。”

没等程南回答，她就自顾自地从床上放着的书包里掏出课本。

“我前几天学了一首诗，还没来得及讲给你听，诗是这样的，一去二三里，烟村四五家，亭台六七座，八九十枝花。”

“是不是很美？外面的世界多美！居然有那么多的房子，有那么多的花。”这时候，夏婧婧才后知后觉地惊讶连连，“你居然出来了，那你是不是以后都能陪我玩？”

她期待。

程南在她期待的眼神下，点了点头。

从这一天起，他与那个家脱离了最后的关系。

“那你就是我最好的朋友啦，你叫什么名字，我们要好好地认识一下。”夏婧婧伸出手，“我叫夏婧婧，夏天的夏，女字旁一个青，我以前跟你说过的，不过，你肯定不记得了。”

“你呢？”她介绍完自己，又问。

程南拿起笔，歪歪扭扭地写：程南。

“你叫程南呀！名字真好听，你个头比我高，年纪应该也比我大吧，那我以后叫你程南哥吧。

“程南哥，你喜欢什么呀？我以后挣钱了给你买。”

程南没说话，他很多年没说话，也不认识几个字。

可夏婧婧不知道，只当他是个哑巴，自顾自地说：“我喜欢什么呢，我想想……

“我喜欢糖，喜欢肉包子，喜欢读书，喜欢……唉，太多了，算了算了，我喜欢你吧，谁让你是我最好的朋友。”

我喜欢你。

你是我夏婧婧最好的朋友。

程南想笑，想开心地笑，可却哭了。

“哎，你别哭呀？”

“你为什么哭？是不是因为我生病了难过的？”夏婧婧一边找着纸给他擦眼泪，一边说，“我没骗你，我的病真的全好了，你来看我，我一下子就好了。”

又一日，夏婧婧说：“今天我在学校学了《丑小鸭》，老师说这是童话故事，《安徒生童话》，听说是厚厚的一本，里面有好多好多故事，你知不知道呀？”她合上课本，垂下头，失落道，“你当然不知道，可我什么时候才会有一本啊？”

她想长大，赶紧长大，好像长大就能买一切自己想买的东西，也能过上自己想要的生活。

夏婧婧记得，她人生中的第一件礼物是程南哥送给她的，一本书——《安徒生童话》，标价五元。她从没有见过这么贵的东西，得买多少个馒头呀，能抵上多少天的饭钱啊？

“这个都讲了五遍。”她又翻了另一个故事，“这个也讲了很多遍。”

她小幅度地抬了头，问：“程南哥，会不会觉得我烦？”

程南没说话。

夏婧婧失落：“我就知道。”

程南从她手里拿过书，翻到她最喜欢的故事：“念。”

他就说了一个字。

可这是他对夏婧婧说的第一句话，她露出惊喜的表情，脸上绽放出极大的笑容：“好呀！”

她的手抵在书页上，一行一行地划过，吐字清晰，一字不落地念给他听：“在海的远处，水是那么蓝，像最美丽的矢车菊花瓣，同时又是那么清，像最明亮的玻璃。然而它又是那么深，深得任何锚链都达不到底……”

“程南哥，我们会离开这里的吧？会有一天去海的女儿家乡吗？会看一看大海吗？”

“程南哥，你说长大会是什么样子的？”

长大一定会非常好，可是长大后，程南哥会是什么样的？如果没有程南哥，她还会不会想长大？夏婧婧有些犹豫，因为她舍不得程南哥，他是那么好。

程南哥，程南哥。

你走慢点，你等等我呀。

可最后，是她走得太快，扔掉了他。

第七章

唯一最特别 最心爱的月亮

Erni
Jingshenshihai

秦青荀还是告诉了夏婧婧自己看到的一切。

程南踢倒长明灯，立马又重新换了下葬的墓地，怎么看都不是临时起意。

夏婧婧只是怔了怔，撇了撇嘴："烂好人。"

"青荀姐会疑惑我做的事情吧？"她问。

秦青荀当然会疑惑，这几天发生的事情，足够让她想破脑袋的，可是又不能直接问夏婧婧。

怪，太怪了。

现在夏婧婧起了开头，秦青荀当然很耐心地听她说下去。

"我回来奔丧只有一个目的，就是不希望那人跟我的母亲葬在一起，他凭什么？他根本不配……"夏婧婧有些咬牙切齿。

在夏婧婧还小的时候，那时她的母亲还没有去世，她是能穿上新衣服，能吃上一口热乎饭的，也有着很要好的小伙伴，那时候母亲总是喊："婧婧，婧婧，要吃饭了。"

母亲围着碎花的围裙，站在不远处对她温和一笑，也不催她，等她跟小伙伴们挥挥手告别，几步跑到母亲面前，母亲拍拍她身上的灰："小皮猴，我们把手洗一洗，今天有你喜欢吃的……"

夏婧婧喜欢吃的不多，有肉就好，但是除了逢年过节以外哪里买得起肉。但母亲手艺好，最常做的一道菜是山药素肉：把山药去皮入笼蒸熟，制成泥与湿淀粉一起放在盘内，加了糖和其他的调味品，掺匀放入抹油的铁盒，摊平入笼蒸硬后取出晾凉，最后刷上芝麻油。既有肉形和肉香，也有肉味。

她喜欢得不得了。

她在长身体的时候，每次饭桌上有这道菜，她能吃下一满碗的米饭。

母亲总是说："再多吃点。"

可自己却舍不得吃，将筷子在汤汁里沾了几下，就能吃掉小半碗的米饭。

母亲的手也巧，会用手绢叠成布老鼠，会用旧衣服翻新成好看的背带格子裙，在村里只此一件，哪家小朋友看到都羡慕得不得了，就连路边的狗尾巴草到她手里也能编成一只垂着耳朵的兔子。

可夏婧婧的愉悦只建立在家里只有她和母亲两个人的时候，如果那个人也在……

"喝酒喝酒。"

"来来来，兄弟我敬你一杯。"

"来，喝喝喝呀！"

夏婧婧有好几次经过客厅时，听着那个人和他的一群"朋友"大着舌头互相敬酒，他们把桌子上的菜盘和餐具弄得七零八落，把筷子甩得啪啪响，整个屋子都是刺鼻的酒气。

那个人曾经从客厅追打母亲一直到厨房，理由就是母亲看见他喝得烂醉露出了不高兴的神情。被追到厨房死角的母亲靠在柜子上，用背在身后的手拉开抽屉，那个抽屉里有家里的厨刀。

可那个人看清了她的动作，把厨刀抢到手里，对着她的脖子，桀桀笑个不停。

夏婧婧目睹了一切，害怕极了，她扑过去抱住那个人的腿，哭着摇头。

看着她露出惊恐的表情，那个人把她一脚踹开，刀朝母亲的脸上比画了几下，拉出长长短短的血痕，却突然笑得更欢："去，去给老子倒一杯酒。"说完话，把刀拍在酒桌上。

酒桌上明明有那么多人，可没有一个人出来阻拦，甚至没有一句帮忙的话。只因为他喝醉了，所以他做的一切蠢事、暴力都可以被原谅。

夏婧婧怕家里的那个酒鬼，但她爱母亲。

母亲会哄着她睡觉，那怀抱又香又软，母亲会用手指轻轻梳她头发，告诉她："婧婧是天底下最漂亮的人。"

可她觉得母亲才是。

世上只有妈妈好。

记忆中的母亲总会被那个人打，她不明白一个人被狠狠地打过之后，怎么还能对着自己笑："婧婧想吃什么，妈妈去给你做。"

"妈妈，你疼不疼？"她哭着问。

"不疼，婧婧乖，妈妈一点也不疼，婧婧就是最好的药。"

有一天，她睡觉的时候听见外面的声音，是那个人回来了，他总是喝得醉醺醺的，在深夜回家。她不敢出去，每次她出去，那个人都会连她一起打，那拳那脚落在身上好疼好疼。她堵住耳朵不敢听，可声音隔着被子还不断地传过来，她忍不住，赤着脚走到门前，小心地开了条缝，隔着门缝看着妈妈被掀翻在地上，那个人对着妈妈拳打脚踢。他怎么下得去手，妈妈是世界上最好的人！

她冲了出去，挡在妈妈面前，张开双手，牙齿打战："不许打我妈妈！"

"小鳖孙，老子连你一起打死！赔钱玩意。"

跟每一次一样，妈妈把她护在身下。

跟每一次一样，两个人身上都伤痕累累。

为什么不反抗？

在这里，谁跟你讲法律，家暴了又如何？那都是家务事，再说又没打死，谁家没个争吵？他们说，女人嘛，天生要服从。

为什么不离开？

那么多双眼睛，妈妈离不开。妈妈舍不得她，别人不心疼她，可是妈妈心疼，那是自己身上掉下来的一块肉。

那个人打累了，就停下来，回到卧室的床上，打着震天的鼾声，就像什么都没有发生过一样，安然入睡，或者说这是他每次酒后的消遣、娱乐。

她哭喊着："我疼我疼，妈妈，我好疼。"

她的一颗牙被打断，含在嘴里，满口是血。

这是妈妈第一次在她面前哭，妈妈蹲下身子，一双手捧住她的脸："你要快点长大，长大了一切就好了。"

那双红肿的眼睛，那双满是茧子、起满倒刺的手，成为夏婧婧最深刻的记忆。

赶紧长大!

只要长大就好了，一切都好了!

可妈妈为什么不等自己长大呢?

"后来呢?"秦青莆问。

"后来?"夏婧婧笑了声，"后来我妈被那个人打死了，就没有后来了。"

秦青莆想起夏婧婧在餐桌上说的那些话，那件事是被全村隐瞒下来的"秘密"，她不知道该说些什么，问"为什么不去告那些人"吗?答案是：过了那么多年，证据呢，那是小孩子的话，再说法不责众。或是问"为什么不反抗"吗?答案是：她拿什么反抗，自己?她那会儿有什么?是要同归于尽?

拜托，请别站在法律的制高点去指挥去谴责，事情不发生在自己身上，就没有感同身受这一说。

就像夏婧婧接下来说的话一样："仇恨滋生着我成长，长成一棵树，可树上全是朽掉的树枝，等他死了，我也摆脱了那么多年的困扰。"

他死掉了，就真的解脱了吗?

秦青莉不知道，她所能做的是倾耳听，去抱抱她。

等到夏婧婧情绪变得平稳些，她才问："那你和他呢？"她顿了顿，抬头看了一眼夏婧婧的神色，"你跟程南。"

"程南？"夏婧婧阖上眼，不太想讲。

除了呼吸声，她再没别的动静，久到秦青莉以为她睡着了，她才开口："他跟那个人一样。"

夏婧婧跟程南一起长大，她教他认字，总是在他跟前说个没完没了，可他还是不喜欢说话，性格内敛。直到他跟着村里人一起去了城里打工，一年后再回来，他就变了。

他跟谁都笑，包括夏婧婧最讨厌的那个人。

程南再也不偷偷摸摸地来找夏婧婧，他从正门进来，见到那人就热络着喊一句"夏叔"，然后递上一盒烟，有时候是小瓶的二锅头，有时候干脆是钱，等到他更有钱的时候，就是一条一条的烟、一箱一箱的酒、一沓一沓的钱，他再也不是那个背着她下河抓鱼，进树林里抓知了的程南哥了。

那个人也变了，他虽没给夏婧婧好脸色看，但再也不扯着夏婧婧的头发骂"赔钱货"，只是照旧不管夏婧婧吃，也不管她穿。

夏婧婧有时候想，她要是哪天死在外面了，估计那个人都不会知道。

虽然夏婧婧不喜欢程南这样，但她挨打挨骂的次数少了，她能继续读书，相安无事也是不错。

但，恶人总是恶人，不会双手一合，念句"阿弥陀佛"，就能成了佛。

夏婧婧高二那年，那个人又赌输了。他赌输是常事，但输得这么大没几次。

可能是觉得程南总是"孝敬"自己，有了依靠，不怕什么，输就输了，不还有程南嘛。听说他在城里打工挣了些钱，小孩子要那么多钱做什么，还不如给自己，翻本了好做人上人。

于是，他找到程南，开口就要十五万。

程南哪里去弄那么多钱，他也不过刚刚成年，在城里几年攒下的积蓄都是他卖苦力挣到的。

“不给？老子就把这个赔钱货给卖了！”那个人说着话，砸掉了家里唯一的一个盘子。

程南说给他点时间，让他去筹钱，说要等一个星期，就一周，一周内，他想方设法地也会把这钱送到他面前。

但那个人说只给两天，两天过去了就把夏婧婧卖掉。

卖给村头的杨屠夫，卖给隔壁村刚丧妻的痞子刘，再不行谁出钱多就卖给谁。

他只管自己数钱，才不管夏婧婧死活。

赔钱娘们，活着也是遭罪。

夏婧婧说的时候，面无表情，只侧过半个身子，黑釉似的眼睛一动不动地看着秦青葙。

“我第一次知道，自己居然值那么多钱。”

“你本来就是无价之宝。婧婧，有些人是先苦后甜，你只是先经历些不好的，但以后会有好日子的。”秦青葙安慰她。

夏婧婧半晌才咧出一丝笑：“程南拿到了钱，就在一天之内。谁问他是怎么发的财，他都不说。我猜那是不干净的，不然他也不会不说……那个人拿到了钱，却没有说话算话，还是把我卖掉了。”

“卖掉？”秦青葙气得呼地坐起身，拍着床板，“浑蛋！”

“别激动，青葙姐。”

“怎么可能不激动，他这种人简直……”秦青葙气到没话说。

“我还没说完，他把我卖给了程南。”

“哦，这样。”秦青葙舒了口气，她也不知道自己为什么舒了这口气，可能是程南比什么屠夫、痞子要好一些，或者是因为长明灯的事情，或者干脆是出自女性的直觉，她觉得程南对夏婧婧是喜欢的。

但秦青荀觉得自己这样想很没有底线，很快又气道："是谁都不可以！"

"他把我扯到程南的家里，亲自把我送到程南的床上。"夏婧婧双眼睁开，瞳孔聚焦到天花板上的某个点上，"他说：'程南呀，你可真争气，我现在把我家闺女送来给你，以后我还要指望你给我养老送终啊。'"

那个人觍着脸说了很多，把门合上，坐在门口吸旱烟，要程南把生米做成熟饭，他在门口坐了一夜，生怕程南反悔。

那程南呢？

"程南说，好。"

"过分，真不是个东西，怪不得我第一次看到他就想揍他。"秦青荀愤慨。

"是过分，他们都不是好人，还好……"她阖上眼，声音慢慢变轻，"还好丧礼后，就真的没了交集。"说到最后没了音，气息变得绵长而均匀。

她睡着了。

其实，夏婧婧没说的还有很多。

程南对她是真的好。

认识他之后，在很多年里他一直在她身边扮演着一个"保护者"的角色，她每次被欺负，他总是狠狠地还回去，那会儿他还是很少讲话。

她问："干吗帮我？"

他也只是握住她手。

只有在她的一再追问下，他才说了那么一句"因为你好"。

有多好？

就是世上最好最好的那一个呀。

程南还会送她很多很多礼物，水晶发卡、小手链、大书柜里满当当的书，送她喜欢的一切。

但她最喜欢他送给自己的银项链，小小的月亮落在两锁骨之间，莹润光泽，那是他进城第一个月领的第一笔工资买的。

夏婧婧被自己的父亲送到程南的床上，他也只是摸摸她的脑袋，说："不要怕，我在这儿。"

他把被子和厚衣服都给了她，盖在她身上："早点睡，明天你还要上课呢。"

可她对秦青葙光讲了他的不好。

这也不好，那也不好，总之千错万错都是他。

只有把一切都怪在他头上，她才能毫无愧疚地喜欢上其他人。

"对！本来就不是一个世界的人！"

好好一个青梅竹马非得闹这一出，弄得这么僵，秦青葙暗自气到半夜，她想，要是路迦和敢对不起她，她非得把他清蒸红烧喂给邻居家的猫。

"咕噜"一声，她揉揉肚子。

有点想油炸黄鱼干。

更想路迦和。

说曹操，曹操到。

想路迦和，路迦和也到。

"你怎么来了？"一大早，秦青葙正在院子里刷牙，嘴上还糊着泡沫。

"想你了。"路迦和笑着说。

虽然每天都有联系，但这跟他站在自己面前，朝自己张开手的感觉，又不一样。

她几下漱完口，把嘴一抹，欢快地朝他扑过去。

路迦和长手一捞，把她整个儿拥到自己怀里。

没见到他时，秦青葙觉得，一日未见，如隔三秋，但他对她一笑，她又觉得，三秋未见，不过一日。

路迦和这次是自己开车来的，黑色捷豹。

秦青葙认识这个标志，想了想自己车库里借来的小电驴，眼睛发光："哇，好看。"

"嗯，还省油。"

"哇，这么居家，赚了赚了。"秦青葙笑，"还是因为近朱者赤，是我平常潜移默化影响得好。"

路迦和之前开的是迈巴赫，回到宴河市，才换的捷豹。

换了没几天，朋友全都问："之前的迈巴赫呢？"

怎么换了新口味，这口味和口味之间，差得有些远。

路迦和倒是很满意这新车，他拍拍车身，说："省油。"

"开玩笑！路少还需要操心省不省油？"

"当然。"路迦和想到秦青葙数着钱笑眯了眼的财迷样，笑了，"要省吃俭用，给人存嫁妆钱。"

于是，"路迦和有女朋友"的消息没几日便传遍了整个朋友圈，根本不需要特意宣传，每个人都在打听，哪位女士能把这么多年没有绯闻又不近女色的路少拿下？

再过几日，朋友圈都在传"路少要结婚了，婚纱戒指什么都备齐了"。这加工后的消息最后又传回路迦和的耳里，他居然没有否认，逢人问，就说："快了快了，你可先准备好彩礼呀。"那脸上的笑都快收不住了。

路迦和说："是要省钱，要攒钱娶媳妇的，媳妇可是个管家婆。"可是他的脸上没有半点无奈，反而笑都从嘴角散开，包裹住秦青葙。

秦青葙环住手臂，抱在胸前，一脚朝前一迈，痞里痞气地问：“这是你给我起的新昵称？嗯？”她微抬起下颏，“秦老板之后又多了管家婆？”

“不喜欢？”他问。

“也不是。”她摇摇头，食指和拇指张开成“V”形撑在下颏处，“就是想着什么时候能被称呼‘路夫人’。”还没等路迦和说话，她自己又飞快地说了句，“啧，腻牙！”然后低下头踢着脚边的石子，“都怪你，近墨者黑，我以前是多矜持的人。”

那石子骨碌碌几下，滚到路迦和的脚边，他眉目在阳光下柔和而耀眼：“是是是，怪我怪我，路夫人。”

他叫她“路夫人”。

刚才还说要矜持的秦青葙，高兴地应了声：“哎！”

“这几天好吗？”

“好呀好呀。”秦青葙小鸡啄食般点头，她只要看到路迦和就什么都满意了。

“哦……看来我是瞎操心了。”

“才没有。”秦青葙挽起他的手臂，故作忧愁地皱起眉，“一点也不好，你想想，没你在，我哪能好呢，吃不好穿不暖，简直可怜得像小白菜……”她恨不得挤出几滴眼泪来，力证自己话语的真实性。

路迦和没忍住笑出声来，扯了扯她的脸颊，左右看了看：“是瘦些了，可怜。”

秦青葙狡黠地笑，抬头看他，眼睛亮晶晶的：“哪有瘦，你就是想摸我，还找借口。”

路迦和顿住，这到底是谁不矜持了？

他想了想，亲了她一口，算了，女孩子还是要矜持些，这不矜持的名头还是落在自己身上好了。

香香软软的秦青荀，让亲了她一口的路迦和心满意足。

还没吃早饭，秦青荀就拽着夏婧婧一起离开："哎呀，别打包了，赶紧走吧。"

"怎么啦，我家乡这么不好？"夏婧婧把衣服放在腿上，故意板着脸。

"不是啦。"

"再等我一下，我把衣服收拾好。"

"哎呀，你快点。"秦青荀一边催促着，一边不断地看着门外，生怕看见程南。

程南这几天都是一大早就站在门口，也不说话，站上半个小时到一个钟头，就又走掉了，真是莫名其妙。

怕什么来什么，等夏婧婧收拾好，程南就来了。

他没带他的那帮兄弟，就他一个人来的。

"不怕，不怕。"秦青荀给自己壮胆，路迦和在呢，她什么都不怕。

但程南进了院子，先看到了倚在车身旁吸烟的路迦和，他脚步没停，径直去了车前，从兜里拿出芙蓉王，打开给路迦和递上一根："路少，我是程南。"

"我知道你，上次吃饭的时候你也在那儿。"

"路少真是记性好，难怪是知名律师。"

路迦和保持礼貌的笑容，把手里的烟咬在嘴里。

"路少怎么会来这穷乡僻壤？"

路迦和对着正朝自己走来的秦青荀扬扬下巴："接夫人，再说这山清水秀，适合养生。"

程南眯着眼，隔着缭绕的烟看了一眼："嗯，那路少路上注意安全，这山路不太好走。"

"谢了。"

程南摆摆手，转身离开，他与夏婧婧擦肩而过的时候，他拉住了她。

“你干吗？”秦青葙满身戒备，先于夏婧婧开口。

“月亮还在吗？”

“不在了。”夏婧婧拂掉他的手，开了车门，坐了进去，目不斜视地看着前方，可手却伸进了包里，包里有个棉布缝成的小布包，小布包里的东西看不出形状，只是硌得人手心疼，她深吸了一口气。

夏婧婧记得那个月亮，一个银月亮。那是程南进城后挣的第一笔钱，他一分都没留给自己，把全部的钱给她买了个银月亮的项链，他说星星固然好看，可是太多了，他只希望她当月亮，当他的月亮，也当她爱的人的月亮，要当唯一，最特别、最心爱的。

但她怎么可能会留着他的东西，简直可笑。

夏婧婧默不作声。

坐在副驾驶的秦青葙却好奇地隔着车窗看了一眼程南。他隔着车玻璃往里看，眼睛里都是难过的情绪，湿漉漉的，抿着唇好像下一刻就要哭出来，就像她在《动物世界》里看过的，被遗弃掉的小动物。

程南给秦青葙的印象就是混街头的大哥，可能段位比街头混混要稍高一些，但平时说话做事都硬气，说一不二，他现在这样子，太反差。

车玻璃上都贴了保护膜，里面可以看见外面，外面看不见里面，可程南仍一动不动地看着夏婧婧所在的位置，直到车开了，开了很远，他也一直没有离开。

程南以前也这样目送着夏婧婧去镇上上学，他舍不得车费，宁愿把省下来的钱给她，让她多加一个鸡蛋。

那时候的夏婧婧把车窗整个儿摇下，隔了很远还喊：“程南哥，你好好照顾自己。”

“程南哥，我会好好学习的！”

“程南哥，等我考了好大学，找了好工作，挣了好多好多钱，就把你一起带着，唔，环游世界！”

喜欢她多一点，会被讨厌。

可喜欢她少一点，又会被忘记。

这世上所有的事情只要努力都有回报，可除了爱。

秦青葙扭头去看坐在后座的夏婧婧。

夏婧婧询问地看向她，她有些尴尬，自己不能对别人的生活表现得太感兴趣，于是打着哈哈：“你热不热？”

车里开了空调，正对着夏婧婧的小腿吹，她丝毫没觉得。

“是有点热。”她眼神放空，看着窗外。

“我也觉得……”

尬聊了一会儿，夏婧婧歪头靠着车窗，打着盹。

秦青葙把车里的温度开得高了些，小声跟路迦和交流。

“你们认识？你跟程南。”秦青葙问道。

“刚接了一个金融案子，程南是那公司里的人，见过一面。”

“哼。”

“怎么了？”

“见过一面你都记得这么清。我不管，这些无所谓的人把你脑袋里的空间都占有了，”秦青葙委屈，“那我呢？”

“你跟他们不一样，”路迦和说，“你是放在心里的，就你一个，小醋坛子。”

“那……”

“那我以后都听你的。”

路迦和说得诚恳，倒让秦青葙有些不好意思，她问：“是不是恋爱中的女生都会患得患失，我以前不是这样的。”她把手臂撑在腿上，托着脸说，“以前别人不理我，我还懒得搭理他呢，但现在就不是，感觉有了稀世珍宝，总想藏着掖着不想被人看到，又总怕会弄丢。”

她说完长叹了一口气：“当女人好烦恼。”

“我也烦恼。”路迦和学着她的样子，也叹了口气，“我想讲很多大道理，可是……”

他突然靠着路边停了车，按下按钮，前座和后座之间的隔断便缓缓地下去。

他侧过身子，看着她：“可偏偏我不喜欢讲大道理。”他一说完，伸手揽过她的脖子，拉到自己的面前，然后俯身看向她。

气息灼热，心如擂鼓。

他顺着她的脊柱往上数，他划过的地方，有一尾小鱼顺着脊柱从尾椎往上游，整条脊梁骨都在发麻。

路迦和咬住她的下唇，轻轻地舔舐，然后整个含在嘴中，带着烟味儿的吻。

猎取的吻。

她浑身都没了力气。

“你是我的肋骨。”他说。

时光奔腾，一切事情都在疯狂地奔涌。

炎热是毁灭性的渴望。

窒息，强烈的窒息感。

肋骨，你的肋骨，我和你，同呼吸，同相连，同命运。

有眼泪从秦青萜的眼角滑过。

这吻前后也不过几分钟，他松开她，又再次按了按钮，把帘幕收回车顶。

夏婧婧还在睡梦里，没有被惊扰。

那么胆大的吻，秦青萜尚未平静下来。

路迦和餍足地问：“有没有感受到我对你的爱。”

她愣愣地点头："有。"

他揉揉她的脑袋，又轻轻在她嘴角啄了一下："乖。"

把秦青萮接回宴河没多久，路少便得了个不记人脸的毛病，除了必要打交道的人和玩了很多年的朋友，其他人他都记不住。

一次两次，三次四次，次数多了，身边的朋友也发现了。

这可是个坏毛病，会让路迦和错失很多机遇，很多赚钱的机遇呀，说不好还会得罪什么人。

路迦和记忆力那么好的，凡是他看过的数据，在看过一眼即被拍成照片在脑海里记住，随后在回忆这些照片时再读出数字。

不应该呀！

作为路迦和的朋友，大家都轮流去旁敲侧击，以前也没见他有这个毛病呀，所以早发现早治疗，才能早痊愈。

路迦和倒是回答得理直气壮："秦青萮把这里装满了。"他先指了指脑袋，又点了点心口。

啧，真肉麻。

这下朋友们获得了一个大讯息，原来这个把路少收了的人，叫秦青萮。

这个爆炸消息，让朋友们也忘了去提点路迦和改改他的这个毛病了。

秦青萮跟着路迦和回到宴河市，吃的第一顿饭，是跟路迦和的那些朋友一起吃的。

还没进屋，就听见路迦和在夸："是啊，我媳妇可好看了，软萌可爱还会撒娇，会做饭更会酿酒。"

"你这小子，诚心让我们这群单身老爷们嫉妒啊，我要看看是什么样的天仙。"简桥说。

说着话，天仙就掀开了门帘。

桌前围了一圈人，看她进来，都停下手里的动作，看着她。

秦青葙长得好看，但不属于有亲和力的那种长相，相反第一次见，有种距离感。尤其是众人坐着仰头看她，这个角度看她眉眼显得更长，瞳色浅，发色也浅，栗色长卷发披散开，精致而疏离。

这是大家的第一印象。

掀帘而入的秦青葙不忍听路迦和的一通夸奖，捂着脸往回退，脸色爆红，显得蠢萌蠢萌，尤其是她抿嘴一笑的时候，还有着甜甜的酒窝，疏离感一下子就没了。

她说："你们继续继续，我……我走错了。"

简桥先发出爆笑。

接着，周二哥也笑了。他眼睛扫了一圈，手抬起，在半空中朝下一顿，洪亮的一声"弟妹好"，把秦青葙吓得更不敢说话了。

路迦和朝她招招手，她赶紧颠颠地跑过去，坐在他身边。

她第一次见到这场面，有些不知所措，却又隐隐欣喜——这是仪式感，路迦和愿意把她容纳到他的圈子里。

路迦和指着周围的人，一个个地跟她介绍："这是周深，周二哥；这是王彦，我邻居……"他说了一圈，到简桥的时候，略过，"这个，算了，你不用记。"

"怎么能不介绍我呢？"简桥拍了拍路迦和，"我俩这交情，那是一等一的。来来来，青葙妹子，我是简桥，周深是二哥，我是大哥。"

"去你的！"周深说，"占谁的便宜？你这小子！"说着伸手朝简桥的脑袋上拍了一巴掌。

周深对秦青葙露出和善的笑："路迦和真有福气，怪不得他常在我们面前夸你，我们快羡慕死了。"

"青葙妹子是做什么的？"

"酿酒的。"

"酿酒的。"

秦青葙和路迦和异口同声地回答。

这职业，蛮特别的。

简桥先开口说："总之是多才多艺，你会酿酒，我会喝酒，什么竹叶青啊，二锅头啊，感情深，一口闷啊……"

秦青葙扑哧笑出声。

简桥得意地朝路迦和挑挑眉，看我多么会活跃气氛。

"你瞅着有点眼熟，让我想想。"简桥是特种兵出身，记忆力本身就好，在记忆库里略微一搜索就出来了，"哎，你不就是那次，嗯，从器材室里跟路迦和一前一后出来的那个女生嘛！"

秦青葙这会儿也想起了简桥，他就是那个踹门问路迦和怎么这么久都没出来的人。

秦青葙与路迦和对视了一眼，她的视线落到他的唇上。

一瞬间，秦青葙感到潮热，她想起她的强吻，还有他的回应。

路迦和见秦青葙盯着自己，以为是自己嘴上沾上了什么东西，食指下意识地蜷起，在嘴角蹭了蹭。这下，秦青葙的脸到耳尖都红透了。

"对，就是你，高中同学啊！"简桥一拍大腿，激动道，"合着路迦和他早就下手了啊。"

"什么情况呀，这是？"周深问。

"想知道是吧，来来来，"简桥伸出手，"先给钱再说。"

"滚！"

"你缺钱？"

一圈的质问声。

"这不是跟路少学的，攒老婆本嘛。"

"不过……"简桥捧着心，痛彻心扉地控诉，"路迦和，那是高中呀高中，你这人怎么能下得去手，简直是大色狼、大坏蛋、大恶魔！"

简桥一副高大俊朗的样儿，此时却做出小媳妇样，太有反差。

“恶心。”

“变态。”

众人毫不留情。

路迦和直接往旁边的座位挪了挪，远离了他。

饭桌上，你听我讲，你来我往，此前的拘谨都在推杯换盏中化为乌有。

路迦和夹了一大碗白菜，堆在简桥面前：“吃饭！堵住你的嘴。”

“我不喜欢吃蔬菜！”简桥不乐意，转头看见路迦和在给秦青葙剥螃蟹，更惊奇，“你这让我大开眼界啊，好幸福，路大哥我也想吃。”

简桥，长得文气俊朗，满口痞气，众人都觉得习惯，秦青葙也觉得真性情挺好的。

路迦和夹了一筷子鱼肉放他碗里：“吃吃吃，不说话没人把你当哑巴。”

“那不行，不说话我得闷死。”简桥把酒杯朝里推，凑到秦青葙的面前，“我得跟你说道说道，路迦和这厮小时候就闷坏闷坏的，有次我们几个在家属院用皮筋串了石头，皮筋用得是裤子的松紧带，是路迦和出的主意，砸别人家玻璃，也是他先砸的，说好了等人来了一起跑，路迦和跑不过，就把旁边人的裤子脱了，指着说‘就是他砸的’，然后自己跑得没影儿了，大人们一瞅，这脱裤子的人腰上没松紧带，肯定是他了。”

秦青葙没憋住笑。

路迦和在一边咳了咳，秦青葙忙摆摆手，表示自己不笑了：“小男孩就是调皮，没什么的。”

“这么皮实，还没什么？”

“你当然觉得有什么了。”路迦和眼神横过去，“故事里旁边那个人就是他，光屁股满操场跑，成了大院的新闻。不过，我说简桥，你倒是记忆犹新啊。”

秦青葙笑得乐不可支：“你们非得互相揭短吗？”

“这哪叫互相揭短啊，我跟你说，更劲爆的都没说呢！”简桥激动。

“什么劲爆的？”秦青葙很感兴趣。

“上学那会儿他学习好，整天都抱着物理书看，我当他是刻苦，直到有天我发现他书里夹着……”简桥突然停住不说了，心虚地看了眼秦青葙，脸色尴尬。

还能在书里夹啥，除了照片就是情书啊。

别的女人呀？太劲爆太劲爆。

周深、王彦等人都不敢在这场合继续八卦，这不是毁兄弟的姻缘嘛！

“喝多了，喝多了啊。”周深拉住简桥不让他继续说。

简桥也意识到不合适，忙打嘴：“我喝多了喝多了。”他看了一眼路迦和，表情悻悻。

秦青葙毫不在意地撩撩耳边的头发：“你怎么不说了？难道是让我猜？”

“唔……”她托着下巴认真思考，“我猜猜……难道是海报？不对，海报那么大，我再想想……是照片，是照片对不对！”

秦青葙想到之前路溪之的话，她突然很想知道那张能被路迦和夹在书里的照片的主人是什么样子的。

说是曾经的，过去的，都是往事，不用在意，要把握现在，抓住未来，但红玫瑰都羡慕白月光，饭黏子都渴望成为朱砂痣。

还是希望，他也能像自己一样，从始至终只爱着一个人，朝朝与暮暮。

还是希望，自己能成为朱砂痣，还能是白月光。

她表现得毫不在意，其实一点都不是，她在意得很，而且还生气，她气的不是这个，是大家都知道，就她一个人不知道。

简桥惊愕，这简直猜得太准了。

周深和王彦则想，简桥这蠢货。

“哇，看你这表情是我猜对了，就是照片。那你悄悄地告诉我，是什么照片？”

弄砸了弄砸了。简桥心想，这可是路迦和第一次恋爱，自己不会被路迦和生吞活剥掉吧，嘤嘤嘤，好可怕。他不敢抬头再去看路迦和的表情。

路迦和想不通，只是他夹在书里的一张照片而已，怎么每个人都如临大敌一样？

“是女人的照片吧，我又不会生气，简桥你说吧。”

但凡女人说“我才不生气”“我根本不生气”，都是生气的进行时，有着两个姐姐的简桥领会得再深刻不过了。

“我……”

“说吧。”路迦和发了话。

秦青葙瞪了路迦和一眼，哼，这男人是死猪不怕开水烫了吗，果然得到了就不珍惜，她要跟他绝交一百天！

路迦和被瞪得莫名其妙，但也能感觉到她在生气。他问：“怎么生气了？”

“我没生气。”秦青葙知道出门要给他面子，把气愤都压了下去，“你说吧，简桥。”

“我……”

“磨叽什么呢，快说。”路迦和瞪了他一眼。

“确定我说了，不会被你打死吗？”简桥确认了一下。

周深看劝阻无效，无力地支手捂住脸。

王彦也是，他不敢想象接下来的大战。他见过爆发争吵的小情侣，明明上一刻还好好的，下一刻就把面前所有能砸的东西都砸了，他有些心疼地护住面前的鸡脯肉。

“我……我真说了啊！”简桥咳了一声，“就是一个穿祖母绿旗袍的长直发妹子，抱着大提琴。其实没什么，不好看啊。”

秦青葙越听越觉得熟悉，祖母绿的旗袍、大提琴、长直发，这不是高三毕业那年的她吗？

所以，她一直在吃自己的干醋？

“乱说，”路迦和呵斥，“怎么不好看了！最好看了！”

“啊？”简桥简直想哭，他觉得自己已经够不知趣了，怎么路迦和比自己更不知趣，怎么能在女朋友面前夸赞其他女生？

他能不能先躲起来，在战争爆发前？

秦青葙“扑哧”一声笑出来。

“你笑什么？”简桥更是奇怪。这些人是怎么了，秦青葙也是，怎么又突然开心了？算了算了，不管这么多，他们开心就好了。

“笑你傻啊！”秦青葙看简桥太顺眼不过了，“还说是高中同学呢，还说记性超好呢。我现在是鬈发了，你就不认识照片那人是我啦？”

“什么！”

路迦和上课看、下课看，整天看物理书，简桥还当上面画满了重点，想拿来做笔记，这才发现了那张照片。

那张照片上的女生是侧着半边脸，谁知道是谁啊！

也就路大少，稀罕到不行。

这顿饭，路迦和的小伙伴们前半段吃得是心惊胆战，但后来发现秦青葙聊什么都说得来，主要是秦青葙心情愉悦，很健谈。他们都对秦青葙很满意，自家兄弟挑人的眼光，他们还是很相信的，再说，路迦和已经老大不小了，再不解决个人问题，就有问题了。

几个人想到这里，都不由自主地打了个寒战。

只不过，王彦觉得鸡脯肉他没吃饱，很不爽，就把简桥暴打了一顿，当然，他一个坐办公室的官二代，一个人是打不赢简桥的。

但是没关系，周深也觉得，唔，好吧，他没什么特别喜欢吃的菜，就是看简桥不爽，揍吧！

那剩下的人，少数服从多数咯。

不过，这顿饭秦青葙吃得开心，看在路迦和这么痴情的份上，她决定跟路迦和的绝交时间压缩到三秒。

3！

2！

1！

叮——

时间到。

“路迦和，我爱你。”

秦青葙坐在路迦和公寓的沙发上对他告白。

“我知道。”

“那你呢？你很久没有对我说，爱我了，我要不开心了。”

路迦和把她揽进自己的怀里，手掌罩在她的脑袋上，揉呀揉，揉乱了她的头发。

“我打算跟你在一起的那一天就说过了，要是有变，我会告诉你的，不过，”他敛眉笑得自信，“是没有那一天的。”

会永远爱你。

会娶你。

会照顾你一辈子。

你想要的爱，我这里都有。

而且我也真的真的很想，都给你。

2017年，在宴河市的这个夏天里，赶上了一个节气，芒种。

秦青葙是这样说的：“芒种，是一年中最为忙碌的季节之一，一方面要收获，另一方面要夏播。对中国大部分地区来说，芒种一到，夏熟作物要收获，夏播秋收作物要下地，春种的庄稼要管理，收、种、管交叉，是一年中最忙的季节。”

“所以是酿酒的好时机吗？”

“非也非也。”她晃晃食指，“长江流域‘栽秧割麦两头忙’，华北地区‘收麦种豆不让晌’。”

“你最近看农学的书了？”路迦和摸不着头脑。

秦青莉瞥他一眼，总结道：“我得回家看看我家老头子，看他有没有按时种菜，为祖国创收。”

“……”

这两件事间有直接或者间接的联系吗？

再说，她家住市里，哪有地去种庄稼？

是不是当他是傻的？

路迦和当然要说：“嗯，是这样的，为了祖国，这是我们每个公民义不容辞的责任。”

路迦和无比真诚。

秦青莉无比满意。

当然了，秦青莉愿意和家里人缓和关系，这是路迦和最乐于见到的。

见面礼带的是高邮咸鸭蛋，再用句秦青莉的话：“汪先生说过‘高邮鸭蛋盛产双黄的，筷子头一扎下去，吱——红油就冒出来了’。汪先生是我的偶像，他说的是对的。”她流着口水，面不改色地说，“我家老头子肯定喜欢吃。”

是你自己喜欢吃吧。路迦和想，你总当我是傻的是不是，我可是上过学的人！

于是，路迦和说：“我家路夫人眼光真不错，挑了这么有品位的礼物。”他摸摸她的脑袋，表示自己万分欣赏她，又发自肺腑地赞美了一番。

当然，路迦和自己准备了一后备厢的其他礼物，电子产品、保健品和一些衣服。毕竟这是他第一次去见秦青葙的家人，肯定要准备充分。

秦青葙家住在宴河市南边靠山近水的地方，两层小楼，带着一个小院子。

院子里接地气地种着小白菜、上海青、香菜、辣椒，木架上还攀着刚开花的丝瓜。

一个穿着灰色背心、宽大短裤的中年男人，背对着两人，蹲下身子除草翻土。

秦青葙把一盒咸鸭蛋塞到路迦和手里，小声地说："我等会儿悄悄地进屋里，不被他发现。等我进去，你再看我手势，溜进去。"

秦青葙列好了"作战计划"，蹑手蹑脚地准备溜进屋里，想先找到妈妈再说。

路迦和忍俊不禁，也小声说："需要我掩护吗？"

秦青葙比了个"OK"的手势："我能搞定。"

秦青葙还没走几步，秦爸爸就站起身，可能是蹲久了，腰背酸疼，起来活动活动，一眼就看见了秦青葙。

他先是一愣，有点不敢置信，眼眶有些湿润，随手擦了擦，叉腰大骂："小兔崽子，还敢回家，啊？"

"不是你给我发短信说，你想我了嘛。"

"还敢顶嘴？我打死你算了，死没良心的……"

秦青葙抱着头在院子里窜："爸爸，别打别打，都是自家人。"

人高马大的秦爸爸一把揪起秦青葙，说是打她，可是没有一个巴掌落在她身上。

就像小时候秦青葙不听话，他每次恶狠狠地说，要把她狠狠揍一顿，可每次他都下不去手，秦青葙也会装委屈，挂在他的胳膊上，挤出眼泪，可怜兮兮地说："别打我，打疼了我，明天我就没法写作业了。”

真正来算，秦爸爸只打过她两次，第一次是以为她早恋，第二次是她大学要毕业时，嚷着自己不想学了。

打过之后就后悔了，可她真是脾气硬，说走就走了，走了两年多，才回来，真是狠心的丫头。

秦爸爸想，我也要任性一回，不理这个死丫头了。他把秦青荀放下来，转身就进了屋，准备关上门。

“别别别！”秦青荀挤到门缝中拦住，“我给你带家属回来了，老头子，你不想见见吗？”

什么家属？

在外面认识的？

知根知底不？对他姑娘好不好？家里有几口人、几亩地，这都要了解。

秦爸爸唾弃了自己一番，说好的任性不理她了，怎么还在为她操心？

他愤怒：“哪个臭小子，给我滚远点！”他敞开了门，四处一看，一眼就锁定了拎着礼物的路迦和。

他一见到路迦和，反而没那么大的怒气了。

路迦和礼貌而恭敬地朝他走近，说：“叔叔好，听说你喜欢喝茶，特意带了些。”

“有心了。”

“应该的。我父亲也喜欢喝茶。”

“是吗，他都喝什么？”

“也常喝毛尖，还有龙井、大红袍……我个人是喜欢大红袍的，成品茶香气浓郁，滋味醇厚，有明显‘岩韵’特征。”

秦爸爸越看越满意：“我家现成的就有。那等会儿，我给你泡泡，你尝尝，虽然不是那几棵母树上的，但也是难得的珍品。”

“那当然。”路迦和随他身后进了屋，“叔叔的眼光，我当然是相信的，我真是有了口福。”

“你这年轻人，会说话。”

两人言笑晏晏地进了屋。

秦青葙追在后面，啊喂，你们是不是忘记旁边还有一个我了？

秦妈妈从楼上下来，比之秦爸爸的内敛，她倒毫不掩饰地哭了出来，不顾旁边人，抱着秦青葙就哭得停不下来。

秦青葙怎么安慰都不行，直到她说：“有什么哭的，我不走了。”

“真的？”秦妈妈立马擦干眼泪，欣喜道，“是真的，在家里住？中午吃什么？”

说了一大通之后，秦妈妈才发现家里来了一个陌生人。她吓了一跳，再仔细看，这个陌生的年轻男人正跟老秦下象棋，更是惊讶，她问：“这是谁？”

秦青葙抢答：“女婿？”

女婿？

路迦和看到秦妈妈下楼的时候，就停下了棋局：“阿姨好，我是路迦和，一个走之旁一个加，家和万事兴的和。”

瞧，多会说话，真讨喜，模样也好看。

“你们下了几局棋了？”秦妈妈问。

“第四局了。”路迦和回答。

秦妈妈想，自己不着调的女儿居然能找到男朋友，而且能跟她家老秦下象棋，下了一局以上，不让老秦怒气冲冲，摔棋盘暴走的人也是难得。

秦爸爸在催：“继续下，继续下呀。”他可不敢催自家老婆，讨好地笑，“女婿就女婿呗，夫人去做几个拿手的菜去。”

稀奇了。秦妈妈想，什么迷魂汤，就把最难搞定的老秦搞定了？她摇摇头，朝厨房走去。

“爸，你又藏别人的棋。”

“我没有。”老秦脸红脖子粗，立马把藏在左手的“马”送到右手。

下完了这局棋，老秦也去厨房里帮忙，顺便嫌弃了秦青葙的笨手笨脚，勒令她不准去捣乱。

厨房里的秦爸爸和秦妈妈互相埋怨。

秦爸爸说：“你自己想女儿了，干吗用我的手机发短信，还发‘爸爸想你了’，我会想她吗？”

秦妈妈把辣椒切成两半：“你想不想，我还不了解你？还有，我可要说说你，别人第一次来，你就承认是女婿了，你知道别人是什么样子吗？没见过你这么快卖女儿的。”

秦爸爸脖子一梗：“当然知道啊，他就是之前邱岸案子的律师路迦和，人品肯定没话说，青年才俊啊！秦青葙这小兔崽子随我，有眼光，会挑人。”

“那案子我也听说了一点，那听你这样说，有些道理……”秦妈妈若有所思地点点头。

秦爸爸神秘兮兮地凑过去：“而且，我以前见过他……”

秦爸爸一走，秦青葙“啧”了声，定眼仔细瞧了几番路迦和，绕着他转了转。

“真是蹊跷了，我爸居然没有为难你，奇怪奇怪。”她踮起脚准备伸手抬起他的下巴，结果没够着，她揉揉鼻尖，轻咳一声，“难道是因为你好看？嘁，我爸这人真是肤浅。”

路迦和见过秦爸爸，他记得秦爸爸。

那秦爸爸呢？

估计也还记得他，因为秦爸爸在路迦和让他很多步棋之后，满足又八卦地问：“当初教你那么多招，效果不错吧。”

路迦和第一次见到秦爸爸，就在秦青萜家的楼下。

也是这样的夏天。

夏夜有风，适合乘凉，适合遛弯。

准备去遛弯的秦爸爸，刚一出门就看见不远处有个黑影在树后探头探脑地看着自家的方向。

变态还是流氓？

秦爸爸摩拳擦掌，又到了英雄一刻。

他蹑手蹑脚地绕到黑影的身后，猛一拍黑影的肩膀。黑影吓了一跳，扭头看一眼，就准备跑。

哟，是个青葱貌美的小少年。

“干什么的，大半夜的闲逛什么？”秦爸爸先发制人。

“没……没什么……”路迦和支支吾吾，目光游移，多次看了秦家的房子，但瞥了瞥又瞬间把目光挪走。

哟，怀春小少年呀！

秦爸爸瞬间就明白了什么。正逢高考放榜，秦青萜考得不错，都高中毕业了，不再属于早恋的范畴了。秦爸爸觉得自己是个开明的家长，他怀着自家懒猪拱了好白菜的欣喜，啊呸，是自家白菜被猪拱了的忧愁，略微思索，拦住小少年。

他把熊掌拍在路迦和肩头，朝自家亮灯的客厅努努嘴：“喜欢这家的姑娘啊？”

“没……没有的事，我……我就是路……路过这儿。”路迦和越说越不清楚。

“就是喜欢呗，爷们有什么不能说的。”

“是喜欢！”路迦和承认。是啊，喜欢她那么多年，有什么不能承认的。

秦爸爸一脸我明白的表情，循循教导：“追女孩子啊，要看她喜欢什么。比如这家姑娘，我从小看着她长大的，她喜欢看书，为人最是简朴，不喜欢什么口红啊、好看的衣服啊，但是待人接物好啊，还孝顺父母，成绩也好，唔，还会拉大提琴，你知道大提琴多难学吧……”

路迦和惊愕，这位叔叔，说的是秦青葙吗？为什么有点不太一样？

秦爸爸好好地把自家闺女夸了一通，又绕回来：“所以要投其所好，送书。比如你们都爱看的什么《世界简史》《货币战争》等等，你们这些年轻人经常看的这些。”

路迦和沉默，暗自腹诽，难道不是《五年高考 三年模拟》？

“当然啦！”秦爸爸继续说，“光讨小姑娘欢心是没有用的，还要让小姑娘的父母也喜欢你。比如我吧，哦，不，比如这家小姑娘的爸爸，听说喜欢茶叶。啊，当然了，我也是听说。”他顿了顿，“不过一般听说的东西，也都是有着事实依据的。”

“您是教书的？”路迦和忍不住问。

“不是，我是军人出身。”秦爸爸欢天喜地，“怎么样，你也觉得我有读书人的那种文雅的气质吧。我就说了，我夫人还笑话我，真是……哈哈哈……”

路迦和：“……”

他还是觉得面前的叔叔很是奇怪，他求证地问：“那您知道这家女孩叫什么名字吗？”

“秦青葙啊！你这小子，追人还不知道别人叫什么！”又是熊掌一拍，“不过，我当年也是这样，去接兄弟家孩子的时候，隔壁教室正在上音乐课，我就在教室门口听夫人她弹了个曲子，觉得真好听，过去一看，那一眼，啧……”

路迦和觉得今天遇到了一个话痨，他原本计划的临行前的告别，酝酿的忧愁情绪都没了，他现在只想走。

他敷衍道：“那叔叔您也住在这儿吗？”

秦爸爸正说着什么，随手一指：“对，就在那儿。”

他指的方向正是秦青葙家的方向，那一排就两栋房子。

路迦和惊恐，再次确认："那儿？秦青葙家？"

"对啊，也是我家……你怎么脸红了……哎哎哎，别跑啊，小伙子，我还没说完……我说啊，小伙子，喜欢就去追啊！"

第八章

舒窈纠兮，劳心悄兮

Erui

Jingshenshihai

2017年11月2日，路迦和驱车赶到宴河市监狱。

法官向章祁宣读了再审判决书：“根据本院现已掌握的新证据，证明章祁显属无辜……宣告章祁无罪。”

铁门打开，章祁冲出来，一把抱住路迦和，七尺汉子号啕大哭，泣不成声。

邱岸案件使路迦和再次声名鹊起，赞美之辞潮水般涌来，但他清醒且坦然。

其实案子不难，但是没人敢接，就悬了很久。

路迦和不知道未知的事情，对未知的一切他也期待、忐忑，偶尔也会不安，但他知道自己的选择，从一开始就没变过。

路迦和近期在宴河处理事务所工作，秦青葙也跟父母太久没见，两人都打算在宴河待上一段时间，于是泸沽湖的小酒馆暂时停业，房子托给邻居照看。

秦青葙托母亲找了份琴行当培训老师的工作，按时上班，认真教课，下班回家吃饭，偶尔再跟路迦和约约会。

日子平淡又飞快地过去。

这天夜晚，路迦和临时有事，提前发了短信，说不能来接她。

下班的时候是六七点，打车的高峰期，秦青葙一时没打到车，就沿着路边往前走，她记得前面不远有个公交车站台。

走着走着，听着后面有巨大的引擎声，她忙往旁边让。

一个车队呼啸而过，shovelhead引擎的声音震天响。

她让得快，但还是被其中一辆车后座撞到胳膊，摔倒在地，膝盖蹭破了一块。

最气愤的是，撞着她的人扭头看了一眼，说了声“Oh，

bitch”，停都没停。

这些飙车党真是可恶。秦青箱爬起来，恨恨道：“现在的小年轻，开这么快，都不要命啦！”

有辆白色的哈雷开出去很远，又掉了个头，转回来，停在秦青箱面前，这人戴了头盔，秦青箱一时看不清他的表情。

她有些㞞地想，这人是不是听到自己刚才的话了。她估量了下，感觉自己打不赢面前这人，转身就准备跑。

头盔男看着秦青箱一瘸一拐的样子，捶着车笑，边笑边道：“你等会儿。”

他摘了头盔，长相很干净，高中生的年纪。他看着秦青箱戒备的样子，顿了顿，又笑：“bitch是MC的黑话，说摩托车的后座。”

他解释了下，秦青箱心里舒服多了。

“后续要是有什么事，你打这个电话，医药费会有人给你解决。”他递给秦青箱一张名片。

秦青箱摆摆手：“不用，小擦伤。”

“你收好。”他看秦青箱没接，直接扔到她怀里，“还是留着吧，万一有什么事呢。”说完话，这人又戴上头盔，飙了最高速，就去追他的同伴。

“现在的年轻人，真得注意安全。”秦青箱念叨着，她看了看名片，随手把它扔进路边的垃圾桶里。

名片上写着：

沈氏集团 特别顾问 沈瑞成

到了家，路迦和看到秦青箱膝盖上的伤，心疼得不得了。了解缘由后，保证从此以后，不论什么事都靠边，接送秦青箱的事就是最大的事。

他拿了药走过去，环腰把秦青箱抱到桌子上去，沾了药小心地往上涂，秦青葙痛得龇牙咧嘴。

“跟别人不计较的时候，怎么不疼啊？”

“年轻人嘛，我不好意思跟人计较。”

她又叹：“年轻人啊年轻人。”

他笑：“那你呢？”

“老年人生活。哎，我说你别笑，你的年纪可比我大。”

就大了几个月而已，路迦和不乐意：“喜欢小鲜肉啊？”

“哪能啊，”秦青葙安慰他，“我喜欢老腊肉。”

啊呸，说错话了！

果然，路迦和脸色变黑，她赶紧嚷嚷：“哎哟，好疼啊，什么药啊这是……”

路迦和用手给她扇着风，问：“好点了没？”

敷了药膏的腿上冰凉凉的，她心酸：“以后我老了，牙齿都掉光了，你也不会给我扇扇子了。”

他站起身：“不会，我会努力赚钱，给你换上满口的金牙，让你老了也能尝到肉味儿。”

普通的姑娘听了这调侃大概会撒撒娇“你怎么能这样”，可秦青葙想了想自己满口金牙的样子，乐了。

“那能不能给我门牙上再镶上几颗钻，卡地亚的大钻石？”她比画道。

事务所来了一个新案子，是沈氏集团的案子。

沈氏集团是宴河最有名的汽车制造公司，上市集团，沈氏兄弟持有70％的股份，老集团多少年都没出问题了，但是这几年公司新旧政权更替，问题一个接一个地来了。

路迦和对沈氏有着好奇，总觉得还有什么没结束一样，但他又怕秦青葙在意，干脆坦诚地告诉她，她只要不乐意，他直接推掉。

可秦青葙真觉得没什么，宴河市就这么大一点，知名的律师也就那几个，找路迦和再正常不过了。

她只问了句："这官司不会有什么危险性吧？"

"不会。"路迦和说。

这是路迦和最擅长的金融案。

"那就好好地工作吧。"秦青萮放下心来。

唔，挣沈氏的钱应该的。沈氏人傻财多，当初还狠砸她一笔钱，让她闭嘴。她都收下了。那现在更是光明正大地挣钱吃饭，更犯不着跟钱过不去。

沈氏跟路迦和对接的人叫许万三，说起来还跟路迦和是同学，上学那会儿路子就野，但跟路迦和关系也还不错，对路迦和也颇有照拂。那天，许万三请路迦和吃饭，秦青萮也在。

路迦和接了电话，问躺在沙发上玩平板电脑的秦青萮："我晚上出去，你吃什么？"

她抬了抬胳膊："吃速冻水饺。"

"没营养。你看你，每次我不在的时候你都是……"路迦和站在她面前念念叨叨。

"啰唆。"秦青萮抬起头，揉揉打游戏发酸的胳膊，把平板电脑扔到一边，"我的猴子都要被你的紧箍咒念死了。"

路迦和发现自己的地位居然还不如一串游戏代码，怒了，去书房静坐了两分钟，在客厅里转了几圈又站到秦青萮面前，扭扭捏捏地说："可是晚上要喝酒，我……"

哦，这样，原来路迦和是怕喝酒。秦青萮恍然大悟。

"早说嘛。"秦青萮说，"还这么迂回，我以为你是关心我，原来是你怕喝酒……"

她站起身："你看你，方向感不好，酒量也不好，还好有我。"她跳下沙发，扑到路迦和怀里，"你要奖励我。"

路迦和立即接话："是啊，还好有你，奖励奖励，天上的星星都摘给你。”

秦青葙更乐，愉悦地带着路迦和出了门。

那天谈案子去的不是餐厅，而是“焰火”，高端娱乐场所，吃喝玩乐一体的地方。

许万三身边清一色的男人，这几个人看着路迦和把秦青葙带过来，有些尴尬，但马上又热络地堆起笑，朝着秦青葙喊着“弟妹”“嫂子”。

秦青葙挽着路迦和的胳膊，笑着一一回了过去。

对许万三来说，凡是带合同的东西都是谈生意，而生意就要在声色犬马中才能谈成。

走去包间的路上，许万三落后了几步，对着路迦和耳语：“男人嘛，出来玩，就要放松放松。”

“我不喜欢。”路迦和摇头。

“哎，我说兄弟，男人哪有不喜欢的，喝酒吸烟爱美女，本性咯。”许万三朝路迦和肩头捶了一下，“我们都明白的，我可以先派人送嫂子回家。”

路迦和停住脚步，忽而开口：“倒是真有爱好的，”他朝前努努嘴，“秦青葙。”

许万三明白过来，随即笑起来：“你们俩感情好得真让我们羡慕。”他的声音特意抬高了几分，让秦青葙听到。

秦青葙侧眸看过来，只敷衍地笑笑。男人生意场上的事，她不会去干扰，毕竟她今天来就是为了替路迦和挡酒的，而且她不喜欢许万三这个人。

许万三这个人年轻时走了些运气，手里有些小钱，但内里没多少锦绣，几句话就泄了底。

酒桌上他多喝了几杯，就开始骂骂咧咧。

“怎么，过得不好，要跳槽？”路迦和随口说着。

“我已经跳槽了。”许万三笑。

“怎么也没听说你离开沈氏？”路迦和问。

许万三摆摆手，笑得神秘，用手指了指上面：“之前跟着沈氏那老头，现在我跟着沈霖郡。沈霖郡你知道吧，少东家，顺序继承人……这是狼是狗，小时候还真看不出来，长大了这狼崽真是够狠的，不过跟他有出路，沈氏呀，要换天了。”

很多事物都是这样，精致光鲜的表层裹住内在的溃烂，脓液顺着凌晨间隙渗出汁来。

许万三拿着啤酒瓶对准桌沿一磕，瓶盖就朝着地上滚了几圈。

“我倒是觉得你这律师吧，不赚钱，不如跟着我干咯。”

酒保心疼那磕掉一块皮的桌子，可没敢上前，怕惹事。等到第二次又这样，酒保忍不住上前，好声好气地说：“先生，我帮您开酒吧。”他眼睛盯着桌面看。

许万三也看出了几分名堂，一把掀开他：“要你费事？”他甩了一把钱在酒保面前，“老子天天在公司摇头摆尾地给人当狗，到这种地方还不能让老子放松放松？”

酒保刚来工作没几天，第一次遇到这种客人，也不是那种机灵的人，愣在原地。

“差不多行了。”路迦和把烟摁在烟灰缸里，打断他，对着酒保说，“把钱拿着，这里现在不需要人。”

“哪里行了。”许万三听这话摆摆手，又唤了酒保到他跟前，“去，去给我上压轴的来。”

“压轴”是“焰火”场子里的话，就是陪酒女。

酒保一刻都不想在这儿待，拿了钱赶紧出了门。

许万三喝得有些多，这个场合喊陪酒的公主来，的确不合适。

秦青葙脸色难看，侧过身子连路迦和也一同不搭理。

秦青葙不高兴的事，路迦和也不高兴，这案子交给谁做都一样，他是因为许万三跟自己有过同窗情分，才答应了今天这场饭局。

他拉过秦青葙就要走。

许万三堵在门口，觍着脸笑：“忘了忘了，忘了弟妹也在这里。”他拍拍脑袋，对秦青葙说，“瞧我这脑子，真是真是，弟妹，真对不起。”

“那就不喊了。”许万三说。

秦青葙鞋尖在地毯上踢了踢，也不应声。

房间外，响起了敲门声。门没有关，门外的人敲了几声就推门进来了。

“老板们好，我是Leona。”她说。

Leona是传统长相，杏仁眼，还有着好看的美人尖，一双眉毛也是画得又细又长，除了底妆为了遮住黑眼圈有些重以外，其他的地方都没有涂染。

长相清纯，我见犹怜。

“Leona，大学生哦。”

这句话倒不是什么夸赞，但Leona笑得满不在乎，朝在座的一圈人打着招呼。

她开了门，秦青葙和路迦和退到门后，等她进来之后，才重新落了座。

所以Leona几乎是最后才看见秦青葙，她神色变了变，表情惊愕，却又笑：“这是哪个姐妹？”她是认识秦青葙的。

秦青葙又窝回了沙发里，路迦和坐在她身边。

秦青葙是冷白皮，凤眼长眉，瞳色天生就比常人浅，鼻子倒是高挺又精致，从来都是懒懒散散。Leona记得以前上学的时候，在钢琴室练完琴，大家围在一起聊天，问到秦青葙时，她会回上几句，眼波流转，挑挑眉，一副高高在上的样子。

现在，秦青葙的样子跟早几年也没什么大变化，此时窝在沙发里，斜靠在沙发扶手上，手撑在扶手上拨拨头发，跷着腿，因为瞳色浅又没有什么焦点，感觉眼里都是雾气。听了Leona的问话，秦青葙的视线淡淡地从她身上滑行，又继续侧过身子跟旁边的人低声交流着。

视若无物。

Leona气不过，不过都走了这行，凭什么她要看不起自己？

Leona脚下的高跟鞋踩得嘎吱响，径直走到路迦和旁边，俯下腰，在他面前露出大片的胸。她笑："姐姐，给我分点位置咯。"

秦青葙被她的举动惊了惊，还没反应过来就被她挤到一边去。

秦青葙睨着她，又似笑非笑地看了眼路迦和，准备拍拍屁股到一边去坐，不跟她争，左右路迦和这个人都是自己的。

没等秦青葙迈开腿，就被路迦和抓住手臂，他无比厌恶地对Leona道："你过去坐着。"

Leona愣住，脸上窘迫发红。

他又说："还不赶紧的，我只要我媳妇儿坐我旁边。"他眼神又剐了她一眼。

然后，他自行站起身，拉着秦青葙坐到一边，讨好地笑："难闻死了，你快帮我扇扇身上的味儿。"

哪有什么难闻的味道。秦青葙笑，把他的头拍向一边："公共场所，注意影响啊，路同学。"

路迦和声泪俱下地控诉："我不管，你看，多可怕啊，我以后出来吃饭应酬，你都要陪着我。"

"怎么可怕了？"

路迦和形容道："像要吃人肉的妖怪。"

"……"

"好不好，好不好？"路迦和不达到目的誓不罢休。

秦青葙把头发捋到耳后，语气温柔得像哄小孩子一样说："好了好了，我答应你。"

达到目的的路迦和表示，心情真的好好呀！

叫一个公主要很多钱，既然人来了，就没有“退货”的道理，左右钱也不会退回来。许万三心里盘算着。

“人家带着媳妇儿来，你也往别人面前凑。”许万三当了好人，朝Leona招招手，“来，我给你找个位置，来，坐到我腿上。”

Leona真是在这种场合习以为常了，被人下脸是常有的事情，但是要想在这个场子里混，还想混得好，不是什么人都做得到的。

她站起来，脸上红了又白，听了许万三的话，立马笑得娇滴滴，走过去，跨坐在他腿上：“还是许老板最疼我，对人家好。”

许万三那边堆起了牌桌，他嘴里叼着烟，一手摸牌，间歇间朝Leona的胸前抓了一把。

Leona吃痛低呼了一声，但又马上凑过去，娇娇地说话：“老板，你这牌很好哦。”

“哈哈哈，我也觉得。”许万三这局果然赢了钱，朝她胸口塞了几张钱。

输钱的人不开心了：“Leona也到我这里来坐坐。”他拍拍腿，“让我也沾点喜气。”

Leona笑：“那可要问问许老板舍不舍得放我走。”她说着话，身子贴得许万三更近了。

秦青萿皱眉问路迦和：“你以前应酬的时候，也都是这样乌烟瘴气吗？”

路迦和大惊，赶紧表决心：“没没没，我……”

秦青萿舒了口气：“那还好，这样你也太可怜了，你跟他们都不合群。”

“不合群”本是贬义词，可路迦和觉得秦青萿用在这里实在是太合适了，简直是对他最高的赞美和认可。

“是的，我跟他们都不是一个世界的人！”

秦青萁表示无比同情：“你挣钱很不容易啊，我以后一定勤俭持家。”

路迦和觉得自己找到了全世界最好的女朋友。

男人们打牌的打牌，喝酒的喝酒，路迦和与许万三也终于谈到那场官司的事。秦青萁坐在一旁无所事事，Leona的眼神倒是总看过来，她索性闭了眼，打了会儿盹。

睡了会儿，抬眼看看表，已经是夜晚九点过半，刚喝多了水，她起身去了趟卫生间。

进去又出来，外面有人在等她，不过那人没开口说话，秦青萁便自顾自地洗净了手，对着烘干机吹着手。

那人终于不耐烦，开口道：“所以，你现在是傍上金主了吧。”

秦青萁把手翻了个面，继续吹着风。

Leona咄咄逼人：“怎么，不说话？年轻又多金的男人，你倒是好运气。”

“当年的钱，你不也拿了吗？”秦青萁吹干了手，抬头直视她的眼睛，语气有些讽刺，“既然拿了，现在有什么可说的。”

卫生间到走廊的路挺窄的，Leona神色莫名，挡在秦青萁面前，也不让路，深色V领亮片裙，露出了胸口大片的皮肤，她的手掩在上面，中指敲在烟上，弹了弹烟灰：“你以为你跟他们不同吗？”

“水蛭。”她嘴里吐出烟圈，“吸人血，吃人肉的怪物……秦青萁，你当初……”

秦青萁脸上露出讥讽的笑容，骤然打断她的话：“当初让你说，你守口如瓶，现在从哪儿学的伶牙俐齿，嗯？吴思佳。”她喊出Leona的本名。

“改了名字，就能重新开始？”秦青萁的刺都被她激了出来，逼近她几步，“嗯？做了坏事本来就是报应，现在我过得好，你看不下去了？”

Leona抿着唇，肌肉紧绷，嘴角抿成一条直线。

“吴思佳你要知道，人在做天在看，怎么不说话了，说啊！”

Leona咬着牙，一声不吭。

秦青葙嗤笑一声：“你活该！”她说完，推开Leona，径直走了。

Leona喊她：“秦青葙。”

秦青葙的步伐丝毫没有减慢。

Leona急道：“许万三的官司是沈氏公司的官司。”她声音小了些，“是沈霖郡和苏唐的官司。”

“跟我有什么关系？”秦青葙说。她再也没有看Leona一眼，余光都没有。

秦青葙心里糟心得很，也没回包间，趴在靠近大厅的阳台栏杆处，吹着风。

等路迦和找到她的时候，她还耷拉着脑袋趴在那儿。

秦青葙见路迦和过来，凶他：“以后不要带我来这种地方，烦。”

路迦和垂下头，蔫蔫地说：“好。”

一路上，路迦和都用这种可怜兮兮的眼神看着她，直到她心软：“刚才不是想朝你发脾气的，我……”

呀，秦青葙居然跟他说话了，秦青葙不生他的气了。路迦和立即满血复活：“嗯嗯，我知道的，秦青葙是这个世界上最美丽最温柔的人了，我爱她。”

秦青葙被他说得红了脸，嘴巴微张地看着他。她以前也许对他整个人的认识太浅薄，现在她怎么觉得他除了外表，内里被人整个儿换了个芯。

见秦青葙又不理自己了，路迦和低下头，有些委屈。

“秦青葙你是不是不喜欢我了？”他控诉着，“你得到了我这个人，就见异思迁了……”

“哪有哪有！”天大的帽子盖下来，秦青葙忙摆摆手，“没有，我很爱你的。”说完耳尖更红了。

路迦和暗里偷笑，却哀怨地看了她一眼：“那你怎么不亲我一口？”

秦青葙沉默。

等了好久，都没有动作，路迦和心想，不好不好，是自己太着急了，这可怎么办，她要是生气了怎么办？他有些气自己，眼睛从方向盘慢慢移过去，想打探打探现在的情况。

移了一点视线，范围太小，看不见。

又移了一点，还是看不见。

路迦和心一横，偏过整个脑袋，就被少女扑过来，吧唧一下亲在嘴角。

唔，好羞涩。路迦和心里冒着泡泡，一激动，直接从40迈飙到80迈。

“好好开车。”秦青葙严肃地讲。

“嗯，好呀。”路迦和说。

秦青葙等他坐直身子，目视前方后，揉了揉自己滚烫的耳朵，吐吐舌。

自己生气，却对着对自己好的人发火，实在是太不应该了。秦青葙反思自己。而且自己对他从小到大的事情都知道得一清二楚了，可自己却保留了一些事情。

“我……”秦青葙开了口。

这一天，秦青葙跟路迦和说了很多事情，说那些他已经知道的、他不知道的，絮絮说了很久。

好的回忆，不好的回忆，都是她。

那是秦青葙完整的成长史。

完整的秦青葙。

秦青葙最多的是在讲苏唐。

周五是苏唐做值日，她擦好黑板，倒完垃圾返回教室的时候，看到一个女生鬼鬼祟祟地溜进教室。她第一反应是遇到贼了，她下意识地跟进了几步，却发现是同班的秦青葙。两人成绩都好，长得也好。苏唐喜静，秦青葙除了上课安静，其他时候一刻都不挨板凳，她们性格南辕北辙，小女生的傲气让两人一向少有交集。

苏唐好奇之下，手里的垃圾桶也没放下，只是俯下身子，窝在窗台下看她。

女生几步走上讲台，把成绩单撕掉，顺手塞进兜里，然后拍拍手，像是做完一件大事。她深呼吸几下，舒了口气，可一抬头却看见苏唐伏在窗户边，伸着头看着她。

秦青葙吓了一跳："你干吗呢，装神弄鬼。"

苏唐站起身来很严肃地说："是你心里有鬼，你在做坏事。"

秦青葙愣住，她没想到有人会看到自己弄坏排名表。她色厉内荏地对苏唐大声说："我……我是给班级做好事。你想啊，考得差的同学每天来上课看到排名表该多伤心啊。再说，个人能力不应该仅仅看成绩吧。"说完还瞥了一眼苏唐，挽起她的手来，"你成绩这么好，还这么漂亮，你肯定知道这个理。"

她也没问苏唐自己说得对不对，只说你肯定知道，夸了别人还封死了别人的退路。

秦青葙总是有很多歪理，小时候就初见端倪。她也一向聪明，只是苏唐当初不知道，后来知道了，可感叹更多的是秦青葙幸运，顺风顺水。苏唐也聪明，可是聪明却被聪明误，而秦青葙却知道自己要什么、不要什么。

这时的苏唐只是觉得这话听起来真开心，而且想想也挺有道理。她点点头："那我明天就这样对老师说。"

秦青葙抚额。

那天傍晚，秦青葙拉着苏唐在校门口的卖麻辣烫的小推车那里买了二十串沾满红色辣椒的串串。她不停地往苏唐嘴里塞，并念叨："嗯，你多吃点，吃了我的东西就是我的人了。"

苏唐听到这里"扑哧"笑出声来，她从没有见过这么有趣的女生。她咧着嘴笑到不行，甚至忘记告诉秦青葙自己是不吃辣的。

即使后来她跟秦青葙闹得很糟糕，她也忘不了那会儿的情谊。小女生的情谊是最不设防的，看着顺眼，说得上话，便一起玩了，没有那么多计较。

那时候多要好。

苏唐把秦青葙当作最要好的朋友，她再没其他的朋友，就秦青葙，就秦青葙这一个朋友。

秦青葙作文比赛得了第一名，被人嫉妒，在她桌子里塞了一只死老鼠。秦青葙被吓得发烧了几天，苏唐去看她。躺在床上的秦青葙瘦了一大圈，苏唐问她："怎么了？"

秦青葙说："被恶心的，吃不下饭。"

苏唐想着法地给她偷运各种零食，任何秦青葙想吃的，苏唐都给她变出来了。苏唐家里条件不好，买这些东西都是用她自己平时吃饭的钱。等秦青葙养好了，她自己却低血糖。

苏唐揪出了那个恶作剧的人，在食堂吃午饭的时候，把那只老鼠丢进那人的粥里。

苏唐从来都没觉得自己是个善良的人，发生在她自己身上的事情，她还能忍耐，但关于秦青葙的，立马就要反击。

就这样一年又一年，两个小女生越来越好，上了同一所中学，两人约好了，大学也要一起，以后的以后都要在一起。

初一的夏令营，班里组织一起去了华山，秦青葙是不乐意的，但是苏唐第一次要去这么远的地方，还是跟秦青葙一起，兴奋得连夜做出了好几页的计划书，连吃什么、玩什么都写得清清楚楚。

秦青葙不忍心泼冷水，告诉她，这是班级活动，哪能让咱俩这么自由。

连这都不忍心，更别说告诉苏唐，自己不想去了。

好在华山阶梯沿途都是灯，灯火通明得像是白天，倒是没对秦青葙造成多大影响。

到了山顶的目的地扎营，营地离阶梯比较远，也没了灯，但是周围都是人，秦青葙也没那么害怕。

苏唐跟秦青葙一个帐篷，她拉着秦青葙进了帐篷，神秘兮兮地从背包里掏出几个孔明灯。

秦青葙大字形躺在帐篷里，累得不行。她从帐篷掀开的一角看出去，外面黑黢黢的，有点瘆得慌。

“要不别去了，周围太……”秦青葙说，“周围树多，被烧着就坏了。”

苏唐胸有成竹：“这个问题我早就想到了，没关系，我先去探探路。”说完拿着手电筒就往外溜。

“哎，可是……”秦青葙没喊住她。

才过了几分钟，秦青葙不放心她，就顺着苏唐之前走的路，沿途去找她。

等苏唐回来，兴高采烈地要告诉秦青葙，她发现了一个好地方，可一掀开帐篷却发现秦青葙不在里面。

苏唐急了，也没想放孔明灯的事，立马找了老师，发动全班同学都去找秦青葙。

苏唐心里先是埋怨秦青葙，让你好好待着的，你不听！

可到后来苏唐后背都湿透了，她又怕又悔，心里恨极了自己，不该提出放孔明灯的主意的。

她就秦青葙一个朋友。

苏唐想了很多吓人的后果，越想越怕。

苏唐找了一路，哭了一路，喊着秦青葙的名字。

跑到一个下坡路的时候，看到一个黑影缩成一团在低低啜泣，苏唐吓得更狠，哭得更厉害。

那黑影听到突然响起来的剧烈哭声，也哭得更凶。

苏唐大喊一声，就往回跑。刚拔腿跑就听见后面有人喊自己的名字："苏唐？"

苏唐也不敢回头，她想到外婆讲的山林志怪，那些老树成了精怪，喊你的名字，是要勾魂。

她继续往前跑，喊她名字的声音也越来越急。苏唐琢磨着，这精怪还会学别人声音，只是，这声音听着怎么这么像秦青葙的？该不会就是秦青葙吧？她想了想，视死如归地回过头。

那黑影站了起来，就是秦青葙本人。

苏唐舒了一口气，下一秒就骂秦青葙，一边骂一边哭："你胆小还往外跑，你要知道，万一……"

秦青葙也哭，一方面是怕黑，一方面是窘迫。她想去关心苏唐，回过头倒是让苏唐担心自己。

秦青葙走到下坡路的时候，被石头绊着了，手电筒也摔坏了，听到哭声也以为遇到了什么不干净的东西，直到听到苏唐尖叫了一声，才听出了是她。

两个人哭成一团。

秦青葙摔了一跤，小腿划伤了。苏唐二话没说就蹲下去："快上来，我背你回去。"

那时候，苏唐已经长得又高又有劲儿，秦青葙还是瘦瘦小小的，可她还是不好意思让同伴背。

她磨叽的时候，苏唐又催了一遍："跟我还讲这些客气的。"她又数落了秦青葙一番。

秦青葙趴到苏唐的背上，苏唐起身的时候有些吃力，但还是稳住身子。

"谢谢你，苏唐。"秦青葙真诚地说。

“这点小事，我给你唱首歌。”

有两句的那个知心话
哎哥哥你记心头
走路你走大路
万不要走小路
大路上的那个人儿多
拉话话解忧愁
拉话话解忧愁

“这是什么歌？这么直白。”秦青葙笑，腿也不疼了。

“信天游。还有很多首，以后慢慢地给你唱……哎，你瞧，天上有好多星星。”

“我……我看不到。”

那是苏唐第一次知道，秦青葙在夜里看不见东西。

“你会不会觉得我跟别人不一样？”秦青葙踟蹰地问。

“你本来就跟别人不一样，你是秦青葙，世上独一无二的秦青葙。”是我苏唐的秦青葙。

苏唐把这个秘密守护了一辈子，她从来都没跟别人提过，除了这个以外，秦青葙说的任何小秘密，她也都守口如瓶。

“就是可惜了，孔明灯没放。”秦青葙咕哝着。

“没关系，孔明灯本来就是用来许愿的，那你说，你有什么愿望，说出来我帮你实现。”

“我呀。”秦青葙把下巴抵在苏唐的肩上，“我想跟苏唐你一直一直在一起，当永远的朋友，最好的朋友。”

“放心，放心，这个愿望就交给我了。”苏唐拍了拍胸膛，保证着。

很久之后，秦青葙也没有怨恨苏唐，她只是觉得当初的愿望不该说出来。

因为老人家都说，愿望说出来就不灵了。

是怪自己说出来了，不怪苏唐的。

可是人总是要长大的，长大了心思也多了，选了不一样的路，走着走着，就分道扬镳了。

大学的时候，有一天秦青葙从别人口中听说，苏唐和沈霖郡在一起了。她睁大眼睛，嘴巴微张，惊讶道："他们好上了，可是他们没告诉我啊。"

秦青葙说完之后，才意识到，原来他们已经很久没找自己玩了，苏唐在更早的时候，就跟自己圈子不一样了。

可是秦青葙那时候还安慰自己，没关系，都多少年的情谊了，哪能说散就散呢，她对苏唐越发好。

苏唐大学后两年，接了太多的商演，虽然有了名气，但成绩排名摆在那儿，要想本校直研，四年平均成绩得进前二十，然后再看综合测评的分数。

音乐教育年级第一年年都是吴思佳。

哦，对了，吴思佳就是Leona，那时候她还没起Leona这个名字。

沈霖郡前前后后交过太多的女朋友，Leona是那会儿沈霖郡正谈着的一个，是和苏唐在一起之前谈的。

对Leona，沈霖郡前后就说了两句话："考试时候快点写。写完把答案誊一份，传给苏唐。"

"可要被监考老师发现怎么办？"

"苏唐是我的朋友，抓住你就背着锅，为朋友两肋插刀。"沈霖郡开着玩笑。

"你怎么能这样，"Leona气闷，"我可是你的女朋友。"

"哎哎哎，这就生气了？大不了你别上学了，我养着你，当沈太太。”沈霖郡随意应付了两句。

Leona是第一次作弊，心里紧张，小抄攒成一团，扔过去，却失了准头，后劲不足，没扔到苏唐的座位下。

秦青葙的考号紧挨着苏唐，这个字条扔在了她的座位下。她看了Leona一眼，没理，低头接着写自己的。

苏唐踢了踢秦青葙的椅子，秦青葙没明白。

苏唐第二次踢秦青葙的椅子，指了指地面，比了比口型：“地上。”

秦青葙有些明白，她还没做出回应，就听到老师的脚步声过来，敲了敲她的桌子：“好好写自己的。”

然后老师在考场内再次警告：“有些同学不要东张西望，不要扭头看别人的试卷。今天有校领导检查，有些人不要做了典型，作弊是人品的问题……”

秦青葙没敢再动。

时间一分一秒地过去，苏唐的试卷上几乎都是白的。她壮起胆子又踢了踢秦青葙的椅子，可秦青葙连头都没回。

第一声催考铃响起。

还有半个小时就要交卷了。

苏唐心里涌出百般滋味。

她想了很多，自己是铁定不能保研了，难道她要看着Leona跟沈霖郡双宿双飞吗？

所以，在校领导巡视考场的时候，她腾地就站起来：“刘院长，我举报，举报考场上有同学无视考纪，公然作弊！”

秦青葙正低下头，捡起那张字条，听到她说完，一脸茫然地看着她。

苏唐说完，都被自己的举动吓到呆住。她甚至没有想到秦青葙居然还会去捡那小抄。

但她瞬间又冷静下来，举报他人作弊，如果情况属实，且影响恶劣者，举报人也许会保研。

她本身就一直在赌。

人生就是赌局，输就输了，可赢却能翻盘。

这种考试，本身就没有多少水分，考完再修改成绩，想都别想，全凭实力。监考严格，又正逢考试严抓周，被校领导亲自抓住，给钱也不行，要公告批评，抓典型。

那张小抄扔到秦青葙的座位下，秦青葙百口莫辩，她把字条捡起来的那一刻就要“服罪”。

“扔给了谁？”

Leona吓得只会哭。

等校领导把桌子一拍，她直接被吓晕了。

事情还没结束，Leona在办公室晕倒，送到医院后发现，怀孕四个月。

不管秦青葙怎么解释，都没人信她。

不知道沈霖郡跟Leona说了些什么，醒来后的Leona一口咬定，是秦青葙逼着她，让她传的字条，否则秦青葙会把她怀孕的事情告诉她家里。

这次学校的惩罚很重，取消学位证连同毕业证。

这是苏唐第二次在秦青葙面前哭。

比第一次更撕心裂肺。

她哭沈霖郡是个浑蛋，但她就是喜欢那个浑蛋。

她哭自己背叛了跟秦青葙的友谊。

“别在我面前哭，像是我欺负了你一样。”秦青葙说。

“我……”苏唐抬起头，“我真的不是故意的，我只是想让Leona她……”

“苏唐，这是你想要的吗，你抬头告诉我。”

秦青葙的语气太认真，苏唐一时忘了哭，然后点了头。

等校领导再次问秦青葙时，她说，是这样的。

读不读书都没关系，可秦青葙遗憾，要好了十多年的朋友就这样没了。

苏唐曾问过秦青葙："你想读研吗？"

"不想，我想挣好多好多的钱，买大大的房子，就在湖边，把最好的卧室留给你。"

可苏唐摇头，说得认真："可我想考研，我想当人上人，只有继续读书，成为更好的人，才能脱离原生的家庭。"

"那……"秦青葙想了想，抬眼对她笑，"那我跟你一起吧，我一个人也挺没意思的。"

圈内人谈论起苏唐，大多是太得意，几近忘形，恨不得到外太空炫耀自己。

其实，只是她太自卑了。

从前每次面目狰狞露出锋利爪牙，生怕别人不知道她有撕咬的能力。没错，她就是怕，怕受太多本可以躲过的欺凌。

几年前以为自己永远不可能得到的东西，现在都在一点点得到，可等苏唐沉静下来，被岁月叠出的褶皱，却始终不敢回头去看，没有必要看，因为再也没可能回去。

"其实我写过举报书，打算跟苏唐一起同归于尽的。"秦青葙告诉路迦和，"包括看着她现在过得这么好，我也曾想去网上扒扒她的往事。"

她说着低下头，萎靡道："我真是个坏人，内心居然有这么阴暗的想法。"

"那你恨她们吗？苏唐和Leona？"

秦青葙想了想，摇了摇头："恨倒算不上。跟苏唐大概不是一路人，后来就释怀了，至于Leona她……"她回忆了刚才的情景，

"她应该不坏，我看见她的脖子上还有'琴吻'，她应该一直都有练琴的。"

"当然，我的心没那么大，过得不顺心的时候，总会把所有烦心的事都摆出来，晾一晾，就更烦了，觉得她们怎么就能做得出这种事呢。"

她忐忑："你会不会讨厌我？"

你会发现，我除了美好的一面，还有一面晒不到太阳，滋生出的一点点阴暗。

大部分人喜欢另一个人时，只想普普通通地喜欢她一下，摸摸她的叶子，亲亲她开的花。他们也会好奇她的其他部分是什么样子的，可他们看见被她拼命隐藏在地下的那盘根错节的根系时，却摇摇头，说了句"真丑啊"，转身就走。

路迦和想的却是，秦青萮那会儿得有多无助。

"我该早些回来的。"他又说，"我不该出国的，该早点告诉你，我喜欢你，该早早地陪在你身边。"

"会喜欢这个样子的我吗？"

"什么样子？"

"就是……"秦青萮也说不上来，只觉得自己这样不太好。

"可我看到的，就是全部的你，没有好与不好，只有你。如果是别人，我还要思考到底是好还是不好，可是再想想，别人又跟我有什么关系。"

爱一个人，就是在她的头衔、地位、学历、经历、善行、劣迹之外，看出真正的她不过是一个孩子，所以疼她。

秦青萮曾想过，有个人看到自己本来的样子，还会走过来，对自己说"你所在的土地阳光太弱了，来，跟我一起吧"，然后他轻手轻脚地从土里清理出来她的根系，一边埋怨她不能照顾好自己，一边把她放在离他很近阳光很足的地方，然后她跟他一起开出特别美丽的花朵。

泥土之上与泥土之下，大概是爱与不爱的分界吧。

好在她遇见了路迦和。

“你有遇到过不好的事情吗？”秦青萵问他。

路迦和想了想，摇摇头：“也许有过吧，但不重要了。”

“那现在呢？”

“现在一切都好，没有任何时候比现在更好的了。”

“我也觉得是这样，于是后来我就什么都不抱怨了，经历了不好的，是为了遇见最好的，只有最好的才被留到最后。”秦青萵笑得心满意足。

“可能现在这个时间说这个不太合适，可是我等不了了，或者说是不想等了。”

“什么？”秦青萵疑惑，这个对话跳跃幅度有些大，她不太明白路迦和在说什么。

但她很快就知道了。

路迦和从抽屉里拿出一个黑色盒子，平板电脑大小，打开一看，是一排戒指。

各种样式，镶嵌了各种宝石，眼花缭乱。

“你喜欢哪一枚，挑喜欢的。”路迦和说。

这是，求婚？

秦青萵哭笑不得，哪有这样求婚的。

“这都是？”

她记得他问过自己喜欢什么款式的戒指，就是某次吃饭的时候，他随口一问，她也随口一答。她说：“都行，只要好看就成。”

路迦和后来问了简桥他们，秦青萵这话是什么意思，那些人说，当然不能直接问秦青萵，女孩子嘛，害羞，当然不会直说的。

至于“好看”这个范围有些广。

简桥说：“黄金好啊。黄金保值，戴上财大气粗，一看就是贵太太。”

王彦反驳：“暴发户才戴着大金项链，要铂金镶上稀有宝石，贵气又内敛。”

“黄金上就不能镶贵宝石了？”简桥怒。

“俗气。”王彦说。

“你说，你是不是皮痒痒了？”简桥不管说什么，王彦都是一句话“俗气”。

意见不合，俩人差点大打出手。

“路迦和你说，哪个好？”

“都不错，每样定制一个，总会有她喜欢的。”路迦和对自己的答案很满意。

这才是真正的财大气粗。众人沉默，看他的眼神不对劲。

路迦和浑然不知，他晃晃杯子：“怎么，嫉妒我了？想结婚了啊，自己去找啊，不过，肯定没我眼光好。”

简桥和王彦对视一眼，觉得现在最欠揍的人，是路迦和。

可秦青萮选中一对银制的对戒，她喜欢那对银对戒，只有简单的花纹。她拿起来看，对戒上刻着“舒窈纠兮，劳心悄兮”。

“我喜欢这个。”她拿起小的那枚往手指上套，大小正合适。

他笑：“有眼光，这是我最初选的一对。”

他说：“路太太，嫁给我吧。”

秦青萮是真的震惊。

他皱眉：“你不喜欢？”

“我……”

“海底求婚？穿着婚纱跳伞？父母见证的？你喜欢哪个？我……我们都可以，或者全部，全部都行。”

他在忐忑，像个少年，想把最好的，想把自己有的一切全部捧给她，怕她不满意，怕她不喜欢。

秦青莉想笑，可笑着笑着就哭了出来。

她说：“我愿意。”

她怎么会不愿意，嫁给路迦和是她最大的心愿。

从遇见他开始，她就没想过要嫁给其他人。

她的路迦和。

世界上最好的路迦和。

吃完晚饭后，路迦和提议：“出去散散步吧。”

秦青莉点点头，伸了个懒腰：“好啊。”

“那走吧。”

秦青莉仍是没动，低着头似乎在想事情。

路迦和问：“在想什么呢？”

秦青莉没有说话，拿出手机按了几下，一会儿路迦和就感到兜里的手机振动了一下，他拿出来一看，收到一条短信：“我在想，你什么时候才亲我一下。”

“这样不好吧，”路迦和走过去，俯身看她，然后自己先皱了眉，“一下又不够。”

秦青莉傻傻愣愣，好像被反调戏了，可是没关系，路迦和吃了什么，这么甜，嘴唇甜丝丝的，整个人都是甜丝丝的。

“你还记得第一次的吻吗？”她问。

“记得。”

怎么会不记得。

路迦和拿鼻子蹭蹭她的眉毛、她的眼睛、她的鼻尖，他亲吻她的唇。

湿漉漉的吻，像沾上了苹果的甘甜。

“痒。”她说着话，往后躲。

路迦和停住动作。

她睁开眼，有些迷茫，然后用询问的眼神看着他。

她看见他在笑，于是有些羞恼，但又闭上眼，接近他。黑暗里，她什么都看不见了，但她知道他就在自己面前，每一次都在。

秦青葙触碰到他的脸，仰头舔吮着他的下颚，就好像是木匠在细细琢磨着一块上好木头。

她心想，真好。

这人是她的。

第九章

念念不忘之后

Erni
Jingshenshihai

秦青葙第一次见到路妈妈的时候，路妈妈就很热情，做了一桌好吃的，吃完饭还带秦青葙去看了家里的老照片。

路妈妈指着其中一张照片对她说：“我特别喜欢闺女，小时候给他留刘海，他开始也没说什么，可有一天，他突然跑回家要死要活地跟我说要剪头发，再就是后来多少年都只留寸头，真是……”

照片里的路迦和秀气得很，像一个小姑娘。秦青葙总觉得面熟，她想啊想，一时还真想不起来。

“是蛮像个女孩的。”秦青葙接话。

路妈妈一拍腿：“我多想要个闺女，现在好了，可算是有个闺女了。”

路妈妈实在是热情，秦青葙是个诚实的孩子，她就问道：“那阿姨是同意我们两个了？”

路妈妈笑：“他回国工作的时候，就跟我说过了？”

“说过……什么？”

“他啊，特意给家里来了电话，说让我们不准给他介绍对象，还让我不能欣赏其他的女孩子，说自己挑的人是最好的。我还说他吹牛。”路妈妈笑得欣慰，“直到我见了你，发现这臭小子吧，也有靠谱的时候了。”

秦青葙觉得这见家长完全没有紧张的氛围，路妈妈点了头，路爸爸也说好，好像跟别人说的不太一样，是不是容易得有些过分了，她忍不住偷笑。

可是临走时，路妈妈拉着她的手说：“小可怜，你们也怪不容易的，以后妈呀，还有我们全家人都会对你好的。”

出了门，秦青葙看着路迦和说：“奇怪，很奇怪。”

路迦和问：“哪里奇怪了。”

“就是同意得很容易。”

路迦和大笑：“难道还要家庭阻拦，我们牵着手历经万般磨难，最后才能双宿双飞？又不是拍电视剧，要那么多跌宕起伏干吗？”

“别笑了。”她捶他一下，“快交代，你用了什么法子，让你家人这么爽快地就答应了？”

“好办啊。我妈喜欢看偶像剧，我煽情点，她就同意了。”

“怎么煽情的？”

“就说我喜欢你，喜欢了好多好多年，最后抱得美人归了，她呀，就不要难为儿媳妇了。”

“这样，算你识趣。”秦青葙点点头，“不过你小时候的照片还真挺像个小姑娘的，很漂亮。”

得意的路迦和立马脸黑了几分，他摸摸自己的寸头，毫不脸红地说：“我妈年纪大了，记错了，那是我弟小时候的照片。”

“哎，说到路溪之，他人呢？”

“他搬出去住了。”

“也不知道他跟夏婧婧现在怎么样了。”

“别管他，我们该操心咱俩的婚礼了，你喜欢什么样的？”

秦青葙这次可不敢再说都可以了。她说：“是要好好想想，筹备筹备。”

等到夜晚的时候，她躺下，迷迷糊糊地突然坐起来，对着旁边的路迦和说：“啊，我想起来了，阿细，你是阿细对不对？”

路迦和握住她伸出来的手指：“困死了，快睡觉。”

“好好好，就睡就睡。”秦青葙躺下，抱着他的手臂乐，“我说你怎么这么眼熟，原来在好久好久以前，你就是我‘秦浩南’的‘苏阿细’了。”

原来那么早之前，我就见过你啊。

2018年2月15日，除夕夜。

那天，夏婧婧去找了路溪之，她太久没有见到他，他生自己的气了。

只是因为程南而已，可她一点也不喜欢程南。

就在刚刚，她还挂掉了程南的电话，都说好了的，不再联系，他一点也不守信。

夏婧婧走到路溪之的门口，踟蹰了一会儿，终于咬牙连按了几下门铃。

没有脚步声，没有回答。

是他不在吗？还是真的像他说的那样，不想再见到她？

夏婧婧心中的勇气一下子全泄光了，她凭着一股执念跑来是一心想告诉他什么呢。

她该说些什么？

说那一年，收到资助人的信件和照片的时候就开始感激他？

说自己喜欢他吗？

还是说其他什么？

夏婧婧觉得自己是个傻瓜，是个冲动的大傻瓜。

外面下了越来越厚的雪，她刚才的一腔冲动被雪又压了下来，她站在电梯口踟蹰着。

除夕的钟声每隔一个小时，就响一次，外面热闹得很，很多人都聚集在广场等待着跨年。

新的一年啊，新的开始，本来该多快乐。

她下了电梯，站在室外，伸出手指，找到路溪之的家，那里亮着灯。

他在家的，他只是不想见她。

她定神看着那个窗子，一动不动，就当她陪着他，过了一个年。

二十三点零三分。

“妈妈，快看哎，是个雪人。唔，好大的雪人呢。”刚从游乐场回来的一家人经过夏婧婧的身边，手里拿着气球的小姑娘对着她笑，“哇，雪人是个小姐姐。”小姑娘走近了才发现自己看错了，忙说，“新年快乐。”

“嗯，新年快乐。”夏婧婧笑。

空中绽放着绚丽的烟花。

黑暗的夜空接二连三地开出很多星星点点的烟火。

多漂亮啊！

夏婧婧第一次见到烟花是和路溪之一起，他面前放了一堆的烟花，接二连三地点燃，一束一束、一丛一丛地在她面前绽放。

她心疼那些钱，说：“这么多，闪得眼睛疼。”

路溪之看穿她，笑道：“年轻小姑娘都喜欢这个，你怎么会例外？”他揽住她的肩，“我以后每一年都要带你去看烟花。”

可烟花只闪亮那么一次，接着又归于寂静。

为什么要带她看烟火，为什么要在她毫无希望的时候伸出手，为什么又要推开她？

这是二十三点五十七分。

“你，在这里多久了？”

是路溪之的声音吗？

夏婧婧转头过去。

路溪之就站在门口，楼梯是声控灯，并没有因为路溪之不太大的声音亮起来，只有电梯的光映着他慢慢清晰的身影。

路溪之带着疲惫与困倦，向她一步步走来。

一股急躁与不安重新沸腾在胸腔，被她死死压制住。

“我……”

路溪之站在离她五步远的地方，眼里间歇闪过烟火炸裂映照的细碎的光，就那样看着她。

她再克制下去也抑制不了自己内心的紧张，双手摩挲着已经冰凉到麻木的膝盖，抿着唇不敢再说什么话。

终于，他又开口说了话："进来说。"

她慌慌张张地跟在他的身后。

走进电梯，他背对着她，也不说话。

电梯很快就到了路溪之家的门口，他拿出钥匙开门，先走了进去，她紧跟着进了屋。

里面没开灯，她伸手摸索着，却被人一把拉住，然后抵在墙壁上。他问："你为什么还要回来？"

路溪之的语气里全是咬牙切齿的意味。

"你不是有青梅竹马吗，你为什么还要纠缠我？

"夏婧婧，你到底有没有心，有时候我真想把你那颗心挖出来瞧瞧，瞧瞧到底是不是黑色的。"

他手上越发用力，捶在墙上，又收回来掐在她的肩膀上，他语气咄咄逼人，突然把手捶在旁边的墙壁上。

夏婧婧从没见过路溪之这个样子，她无法控制自己，没用地哭了。她抽噎："路溪之，你疼不疼？"

须臾，路溪之叹了口气，慢慢地抱紧她。

程南第三次给夏婧婧打电话，还是接不通。他不再抱有希望，他把手机卡扔掉，把手机格式化了，设置完指纹密码，手机提示他设置一个备用的密码，他习惯性地点了数字密码，他准备输入她的生日，犹豫了一下，最后反悔选择了图案密码。

她喜欢上和她一样的人，她是这样说的。他很难过，明明他们俩才是同伴吧。

他没上过学，虽然自己一直在学习，去接她的时候，也有些自卑。怕她的同学对她指指点点，从不敢在正门口等她，每次就钻进校门口的书店里等她。那些年，他陆陆续续看过很多书，但他最喜欢的是《围城》，因为那句话，他说的“让她三分”不是“三分流水七分尘”的“三分”，是“天下只有三分月色”的“三分”。

他想到了自己，想到了自己对夏婧婧，他的挑剔，他的审美，在这些年里一股脑地都倾给了她，她仍是她，而他不再是自己。

他想过带她走。

“你跟我走，我们出国，去北欧，”他抓住她的衣服，“去北欧好不好，你不是最喜欢童话故事了吗？”

可她打掉了他的手，说：“程南，不会的，你不要再找我。”

就像她高考完的那一年，她剪碎了他送她的那条小白裙，她对他说：“程南，你以后就不要来找我了。”

他从来没有恼过她，连最生气的那次，也只是好声好气地问：“你到底不喜欢我哪点呢？”

不喜欢就是不喜欢吧，就像喜欢一样，毫无道理。

夏婧婧占据了他的三分心，不是“三分流水七分尘”的三分，是“天下只有三分月色”的三分。

那就不要再见了，也不会再见了吧。

爱情啊，不是太我，就是太她。

过完年，沈氏的官司开始审理。说起来也是倒霉，邱岸的案子本来已经定了性，可又有人匿名举报，说杀人凶手是沈国的儿子，沈瑞成，是嗑药后开的枪。

一直没找到的凶器——那把枪也被人一同放在了法院门口。

法院门口的监控出了问题，但枪支上的确有沈瑞成的指纹。

不过，沈瑞成没成年，怎么定罪一拖再拖。

这时候，第二封举报信到了法院，说，沈瑞成的年龄作了假。但在户籍中查不到相关修改痕迹，调查组去当时沈瑞成出生地的妇幼保健院调取出生记录，那张写着“运动五分”的纸上，标明了他确切的出生年岁。

沈国的钱都用来捞儿子了，没精力跟自己侄子斗。

路迦和想到许万三说的那句话："再说都是沈氏集团的，我跟谁都一样，不说，这人老了都慈悲了些，到底是斗不过长大了的狼崽子。"

沈霖郡亲自出席了法庭。

他为什么要出席法庭？

他当然要来。

这是他加冕为王的一天。这一天，他成了沈氏集团的主人。

做生意就是这样，是场豪赌。

他是恶人吗？沈霖郡觉得自己并不是，他只是把真相推到众人面前。真相嘛，往往是最不好看的，可是他喜欢真相。

喜欢沈国的狼狈，沈霖郡的父亲没能斗得过沈国，但是他能，而且他赢了。

沈霖郡特意感谢了路迦和："案子解决得不错，让我们沈氏元气大伤，不过我很满意。我要的是我的沈氏集团。"

路迦和下颚绷得紧。

沈霖郡笑："路律师，不要不开心嘛，我是你的委托人，你打赢了官司，要开开心心咯。"

那天Leona也去旁听了，她的现男友是沈氏旗下的一个小主管。

沈霖郡经过Leona的时候，眉头微乎其微地皱起，还是被Leona捕捉到。

她没有上前打招呼，那个勇敢的少女死在了那个蝉鸣的夏天。

她垂了眼。

她向来嘴上像刀子，锋锋利利地割人肉，却藏了一颗真心。这种人多可悲。

反而是那种不稀罕爱情，骨子里有万丈野心，遇到各种男人也不过是封山开路遇水搭桥的人走得最远。

Leona在声色场所这么多年，道理她都懂，可她还是学不成那种人。

她羡慕很多人，羡慕秦青葙，永远都有少年感。秦青葙懒散，天性中没有那么多条条框框，喜欢就去了，就算最开始少了点勇气，但永远知道自己要的是什么，一直朝着终点奔去。她羡慕秦青葙被人爱着护着。

她羡慕苏唐，羡慕苏唐的狠绝、孤注一掷，把一切都抛掉，只换自己最想要的，人生角色就设定是商人，在一次又一次达成的交易中释放最大的乐趣。

她做错过很多事情，陷害过别人，到很多年以后她才知道，当年她陷害的秦青葙在离开宴河市的时候，把沈霖郡用来封口的钱，全部打进了她的卡里。至于秦青葙知不知道当年她选择说谎，是为了给她爸爸透析，她没打算再去问秦青葙。

她身边的这个男人，木讷，亲吻她的时候会紧张，把求婚戒指藏在蛋糕里，还会告诉她，这蛋糕有些硬，你要慢些吃，别硌着牙。那是宴河市最贵的蛋糕，松软得就像云朵。

而她呢，应该是最渺小的人，最低入尘土的人，最市侩却又想逃离当下的人。她摸着脖子上的琴吻，朝着面前的人笑："或许我该试试？"

身边的男人愣住。

Leona细细的眉挑起了，挽起他的手："你说，我换个其他的眉形好不好看，现在的小姑娘都喜欢平眉……"

或许，她能自救，换一种其他的生活方式。

可案子就这样完了吗？

并没有。

就在案子公开审理的最后十分钟里，法院的门口发生了枪击案。死者是程南，自杀。他有一封自白书，无非是说自己是凶手，怕连累无辜的人，到最后一刻良心发现了。

他只能做到这一步，剩下的是沈瑞成的律师的事，怎么辩护、怎样判决，都跟他无关。

他不怕别人说他愚义，其实，夏婧婧差点被卖掉的那一年他是打算卖肾筹钱的。

他找不到门路，医院里没人敢收，他跪下来求医生，可医生哪敢答应。

是沈国走过来，说："小兄弟，人生还长得很，咬咬牙都会过去的。"

"可是缺钱呢，缺钱会死人的。"他眼睛通红，话语从牙缝里挤出来。

沈国一怔，又笑道："我可以让你有很多很多钱，你可以跟我走。"

他愣住，觉得面前这人不是什么好人，应该是黑社会或者人贩子一类的。

"放心，我不要你的命，我买走你的义气，你有吗？"

"我有！"他说。

程南死的那一天，躺在地上，感觉鲜血一点点地流逝。他想了很多，以前的事。他闭眼的那一刻，好像看见了夏婧婧在自己面前哭。他看见她低头，脖子里掉出一根银链子。银色的月亮就在他眼前晃，真亮啊！他满手是血，抬手摸了摸夏婧婧的脸，先是沾上了一滴血，他想擦掉却越擦越多，越擦越脏。

他又办了坏事，就像每一次，他想对她好，却被她厌恶。

他想问一问夏婧婧，还记不记得村口的池塘，她在那儿摔了一跤，把脚崴了，他一路把她背回来。她靠在他肩上，叫了一路的

“程南哥”。她说：我会好好念书，以后挣好多好多钱，带你去看外面的世界。

后来，他的姑娘走了出去，爱上了别人，他怎么会心甘情愿。

“我存了一笔钱，是我干净挣出来的，你带我去看看外面的世界吧。”

他知道路溪之，夏婧婧喜欢路溪之。哪个姑娘不喜欢大英雄，路溪之用零花钱资助山村孩子上学，其中一个就是夏婧婧，路溪之当然是夏婧婧眼里的英雄了。

路溪之是做了好人，给她资助上学，可是他隔了十里八乡，不知道他资助的姑娘还有个赌鬼爸爸。

那是个无底洞。

恶人呢，就让他程南来做吧。

念念不忘，必有回响。是因为人们在得到回响的时候记起来曾经“念念”过，而没有得到回响往往会忘记“念念”。

他心心念念的她，遥不可期。

他倒在雪地里。

他记得夏婧婧讲的那些童话里除了《美人鱼》外，还有一个故事——小女孩划着了第一根火柴，看到了大火炉，使她很温暖，可转眼间又不见了。

他划了第一根火柴，遇到了夏婧婧，可转眼间也不见了。

但雪地里，很暖和。

鲜血涌出来。

一点也不冷。

出了法庭，秦青葙见到了那个人。

她遥遥地朝秦青葙看来。

秦青葙一只脚已经迈进了车里，却没有接下来的动作，她在犹豫。

身后有踩着高跟鞋越来越急促的脚步声响起。

跑过来的苏唐笑得有些不好意思："青葙，你也在这儿？真是好巧。"

秦青葙没回答，脸转向一边。

苏唐跑得有些气喘，脸也红通通的："刚才在法庭上人太多，倒是没见到你，不然早就……"

"没什么事，我们就先走了，您也应该挺忙的吧。"

苏唐可能没料到秦青葙会用这样平淡的语气对她说话，一时有些愣住，但很快又笑了。她指着旁边的串串香问她："吃这个吗，我请你。"

"堂堂首席大提琴家，沈氏集团未来的少奶奶，居然请我吃路边上五毛钱一串的串串？"秦青葙故作惊讶，"那岂不是被人笑掉大牙。"

苏唐叹了一声："青葙，你知道我不是这个意思，我们好不容易才见面。"

"这个意思，那个意思的，我实在是不懂您，我不奉陪了，拜拜。"她朝苏唐摆摆手，走掉。

苏唐眼睁睁看着秦青葙离开。

苏唐低头朝旁边的摊位老板说："老板，要十串，红油的，最辣的那种，多点辣椒。"

"要很多很多辣椒！"那一年，秦青葙双手背在身后，咂着嘴，期待地看着摊主。

苏唐好像看到了那个小青葙，她一笑，想去碰小青葙，小青葙却厌恶地推开她。

"我要很多很多辣椒。"苏唐说。

苏唐结婚的时候，全城轰动。

男才女貌，般配得很，惹来多少羡慕的眼光，能嫁到沈氏，能嫁给沈霖郡，大概是上辈子拯救了宇宙。

沈霖郡这么多年喜不喜欢苏唐，其实苏唐自己清楚。

高中的时候，他对她好，是因为她能模仿他的字帮他写作业。

大学的时候，他知道秦青葙的事情，却不揭穿，是因为她帮他赶走了怀了他的孩子，试图母凭子贵的吴思佳。

后来他娶她，也不过是因为她知道他太多秘密，放出去不放心，只有放在身边，用婚姻作为捆绑，才能实现最大的效益。

她与他是共生的，一同从泥沼里钻出来，染了满身的污秽，却还想触碰太阳。说到底，他们是一样的人，自私虚伪，踩着别人拼命地往上爬。

可不一样在哪儿，大概是苏唐喜欢沈霖郡。

沈霖郡被苏唐的动静吵醒，也没恼。他伸出手臂揽住苏唐，指尖轻拍了几下她的肩头："我会陪你的。"

苏唐应了声好，翻了个身滑进他的怀里，顺势把眼角的泪蹭在自己白色纯棉的睡衣肩头，然后把湿漉漉的眼睛藏在被子里。

这是结婚的前一晚。

苏唐觉得自己这一生也许就这样了，说不上圆满，也说不上不圆满，可一切都是她自己选择的，是她踩在刀刃上，一点点把东西揽进自己怀里的，那些好的或是不好的东西。

苏唐的请帖，秦青葙收到了。照片上的苏唐，笑得弯了眉眼，是漂亮幸福的新娘。

秦青葙把请帖夹在了书里，摆在了书柜中，就像从没有收到过，跟往常并没有什么不同，就像事不关己般毫无波澜。

可她没跟人说过，那一天她在书桌前打了个盹，然后在梦里见到了苏唐。苏唐站在楼梯的转角处，怀里抱着书，逆着光，光晕洒在她的校服裙上，随着她的动作跳动。苏唐眉眼弯弯地向她张开手臂，说："青葙，下课啦，我在等你一起回家。"

正如很多次，秦青葙期许的样子。

案子虽然结束，但路迦和与秦青葙对这个结果并不满意，有一种无力感。他们能做的不多，真相是什么呢，每个人都渴望知道，但知道的人呢，又能做什么？

法律是灰色的，这是路迦和研究生的第一堂课讲的内容。

会失望吗？

会有的吧。

人生总会有太多太多的失望，路迦和只能救得了章祁。往后呢，路迦和觉得有再多的失望，也还会继续走下去吧。

错的是人，不是法律。

路迦和记得自己写下的那些话，也记得自己的宣誓——

我会选择一样终我一生也绝不怀疑，绝对不会质疑，绝对不会动摇的东西——法律，在这种绝对的信仰之下，无论未来我看到多少黑幕听到多少非议，我都能说服自己。

在这种绝对的信仰面前，我能敢于挺身而出直面社会黑暗，我能为了维护社会公平正义，为了维护法律的尊严而奋斗，并甘之如饴。

哪怕千人所指？

哪怕千人所指！

又到一年冬天。

秦家和路家商量，开了春，天气暖和了就举办婚礼。两家人都重视，提前几个月就开始准备。

秦青葙和路迦和挑了婚纱，那款婚纱叫"守风人"。

婚纱前有着胸甲鱼骨，能把婚纱穿出纤纤细腰的感觉，开衩的位置更是精心地调了又调，位置正合适，有着隐隐的性感，又有着少女的活泼。

这辈子一定要为爱的人穿一次婚纱，也一定要看着爱的人在自己面前穿一次婚纱。

路迦和看着她从更衣间里走出来，一种从内心深处产生的犹如地震一般澎湃的律动，一波一波往上涌。这是他一生中为数不多的彻底失去自我和思考能力的时候。

因为爱情所以结婚，情深意切时。

“好看吗？”秦青葙忐忑地问。

路迦和可以说出世界上最精美的赞美，可是多说了两句就开始语无伦次。

“好看。”

“呆子。”

很多年前，十六岁的秦青葙觉得，最好的人生，是做最喜欢的事情，嫁给最爱的人。现在，她从大提琴开始，把曾丢下的爱好重新拾起来，她也曾错过路迦和很多年，现在，她就要嫁给他了。

这就是最好的人生。

秦青葙把婚纱穿起来，忍不住转起圈子，就像小时候穿蓬蓬裙那样，裙摆带起了风，她喜欢风，无边无际，可以温柔地环绕身边安抚她，又有带她去远方的力量，而他正是守风人。

从婚纱店里出来，雪刚停，地上落了厚厚的一层，他们踩着咯咯作响的雪，朝前走。

不远处就是宴河中学，那家包子铺开了很多年。

两人去吃了汤包。皮薄馅多，汤汁鲜美，比手心还要小一些，一口一个。

秦青葙咬了一口，吸掉汤汁，哈了一口气：“呼呼呼呼——好烫呀。”

“慢点吃。”他把她的帽子拨正，揉了揉她的脑袋。

她吃着吃着突然想起来一件事。

她问："表妹知道我要跟中学时代的男神结婚，于是问了我一个问题，可是我也解答不好。"

"什么问题？"

"怎么样让一个男生喜欢自己？"

路迦和想了想，说："我也回答不了。"他笑，是发自肺腑的笑容，他的眼睛里都是她，全部的她。

"因为你从一开始就成功了。"

包子店里暖暖的，呼出的热气是小小的云，这一朵是你的，这一朵是我的，但最后呢，蒸腾起来，汇成一大朵，变成天上的云。

番外

少年一梦——遇见十六岁的路迦和

Erni

Jingshenshihai

就在刚刚，在餐厅吃饭的时候，路迦和的白衬衣上被服务员不小心溅上几滴油渍，下午正好有场会要开，这衬衣是穿不成了。

还好，餐厅楼下就是商场，吃了饭，秦青葙就拉着路迦和一起逛商场。

这个点儿，逛商场的人不多，这家定制店里就路迦和与秦青葙两位顾客。

白衬衣的款式没有那么多，区别在于材质，不同的材质版型，也适合不同的场合、不同的身形，要耐心地试穿，才能选中最合适自己的。

“这件不错，是不是？”秦青葙手里拎着一件男士白衬衫，是纯棉布料，提织的条纹花样，领口内衬了领座。她在他身上比了比，很满意。

她说：“有些像当年学校合唱比赛时你穿的那件，我记得那件也是这样，远看是白色的，近看条纹鲜明。”

“哪件？”路迦和想了想，“我记不太清了，我倒是记得你当时穿的。”他说着话，翻了翻衣架，拿出来一件，是彼得潘的H型衬衣，微微的灯笼袖，复古俏皮，“就像这个，很是好看。”

“是这个吗？”秦青葙也不太记得自己当时穿了件什么款式的，“好像是随便在商场买的，我已经很多年没有穿过白衬衣了，上一次就是合唱比赛了。”

“不如，我们都试试。”路迦和提议。

“都试试？”秦青葙觉得提议不错，开玩笑，“好啊，说不定穿上那时候款式的衣服，就能回到学生时代呢。”

路迦和拿了衣服，也笑：“要是能回去了，我得再吃一顿学校的煎饼，让师傅多给咸菜多给肉。”

路迦和朝左走，进了男士试衣间。

秦青葙也随后进了女士试衣间，把白衬衣穿在身上，领子整了整，打量着镜子里的自己。

她觉得穿上白衬衣后，看起来更显小了。

这些年岁月对秦青葙很善意。

她把散下的头发束起来，除了比很多年前多了些岁月的沉淀，除此之外跟高中时代的模样没差多少。

要给路迦和一个惊喜。她想。

她推开试衣间的门，理着袖口，听到男士试衣间的开门声，想着是路迦和，问了出来："路迦和，看我这身衣服怎么样？"

路迦和穿着刚换好的白衬衣，有些发怔，愣了神，没想到眼前这人会跟自己说话。

"怎么不说话了，难道是太好看了。"秦青葙整理好袖口，抬头看向他。

可是看向路迦和的时候，她吓得后退了一步。

"呀，怎么是你，"她摇了摇头，"怎么可能？"

面前这人的确是路迦和，只是，这是十六岁的路迦和。

十六岁的路迦和是什么样子的？

秦青葙脑海里一直再清晰不过了，可还是没有本人出现在自己面前来得震撼。

他十六岁那一年的暑假，打球磕着了眉骨，这才刚开学，还没有好彻底，眉骨的地方仍青紫一块。

路迦和不同时期的每个样子，秦青葙都记得。

她下意识地看向镜子，那是十六岁的自己，模样青涩。

少年害羞得不得了，除了脸红外，仍强装镇定："不然是谁？"

他想到了什么，皱起眉来："你跟别人一起来的？"

秦青葙心里想，就是和你呀。

“没谁，我只是觉得你穿这衣服真好看，一时没认出来。”

“你认识我？”

如果是十六岁的秦青葙可不敢跟他说这么多话，最多的可能是端着架子，装作不认识他。

可这是二十四岁的秦青葙。

她逗他：“我当然认识你，我可是关注你很久啦，你是隔壁班的路迦和。”

每多说一句，少年的脸就更红了几分，就快要落荒而逃。

偏偏这人还真不识趣，还接着说：“路迦和，我可是在夸你的衣服好看，那你看我的呢，合适吗？”

少年实在是没想到她居然会这么熟络地对自己说话，他面色更红，偏了头，有些结巴：“还……还不错。”

“嗯，我也觉得。”秦青葙觉得十六岁的路迦和实在是害羞得可爱，她没细想现在的处境，只觉得只要最后是路迦和就好，现在重新认识，回到很多年前也没什么不好。

“哎，我说。”秦青葙想逗逗他，说着话，手搭在了他的肩上，“是还不错呀，那你再看看我，别只看衣服。”

这下路迦和脸烧了起来，哆哆嗦嗦地说：“我……我还有一张试卷没……没写。”然后快步走出服装店，到最后跑了起来。

跑着跑着，他反应过来，我干吗要跑开，我不是一直想离她更近一些吗？

他停下来，朝后看了看，后悔极了。

“呆子！”秦青葙骂道，赶紧去试衣间换回自己的衣服，就追了出去。

她跑得气喘吁吁，才追上他。

路迦和没想到她会追过来，更惊讶：“你……”

“你什么你！”她瞪他。

他立刻不敢说话，隔了半晌才说：“我……”

她又瞪他一眼，这会儿才缓过气来。

“你以后能不能跑慢点，”她抱怨，“不然我以后也跑得很快，让你追不到我。”

少年不懂她的意思，只是她话里，什么追呀跑呀，这些词真是暧昧，他又准备脸红了。

“你真可爱。”她踮起脚，朝他脸上掐了一下。

她还要说些赞美的词，却被班主任吼了一嗓子：“你们在干吗！”

“路同学哭了，我在给他擦眼泪。”秦青萏面不改色，心不跳，乖乖站好。

被提到的路迦和同学，眨眨眼睛，硬是挤不出一滴眼泪来，他瞪她一眼，馊主意。

“你跟我来办公室一趟。”秦青萏被拎着进了办公室，走之前也不忘把路迦和一起带走，她说，“老师老师，是他非让我给他擦眼泪的，你说吧，一个大男生大庭广众之下哭哭啼啼的也不好，我是当好人了。”

“闭嘴！”班主任又是一声吼，“你也到办公室来，路迦和！”

去了办公室，俩人靠墙站好。

“你这人真是会编故事，就跟以前一样坏。”

“不就是骗了一顿饭嘛，看你小气的。”她说。

“你记得？”他惊讶道。

“当然记得！我记得的可多了！”她朝他挑挑眉。

“还在说话，知道为什么叫你们来办公室吗？”

两人默契地摇摇头。

路迦和是真不知道，而秦青萏在想，你是路迦和的班主任，又不是我的，我就要摸摸路迦和的小脸蛋，他早晚是我的人，有什么不能摸的，哼。

“不知道？”班主任老杨痛心疾首，“早恋影响学习，路迦和，我可是对你寄予厚望的，你以前就有苗头。”

老杨面容严肃，指着他说：“我就怕你早恋，几年前的一次就收了你的杂志书，看到里面的信，就帮你销毁了，没想到你现在……”

“是不是粉红色，有着爱心的信封？”秦青萉迫不及待地打断他的话。

老杨一愣，反问：“你怎么知道？”

秦青萉顾不得其他，着急道：“老师，你怎么能把信扔掉，那可是我写的第一封情书……”

剩下的时间都是秦青萉一个人在讲，直到老师气急败坏把她赶了出去。

“真是过分。”秦青萉说。

她看身边的路迦和一眼，说：“你别笑。”

“我没笑。”

“你刚才明明就笑了，我不要理你了。”秦青萉停住不走，哼了哼，心里想还不安慰我。

可路迦和也站在旁边，一言不发。

她等安慰等得不耐烦，说：“喂，我说……”

他突然朝前走了两步，把走廊的花搬回来一盆，是开得最好的一盆。

他走回来，站在她面前，塞给她。

她呆愣住。

“给你，这是老杨最喜欢的一盆花。”

“所以？”

“我们带回去养，你不是说第一封信是最心爱的东西吗，我以前观察过，这盆花也是老杨最喜欢的，他每次第一个给它浇水。”

“嘘……”他比出手势，拉着她就朝外跑，“不要被他抓住啦。”

她右边的胳膊紧紧地揽住花盆，左手反过去抓紧他的手，想哭又想笑。

笨蛋路迦和。

她跟着他走。

“我算了一卦。”她故作神秘地一边说着话，一边朝他越移越近。

“我……我才不信。”

“真的，我算了算，你以后呀，是个好律师。”

“这还用说。”

“你还是个妻管严。”她笑。

“胡……胡说。”他一着急，又结巴了。

“嗯，我还算出来你以后会娶我。”她盯着他看。

他跳了起来，转头就走，耳尖通红。

“真的真的，你以后……”她声音大了些，旁边三三两两的同学看过来。

她追过去，扯住他的袖子，压低了声音：“你呀，真的会娶我的。”

“我不骗你，骗人是小狗。”她把花放在一边，竖起手指，信誓旦旦。

“这哪里能算命算出来，这得看我愿不愿意。”

“那你愿意吗？”

“我……”他停了脚步，声音越来越小。“愿意的。”他说完，头扭向一边。“你这人真烦人。”他嘴上嘟囔着。

他强调：“你可听好了，是你一直烦我，我才不情不愿地说了愿意。”

“嗯，我知道了。”秦青萮点着头，重复道，“我做证。”她背着手从他的左边，晃悠到他的正对面，“大不了我心甘情愿地娶你就好。”

她目光灼灼。

他眼神闪躲。

她叹了口气，看向一旁的合欢树，心里想，这会儿的路迦和还真是害羞得要命，不过真是可爱得很。

她视线终于离开了他这里，偏向了一边。

路迦和能感受到那视线的转移，他微低着头，看向她，贪婪地看着她，像怎么也看不够。

可等她回过神，重新注视他的时候，他又偏了头，不去看她，可无济于事，他心里就像藏了只鼓，四面八方地敲响。

“你怎么不看我？”她问。

因为你好看。

因为我很喜欢你。

他差点要脱口而出。

到最后，他却抱起那盆花，说：“要放学了，明天下午是合唱比赛，到时候见。”

她想到白衬衣还没买，又看到他把话都藏在心里的样子，无奈极了，可当初自己不也是这样。

她想了想，接过那盆花，却没走，反而凑过去，亲了他一口。

“明天见。”她亲到路迦和心里极为开心，“好了好了，我知道你喜欢我，这个是奖励你的。”

她走远了一些，路迦和站在原地，神色不明，然后朝前追去。

他追上她，拉住她的胳膊：“我是喜欢你。”

他还说：“以后追人这种事还是我来。”

他稍退后了一步，郑重道：“秦青箱同学，我喜欢你。”喜欢你很久了。

那个下午是两个少年人生中的第一次逃课。

他们抱着那盆花压马路。

车水马龙，人来人往。

她在原地等路迦和从马路对面买回冰激凌，她远远地看着他，中间隔了那么多的人，她仍可以一眼把他认出来。

他也是，从川流不息的人海里，目光找到她，这一次他没有闪躲，直视她，然后冲着她笑。

他们是彼此的月亮，在人海中发着光。

那个下午实在是太繁忙，秦青萮拉着路迦和去了书店，去了游乐场，去了甜品店，那些地方是她曾悄悄地跟在路迦和身后去过的，而现在她握住他的手，重新来过。

最后的一个地方是见面时候的商场。

是的，明天就是合唱比赛，秦青萮的白衬衣还没有买到。

差不多选好了，是之前路迦和挑选的那件。

可是上一次，她还没有仔细瞧瞧那码数合不合身。

她在试衣间里换着衣服，一边对门外等待自己的路迦和说："待会儿我出来，要告诉你一件事情，不过，我得先带你去吃一次学校的煎饼，你喜欢的多加咸菜和肉的煎饼……"

她说着话，换好衣服，推开门。

站在她面前的，是二十四岁的路迦和，轮廓分明。

她揉揉眼睛，有些不确信。

南柯一梦，她不知道是她梦到了十六岁的路迦和，还是十六岁的路迦和梦到了二十四岁的秦青萮。

可不论是十六岁的路迦和，还是二十四岁的路迦和，永远没变的是对她的爱，在眼里，也在心里。

而她呢，她也是。

她只呆住几秒，然后说出了她要说的那件事："我爱你，路迦和。"

路迦和揽过她的肩，立在镜子前。

穿着白衬衣的两个人站在一起，般配极了。

他揉揉她的脑袋：“都老夫老妻了，还说这个。”他稍偏了头，耳尖发红，“那个，我也是。”

我也爱你，路夫人。

Bilingual Classics

双语经典

牛虻

〔爱尔兰〕艾捷尔·丽莲·伏尼契 著

方华文 译

译林出版社

目　录

作者前言

我衷心地感谢那些在意大利帮我收集这个故事资料的人。我尤其感激佛罗伦萨马吕塞利亚纳图书馆、博洛尼亚国家档案馆及博洛尼亚市民博物馆的那些工作人员，谢谢他们的付出和友善。

第一部

第一章

亚瑟坐在比萨神学院的图书馆内翻看一堆布道用的讲稿，从里面找东西。这是六月份的一个炎热的傍晚，窗子都敞开着，而百叶窗却半掩着，为的是遮出些阴凉来。神学院院长蒙太尼里教士停了一下手中的笔，以慈爱的目光望了望正俯身看讲稿的亚瑟那满头黑发的脑袋。

"找不到吗，亲爱的？没关系，我可以把那个章节重写一遍。原稿可能已经毁掉了，可我却让你白白找了这么长时间。"

蒙太尼里的声音很低，但却浑厚、洪亮，音色纯净如银铃，使他的话语具有一种奇特的魅力。这是天生演说家的声音，富于抑扬顿挫。跟亚瑟讲话时，他总是带着一种疼爱的语气。

"不，神父，我一定要找到它。我敢肯定你把原稿放在这里面了。如果重写，绝不会跟原来的一模一样。"

蒙太尼里又埋下头写东西了。窗外有只懒洋洋的金龟子发出令人昏昏欲睡的嗡嗡声；一个卖水果的小商贩悠长而凄凉的叫卖声在街上回响着："卖草莓！卖草莓！"

"《论医治麻风病人》，找到了。"亚瑟迈着轻柔的步子穿过房间走了过来，这种步子老是让他家里的那些体面人物恼怒。他是一个身材瘦削的小伙子，不像十九世纪三十年代英国中产阶级的年轻人，倒像十六世纪人物画上的意大利少年。从长长的眉毛和敏感的嘴巴一直到纤小的手脚，他身上的每一个部位都轮廓鲜明、玲珑精致。如果坐着不动，他很可能会被当成一个女扮男装的漂亮姑娘。不过，一旦走动起来，他那轻快敏捷的动作会使人联想到一只没有利爪的温顺豹子。

“真的找到啦？亚瑟，你要是不在跟前，我可怎么办呢？我老是丢三落四。好啦，现在我不打算再写了。咱们到花园里去，我给你辅导功课。哪个地方你不懂呢？”

两人步出房门，来到了冷清、阴暗的修道院式花园里。神学院的校舍原先是多明我会的一个修道院。两百年前，这四四方方的园子整齐划一，迷迭香和薰衣草被修剪得短短的，两旁生长着笔直的黄杨树。如今，弄花务草的白衣修士们已长眠于地下，被人们遗忘；然而，在这迷人的仲夏傍晚，芬芳的药草花仍在盛开，只是再没有人采花制药了。一簇簇野生野长的欧芹和耧斗菜填没了石板路上的缝隙，院落中央的那口井也被羊齿草以及乱蓬蓬的景天所遮掩。玫瑰花长得杂乱无章，长长的枝茎横跨小径；大朵的红色罂粟花伏在旁边的黄杨树丛里，极为醒目；高大的洋地黄低垂着脑袋，耸立在杂草之上；那株从不修剪，也不开花、不结果的老葡萄蔓，从无人理睬的枸杞树的枝杈上倒挂下来，缓慢、忧郁地一个劲摇晃着叶子浓密的脑袋。

在一个角落里长着一株巨大的夏季开花的木兰树，黑乎乎的树叶把它点缀得像一座塔，一朵朵乳白色的花儿星星点点地显露出来。一条粗糙的木凳靠树干放着，蒙太尼里坐在了上面。亚瑟在大学里攻读哲学，读书时遇到了难题，特意来向神父讨教。他从未在神学院求过学，但蒙太尼里对亚瑟就好似一部包罗万象的百科全书。

“如果没有事情需要我留下，”待书中的章节解释清楚之后，亚瑟说道，“我现在该走了。”

“我不想再工作了，倘使你有空，希望你能多待一会儿。”

“啊，好的！”他靠回到树干上，仰首望去，目光透过昏暗的树杈，凝视着那些开始在寂静的天空中闪闪发光的朦胧的繁星。黑色睫毛下那双梦幻一般神秘的深蓝色眼睛，是来自英国康沃尔郡的母亲遗传给他的。而蒙太尼里转过头，这样就瞧不见他的眼睛了。

“你看上去很疲倦，亲爱的。”蒙太尼里说。

“没有办法呀。”亚瑟的声音里流露出倦意，立刻就被神父注意到了。

“你不该急着上大学；照料病人和晚上熬夜已经累坏了你。我本该坚持让你好好休息休息再离开里窝那。”

“哎，神父，那有什么用呢？母亲辞世后，我无法再在那让人难受的房子里住下去。朱莉娅会把我逼疯的！”

朱莉娅是他异母长兄的妻子，也是他的眼中钉、肉中刺。

“我并不是想让你跟家里人住下去，”蒙太尼里温柔地答道，“我知道那样对你是再糟糕不过了。我只是希望你能接受那位行医的英国朋友的邀请；当初你要是到他家住上一个月再上大学，身体状况就会好些。”

“不行，神父，我的确不能到他家去！沃伦一家都是好人，待人和善，可他们不理解我。他们为我感到难过——从他们的脸上可以看得出来——于是他们就想方设法安慰我，还会谈及我的母亲。当然，詹玛是不会那样做的，甚至在我们小的时候她就知道哪些话该说哪些话不该说，但其他的人则不然。而且，原因还不止这些……”

“还有什么原因呢，我的孩子？”

亚瑟从低垂的洋地黄茎秆上捋下几朵花来，神经质地把它们放在手中挤压碎。

“那座城镇叫我受不了。”他停顿了一会儿，然后说道，“我小的时候，她常在镇上的商店里为我买玩具，而我常扶她到河边的那条路上散步，直至她病情危重。我不管到哪里去，都会触景生情。卖花女郎一见我就会捧着花束向我走来，就好像我现在还要买花似的！还有那教堂墓地……我只好一走了之，因为一看到那地方我就难过……”

他顿住了话头，坐在那里把洋地黄的钟状花冠撕成碎片。有老半天的时间两个人都默默无语。他抬头望了望，不明白神父为什么不说话。木兰树的枝叶下愈来愈阴暗，所有的一切都显得模糊不清，但仍有一丝余光，可以看见蒙太尼里的脸色惨白得吓人。他低垂着头颅，右手紧紧抓住木凳的边沿。亚瑟把目光移开，心里产生了一种敬畏和诧异的感觉，仿佛自己无意中闯入了圣地。

“上帝啊！”他心想，“我在他面前是多么渺小和自私。我的痛苦要是压在他的心上，他决不会像我这么伤感的。”

不一会儿，蒙太尼里抬起头朝四周看了看。“我不会强迫你回到那儿去，眼下我决不会那样做。”他以极其爱怜的语气说，“不过你必须答应我，今年一放暑假你就彻底休息休息。我觉得你最好远离里窝那，到别处去度假。我可不愿让你把自己的身体糟蹋坏。”

“神学院放了假，你打算到哪儿去呢，神父？”

“跟往常一样，我打算带学生们进山，把他们安顿在那里。不过，八月中旬副院长便休假回来了。到时候我要尽量争取去登阿尔卑斯山，变换一下环境。你愿意随我一道去吗？我可以带你上山四处漫游，你一定喜欢研究阿尔卑斯山上的苔藓和地衣。可单单你我二人，你也许会感到乏味无聊吧？”

“神父，”亚瑟紧紧握住了双手——这种姿势曾被朱莉娅称为“多愁善感的怪相”，“只要能随你一块儿去，无论怎样我都愿意。可是……我不敢确定……”他打住了话头。

“依你看，怕伯顿先生不允许？”

“他当然不喜欢，但他不好加以干涉。如今我已年满十八，可以按自己的选择行事了。总之，他不过是我的异母长兄，我看不出为什么非得服从于他。他待我母亲一直都很不好。”

“不过，如果他坚决反对，我认为你最好不要违背他的意愿，否则你在家里的处境会难上加难……”

“不会再难到哪里去了！”亚瑟情绪激昂地插话说，“他们过去一直恨我，将来还会恨下去……不管我干什么，都不会有所改变的。再说，詹姆斯怎么会坚决反对我跟你——我的忏悔神父——一道去呢？”

“别忘了，他可是个新教徒呀。不管怎样，你最好给他写封信，咱们可以等等，听一下他的意见。你可千万不要太急躁，我的孩子。不论人家恨你还是爱你，都要注意自己的行为才对。”

这番责备的话十分温和，亚瑟听了脸都没有红。“好的，我明白。”他唉声叹气地说，“可事情真是太难了……”

“很遗憾，星期二晚上你没到我这儿来，”蒙太尼里突然转了个新话题，“阿雷佐教区的主教来了，我原本想让你见一下他。”

“我答应过一位同学到他的住所开会，他们都等着我呢。”

“什么样的会？”

这个问题似乎让亚瑟感到困窘。“那……那不是一般性的会议。”他情绪不安，有些口吃地说，“一个学生从热那亚来，向我们讲了话……是一种……一种讲演吧。”

“讲的是什么样的内容呢？”

亚瑟犹豫了一下，然后说：“你不会问他的名字吧，神父？我许过诺……”

“我什么都不会问你的。如果你许过诺保守秘密，自然就不能告诉我。不过，时至今日，我想你是可以信任我的吧。”

“神父，我当然信任你。他讲了……我们的事情，讲了我们对人民的责任……以及对我们自己的责任……还讲了我们应该怎样去帮助……”

“帮助谁？”

“帮助农民……和……”

“和什么人呢？”

“和意大利。”

一阵长时间的沉默。

“请你告诉我，亚瑟，”蒙太尼里冲着他十分严肃地说道，“你考虑这种事情有多长时间了？”

“从……从去年冬天起。”

“你母亲去世之前？她知道吗？”

“不……不知道。我……我当时不太热心。”

“那么现在……你热心了吗？”

亚瑟又从洋地黄上捋下一把花冠来。

“情况是这样的，神父，”他启口说道，目光盯着地面，“去年秋天我准备考试时，结识了许多大学生，这你还记得吧？

其中有几个学生跟我讲了些道理，还借书给我。可我当时不十分在意，总想着快快回家到母亲身边。你知道，她跟他们一起待在地牢一般的家里，是十分孤独的；朱莉娅的舌头就足以送掉她的命。到了冬天，她病情恶化，我把那些大学生以及他们的书都抛到了脑后。你知道，后来我就彻底不到比萨来了。我要是想到这种事，就会跟母亲谈的，可我把它忘了个干净。当我发现母亲将不久于人世时，便几乎寸步不离地守着她直到她去世。我常常守通宵，詹玛·沃伦白天来替换我，我才可以睡一觉。哦，就是在那些漫漫长夜里，我想到了那些书以及大学生说的话，心里直纳闷……不知他们是否正确……不知我们的主会有什么样的看法。”

“你问过主吗？”蒙太尼里的声音有些发颤。

“经常问，神父。有时我祈求主为我指点迷津，有时则求他允许我跟母亲共赴黄泉。然而，我从未听到过他的答复。”

“你对我却只字不提。亚瑟，我希望你能信任我。”

“神父，你知道我是信任你的！可有些事情对任何人都不能讲。我……我觉得谁都帮不了我的忙——甚至连你和母亲也无能为力。我必须从上帝那儿直接得到答复。要明白，这关乎我的一生和我的灵魂。”

蒙太尼里把身子转开，愣愣地望着木兰树那昏暗朦胧的枝叶。在苍茫的暮色中，他身影模糊，在黑乎乎的树叶遮掩下，活似一个黑色的鬼影。

“后来呢？”他慢吞吞地问。

“后来……后来她离开了人世。你知道，在最后的三个夜晚，我一直守在她的身旁……”

他停下来，沉默了一会儿，而蒙太尼里则一动不动。

“在下葬前的那两天里，”亚瑟把声音放低，继续说道，“我心里什么事情都不能思考。出殡之后，我就病了。你该记得，我没能去忏悔。”

“是的，我记着呢。”

“那天夜里我爬起来到了母亲的房间。那儿空荡荡的，只有那个大十字架还摆在壁龛里。我心想上帝也许会帮助我，于是跪下身子等待了一整夜。第二天早晨待我清醒过来……神父啊，说也没用，因为我解释不清。我不能告诉你我看到了什么——我自己也不十分清楚。但我知道上帝答复了我，而我不敢违背他的意愿。”

他们二人默默地在黑暗中坐了一会儿。接着，蒙太尼里转过身来，把一只手搭在了亚瑟的肩上。

“我的孩子，”他说道，“我要是说上帝什么话也没对你的灵魂讲，那是他不允许的。但不要忘了这件事发生时你所处的状况，不要把悲伤或疾病所导致的幻象错当成他庄严的呼唤。即便上帝的确有意想借死人的幽灵答复你，你也千万不能把他的话理解错。你心里打算做的事情究竟是什么呢？”

亚瑟站起身，像是背教义一样缓慢地答道：“我要把生命贡献给意大利，帮她摆脱被奴役和悲惨的境遇，将奥地利侵略者逐出国门，使她成为一个没有君主、只有基督的自由共和国。”

“亚瑟，你可要把自己说的话掂量一下！你不是意大利人呀。”

“这没有什么区别，我是我自己。我看到了这项事业的前景，就责无旁贷地要把它变为现实。”

又是一阵沉默。

“你刚才提到基督说……”蒙太尼里慢吞吞地刚要说话，就被亚瑟打断了。

“基督说：‘为了我献出生命的人，将会得到永生。’”

蒙太尼里把胳膊架在树杈上，用一只手遮挡住眼睛。

“坐下来待一会儿，我的孩子。”他最后说道。

亚瑟坐下来，神父拉起他的两只手，用力地牢牢握住。

“今晚我不跟你争论，”他说，“这件事来得太突然……我没想到……我必须有充分的时间慎重考虑。以后咱们再具体地谈吧。不过，就眼下而言，我想让你记住一点：如果你遇到麻烦，如果你……因此而献身，我的心会破碎的。”

“神父……”

“不，让我把话说完。我曾经告诉过你，说我在这个世界上除了你，再无亲近的人了。我觉得你并不十分清楚这意味着什么。对于你这么年轻的人来说，是很难理解的；我要是在你这个年纪，也不会明白的。亚瑟，你对于我，就像……就像我的亲生儿子一样。明白吗？你是我眼中的光明、心里的希望。我就是死，也不愿让你走错一步，断送掉自己的一生。可我又无能为力。我不要求你对我许诺，只要求你把这点牢记在心，做事要谨慎。遇事应三思，免得无法挽回，即便不为你母亲的在天之灵，也该为我着想。”

“我会小心的……神父，为我祈祷，为意大利祈祷吧。”

亚瑟默默地跪了下来，蒙太尼里也默默地把手放在了他低垂的头上。片刻之后，亚瑟起身吻了那只手，随即便踏着沾满露水的草地迈着轻轻的步子走了。蒙太尼里孤单一人坐在木兰树下，直愣愣地凝视着眼前的黑暗。

“上帝把复仇的怒火喷射在了我的身上，”他心想，“就像他曾经对待大卫[1]那样。我玷污了他的圣殿，用污秽的双手触碰了我主的圣体。他显得十分耐心，如今终于到时候了。‘你做事鬼鬼祟祟，而我要让这件事暴露在全体以色列人面前，暴露在阳光之下；你给予生命的那个孩子将必死无疑。’[2]”

① 《圣经》中的人物，以色列王，因强娶臣妻而遭到了上帝的惩罚。

② 引用的这段话摘自《圣经》。

第二章

詹姆斯·伯顿先生一点也不喜欢他年轻的异母弟弟要随蒙太尼里“周游瑞士”的想法。不过，跟一位上了年纪的神学教授去采集植物标本不是件有害的事情，如坚决禁止亚瑟去，不明就里的亚瑟会以为他荒唐和专横。亚瑟会立刻把这归结为宗教或血统偏见，殊不知伯顿家族素来以自身的开明容忍精神而自豪。自打一百多年前伯顿父子船运公司在伦敦和里窝那开展业务以来，他们全家人都成了坚定不移的新教徒和保守党党员。但他们认为作为英国绅士处世必须公道，甚至对待天主教徒也应如此。当一家之主耐不住鳏居生活的寂寞，跟最小孩子的漂亮的天主教徒家庭女教师结婚时，他的长子詹姆斯和次子托马斯虽然对这位年龄和他们相差无几的继母的出现恨恨不已，但他们隐忍不发，把这归为天意。做父亲的去世之后，家中长子的婚姻使原本已经难以维持的局面更加复杂了；但兄弟俩在格拉迪丝活着的时候尽力真诚地保护她，不让她受朱莉娅口舌的无情伤害，而且在对待亚瑟方面，他们也自以为尽到了责任。他们并不喜欢这个小伙子，甚至连样子也不装，他们对他的大度主要表现在慷慨地提供零用钱上，并允许他按照自己的方式生活。

因此，接到亚瑟的来信后，他们寄给他一张支票作为他的花销，并冷冷地同意他按自己的意愿去度假。亚瑟把多余的钱拿出一半购买了植物学书籍和标本夹子，随即便和神父动身首次游历阿尔卑斯山了。

蒙太尼里心情愉快，亚瑟好长时间没见他这样了。花园里的那次谈话使他经受了最初的打击，但过后他逐渐恢复了心理的平衡，现在能以较为坦然的态度看待这件事了。亚瑟还很年轻，缺乏经验，但做出的决定还不至于无法挽回。他刚刚踏上那条危险的道路，一定还来得及对他晓之以理，用温柔的劝解把他拉回来。

他们原计划在日内瓦逗留几天，但一看到耀眼的白色街道以及尘土飞扬、游客如织的旅游点，亚瑟不由微微皱起了眉头。蒙太尼里饶有兴趣地注视着他。

“你不喜欢这地方吗，亲爱的？”

“很难说得清，反正这儿跟我所想象的相差太远。是的，那片湖泊倒是很美，我也喜欢那些山岭的气势。”此时他们站在卢梭岛上，亚瑟正以手遥指连绵、陡峭的萨沃伊群山。“可这座城镇却过于呆板和整齐，有一些……太像一个新教徒了，一副自以为是的神气。我不喜欢这地方，它能使我联想到朱莉娅。”

蒙太尼里放声笑了起来。“可怜的孩子，真是太不幸了！好吧，咱们来这儿为的是寻求欢乐，所以没必要非得在此停留。假如今天到湖上划船，明天早晨去爬山怎么样？”

“可神父，你不是打算在这儿住几天吗？”

“好孩子，这地方我来过十几次了。这次度假是为了让你高兴。你想到哪儿去呢？”

“如果你的确无所谓的话，我想顺着那条河到它的源头去。”

“罗讷河吗？”

“不，是亚维河；那条河的水流多么湍急啊。”

“那咱们就到沙莫尼去。”

这天下午，他们坐在一只小帆船上随波漂荡。这片美丽的湖泊给亚瑟留下的印象，远不及那条灰暗浑浊的亚维河。他在地中海海边长大，对蔚蓝色的微波已司空见惯，所以他特别向往急速流淌的水流，而那条一泻千里的冰河给他带来无限的喜悦。“瞧它奔腾得多么欢快！”他说道。

第二天一大早他们启程前往沙莫尼。乘车穿过肥沃的谷地时，亚瑟的情绪十分高涨。可当他们一走上克鲁西斯附近的蜿蜒小道，犬牙状的大山将他们包裹起来时，他便神情严肃、默默无语了。从圣马丁镇起始，他们步行缓慢地攀爬山谷，晚上在路旁的牧人小屋或小山庄里歇宿，然后又随着自己的意愿向前漫游。亚瑟的心情特别容易受到景物的影响，看到第一处瀑布时他喜不自禁，那样子真让人高兴。可是在接近积雪覆盖的山峰时，狂喜的心情便消失了，他换上了一副蒙太尼里以前从未见过的恍惚迷醉的表情。他和群山之间似乎有一种神秘的关系。在这阴暗、隐秘、呼啸着的松林里，他纹丝不动地一躺就是几个小时，目光透过笔直高大的树干眺望那个由耀眼的峰峦和光秃秃的峭壁组成的阳光灿烂的外部世界。蒙太尼里打量着他，心里既悲哀又羡慕。

“希望你能告诉我，你都看见了些什么，亲爱的。”一天，蒙太尼里从书本上抬起头，看见亚瑟仰面躺在他身旁的苔藓上，姿势跟一小时前一模一样，瞪大眼睛望着阳光闪烁、蓝白相间的苍穹，便这样问道。他们已离开了大路，来到了迪奥萨斯瀑布群附近的一个僻静村庄歇脚。当时无云的天空中低悬的太阳已经挂在松林覆盖的山巅上，他们等着阿尔卑斯的夕阳把勃朗峰周围那形状各异的峰峦染红。亚瑟抬起了头，眼睛里满是惊奇和神秘之色。

“你问我看见了什么，神父？我在蓝天中看到了一个前无始后无终的白色精灵。它一年又一年地在等待着圣灵的降临。我是透过一面朦胧的镜子看到它的。”

蒙太尼里叹了口气。

“以前我也常看到这类东西。”

“现在看不到了吗？”

“看不到了。以后也不会看到了。我知道它们在那里，但眼睛却看不见。我看到的是另外一些不同的东西。”

“你看到的是什么呢？”

“我嘛，亲爱的，我看到的是蓝天和雪山——往高处瞧，就能看到这些。但下边却别有一番景象。”

他指了指脚下的山谷。亚瑟跪下身子，伏在险峻的悬崖边。在愈来愈浓的暮色之中，巨大的松树像哨兵一样阴森森地耸立在狭窄的河岸上，把河流夹在中间。不一会儿，红得似燃烧的炭一般的太阳落到了犬牙状的山峰后，生命和光一块儿离开了大地。一张险恶、阴森、可怕，给人以种种恐怖感的黑幕端直罩在了山谷上。光秃秃的西山上的那些绝壁宛若一只巨兽的獠牙，像要咬住猎物，拖入深谷的腹中，那儿有呻吟的山林，黑蒙蒙一片。那些松树似一排排尖刀，低声说着：“快掉到刀尖上来吧！”在渐浓的夜色里，山溪咆哮怒吼，带着永久的绝望，狂烈地冲击着两旁的石壁。

“神父！”亚瑟颤抖着站了起来，从悬崖边缩回身子。“那儿就像地狱一样。”

“不，我的孩子，”蒙太尼里轻声回答，“是像人的灵魂。”

“人的灵魂潜伏在黑暗中和死亡的阴影里吗？”

“它们在大街上。每天都有人的灵魂从你的身边走过。”

亚瑟望着下边的黑影，不禁打了个哆嗦。一团朦胧的白雾盘旋在松林之上，若隐若现地在左冲右突的山溪周围徘徊，就像是一个不幸的鬼魂——难以安慰的鬼魂。

“瞧！”亚瑟突然说道，“在黑暗中行路的人看到了壮丽的光芒。”

东边的雪峰在落日的反照中一片通亮。待那片红光从山顶消逝后，蒙太尼里转过身拍了拍亚瑟的肩膀，使他醒过神来。

“走吧，亲爱的，天光已尽。再耽搁一会儿，咱们摸黑走会迷路的。”

“真像一具尸体。”亚瑟说着，转身离开了面貌狰狞、在暮色中闪着微光的巨大雪峰。

他们穿过漆黑一片的树林，小心翼翼地下山，向他们歇宿的牧人小屋走去。

晚饭时分，蒙太尼里步入餐厅，见亚瑟在餐桌旁等他。这个小伙子似乎已摆脱了阴郁的心情，像是完全换了个人。

“嗨，神父，快来看这条可笑的狗！它会立起后腿跳舞。”

他专心致志地观看那条狗表演，就像观看落日余晖时一样。当他逗着狗玩时，脸色红润的小屋女主人系着白围裙站立一旁，两条粗壮的手臂叉在腰上，一副笑吟吟的样子。“他这么兴致勃勃地玩耍，心情一定很愉快。”她用方言对自己的女儿说，“多么英俊的后生啊！”

亚瑟像大姑娘一样红了脸。女主人看出他听懂了她的话，见他一副窘态，便笑着走开了。吃饭时，亚瑟什么也不说，只谈旅游、爬山以及采集植物标本的计划。显而易见，先前的梦幻并未影响他的情绪和食欲。

第二天清晨，蒙太尼里醒来时，亚瑟已经不见了。他于拂晓前跑到高原牧场上去“帮卡斯帕德牧羊”了。

可早饭刚摆上桌不久，他便闯进了餐厅，头上没戴帽子，肩上驮着一个三岁模样的农家小女孩，手里还拿着一大束野花。

蒙太尼里抬头一看，脸上绽出了微笑。眼前的亚瑟与比萨或里窝那的那个严肃沉闷的亚瑟形成了奇异的对比。

“到哪儿去啦，你这调皮鬼？早饭也不吃就漫山遍野地乱跑？”

“啊，神父，太让人高兴啦！山里日出时的景象真是辉煌壮丽。你瞧这露水有多重！”

他举起一只湿漉漉、沾满泥巴的靴子让对方看。

“我们出发时带了些面包和乳酪，到牧场又喝了些羊奶；哎呀，那味道真让人作呕！可现在我肚子又饿啦，而且我想让这个小家伙也吃点东西。安妮特，你想吃蜂蜜吗？”

此时他已坐了下来，把那孩子放在膝盖上，正帮她整理花束。

“不，不！”蒙太尼里干涉道，“我可不能让你着凉。快去把身上的湿东西换下来。到我这儿来，安妮特。这孩子是从哪里抱来的？”

“从村头。咱们昨天见过她爸爸，就是那个为村民补鞋的人。她的眼睛很可爱，是吧？她衣袋里有只小乌龟，她把它叫作‘卡罗琳’。”

亚瑟换了湿袜子，下楼吃饭时，发现那孩子坐在神父的膝头，不住口地跟他讲乌龟的事情，用胖胖的小手把乌龟朝天托着，好让“先生”欣赏它那胡乱划动的腿。

“瞧，先生！”她以不太清晰的地方口音庄重地说，“你看卡罗琳的靴子！”

蒙太尼里坐在那里逗孩子玩，抚摩她的头发，欣赏她的宝贝乌龟，给她讲好听的故事。小屋的女主人进来清理饭桌，见安妮特正把这位教士装束、表情严肃的绅士的衣袋朝外翻，不由惊异地看傻了眼。

“上帝教会了小孩子分辨好人。”她说道，“安妮特平素老怕生人；可你瞧，在神父大人面前她一点也不羞怯。真是不可思议！安妮特，趁着这位好心的先生还没走，快跪下来求他为你祝福；这会给你带来好运的。”

“我还不知道，你竟然能跟孩子玩得那么投机，神父。”一小时后，他们到阳光普照的牧场上散步时，亚瑟说道，“那孩子的目光就没有离开过你。你可知道，我在想……”

“唔？”

“我只是想说……我觉得教会禁止教士结婚是件遗憾的事情。我简直不明白这到底是为了什么。要知道，培养孩子是一种严肃的事业，让他们一开始就受到良好的影响，对他们是很重要的。我认为，一个人的职业愈神圣，他的生活就愈纯洁，他也就愈适合做父亲。神父，我相信如果你没有宣过誓……如果你结了婚，你的孩子一定非常……”

“嘘！”

这轻轻的一声是突然迸发出来的，似乎加深了随之而来的沉寂。

“神父，”亚瑟被对方忧郁的表情弄得心里很难过，于是又启口说道，“你是不是觉得我的话有错误的地方？当然，也许我是说错了，可是这想法在我的心里油然而生，使我不得不这样想。”

“也许，”蒙太尼里和蔼地答道，“你对刚才话里的含意不十分理解。再过几年你的看法就会不同了。现在咱们还是谈些别的事情吧。”

在这个理想的假期，他们之间的气氛一直都非常轻松和谐，可现在第一次出现了争执。

从沙莫尼他们又沿着泰特诺耶河前往马第尼。由于天气闷热，他们就在马第尼住下来休息。吃过午餐后，他们到旅馆的凉台上闲坐，那儿晒不着太阳，而且可以将群山尽收眼底。亚瑟取出标本箱，用意大利语跟神父认真地讨论起植物学的问题。

凉台上还坐着两位英国画家，一位在写生，而另一位在东一句西一句地闲聊。那个闲聊的似乎没想到这两个陌生人懂英语。

“不要再画风景啦，威利。”他说道，“那个漂亮的意大利小伙正对这几株羊齿草看得入迷，你还是画画他吧。你瞧瞧他眉毛的线条！只要把他手中的放大镜换成十字架，把他身上的外套和灯笼裤变成罗马人的长袍，凭神态和所有的一切，他俨然就是一个地道的早期基督徒。”

“什么早期的基督徒！吃饭时我就坐在那小伙子旁边。他盯着烤鸡看的时候，就跟欣赏这些肮脏的野草一样，也是很入迷的。他长得倒是够英俊的，橄榄色的面孔的确很美，但他远不如他的父亲富于画趣。”

“他的……哪一位呀？”

“他的父亲，就是坐在你对面的那一位。难道你没注意到他？他的面孔才是极为动人的。”

“嘿，你真蠢，亏你还是常上教堂的卫理公会的教徒呢！见到天主教的牧师，你都认不出来啦？”

“牧师？天呀，他果真是牧师！瞧，都让我忘啦；他们有终身不娶的誓言和诸如此类的规矩。咱们还是积点德吧，权当那小伙子是他的侄子。”

“那两人真是白痴！”亚瑟抬起头悄声说，眼里闪烁着异彩。“不过，亏得他们认为我长得像你；我要真是你的侄子就好啦……神父，你怎么啦？脸色怎么这么苍白！”

蒙太尼里站起身，把一只手按在额头上。“我有点头晕，”他以一种异常低弱和沉闷的声音说，“也许今天上午晒太阳晒得太多了。我去躺一躺，亲爱的。没什么，只是有点中暑。”

亚瑟和蒙太尼里在卢森湖畔待了两个星期，然后经由圣戈萨德隘口返回意大利。他们十分走运，天气一直很好，几次出游都玩得非常愉快。但美中不足的是，最初的那种陶醉感不见了。蒙太尼里内心不安，一直想跟亚瑟“明确地谈谈”，因为这次度假正是深谈的机会。在亚维河谷的时候，他绝口不提他们在木兰树下谈过的那件事情，要把它放到以后再讲；他觉得，像亚瑟这样具有艺术家天性的人在欣赏阿尔卑斯山的景色时心情是愉悦的，一开始就拿势必会引起痛苦的话题搅他的兴致，未免有些残酷。自从抵达马第尼的那天起，他每天早晨都对自己说：“我今天要找他谈。”而到了晚上又说：“我明天再找他谈。”现在假期快要结束，他还在一次次地重复：“明天谈，明天谈。”他产生了一种说不清的沮丧心情，感到情况已不似以前，他和亚瑟之间像隔了一层看不见的薄纱，于是他始终没开口。直至假期的最后一个傍晚，他才猛然意识到，如果非说不可，那现在就必须开口。此时他们留在卢加诺镇过夜，准备次日清晨前往比萨。他至少要问一问，看他心爱的人儿在意大利政治那致命的流沙中陷得有多深。

“雨已经停了，亲爱的，”他在太阳下山后说，“如果要看湖景，现在是唯一的机会了。咱们出去走走，我有话想跟你说。”

他们沿着湖边走到一处僻静的地方，在一堵石头矮墙上坐了下来。近旁有一丛蔷薇，上面结满了鲜红色的蔷薇果，一两团迟开的乳白色花朵依然悬挂在较高的枝头上，凄惨地摇晃着，被雨水浸得沉甸甸的。碧绿的湖面上有一叶小舟，在充满水汽的微风的吹拂下荡漾着，好似扑扇着白色的翅膀。它看起来是那样轻盈和纤弱，像是投在水面上的一束银白色的蒲公英。在萨尔瓦多山的高处，一个牧人小屋的窗户敞开着，就像睁着一只金黄色的眼睛。蔷薇垂下枝头，在九月平静的白云下进入了梦境。湖水拍打着岸边的鹅卵石，发出轻轻的低语声。

“我要跟你安静地谈谈，以后很长一段时间内都不会有这样的机会了。”蒙太尼里说道，“你将回到学校里学习，跟朋友们在一起；今年冬天我也会非常忙。我想彻底地搞清楚，咱们之间究竟相处得怎么样。所以，如果你……”他停顿了一会儿，然后以更慢的语速朝下说道：“如果你觉得你仍可以像从前那样信任我，我想让你讲一讲，你对那件事的参与到底达到了哪种程度，这次讲得应该比神学院花园里的那天晚上明确些。”

亚瑟的目光掠过水面，静静倾听着，一句话也没说。

“如果你肯告诉我，我很想知道，”蒙太尼里继续说道，“你是否发过誓……或别的什么，使你受到了约束。”

“没什么好说的，亲爱的神父。我没有约束自己，但我是受约束的。”

“我不明白……”

“发誓管什么用呢？对人们产生约束力的并非誓言。倘使你对一件事情有了体会，它就会约束你；倘使你没有那种体会，就不会有约束力。”

“那你的意思是说，这件事情……这种体会是无法挽回的吗？亚瑟，你对自己说的话想过没有？”

亚瑟转过身，直直地望着蒙太尼里的眼睛。

“神父，你问过我是否能信任你。你可不可以也信任我呢？真的，如果有该讲的话，我会讲给你听的。可谈论这些事情是没有用的。那天晚上你的一席话我并没有忘记，将来也永远不会忘记。不过，我必须走我自己的路，去追求我所看到的光明。”

蒙太尼里从花丛中摘下一朵蔷薇，把花瓣一片片扯下来抛入水中。

“你是对的，亲爱的。是的，这些事情咱们以后就不谈了。话说多了好像并没有益处……算啦，算啦，咱们进屋去吧。”

第三章

秋天和冬天无波无澜地过去了。亚瑟刻苦研读，难得有空闲。他每星期都要抽空去看望蒙太尼里一两次，哪怕只待几分钟的时间。他时常带一本难懂的书去向蒙太尼里讨教，而这种时候他只请教学习上的问题，旁的事情闭口不谈。蒙太尼里不是观察到，而是感觉到他们之间横上了一道令人难以察觉的小小屏障。他处处留意，不让对方觉得他千方百计地想保持住往日的密切关系。如今，亚瑟的拜访给他带来的痛苦大于欢乐。他要时时当心，装出一副坦然的样子，仿佛什么事情也没改变一般。亚瑟注意到了神父在态度上的微妙变化，却不明白其中的原因。他隐约觉得这跟"新思想"这个易于引起争论的问题有关，于是避而不谈他心里一直在思索着的那件事情。不过，他现在对蒙太尼里的爱比以往任何时候都深沉。在神学理论和宗教仪式的重压之下，不满足的情绪和精神空虚的感觉曾经隐隐约约地长期萦绕于他心头，但自从和青年意大利党有了接触，那种感觉便烟消云散了。由于孤独和看护病人所产生的种种不健康的幻想已化为乌有，而那些他曾经以祈祷寻求答案的疑问也迎刃而解，用不上驱魔仪式了。他焕发出了新的热情，萌生了比较清晰和比较新颖的宗教思想（他主要从这种角度，而非从政治进步的角度看待学生运动），随之便有了平静和满足的心态，认为世上风调雨顺，人与人之间充满了友善。在这种神圣、高尚及温和的心境中，他觉得整个世界上到处都是光明。即便在那些他以前最讨厌的人身上，他也发现了一些可爱的新品质；蒙太尼里五年来一直是他理想中的英雄，如今在他眼里又多了一圈光环，亚瑟认为蒙太尼里很可能就是新信仰的先知。他满腔热忱地听神父布道，努力想从中寻找到一些痕迹，以证明神父的话跟共和国的理想有内在的联系；他悉心研究各种福音书，高兴地看到基督教发源时就具有民主倾向。

元月里的一天，他到神学院去归还一本以前借的书。他听说院长大人出了门，便来到蒙太尼里的私人书斋，把那本书放回了书架。正要离开之际，桌子上放的一本书的书名吸引住了他的目光。那是但丁撰写的《帝制论》。他捧起书看了起来，很快入了迷，连有人开门和关门都没有听到。直至蒙太尼里在他身后说话，才把他从如痴如醉的状态中唤醒。

"没想到你今天会来，"神父说，一边瞥了一眼那本书的书名，"我正要托人去问你呢，看你今晚是否能来见我。"

"有什么重要的事情吗？今晚我要赴一个约会；不过，我也可以不去，假如……"

"算啦，明天来也可以。我想见你，是因为星期二我要离开这里。我接到指示，要我赶赴罗马。"

"去罗马？要去很长时间吗？"

"梵蒂冈的来信说，让我在那儿过复活节。我本想立刻告诉你，可由于得处理神学院里的事务，以及为新院长做安排，忙得不得了。"

"神父，你肯定不会脱离神学院吧？"

"将来不得不脱离。不过，我可能还要回到比萨来，起码还要待一段时间。”

“但你为什么要脱离神学院呢？”

“哦，虽然还没有正式宣布，但他们给了我一个主教的位置。”

“神父！在哪个地方？”

“我到罗马去就是要弄清这一点。是到亚平宁山区当主教，还是留在这儿做副主教，都还没有决定。”

“新院长物色好了吗？”

“卡迪神父接到了任命，明天就到这儿。”

“这是不是太突然了些？”

“是的。不过……梵蒂冈的决定有时候是等到最后一刻才通知的。”

“你认识新院长吗？”

“没见过面，但人们对他交口称赞。贝洛尼主教写信称赞他是位饱学之士。”

“神学院的师生会非常想念你的。”

“对于神学院的师生我说不准，但我相信你一定会想念我的，亲爱的。也许你对我的想念跟我对你的同样强烈。”

“我肯定会想念你的。可尽管如此，我还是感到非常高兴。”

“是吗？我不清楚我是否也高兴。”蒙太尼里在桌旁坐下，一脸疲惫相，看不出是个即将高升的人的表情。

“今天下午有空吗，亚瑟？”他隔了一会儿说道，“如果有空，希望你能多陪我一些时间，因为你晚上来不成。我觉得我的情绪不太好，走前我想尽可能多见见你。”

“好吧，我可以再坐一会儿。我赴约的时间是六点钟。”

“又是去开会吧？”

亚瑟点了点头，蒙太尼里急忙转换了话题。

“我想谈谈你的事情。”他说道，“我不在，你应该另找一个神父听你的忏悔。”

“待你回来，我还能继续向你忏悔吗？”

“亲爱的孩子，这还用问吗？我所说的当然只是我不在的这三四个月。你愿意到圣加特琳娜教堂找一位神父吗？”

“愿意。”

他们又谈了一会儿别的事情，然后亚瑟站起了身。

“我得走啦，神父，同学们在等我呢。”

那种憔悴的表情又回到了蒙太尼里的脸上。

“已经到时间啦？你刚才几乎把我阴郁的心情全都驱散了。好吧，再见。”

“再见。我明天一定来。”

“争取来早点儿，这样我就有时间单独见你。卡迪神父就要来这儿了。亚瑟，亲爱的孩子，我走后你可要当心。不要冲动之下干出鲁莽的事情。一切等我回来再说。你想不到我离开你有多么不放心。”

“不必担心，神父。眼下风平浪静，事情还要等很长时间呢。”

“再见啦。”蒙太尼里匆忙说完，接着就坐下写东西了。

亚瑟进入学生们举行小规模聚会的那个房间，第一个映入眼帘的就是他过去的伙伴——沃伦医生的女儿。她坐在窗户旁的一个拐角，带着一副专注和认真的表情，正在听一位“发起人”跟她讲话——那说话者是个高个子的伦巴第后生，穿一件破旧的上衣。这几个月里，她变化大，发育快，看上去已经是个成熟的年轻女子了，不过浓密的黑色发辫仍按女学生的打扮披在背后。她穿一身黑衣，还在头上蒙了一条黑围巾，因为屋里很冷而且有风。她胸前插着一枝丝柏，那是青年意大利党的标志。那位发起人在激动地向她描绘卡拉勃里亚地区农民的悲惨境遇；她一声不响地坐着倾听，用一只手托住下巴，眼睛盯着地面。亚瑟觉得她就像自由女神的化身，在为毁掉的共和国沉痛哀悼。（要是以朱莉娅的眼光看，她只不过是个发育过度的野姑娘，脸色灰黄，鼻子不规整，身上穿的老式衣服能短半截子。）

“吉姆，你在这里呀！”当有人把那位发起人叫到房间的另一端时，亚瑟趁机走到她面前说。她受洗时有个奇怪的名字叫“詹妮弗”，玩伴们后来胡乱叫成了“吉姆”，她的意大利同学叫她“詹玛”。

她吓了一跳，把头抬了起来。

“亚瑟！啊，我不知道你……你属于这个组织！”

“我对你的情况也不了解。吉姆，你是什么时候……”

“你不明白！”她急忙插话说，“我不是党员，只是做过一两件微不足道的事情。情况是这样的，我遇到了毕尼——你知道卡洛·毕尼吧？”

“是的，当然知道。”毕尼是里窝那支部的组织者，青年意大利党的人都知道他。

“哦，是他把这些情况告诉了我，于是我请求他允许我参加大学生的会议。那天他往佛罗伦萨给我写信……我曾到佛罗伦萨过圣诞节，你不知道吧？”

“近来我不常听到家乡的消息。”

“哦，对啊！我在那里和赖特姐妹住在一起（赖特姐妹是她的老同学，已移居佛罗伦萨）。毕尼写信让我今天回家的路上经过比萨，好到这儿来。喂，他们要开始啦！”

这次演讲的内容是关于理想的共和国以及年轻人为了这

个共和国应履行的职责。演讲人对这个题目在理解上有些模糊，可亚瑟却怀着虔诚和崇拜的心情倾听着。在这段时期，他那好奇的大脑还不具备鉴赏力；一旦接受一种道德理想，他就囫囵吞下肚，也不考虑是否消化得了。当演讲以及随之而至的长时间的讨论结束之后，学生们开始散去，而他来到了仍坐在屋角的詹玛跟前。

“请允许我陪你一道走，吉姆。你住在哪儿？”

“住在玛利埃塔家。”

“你父亲的那个老年女管家？”

“是的。她住的地方离这儿有好长一段路呢。”

他们默默无语地走了一会儿。后来，亚瑟突然说道：“你十七岁了，对不对？”

“十月份就满十七了。”

“我一直都知道你不像别的姑娘，一长大就想去舞场那种地方。吉姆，亲爱的，我心里常常在想，你会不会成为我们的一员。”

“我也经常这样想。”

“你刚才说为毕尼做过工作，想不到你竟然认识他。”

“不是为毕尼，而是为另外一个人做过事。”

“这另外一个人是谁呢？”

“就是今晚跟我讲话的那个，他叫波拉。”

“你跟他很熟吗？”亚瑟带着一丝醋意问道。他一听到波拉的名字就窝火，他们俩曾经争着去执行一项任务，可最后青年意大利党的委员会把任务交给了波拉，说亚瑟太年轻、缺乏经验。

“我和他十分熟，我很喜欢他。他曾在里窝那待过。”

“这我知道。他是在去年十一月份到那儿去的……”

“就是为了解决船只的问题。亚瑟，咱们家庭出身不同，你不觉得从事那种活动你比我要安全些吗？像你们这样富有的船运之家，没有人会起疑心的；而且，码头上的每一个人你都认识……”

“嘘！说话别这么大声，亲爱的！原来从马赛运来的那些书藏在你们家？”

“只藏了一天。哎！也许我不该告诉你。”

“为什么？你知道我是这个团体的成员。詹玛，亲爱的，你们——你和神父要是能加入我们的团体，我会再高兴不过的。”

“你的神父！他当然……”

“不，他有不同的想法。可我有时想象着……就是希望……我也说不清……”

“可是，亚瑟！他是个神父呀。”

“那有什么关系呢？我们的团体是有神父的，其中的两个还在报上发表文章呢。这有什么不可以呢？神父的使命在于引导人们去实现崇高的理想和目标，我们的团体要做的不就是这些事情吗？总之，这主要是宗教和道德问题，不全是政治问题。如果所有的人都配得上做热爱自由和责任心强的国民，那就谁都奴役不成他们了。”

詹玛锁紧了眉头。“在我听来，亚瑟，”她说道，“你的逻辑有些混淆不清。神父是传播宗教信条的，我看不出这跟赶走奥地利人有什么关联。”

“神父传播的是基督教教义，而基督是最伟大的革命家。”

“你可知道，那天我和父亲谈到了神父，而他说……”

“詹玛，你父亲是个新教徒。”

她犹豫了一会儿，然后扭过脸来，用坦率的目光望着他说:“好吧，咱们最好不要扯这个话题了。你一提起新教徒，就总是不耐烦。”

“我并没有不容人的意思。我认为新教徒在谈到天主教神父时，一般都显得不耐烦。”

“我想是这么回事。不管怎样，咱们对这个问题常常争论不休，不值得再争吵下去了。你觉得今天的演讲怎么样？”詹玛问。

“我非常喜欢——尤其是最后的那部分。让我感到高兴的是，他雄辩地指出应为共和国的理想生活，而不是沉湎于梦想之中。正如基督所言:‘天国在你心中。’”

“我不喜欢的恰恰是那一部分。他大谈特谈我们应该思考和感受美好的事物，却始终没有具体告诉我们应当怎么去做。”詹玛说。

“关键的时刻来临时，我们将会有大量的工作要做；可咱们必须要有耐心；这些伟大的变化不是一天能够完成的。”

“一项事业花费的时间愈长，就愈有理由立刻动手做起。你说要配得上享受自由……你可知道还有什么人比你的母亲更配享受自由吗？难道她不是你所见到的最完美的天使一般的女性吗？她与人为善，可这有什么用呢？她终生为奴，至死方休——被你的哥哥詹姆斯夫妇欺侮、逼迫和羞辱。如果她不是那般善良和忍耐，她的境遇会好得多；他们就绝不会那样待她。意大利的情况也是一样，需要的不是忍耐，而是让人们奋起保卫自己……”

“亲爱的吉姆，如果愤怒和激情能够拯救意大利，她早就获得自由了；她所需要的不是仇恨，而是爱。”

他说出最后一个字时，额头上突然泛起了红潮，接着又消退了。詹玛没有注意到这种情况；她紧皱眉头，抿着嘴唇，眼睛直视前方。

“你认为我是错的，亚瑟，”她隔了一会儿说道，“可其实我是对的，总有一天你会看到的。就是这幢房子。你进去坐坐吗？”

“不了，天太晚了。再见，亲爱的！”

他站在门口的台阶上，用双手紧紧握住她的手。

“为了上帝和人民……”

她缓慢、庄严地说出了那句口号的后半部分：“——始终不渝。”

随后，她抽回手，跑进了屋里。当房门在她身后关上时，他弯腰捡起了那枝从她胸前掉下来的丝柏。

第四章

亚瑟回住所时，浑身轻飘飘的，仿佛插了翅膀一样。他兴高采烈，心里没有一丝烦恼。开会的时候，有人暗示说应该着手准备武装起义了。如今詹玛成了一名同志，而他在爱着她。他们可以一道工作，甚至还可能会为了共和国的建立一道牺牲。他们的希望就要开花结果了，神父会看到的，到时候他会相信的。

可第二天早晨一觉醒来，他心里平静了些，记起詹玛要回里窝那，而神父将赶赴罗马。一月、二月、三月——离复活节还有漫长的三个月呢！回到家里，詹玛要是受到新教徒的影响（在亚瑟的词汇表里，"新教徒"和"腓力斯人[1]"是同义词）……不，詹玛跟里窝那别的英国姑娘不一样，决不会去打情骂俏、搔首弄姿，去勾引游客以及那些秃头船主；她是由不同的材料构成的。但她很可能会非常苦恼——她那么年轻，身边连个朋友也没有，和那些愚蠢的人在一起会感到极其孤独的。要是母亲还活着……

亚瑟傍晚到神学院去，发现蒙太尼里正在招待那位新院长，表情既疲倦又厌烦。看到亚瑟，神父非但没有像往常那

① 此处指思想狭隘、缺乏教养的人。

样满面生辉，脸色反倒更阴郁了。

“这就是我对你讲过的那个学生。”他生硬地介绍亚瑟，“如果你能允许他继续使用图书馆，我将不胜感激。”

卡迪神父面容慈祥，是个年长的神职人员，立刻跟亚瑟聊起萨宾查大学，态度是那样自然和亲切，显得很熟悉大学生活。他们的谈话很快就转到了大学的校规问题上，在当时这是一个人们议论纷纷的话题。这位新院长强烈谴责了校方用毫无意义、惹人生气的清规戒律不断折磨学生的做法，亚瑟听后乐不可支。

“在引导年轻人方面我具有丰富的经验。”新院长说，“我有一个原则：没有充足的理由，对任何事情都决不加以禁止。应该适当地考虑和尊重年轻人的人格，调皮捣蛋的人毕竟是少数。但是，当然喽，假如老是紧勒缰绳，最驯良的马也会踢人的。”

亚瑟睁圆了眼睛，想不到这位新院长竟站在学生一边说话。蒙太尼里没有加入讨论，显然对这个话题不感兴趣。他脸上的神情十分绝望和厌烦，卡迪神父见状突然收住了话头。

“恐怕叫你听烦了，神父。请务必原谅我说话太多；一谈起这件事我就情绪激动，忘了别人会感到厌倦。”

“恰恰相反，我十分感兴趣。”蒙太尼里不善于说这类呆板的客气话，声调在亚瑟听来很刺耳，让人不舒服。

卡迪神父回到他自己的房间去了。蒙太尼里把身子转向亚瑟，脸上带着整个晚上都维持着的那种专注、忧思的神情。

“亚瑟，我亲爱的孩子，”他慢吞吞地启口道，“有件事我要告诉你。”

“他八成要告诉我坏消息。”亚瑟关切地望着那张憔悴的面孔，脑子里闪过这样一个念头。接着是长时间的沉默。

“你觉得这位新院长怎么样？”蒙太尼里突然问道。

这个问题突如其来，亚瑟一时不知如何回答才好。

“我……我非常喜欢他，我觉得……至少……不，我不敢确定是否喜欢他。只见过一次面，很难下结论。”

蒙太尼里坐在那里，用手轻叩椅子扶手。当焦虑或为难的时候，他总是这个样子。

“至于罗马之行，”他又开口说道，“如果你觉得有必要……哦……如果你希望我留下的话，亚瑟，我将写信说我去不成了。”

“神父，可梵蒂冈……”

“梵蒂冈会另找别人的。我可以向他们表达歉意。”

“但这是为什么？我不明白。”

蒙太尼里揩了一把额头。

“我为你感到担心，脑子里不断闪出各种念头……再说，我没必要非得去……”

“可主教的职位……”

“唉，亚瑟！那对我有什么好处呢？如果我得到主教的职位，却失去……”

话说到半截他停了下来。亚瑟以前从未见他这样过，心里不由十分不安。

“我不理解，”他说，“神父，能否请你解释得再……再清楚些，你心里到底想的是什么……”

“我没想什么，只是产生了一种可怕的恐惧感。告诉我，是不是有特别的危险呢？”

“他可能是听到了什么风声。”亚瑟想起有关于秘密起义的传闻，便这样揣测道。但秘密决不能经他的口泄露出去；于是，他只是问道：“会有什么特别的危险呢？”

“别问我——你该回答我的问题！”情急之中，蒙太尼里的声音有些严厉，“你是不是遇到了危险？我并不想了解你们的秘密，你只告诉我这一点就行了！”

“我们的命运都掌握在上帝的手中，神父；意外随时都可能发生。话虽如此，我不知道有什么原因能妨碍我平安无事地活着等你归来。”

“待我回来时……你听我讲，亲爱的。我把这件事交给你决断。你不必告诉我原因，只需要对我说声‘留下’，我就放弃这趟旅行。这不会对任何人有害处的。你在我跟前，我会觉得你安全些。”

这种病态的臆想跟蒙太尼里的性格极不相符，于是亚瑟用眼睛望着他，显得非常忧虑。

“神父，你一定是身体不舒服吧。你当然应该到罗马去，争取彻底休息休息，把你的失眠症和头痛病治好。”

“好吧，”蒙太尼里打断他的话，仿佛厌倦了这个话题，“明天上午我搭早班马车走。”

亚瑟望着他，心里感到纳闷。

“你还有事情要告诉我吗？”他说。

“没有，没有了；再没有什么了……没有重要的事情了。”神父脸上显露出一种吃惊的、近乎恐惧的表情。

蒙太尼里走了。过了几天，亚瑟到神学院的图书馆借书，在楼梯上遇到了卡迪神父。

“啊，伯顿先生！”那位新院长嚷嚷道，“我正想找你呢。请进来帮我解决个困难。”

他打开书斋的房门，亚瑟尾随他走了进去，心里暗暗涌起一股很可笑的愤怒情绪。这间可爱的书斋是他的神父神圣的私人领地，而今看见被一个陌生人侵占，似乎让他不能接受。

“我可是只可怕的书虫，”院长说，“我来神学院的第一件事就是检查图书馆。这个工作似乎很有意思，可我不明白这儿的书目是怎样编排的。”

“这儿的书目编排不健全，最近又添了许多好书。”

“能不能占用你半个小时的时间，给我讲讲编排的方法？”

他们进了图书馆，亚瑟细心地解释了书目的情况。当他起身取帽子告辞时，院长笑着拦住了他。

“不，不！不能让你这么匆匆地离去。今天是星期六，该把功课放一放了，等到星期一早晨再说。把你耽搁得这么晚了，我想留你陪我吃饭。我很寂寞，很高兴有人做伴。”

他的态度非常开朗、令人愉悦，亚瑟立刻就觉得跟他在一起无拘无束。随便地闲聊了几句之后，院长问起他认识蒙太尼里有多长时间了。

“差不多有七年的光景。当时我十二岁，他刚从中国回来。”

“啊，对啦！他就是去中国当传教士才出了名的。从那以后你就成了他的学生？”

“他是一年后开始向我传授知识的，大约就是我第一次对他忏悔的时候。自从我进入萨宾查大学，他仍继续帮助我掌握课外我想钻研的东西。他对我一直都非常好，你简直想象不出来究竟有多么好。”

“我完全相信你的话。他的品格极其高尚、完美，叫人不得不仰慕。我遇见几位跟他一起在中国待过的传教士，他们对他在艰难困苦的条件下表现出的精力、勇气以及始终如一的忠诚，都称赞得无以复加。你在青少年时代能够得到这样一个人的帮助和指导，真是够幸运的了。我听他说，你失去了双亲。”

“是的，我父亲在我很小的时候就死了，而母亲是一年前去世的。”

“有兄弟姊妹吗？”

“没有，只有异母兄长；我还在育婴室的时候，他们已经是生意人了。”

“你的孩提时代一定很孤独。也许正因如此，你才更珍视蒙太尼里神父的温情厚意。顺便问一声，他不在跟前的这段时间，你另外选好忏悔神父了吗？”

“如果到圣加特琳娜教堂忏悔的人不太多，我想去那儿找一位神父。”

“愿意向我忏悔吗？”

亚瑟惊异得瞪大了眼睛。

“尊敬的神父，我当然……是很高兴的，只是……”

“只是神学院的院长通常不接受一般信徒的忏悔？这倒是实情。不过，我知道蒙太尼里神父很喜欢你，而且依我看他对你有些不放心——要我离开自己心爱的学生，也会这样的——他一定会希望他的同僚能给予你精神上的引导。再者说，坦率地告诉你吧，我的孩子，我很喜欢你，将很高兴尽自己的能力帮助你。”

“既然你这样说，我当然对你的引导会非常感激。”

“那么从下个月起，你来向我忏悔？一言为定。不管哪天晚上有时间，勤来看看我，我的孩子。”

复活节前不久，蒙太尼里被任命为布列西盖拉教区——

位于亚平宁山脉伊特鲁里亚地区——主教的消息正式公布了。他从罗马写给亚瑟的信中流露出欢快平静的心情；显然，他的沮丧情绪已烟消云散。“每逢假期你都应该来看我，”他写道，“而我会经常到比萨去的。即便不能遂心如愿，我还是非常希望能经常见到你。”

沃伦医生也写信邀请亚瑟跟他以及他的孩子们共度复活节，免得让亚瑟回到那座如今由朱莉娅主宰着的凄凉、老鼠横行的旧房宅里去。信中附着詹玛草草写就的一张简短的字条，笔迹像孩子的一样不工整，求他如有可能尽量到她家去，还说：“因为我有件事情要告诉你。”更令人振奋的是，大学里的学生们正在交头接耳地传播着一条消息；大家都在准备迎接复活节后即将发生的伟大事件。

所有的这一切使亚瑟陷入狂喜的期待心境中，连学生当中议论的最不着边际、最不可能的事情在他看来也是很自然的，似乎在接下来的两个月里就能够实现。

他计划在耶稣受难周的星期四回家，假期的头几天就在那里度过；可他觉得，即将拜访沃伦家的喜悦以及将见到詹玛的欢乐不应该妨碍他进行庄严虔诚的默想，这是教会在这段时期里对所有教徒的要求。他写信给詹玛，答应复活节的那个星期一去找她；这个星期三的晚上，他是带着一个平静的灵魂回寝室的。

他在十字架前跪下身来。卡迪神父答应过他，要在第二天早晨听他忏悔；为了这复活节圣餐礼之前的最后一次忏悔，他必须长时间虔诚地祈祷，以做好准备。他合掌跪在那里，垂首回忆这一个月的情况，罗列出自己的急躁、疏忽和轻率的行为——这些小小的罪过在他洁白的灵魂上留下了些微瑕疵。除此之外，他再也找不到别的过失；这个月他过于高兴，顾不上去多犯错误。他在身上画了个十字，站起来，开始脱衣服。

他解衬衣扣子时，一张纸片从衬衣里露出来，飘落到了地上。那是詹玛的信，他贴着脖子放了一整天。他把信捡起，展开来，在那可爱的字迹上吻了一下；他隐约觉得自己的举动十分可笑，便又把信折起来，而就在这时他注意到信纸的背面有一段他之前没注意到的附言。“你可一定要尽快赶来，”附言说，“因为我想让你见见波拉。他近来住在这里，我们天天在一起读书。”

亚瑟看到了这段话，一股热血涌上了额头。

总是波拉！他又到里窝那来干什么？詹玛为什么要跟他在一起读书呢？难道他偷运了一趟书就把她迷住了？在一月份的那次会议上就很容易看得出他爱上了她；所以他才那么起劲地向她宣传大道理。如今，他守在她的身边，天天跟她一道读书。

亚瑟突然把信丢开，重新跪倒在十字架前。就是这样的灵魂还准备去忏悔，准备去参加复活节圣餐礼——就是这样的灵魂还想跟上帝、跟它自己以及整个世界和平相处！这个灵魂满怀卑鄙的妒忌和猜疑，满怀自私的怨气和褊狭的仇恨——针对的竟是自己的一位同志！他感到痛苦和羞耻，用双手捂住了脸。仅仅五分钟之前他还梦想着去舍生取义，而现在却萌生了如此卑鄙肮脏的念头！

星期四上午他来到了神学院的教堂，看到教堂里只有卡迪神父一个人。他背诵过忏悔祷文之后，紧接着便供出了昨天晚上自己的灵魂堕落的情况。

“神父啊，我犯下了妒忌和愤恨的罪过，不该对一个无错于自己的人心怀可耻的念头。”

卡迪神父心里很清楚他要对付的是怎样一个忏悔者。只听他柔声细语地说:“你没有把情况全部讲出来，我的孩子。”

“神父，我对他怀有基督徒不该有的念头，而他是一个我尤其需要爱戴和尊敬的人。”

“是一个和你有血缘关系的人吗？”

“我们的关系比血缘关系更为密切。”

“那是什么关系呢，我的孩子？”

“同志关系。”

“是哪一种事业上的同志关系？”

“一项伟大而神圣的事业。”

一阵短暂的沉默。

“你对这位……对这位同志的愤恨以及妒忌，是因为他比你在工作上取得的成就大而产生的吗？”

“我……是的，这是部分原因。我妒忌他的经验……他的才干。另外……我觉得……我害怕……他会把我……把我爱的那位姑娘的心夺走。”

“你爱的那位姑娘是神圣教会里的教徒吗？”

“不，她是新教徒。”

“一个异教徒？”

亚瑟十分苦恼地把双手紧紧合在一起。“是的，一个异教徒。”他重复道，“我们俩青梅竹马，双方的母亲也是朋友。我妒忌他，是因为我看出他也爱她，还因为……因为……”

“我的孩子，”卡迪神父在沉默了一会儿之后，慢条斯理、神情庄重地说，“你还是没有把全部情况讲出来，你心灵上的负担还不止这些。”

“神父，我……”他支吾了一声，又把话停了下来。

神父一声不吭地等待他往下讲。

“我妒忌他，因为我所在的那个团体……青年意大利党……”

“嗯？”

“我们的党把一项我希望能完成，并认为我特别适合完成的任务交给了他。”

“什么任务？”

“把轮船运来的一部分书籍……一些政治书籍卸下来……在镇上……找个地方藏起来。”

“你们的党把这项任务交给了你的竞争对手？”

“交给了波拉……所以我妒忌他。”

“他难道没有过失，因而引起了你的这种情绪吗？你就不指责他在执行任务时有疏忽之处吗？”

“不，神父，他执行任务时勇敢又忠诚；他是一位真正的爱国志士，我对他只该有爱戴和尊敬的分儿。”

卡迪神父沉思默想了片刻。

“我的孩子，如果你胸怀新的曙光，胸怀为自己的同胞完成伟大事业的理想，以及为遭受苦难和压迫的大众减轻负担的希望，那么你就要精心对待上帝的这一无比珍贵的恩赐。一切美好的东西都是上帝的恩赐，正因为有了他的恩赐才会有新事物的诞生。如果你寻找到了舍生取义的道路，找到了通向和平的道路；如果你和心爱的同志们一道把和平带给那些在黑暗中哭泣和哀痛的人，你就要摆脱妒忌和情欲，让你的心像祭坛一样圣火长明。别忘了，这是一项崇高、神圣的事业，而承担这项事业的一颗心必须冰清玉洁，不沾有一丝一毫的杂念。这种工作和神父的工作是一样的；它不是为了女人的爱，也不是为了过眼烟云般的情欲；它是为了上帝和人民，始终不渝。”

“啊！”亚瑟吓了一跳，将两手紧合在一起；他听到最后的那句口号，差点啜泣出声。“神父，你代表教会恩准了我们！现在基督站在我们这一边……”

“我的孩子，”神父庄严地答道，“基督把那些兑换钱币的人逐出了圣殿，因为他的殿堂应该是祈祷的场所，而他们却将其变成了贼窝。”

在一阵长时间的沉默之后，亚瑟颤抖着声音低语道：

“待把他们驱逐出去，意大利将成为上帝的殿堂……”

他说到这里停了下来。对方柔声回答说：

“我们的主曾宣称：‘大地以及大地上的财富都是属于我的。’”

第五章

那天下午，亚瑟觉得有必要进行一次长长的徒步。他把行李托给一位同学照看，便徒步向里窝那走去。

这天空气潮湿，阴云密布，可是并不寒冷；低平原野上的景色看起来比往常更加旖旎。脚下柔软和富于弹性的湿草，以及路边眨巴着羞怯眼睛的野春花，都给他以喜悦的感觉。在一片狭长的小树林的边缘，有只鸟儿正在一丛刺槐上筑巢，见他走过，便惊叫一声，飞快地扑棱着褐色的翅膀腾空而起。

他竭力要把思想集中在虔诚的默念上，在复活节前夕的星期五，这样做才是合适的。可他对蒙太尼里以及詹玛的思念老是干扰这一真诚的努力，最后他索性放弃了这种努力，听凭他的心去神游，去幻想即将到来的美妙、光荣的起义，幻想自己的两个偶像会在起义中扮演什么角色。神父一定是起义的领袖、使徒和先知，在他的神威面前，黑暗势力将狼狈逃窜，而自由的年轻捍卫者将拜于他门下重温古老的信条和真理，赋予其意想不到的新含义。

詹玛会怎么样呢？啊，詹玛将会赶赴街垒参加战斗。她是用英雄的材料铸造成的；她将成为十全十美的同志，成为令诸多诗人魂牵梦绕的纯洁无畏的圣女。她将跟他肩并肩地站在一起，满怀喜悦地投入狂烈的生与死的暴风雨中；他们可以一道赴难，也许就在胜利的时刻——毫无疑问，胜利一定会来到的。他决不会把自己的爱告诉她——凡是可能扰乱她平和心境的话，凡是破坏他们稳固的同志感情的话，他一句都不会说。在他的心目中，她是神圣的，和供在圣坛上的祭品一样纯洁无瑕，为了解救人民，不惜焚烧自己。他算什么，怎么能闯入只知道热爱上帝和意大利的这样一个洁白神圣的灵魂里呢？

上帝和意大利……他来到"宫殿街"，迈入那幢阴森的大房子里时，像是从云层中跌入了尘埃。朱莉娅的管家在楼梯上遇见了他，此人还是那么衣着整齐、表情平静，彬彬有礼的态度中透露着不以为然。

"晚上好，吉本斯，我的哥哥们都在家吗？"

"托马斯先生在家，少爷；伯顿夫人也在。他们都在客厅里。"

亚瑟带着一种阴郁、压抑的心情走进了客厅。这个家真是沉闷极了！生活的潮水滚滚而过，可是却始终冲击不到这块地方。这里的一切都一成不变——无论是这儿的人、全家的肖像、沉重的家具和丑陋的金银餐具，还是富人的那种庸俗的排场以及一什一物那死气沉沉的外表，都保持着原样。就连插在黄铜花瓶里的鲜花也像是涂了色的金属花，在这温暖的春天没有一丝青春活力的涌动。朱莉娅已换上了就餐时穿的服装，正在那被她视为生活中心的客厅里等待来宾，活像时装样片上的人，脸上挂着呆滞的微笑，一头浅黄色鬈发，膝上伏着一只巴儿狗。

"你好呀，亚瑟？"她生硬地说道，把指尖伸给他让他吻了吻，然后又去抚摸巴儿狗光滑的皮毛——还是手跟狗的皮毛接触更合意些。"但愿你身体安好，在学校里取得令人满意的进步。”

亚瑟喃喃了几句当时所能想出的客套话，随即便陷入了尴尬的沉默。詹姆斯带着不可一世的神态，跟一位上了年纪的古板的轮船公司代理人走进来时，也没有使局面好转；后来吉本斯宣布饭菜已摆好，亚瑟这才轻轻吁了口气站起身来。

“我不吃饭了,朱莉娅。如果你允许,我想回自己的房间。”

“你把斋戒做得太过头了，孩子，”托马斯说，“你一定会饿出病来的。”

“哦，不会的！晚安。”

亚瑟在走廊里碰见了一个使女，便叫她第二天早晨六点钟敲他的房门。

“少爷是要上教堂吗？”

“是的。晚安，特蕾莎。”

他走进了自己的房间。这儿本是他母亲的卧室，在她久病期间，窗户对面的凹室被改造成了一个祈祷间。一个装着黑底座的巨大十字架安放在圣坛中央，圣坛前悬挂着一盏罗马小吊灯。她就是在这个房间里去世的。床边的墙上挂着她的肖像；桌上的一只瓷质花盆是她的遗物，里面放着一大束她喜欢的紫罗兰。这天恰好离她逝世刚满一周年，那些意大利仆人没有把她忘却。

亚瑟从旅行袋里取出一幅精心包扎的镶着框子的画像来。这是蒙太尼里的彩色铅笔肖像画，几天前才从罗马寄来。正当他解开这宝物时，朱莉娅的侍从端着一只食盘走了进来。意大利老厨娘在盘上放了一点美味食物，心想亲爱的小主人吃这么一点东西不至于违反教规。这个厨娘在刻薄的新女主人来之前，曾服侍过格拉迪丝。亚瑟只拿了一块面包，拒绝接受别的食物。那个侍从是吉本斯的一个侄子，最近才从英国来，只见他端着食盘朝外走时，意味深长地咧嘴笑了笑。在仆人们的餐室里，他已经是新教徒阵营里的人了。

亚瑟步入凹室，在十字架前跪下，试图使自己平心静气，进入适合于祈祷和默想的状态。但他发现自己很难做到这一点。正如托马斯所言，他在斋戒期饿肚子饿过了头，像喝了烈性酒一样，大脑晕沉沉的。由于激动，他的后背有点发抖，十字架如飘浮在云雾里，在他的眼前晃动。待到把长篇的祈祷文又机械地重复了一遍，他才停止了胡思乱想，收心进行赎罪祈祷。最后，纯粹的体力上的疲倦压倒了精神上的激动、焦虑，他摆脱掉所有烦躁不安的念头，在平静祥和的心境中躺下入睡了。

正当他酣睡之际，门外响起了猛烈而急切的敲门声。“哦，是特蕾莎！”他心想，懒洋洋地翻了个身。敲门声复起，吓了他一跳，使他睡意全消。

“少爷！少爷！”一名男子用意大利语叫喊道。“看在上帝的分上，快起来！”

亚瑟跳下了床。

“什么事？你是谁？”

“是我，吉安·巴蒂斯塔。看在圣母马利亚的分上，你快快起来！”

亚瑟急忙穿了衣服，将门打开。正当他困惑地呆望着那个马车夫苍白、惊恐的面孔时，走廊里传来了通通的脚步声和叮当的金属磕碰声，他突然意识到了究竟是怎么回事。

“是奔我来的？”他冷静地问。

“是奔你来的！啊，少爷，你快点吧！有什么东西要藏的？瞧，我可以放到……”

“没什么要藏的。我的哥哥们知道吗？”

第一个穿制服的人已经出现在了甬道的拐角处。

“已通报主人了，府上的人都惊动了。天哪，多么不幸啊——简直是倒了邪霉！这可是复活节前夕的星期五啊！神圣的圣人啊。可怜可怜吧！”

吉安·巴蒂斯塔潸然泪下。亚瑟趋前几步，等待着正噔噔地走过来的宪兵，宪兵的身后跟着一群战战兢兢的仆人，他们穿着各式各样临时找到的衣服。当宪兵们将亚瑟团团围住时，家里的男女主人在这个奇异的队列尾端出现了，男的穿着睡衣和拖鞋，女的身穿长长的晨服，头上扎着卷发纸。

“一定是又要发洪水了，这些人正结对地奔向方舟！还有一对古里古怪的野兽呢！”

亚瑟望着这些怪诞的人，脑子里突然想起了这样一个典故。他直想笑，只是觉得这种场合不适宜才忍住了——现在应该考虑重大的事情才对。“圣母马利亚啊！”他低语一声，忙把目光转开，免得朱莉娅头上跳动的卷发纸又会把他逗乐。

“请你对我解释一下，”伯顿先生走近宪兵长官说道，“这般粗暴地闯入私人住宅是什么意思？我警告你，除非给我一个令人满意的解释，否则我定会向英国大使申诉。”

“我想，”那军官生硬地回答道，“你可以把这视为充分的解释，英国大使当然认识这东西。”他掏出一纸逮捕证，上边写着亚瑟·伯顿的名字，哲学系学生。把它递给詹姆斯后，他又冷冰冰地补充道：“如果还需要进一步的解释，你最好去找警察局长，亲口去求他解释。”

朱莉娅从丈夫手中夺过逮捕证，匆匆一看，便向亚瑟冲过来，俨然一个勃然大怒的上流社会的贵妇人。

“你让全家人丢尽了脸！”她尖声嚷嚷道，“这下可有好戏看啦，就让镇上的贱民们嚼舌头，盯着你瞧吧！你不是很虔诚吗，到头来却去蹲大狱！早该料想到那个女天主教徒会养出这样的孩子……”

“你不应该跟犯人讲外语，夫人。”那位长官插话说。可朱莉娅操着英语滔滔不绝地高声叫嚷，使得他的抗议声几乎让人听不见。

“我们早该料想到！又是斋戒和祈祷，又是像圣徒般默想，表面道貌岸然，背地却干这种勾当！这下完了吧！”

沃伦医生曾把朱莉娅比作一盘沙拉，而且厨子把一瓶醋都倒进了里面。这时亚瑟听着她尖刻无情的声音，觉得牙齿发酸，突然想起了那个比喻。

“这种话就没必要朝外讲了，”他说，“你不用害怕丢脸——人人都知道你是完全清白的。先生们，我想你们要搜查一下我的东西吧。我没有什么可隐瞒的。”

宪兵们搜查他的房间、检阅他的信件和学校里的笔记，翻箱倒柜，而他坐在床沿上等待，激动得脸色有点发红，但丝毫不觉痛苦。这次搜查并没有令他惊慌。凡是有可能连累他人的信件他总是付之一炬，所以除了几首半革命半神秘的诗稿和两三份《青年意大利报》之外，宪兵们辛苦了半天，别的什么也没有找到。朱莉娅硬是在跟前守了很长时间，后来经不住她小叔子的苦劝，带着一副鄙夷不屑的神情，从亚瑟身边冲过去回房睡觉了，而詹姆斯顺从地跟在后边。

托马斯一直在屋里走来走去，努力装出满不在乎的样子，等他们离开后，便凑到那位军官跟前，请求军官允许他跟犯人说几句话。见对方点头表示同意，他走近亚瑟，用有点干哑的声音低语道：

“唉，这件事真是棘手极了。我感到非常难过。”

亚瑟抬起头，脸色平静得犹如夏日的早晨。“你一直待我很好，”他说，“没有什么可难过的，我不会出事的。”

“听我说，亚瑟！”托马斯狠狠捋了一把小胡子，毅然提出了那个为难的问题：“这件事……是不是跟钱有关？如果是那样，我……”

“跟钱有关？哦，不！怎么能跟……”

“那么就是涉及政治的愚蠢行为？我想也是的。喂，你可别灰心，千万不要把朱莉娅的话往心里去。她的舌头就是不饶人；如果你需要帮助——需要钱或什么的，请告诉我，好吗？”

亚瑟默默地伸出手去，托马斯握过便离开了房间，小心地装出一副漠不关心的表情，这使得他的面孔比平时更加呆板。

这时，宪兵们已搜查完毕，那位负责的长官吩咐亚瑟穿上出门的衣服。亚瑟立刻照办了，可转身正欲朝外走，却突然犹豫地留住了脚步。当着这些宪兵的面，似乎不便跟母亲的祈祷室告别。

“你们能不能出去一会儿？”他问道，“你们可以看到，我是逃不了的，也没有什么东西需要隐藏。”

“对不起，把犯人单独留下是不被准许的。”

“好吧，这也没关系。”

亚瑟步入凹室，跪倒在地，吻了吻耶稣的脚和十字架的底座，轻声低语道：“主啊，保佑我忠贞不渝、宁死不屈。”

他站起来时，那位长官正站在桌旁观看蒙太尼里的肖像。“这位是你的亲戚吗？”他问。

“不，他是我的忏悔神父，是布列西盖拉教区的新任主教。”

那些意大利仆人正等在楼梯上，既关切又难过。他们都爱亚瑟，这是因为他本人招人疼爱，也是看在他母亲的分上。大家将他围住，怀着深切的感情和悲哀亲吻他的手和衣服。吉安·巴蒂斯塔站在一旁，泪水一直淌到了他灰白的胡子上。伯顿家却没有一个人出来跟他告别。他们的冷漠更加衬托出了仆人们的亲切和同情，亚瑟逐一握了握那一只只伸到他跟前的手，差点感动得哭出声来。

“再见，吉安·巴蒂斯塔。替我吻吻那些小家伙。再见，特蕾莎。愿你们都为我祈祷，上帝保佑你们！再见，再见！”

他快速跑下楼，向大门外冲去。片刻之后，只剩下了一群沉默的男人和哭哭啼啼的女人站在门前的台阶上，目送着那辆远去的马车。

第六章

亚瑟被带进了港口的那座巨大的中世纪要塞里。他觉得监狱生活是完全可以忍受的。他的囚室既潮湿又黑暗，令人很不舒服；不过，他是在波尔拉街的一个府第里长大的，无论是空气不流通、老鼠横行，还是腐臭味，对他来说都不新奇。囚食也很差,而且不够吃。幸好詹姆斯很快便获得了允许，从家里把生活必需品都送了来。他被单独囚禁着，虽然狱卒对他看管得并不像他预料的那么严，可是他却得不到关于他被捕原因的任何解释。尽管如此，他来到要塞时的那种平静的心情却没有改变。不准许他看书，他就把时间花在祈祷和虔诚的默想上，不急不躁地等待着事态的进一步发展。

一天，有个士兵打开了牢房的门锁，冲他喊道："请随我来！" 亚瑟问了两三句话，都没有得到回答，听到的只是"不准说话"，后来他索性听天由命，跟着士兵穿过一些迷宫似的院落、走廊和楼梯——这些地方多少都散发着霉味，最后来到了一个宽敞明亮的房间里。只见三个穿军装的人坐在一张铺着绿呢台布、堆满了文件的长桌旁，正懒洋洋地、百无聊赖地闲磕牙。他一走进来，那些人就板起面孔，换上一副办公务的表情。其中年纪最大的一位摆出浮夸的派头，他满脸灰白的络腮胡子，穿一件上校军服，指了指桌子另一侧的椅子让他坐下，接着便开始预审。

亚瑟原以为会受到恐吓、侮辱和谩骂，准备表现出尊严和毅力来；而现在却感到既高兴又失望。上校板着脸，冷冰冰地打着官腔，但态度却十分有礼貌。他按常规问了姓名、年龄、国籍和社会地位，亚瑟的回答被一一记录了下来。亚瑟正有些厌倦和不耐烦，却听上校问道：

“请问，伯顿先生，关于青年意大利党你都知道哪些情况？”

“据我所知，那个团体在马赛出版一份报纸，而且在意大利发行，宗旨在于号召人民起义，将奥地利军队赶出这个国家。”

“你大概看过这种报纸吧？”

“是的，我对那种事业很感兴趣。”

“你在看报的时候，可知道你的行为是违法的？”

“当然知道。”

“在你房间里搜到的那些报纸你是从哪里弄来的？”

“这我可不能告诉你。”

“伯顿先生，在这里你不许说‘我不能告诉’；你必须回答我的问题。”

“如果你反对用‘不能’这样的词，那就是我不愿意告诉你。”

“倘使你纵容自己，再使用这样的词语，你会后悔的。”上校说。由于亚瑟没有搭腔，他又继续说道：

“我可告诉你，我们已经掌握了证据，证明你不仅仅阅读被禁止的报纸，而且跟那个团体有着极为密切的关系。老实交代对你是有好处的。事情终究会水落石出，你将会发现遮掩、躲避和抵赖都是无济于事的。”

“我并不希望遮掩自己。你想了解什么情况呢？”

“首先，你作为外国人，是怎么纠缠进这种事情里的？”

“对于那项事业我做过思考，凡是能找到的材料我都阅读过，于是形成了自己的结论。”

“是谁劝你加入这个团体的？”

“没人劝，是我自己想加入。”

“你在耍笑我，”上校严厉地说，显然有些耐不住性子了，“不经人介绍，是无法加入一个团体的。你对谁表达过你在这方面的愿望？”

沉默。

“能否请你回答我的问题？”

“你提那种问题，我就不回答。”

亚瑟说话时阴沉着脸，心里涌起了一种奇特的、神经质的愤怒。他这时已得知在里窝那和比萨两处有许多人遭到了逮捕；虽然还不了解这场灾难的范围有多大，但仅凭他已经获悉的情况，便足以令他为詹玛及其他朋友的安全牵肠挂肚了。军官们伪装出的礼貌态度、无聊乏味的口舌交锋、狡猾的问题和搪塞的回答，使得他既担心又气恼；门外走来走去的哨兵发出的笨拙、沉重的脚步声，刺激着他的耳膜，令他无比憎恶。

“哦，顺便问问，你最后一次见乔万尼·波拉是什么时候？”上校又跟亚瑟斗了几句嘴之后，这样问道，“是不是就在你离开比萨之前？”

“我不认识叫这个名字的人。”

“什么？不认识乔万尼·波拉？你当然认识他——一个高个子年轻人，脸刮得光光的。喂，他跟你可是同学呀。”

“学校里有许多同学我都不认识。”

“不过，波拉你肯定是认识的！瞧，这是他的笔迹。你看，他对你倒是够熟的。”

上校漫不经心地递给他一张纸，上面的标题是“招供记录”，后边的签名是“乔万尼·波拉”。亚瑟把目光朝下一瞥，看到了自己的名字。他诧异地抬起头问道：“是让我看吗？”

“你不妨读一读，这跟你有关。”

亚瑟看了起来，而军官们默默地坐在那里观察着他的面部表情。这份材料像是回答一长串问题时录下的口供。波拉显然也被捕了。口供的前一部分是通常的那种千篇一律的东西；接下来是一段关于波拉跟那个团体之间的联系，在里窝那散发违禁书报以及学生们组织会议的简单叙述。后边有这样一段话：“在我们的成员中有一个年轻的英国人——亚瑟·伯顿，他是富有的轮船主家庭的子弟。”

热血冲上了亚瑟的脸。波拉出卖了他！波拉，一个担负着发起者庄严使命的人——波拉——一个改变了詹玛的信仰并爱上了她的人！亚瑟把材料放下，呆呆地望着地板。

“看来，这份材料唤起了你的记忆？”上校礼貌地提示道。

亚瑟摇了摇头。“我不认识叫这个名字的人，”他用一种沉闷、生硬的声音把刚才的话又重复了一遍，“一定是产生了某种误会。”

“误会？算啦，简直是胡言乱语！好啦，伯顿先生，侠肝义胆和讲交情按说是非常优良的品质，但犯不着做得太过分。你们年轻人一开始都容易犯这种错误。来，仔细想想吧！为着一个出卖了你的人拘泥于愚蠢的形式，致使自己受连累，毁掉自己一生的前程，这样做对你有什么好处？你也看得出，他在谈到你时，并没有为你着想。”

上校的声音里隐约掺入了一丝嘲讽的语气。亚瑟惊诧地抬头望去，心里豁然明亮起来。

“谎言！”他大声嚷道，“这是伪造的！从你的脸上可以看得出来，你这个懦夫……你是想陷害哪个犯人或者是想把我拖入陷阱。你这个伪造材料的小人、骗子、流氓……”

“住口！”上校狂怒地蹦起来叫喊道；他的两位同人也已站起了身。“托马斯上尉，”他冲一位同人说道，“请按门铃叫卫兵来，把这位年轻的绅士送进惩罚室关几天。我看应该教训教训他，让他恢复理智。”

惩罚室是一间阴暗、潮湿且肮脏的地牢。亚瑟非但没有“恢复理智”，反倒被彻底激怒了。富裕的家庭使他对个人卫生非常讲究和挑剔；滑腻腻地爬满了害虫的墙壁，堆满了污秽和垃圾的地板，以及霉烂的东西、污水和朽木发出的可怕的臭味，最初对他产生的影响足以令那位受到冒犯的军官感到满意了。他被推入囚室，身后的门就锁上了；他伸出双手，谨小慎微地向前走了三步，手指一接触到滑腻腻的墙壁，便恶心得浑身打哆嗦；他在一片漆黑之中摸索着，想找一块相比较而言略微干净些的地方坐下来。

漫长的白天在永恒的黑暗及沉寂中度过了，夜晚的情况也是一样。随着外界印象的彻底泯灭和消逝，他逐渐丧失了对时间的感觉。次日晨，当有人用钥匙开门锁，受惊的老鼠尖叫着从他身边跑过时，他吓了一跳。他突然感到一阵惊慌，心脏狂烈地跳动起来，耳边响起轰鸣声，仿佛他跟光和声已隔绝有数月，而不是若干小时。

门开了，放入一线微弱的灯光——这在他看来却是如潮涌来的光——狱卒头目走了进来，手里拿着一块面包和一杯水。亚瑟趋前一步，深信这人是来放他出去的。他未及说话，狱卒头目把面包和水塞到他手里，转身一声不响地走了，重又把牢门锁上。

亚瑟在地上乱跺脚。他有生以来第一次生这么大的气。但随着一个钟点又一个钟点的流逝，他对时间和地点的感觉一点点逐渐消失了。黑暗像是一种无边无际的东西，既无开始也无末端，生命对他来说已经停止。第三天的傍晚，牢门开了，狱卒头目和一个士兵出现在了门槛那儿。亚瑟抬起头，感到头晕目眩和惊慌错乱，用手遮住眼睛以避开那不习惯的光线，迷迷瞪瞪的，不知道自己在这坟墓里待了多少个小时或多少个星期。

“请跟我来。”狱卒用冷冰冰、一本正经的声音说道。亚瑟站起身，机械地朝前走，步子古怪而不稳，像醉汉一样摇摇晃晃、跌跌撞撞。狱卒要搀扶他走上那些通向院里的陡峭而狭窄的台阶，这却惹恼了他；可是，当他踏上最高的一级台阶时，突然一阵目眩，身子摇晃了一下。要不是狱卒抓住他的肩膀，他会仰面朝后倒下的。

“瞧，他马上就会好的，”一个欢快的声音说道，“他们一从那里走出来，多半都这么昏厥过去。”

又是一捧水泼到了亚瑟的脸上，他拼命挣扎着呼吸。黑暗似乎刺啦一声破成了碎片，从他的眼前消失了。他突然清醒过来，彻底恢复了意识，将狱卒的胳膊推开，迈着近乎稳健的步子穿过走廊，攀上楼梯。他们在一扇门前停了一会儿；接着房门打开了，他还没来得及弄清自己被带到了什么地方，就已经走进了灯火通明的审讯室。他困惑而诧异地望着那张桌子、那些文件以及坐在老位子上的军官们。

“啊，是伯顿先生！”上校说道，“希望咱们现在能比较愉快地谈谈。哦，你觉得黑牢怎么样？论豪华，恐怕不及你哥哥的客厅吧？嗯？”

亚瑟抬眼望着上校笑吟吟的面孔。他恨不得扑到这位长着灰白络腮胡的花花太岁身上，用牙齿咬断他的喉咙。也许这种心情反映在了他的脸上，只听上校立即又用一种截然不同的口气说道：

“请坐，伯顿先生。喝些水吧，你太激动了。”

亚瑟把递给他的那杯水推开，将两只胳膊放在桌上，用手托住额头，努力把思想集中起来。上校敏锐地观察着他，以老练的目光注视着他发抖的手和嘴唇，以及他那湿淋淋的头发和蒙眬的眼睛——这说明他身体衰弱、精神紊乱。

“伯顿先生，”他隔了几分钟后说道，“咱们现在从上次中断的地方谈起。咱们之间曾有过一些不愉快，首先我不妨向你做一声明：我别无他意，只是希望能对你宽容一些。如果你能表现得规矩和理智些，我向你保证，我们不会用不必要的严厉措施对待你。”

“你想让我做什么？”

亚瑟说话的声音既强硬又气愤，与平时的语调迥然不同。

“我只想让你以诚实体面的态度，把你所知道的有关这个团体及其信徒的情况坦率地告诉我们。首先，你认识波拉有多长时间了？”

“我一生中从未见过这个人。对他的情况我一无所知。”

“真的吗？好吧，咱们过一会儿再谈这个问题。我想你总认识一个叫卡洛·毕尼的年轻人吧？”

“从没听说过这样一个人。”

“这就太奇怪了。弗朗西斯科·奈里呢？”

“没听说过这个名字。”

“但这儿有封信是你亲笔写给他的。你瞧！”

亚瑟不经心地瞥了一眼，便把信放到了一边。

“认出这封信啦？”

“没有。”

“你否认这是你写的？”

“我什么也不否认。我记不起来了。”

“你也许记得这封吧？”

第二封信递给了他，他认出这封信是他去年秋天写给一个同学的。

“不。”

“连收信人也不记得啦？”

“是的，记不起来了。”

“你的记忆力真是差得惊人哪。”

“我一直有这种缺憾。”

“真的吗？可我那天听一位大学教授说你的记忆力一点都不差，实际上你是相当聪明的。”

“你大概用的是警察的标准判断聪明与否，大学教授所使用的词汇别有含义。”

从亚瑟说话的语调里可以明显地听出，愤怒的火焰正在他心里升腾。由于饥饿、空气污浊和缺乏睡眠，他的体力已消耗殆尽；他身上的每一根骨头似乎都在发痛；上校的声音就像石笔与石板摩擦发出的刺耳的嘶啦声，刺激着他那已被激怒的神经，使他感到腻烦。

“伯顿先生，”上校坐在椅子上把身子朝后靠了靠，严肃地说道，“你又忘乎所以啦。我再次警告你，说这种话对你没有好处。你无疑已尝够了黑牢的滋味，仅就眼下而言是不愿再到那里去了。我明确地告诉你，如果你敬酒不吃吃罚酒，我将采取强硬的措施对付你。你听着，我是有证据的——确凿的证据——这些年轻人当中有些参与了偷运违禁书报入港的活动，而你跟他们保持着联系。现在，我不强迫你，你愿不愿意把你所知道的情况告诉我？”

亚瑟把脑袋垂得更低了。一种盲目、愚蠢、野性的愤怒在他心里冲撞，就像是一个活的生物。他很可能会失去自我控制，这比任何威胁都让他害怕。他第一次意识到，有教养的绅士和虔诚的基督徒心里隐藏着怎样的潜在爆发力；他对自己产生了强烈的恐惧感。

“我在等着你回答呢。”上校说。

“我无话可说。”

“你坚决拒绝回答问题？”

“我什么都不会告诉你的。”

“那么我就只得命令你回到惩罚室里去，一直等到你回心转意。如果你再顽抗下去，我就要给你戴上镣铐。”

亚瑟抬起眼来，从头到脚浑身战栗着。“悉听尊便。”他缓慢地说道，“至于英国大使能否容忍你这般戏弄一个毫无罪过的英国臣民，那得由他自己决定。”

最后，亚瑟被带回了他自己的囚室，他扑倒在床上，一觉睡到了第二天早晨。他没有戴镣铐，也没有进那可怕的黑牢；但每一次审讯，都使他跟上校之间的仇恨加深一分。他在囚室想通过祈祷体面地克服邪恶的激愤，或者花半夜时间默思基督的耐心和仁慈，但这些都无济于事。一被带入那个空荡荡的狭长的房间，看到那张铺着呢布的桌子以及上校上了蜡的胡须，他就会受到非基督徒思想的控制，使得他做出恶意而刻薄的回答。入狱还不到一个月，他和上校彼此间的仇恨便变得不共戴天了，两人一见面就要发脾气。

这种小摩擦所造成的持续不断的压力，开始严重地影响他的精神。他知道自己正在被十分严密地监视着，并且想起了曾经听说过的一些可怕的传闻，说是监狱里暗中给犯人吃颠茄药剂，将他们的谵语记录下来，于是他渐渐变得害怕睡觉和吃东西了；夜间要是有只老鼠从他身边跑过，他会突然惊醒，吓出一身冷汗来，恐惧得直打哆嗦，幻想着有人藏在囚室里偷听他说梦话。宪兵们显然要引他上钩，让他供出一些能够牵连波拉的事情来；他非常害怕自己疏忽之中落入圈套，而且他如今精神高度紧张，真有暴露波拉的危险。波拉的名字不分日夜地在他的耳边鸣响，甚至干扰着他的祈祷，他在数念珠时想到的不是圣母马利亚，而是波拉。但最糟糕的是，他的宗教信仰和外部世界一样，一天天离他愈来愈远。他狂热地、顽强地要坚守住这最后的一个据点，每天花费好几个小时祈祷和默想；可他老是走神，愈来愈多地想着波拉，于是他的祈祷变得十分机械。

给他最大安慰的是牢里的狱卒头目。这个谢了顶的胖胖的小老头起初竭力装出一副严厉的样子，可渐渐地，他的善良从胖脸上的每一个酒窝里透露出来。他克服了职务上的顾虑，开始往返于囚室之间为犯人传递起消息来。

五月中旬的一天下午，这个狱卒头目走进牢里，表情阴郁，满脸怒容，亚瑟向他投去惊异的目光。

“喂，安里柯！”亚瑟嚷嚷道，“你今天到底怎么啦？”

“没什么。”安里柯恶声恶气地说。他走到小床前，揭起铺在上面的毯子——那是亚瑟的财产。

“拿我的东西做什么？是不是让我搬到别的牢房去？”

“不，你被释放了。”

“释放？什么——今天？全都放出去，安里柯？”

亚瑟激动得拉住了老人的胳膊，可对方生气地甩脱了他。

“安里柯，你怎么啦？为什么不回答我的问题？把我们全都放出去吗？”

对方仅仅轻蔑地哼了一声算是回答。

“你瞧瞧你！”亚瑟笑着又一次拉住了狱卒头目的胳膊，“跟我耍脾气不顶用，反正我是不会生气的。我想知道其他人的情况。”

“哪些其他的人？”安里柯咆哮道，突然把手中正在叠的衬衣放了下来，“大概不是指波拉吧？”

“当然是指波拉以及所有其他的人。安里柯，你这是怎么啦？”

“他可能一时出不去，那可怜的孩子让一位同志出卖啦。哼！”安里柯说完，又厌恶地拿起了那件衬衣。

“把他出卖啦？一位同志？啊，真是太可怕了！”亚瑟瞪大了眼睛，眼里充满了恐惧。安里柯猛地转过身来。

“怎么？不是你干的？”

“我？伙计，你是昏了头吧？我？”

“哦，可他们昨天审讯时是这么告诉他的。如果不是你，我就很高兴，因为我一直都认为你是个挺正派的小伙子。请随我来！”安里柯跨出囚室到了走廊里，亚瑟跟在后面，一线光亮射进了他那迷乱的大脑里。

“他们告诉波拉是我出卖了他？他们当然会那样做的！你要知道，伙计，他们也告诉过我，说他出卖了我。波拉不会蠢得连这种鬼话也相信吧？”

“这么说，那件事的确不是真的？”安里柯到了楼梯脚停下来，用探询的目光打量着亚瑟，而亚瑟只是耸了耸肩。

“当然是谎言。”

“这话让我听了高兴，我的孩子，我去把你这话转告给他。

不过你要知道，他们说你告发他是出于……出于妒忌，因为你们俩爱上了同一个姑娘。”

“谎言！”亚瑟紧张得急忙把刚才的话低声又重复了一遍。一种令人瘫软的恐惧突如其来地袭上他的心头。“同一姑娘……妒忌！”他们怎么会知道……他们怎么会知道！

“等一等，我的孩子，”安里柯在通往审讯室的走廊里停了下来，轻声说道，“我相信你的话，但有一件事请你告诉我。我知道你是天主教徒，你是否在忏悔时说过什么……”

“没有的事！”亚瑟这次提高嗓门，几乎要哭出来。

安里柯耸耸肩，又朝前走了。“你当然是最清楚的；不过，像这样上当受骗的小傻瓜不止你一个人。眼下，比萨正为了一个神父的事情闹得满城风雨，那家伙还是你的一些朋友查出来的呢。他们印发了传单，说他是个间谍。”

他打开审讯室的门，见亚瑟纹丝不动地站在那儿，茫然地望着眼前发愣，便轻轻将他推进了房门。

“下午好，伯顿先生。”上校和善地咧嘴笑着说，“我以极大的喜悦对你表示祝贺。佛罗伦萨来了一道命令，让释放你。能否请你在这份文件上签字？”

亚瑟朝他走过去。“我想知道，”他以沉闷的声音说道，“是谁出卖了我？”

上校笑吟吟地扬起了眉毛。

“猜不出来吗？你想一下吧。”

亚瑟摇了摇头。上校把双手一摊，文雅地摆出一个表示诧异的姿势。

“猜不出来？真的吗？嘿，是你自己，伯顿先生。别人谁会知道你的男女私情呢？”

亚瑟默默地把头转开。墙上挂着一个巨大的木雕耶稣蒙难十字架，他游移的目光慢慢地落在了耶稣的脸上；他的眼里没有祈求，只隐约有一线纳闷的神情，不明白这位苟且姑息的上帝为什么没有用雷电惩罚将忏悔词泄露出去的神父。

“这是领回你文稿的收据，能签个字吗？”上校和蔼地说，“签了字，我就不必再留你了。我相信你一定急着回家呢。为了那个愚蠢的年轻人波拉的事情，我正忙得不可开交，他对你的基督徒的耐性可是个十分严峻的考验。对他判的刑恐怕不会太轻。再见啦！”

亚瑟签过收据，拿起自己的文稿，在死一般的沉寂中走了出去。他随安里柯走向沉重的大门，连句道别的话也没有说，便下了台阶来到水边，那儿有个船夫正等着渡他过护城河。待他登上通往街道的台阶时，一个身穿布衣、头戴草帽的姑娘朝前伸着手，飞跑了过来。

“亚瑟！啊，我太高兴啦……我太高兴啦！”

亚瑟把手抽回去，浑身颤抖着。

“吉姆！”他末了说道，那声音似乎不是他的，“吉姆！”

“我候在这儿有半小时了。他们说你四点出来。亚瑟，为什么这样看着我？出什么事了吧！亚瑟，你遇到什么情况啦？你停下来！”

亚瑟掉转过身子，沿街道慢慢朝前走，仿佛忘记了她的存在。她被他的样子吓慌了，从后边追上来，一把拉住了他的胳膊。

“亚瑟！”

他停下来，抬起头，迷惘地望了望。她将自己的胳膊插进他的臂弯里，二人又朝前默默地走了一会儿。

“你听我说，亲爱的，”她柔声细语地启口道，“不要为那件不幸的事情把自己弄得心烦意乱。我知道情况对你来说是非常艰难的，但大伙儿心里理解你。”

“哪件事情？”他问道，声音还是那般低沉。

“我是指波拉的信。”

一听到波拉的名字，亚瑟的脸痛苦地抽搐起来。

“我想你不会知道那信，”詹玛继续说道，“不过他们也许已经告诉了你。波拉一定是彻底疯啦，竟会产生那样的想法。”

“那样的想法……？”

“看来，你是不知道喽？他写了一封可怕的信，说你供出了关于轮船的事情，才导致了他的被捕。这简直荒谬到了极点，凡是了解你的人都看得很清，只有不了解你的人才会相信他的话。真的，我到这儿来……就是为了告诉你，我们组织里的人对那套话连一个字也不相信。”

“詹玛！可那是……那是实情！”

她退缩着慢慢离开了他，泥塑木雕似的站在那儿，眼睛圆睁，阴沉沉的目光里充满了恐惧，脸色跟她脖子上的围巾一样白。沉默似一股冰冷的潮水冲过他们的四周，将他们封闭在另外一个世界里，与街上的人及场景隔绝开。

“是的，”他最后低声说道，“我提到了轮船的事情，还提到了他的名字……啊，上帝呀！我该怎么办呢？”

他突然清醒过来，意识到她就在跟前，看见了她脸上惊恐万状的表情。是啊，她一定会以为……

“詹玛，你不明白！”他脱口说道，同时靠近她身旁，而她尖叫一声躲开了。

“别碰我！”

亚瑟猛地一下抓住了她的右手。

“看在上帝的分上，你听我说！那不是我的过错！

我……”

“放开，把我的手放开！放开！”

随即，她将手抽了回去，展开巴掌掴了他一耳光。

他眼睛里罩上了一层迷雾。刹那间，除了詹玛苍白、绝望的面孔和她那只拼命在棉布裙上擦来擦去的右手，他什么都看不见了。后来日光又重新出现，他朝四周看了看，发现詹玛已经不见了。

第七章

亚瑟来到波尔拉街的那幢大房子前按响门铃的时候，天早已黑了。他记得自己曾在街上转悠，可至于转到了哪里，为了什么原因以及游荡了多长时间，他就不清楚了。朱莉娅的侍从打着哈欠来开了门，见他面色憔悴、脸上一丝表情也没有，不由意味深长地咧嘴笑了笑。小少爷像个“喝醉了酒、精神恍惚”的乞丐从监狱里回来，这在他看来是个绝妙的笑柄。亚瑟向楼上走去。他在二楼碰见了下楼的吉本斯，带着一副目空一切、寻衅刁难的神气。他胡乱道了声晚上好，就想溜过去；可吉本斯要是不高兴，是不会轻易饶人的。

“主人们都出门啦，先生，”他用挑剔的目光打量着亚瑟那邋遢的衣服和蓬乱的头发说，“他们陪女主人赴晚会去了，差不多要到十二点钟才回来。”

亚瑟看了看表，才九点钟。啊，太好啦！他还有时间，充足的时间……

“女主人让我问你一声，你想不想吃晚饭，先生；她还说希望你不要睡觉，因为她今晚特别想跟你谈谈。”

“谢谢，我什么也不想吃；你可以告诉她，我不睡觉。”

亚瑟上楼回了自己的房间。自从他被捕以来，这里一点变化都没有；他放在桌子上的蒙太尼里的肖像仍在原处，而十字架和以前一样摆在凹室里。他在门槛处迟疑了片刻，侧耳倾听；可四周鸦雀无声，显然没有人来打搅他。他轻轻地走入房间，将房门锁好。

这么说吧，他的路走到了尽头。没有什么可操心和烦恼的，只要把讨厌、无用的意识摆脱掉，便可万事皆休。不过，这似乎是一种愚蠢、无谓的做法。

对于自杀，他还没有决定下来，其实也没有多想；这是一件非常明显、不可避免的事情。他甚至对采用哪种方法去死都没有确切的想法，只觉得要赶快结束这一切，了结和忘掉烦恼。房间里没有武器，连把小刀都找不到；不过，这倒不重要——有条毛巾就可以，或者把床单撕成布条。

窗户上方正好有一枚大钉子。这就行了；不过，那钉子必须牢靠，能经得起他的重量。他爬到椅子上把钉子晃了晃，发现不太牢靠，便又下来从抽屉里取出一柄钉锤。他将钉子朝里砸了砸，正要从床上揭单子，却突然想起还没有做祷告。一个人在死之前，当然应该祈祷；每个基督徒都这样做。对于离世的灵魂，甚至还有特殊的祷告词呢。

他走进凹室，跪倒在十字架前。“万能、仁慈的上帝……”他大声开了口；可一说到这里又停了下来，再也没朝下祈祷。这个世界的确变得太乏味了，再没有什么可祈求和诅咒的了。基督从未经历过这种事情，又怎么了解其中的苦衷呢？他没有因为受骗而出卖别人，他只是像波拉一样被出卖了。

亚瑟站起身，按老习惯在胸前画了十字。他走到桌前，看见上面放着一封给他的信。信是蒙太尼里亲笔写的，用的是铅笔：

我亲爱的孩子，不能在你释放的那一天见到你，我深感失望。我被请去看望一个垂死的人，深夜才能回家。请你明日清早到我这儿来。草草书写。

罗·蒙

他把信放下，叹了一口气，觉得自己的事情对神父来说太残酷了。

街上的人们哈哈大笑、窃窃私语！一切都跟他活着的时候一样。周围的日常琐事，没有因为一个人的灵魂——一个活生生的人的灵魂遭到毁灭，而发生一点变化，全都跟从前一模一样。喷水池里水仍在迸溅，屋檐下麻雀仍在啁啾，昨天是这样，明天还会这样。可是他却死了——彻底死了。

他在床沿上坐下来，两条胳膊架在床栏上，再将额头伏在上面。时间还很充足；他的脑袋痛得厉害——似乎是脑髓的正中心在作痛；一切都那么乏味和愚蠢，一点意思都没有……

前门的门铃猛烈地响起来，把他吓了一跳。他气喘吁吁，既痛苦又惊恐，两只手按在喉咙处。他们回来了……他坐在那里做梦，让宝贵的时间白白地流逝……现在他得看他们的脸色，听他们的恶言恶语了……得忍受他们的嘲笑和数落……只要有把刀子就好啦……

他绝望地在房间里四处张望。他母亲的针线篮子放在小橱柜里，那儿肯定有剪刀，可以用来铰断血管。不，只要时间允许，还是用床单和钉子比较牢靠。

他把床单从床上抽下来，开始手忙脚乱地撕布条。有脚步声上楼来了。不行，撕下的布条太宽，是系不牢的，而且还得打个绞索。脚步声愈来愈近，他也愈干愈快，热血在太阳穴里冲撞，在耳朵里轰鸣。再快些……再快些！啊，上帝！再有五分钟就好了！

叩门声响起。那条撕下的布条从他的手中落到地上，他坐着不动，屏息静听。门上的把手转动了一下，接着听见朱莉娅的声音喊道：

“亚瑟！”

他站起身来，喘着粗气。

“亚瑟，请把门打开，我们等着呢。”

他捡起那条撕下的布条扔进抽屉里，急匆匆将床整理平展。

“亚瑟！”这次是詹姆斯的叫声，他不耐烦地摇动着门把手。“你睡觉了吗？”

亚瑟四处一瞧，见一切都已藏好，这才把门打开。

“我还以为你至少会听从我的请求，等我们回来呢，亚瑟。”朱莉娅怒火中烧地冲进屋里说，“你好像觉得让我们在你的门前恭候半个钟点是件体面的事……”

“是四分钟，亲爱的。”詹姆斯尾随妻子的粉红色绸缎长裙踏入房间，和蔼地纠正道，“亚瑟，我认为比较合适的方式……”

“你们有什么事吗？”亚瑟打断他的话问道。他站在那儿，手搭在门把手上，偷眼瞧瞧这个又瞧瞧那个，活似一只困兽。可詹姆斯过于愚钝，而朱莉娅过于愤怒，都没有留意到他的神情。

伯顿先生给妻子拿过一把椅子，自己也坐了下来，小心地把新裤子的膝部朝上拉了拉。“我和朱莉娅觉得有责任跟你认真谈谈……”他说道。

“我今晚不能听你们谈，我……我不舒服，有些头痛……

改天再谈吧。”

亚瑟说话时声音古怪、模糊，神情困惑又恍惚。詹姆斯诧异地扫视了一周。

“你怎么啦？”他突然记起亚瑟来自传染病的滋生地，便关切地问，“但愿你这不是患了什么病。你看起来很像是在发烧。”

“无稽之谈！”朱莉娅厉声打断了他的话，“这不过是平时的那套把戏，因为他羞于面对咱们。到这儿来坐下，亚瑟。”

亚瑟慢吞吞地走过去，在床上坐下。“怎么？”他厌倦地说。

伯顿先生咳嗽一声清清嗓门，抹抹他那已经很整洁的胡子，把精心准备好的话又从头说起：

“我们觉得有责任——痛苦的责任，跟你认真谈谈你的反常行为。你不该跟目无法纪、造谣惑众、声名狼藉的人厮混在一起。我相信你也许是出于愚蠢，而非堕落……”

他停了下来。

“怎么？”亚瑟又问道。

“我不想对你太严厉。”詹姆斯继续说道，不过看见亚瑟显出厌倦和绝望的样子，不由自主地把语气放温和了些，“我很愿意相信你是被同伴带坏的，也愿意原谅你年纪太轻、缺乏经验，生就一种鲁莽和冲动的性格——恐怕这些是你母亲遗传给你的。”

亚瑟慢慢把目光移到母亲的遗像上，接着又收回来，但是却没有讲话。

“我肯定你会理解的，”詹姆斯又朝下说道，“我不可能再把一个在公众面前使我们这样极受尊敬的家庭蒙受耻辱的人留在这里了。”

“怎么？”亚瑟又重复了一遍。

“哦？”朱莉娅唰地合起扇子，把它放在膝盖上，厉声说道，“除了说‘怎么’，你就不能开开尊口说些别的吗，亚瑟？”

“当然，你们觉得怎么好就怎么办吧，”亚瑟一动未动，慢声慢气地回答，“无论怎么做都无所谓。”

“无所谓？”詹姆斯惊愕地又念叨了一遍；他妻子在一旁冷笑一声站了起来。

“哦，是不是无所谓？哼，詹姆斯，但愿你能明白从他那儿你可以得到多少报答。我早就告诉过你会有什么样的结果，去照拂一个天主教的女冒险家以及他们的……”

“嘘，嘘！别提那事，亲爱的。”

“这一切都荒唐透顶，詹姆斯。我们受够啦，再不能感情用事了！一个私生子堂而皇之地成了家里的一员……该让他知道自己的母亲是什么货色了！咱们凭什么要负担一个天主教神父因一时风流生下的孩子？给，你看看这个吧！”

她从衣袋里掏出一张皱巴巴的纸，隔着桌子甩给亚瑟。亚瑟把纸展开，看到是自己母亲的笔迹，上面的日期是他出生前四个月。这是母亲写给她丈夫的忏悔书，下面有两个人的签名。

亚瑟的目光顺着纸页慢慢朝下移，越过母亲那笔体不稳定的签名，落到了一个书法苍劲、熟悉的名字上——罗伦梭·蒙太尼里。他望着忏悔书发了一会儿呆，然后一言不语地把纸又折好放下。詹姆斯起身拉住妻子的胳膊说：

“朱莉娅，这就行啦。你现在下楼去吧，天不早了，我想跟亚瑟谈点小事。你不会感兴趣的。”

朱莉娅抬头瞧瞧丈夫，然后又收回目光望望亚瑟，而亚瑟正默默地愣眼盯着地板。

“他似乎有点迷乱。”她对丈夫耳语道。

待她提起裙子走出了房间，詹姆斯小心翼翼地关上门，又坐回到桌旁自己的椅子上。亚瑟仍和方才一样纹丝不动地坐着，一声也不吭。

“亚瑟，”詹姆斯以更加温和的语气说，因为朱莉娅现在不在跟前了，“把这件事说出来，让我十分遗憾。原来是可以不告诉你的。不过现在事情都过去了，看到你能态度坦然地对待，我真为你高兴。朱莉娅有点激动，女人家常常……不管怎样，我不想对你太严酷。”

他停下来想看看自己仁慈的话语产生了什么样的影响，可亚瑟连一点动静也没有。

“当然，亲爱的孩子，”詹姆斯隔了一会儿继续说道，“这是一件令人十分痛苦的事情，咱们最好对此能守口如瓶。当你的母亲把她堕落的情况向我父亲招认时，他可是够大度的了，没有和她离婚，只要求那个把她引入歧途的人立刻离开国境。如你所知，那个人跑到了中国去传教。待他回国后，我坚决反对你和他有任何瓜葛，可我父亲临终前却同意让他教你知识，条件是他永远不许有再见你母亲的企图。说句公道话，我必须承认他们一直到最后都忠实地履行着那一承诺。那是十分悲惨的事情，可……”

亚瑟抬起头来，他的面孔没有一点生气和表情，就像是个蜡制的面具。

“你……你不觉得，”他口吃地轻声说，露出一副古怪、迟疑的样子，“这……这一切……非常……非常滑稽吗？”

“滑稽？”詹姆斯把椅子从桌旁推开，坐在那儿呆望着他，惊恐得没了怒气。“滑稽？亚瑟，你是不是疯啦？”

亚瑟突然把脑袋朝后一仰，疯狂地爆发出一阵大笑。

“亚瑟！”那位轮船主威严地站起身，高声喝道，“你这轻浮的样子让我吃惊。”

此时没有听到回答的话语，只听到一阵接一阵的笑声，笑得那么响亮、那么狂烈，使得詹姆斯开始怀疑这恐怕不仅仅是轻浮，情况可能会更严重。

“活像一个歇斯底里的女人。”他转过身咕哝了一句，轻蔑地耸耸肩，不耐烦地在屋里拖着沉重的脚步走来走去，“亚瑟，其实你还不如朱莉娅呢。好啦，不要再笑了！我总不能在这儿等你一夜呀。”

他还不如请求十字架从底座上下来。亚瑟对规劝和抗议全然不理会，只是哈哈哈笑啊笑个没完。

“荒唐！”詹姆斯终于停止了气愤的踱步，说道，“今晚你显然情绪太激动，失去了理智。你这种样子，我是跟你谈不成事情的。明天早晨吃过饭你来找我。你现在还是睡觉吧。晚安。”

他走出去，砰地将门带上。“这下又得去应付楼下的那个歇斯底里的人了，”他嗵嗵嗵地迈着沉重的步子离开时喃喃地说，“楼下的那个恐怕要跟我哭哭啼啼呢！”

疯狂的笑声从亚瑟的唇边消失了。他从桌上一把抓起钉锤，猛地向十字架冲去。

随着哗啦一声响，他突然清醒了过来，站在那空荡荡的底座前，手里仍拎着钉锤，那偶像的碎片在脚下散满了一地。

他丢下钉锤。“真是太容易啦！”他说，随即把身子掉转开，“我简直是个白痴！”

他在桌旁坐下，呼哧呼哧喘着粗气，把额头伏在两只手上。片刻之后，他起身走到脸盆架前，把一盆冷水浇在头上和脸上。接着，他非常冷静地走回去，坐下来思索问题。

他蒙羞受辱，遭受痛苦和绝望的折磨，原来都是为了这样一些东西——为了这些虚伪、充满奴性的人，为了这些不会说话、没有灵魂的天神。因为一位神父欺骗了他，他竟然准备上吊。看起来，他们全都是骗子！好啦，那一切全都结束啦，他现在学聪明了。他只需摆脱掉这些害虫，重新开始生活就可以了。

码头上停泊着许多货船，藏到一艘船上溜掉不是件困难的事，他可以漂洋过海到加拿大、澳大利亚或好望角——哪里都行。只要远离这儿，去哪个国家都无所谓。至于那边的生活，他可以看情况，如果不适合他，就换个别的地方。

他取出钱包，里边只有三十三个玻里[①]；不过，他幸好有块好表。到时候这块表能顶点用；不管怎样，这些都不当紧，他总会渡过难关的。可是，他们一定会寻找他，这些人会倾巢而出。他们必定要到码头上询问。不行，必须为他们制造个假象，让他们相信他死了。那时，他将无牵无挂、自由自在。一想到伯顿一家四处寻找他的尸体，他便哑然失笑。这是一出多么滑稽的戏剧啊！

他取过一页纸，随便想出几句话写了下来：

> 我相信你就和相信上帝一样。上帝只是一尊泥塑像，一钉锤便可砸个粉碎；你一直在用谎言欺骗我。

① 当时的意大利银币。

他把这页纸折好，注明交给蒙太尼里，随即又取过一页纸，写下了横贯纸面的一行字："到达西纳港口打捞我的尸体。"然后，他戴上帽子，向屋外走去。从母亲的遗像前走过时，他抬头望了望，哈哈一笑，耸了耸肩。她也对他撒了谎。

他蹑手蹑脚地穿过走廊，悄悄拉开了门闩，走到宽大、黑暗、发出回响声的大理石楼梯上，下楼时，底下好像有个漆黑的深坑在张着大嘴等待他。

他穿过院落，谨慎地放轻步子，唯恐惊醒睡在底层的吉安·巴蒂斯塔。在后边的柴窖里有扇很小的铁栅窗，朝小河而开，离地面不超过四英尺。他记得那锈迹斑斑的铁栅有一处已断裂，只需轻轻一推便可以推出条宽缝钻出去。

铁栅栏很结实，把他的手严重擦伤了，衣袖也扯破了，可这都没有妨碍。他朝街上张望了一下，看不见一个人，只有那漆黑、沉寂的小河——一条丑陋的水沟夹在两道笔直、滑腻的堤岸间。他将要去的那个世界也许是个凄凉的地方，但不可能比他留在身后的这个角落更沉闷和肮脏。没有什么可后悔的，没有什么可留恋的。这儿是一个瘟疫横行、臭气冲天的小圈子，充满了可悲的谎言和愚蠢的欺骗，到处是味道难闻的水沟，浅得连个人也淹不死。

他顺着河堤朝前走，来到美第奇宫旁边的小广场上。就是在这儿，詹玛曾面带喜色地伸出双手跑上前迎接他。这道湿漉漉的台阶通向护城河，过了那片肮脏的水面就是阴森森的要塞了。他以前倒是没留意那要塞看起来竟如此蛮横和狰狞。

他穿过狭窄的街道，到了达西纳港口，摘下帽子抛入水中。他们打捞尸体时，一定会发现这帽子的。随后，他顺着岸边朝前走，为难地思索着下一步该怎么办。他必须设法藏到一艘船上，可这是件棘手的事情。他唯一的机会就是到那道庞大、古老的美第奇防波堤上去，沿着堤岸走至尽头。那儿的小岬上有一家下等酒馆，也许可以找到一个能用钱买通的水手。

可是码头的大门已经关闭。怎样才能通过大门，混过海关人员的检查呢？他没有护照，夜间放行的时候对方会索取高额贿金，而他的钱是不够的。再说，他们也许会认出他来。

他经过“四个摩尔人”的铜像时，一个人影从港口对面的一幢古老房屋后钻出，向桥这边走来。亚瑟立刻躲入群像后边黑乎乎的阴影里，于黑暗中蹲下来，从底座的拐角处小心地窥视着。

这是一个柔和的春夜，天气温暖，星光灿烂。水儿拍打着港湾的石堤，在台阶周围冲出一个个小漩涡，发出的声音活像人的低笑。近处有一条铁链慢慢地悠来荡去，吱吱作响。一台庞大的铁吊车矗立在黑暗之中，显得高大和悲凉。空中繁星闪烁，飘荡着珍珠似的一圈圈云朵，可天幕上印着一些戴着脚镣挣扎的奴隶那黑黢黢的身影，他们跟残酷的命运激烈地抗争，却无济于事。

那人顺着水边步履蹒跚地走过来，口中高声哼着一支英国市井小调。他显然是个水手，刚从酒馆里痛饮归来。周围再不见有旁人。亚瑟站起来，走到了路当中。水手止住了歌声，不干不净地骂了一声，随即站住了脚。

“我想和你谈谈，”亚瑟用意大利语说，“能懂我的话吗？”

那人摇了摇头。“对我讲那种黑话是不顶用的。”他说道。然后，他又操起蹩脚的法语，阴沉着脸问：“你到底想干什么？为什么不放我过去？”

“你到黑影里来一下，我想跟你说几句话。”

“啊！不愿意在这儿谈？却跑到黑影里去！你身上掖着刀子吧？”

“不，不，伙计！你看不出来，我只是想请你行个方便吗？我会付报酬的。”

“哦，什么？看你穿戴得像个公子哥……”水手又说起了英语。这时他已经钻进了黑影里，斜倚在雕像底座的栏杆上。

“好啦，”他重新换上一口糟糕的法语说，“你想干什么？”

“我想离开这儿……”

“噢！乘船偷跑！想让我把你藏到船上？我猜想你一定是出事啦。用刀子杀人啦，嗯？就像那些外国人一样！你想上哪儿去呢？我猜大概不会去警察局吧？”

他醉醺醺地笑起来，眨巴着一只眼睛。

“你是哪艘船上的？”

“‘加洛达号’——从里窝那开往布宜诺斯艾利斯，去装油，回来捎皮革。它就停在那儿，”水手说着朝防波堤的方向指了指，“是艘破破烂烂的旧船。”

“布宜诺斯艾利斯……很好！能把我藏到船上吗？”

“你给多少钱？”

“不太多，因为我只有一点钱。”

“不行，少于五十个玻里是不行的……就这还算便宜呢……像你这样的公子哥……”

“你说我是公子哥，这是什么意思？如果你喜欢我的衣服，咱们可以换换，但除了我身上这点钱，再不能多给你了。”

“你还有块表呢，拿过来我看看。”

亚瑟掏出一块女用金怀表，雕花和珐琅都很精致，背面刻着“格·伯”[①]两个缩写字。这是他母亲的遗物……可现在这又有什么关系呢?

“啊!”水手飞快地瞥了一眼说道,“肯定是偷来的!让我瞧瞧!”

亚瑟把手缩了回去。“不行,”他说道,“咱们上了船,我就把表给你,在这儿可不行。”

“原来你并不像你看上去那么傻!我敢打赌,你是第一次干这种事,对吧?”

“这不关你的事。呀,巡夜的过来啦!”

他们蹲下来躲在那一组群像的后边,直等到巡夜的过去。然后,水手站起身让亚瑟跟上他,一边朝前走一边自顾自傻笑着。亚瑟一声不响地跟在后面。

水手领着他又回到美第奇宫旁边的那个形状不规则的小广场上,在一个黑暗的角落停下来。他语气谨慎地低语,听着却含混不清:

“你等在这里。再往前走,那些当兵的会看见你的。”

“你打算怎么做?”

“给你弄套衣服来。你的袖子上沾着血,不能就这么带你上船。”

亚瑟低头看了看被窗户栅栏挂破的衣袖,上面沾着一点血迹,那是手擦破后滴下来的。显而易见,这家伙把他当成了杀人犯。唉,随他怎么想都无所谓。

过了一段时间,水手得意扬扬地转回来,胳肢窝下夹着包东西。

“换上吧,”他悄声说,“动作放快点。我必须回到船上

① 格拉迪丝·伯顿的缩写。

去，那个犹太老家伙跟我讨价还价，让我磨了半个小时的嘴皮子。”

亚瑟照他的吩咐做，可刚一接触到那些旧衣服，他就往后缩，心里本能地觉得厌恶。幸好，衣服虽然质地粗糙，却也干净。待他身着新的装束走到亮处，水手用一双醉眼庄重地打量了一下他，严肃地点点头表示赞许。

“这就行啦，”他说，“随我来，不要弄出声响。”亚瑟抱着换下的衣服，穿过纵横交错、蜿蜒曲折的河渠以及漆黑的窄巷；这片区域从中世纪起就是贫民窟，里窝那的居民称其为“新威尼斯”。一座座阴森森的旧宫殿零零星星、孤独地夹杂在邋遢的房屋和肮脏的院落间，两旁是令人厌恶的臭水沟，那凄凉的样子像是要竭力保持古时的尊严，可又明知这种努力毫无指望。他知道有些巷子是小偷、刺客以及走私犯臭名远扬的巢穴，另外一些则笼罩着悲惨、贫穷的气氛。

水手在一座小桥旁停下，四周瞧瞧，见没有人，便走下一道台阶，来到狭窄的栈桥上。小桥下有一条肮脏破烂的旧船。他厉声命令亚瑟跳进船里躺下身子，而他自己也坐上船，开始向港口划去。亚瑟一动不动卧倒在湿漉漉、漏水的船板上，躺在水手扔在他身上的衣服下面，向外窥视着那熟悉的街道和房屋。

不一会儿，他们从一座桥下通过，划进了充为要塞护城河的那部分河道。耸立的围墙起于水中，根基很宽，往上愈窄，至顶部便成了尖塔。几个小时之前，他还觉得这些围墙无法逾越、面目狰狞！而现在……

他躺在船的底部，低声笑了。

“别出声，”水手低语道，“把你的脑袋遮盖好！咱们快到海关了。”

亚瑟拉过衣服把头盖上。船又向前行了几码远，便在一排用铁链拴在一起的木杆前停住了。那些木杆横在河面上，堵住了海关和要塞围墙之间的狭窄河道。一个睡眼惺忪的公务员手里提着一盏灯笼走出来，在岸边俯下身子。

“请出示护照。”

水手将自己的官方证件递了上去。亚瑟被衣服闷得有点受不了，屏住呼吸静听着。

“半夜三更的，你回船可选了个好时间！”海关官员嘟哝着，“我想你一定是喝酒去了。船里那是什么东西？”

“旧衣服，买的便宜货。”水手拎起一件背心让他检查。那公务员将灯笼放低，弯下腰来，定睛瞧了瞧。

“我想这就行了。你可以过去了。”

他将拦河的木排升起，小船缓慢地驶入了黑魆魆、波涛起伏的海水里。行了一段路，亚瑟坐起身，把那些衣服扔到一旁。

“就是这艘船，”水手默默地划了一会儿桨，然后悄声说，“跟紧我，不要吱声。”

他一边从这个黑乎乎的庞然大物的一侧爬上去，一边低声责怪身后的那个未出过海的新手笨拙。其实，亚瑟生就一副敏捷的身子骨，比大多数处于相同境况的人手脚轻巧。二人安全地上了船，小心翼翼地从一堆黑黢黢的索具和机器中间穿过，最后来到一个舱口。水手把舱盖轻轻地揭开。

“到下边去！”他悄声说，“我马上回来。”

舱里不仅潮湿、黑暗，而且气味难闻得让人无法忍受。起初，亚瑟被生皮和哈喇油的臭味熏得有点透不过气，本能地向后退缩。后来，他记起了“惩罚室”，便耸耸肩膀，下了梯子。不管到了哪个地方，生活似乎都是一个样子，丑陋、肮脏，满都是害虫、可耻的秘密和阴暗的角落。不过，生活毕竟是生活，他必须很好地面对它。

过了一会儿，水手手里拿着些东西走回来，亚瑟于黑暗之中看不清那是什么。

“喂，把表和钱给我吧。赶快！”

亚瑟利用黑暗作掩护，偷偷留下了几枚硬币。

“你得给我弄点吃的，”他说，“我都快饿死啦。”

“我已经带来了，拿去吧。”水手递给他一个水罐、一些硬饼干和一块咸猪肉，“你听着，明天上午海关官员来检查时，你必须躲在这只空桶里，就在这儿。你要像老鼠一样一声不响，直至轮船驶到大海上。到该出来的时候，我会告诉你的。如果让船长看见你，你会倒霉的……就这么些！把饮料拿稳了吧？晚安！”

舱盖合上了。亚瑟将宝贵的“饮料”放到一个安全的地方，然后爬到一只油桶上吃咸肉和饼干。吃完后，他在脏污的地板上蜷缩起身子，没做祈祷便入睡了，这在他记事以来还是第一次。黑暗中，老鼠在他的周围跑来跑去；可无论是老鼠的不停吵闹、轮船的左右摇晃、令人作呕的臭油味，还是对明天可能晕船的担心，都没有能够使他醒来。他把这一切都抛到了脑后，把那些仅在昨天他还当作神明崇拜而现在已破成碎片、威风扫地的偶像抛到了脑后。

第二部

十三年之后……

第一章

一八四六年七月的一个傍晚，一些熟人在佛罗伦萨的法布里奇教授家商讨未来政治活动的计划。

他们当中有几个属于玛志尼党派，非得建立一个民主共和国、一个统一的意大利，才会感到心满意足。其余的是君主立宪党人和持不同见解的自由党人。不过，大家在有一点上意见是一致的，即不满于托斯卡纳公国[①]的审查制度。这位著名教授召集这次会议，希望意见不一的各党派的代表们至少在这个问题上不要发生争吵，大家能花一个小时在一起讨论。

自从庇护九世继位，对教皇领地的政治犯颁布著名的大赦令后，时间才过去两个星期，可由此而引发的自由主义浪潮已席卷整个意大利。在托斯卡纳公国，就连政府也显然受到了这一惊人事件的影响。法布里奇以及佛罗伦萨的另外几个名人觉得这是一个有利时机，应做出大胆的努力以改革出版法。

“当然，”当剧作家莱伽刚接触这个议题的时候，他曾这样说道，“不修改出版法，咱们就无法出报纸，就拿不出创

---

① 意大利境内的诸多公国之一。

刊号来。但是按现行的审查制度，我们可以出一些小册子。愈早动手，便能够愈早实现对出版法的修改。”

此刻，他正在法布里奇的藏书室里讲解自己的理论，陈述自由主义作家目前应该采取这样的方针。

“毫无疑问，”这些人当中有个头发灰白、说话慢声慢气的律师插言道，“从某种意义上讲，我们必须利用当前的形势。对于推行严肃认真的改革，这可是个千载难逢的机会。不过我怀疑出小册子是否能产生好的结果。我们的确希望能把政府争取到我们一边，可凭小册子非但争取不到政府，反而会惹恼它、吓退它。一旦当局把咱们视为危险的煽动分子，就再也没机会获得它的帮助了。”

“那你觉得我们应当怎么做呢？”

“请愿。”

“向大公请愿？”

“是的，要求放宽新闻出版的自由。”

窗户旁边坐着一个目光敏锐、脸膛黝黑的人，他哈哈一笑，转过头来。

“通过请愿，你们会大有收获的！”他说，“我还以为伦奇[①]一案的结局足以作为教训，使他人不再重蹈覆辙呢。”

“我亲爱的先生，对于未能阻止伦奇的引渡，我和你一样感到难过。可其实……我不愿伤害任何人的感情，但我不得不认为，那件事情的失败主要是由于咱们内部某些人的急躁和过激造成的。我当然不愿……”

“皮德蒙特人总是这个样子，”那个脸膛黝黑的人尖刻地插话说，“我不知道有哪些地方表现得急躁和过激，除非你

---

① 反对教皇的起义领袖，被托斯卡纳的大公抓住，移交给了梵蒂冈。

把我们呈上的那一连串措辞温和的请愿书也视为过激行为。在托斯卡纳或皮德蒙特，那也许算是过激行为，但在我们那不勒斯却称不上什么过激。”

“幸好，”那个皮德蒙特人说，“只有在那不勒斯才有那不勒斯式的过激。”

“好啦，好啦，先生们，不要再争了！”教授干预道，“那不勒斯的传统和皮德蒙特的传统各有千秋；可眼下咱们是在托斯卡纳，而托斯卡纳的传统是抓紧干手中的事情。格拉西尼主张请愿，而盖利反对。你是什么意见，里卡多医生？”

“我认为请愿并没有害处。如果格拉西尼拟好请愿书，我非常乐意签名。不过，我又觉得，光请愿而不采取别的行动，不会有大的成就。咱们为什么不可以既请愿又出小册子呢？”

“只因为宣传小册子会激怒政府，那时他们就不许请愿了。”格拉西尼说。

“无论怎样他们都不会允许咱们请愿的。”那个那不勒斯人站起来，走到了桌前，“先生们，你们把路走错了。跟政府妥协是没有好处的。咱们必须做的事情是唤醒民众。”

“说起来容易做起来难。咱们该从哪里入手呢？”

“这还要问盖利！他的第一步当然是把审查员打得头破血流。”

“不，其实我不会那样做。”盖利语气坚定地说，“你们总认为，凡是从南方来的人就一定相信刀剑，而不相信辩论。”

“喂，那你怎么看呢？嘘！请注意，先生们！盖利有一项方案要提出来。”

屋里的人原来三三两两地凑在一起各自议论，这时都聚拢到桌旁倾听。盖利连忙举起手申明：

“不，先生们，这不是什么方案，仅仅是一项建议。新教皇上任后大家欢呼雀跃，我认为这里面隐藏着很大危险。人们似乎觉得，他推出了一条新的方针、颁布了大赦令，我们大家——意大利的全体人民——只要投入他的怀抱，他就会把我们带向洞天福地。对于教皇的这种行为，我对他的赞美和任何人相比都不逊色——大赦是一种了不起的壮举。”

“我坚信教皇陛下会被你恭维得受不了的……”格拉西尼轻蔑地说。

“别打岔，格拉西尼，让人家把话讲完！”这次轮到里卡多干预了。“真是不可思议，你们俩就像猫和狗一样，每次一见面就咬架。你朝下说，盖利！”

“我想讲明一点，”那个那不勒斯人继续说道，“教皇陛下的行为无疑是出于良好的意图，但他的改革究竟能进行到什么程度则是另外一个问题。就眼下而言，的确一切风平浪静，意大利全境的反动分子在一两个月内会按兵不动，直至大赦令引起的激动情绪消退；但他们不可能束手就擒，让手中的权力被别人夺走。我个人认为，今年冬天过不了一半，那些耶稣会[①]会士、格列高利分子[②]、圣费迪分子[③]以及其他的敌对势力就会起来反对咱们，玩弄阴谋诡计，把收买不了的人一网打尽。”

“很有可能。”

“那么，好吧，咱们是在这里等候，可怜巴巴地呈上几份请愿书，直至拉姆勃鲁斯契尼[④]和他的狐群狗党说服大公把咱们置于耶稣会的管制之下，也许再派一些奥地利轻骑兵

① 天主教秘密团体，创建于1534年，效忠于梵蒂冈。

② 旧教皇的拥护者，反对新教皇的自由措施。

③ 旧教皇的追随者，与奥地利人勾结在一起反对民族解放运动。

④ 格列高利派的中心人物。

上街巡逻，把咱们整得服服帖帖呢，还是咱们先发制人，利用他们暂时的溃败对他们进行打击？”

“请你先讲讲，你建议怎样打击？”

“我建议着手组织宣传和鼓动，反对耶稣会。”

“实际上，就是用小册子宣战，对吧？”

“对，揭露他们的阴谋，抖出他们不可告人的勾当，号召人民起来共同反对他们。”

“可是这里没有耶稣会会士供咱们揭露呀。”

“真的没有？你等上三个月，看看会有多少吧。到那时候再想击退他们，就为时太晚了。”

“可要想真正唤起全城的人反对耶稣会，就得开诚布公；如果开诚布公，又怎能躲得过审查呢？”

“我才不躲避呢，我要向审查制度发起挑战。”

“你要匿名印刷小册子？那倒是非常好，但事实是，对于秘密出版物的命运我们已经看得够多了……”

“我不是那个意思。我要公开印刷小册子，注明我们的姓名和住址。要是他们有胆量，就让他们迫害我们好啦。”

“这是一个疯狂透顶的计划，”格拉西尼嚷嚷道，“纯粹是瞎胡闹，等于把脑袋往狮子口里面填。”

“哦，你不必害怕！”盖利尖刻地打断他的话说，“我们不会让你为了我们的小册子去坐牢。”

“住嘴，盖利！”里卡多说，“这并非害怕不害怕的问题。要是对我们的事业有利，我们大家和你一样准备去坐牢，但无谓的牺牲是幼稚的。至于我，对这项计划有一点修改意见。”

“哦，什么意见？”

“我认为，我们可以在不与审查制度发生冲突的情况下，力求谨慎地跟耶稣会做斗争。”

“不知你怎么能办得到？”

“我觉得，可以用一种隐蔽的方式把要说的话包装起来……”

“让审查员看不明白？那你还指望无知、迟钝的穷苦手艺人和工人能看出其中的含义！这似乎不太现实。”

“马丁尼，依你看呢？”教授转身问一个宽肩膀的人，那人蓄着棕色的大胡子，坐在他的旁边。

“我觉得还是暂不发表意见，等到掌握了更多的事实再说。这种事情得经过试验，看看会产生什么样的结果。”

“你呢，萨康尼？”

“我想听听波拉夫人怎么说。她的意见素来都是很有价值的。”

大家一起把目光转向屋里唯一的女人，她坐在沙发上，正用一只手托住下巴默默地听别人讨论。她的黑眼睛深邃而严肃，但当她把眼睛抬起来，里边却明明白白地闪烁着一线欢乐的光芒。

“恐怕，”她说道，“我跟诸位的意见都不相同。”

“你总是与众不同，而且最为糟糕的是，你的见解历来都是正确的。”里卡多插言道。

“我认为，我们必须想办法和耶稣会做斗争，用一种武器不行，就用另外一种。不过，仅用抗议做武器未免太软弱，躲避审查又太麻烦。至于请愿，那是小孩子的把戏。”

这时，格拉西尼表情严肃地插嘴道：“夫人，但愿你不会建议采用……采用暗杀这样的手段吧！”

马丁尼捋了捋自己的大胡子，而盖利立时哧哧地笑了起来。就连这个庄重的年轻女人也禁不住微笑起来。

“请相信我，”她说，“即便我心狠手辣地想做这种事情，也不至于幼稚得公开讨论。可据我所知，最厉害的武器是讽刺。一旦把耶稣会变成笑柄，使民众嘲笑他们以及他们的主张，那你就等于未经流血就征服了他们。”

“这些话我相信都是对的，”法布里奇说，“但我看不出怎样才能付诸实施。”

“为什么不能付诸实施？”马丁尼问，“讽刺性作品总比严肃的作品容易越过审查上的障碍；而且，即便必须给它遮上一层伪装，比起科学论文或经济论文，普通读者还是比较容易从表面上很荒唐的笑话里看出双关的意思来。”

“夫人，那你是建议我们发行讽刺性的小册子或者试办一种滑稽小报吧？我敢肯定，审查机关是决不会允许的。”

“这两种方法都不是我的意思。我认为，把系列的讽刺小传单，内容是诗歌也罢，散文也罢，拿到街上低价卖出或者免费散发，会产生非常好的效果。如果能找到一个善于理解作品精神的聪明的艺术家，我们还可以在传单上加一些插图。”

“假如能行得通，这倒是一个绝妙的主意；不过，如果要干就必须把事情干好。咱们需要一位第一流的讽刺作者。可这样的人到哪里去寻呢？”

“对呀，”莱伽补充道，“咱们当中的大多数人都是写严肃作品的。说句不恭敬的话，要让咱们去写幽默文章，恐怕是逼着大象跳塔兰台拉舞[1]。”

“我并不是建议大家轻率地干这种不适合咱们的工作。我的想法是争取找一位真正有天赋的讽刺作家——这样的人在意大利境内一定能找得到——咱们可以为他提供所需的资

① 意大利那不勒斯地区的一种轻快的民间舞蹈。

金。当然，咱们对这个人必须有一定的了解，必须让他按照咱们商定的方针创作。”

“可是，这种人到哪里去找呢？真正有天赋的作家屈指可数，而他们当中没有一个是合适的。裘斯蒂不会接受，因为他忙得不可开交。伦巴第有一两个好手，可他们只用米兰的方言创作……”

“除此之外，”格拉西尼说，“还可以用更好的方式影响托斯卡纳的民众。我认为，如果把这种有关公民自由和宗教自由的严肃问题当作小事情处理，至少会让人觉得咱们缺乏政治策略。佛罗伦萨不像伦敦那种只知道开工厂赚钱的野蛮地方，也不是巴黎那种穷奢极欲的魔窟，它是一个有着伟大历史的城市……”

“雅典也一样呀，”波拉夫人打断他的话，笑着说，“可实际上它‘过于呆滞，需要有一只牛虻刺醒它’……”

里卡多用手猛拍了一下桌子。“嗐，怎么没想到牛虻！他最合适！”

“他是谁呀？”

“牛虻呗——费利斯·里瓦莱兹。你不记得他啦？三年前穆拉托里[①]的队伍从亚平宁山上下来时，他就在队伍里。”

“哦，你是熟悉那支队伍的，对吧？记得他们到巴黎去的时候，你曾跟他们同行。”

“是的，我跟到了里窝那，送里瓦莱兹上路到马赛去。牛虻不肯留在托斯卡纳，说起义既然已经失败，他在这里除了大笑别无其他事情可做，所以他宁肯到巴黎去。毫无疑问，他跟格拉西尼先生不谋而合，认为托斯卡纳不是个适合嬉笑

① 起义军领袖。

怒骂的地方。不过我几乎可以断言，既然在意大利有机会施展身手，咱们要是请他，他会来的。”

“你说他叫什么来着？”

“里瓦莱兹。我想他是个巴西人吧。不管怎样，据我所知，他在那儿居住过。他是我所遇到过的最机警的人。上天知道，在里窝那的那个星期，我们没有一件让人高兴的事情——只要瞧瞧可怜的拉姆伯蒂尼那副样子，便足以让人心碎；可里瓦莱兹在跟前的时候，你就不由得要笑起来。他说出的荒唐话，就像是一团永不熄灭的火焰。他脸上还横着一道可怕的伤疤，我还记得当时为他缝刀口的情景呢。他是一个古怪的人，但我认为正是他以及他诙谐的谈吐使那些可怜的小伙子不至于灰心绝望。”

“他是不是就是那个以‘牛虻’为笔名在法国报纸上发表政治讽刺文的人呢？”

“是的，发表的多为短文，以及诙谐的小品文。由于他的舌头不饶人，先是亚平宁山的走私贩子称他‘牛虻’，后来他就用这个绰号充为笔名。”

“对于这位先生，我略知一二。”格拉西尼插入这场谈话说，样子不紧不慢，庄严持重，“我可不能说，我所听到的都是对他的赞誉。他无疑具有某种哗众取宠、浅薄浮夸的小聪明，但我觉得他的才华被夸大了；他也许不缺乏勇气和胆量，但他在巴黎和维也纳的名声，让我说离纯洁还差得远呢。这位先生似乎……似乎冒过许多险，身世不明不白。据说，他是杜普雷探险队出于好心在南美的热带荒原上收留下来的，他当时的那种野蛮和堕落的样子让人觉得不可思议。我坚信他对自己怎样沦落到那种地步，从未做过令人满意的解释。至于说亚平宁山区的起义，那是个不幸的事件，参加的人鱼龙混杂，这一点有目共睹。在博洛尼亚处死的那些人据说只不过是些鸡鸣狗盗之徒，而许多逃掉了的人在品德上也难以经得起分析。毋庸置疑，其中是有些品德高尚的人……”

“他们当中有些人是这间屋子里一些人的亲朋好友呢！”里卡多打断他的话说，声音里的怒气直朝上冲，“你的这种挑剔、孤高的言辞说得倒好听，格拉西尼，可那些‘鸡鸣狗盗之徒’是为了自己的信仰而死，比你我截至目前所做的一切都要崇高。”

“还有，下次别人再对你讲巴黎那套老掉牙的传闻，”盖利补充道，“你可以告诉他们，就说是我的话——关于杜普雷探险队的那件事是误传。我认识杜普雷的副手马泰尔，他把事情的原委统统告诉了我。他们看到里瓦莱兹的时候，他的确处境艰难。他曾为阿根廷共和国而战，被俘后逃走，之后便乔装成各类人在那个国家四处流浪，想回到布宜诺斯艾利斯去。至于探险队是出于好心才收留了他一事，纯粹是捏造出来的。探险队的翻译当时因染病回国，由于那些法国人没有一个能说当地的语言，就请他当翻译。他跟着探险队整整干了三年，一道考察亚马孙河的支流。马泰尔告诉我，如果没有里瓦莱兹的协助，他坚信他们绝对完成不了探险任务。”

“不管他是怎样一个人，”法布里奇说，“既然马泰尔和杜普雷那样两个经验丰富的活动家都能够器重他，那他一定有出类拔萃的地方。你说呢，波拉夫人？”

“我对那件事一无所知；那些起义者途经托斯卡纳逃亡时，我在英国。不过依我看，如果那些跟他一起在荒蛮之地过了三年探险生活的伙伴，以及那些和他一道起义的同志都说他好，这就是一份很好的推荐书，足以抵消许多飞短流长。”

"至于他的同志怎样看待他，是没有一点问题的。"里卡多说，"从穆拉托里和柴姆贝卡里①一直到最粗鲁的山民，都对他很推崇。此外，他跟奥尔西尼②私交甚厚。从另一方面讲，巴黎的确流传着许多关于他的令人不愉快的无稽之谈，可一个人如果不愿意树敌，他就成不了政治讽刺家。"

"我记不太清楚了，"莱伽插言道，"那些逃亡者来这儿的时候，我好像见过他一次。他是不是驼背，或腰肢弯曲，要不就是有其他诸如此类的缺陷吧？"

教授拉开写字台的抽屉，在一堆文件里翻寻起来。"我想这里还有警方对他的通缉令呢。"他说，"你们该记得，他们逃入山隘藏起来时，他们的画像曾张贴得满世界都是，那位红衣主教——那恶棍叫什么名字来着？对，叫斯宾诺拉，他还曾悬赏买他们的人头呢。"

"说起里瓦莱兹和警方的通缉，还有一段了不起的故事呢。他穿上一套旧军装，脚步沉重地走在路上，扮成一个执行任务时受了伤的士兵，说是要找自己的连队。他碰上斯宾诺拉的搜索队，甚至要求搭便车，在他们的马车上坐了一整天，给他们讲耸人听闻的故事，说他如何被叛逆者抓住带进了他们山中的匪巢，他怎样经受住了严刑拷打。搜索队的人让他看了通缉令，他就随口编出一套话来把'那个人称"牛虻"的恶魔'描述了一番。夜里，当那些人都睡着的时候，他把一桶水灌进他们的火药里，然后逃之夭夭，口袋里装满了干粮和弹药……"

"啊，通缉令找到了。"法布里奇插进来说，"'费利斯·里瓦莱兹，人称"牛虻"。年龄三十岁左右；出生地和家世不详，

---

① 穆拉托里的战友。

② 意大利解放运动的著名战士，后因谋刺法皇拿破仑三世被捕遇害。

大概系南美人；职业是记者。矮个子；黑发；黑髯；皮肤黝黑；蓝眼睛；前额宽阔方正；口鼻和下巴……’啊，在这里：‘特征：右脚跛；左胳膊扭曲；左手缺二指；脸上有新近砍的刀痕；口吃。’下边是一条附注：‘枪法非常准，逮捕时应加小心。’”

“那个搜索队掌握着如此详细的外貌特征，他竟能蒙混过关，实在不可思议。”

“他的成功靠的不是别的，只是大胆而已。那些人只要一起疑心，他就会完蛋。可他装出的那副推心置腹、天真无辜的样子，能够使一个人逢凶化吉。好啦，先生们，你们觉得这个建议怎么样？在座的有几位对里瓦莱兹似乎非常熟。咱们是不是去向他提议，说希望能得到他的帮助呢？”

“我认为，”法布里奇说，“不妨对他吹吹风，看他愿意不愿意考虑这项计划。”

“啊，你尽可以放心，只要是跟耶稣会做斗争，他一定会愿意的；他是我所遇到的最激烈的一个反教权的战士；实际上，他在这一点上有些过分狂热。”

“那么，你能给他写封信吗，里卡多？”

“当然可以。让我想想，眼下他在哪儿呢？我想是在瑞士吧。他是最不安分守己的人，总是东跑西颠。可是要说传单的问题……”

大家展开了一场漫长而激烈的讨论。末了，当大伙儿开始散去时，马丁尼走到了那个静默的年轻女人跟前。

“我送你回家，詹玛。”

“谢谢。我正想跟你谈谈工作上的事呢。”

“通信地址出问题啦？”他低声问。

“没有什么大不了的，不过我觉得该做些改变了。这星期有两封信被邮局扣了下来。两封信都不太重要，也许是偶然出了岔子，但咱们冒不起任何风险。无论任何一个通信地址一旦受到警方的怀疑，就必须立刻更换。”

“这件事明天我来了再谈。今天晚上我不跟你谈工作，你看上去很疲倦。”

“我不累。”

“那就是你的心情又不好了。”

“哦，不，不见得是这个原因。”

第二章

“夫人在家吗，卡蒂？”

“在，先生，她正在穿衣服。请你到客厅里去，她马上就下楼来。”

卡蒂以一个真正德文郡姑娘的那种欢快、友好的态度把客人迎进了屋。马丁尼是她特别喜欢的客人。他会讲英语，当然难免带点外国味，但已经算说得相当不错了。他从不像有些客人惯常做的那样，一坐下来谈论政治，就高喉咙大嗓门地喊到子夜一点钟，弄得女主人很疲倦。另外，在女主人痛失爱子、丈夫生命垂危的困难时刻，他曾赶赴德文郡帮助她；自从那个时候起，这个身材高大、动作笨拙、少言寡语的男人在卡蒂的眼里便成了“家里的一员”，就跟这工夫正蜷伏在他膝上的那只懒洋洋的黑猫一样。而黑猫帕西特却将马丁尼视为屋里的一件有用的家具。这个客人从不踩它的尾巴，从不把烟喷到它的眼睛里，无论从哪一方面它都觉得这个两条腿的人不喜欢制造事端。他表现出无微不至的关怀——提供舒适的膝盖让它躺在上面打呼噜；他吃饭时从不会忘记它，想到它决不乐意在旁边眼睁睁地看着人吃鱼。他们俩之间的友谊源远流长。当帕西特还是只小猫时，有一次女主人生重病顾不上它，马丁尼便照料它，把它藏在篮子里从英国带了来。从那时起，经过长时间的相处，它坚信这个像熊一样笨手笨脚的人是个患难与共的朋友。

“瞧你们俩多舒服呀。”詹玛走进客厅里说，“让人觉得这一晚你们是不打算挪窝了。”

马丁尼小心翼翼地抱起那只猫，把它从膝上移开。“我来得早，”他说，“还指望着在出发之前你能给我弄些茶点呢。今晚的人可能很多，格拉西尼不会给咱们吃美味佳肴的——那种时髦人家总是这个样子。”

“得了吧！”詹玛笑着说，“你和盖利一样坏！即使不把妻子不善于理财的罪名加在可怜的格拉西尼头上，他自己的罪名也够多了。至于茶点，马上就准备好。卡蒂特意为你做了些德文郡风味的蛋糕。”

“卡蒂是个好姑娘，对吧，帕西特？哦，你到底把这套漂亮的衣服穿上了，我还害怕你忘了呢。”

“像今晚这样热的天气，按说这身衣服太厚，可我毕竟答应过你。”

“菲耶索莱[1]的气温会凉爽得多，而且白色开司米毛衣穿在你身上最相称。我给你带来几朵花，配着这衣服戴。”

“这一簇簇的玫瑰花多么可爱，太招人喜欢了！不过，最好还是把花插在花瓶里，我讨厌把花戴在身上。”

“瞧，又是一个迷信的怪念头。”

“不，不是怪念头。我只是觉得把花戴在一个枯燥乏味的人身上，陪她度过整整一个晚上，花儿一定会感到无聊的。”

“今晚咱们恐怕都会感到无聊的。这次聚会一定乏味得让人无法忍受。”

① 佛罗伦萨附近的一个城镇。

“为什么？”

“部分原因是，凡是格拉西尼接触的东西，都会变得跟他本人一样乏味。”

“说话可别太恶毒。咱们要到他家里做客，这话说得不公道。”

“你总是对的，夫人。那好吧，我说乏味，是因为那些风趣的人有一半都不会来。”

“什么原因？”

“不知道。出城去啦，病啦，或因为别的什么吧。不管怎样，到会的总有两三位大使，几个博学的德国人，还有一群常见的难以归类的游客、俄国王子、文学社成员以及法国军官；这些人我一个都不认识——当然，除了那个新来的讽刺作家，他将是今晚的中心人物。”

“新来的讽刺作家？什么？是里瓦莱兹吧？可我以为格拉西尼对他很不满意呢。”

“是不满意，可既然人已到了此地，定会引起人们的议论，格拉西尼自然就想使自己的家成为新名人亮相的第一个场所。你大可以放心，关于里瓦莱兹对格拉西尼的不满并没有听到什么风声。不过，他也许能猜得到，因为他的脑袋瓜是很灵的。”

“我甚至都不知道他已经来了。”

“他昨天才到。嘿，茶端来了。不，你别站起来，我去拿茶壶。”

一来到这间小书斋里，他就感到无比欢乐。詹玛的友谊，她那不知不觉之中施加给他的魅力，她的坦率、朴素的同志感情，对他不太幸福的生活来说是最明快的东西。每逢心情特别沮丧的时候，他下班后就来这儿和她坐坐，通常是默默无语地打量她，看她低头做针线活或斟茶。她从不过问他的烦恼，也从不用语言表达同情，但他每次都怀着一颗更加坚强和平静的心离开，按他自己的话说，他又可以"非常体面地熬过两个星期了"。她自己虽然并不知道，但她在安慰人方面具有出类拔萃的天赋。两年前，当他最亲密的战友在卡拉勃里亚被出卖，像猎物一样被枪打死时，也许正是她坚定的信念把他从绝望的境地里挽救了出来。

星期天的早晨，他有时便来这儿"谈公务"，所谓公务是指任何与玛志尼党内实际工作相关的事情，他们俩都是积极、忠诚的党员。在这种时候，她就成了一个完全不同的人——机智、冷静、富于逻辑性，讲话极其准确和不偏不倚。凡是仅在政治活动中见过她的人，都认为她是个训练有素、纪律性强的策划者，值得信赖，勇敢无畏，从各方面讲都是一名可以器重的党员，但是却有点缺乏生活情趣和个人情趣。盖利曾这样评价她："天生的策划者，其智慧能顶我们十几个人，但仅此而已。"马丁尼所熟知的"詹玛夫人"是很难以让人琢磨得透的。

"喂，你的那位'新来的讽刺家'是个什么样的人？"这时，詹玛边打开餐具柜，边回过头来望了望马丁尼问道，"瞧，西萨尔[①]，这是给你的麦芽糖和罐头蜜饯。我不明白，为什么革命家都喜欢吃甜食。"

"其他人也喜欢吃，只是他们觉得承认了有失体面。你是问新来的讽刺作家？那种男人让普通女人一见倾心，但你不会喜欢的。他以贩卖刻薄的语言为职业，带着一副装腔作势的样子走南闯北，屁股后面老是跟着一个美丽的芭蕾舞女

① 马丁尼的名字。

演员。”

“你的意思是他的身后真有一个女演员，还是你对他感到气愤，想模仿他说刻薄话？”

“上天有眼，我不是在说刻薄话！真的有个女演员，而且对那些喜欢浪荡美人的人来说她有沉鱼落雁的容貌。反正我是不喜欢的。据里卡多说，她是匈牙利的吉卜赛女郎，或那一类的人吧，来自加里西亚的某家剧院。里瓦莱兹似乎过于厚颜无耻，逢人便介绍那姑娘，就仿佛她是他未出嫁的姨妈。”

“哦，他既然把她从家中带出来，只有这样才公道。”

“亲爱的夫人，你可以这样看，但社交界的人却不会。我觉得，被介绍给这样一个女人，大多数人都会感到愤慨的，因为他们明知道她是他的情妇。”

“除非他亲口这样说，否则他们怎么能知道？”

“那是明摆着的，你要是见到她，就能看得出来。不过，依我之见，就连他也没有胆量带她去格拉西尼家。”

“那家人不会接待她。格拉西尼夫人可不是个喜欢打破常规的女性。我想了解的是作为讽刺作家的里瓦莱兹，而非他的男女私情。法布里奇告诉我，已经给他写了信，而且他已经答应前来参加跟耶稣会的斗争。我上次听到的就是这么多。这星期的进展实在是神速啊。”

“我能告诉你的，恐怕再没有什么了。在钱的问题上似乎没有什么困难，这是我们始料未及的。他好像钱囊充盈，情愿无偿地工作。”

“那么他是个有家底的人喽？”

“显然是这样的。这似乎有些蹊跷——那天晚上在法布里奇家你也听到了，杜普雷探险队发现他时，他是怎样一种处境。可现在他拥有巴西矿业公司的股份，而且在巴黎、维也纳和伦敦是一个功成名就的小品文作家。他好像熟练地掌握着六七种语言，来这里并不妨碍他跟诸报社保持联系。向耶稣会开刀，不会占用他的全部时间。”

“这当然是千真万确的。该走啦，西萨尔。好啦，我还是把玫瑰花戴上吧。请稍候。”

她跑上楼去，回来时胸前别着玫瑰花，头上蒙一条西班牙黑花边长巾。马丁尼用艺术家的目光欣赏着她。

“你看起来像个女王，我亲爱的夫人，活像伟大、英明的示巴女王[1]。”

“看你多会挖苦人！”她笑着反驳道，“你明明知道，我为了把自己打扮成典型的社交场上的夫人已经够煞费苦心了！一个地下革命者，谁愿意打扮得跟示巴女王一样？那可不是摆脱密探的方法。”

“你就是再怎么煞费苦心，也永远装不出社交场上的女人那种乏味相。不过，这说到底也是无关紧要的。虽然你不会像格拉西尼夫人那样傻笑和用扇子遮脸，但你楚楚动人，密探们看到你也猜不出你心里的想法。”

“喂，西萨尔，不要再攻击那个可怜的女人啦！再吃点麦芽糖，把你的脾气变温和些。你准备好了吗？咱们该走啦。”

马丁尼说得很对，这次聚会果然又拥挤又乏味。文人墨客们彬彬有礼地聊天，显得非常无趣，而那群“难以归类的游客、俄国王子”在屋里串来串去，相互打听谁是名人雅士，竭力装出谈吐斯文的样子。格拉西尼在接待客人，言谈举止跟他的靴子一样是经过精心粉饰的，可一看见詹玛，他那冷

---

① 《圣经》里的人物。

冰冰的面孔顿时放出了光彩。他并非真的喜欢她，实际上心里还有点怕她，可他知道：她不来，他的客厅就会失去一种巨大的吸引力。他在自己的行业平步青云，既然钱和名都有了，他现在主要的野心是把自己的家变为开明人士和文人墨客的社交中心。他痛苦地感觉到，自己在年轻时错误地娶来的这个相貌平庸、装饰过度的小个子女人平平无奇、色减容消，不堪做一个大型文化沙龙的女主人。每次聚会只要能把詹玛请来，他就觉得一定能成功。詹玛娴静文雅的举止使客人们心情舒畅，她的在场似乎可以驱散他想象中总是萦绕于家中的庸俗之气。

格拉西尼夫人亲切地迎接詹玛，附在她耳旁大声嚷嚷道："今晚你看起来真迷人！"同时她还用恶毒、挑剔的目光打量着那件白色的开司米毛衣。她憎恨这位女客，而她恨的正是马丁尼所爱的东西：詹玛那沉稳坚强的性格，庄重、真诚和坦率的态度，坚定、平稳的思想，以及她脸上的那副神情。当格拉西尼夫人痛恨一个女人时，她以奔放的热情表现出来。詹玛对她的恭维和亲热无动于衷，不会费脑筋去多想。所谓的"社交活动"，在她眼里是一项极其令人厌烦和不愉快的任务，可一个革命者要是不想招致密探的注意，就必须认真地完成这项任务。她把这跟用密码写东西那种吃力的工作等同看待。她知道一个女人如果因衣着得体出了名，就等于具备了有价值的防护装置，能避开怀疑的目光。于是她便细心地钻研时尚画报，就像她钻研密码译本一样。

文化界名流们正感到乏味和郁闷，听到詹玛的名字，脸上才稍有了喜色；她在他们中间很受欢迎；尤其是那些激进的新闻记者，立刻都跑到长形大厅的一端，聚集在她身旁。可她是个极其富于工作经验的革命者，不会被他们摆布。这些激进分子她天天都可以见到，此时当他们众星捧月般将她围住时，她温和地要他们去干自己的事情，笑吟吟地提醒他们不必浪费时间劝她改变想法，还有许多客人需要他们指点迷津。至于她，要全力以赴地跟一位英国议员交谈，因为共和党正急于获得这位议员的同情。她知道他是一位金融专家，于是先就奥地利货币制度中的一个技术性问题征求他的看法，这引起了对方的注意，而后她巧妙地把话锋一转，谈到了伦巴第－威尼托[①]的税收状况。那个英国人原以为跟她聊天会很无聊，遂斜着眼看她，显然是害怕被这位女学者攥到手心，可是见她外表谦和、谈吐风雅，便心服口服，跟她认认真真讨论起意大利的财政问题，仿佛她就是梅特涅[②]一样。后来格拉西尼领来一个法国人，说“他想问波拉夫人一些有关青年意大利党历史的情况”，英国议员便站起了身，心里迷惑不解，觉得意大利人的不满情绪也许有着比他所料想的更充分的理由。

过了一些时候，詹玛悄悄走到客厅窗外的凉台上，想在高大的山茶花和夹竹桃花丛里独自坐一会儿。屋里闷热的空气以及不停移动的人群，使她的头有点发痛。凉台的尽头有一排棕榈树和凤尾蕉，栽在一些大木桶里，而遮在木桶前的是一溜百合花及其他花木。这些花木形成一道严密的屏风，屏风后面有一个小小的角落，从那儿可以纵览山谷里的美丽景色。在花木之间的狭窄空隙旁，一株石榴树的枝头上点缀着一团团迟开的花儿。

詹玛躲进这个角落，希望不会有人猜到她的去处，她这

---

① 维也纳会议将伦巴第和威尼托合为一个行政区，置于奥地利的控制之下。

② 当时的奥地利首相。

样稍微歇一歇、静一静，便可以顶得住可怕的头痛。这个夜晚温暖、美丽而宁静，可她刚从闷热的屋里出来，还是感到一些凉意，便将镶花边的长巾包在头上。

不一会儿，凉台上传来的说话声和脚步声把她从恍惚的状态中惊醒。她退回阴影里，希望能避开来人的注意，利用宝贵的几分钟再清静一会儿，然后重新动用疲惫的大脑去应付谈话。真是让她恼恨，那脚步声竟然在"屏风"旁停下了；格拉西尼夫人那尖厉、喋喋不休的讲话声也暂时停止了。

另一个是男人的声音，非常柔和悦耳，但美中不足的是拖着一种古怪的轻喉音，也许只是在拿腔拿调，但更可能是长期致力于矫正口吃而导致的后果，总之让人听了非常不舒服。

"你说她是英国人？"那声音问，"可那分明是意大利人的名字。叫什么……波拉？"

"不错。她是可怜的乔万尼·波拉的遗孀，丈夫约四年前死于伦敦……你不记得啦？噢，我忘了……你一直过的是飘忽不定的生活，不一定知道我们这个不幸的国家里所有的烈士……我们的烈士多如繁星！"

格拉西尼夫人叹了口气。她总是以这种方式跟陌生人讲话，俨然是个爱国者在为意大利的悲惨遭遇难过，谈吐像寄宿学校的女学生，还稚气地噘着小嘴，效果很好。

"她丈夫死在英国！"那男的在重复她的话，"那么，他是个流亡者？我有点想起他来了，他是不是跟早期的意大利青年党有联系？"

"是的。他是一八三三年被捕的那批不幸的年轻人当中的一个……你还记得那次悲惨的事件吗？他是几个月之后被放出来的；后来又过了两三年，当局再次下令逮捕他，他便逃到了英国。继而就听说他在那里结了婚，这实在是件极其浪漫的事情——可怜的波拉素来是很罗曼蒂克的。”

“你说他后来死在了英国？”

“是的，死于肺痨：他受不了英国可怕的气候。就在他逝世前不久，他们唯一的孩子染上猩红热，离开了人世。很惨，不是吗？我们大家都非常喜欢亲爱的詹玛！她有点古板，可怜的人儿，要知道英国人总是这种样子，可我认为正是她的不幸才使她阴郁，而且……”

詹玛站起身，推开石榴树的枝条。她几乎无法容忍别人把她家门的不幸当作闲聊的内容，所以当她走到亮处时，脸上怒容可辨。

“啊！她原来在这儿！”女主人嚷嚷道，表情镇静得令人钦佩，“詹玛，亲爱的，我正纳闷，不知你到哪里去了呢。费利斯·里瓦莱兹先生希望能和你认识一下。”

“原来这就是牛虻。”詹玛心里这么想着，带着几分好奇打量起他来。对方彬彬有礼地冲她一鞠躬，目光却在她身上溜了一遍，神情在她看来既傲慢又刁钻，像是在审讯人。

“你在这里可找到了个美……美妙的小天地，”他说着，瞧了瞧那浓密的花木屏风，“景色真……真……真够迷人的！”

“是的，是个挺不错的角落。我来这里是想吸口新鲜空气。”

“如此美丽的夜晚，闷在屋子里，似乎有点对不起仁慈的上帝。”女主人说着，抬起眼睛仰望群星。（她眼睫毛长得漂亮，喜欢当着人炫耀。）“你瞧，先生！我们可爱的意大利如果能获得自由，不就是人间天堂吗？她有着这样的花朵、这样的天空，却遭受着奴役，想起来就让人肝肠寸断！”

“如此爱国的女性！”牛虻用他那柔和、缓慢的拖音喃喃道。

詹玛转过脸望了他一眼，心里有点吃惊，因为他无礼的嘲讽过于明目张胆，当然瞒不过任何人。可是，她低估了格拉西尼夫人对恭维奉承的欲望，只见那可怜的女人叹了一口气，垂下了眼帘。

“唉，先生，作为一个女人实在是无能为力呀！也许总有一天我可以证实自己不愧为一个意大利人……谁知道呢？现在我得回去尽我社交场上的义务了：法国大使恳求我把他的被监护人介绍给所有的名人雅士，过一会儿你来见见她。她是个极其迷人的姑娘。詹玛，亲爱的，我带里瓦莱兹先生出来，是要让他看看我们这儿美丽的景色，我就把他交给你了。我知道你会照料他的，把他介绍给大家。啊，那不是讨人喜欢的俄国王子吗！你见过他了吗？据说他很得尼古拉皇帝的宠信，现任波兰一座城镇的军事长官——那城镇的名字让谁也念不出来……多么美丽的夜晚啊！你说是吗，王子殿下？”

她跟一个粗脖子、厚下巴的男子攀上了话。那人衣服上的勋章闪闪发光，她滔滔不绝地说着，与其飘然而去。她那有关“我们不幸祖国”的悲哀悼词，夹杂着“迷人”和“殿下”这样的字眼，从凉台上消失了。

詹玛一动不动地站在石榴树旁，心里为那个可怜且愚蠢的女人感到难过，同时为牛虻那种趾高气扬的傲慢态度感到气愤。他望着他们远去的身影，脸上的表情激起了她的怒火；对那些可怜虫也冷嘲热讽，似乎胸襟过于狭窄。

“那就是意大利的爱国主义和俄国的爱国主义，”他微笑着转过头对她说道，“胳膊挽着胳膊，欢天喜地地结为伙伴。

你比较喜欢哪一种呢？”

她微微皱起眉头，没有吱声。

“当然，”他继续说道，“这完全是个人口味问题。但要让我在这两者之间选择，我最喜欢的还是俄国的爱国主义，它表现得是那样彻底。倘使俄国不是依靠火药和枪弹，而是依靠鲜花和天空维持霸权，那你想想，这位‘王子’能把波兰的堡垒保……保持多久呢？”

“依我看，”她冷冰冰地回答，“咱们可以各持己见，但不必去讽刺一个留咱们做客的女主人。”

“啊，对啦！我竟……竟然忘了意大利具有热情好客的传统——他们这些意大利人出奇地好客。我坚信奥地利人就是这样看他们的。能否请你坐下来谈呢？”

他瘸着腿到凉台的另一端为她搬来一把椅子，而他自己斜倚在栏杆上，立于她对面。窗户里透出的灯光明晃晃地照在他脸上，使她能够从容不迫地仔细打量它。

她大失所望。她原以为那张面孔即使不讨人喜欢，也该是出众而威严的；可现在看来，他的外表最显著的特点则是他对华美服饰的偏爱，而他那加以掩饰的蛮横神情和态度就不仅仅是一种倾向了。至于其他方面：他皮肤黝黑，像是个黑白混血儿，虽然瘸着腿，却敏捷得跟猫一样。他的一举一动都令人奇怪地联想到黑色美洲虎。一条又长又弯的旧刀痕严重地毁坏了他前额和左脸颊的外观。他说话时一出现口吃的现象，她就注意到他的半边脸在神经质地痉挛。若没有这些缺陷，他即便给人以不安分、不舒服的感觉，也是相当漂亮的；不过，说到底这也不是张富有吸引力的面孔。

不一会儿，他又以他那种柔和、含混的声音咕噜咕噜地说起了话。（詹玛愈来愈愤怒，心里嘀咕着：“如果美洲虎会说话，而且遇到心情好的时候，说话的声音会跟他的一个样。”）

“听人讲，你对激进派的报纸很感兴趣，还为他们写文章呢。”

“写是写过几篇，没有时间多写。”

“啊，当然喽！听格拉西尼夫人讲，你还从事其他重要的工作。”

詹玛微微皱起了眉头。格拉西尼夫人是个愚蠢的女人，显然对这个詹玛已经开始讨厌的滑头说了些不谨慎的话。

“我的时间是很紧，”她十分生硬地说，“但格拉西尼夫人过于高看了我所干的事情，那多半都是些微不足道的小事。”

“唉，如果大家都把时间耗费在为意大利唱挽歌上，这个世界可就糟了。要让我说，跟咱们今晚的东道主夫妇经常亲近会使任何一个人变得轻佻和自私。哦，是的，我知道你要说什么……你是完全正确的，可这对夫妻的爱国主义表现得实在可笑……你准备进屋去？待在外边多么令人惬意啊！”

“我想我现在要进去了。那是我的围巾吗？谢谢你。”

他为她拿起围巾，站在那儿望着她，一双眼睛睁得大大的，活像溪水里的勿忘草，显得又蓝又单纯。

“我知道由于我愚弄了那个彩色蜡娃娃，你在生我的气，”他懊悔地说，“可你让我怎么做呢？”

“既然你问我，我确定认为取笑一个智力不如自己的人是不仁厚的……哦……是一种懦夫行为；就像取笑一个瘸子，或者……”

他突然痛苦地屏住呼吸，缩回身子，望了望自己的跛足以及伤残了的手。可一转眼，他又恢复了自制力，爆发出一阵大笑。

“这种比喻不太公平，夫人，我们瘸子可不像她炫耀自己的愚蠢一样，喜欢当着人的面夸示我们残废的躯体。你至少得相信我们，我们自己也承认扭曲的脊背并不比扭曲的行为雅观。注意，这儿有个台阶。能挽住我的胳膊吗？”

她默默无语，尴尬地再次走进了屋里；他那始料未及的敏感令她困窘万分。

牛虻一打开宽敞的会客厅的门，她立即意识到自己走后这儿发生了不寻常的事情。绅士们多半都显得生气而不自在；夫人小姐们涨红着脸，努力装出不经意的样子，全都聚集在客厅的一端；男主人抚弄着自己的眼镜，分明在把心里的火气朝下压；一小群游客站在一个角落里，兴趣盎然地望着远处客厅的尽头。显而易见，那儿发生的事情对他们来说是一种逗趣，可大多数客人却认为那是侮辱。唯有格拉西尼夫人似乎无所察觉，只见她妖冶地摇着扇子，正跟荷兰大使馆的秘书谈天说地，后者笑容可掬地侧耳倾听。

詹玛在门口停顿了一下，回过头看牛虻是否也注意到了众人不安的表情。牛虻望了望蒙在鼓里的女主人那欣喜的面孔，又把目光移向大厅尽头的一张沙发那儿，眼睛里无疑有一种邪恶的得意扬扬的神情。詹玛立刻便恍然大悟，原来他把自己的情妇以捏造的身份带到了这里，这一点除了格拉西尼夫人，谁都瞒不过去。

那个吉卜赛女郎斜靠在沙发上，被一群傻笑着的纨绔子弟和乏味得令人啼笑皆非的骑兵军官团团围住。她花枝招展，衣服分琥珀和鲜红两色，显出艳丽的东方色调，佩戴的饰物琳琅满目，这在一个佛罗伦萨的文化沙龙里是非常招眼的，宛若一只热带鸟混杂在麻雀和燕八哥之中。她似乎也觉得自己不适合这种场合，便恶狠狠地绷起脸，轻蔑地望了望那些受了冒犯的夫人小姐。她瞥见牛虻和詹玛一道走过来，急忙跳起身迎上前，滔滔不绝地说出一串错误百出的法语来。

“里瓦莱兹先生，我正到处找你呢！萨尔特柯夫伯爵想知道明天晚上你是否能到他的别墅去。那儿要举办舞会。”

“很遗憾，我不能去，就是去了也跳不成舞。波拉夫人，请允许我为你介绍，这位是绮达·莱尼小姐。”

吉卜赛女郎带着几分不屑的神态瞟了詹玛一眼，直挺挺地行了个礼。如马丁尼所言，她的确长得很漂亮，有一种生气横溢、富于野性和无知的美；她的动作非常和谐、自如，让人赏心悦目；可是，她的额头低陷、狭窄，玲珑的鼻子的线条显得无情，带着些许残忍的成分。在吉卜赛女郎的跟前和牛虻交谈，詹玛心里的压抑感更加强烈了。过了一会儿，男主人走过来，求她帮他去另一个房间招待一些游客，她满口答应，心里竟奇怪地有一种如释重负的感觉。

“哦，夫人，你觉得牛虻怎么样？”在他们深夜乘车回佛罗伦萨的路上，马丁尼问道，“他那样戏弄可怜的格拉西尼夫人，你曾见过如此卑鄙的行径吗？”

“你是指芭蕾舞女演员那件事？”

“是的。他告诉格拉西尼夫人，说那女子将成为一代名流。只要涉及的是名人，格拉西尼夫人是什么都肯干的。”

“我认为那样做不公平，也不善良，不仅让格拉西尼夫人出乖露丑，对那姑娘也太残忍。我肯定她准感到十分不自在。”

“你和他交谈过，是吧？你怎么看他？”

“唉，西萨尔，我什么想法都没有，只觉得一看不见他就心情愉悦。从没见过那么让人讨厌的家伙。没过十分钟，他就令我感到头痛了。他活像是专门制造骚乱的魔鬼的化身。”

“我料想你就不会喜欢他；实话告诉你，我也讨厌他。那家伙滑得像条泥鳅，我可不信任他。”

第三章

牛虻的寓所处于罗马门外，离绮达住的地方不远。他显然有点息巴利人[①]的味道，房间里虽然没有过分奢华的东西，但那些小物件却显示出他对奢侈生活的偏爱，处处都布置得高雅讲究，使盖利和里卡多颇感意外。他们原以为一个在亚马孙荒原上流浪过的人在欣赏口味上一定很朴素，这时见了他一尘不染的领带、排列成行的靴子以及总是摆在写字台上的簇簇鲜花，便觉得有些诧异了。大体来说，他们跟他相处得很好。他对每个人都热情、友好，尤其是对当地的玛志尼党党员。对于这种情况，詹玛却显然是个例外——他似乎从他们第一次见面起就讨厌上了她，千方百计地躲着她。有两三次他甚至对她很粗暴，这就招来了马丁尼对他的强烈憎恶。这两个男人彼此之间从一开始就缺乏好感，他们性情不合，只会彼此嫌怨。在马丁尼一方，这种嫌怨很快就发展成了仇恨。

“他喜欢不喜欢我，我倒不在乎，”一天，他带着恼怒的神情对詹玛说，“反正我也不喜欢他，这没有什么大不了的。可我无法容忍他对你的态度。要不是怕在党内惹起闲话，说

① 意大利一古都居民，以生活奢侈出名。

我们先把人家请来，又跟人家吵架，我就非得跟他算账不可。”

“随他去吧，西萨尔，这些是无关紧要的；况且，说到底我也是有过错的。”

“你有什么过错？”

“他不喜欢我，是因为那天晚上我们在格拉西尼家初次见面时，我对他说了些不礼貌的话。”

“你说不礼貌的话？这简直让人无法相信，夫人。”

“当然那是无意中说出来的，我感到非常抱歉。我当时说人们会取笑瘸子什么的，他以为我是冲着他来的。我根本就没有把他看成瘸子，因为他的伤残并不严重。”

“当然算不上严重喽。他的肩膀一高一低，左胳膊形同虚设，可他既非驼背也非畸形足。至于他的瘸腿，那是微不足道的。”

“不管怎么说，他当时全身发抖，脸上霍然变色。的确都怪我说话太不得体，可他那么敏感也是少见的。我想可能是有人拿他的缺陷残酷地开过玩笑。”

“依我看，八成是他冒犯了别人。那家伙表面上举止文雅，内心却有点凶狠，这让我十分恶心。”

“哦，西萨尔，说这话就太不公平了。我跟你同样不喜欢他，但何必要言过其实地攻击他呢？他的举止是有些矫揉造作，让人不舒服——我想那是别人把他捧得太高的缘故——而且，那没完没了的俏皮话着实非常讨厌，可我不相信他的用心是恶毒的。”

“我不知道他用心怎样，可一个人如果嘲笑一切，就有点不高尚了。那天在法布里奇家的辩论才让我反感呢，他把罗马城里的改革骂得狗血喷头，仿佛事事都想找出一个卑鄙的动机。”

詹玛叹了口气说："恐怕在这一点上，我宁肯同意他的观点也不同意你的。你们这些好心的人满脑子装的都是灿烂辉煌的希望和企盼；你们总认为，只要有一个善良的中年绅士当选为教皇，一切问题都会迎刃而解。他只需打开监狱的大门，向周围所有的人祝福，太平盛世就会在三个月之内降临。你们似乎永远也看不到，他即便肯那样做，也无法匡时救世。错是错在事情的根本，而非这个或那个人的行为。"

"什么根本？是指教皇的世俗权力？"

"为什么要那么具体呢？那只是整个错误的组成部分。错误的根源在于：一个人不该对另一个人操持生杀大权。人与人之间不应当存在这样一种错误的关系。"

马丁尼举起双手，哈哈笑着说："到此为止，夫人。你搬出这套'唯信仰论'的大道理，我就不跟你争了。我敢说，你的祖上一定是英国的十七世纪的平均主义者。况且，我是为这篇稿子而来的。"

他把稿子从衣袋里掏出来。

"又是新册子的稿件？"

"这篇愚蠢的稿子是那个讨厌的里瓦莱兹向昨天的会议呈交的。我早就知道，过不了多久我们就会跟他顶上牛。"

"怎么回事？实话讲，西萨尔，我觉得你对他有点偏见。里瓦莱兹让人感到不愉快，但他并不蠢。"

"哦，我不否认这篇东西自有一番机巧，不过你还是自己看看吧。"

文章针对至今仍在意大利涌动的狂热崇拜新教皇的浪潮进行了讽刺。跟牛虻所有的文章一样，它笔锋犀利，充满了仇恨；詹玛尽管讨厌他的风格，心里却不得不承认他的批评是公正的。

“我同意你的观点，这篇东西的确十分恶毒，”她放下手稿说，“可糟糕的是，这里面讲的都是实情。”

“詹玛！”

“是的，情况就是这样。你可以把那家伙看作冷血的泥鳅，可真理在他那一边。咱们没必要自欺欺人，硬说文章没写到点子上——其实它切中了要害！”

“那么依你看，咱们应该把它印出来？”

“哦，那是另外一码事。依我之见，当然不能把它原封不动地付诸印刷，那会伤害和疏远每一个人，是没有好处的。但如果他愿意修改，把涉及个人攻击的部分删掉，我认为不失为一篇的确很有价值的作品。按照政治评论文讲，这是篇非常好的东西。想不到他能写这么好。他说出了必须说的话，那是咱们当中没有一个人敢说的话。这一段把意大利比作一个喝醉了酒的人，正脆弱地伏在扒手的脖子上哭泣，而扒手却在掏他的钱包，真是写得棒极啦！”

“詹玛！这正是文章中写得最糟糕的一段！我讨厌这种对所有的事和所有的人都恶意攻击的做法！”

“我也讨厌，可问题不在这里。里瓦莱兹的风格让人非常不愉快，作为一个人来说，他的确很讨厌；可他说我们沉醉于游行，拥抱以及高呼仁爱、和解的口号之际，耶稣会和圣费迪分子却从中渔利，在这一点上他是百分之百正确的。昨天的会议我要是参加就好了。你们最后做出的决议是什么？”

“这就是我来这儿的目的：想请你去跟他谈谈，劝他把语气改得缓和些。”

“我？可我不太了解他呀，再说他也讨厌我。那么多人，为什么偏偏要我去？”

“只是因为今天没有人能去。再说，你比我们都理智，不会像我们一样跟他进行无谓的辩论和争吵。”

“我当然是不会跟他争吵的。好吧，让我去我就去，不过我可没有大的把握把事情办成。”

“只要你去做，我相信你一定能说服他。嗯，请你转告他：全体委员从文学的角度讲都很欣赏他的作品。这会让他高兴的，而且这也是实际情况。”

牛虻正坐在一张摆满鲜花和羊齿草的桌子旁，出神地盯着地面，膝头放着一封拆开了的信。一只毛茸茸的科利牧羊犬卧在他脚旁的地毯上，见詹玛在敲敞开的房门，便扬起头汪汪叫了几声。牛虻慌忙起身，生硬而礼节性地鞠了个躬。他的面孔倏忽间严肃起来，没有了表情。

“你真是太客气了，”他冷若冰霜地说，“要跟我谈话，只消言语一声，我会去找你的。”

詹玛见他明显地想拒人于千里之外，急忙说明了来意。牛虻又鞠了个躬，搬过一把椅子来放在她面前。

“委员会派我来见见你，”她开口说道，“大家对你的稿子有一些不同的看法。”

“全在我的意料之中。”他笑了笑，在她对面坐下，拉过一大盆菊花放在脸前挡住光线。

“大多数委员都认为，尽管这是一篇令人钦佩的文学作品，但要这么拿去发表，他们觉得有点不妥。他们害怕文章激烈的语气会冒犯和疏远一些人，而那些人的帮助和支持对我们党是很有价值的。”

他从花盆里抽出一株菊花，接着便慢条斯理地把白色的花瓣一片片扯下来。詹玛偶然瞧见了他纤细的右手一片片丢花瓣的动作，心里不由感到一阵不安，因为她以前仿佛在哪儿见过那姿势。

“作为文学作品，”他用他那柔和、冰冷的声音说，“它是一钱不值的，只有对文学一窍不通的人才会欣赏它。要说它会冒犯人，那才正是我的意图呢。”

“我非常理解。问题在于你是否会冒犯不该冒犯的人。”

他耸耸肩，把一片扯下的花瓣衔在牙齿之间。“问题应该是：你们的委员会把我请到了这里来究竟是为了什么？我想是为了揭露和嘲讽耶稣会。我在尽自己的能力履行职责。”

“我可以向你保证，没有人怀疑你的能力和良好的愿望。委员会只是怕得罪自由党，还害怕城里的劳动者会撤回他们道义上的支持。你的文章也许意在抨击圣费迪派，可许多读者会把它理解为对教会以及新教皇的抨击。按照政治上的策略，委员会认为这是不可取的。”

“我现在开始明白了。只要抨击的是委员会目前所讨厌的神父，我就可以畅所欲言；可一涉及委员会敬爱的神父，‘真理就必须像条狗一样被关在狗窝里；一旦教皇的利益受到威胁……则把真理打入十八层地狱……’[①]是啊，那个弄臣说的话是正确的。而我干什么都可以，就是不愿意当弄臣。当然，我应该尊重委员会的决定，可我还是认为委员会分散了注意力，只留神两翼，却不顾中间还有个蒙……蒙太……尼里主……主教大人。”

“蒙太尼里？”詹玛重复道，“我不明白你的话。你是指布列西盖拉教区的主教吗？”

“是的。你要知道，新教皇刚刚升他做了红衣主教。我

① 来自莎士比亚戏剧《李尔王》中弄臣所说的一段话，有改动。

这儿有一封关于他的信，你愿意听听吗？写信的是我在边界那边的一个朋友。”

“教皇辖地的边界吗？”

“是的。信是这样写的……”他把詹玛进屋时他拿在手中的那封信捡起来，开始大声朗读，突然变得结巴得厉害。

“‘你……你很快……很快就能荣……荣幸地见……见到我们……最……最阴险的敌人红……红衣主教罗伦梭·蒙太尼……尼里，他就是布列西……盖……盖拉教区的主……主教。他……’”

他念到此处停了下来，隔了一会儿才又继续念下去，这次念得非常慢，调子拖得让人受不了，可是却不再结巴了。

“‘他打算在下个月到托斯卡纳去，肩负着为人调停的使命。他将先在佛罗伦萨布道，在那儿停留三个星期左右，然后前往锡耶纳和比萨，再经由皮斯托亚返回罗马格纳教皇辖区。他表面属于教会中的自由派，而且跟教皇以及红衣主教费莱蒂私交甚厚。格列高利教皇当权时，他是个失宠的人，被放逐到亚平宁山区的一个与世隔绝的小教区。而今他突然跃居人前。当然，他跟国内的任何一个圣费迪分子一样，实际上是受耶稣会操纵的。他这次的使命，是耶稣会的几个神父交给他的。他是教会里最杰出的一个布道者，喜欢玩弄阴谋诡计，和拉姆勃鲁斯契尼大主教一个样。他致力于唤起民众对教皇的热爱，使其长盛不衰，同时吸引公众的注意力，直到大公爵在耶稣会的代表准备呈交的计划书上签字。计划书具体什么内容，我却无法探悉。’再往下，信中又说：‘我不知道蒙太尼里是否明白他被遣往托斯卡纳的意图，或者他是否受了耶稣会会士的愚弄。他若非非同一般的老奸巨猾，就是天下第一号大傻瓜。怪就怪在：据我所知，他既不收贿赂又不纳情妇——这种情况我前所未见。'”

牛虻把信放下，半闭着眼睛望着詹玛，分明在等着她说话。

“你能肯定那个给你通风报信的人提供的信息是准确的吗？”詹玛过了一会儿问道。

“是指蒙……蒙太……蒙太尼里大人那洁身自好的私生活吗？不能肯定，我的朋友也不能肯定。你该注意到，他有一句保留……保留的话：'据我所知……'”

“我不是指那个，”她冷冰冰地打断他的话说，“而是指那项使命。”

“写信的人是完全可以信赖的。他是我的一位老朋友，也是我一八四三年的同志；他的地位为他收集这类情报提供了得天独厚的条件。”

“是梵蒂冈的一个官吏。”詹玛脑子里飞快闪过这样一个念头，“原来你有这种关系？我猜到是这么回事。”

“当然，这是一封私信，”牛虻继续说道，“你知道，信中的情报得要你们委员会的成员保密。”

“这是不用说的。至于稿子的事，我是否可以告诉委员会，说你同意做一些修改，把语气变得缓和一些，或者……”

“夫人，你不觉得一做修改，在使激烈的语气趋于缓和的同时，也可能会破坏这篇'文学作品'的美吗？”

“你是在征求我个人的看法，可我来这儿是为了表达整个委员会的意见。”

“这就是说，你……你不同意整个委员会的意见？”牛虻把信放入衣袋，此刻他身子前倾，带着一种急切、专注的神情望着她，面容跟刚才截然两样。“你认为……”

“如果你想知道我个人的看法……我在两点上跟大多数

人意见不一致。从文学的观点看，我一点也不欣赏这篇文章，可我认为它忠实地反映了事实，而且在策略上是明智的。”

“这就是说……”

“我非常赞同你的观点：意大利正在被幻象引入歧途，这种狂热的欢乐情景最终可能会使意大利陷入可怕的泥沼。我衷心地希望能把这话公开地、大胆地说出来，就是冒犯和疏远我们目前的一些支持者也在所不惜。可是委员会里的大多数人都持相反的意见，我作为一个委员，不便坚持个人的观点。而且我的确觉得，如果这种话非说不可，也应该说得温和些、隐晦些，不要采用这篇文章里的语气。”

“你能不能稍候一下，让我把手稿再看一遍？”

牛虻拿起稿子逐页浏览，不满地皱起了眉头。

“是的，你说得果然一点不错。这东西写得像是音乐茶座里的滑稽短剧，而不是政治讽刺文。可是怎么写才为恰当呢？写得太正统，大众看不出名堂；要是不够恶毒，他们又会说乏味。”

“你不觉得，如果过于恶毒，也会变得乏味吗？”

他以敏锐的目光飞快地瞥了詹玛一眼，放声大笑起来。

“看来，夫人是属于那种一贯正确的人啊！如果我走上邪路，变得很恶毒，是不是最终会跟格拉西尼夫人一样乏味呢？苍天，多么糟的命运啊！你不必皱眉头，我知道你不喜欢我。好吧，我现在谈正事吧。实际情况是这样的：假如我删去对个人的攻击，而文章的实质部分不变，委员会将会非常遗憾，也不会担负起印刷的责任；如果删去政治的真理，只把攻击的矛头指向党的敌人，不涉及别人，委员会将会把文章捧到天上，可你我却清楚它是不值得付印的。这是一个非常微妙的玄学上的问题：或者印刷不讲价值，或者讲价值不印刷。哪一种选择较为理想？依你之见呢，夫人？”

“我认为你不必非得做这样的选择。我相信，如果你删去对个人的攻击，即便大多数委员不以为然，但委员会一定同意印刷；我认为这样做，文章会大有用武之地。不过，你得把恶毒的语调收敛起来。你写出东西来，想让读者理解其中的深奥实质，不必一开始就先摆出架子吓唬他们。”

牛虻叹口气，无可奈何地耸了耸肩膀。“我投降，夫人，不过有个条件：这次你剥夺了我嘲讽的权利，下一次我必须行使这种权利。那位洁身自好的红衣主教驾临佛罗伦萨时，我愿意怎么恶毒就怎么恶毒，无论你还是你的委员会都不能横加干涉。那是我的权利！”

他说话的声音极其柔和，却又极其冷酷。只见他把菊花从花盆里取出，高高地举起，透过那半透明的花瓣观看太阳光。“他的手抖得多么厉害呀，”詹玛见他手中的花晃动不已，心里暗忖，“真像是喝醉了酒！”

“这件事还是跟委员会的其他人谈谈吧，”她起身说道，“我不知他们会持什么样的看法。”

“那么你怎么看呢？”牛虻也站起了身，斜倚在桌子上，把菊花贴在脸上。

詹玛犹豫了片刻。这个问题勾起了她对不幸往事的回忆，令她心情沮丧。“我……我讲不清楚，”她最后说道，“许多年之前，我知道蒙太尼里主教的情况。那时我还是个女孩子，他只不过是个普通神父，兼任我们那个省神学院的院长。从一个非常熟悉他的人那儿，我听说了许多关于他的事情，从未耳闻他干过坏事。我相信，至少在那些岁月，他确实是一个极为出色的人。但那是很久以前的情况了，他也许现在已经变了。腐朽的权力使许多人走向堕落。”

牛虻从花束上抬起头，表情坚定地望着她。

“不管怎样，”他说，“如果蒙太尼里大人本人不是恶棍，那他就是恶棍手里的工具。无论他属于哪一种情况，对我以及我在边界那边的朋友都是一样的。拦路虎也许具有天底下最善良的意图，但还是必须把它从路上踢开。您请，夫人！”他摁响了铃铛，瘸着腿走过去打开房门，好让她出去。

“非常感谢你的来访，夫人。我去叫辆车吧？不需要？好吧，再见！比安卡，请你把厅堂的门打开。”

詹玛走到街上，心里千思万想。“我在边界那边的朋友”——他们是什么人？怎么踢开拦路虎呢？如果只是句讽刺的话，那他眼里为什么凶光毕露呢？

第四章

蒙太尼里大人于十月的第一个星期抵达佛罗伦萨。他的到来在全城掀起了一股小小的浪潮。他是一个著名的传教士，是经过改革的教皇制度的代表，人们热切地期盼他阐述“新教条”，带来爱与和解的福音，治愈意大利的痛苦。红衣主教吉兹被任命为罗马国务秘书，取代万人痛恨的拉姆勃鲁斯契尼，这使公众的热情空前高涨，而蒙太尼里正是一个推波助澜的人物。他那洁身自好、一丝不苟的私生活在天主教的显贵中极为罕见，这引起了民众的重视，因为人民对高级神职人员的敲诈勒索、贪污腐化以及骄奢淫逸已司空见惯，认为这几乎是他们一贯的作风。而且，他布道的天赋的确超群；他声音动听，人格颇具吸引力，无论何时何地都成绩斐然。

格拉西尼又跟往常一样，千方百计想把这个新来的名人请至家中，可蒙太尼里并不是个容易捕获的猎物。对所有的邀请，他都礼貌但坚决地谢绝，声称自己身体不好，而且时间安排得很满，既无精力也无闲暇步入社交场。

“格拉西尼夫妇真是一对不择荤素的宝贝！”一个晴朗但寒冷的星期天的上午，在穿过西格诺里亚广场的时候，马丁尼轻蔑地对詹玛说，“红衣主教的马车驶到跟前的时候，你注意到格拉西尼那副点头哈腰的样子没有？不管是谁，只要被人们谈论，那他就是那对夫妻推崇的对象。我从未见过如此热衷于追逐名流的人。去年八月追的是牛虻，现在又追蒙太尼里。但愿主教大人对他的捧场感到满意。跟他一道捧场的还有好些个投机分子呢。”

他们刚才在大教堂听蒙太尼里传经布道，那儿被热切的听众挤得严严实实，马丁尼害怕詹玛的头痛病复发，不等弥撒结束便劝她出来了。下了一个星期的雨，这是第一个阳光灿烂的上午，他趁机提出到圣尼科罗旁边斜坡上的花园里散步。

“不，”她回答，“如果你有空，我倒很想散散步，不过不是到山坡上去。咱们沿着阿诺河的河堤走走，蒙太尼里从教堂回去要路过那儿。我跟格拉西尼一个样……我想瞻仰一下那个名人的风采。”

“可你刚刚才见过他呀。”

“那是隔着老远看的。教堂里人山人海，马车经过时他又是背朝着咱们。现在只要在这座桥附近，就一定能把他看个清清楚楚……你知道，他就住在阿诺河的堤岸旁。”

“你怎么突然心血来潮，非得瞻仰蒙太尼里呢？对于出名的传教士，你素来是不闻不问的呀。”

“我关心的不是出名的传教士，而是他这个人。我想看看他跟我最后一次见他时相比变化有多大。”

“那是什么时候？”

“亚瑟离开人世两天后。”

马丁尼关切地望了她一眼。这时，他们已经来到了阿诺河的堤岸旁，詹玛出神地凝视着水面，脸上呈现出一种马丁尼不愿看到的表情。

“詹玛，亲爱的，”过了一会儿他说道，“你打算让那件不幸的事情纠缠你一生吗？在十七岁的年龄，人人都会犯错误的。”

“可并不是每一个人都在十七岁的时候害死过自己最亲密的朋友。”她精神萎靡地回答，一边把胳膊架在桥梁的石栏杆上，低头望着河水。马丁尼没再作声——每逢她处于这种心境的时候，他几乎害怕跟她讲话。

“一看到河水，我就不由得会回忆起往事。”詹玛慢慢抬起头望着他的眼睛说，接着浑身神经质地微微颤抖起来，“咱们朝前走吧，西萨尔，站着不动还怪冷的。”

他们默默无语地过了桥，沿着河边朝前走。隔了一会儿，她又张口说：

“那个人的声音是多么美啊！里面含着一种东西，那是我在别人的声音里从来没有听到过的。我坚信，他的感召力有一半都靠的是这个秘密。”

“他的声音的确很奇妙。”马丁尼赞同地说。他紧紧抓住这个话题，想使她忘掉由河水勾起的可怕回忆。“除过有一副好嗓音，他差不多是我所听说过的最出类拔萃的传教士。但我认为，他之所以具有感召力，还有更深奥的秘密。那就是他那与所有的其他高级神职人员几乎截然不同的生活态度。在整个意大利教会里面，除过教皇本人，不知你还能不能找到一个像他那样享有纯洁无瑕名声的高级神职人员。记得去年在罗马格纳的时候，我路过他的教区，亲眼看见剽悍的山民们冒雨恭候，只是想看一眼他或摸摸他的衣服。他在那儿几乎被当作圣人尊崇；在一向痛恨穿法衣的教士的罗马格纳人中间有如此高的声誉，可说是意义非凡了。有一个老农民是我生平见到过的最典型的走私贩子，我对他说人们好像非常热爱他们的主教，而他说：‘我们并不爱主教，因为他们都是骗子，我们爱的是蒙太尼里大人。从来没人听说他撒过一次谎，或者干过一桩缺德的事。'”

“我在想，”詹玛自言自语地说，“不知他知道不知道人们这样看待他。”

“怎么会不知道呢？你认为那不是真的？”

“据我所知，与实情不符。”

“你是怎么知道的？”

“他告诉我的。”

“他告诉你的？蒙太尼里？詹玛，此话怎讲？”

她把遮在前额上的头发朝后捋了捋，转过身面对着他。他们又一次停住了脚步。马丁尼倚在栏杆上，而她用伞尖在人行道上慢慢地画着线条。

“西萨尔，你和我已经是这么多年的朋友了，可我从没有把有关亚瑟的真实情况告诉你。”

“用不着告诉我了，亲爱的，”他急忙插话说，“我已经全知道了。”

“是乔万尼告诉你的？”

“是的，那是在他临死之前。一天夜里我坐着陪他，他就对我讲了。他说……詹玛，亲爱的，既然咱们说了起来，那我索性实话实说了……他说你老是为那件悲惨的事情伤心，他求我好好待你，不要让你想那件事。亲爱的，我也许没能办得到，但我尽了全力——我确实尽力了。”

“这我是清楚的。”她柔声说，把眼睛抬起了片刻，“要不是有你这样一个朋友，我的情况一定很糟。可是……乔万尼没有跟你讲过蒙太尼里大人的事吧？”

“没有。我不知道蒙太尼里和那件事有什么关系。乔万尼告诉我的是关于那个间谍的前前后后，以及……”

"以及我掴了亚瑟一耳光，随后他就投河自尽的事情。那么，我就对你讲讲蒙太尼里的事情吧。"

他们折回身，向那座桥走去，因为红衣主教的马车将要经过那里。詹玛说话时，目不转睛地眺望着河面。

"当年的蒙太尼里还是个教士。他在比萨神学院任院长，亚瑟进了萨宾查大学以后，他常给亚瑟讲授哲学知识，陪他一道读书。二人相互间感情很深，不像教师和学生的关系，倒更似一对情侣。亚瑟甚至对蒙太尼里走过的地方也充满了崇拜之情。记得有一次他告诉我，说他如果失去他的'神父'——他一直那样称呼蒙太尼里——他宁肯跳河自尽。唉，至于后来间谍的事情，你已经知道了。第二天，我父亲和伯顿兄弟——那是亚瑟的异母兄长，两个极令人憎恶的家伙——用了整整一天的时间在达西纳港湾打捞亚瑟的尸体；而我独自一人坐在房间里，思索着自己的所作所为……"

她停顿了一会儿，随后又继续说道：

"晚上，父亲走进我的房间，对我说：'詹玛，好孩子，请你下楼来，我想让你见个人。'我们走到楼下，只见组织里的一个学生坐在诊疗室里，脸色煞白，浑身颤抖。据他陈述，乔万尼在从牢里送出的第二封信中说，他们从狱吏口中得知了卡迪的事情，知道亚瑟在忏悔时中了圈套。记得那个学生当时对我说：'我们搞清了他是无辜的，至少也是个安慰。'我父亲拉住我的手，希望能安慰我。那时他不知道我掴亚瑟耳光的事。后来我回到自己的房间，独自在那儿坐了一整夜。次日早晨，父亲又跟伯顿兄弟一起到港湾打捞，希望能在港湾里找到亚瑟的尸体。"

"始终没找到，是吧？"

"是的，尸体一定是被水冲进大海里了，可他们总怀着一线希望。我正独自坐在房间里，女仆上来说有位‘可敬的神父’前来拜访，她说我父亲去了码头，神父便走了。我知道一定是蒙太尼里，于是便从后门冲出去，在花园门口撵上了他。我对他说：‘蒙太尼里教士，我想跟你说句话。’他停下脚步，默默地等我的下文。啊，西萨尔，你真是没见到那张面孔——在后边的几个月里我久久难以忘怀！我对他说：‘我是沃伦医生的女儿，来这儿是想告诉你，害死亚瑟的凶手是我。’我把事情一五一十对他讲了，他似一尊石头雕像般立在那里听着。一直等我讲完，他才说：‘让你的心平静下来吧，我的孩子；凶手是我，而不是你。我曾经欺骗了他，被他发现了。’随后，他走出了大门，再没有说一句话。”

“之后的情况呢？”

“他之后的情况我就不知道了。当天晚上听说他晕倒在街头，被人抬到了码头附近的一户人家。这就是我所了解的全部情况。父亲为我操碎了心；当我把实情告诉他时，他便停止营业，立即带我到英国去，免得我听到不好的消息忆及往事。他唯恐我也投水自尽，我觉得有一次我的确差点走了那条路。可后来，你知道，我们发现父亲得了癌症，这才清醒过来——除了我，没有人侍奉他。他辞世后，我又忙于照料弟妹，直至我大哥有能力抚养他们。再下来就是和乔万尼交往。你该知道，当他抵达英国时，我们几乎害怕见到对方，因为我们之间横着那可怕的回忆。他认为他也有过错——他从狱中写了那不幸的信，于是捶胸顿足地后悔不已。我相信，实际上正是我们共同的痛苦使我们结合到了一起。”

马丁尼微笑着摇了摇头。

“对你来说，情况也许是这样，”他说，“可乔万尼自从第一次见到你，就打定了主意。记得他初访里窝那、返回米兰后，就向我一个劲地夸你，弄得我一听到那个英国姑娘詹玛的芳名就头痛。我想我当时很恨你。啊，车来啦！”

马车驶过那座桥，停在阿诺河堤岸旁的一幢大房子前。蒙太尼里靠在垫子上，仿佛累得顾不上聚集在门口想瞻仰他风采的那帮狂热的群众了。他脸上那种在教堂里表露的动人的神采已消失殆尽，暴露在阳光之下的是因操劳过度而产生的皱纹。他下了马车，显得忧心忡忡、老态龙钟，拖着沉重和疲倦的步子，精神萎靡地走进了屋里。詹玛转过身，缓慢地向桥那儿走去。有一会儿的工夫，她的脸上似乎也挂着蒙太尼里的那种憔悴、绝望的表情。马丁尼默默地走在她身旁。

“我常常在纳闷，”她犹豫了一下，然后启口说道，“不知他讲的欺骗指的是什么。有时我觉得……”

“觉得什么？”

“哦，事情非常蹊跷，他们俩之间有着异乎寻常的相像之处。”

“哪两个？”

“亚瑟和蒙太尼里。注意到这种现象的不止我一个。而且，那家人的关系有点神秘。伯顿夫人，就是亚瑟的母亲，是我所认识的一个最善良的女性。她和亚瑟一样，脸上有一种超尘脱俗的神态，我相信他们母子在性情上也是相似的。可她总是显得有点惊恐，活像一个被追踪的罪犯；那家的儿媳妇待她还不如一条狗。另外，亚瑟跟伯顿家的那些庸俗之辈相比有着天壤之别。当然，小的时候我并未留意，可后来回想起来，就难免常常纳闷，不知亚瑟究竟是不是伯顿家的人。”

“他大概是发现了母亲的什么秘密——那很可能是导致他寻短见的原因，和卡迪事件根本无关。”马丁尼插言道。此时此刻他只能想出这样的话安慰对方。詹玛摇了摇头。

“在我掴他耳光之后，你要是见到他那副面孔，西萨尔，你就不会这样想了。蒙太尼里说的话也许是真的——很有这种可能——但我的责任也不可推卸。”

他们又朝前走了一段路，双方都没有说话。

“亲爱的，”马丁尼终于开口说道，“如果世界上有卖后悔药的，那咱们为过去的错误思前想后也值得；可情况并非如此，所以过去的就让它过去吧。这是一个悲惨的故事，但那个可怜的小伙子却至少得到了解脱，比起那些活着的流亡者和坐牢的人还算是幸运的。你我该考虑的是活人，没有权利为死人痛不欲生。要记住你们国家的雪莱所说的话：‘过去属于死神，未来属于你自己。’趁未来还在你手中，好好把握它吧，不要一心只想着自己很久以前可能干过伤害别人的事，而应着眼于现在能怎样帮助别人。”

由于热情迸发，他握住了她的手。但听到身后传来一个柔和、冰冷、拖着腔的声音，他便猛然把詹玛的手松开，退了回去。

“蒙太尼……蒙太尼里大人，”那个声音慢吞吞地喃喃道，“毫无疑问是无可挑剔的，我亲爱的医生。实际上，他似乎过于卓尔不群，不适合这个世界，应该客客气气地送他到另一个世界去。我敢肯定，他到了那里，一定能像在这儿一样引起轩然大波。可能……可能有许多因循守旧的鬼魂还从未见过诚实的红衣主教这样的人物。鬼魂最喜欢猎奇……”

“你怎么知道？”里卡多医生的声音问，语气里带着难以掩饰的愤怒。

“是从《圣经》上看来的，亲爱的先生。如果福音书是可信的，那就连最可敬的鬼魂也喜欢寻找千奇百怪的共同点。譬如诚实和红……红衣主教——这在我看来就是千奇百怪的共同点，让人很不舒服，就像把虾和甘草相提并论一样。啊，马丁尼先生，还有波拉夫人！雨后的天气十分美好，对吗？你们也去听那位新……新来的萨伏纳罗拉[1]布道啦？”

马丁尼霍然转过身来。牛虻嘴里叼着支雪茄，扣眼里插着一朵温室里的鲜花，冲他伸出一只纤巧的手，手上很讲究地戴着手套。阳光在他那一尘不染的靴子上闪闪发光，同时从河水上折射回来照在他笑吟吟的脸上，这让马丁尼觉得他的瘸腿不似往常那么严重，但神态却比往日狂妄。他们俩握手时，一个显得和蔼可亲，另一个却悻悻含怒。这时里卡多在一旁猛不丁地嚷嚷道：

“恐怕波拉夫人身体欠佳！”

詹玛脸色苍白，在帽檐遮出的阴影里几乎呈青灰色，脖子上的帽带抖个不停，分明是由心脏的激烈跳动而引起的。

“我要回家了。”她声音微弱地说。

他们叫了辆马车，马丁尼和她一道上了车，要把她安全送回家。牛虻俯身为她拉起那挂在车轮上方的披风时，突然抬眼望了望她的脸；马丁尼见她朝后一缩，神色好像有些惊恐。

“詹玛，你怎么啦？”马车上路后，马丁尼用英语问，“那个恶棍对你说了些什么？”

“什么也没说，西萨尔。不怪他，是我自己吓……吓了一跳……”

“吓了一跳？”

“是的。我好像觉得……”她用一只手捂住了眼睛，马丁尼默默地等她恢复自制力。这时，她的脸色渐渐恢复了

① 佛罗伦萨的著名传教士。

正常。

“你是完全正确的,”最后她转过身来，用平素的那种声音对他说道，“回忆可怕的往事非但没用，而且是有害的。那会影响一个人的神经，使这个人幻想出种种不可能的事情来。咱们再也别谈那个话题了，西萨尔，不然我每见到一个人,就会幻想着他像亚瑟。这是一种错觉,好似大白天做噩梦。刚才，那个讨厌的花花公子走过来时，我竟然把他当成了亚瑟。”

第五章

牛虻的确擅长于树立私敌。他是八月份到佛罗伦萨来的，截至十月底，邀请他前来的那个委员会里便有四分之三的人跟马丁尼看法相同了。牛虻对蒙太尼里的野蛮攻击，甚至把崇拜他的人也惹恼了。起初盖利对这位机警的讽刺家的一言一行都持拥护的态度，这时也愤愤不平，承认不该寻蒙太尼里的麻烦。他认为“正派的红衣主教是为数不多的，遇到了就应以礼相待”。

看来，在暴风骤雨般的漫画和讽刺诗文面前只有一个人保持着坦然自若的态度，那就是蒙太尼里本人。按马丁尼的话，似乎不值得耗费精力去讽刺一个以不惊不怒的态度处世的人。据城里的人风传，蒙太尼里一日跟佛罗伦萨的大主教一道进餐，在屋里发现一篇牛虻撰写的对他本人进行激烈人身攻击的讽刺文。他从头到尾看了一遍，然后把文章递给大主教说：“写得很巧妙，不是吗？”

一日，城里出现了一种传单，标题是“天使报喜[①]之谜”。即便作者省略掉他那广为人知的签名标记——一只张开翅膀的牛虻，就凭那激烈犀利的风格，大多数读者也能毫不迟疑

① 指天使加百列通知圣母马利亚，说她将生育耶稣。

地指出他是何人。文章采用的是对话的形式——托斯卡纳代表圣母马利亚，而蒙太尼里则是报喜的天使，他手拿洁白的百合花，头戴用象征着和平的橄榄枝编成的花环，宣称耶稣会会士将要降临。整篇文章充斥着冒犯性的人身攻击和极为险恶的暗示，所有佛罗伦萨人都觉得这篇讽刺文既不大度又不公道，可人们还是捧腹大笑。牛虻那一本正经的荒唐话里有一种令人无法抗拒的东西，只要看了他的讽刺文章，连那些最不赞成、最不喜欢他的人也会跟他最热烈的拥戴者一样笑个前仰后合。这种传单的语气虽然令人厌恶，却在全城公众的心里留下了痕迹。蒙太尼里的个人威望非常高，任何讽刺文章，不管写得有多么巧妙，意图有多么恶毒，按说都无法撼动他，可是在一段时间里，一股逆流泛起，情况对他有点不妙。牛虻知道在哪些地方叮咬；狂热的人群虽然仍聚集在红衣主教的府前观看他上下马车，但欢呼和祝福声中常常混杂有“耶稣会的走狗！”和“圣费迪的奸细！”这种晦气的叫喊。

不过，拥护蒙太尼里的大有人在。牛虻的短文出台两天后，教会的一家重要报纸《教友报》登出了一篇题为《答〈天使报喜之谜〉》的精彩文章，署名为“教会之子”。此文针对牛虻的中伤和诽谤，为蒙太尼里激烈地辩护。匿名作者首先极其雄辩和无比热忱地阐述了有关普天下之人和睦相处以及与人为善的信条，指出新教皇便是这一福音的传播者，最后向牛虻提出挑战，让他证实自己的哪怕是其中的一个观点，同时庄严地劝告公众不要相信一个卑鄙的诽谤者。这篇文章作为匠心独运的辩论文是很有说服力的，作为文学作品也很有价值，这两点都大大高出一般水平，所以在城里引起了许多人的注意，但是对于作者的身份，连报社的编辑也揣测不出。文章很快就印成了小册子，而那位“匿名辩护人”成了佛罗伦萨每一家咖啡馆的热门话题。

牛虻做出了反应，他猛烈地抨击新教皇及其支持者，尤其是蒙太尼里，以谨慎的言辞暗示读者，说那篇歌颂蒙太尼里的文章很可能是他本人授意写的。对于这一点，那位匿名辩护人又在《教友报》上撰文，愤怒地矢口否认。在蒙太尼里滞留佛罗伦萨的后面一些日子里，两位作者的激烈论战吸引了公众的一多半注意力，使得这位著名的传教士就不太惹人注目了。

自由党的一些党员规劝牛虻不要以恶毒的腔调攻击蒙太尼里，但得到的答复却不尽如人意。牛虻只是和蔼地笑笑，有点口吃地慢吞吞回答道：“先生们，你们真……真是太不公平了。我对波拉夫人做出让步时，曾提出过条件，现在应该允许我尽……尽情地嬉笑怒骂。这是我们的契约规定的。”

蒙太尼里于十月底返回罗马格纳他自己的教区，临离开佛罗伦萨之前，他做了一次告别性的布道，中间提到了这场论战，措辞温和地责怪双方作者的态度都太激烈，请求自己的那位不知名的辩护人树立宽厚待人的榜样，结束这场既无益处又不体面的论战。次日，《教友报》登出了一则告示，说“教会之子”尊重蒙太尼里公开表达的愿望，情愿退出论战。

主动权转到了牛虻手上。他发行了一份传单，声称蒙太尼里的那种基督徒的逆来顺受的态度解除了他的敌意，使他回心转意，还说他恨不得伏在他所遇到的这第一个圣费迪分子的脖子上洒几滴和解的眼泪。他在结尾处说：“我甚至情愿拥抱我的那个匿名的挑战者；如果读者们像我和主教大人一样，能明白其中隐含着什么样的意思，以及他为什么要匿名，他们就会相信我的改变是诚心诚意的。”

十一月下旬，牛虻向文学委员会宣称他要到海边去度两个星期的假。显然，他去了里窝那，但里卡多医生隔不多久也到了那里，并且想跟他谈谈，可找遍全城也不见他的踪影。十二月五日，在教皇的领地内，沿亚平宁山脉一线的各个地区爆发了极其激烈的政治示威游行；于是，大家纷纷猜测起牛虻突然心血来潮要在隆冬时节去度假的原因。待骚乱平息之后，牛虻回到佛罗伦萨，在街上碰见里卡多时，和颜悦色地对他说：

"听说你到里窝那找我了，可我当时正在比萨。那可真是座美丽的古城，非常像世外桃源。"

圣诞周的一个下午，牛虻到阿拉格罗斯城门附近里卡多医生的寓所去参加文学委员会的一个会议。与会的人很多，他迟到了一会儿，待他抱歉地边鞠躬边微笑着进屋时，那儿似乎已座无虚席。里卡多医生起身要到隔壁的房间为他搬椅子，却被他拦住了："不用费心了，我坐这儿就挺好。"他走到詹玛座椅旁边的一扇窗户前，在窗台上坐下来，把脑袋懒洋洋地靠在百叶窗上。

他低头笑吟吟地望着詹玛，半眯着眼睛，带着一副神秘莫测的神态，那表情使他活像列奥纳多·达·芬奇[1]肖像画里的人物。这使詹玛内心对他本能的不信任感，深化成了一种莫名的恐惧感。

大家讨论的提案是：是否应该发行小册子阐述委员会对托斯卡纳饥荒的看法，以及应采取什么样的救济措施。这件事有点难以决断，委员们又像平素一样产生了很大的分歧。比较激进的一派，其中包括詹玛、马丁尼和里卡多，主张强

① 意大利文艺复兴时期的著名画家。

烈地呼吁政府和公众立即采取适当的措施救济农民。温和的一派，其中自然包括格拉西尼，则害怕措辞过于激烈，非但说服不了政府，反而会把他们激怒。

“先生们，使人民立刻得到救济，自然是非常良好的愿望。”格拉西尼扫视一周，瞧了瞧那些脸红脖子粗的激进分子，带着一种四平八稳、悲天悯人的神态说，“我们当中大多数人都对不可能得到的东西抱有幻想；假如按你们提议的那种语气开始呼吁，政府很可能会不闻不问，待饥荒真正来到时才实施救济。如果我们能说服政府调查一下庄稼的状况，倒是一种预防措施。”

坐在炉子旁边一个角落里的盖利一跃而起，驳斥自己的老对手说：

“一种预防措施——是啊，我亲爱的先生；可如果饥荒真的来到，便容不得我们这般从容不迫地预防了。等不到我们实施救济，恐怕已饿殍遍野了。”

“我很想知道……”萨康尼开始发言，可是却被几个人的声音打断了。

“大声点，我们听不清！”

“街上的吵闹声那么聒耳，当然听不清。”盖利烦躁地说，“那扇窗户关上了吗，里卡多？说话的人连自己的声音都听不清咧！”

詹玛回头瞧了瞧。“关上了，”她说，“窗户关得很严。我想一定是玩杂耍的或其他什么的从街上路过。”

喊声、笑声、丁零零的铃声以及咚咚的脚步声一阵阵地从街上传来，里面还掺杂着一支管弦乐队讨厌的吹奏声和一面大鼓无情的击打声。

“这些日子在所难免，”里卡多说，“圣诞节期间就必须准备着听喧闹声。你说什么来着，萨康尼？”

“我说我很想知道比萨和里窝那那边对这件事是怎么看待的。里瓦莱兹先生刚从那边回来，也许能告诉我们一些情况。”

牛虻没吱声。他凝视着窗外，好像没听见方才的话。

“里瓦莱兹先生！”詹玛唤道。她是唯一坐在他跟前的人，见他仍不作声，便俯身向前碰碰他的胳膊。他慢慢转过脸来，她看到那张面孔是凝固的，僵死得令人感到害怕。一时间，那就像是一张死人的脸，过了一会儿嘴唇才怪模怪样、毫无生气地翕动起来。

“是的，”他低声说，“是一班玩杂耍的。”

她的第一个冲动就是挡住他，免得招来其他人好奇的目光。她并不清楚他中了什么邪，却觉得他的整个身心此时此刻都沉浸于可怕的幻觉和遐想之中。她急忙立起身，站到他与众人之间，将窗子打开，仿佛要朝外看。除过她以外，没有人看见他的这副面孔。

此刻正有一个跑江湖的马戏班子从街上走过，里面有骑毛驴的卖艺人，也有穿着五颜六色衣服的滑稽演员。参加节日欢庆的群众嘻嘻哈哈，推推搡搡，他们和马戏班里的小丑相互取笑并互抛着如雨般的纸带，还把小袋的糖果朝女丑角的怀里扔。那女丑角坐在车上，用金属箔片和羽毛把自己打扮得花枝招展，额头上挂着几绺假鬈发，涂得红艳艳的嘴唇上泛起做作的笑容。车后跟着一长串形形色色的人物——街头流浪儿、乞丐、翻筋斗的小丑以及沿街叫卖的小贩。他们挤来挤去，冲着一个人又是叫骂又是喝彩。由于那人被夹裹在熙熙攘攘的人潮里，詹玛起初没看见。但随后她便清楚地看到那是个又矮又丑的驼子，古里古怪地穿着丑角的衣服，戴着纸帽子，身上挂着铃铛。他显然属于马戏班，以丑陋的鬼脸和扭曲的躯体供人逗乐。

“街上有什么好看的？”里卡多走近窗前问道，“你们好像看得津津有味。”

他有点奇怪，不明白他们怎么会只顾看一个跑江湖的马戏班子，让全体委员候在一旁。詹玛转过身来。

“没什么可看的，”她说，“只不过是个杂耍班子。他们闹哄哄的，我还以为是别的什么呢。”

她站在那儿，一只手搭在窗台上，突然她感到牛虻那冰冷的手指动情地把她的手捏了一下。“谢谢你。”他悄声低语道，随后关好窗户，又在窗台上坐了下来。

“先生们，”他以他那种做作的腔调说，“恐怕我打断了诸位的讨论。我在看……看杂耍表演，那场面很……很有意思。”

“萨康尼在请教你一个问题。”马丁尼态度生硬地说。他觉得牛虻的行为是一种荒唐的装腔作势，令人气恼的是詹玛竟然也不顾分寸地跟他学，这不像平素的她。

牛虻解释说自己到比萨“只是度假”，根本不了解那里人的情绪。随后他立即慷慨激昂地大发议论，先讲农业的前景，继而谈小册子的问题；他结巴着滔滔不绝地朝下讲，直把大伙听得烦透了。他似乎对自己的声音有一种狂热的兴趣。

会议结束时，委员们起身离开，里卡多来到了马丁尼跟前。

“能留下来陪我吃饭吗？法布里奇和萨康尼已答应不走了。”

“谢谢，可我想送波拉夫人回家去。”

“你真的担心我自己回不了家吗？”詹玛起身披上围巾，问道，“他当然会留在你这儿的，里卡多医生。他整天深居简出的，换换环境对他有好处。”

“假如你允许的话，我愿意送你回家，”牛虻插进来说，“我也走那个方向。”

“如果你真走那个方向……”

“我想今晚你不会有空来这里闲坐吧，里瓦莱兹？”里卡多为他们开门时问道。

牛虻回头望了望，哈哈笑着说：“问我吗，亲爱的伙计？我要去看杂耍！”

“真是一个古怪的人，对街头卖艺的有一种奇怪的感情！”里卡多回来招呼其他的客人时说。

“依我看，那是一种伙伴间的感情。”马丁尼说，“如果我见过卖艺的人，那家伙就是其中一个。”

“要是仅仅如此也就好啦。”法布里奇表情严肃地插话说，“倘若他是个卖艺的，恐怕也是个危险分子。”

“怎么危险？”

“哦，我不喜欢他所热衷的那种神秘的观光旅行。要知道，这已经是第三次了。我才不相信他到比萨去了呢。”

“他其实是进山去了，我想这差不多是公开的秘密。”萨康尼说，“他仍跟他在萨维格诺起义中认识的那些走私贩子保持着联系，对此他并不否认。这样，他自然要利用他们之间的友情，把传单运过教皇领地的边界。”

“听我讲，”里卡多说，“这正是我要跟你们谈的问题。我认为，我们何不请里瓦莱兹负责起我们自己的偷运工作？我觉得皮斯托亚印刷厂的经营效率是非常差的。他们运传单的方式太原始，总采用卷在雪茄烟里那一套。”

“截至目前，这方法不是挺好嘛。”马丁尼不服气地说。他见盖利和里卡多老把牛虻当作学习的楷模，不由得有些心烦。他觉得这个“装模作样的冒险家”没来给大家做榜样之前，一切事情照样进行得很顺利。

“截至目前是挺好，也让我们满意，因为我们没有更好的方法；可你知道，许多人遭到了逮捕，许多传单已经被没收。我坚信，如果让里瓦莱兹为我们做这项工作，此类现象便会减少。”

“你怎么会有这种想法呢？”

“首先，走私贩子把咱们视为初入此道的人，或者容易哄骗的蠢蛋，而里瓦莱兹则是他们的私交，很可能还是他们的领袖，为他们所尊敬和信赖。有一点你可以相信：亚平宁山区的走私贩子不愿为咱们做事情，要换上萨维格诺的起义者，他们就甘心效力了。其次，咱们中间没有一个人像里瓦莱兹那样了解大山。别忘了，他曾经逃亡于山中，对走私贩子的路径了如指掌。走私贩子即便想骗他，也没有那个胆，就是有胆量骗他，也骗不过。”

“那么，根据你的建议，咱们应请他全盘负责边境那边的印刷品——分发、投寄和藏匿等，还是只请他帮咱们把东西运过边界？”

“哦，至于投寄的地址以及藏匿的地方，咱们掌握的他可能已经全都知道，还有许多他知道的咱们可能还没掌握。我觉得在这方面，咱们教不了他多少东西。要说分发工作，当然得酌情而定。依我之见，关键的问题是如何偷运过边界。只要东西能安全抵达博洛尼亚，散发出去是比较简单的。”

“在我这一方面，”马丁尼说，“我是反对这个方案的。首先，尽管别人说他如何如何干练，但那只是推测；咱们并没有实际见过他干偷运工作，不知他在危急关头是否能不乱方寸。”

“哦，这一点你根本不用怀疑！”里卡多插话说，“萨维格诺起义的历史证明，他是能保持镇静的。”

“其次，”马丁尼继续说道，“根据我对里瓦莱兹的那点了解，要把党的全部秘密托付给他，我是不放心的。我觉得他既轻浮又做作。把党的秘密运送工作让一个人全权掌握，是件严重的事情。法布里奇，你是怎么想的？”

“如果我只有你这几条反对意见，马丁尼，”教授答道，“我一定会全部收回，因为里瓦莱兹这个人的确有里卡多提到的那些资格。至于我，对于他的勇敢、诚实和冷静我都丝毫不怀疑；而且我们有充分的证据表明，他熟悉大山和山里的人。我倒是有一条反对意见。他到山里去，恐怕不仅仅是为了偷运小册子。我怀疑他有别的目的。当然，这仅仅是怀疑，仅在咱们之间说说。我觉得他可能跟某个秘密社团有瓜葛，也许还是个极端危险的社团呢。”

“你指的是哪一个——是‘红带会’吗？”

“不对，是‘短刀会’。”

“‘短刀会’！可那是一群亡命之徒呀，大多数成员是既没有受过教育又缺乏政治经验的农民。”

“参加萨维格诺起义的人也是这种情况，可他们推举受过教育的人做领袖，这个小社团可能也有这样的领袖。别忘了一个众所周知的现象：罗马格纳的那些比较激进的社团里，大多数成员都是萨维格诺起义中的幸存者，他们觉得自身力量太薄弱，不能以公开起义的方式反抗教会，便转而采用暗杀手段。他们势单力薄，拿不起枪杆子，于是就用短刀代替。”

“但你怎么会认为里瓦莱兹跟他们有瓜葛呢？”

“我不是认为，而仅仅是怀疑。不管怎样，我想最好先把事情搞清楚，然后再把偷运的工作托付给他。如果他脚踩两只船，那就会给咱们党带来极其严重的伤害。他那样只会毁掉党的名声，而他本人则一无所获。这件事咱们以后再谈吧。我要告诉你们一个罗马方面的消息。据说那儿将指定一个委员会负责起草地方自治法案。”

第六章

詹玛和牛虻沿着阿诺河的堤岸默默地走着。牛虻好像失却了口若悬河的狂热劲儿。自从离开里卡多家，他几乎连一句话也没说，而詹玛对他的沉默感到由衷的高兴。她跟他在一起总是觉得尴尬，跟平常相比今天尤为如此，因为他在委员会开会时的古怪举动使她感到十分困惑。

走到乌菲齐宫的门前，他突然停下脚步，身子转向她：

“你累了吗？”

“不累。怎么啦？”

“今天晚上不太忙吧？”

“不忙。”

“我想求你一件事，请你陪我走走。”

“到哪儿去？”

“没什么具体的地方，你愿意上哪里都可以。”

“但这是为什么呢？”

他迟疑了一下。

“我……我不能告诉你……至少，这是很难说出口的；但如果你有空，请你陪我一会儿。”

他突然把目光从地面上抬起，她看到他的眼神非常古怪。

“你一定有心事。”她温和地说。他从别在扣眼里的花朵上扯一片花瓣，一点点把它撕碎。他出奇地像一个人，可那是谁呢？那个人的手指也爱做这种事情，手势也是这么急促和神经质。

“我遇到麻烦了，”他低头盯着自己的手，用一种难以听得清的声音说，“我……今晚不想一个人待着，你愿意陪我一下吗？”

“当然可以，不过还是请你到我的住所坐坐吧。”

“不，请你陪我到餐馆吃点饭。西格诺里亚广场上就有一家。请不要拒绝。好，你答应啦！”

进了餐馆，他点了菜，可自己的那一份却几乎动也不动，闷着头一声不吭，把面包在桌布上搓碎，不安地抚弄着餐巾的边缘。詹玛感到十分不自在，后悔起初不该答应跟他来。沉默让人越来越难堪，可对方似乎忘记了她的存在，所以她不好开口讲话。最后，他突然抬起头说道：

“你想看杂耍表演吗？”

她诧异地凝视着他。他怎么会突然想起要看杂耍表演呢？

“你以前看过吗？”她还没来得及回答，他又问道。

“没有，我想是没看过。我觉得那没什么意思。”

“其实非常有意思。我认为，不看杂耍就无法了解人民的生活。让咱们再回到阿拉格罗斯城门那里去吧。”

他们赶到那儿时，卖艺人已在城门旁搭起了帐篷，刺耳的提琴声和咚咚的大鼓声表明演出已经开始。

这是一种最粗俗的娱乐形式。几个小丑、滑稽演员和走钢丝的艺人，还有一个纵马钻铁圈的骑手和那个浓妆艳抹的女丑角，再加上一个迟钝、愚笨和做出各种怪动作的驼子，这就代表马戏班子的全部阵容了。幽默节目从大体上看并不粗俗或让人讨厌，然而却缺乏生气、了无新意，从头到尾都单调得让人提不起精神。观众们之所以大笑和鼓掌，是出于托斯卡纳人讲究礼节的天性；他们真正能够欣赏的似乎唯有驼子的表演，但那在詹玛看来也没什么诙谐或巧妙的。驼子只是不停地扭曲自己的身体，做出令人讨厌的怪相，观众看了就学样取笑；有的把孩子放在肩头，让小家伙们也欣赏一下“丑人儿”。

“里瓦莱兹先生，你真的认为这很有意思？”詹玛转过头对牛虻说，而牛虻站在她旁边，用胳膊环住一根支帐篷用的木柱。“在我看来……”

她把话打住了，默默望着他。除过她在里窝那自家花园门口见到的蒙太尼里的那张脸，她还从未看见过一个人的面部表情会如此深不可测、绝望和痛苦。她望着他，心里想到了但丁笔下的地狱。

过了一会儿，驼子被一个小丑踢了一脚，便翻个筋斗，像个古怪的肉球一样滚到了圈外。两个小丑之间展开了对话，这时牛虻才仿佛如梦方醒。

“咱们走吧？”他问，“你还想看下去吗？”

“走吧。”

他们离开帐篷，穿过深绿色的草地，向河边走去。有一会儿工夫，两人都没有说话。

“你觉得那表演怎么样？”牛虻隔了一会儿问道。

“我觉得很是枯燥乏味，有个节目让我感到十分不愉快。”

“哪个节目？”

“哦，就是那些做鬼脸和扭曲身体的表演。难看死啦，里面没有任何幽默之处。”

“你是指驼子的表演？”

她没忘记他对涉及自己身体缺陷的话题特别敏感，所以对这一娱乐节目避而不谈，可现在他既然自己问起来了，于是她便答道:“是的，我一点也不喜欢那个节目。”

“那可是人们最爱看的呀。”

“大概是这样的，可糟也糟在这上面。”

“因为它缺乏艺术性?”

“不……不对；那全套节目本来就没有艺术性。我的意思是……那种表演太残酷。”

他笑了笑。

“残酷?你是说对驼子太残酷?”

“我的意思是……那个人自己当然无所谓；毫无疑问，那对他只是一种谋生的方式，就像马戏团演员或女丑角表演一样。可这种现象让人感到痛心。这是耻辱，是一个人的堕落。”

“他不见得就比没干这一行时更堕落。我们当中的大多数人都是堕落的，只不过形式不同罢了。”

“对。可这个……你大概会觉得是荒谬的偏见，可我认为人体是神圣之物，我不愿意看到它受到不恭敬的对待，把它变得遭人厌恶。”

“而人的灵魂呢?”

他突然站住了，一只手扶在堤岸的石头栏杆上，眼睛直视着她。

“灵魂?”她也停下来，诧异地望着他重复道。

他猛然用一种充满了激情的姿势伸出双手。

“你难道从未想到过，那个不幸的小丑也有一个灵魂——一个活生生、拼命挣扎的人的灵魂，被禁锢在那个扭曲的躯壳里，被迫做它的奴隶吗?你对一切都表现出慈善心肠，去可怜那个穿着小丑服装、挂着铃铛的躯体，可你难道从未想到过，那个悲惨的灵魂赤裸得连块遮羞布都没有吗?想一想吧，它在那些观众面前冷得瑟瑟发抖，为耻辱和痛苦感到窒息，他们的嘲弄像鞭子一样抽打在身上，他们的笑声似滚烫的烙铁烧灼着它赤裸的皮肉！想一想吧，它在众人面前是那样可怜无助，四处张望着想找大山帮忙，大山却不肯掩盖在它身上；想向岩石求助，岩石则无心把它遮挡；它羡慕老鼠，因为老鼠可以钻进地洞里躲藏。别忘了，灵魂不会说话，没有声音可以呐喊，只好忍受，忍受，再忍受。唉，我这是在胡说八道！你为什么不笑呢？你简直没有幽默感！”

詹玛慢慢转过身去，在死一般的沉寂中沿着河岸朝前走去。这整整一个傍晚，她始终没想到把他的烦恼——不管是什么样的烦恼——与杂耍表演联系起来；他刚才突发的感慨把自己内心世界的情景隐隐约约地暴露给了她，而她顿生怜悯之心，却找不出一句话来对他说。他走在她身边，转开头，望着河水。

“我想让你明白，”他突然说道，同时冲着她转过头来，一副不可一世的神气，“我刚才说的每一句话都是凭空想象的。我喜欢幻想，但我不愿意让人们把它当回事。”

詹玛没作声。他们默默地继续向前走。途经乌菲齐宫的门口时，他横穿马路，朝着一团靠在栏杆上的黑乎乎的东西俯下身去。

“怎么回事呀，小家伙？你为什么不回家去？”他问道。她从来没听到他用这种温柔的声音说过话。

那团“东西”蠕动了一下，呜咽着低声回答了句什么。詹玛走过去查看，见是一个六岁左右的小孩，衣服又破又脏，蹲在人行道上，像一头受惊的野兽。牛虻弯着腰，用手抚摸着他那乱蓬蓬的脑袋。

“你说什么？”他问道，同时把身子弯得更低了，去细听孩子那难以分辨的话语，“你应该回家睡觉去。小孩子夜里不能待在外边，你会冻僵的！把手伸给我，像男子汉一样跳起来！你住在哪里？”

他抓住那孩子的胳膊想把他拉起来，可那孩子尖叫一声，慌忙躲闪开了。

“喂，你怎么啦？”牛虻问道，一边在人行道上跪下，“啊，夫人，你瞧这儿！”

孩子的肩头和衣服上沾满了血迹。

“告诉我，发生了什么事？”牛虻爱怜地又问道，“是摔倒了吗？不是？有人打你啦？我猜想就是这么回事！谁打的？”

“我叔叔。”

“啊，是吗！什么时候？”

“今天上午。他喝醉了酒，我……我……”

“你碍他的事啦……对吗？小家伙，大人喝醉的时候，你不该妨碍他们，不然他们会不高兴的。夫人，对这个可怜的小孩，咱们该怎么办呢？到亮处来，乖孩子，让我瞧瞧你的肩膀。用你的胳膊搂住我的脖子，我不会弄疼你的。这就对啦！”

牛虻抱起男孩，穿过马路，把他放在宽宽的石头栏杆上。然后，他掏出一把小刀来，灵巧地割开那只已经撕破的衣袖，一边用胸口架住孩子的脑袋，而詹玛在一旁扶住孩子受伤的胳膊。小家伙的肩膀严重擦伤，胳膊上也有一道深深的伤痕。

“伤得很厉害，对你这么一个小人儿来说是够呛的。”牛虻说道，同时用自己的手帕为他包扎伤口，免得让衣服擦来擦去的。“他用什么东西打的？”

“铁锨。我去问他要一个索尔多[1]，想到街角的店里吃碗粥，他就用铁锨劈我。”

---

① 意大利铜币。二十个索尔多相当于一个里拉。

牛虻哆嗦了一下身子。"啊!"他轻声说,"伤口很痛,是吗,小家伙?"

"他用铁锨劈我……我跑开了……我跑开了……因为铁锨劈上了我。"

"你就一直在街上转悠,连饭也没吃?"

那孩子没答话,只呜呜咽咽哭起来。牛虻把他从栏杆上抱下来。

"别哭啦,别哭啦!马上一切都会好的。不知能不能叫到车。恐怕所有的马车都到剧院门口等客去了,今晚那里有精彩的表演。夫人,我很抱歉,把你拖累了这么久,可……"

"我很愿意跟你一道去。你也许会需要人帮把手呢。你觉得自己能把他抱那么远的路吗?他很沉吧?"

"哦,我可以抱得动,谢谢你。"

在剧院门口,他们发现只有几辆马车候在那里,而且都有包的主了。剧院散了场,大多数观众业已离开。墙头海报上以大字印着绮达的名字,她演的是芭蕾舞节目。牛虻让詹玛等他一会儿,随后便走到演员的出入口那儿,跟一名值班员搭讪。

"莱尼小姐走了没有?"

"没有,先生。"那人答道,一边呆呆地望着眼前的景象——一位衣冠楚楚的绅士怀里竟抱着一个衣衫褴褛的街头小叫花子。"我想莱尼小姐这就出来了,她的车正在等她。哦,她出来啦。"

绮达倚着一位青年骑兵军官的胳膊走下楼来。她看上去美丽极了,晚礼服上罩着一件火红色鹅绒披风,腰间挂一把鸵鸟毛大扇子。来到门口,她突然停下来,从军官的胳膊弯里抽出手,神情诧异地走到牛虻跟前。

“费利斯！”她压低声音嚷嚷道，“你怀里抱的是什么东西？”

“这是我在街上捡到的小孩。他受了伤，还饿着肚子，我想尽快把他弄回家。到处都叫不到车，所以我想用你的车。”

“费利斯！你不能把一个讨人嫌的小叫花子往你的房间里弄！叫个警察来，把他送到收容所里去，或别的什么适合他的地方。你总不能把全城的穷孩子都……”

“他受了伤，”牛虻重复着刚才的话，“如果有必要，明天送他进收容所，眼下我得先照料他，给他点东西吃。”

绮达反感地皱了皱眉头。“你竟让他把头贴在你的衬衫上！你怎么能这样呢？他脏得很！”

牛虻突然怒火迸发，抬头看了她一眼。

“孩子在饿着肚子，”他凶暴地说，“你是不知道挨饿的滋味吧？”

“里瓦莱兹先生，”詹玛走上前来插话说，“我住得很近。咱们把孩子送到那儿吧。如果还是找不到车，就留他在我家里过夜。”

牛虻飞快地转过身来问：“你不介意？”

“当然不介意。晚安，莱尼小姐！”

那吉卜赛女郎不自然地鞠了个躬，生气地耸耸肩，复又勾起那位军官的胳膊，撩起裙裾，冲过他们身旁走向那辆双方争着坐的马车。

“如果你愿意，里瓦莱兹先生，我让车再拐回去接你和这孩子。”她在门阶上停顿了一下说。

“很好，让我把地址留下。”牛虻走到人行道上，把地址给了马车夫，然后又抱着孩子回到詹玛身边。

卡蒂正在等女主人回家，听了发生的事情，忙跑去取热水及其他必需品。牛虻将孩子放在一把椅子上，跪在他身旁，熟练地剥下那褴褛的衣衫，接着用温柔、灵巧的手法为他清洗和包扎伤口。他刚给男孩擦完澡，正把一条暖和的毯子往他身上裹，詹玛手中端着只盘子走了进来。

“你的病人准备好吃饭了吗？”她问道，同时冲那个新来的小客人嫣然一笑，“他的这顿饭是我亲手做的。”

牛虻站起来，把脏衣服卷到一处。“你的房子恐怕被弄得乱七八糟了。”他说，“这堆衣物最好赶快扔到火里去，明天我给他买新衣服穿。家里有白兰地吗，夫人？我想让他喝一点儿。如果你允许的话，我要把我的手洗一洗。”

那孩子一吃完饭，立即躺在牛虻的怀里睡着了，蓬乱的脑袋靠在他雪白的衬衣上。詹玛在帮卡蒂整理完这乱糟糟的房间后，在桌子旁坐了下来。

“里瓦莱兹先生，你必须先吃点东西再回家——晚饭你就没吃什么，而且现在天也非常晚了。”

“如果方便的话，我想按英国的方式[①]喝杯茶。很抱歉，害得你这么晚睡不成觉。”

“别客气！没什么。快把孩子放到沙发上，别累着了你。稍等一下，让我在坐垫上铺块布单。你打算把他怎么办？”

“明天吗？查一查他除了那个野蛮的酒鬼之外，还有没有别的亲戚。如果他无旁的亲戚，我想我得采纳莱尼小姐的建议，送他进收容所。也许，最仁慈的做法是在他脖子上绑一块石头，把他沉到河里去，可这会给我带来不愉快的影响。睡熟啦！你这可怜的小倒霉蛋，没有能力保护自己，远不如一只迷途的猫！”

---

① 指饮茶时，客人不必坐到桌旁。

当卡蒂把茶盘端进来时，那男孩睁开眼睛坐了起来，露出一副惶惑的神情。接着他认出了牛虻，扭动身子下了沙发，披着毯子磕磕绊绊地走过来跟牛虻依偎在一起，因为他已把牛虻视为自己理所当然的保护人。他此时精神焕发，变得喜欢盘根究底了，指着牛虻那只拿着一块蛋糕的伤残的左手问道：“那是什么？”

“这个？蛋糕呀！你还要吃吗？我觉得你已经吃够了，还是等到明天再吃吧，小不点儿。”

“不对，是那个！”小家伙伸出手，摸了摸牛虻的几个断了手指的指根以及手腕上的大疤痕。牛虻放下了手中的蛋糕。

“啊，那个！跟你肩上的伤是一种情况——是一个比我强壮的人打的。”

“当时痛得厉害吗？”

“哦，说不清楚——不见得比别的伤痛到哪里去。好啦，回去接着睡你的觉吧，深更半夜的不要问这问那了。”

马车来到时那孩子又睡着了。牛虻没叫醒他，轻轻抱起他出了房间，向楼梯走去。

“今天在我看来你就是一个助人为乐的天使。”他在门口停下来，对詹玛说道，“但我认为不该让这一点在以后妨碍咱们痛痛快快地争吵。”

“我并不想跟任何人争吵。”

“哦，可我想。没有了争吵，生活会让人无法忍受。好的争吵是生活的乐趣，比看杂耍要有趣！”

说完，他抱着熟睡了的孩子下楼去了，一路上顾自低声笑着。

第七章

一月份第一个星期里的一天，马丁尼发出了一些请帖，让大家参加文学委员会每月一次的例会，从牛虻那儿得到的答复却是用铅笔写成的潦潦草草几个字：“非常遗憾，不能赴会。”马丁尼有点恼怒，因为请帖上已注明“有要事相商”。牛虻这种满不在乎的做法让他觉得有些无礼。另外，这一天之内他就收到三封报告坏消息的信，而且又刮起了东风，所以马丁尼情绪沮丧，脾气很坏。开会时，里卡多医生问他：“里瓦莱兹没来吗？”他满脸不高兴地说：“没来。他手头似乎有更重要的事情，来不成，或者他不想来。”

“实话讲，马丁尼，”盖利愤慨地说，“你差不多是佛罗伦萨成见最深的一个人。你只要反对哪个人，他做的每件事就都是错的。里瓦莱兹拖着病体怎么能到这儿来呢？”

“谁告诉你他病了？”

“你不知道吗？他已经卧床四天了。”

“他患的是什么病？”

“不清楚。他原本在星期四和我有个约会，却因病耽搁了。昨晚我去看他，可听说他病得不能见人。我想里卡多会照料他的。”

“我一点风声都没有听到，今晚我去瞧瞧，看他需要什么。”

第二天早晨，里卡多来到了詹玛的小书斋，看起来脸色苍白，非常疲倦。詹玛正坐在桌旁，对着马丁尼念出一长串单调的数字，后者一手拿放大镜，一手握一支削得很尖的铅笔，在一本书的纸页上做细小的记号。詹玛做了个手势，让他不要出声。里卡多情知写密码时不可打扰，于是在她身后的沙发上坐下，哈欠连天，昏昏欲睡。

"2，4；3，7；6，1；3，5；4，1；"詹玛用机器一样单调的声音朝下念着，"8，4；7，2；5，1；这一句完了，西萨尔。"

她把一枚扣针扎在纸上标出停顿的位置，这才转过身来。"早上好，医生。你看上去很憔悴。身体还好吧？"

"哦，身体倒是挺好，只是累得不行。我陪着里瓦莱兹受了一夜的罪。"

"陪里瓦莱兹？"

"是的，我陪了他一个通宵，现在得到医院招呼病人了。我来这里，是想看你能不能找个人照料他几天。他的状况糟透了。我当然会竭尽全力的，可眼下的确抽不出空来。我说派个护士去，他却死也不肯。"

"他得的是什么病？"

"哦，情况非常复杂。首先……"

"首先，你用过早餐了吗？"

"用过了，谢谢。毫无疑问，里瓦莱兹有很多神经方面的问题，这使得他的病情趋于复杂化；但主要的病因是旧伤复发，都怪当初治疗伤口时太掉以轻心了。总之，他的健康已到了崩溃的边缘。我想他的伤口是在南美战争中落下的，当时肯定没有得到精心治疗。战场上的医疗条件可能非常恶劣，他能活下来就算很幸运的了。不过，他的伤有慢慢转成炎症的倾向，任何小小的刺激都可能引起发作……”

“很危险吗？”

“不，不危险；一旦发作，主要的危险是病人会不顾一切地吞服砒毒。”

“肯定是痛得很厉害吧？”

“简直可怕极了，真不知他怎么受得了。昨天夜里我不得不用鸦片麻醉他——对于一个神经质的病人我不愿采用这种方法，可总得为他止痛呀。”

“我想他的神经太紧张了。”

“紧张得厉害，可他的勇气令人佩服。昨天夜里，他只要不是痛得死去活来，那镇定的劲儿还是非常惊人的。不过到了最后，我还是对他采用了下策。你猜猜，他熬了有多长时间？整整五个通宵！除了那个愚蠢的女房东，没有一个人在跟前。而那女房东睡起觉来，就是房塌了也不会醒的；即便能叫醒，她一点儿用也不顶。”

“可那个芭蕾舞女演员哪儿去了？”

“对呀，这岂不是咄咄怪事吗？他硬是不准她靠近他，对她有一种病态的恐惧感。总而言之，他是我所遇到的最难琢磨的人——完全是一个矛盾的综合体。”

里卡多掏出怀表，心事重重地看了看说：“到医院去得迟到了，可这也是迫不得已啊。这一下，助理医生得独立开诊了。要是早一些知道他的病情就好了，不该让他一夜一夜地拖着。”

“可他到底为了什么不让人捎个信来呢？他该知道咱们不会丢下他不管的呀。”马丁尼插嘴说。

“医生，”詹玛说，“昨天夜里你真该派人来叫我们，省得把你累成这个样子。”

“我亲爱的夫人，我原打算去叫盖利，可里瓦莱兹一听便像发了疯一样，我也就不敢叫了。我问他愿意把哪个人请来，他却似吓破了胆一般把我打量了一会儿，然后抬起双手捂住眼说：‘别告诉他们，他们会笑我的！’他好像沉湎于某种幻想之中，看到人们在嘲笑什么，而具体是什么我却无从得知，因为他口里一直在讲西班牙语。患了病的人有时会说出一些离奇古怪的事情来。”

“现在谁跟他在一起？”詹玛问。

“除了那个女房东以及女仆，没有旁的人。”

“我马上到他那儿去。”马丁尼说。

“谢谢你，晚上我再过去看看。你可以在大窗户跟前的桌子抽屉里找到一张写好的处方，而鸦片放在隔壁房间的架子上。如果疼痛再次发作，就给他服一剂——不能多给；无论如何不能够把药瓶放在他够得着的地方，否则他可能会服下过量的鸦片。”

马丁尼进入阴暗的房间时，牛虻急忙把头扭了过来，冲他伸出一只滚烫的手，拙劣地模仿着自己平素那种玩世不恭的腔调说：

“啊，马丁尼！你来这里是为了那些校样吧。我昨天晚上没参加会议，你现在骂我也没用；实际上，我身体不舒服……”

“别提开会的事了。我刚才见到里卡多了，我来这儿是想知道能否帮点忙。”

牛虻的脸僵硬得像块石板一样。

“啊，真的！太麻烦你啦，但这不值得你跑这一趟。我只是有点不适罢了。”

“情况我都听里卡多讲了。他守了你一个通宵，这我都知道了。”

牛虻恶狠狠地咬住嘴唇。

“我的情况很好，谢谢你，不需要帮忙。”

“好吧，那我就坐到另一个房间里去；也许你情愿一个人待着。我把那扇门开着，需要时就喊我。”

“请不必费心啦，我的确不需要人帮忙。你在这里只会白白浪费时间。”

“胡扯，伙计！”马丁尼粗鲁地打断他的话说，“讲这种话骗人又有什么用呢？你以为我没长眼睛？你安静地躺着别动，能睡着你就睡。”

他到了隔壁的房间，让房门开着，坐下来看书。隔了一会儿，他听见牛虻烦躁地翻了两三次身子。他放下书，侧耳静听。那边静了一会儿，接着又是一阵辗转反侧；随后便听见牛虻急促而沉重的喘息声，因为他正咬紧牙关想把呻吟声压下去。马丁尼回到了那房间。

“我能为你做些什么呢，里瓦莱兹？”

无人回答。他走过去，到了病榻旁。牛虻的脸色像鬼一样铁青，盯着他瞧了瞧，一声不语地摇摇头。

“我再给你一剂鸦片，好吗？里卡多吩咐过，要是疼得太厉害，就让你服鸦片。”

“不，谢谢你，我可以再忍一会儿。用不了许久，疼痛或许会加剧。”

马丁尼耸了耸肩，在病榻旁坐了下来。他默默地观察了一个小时，这段时间像永无止境似的；随后，他站起身，把鸦片取了来。

“里瓦莱兹，我不能让你再这样下去了。即便你能熬得住，我也受不了了。你必须把这药服下去。”

牛虻一声不吭地把药服了下去。然后，他转过脸去，合上眼睛。马丁尼又坐了下来，听着他的呼吸逐渐变得深沉和均匀。

牛虻已精疲力竭，一旦睡去是不容易醒来的。一连数个小时，他纹丝不动地躺着。从白天直到夜晚，马丁尼来查看了好几次，见他那一动不动的躯体除呼吸之外，再没有一点生命的迹象。那张面孔苍白无色，最后使马丁尼突然心生恐惧：是不是给他的鸦片剂量太大了呢？那条受过伤的左胳膊放在床单上，马丁尼抓住胳膊，想轻轻地把沉睡的牛虻摇醒。这样一来，牛虻未系扣的衣袖向后滑去，露出一片深深的可怕伤痕，从手腕到胳膊肘全都布满了。

“这些伤疤刚落下来的时候，他的胳膊一定非常好看。”里卡多的声音在他身后响起。

“啊，你终于来了！你瞧瞧吧，里卡多，这个人难道会长眠不醒了吗？大约十个小时前我让他服了一剂鸦片，自那以后他连肌肉都没有动一动。”

里卡多俯下身子听了听。

“没事儿，他的呼吸很正常。这只是过度疲倦造成的。他折腾了一夜，当然会睡得这么死。天亮前可能还有一场发作，希望能有人守在这里。”

“盖利会守在这里的。他派人捎了话，说他十点钟来。”

“现在已快到十点了。啊，他醒过来了！去让女仆把肉汤热一下。轻点——轻点，里瓦莱兹！好啦，好啦，你不必奋起战斗，朋友，我可不是大主教！”

牛虻吃了一惊,显出畏缩和恐惧的神情。“轮到我了吧？”他用西班牙语仓皇地说。“那我就叫人们乐一乐。我……啊，我没看到是你，里卡多。”

他向四周看了看，用手揩了下额头，仿佛有些不知所措。“马丁尼！哦，我以为你已经走了呢。我肯定是睡过去了。”

“你睡了十个小时，像童话故事里的睡美人一样。现在你得喝点肉汤，然后再睡你的觉。”

“十个小时！马丁尼，你肯定不会一直守在这里吧？”

“我一直在这儿，我还害怕给你服的鸦片太多了呢。”

牛虻狡黠地瞥了他一眼。

“没那么幸运！真是那样，委员会开会时你们不是会安宁一些吗？你到底想干什么，里卡多？求求你，就不能让我安静安静吗？我可不愿让医生横挑鼻子竖挑眼。”

“好吧，你把这肉汤喝下去，我可以不找你的碴。可是，过一两天我还要来，给你做个彻底检查。我想你已经挺过了最难的一关。现在你的气色不是那么惨不忍睹了。”

“啊，我很快就会没事的，谢谢。那是谁……盖利吗？今天晚上好像所有的仁人义士都聚集在我这儿了。”

“我是来守夜的。”

“鬼话！我不需要任何人守夜。你们都给我回家去。即便我的病再发作，你也帮不上忙。我不愿持续不断地服鸦片。这种东西服上一次就够了。”

“恐怕你是对的，”里卡多说，“但你的这种决定不一定容易坚持到底。”

牛虻笑着望了他一眼，说：“别担心！我要是对这种玩意儿上瘾，那我早八辈子就是瘾君子了。”

“不管怎样，不能把你一个人丢在这里。”里卡多干巴巴地回话说，“盖利，你跟我到另一个房间去一下，我有话对你说。晚安，里瓦莱兹，我明天再来看你。”

马丁尼跟在他们后边走出房间时，听到牛虻在轻声叫他的名字，并冲他伸出一只手来。

“谢谢你。”牛虻说。

“啊！哪里的话！快睡觉吧。”

里卡多离开后，马丁尼在外间屋又跟盖利聊了一会儿。打开前门的时候，他听见有辆马车停在了花园门外。只见一个女子的身影下了车，沿着小径走过来。那是绮达，显然是刚参加完晚会回来。他取下帽子，站立一旁让她过去，然后出了门走入那条通往帝国山丘的黑巷子里。隔了一会儿，那扇花园大门吱扭响了一声，有人迈着急促的脚步沿着巷子撵了上来。

“请等一下！”绮达说道。

他回过身去迎她时，她却猛然收住了步子，随后顺着篱笆慢吞吞地朝他走来，将一只手背在身后。拐角处孤零零地挂着一盏路灯，他借着灯光瞧见她低垂着头，好像有些窘迫或者羞怯。

“他怎么样？”她头也未抬地问。

“比今天上午好多了。他差不多睡了一整天，现在看起来不那么无精打采了。我觉得险情已过。”

她的目光仍旧盯着地上。

“这次发作很厉害吗？”

“依我看，不会有比这更厉害的了。”

“我想也是这样。他每次不许我进屋，就说明他病得很厉害。”

“他常常像这样发作吗？”

“那得根据……不太有规律。去年夏天在瑞士他还好好的，可冬天我们到了维也纳，情况就糟了。他一连数日都不许我接近他。他病的时候不愿让我守在跟前。”

她抬起头望了望，又垂下眼帘继续说道：

“他觉得快发作的时候，总是以这样或那样的借口打发我去跳舞、听音乐会或其他什么的。然后他就把自己反锁在房间里。我常常溜回来坐在门外，可他一旦知道就会勃然大怒。狗要是叫几声，他会把狗放进屋，但绝不放我进去。我觉得他更关心的是狗。”

她的语气里蕴含着一种奇特、阴郁的不忿情绪。

“哦，但愿他的病再也不要发作得这么厉害了。”马丁尼和善地说，“里卡多医生正在为他认真地治病，也许还能根治呢。不管怎样，经过治疗，他的病情眼下缓解了。不过，下一次你最好即刻通知我们。如果我们早一些时候知道，他就可以少吃许多苦头。再见！”

他把手伸了出去，可她急忙做了个拒绝的手势，向后一缩身子。

“我不明白你为什么愿意跟他的情妇握手。”

“当然，随你的便了。”马丁尼尴尬地说。

绮达突然跺了跺脚。“我恨你们！”她叫喊道，一边用一双像燃烧的炭火一样的眼睛盯着他，“我恨你们所有的人！你们来这里跟他谈政治，他允许你们通宵达旦地陪着他，还允许你们给他吃止疼药，我却连从门缝里看他一眼都不敢！他是你们的什么人？你们有什么权利把他从我的手中抢走？我恨你们！我恨你们！我恨你们！”

她伤心地呜咽起来，回身冲进花园，当着他的面砰的一声关上了门。

“老天哪！”马丁尼一边顺着巷子朝前走，一边自言自语道，“那姑娘真心地爱着他！好一桩离奇古怪的风月案……”

第八章

牛虻的病体恢复得很快。第二个星期的一天下午，里卡多发现他穿着一件土耳其式睡衣躺在沙发上跟马丁尼和盖利闲聊。他甚至说要下楼走走，里卡多听了只是付之一笑，问他想不想先穿越峡谷去菲耶索莱旅游一趟。

“你可以去拜访格拉西尼夫妇换换心情，”里卡多又挖苦地说，“我敢肯定那位贵妇人见到你会很高兴，尤其是现在你脸色苍白，显得很有意思。”

牛虻把双手握在一起，摆了个悲剧式的姿势。

“哎呀！我怎么没想到这一点！她会把我当作意大利的一位义士，跟我大谈爱国主义。我应该假戏真做，告诉她我在地牢里被大卸八块，后又被潦草地东拼西凑在了一起。她一定很想知道我在那个过程中有什么样的感受。里卡多，你认为她不会相信？我可以拿我的印第安匕首跟你医疗室里的那瓶绦虫打赌，她肯定会对我编造的弥天大谎信以为真。我的赌注是很大方的，你最好接受吧。”

“谢谢，我不像你那样喜欢凶器。”

“哦，绦虫和匕首一样凶残，随时能害死人，而且远不如匕首漂亮。”

“但很不凑巧，我亲爱的朋友，我不想要匕首，只想要绦虫。马丁尼，我得赶快走了。你负责管理这个任性的病人吗？”

“我只负责到三点钟。我和盖利到时候要去圣米涅多，波拉夫人将守在这里，等我回来接替她。”

“波拉夫人！”牛虻以一种惶恐的语气念叨道，“喂，马丁尼，这绝对不行！绝不能让一位夫人为我以及我的疾病牵肠挂肚。再说，让她坐哪里呢？她绝不愿意到这屋里来。”

“你是从什么时候穷讲究起礼节了？”里卡多大笑着问，“老伙计，波拉夫人是我们全体的护士长。自从穿短裙的时候起，她就开始照顾生病的人了，而且比我所认识的任何一个护士都干得出色。还说她不愿进你的房间呢！啧，你要是指格拉西尼的那个女人还可以！马丁尼，如果是波拉夫人，我就不用留处方了。哎呀，已经两点半啦，我得走了！”

“喂，里瓦莱兹，在她来之前，把你的药吃下去。”盖利端着一只药杯走近沙发说。

“又是该死的药！”牛虻已达到康复期的阶段，正是让忠实的护士头痛的时候，“我……我已经不痛了，为什么还要让我服……服这种可怕的东西？”

“只因为我不愿让你旧病复发。波拉夫人来后，你要是发作起来，她就得给你服鸦片，这绝对不合你的心意。”

“我的好……好先生呀，疼痛要发作是阻挡不住的；它又不是牙……牙痛，能用你的烂药水吓退。这种药水治我的病，宛若用玩具水枪救火。不过，我想你是非达到目的不可。”

他用左手接过药杯。盖利一看见那些可怕的疤痕，又想起了以前的话题。

“顺便提一下，”盖利说道，“你怎么落下这许多疤？是在战场上吧？”

“喂，我不是告诉过你，那是在秘密地牢里发生的事情……”

“是啊，可那套故事适合格拉西尼夫人听。说真的，这些伤大概是在跟巴西人交战时落下的吧？”

“不错，那时负了些伤，后来在蛮荒区域狩猎，又干过这样那样的事情，伤疤就多了。”

“啊，对了，你指的是科学探险途中发生的事情。你可以扣上你的衬衣，我的话问完了。看来，你在那地方有过一段激动人心的经历呀。”

“哦，当然喽，生活在蛮荒的国度里，冒险是在所难免的。”牛虻轻描淡写地说，“而且不见得每次冒险都让人感到愉快。”

“话又说回来，我还是不明白你怎么落下这许多疤痕，除非是跟野兽恶斗过——就拿你左臂上的一片疤痕为例吧。”

“哦，那是在打美洲狮的时候落下的。是这样的，我当时开了枪……”

有人敲响了门。

“屋里整齐吗，马丁尼？整齐？那你把门打开。这真是太让你费心啦，夫人。请原谅，我就不起来了。”

“你当然不该起来，我来这儿又不是做客。西萨尔，我稍微来早了点。我想你们也许急着走呢。”

“我可以再待一刻钟。请允许我把你的外套放到另一个房间去。是否把篮子也提过去？”

“当心点，里面有新鲜的鸡蛋，是卡蒂今天早晨从奥利维托山弄来的。里瓦莱兹先生，这几朵圣诞玫瑰是送给你的。我知道你喜欢鲜花。”

她在桌旁坐下来修剪花茎，把花插进一只花瓶里。

“喂，里瓦莱兹，”盖利说，“把你刚刚开了个头的那个打美洲狮的故事给我们讲完。”

“啊，好呀！夫人，盖利正在问我在美洲的那段生活；我刚正在告诉他，我的左臂是怎样弄得伤痕累累的。事情发生在秘鲁。当时我们涉过一条河追猎一只美洲狮，我冲着那野兽开了一枪，可是却哑了火，原来弹药被水浸湿了。美洲狮自然没有等着我把故障排除，结果我就负了伤。”

“那一定是段妙趣横生的经历。”

“啊，还不赖！有欢乐当然就会有痛苦。不过，总体来说，那是一种精彩的生活。就拿抓大毒蛇为例……”

他喋喋不休地把奇闻趣事一桩桩地娓娓道来，忽而讲阿根廷战争、巴西探险以及狩猎的事迹，忽而又讲遭遇野人或猛兽的经历。盖利就像小孩子听童话故事一样兴致勃勃，不时还打断他的讲述，提些问题。他具有那不勒斯人那种易受感染的天性，喜欢一切动人心魄的东西。詹玛从篮子里取出针线活来，一边低头忙于编织，一边默默地听着。马丁尼眉头紧皱，烦躁不安。他觉得牛虻那样夸夸其谈地讲述奇闻趣事，有点刻意。他上个星期目睹了牛虻是怎样以惊人的毅力忍受着肉体上的痛苦，尽管不由得对他肃然起敬，可他打心眼里不喜欢牛虻以及他的一举一动和为人处世。

“那一定是一种辉煌的生活！”盖利带着羡慕的心情，天真地感叹道，“真不明白你怎么舍得离开巴西。有了那样的经历，再到别的国家去，一定觉得平淡乏味！”

“我认为，在秘鲁和厄瓜多尔的那段时光是最幸福的。”牛虻说，“那的确是山清水秀的地方。当然，天气是非常热的，尤其是厄瓜多尔的海岸地区，让人有点熬不住；可那儿的风景之秀丽，超出了人们的想象。”

“我相信，”盖利说，“野蛮国度里的那种自由自在、无拘无束的生活，比任何景色都更令我向往。在那里，一定能感受到自身的人性尊严，可是我们在拥挤的城镇里却永远也感受不到。”

“是啊，”牛虻回答道，“那是……”

詹玛把目光从编织物上抬起，望了他一眼。他霍然飞红了脸，打住了话头。接着便是短时间的沉默。

“该不是又犯病了吧？”盖利关切地问。

“啊，不是那么回事，多亏你给我吃了我曾诅……诅咒过的止……止痛药。马丁尼，你是不是该出发啦？”

“是的，走吧，盖利，不然会迟到的。”

詹玛随在他们俩后边出了房间，不大一会儿端来一碗牛奶冲的鸡蛋。

“请你把这吃下去！”她以温和的命令语气说，然后又重新坐下来做活计。牛虻顺从地按她的吩咐做了。

足足有半个小时，两人谁都没说话。后来，牛虻以非常低的声音说：

“波拉夫人！”

詹玛抬头望去。牛虻正在用手扯毛毯上的饰穗，眼睛低低垂着。

“你不相信我刚才讲的是实话。”他说道。

“我丝毫不怀疑你在编造谎言。”詹玛平静地说。

“一点不错，我一直在扯谎。”

“你是指打仗的事吗？”

“指所有的一切。我压根儿就没参加过那次战争；至于探险的经历，当然我的确冒过几次险，那些故事多半是真实的，但那并不是我负伤的原因。你既然看穿了我的一个谎言，我索性把其他的也招供出来。”

“扯那么多的谎，你就不觉得太浪费精力了吗？”她问，“依我看，不值得那样做。”

“有什么办法呢？你知道，你们英国有句俗话：‘不提问题，就听不到谎话。’我并不喜欢哄人，可人家问我怎么变成了残废，我总得回答呀。在讲述原因时，我索性编造出一些动听的情节来。你也看到了盖利是多么高兴。”

“你宁愿取悦盖利，也不愿以实情相告？”

“讲实情！”牛虻抬起头来，手里握着已经扯下的毛毯饰穗，“你让我对那些人讲实情？我宁愿先把我的舌头割掉！”随后，他又显得有些窘迫和难为情，慌忙说道：“我从未给任何人讲过实情；不过，如果你愿意的话，我可以讲给你听。”

詹玛默默地放下了手里的活。这个冷酷、神秘、讨人厌的男人，突然要向自己不太了解而且不大喜欢的一个女人吐露心中的秘密，这在她看来着实可悲可叹。

随之而至的是长时间的沉默，这使她抬起了头来。只见他把左胳膊支在旁边的小桌子上，用那只伤残的手遮住眼睛。她注意到他的手指神经质地绷得紧紧的，手腕上的疤痕一跳一跳的。她走上前，轻轻唤了声他的名字。他猛然吃了一惊，把头抬了起来。

“我忘……忘了……”他结巴着道歉说，“我正……正要给你讲……”

“是讲导致你跛足的事故或别的什么原因。不过，如果会给你带来烦恼的话……”

“事故？啊，对，我负了重伤！不过，那不是一次事故，而是被一根拨火棍打的。”

她诧异地呆呆望着他。他用一只发抖的手把头发朝后捋了捋，笑吟吟地抬头瞧着她。

“你不愿坐下来吗？请你把椅子朝跟前挪挪。很遗憾，我不能为你效力。说……说真的，现在想起来，当时要是里卡多为我治伤，他一定会把我的伤势看作珍……珍贵的宝……宝库；他对破碎的骨头有着真正的外科医生所独具的爱好，而我觉得那一次我身上凡是能打碎的部件全都被打碎了——只除过我的脖子。”

“还有你的勇气。”詹玛轻声插话说，“也许你把勇气是列在不能打碎的东西里的。”

他摇了摇头。“不对，”他说道，“我的勇气是跟我身上别的部件一道胡乱修补起来的；当时，它被击得粉碎，和一只破碎的茶碗一样。最糟糕的正是这一点。啊，我刚才说要讲拨火棍的事呢。

“那是……让我想一想，那是大约十三年前在利马的时候。我曾对你说过，秘鲁是一个充满欢乐的宜居国家，可是对于像我当时那样身无分文的人来说，就不那么美好了。我去过阿根廷，后来又前往智利，大部分时间是在漂泊和忍饥挨饿中度过的。最后，我在一条运牲口的船上当帮手，从瓦尔帕莱索一路抵达了智利。在利马找不到工作，我就下码头碰运气——你知道，那些码头处于卡利欧海港。当然喽，所有的船港都有水手们聚集的乌七八糟的场所；过了一些时候，我被一家赌馆雇去当仆人。我得煮饭，在弹子台上计分，给水手们以及他们的女人端茶送酒，或做其他诸如此类的事情。那不算十分好的工作，但我很高兴，因为至少有饭吃，还可以看到人类的面孔，听到人类的说话声。你也许认为那不是什么优越之处，可我当时刚刚患过黄热病，曾独自一个人躺在一个凄凉的废弃草棚的外屋里，那情景让我心有余悸。一天晚上，一个醉醺醺的印度水手在赌馆里寻衅闹事，因为他一上岸就把钱输了个精光，正没处撒气，老板命令我把他赶出去。当然，如果我不想丢掉饭碗，不想饿死，就得服从命令。可是，那个水手的力气是我的两倍——我那时还不满二十一岁，又刚患过黄热病，身体弱得跟猫一样。再说，他手里还拿着根拨火棍。”

他停顿了一会儿，偷眼瞧瞧詹玛，然后又继续讲述道：

“显而易见，他意在一下子结果了我。可是他的活干得有点粗糙，没有把我全部的部件都砸碎，使我得以苟延残喘。”

“啊，可是旁的人呢？他们就不能出面干涉吗？难道他们都怕一个印度水手不成？”

牛虻抬起头来，迸发出一阵大笑。

“旁的人？那些赌徒和赌馆里的人吗？唉，你不明白！他们中有黑人和中国人，鬼知道还有哪些人。我是他们的奴仆——他们的财产。他们自然要站在一边看热闹。在那儿，这种事情是惹人开心的快乐游戏。说来也的确让人开心，只要你自己没有充当游戏里的玩物就行。”

詹玛不寒而栗。

“那么，最后怎么样了呢？”

“这我就讲不出许多情节了。通常情况下，一个人在经历过那种事情之后，几天内是记不得什么的。碰巧附近的船上有个外科医生，人们大概发现我还没死，就把他请了来。他凑合着把我缝了起来——里卡多似乎认为他缝得非常糟糕，可这也许是同行间的妒忌吧。总之，待我清醒过来时，一个土著老妪出于基督徒的慈悲之心收留了我。听起来很离奇，是吧？她常常蜷缩在茅屋的角落里抽黑烟斗，一个劲儿地朝地上吐痰，自顾自地哼歌。不过，她的心肠是蛮好的，她告诉我说我尽可以安安静静地死去，没有人会打搅我。可我抵触的情绪很强烈，做出了活下去的选择。挣扎着活下去是件非常难的事情，有时我觉得花那么大的力气着实得不偿失。不管怎么说，那个老妪的耐心是很惊人的；她留我在她的茅屋里躺了……有多长时间呢？……将近四个月；我时常像疯子一样说胡话，有时还似发怒的熊一般凶狠。我当时痛得死去活来，你知道，由于小时候过分娇生惯养，我的脾气被宠坏了。”

“后来呢？”

“哦，后来嘛……我挣扎起身，悄悄走掉了。不要以为我是体贴那个可怜的女人，不忍心接受她的恩惠，其实我早已麻木不仁了。我溜走，只是因为我再也无法忍受那个地方。你刚才还谈到我的勇气，你是没见我当时的那个样子！每天傍晚，约莫在黄昏时分，是我痛得最厉害的时候；下午，我独自一人躺在那里，观望着太阳渐渐西沉——啊，那是你无法理解的！如今我一看见日落，心里就感到不舒服！”

一阵长时间的沉默。

“哦，后来我满世界乱跑，想看看是否能找个活干——再在利马待下去，我会被逼疯的。我一直流浪到库斯科市，而那里……真的，我不知道自己为什么要把这些前尘旧事讲给你听；这些陈芝麻烂谷子甚至让你取笑都没劲儿。”

詹玛抬起头，用深沉而恳切的目光望着他。“请别这样讲话。”她说。

他咬着嘴唇，又扯下了一条毛毯饰穗。

“还要我说下去吗？”他隔了一会儿问道。

“如果……如果你愿意的话。恐怕回忆过去对你是件可怕的事情。”

“你以为我闭口不谈就是忘记了吗？那样更糟。不过，你不要以为我久久难忘的是事情本身。其实，我忘不了的是我曾丧失了自控力。”

“我……我觉得，我不太明白你的话。”

“我是说，我的勇气曾经到了尽头，最后我发现自己竟然是个懦夫。”

“每个人的承受力自然都是有限度的。”

“是的。一个人一旦达到过那种限度，那么他就不知道什么时候能够再次达到。”

“你是否能告诉我，”她犹豫地问，“你怎么会在二十岁的时候独自一人流落到那里？”

“经过非常简单：在这个古老的国家里，我原先过着优裕的生活，后来便离家出逃了。”

“为什么？”

他又爆发出一阵急促而刺耳的笑声。

“为什么？我想大概因为我是一个不知天高地厚的初生牛犊吧。我在一个条件过于优渥的家庭里长大，备受娇惯宠爱，于是乎我认为这个世界是用粉红色的棉絮和糖衣杏仁做成的。后来在一个晴朗的日子，我发现一个我所信赖的人欺骗了我。喂，你怎么这样吃惊！怎么回事？”

“没什么。请你继续讲吧。”

“我发现自己中了别人的计，相信了一个谎言——当然，这是很平常的事情。可是正如我说过的，我那时年轻自负，恨不得让撒谎的人下地狱。于是我逃离了家，一头扎入南美逐浪沉浮，口袋里没有一文钱，不会讲一句西班牙语，除了一双白嫩的手和爱花钱的习惯，并无一点谋生的本事。结果，我自然而然地栽进了真正的地狱，这矫正了我对假地狱的想象。那一栽可是栽得真狠啊——整整熬了五年，杜普雷探险队来后，才把我救了出来。”

“五年！啊，太可怕了！你没有朋友吗？”

“哼，朋友！”他说着，恶狠狠地冲她转过身来，“我从来就没有过一个朋友！”

随即，他似乎对自己激动的情绪有点难为情，急忙又说道：

“你可不要把我的话太当真。我大概把情况极度夸张了。其实，头一年半的情况并非太糟。我年轻力壮，日子过得还是挺好的，一直到那个印度水手在我身上留下印记为止。自那以后，我就找不到工作了。说来也神奇，拨火棍只要挥舞得当，就会变成威力无比的武器；没有人愿意雇用一个瘸子。”

“你都干些什么活？”

“找到什么就干什么。有一段时间，我替甘蔗园里的黑人奴隶干杂活。为他们搬搬运运或其他什么的。生活中奇怪的是，奴隶们总是想方设法拥有他们自己的奴隶，对于一个黑人来说，没有比欺负一个白人苦力更好的事了。但还是不行，那些工头一见到我就把我撵开。我的腿瘸得厉害，走路不快，而且搬不动重物。那个时候，我的炎症（或者叫别的什么讨厌的病名）经常地发作。

“过了些时候，我跑到银矿那儿找活干，但一无所获。那些经理一听说我想当工人，便笑破了肚皮；而矿工们则对我拳打脚踢。”

“怎么会那样呢？”

“哦，大概是出于人的天性，他们欺我只能用一只手还击。他们当中有很多人是肮脏的混血儿，大多是黑人和桑博人。还有那些可怕的苦力！最后，我忍无可忍，踏上了流浪的道路，漫无目的地四处漂泊，希望能找点事做。"

"流浪？拖着那条瘸腿？"

牛虻抬起头，突然可怜巴巴地喘了口气。

"我……我那时还饿着肚子。"他说。

她把头稍稍偏转开，用一只手托住下巴。他沉默了片刻，随后又开了口，但声音愈压愈低。

"唉，我在路上走啊走啊，直到差点发疯，却什么结果也没有。我进入厄瓜多尔境内，那儿的情况更是恶劣。有时我为人家补锅——我是一个挺不错的补锅匠；有时为别人跑跑腿或清理猪圈；有时我则……唉，我也不知道都干了些什么。后来有一天……"

那只放在桌子上的纤巧、棕色的手突然紧紧地攥了起来，詹玛抬起头关切地瞥了他一眼。他的脸侧对着她，她可以看见他的太阳穴上有一根血管在急促地乱跳，似铁锤在击打。她俯身向前，把一只手温柔地搭在他的胳膊上。

"不用再朝下讲了，可怕的往事不堪回首。"

牛虻迟疑地盯着她的手，摇摇头，便又从容地讲了下去：

"后来有一天，我碰上了一个跑江湖的杂耍班子。你该记得那天晚上看的杂耍——对，就是那种东西，只不过更粗俗些、更下流些。桑博人不像温文尔雅的佛罗伦萨人，他们只喜欢那些肮脏而残忍的表演。当然，还有斗牛的节目。杂耍班子在路边搭起帐篷准备过夜，我到他们的帐篷前行乞。当时天气很热，我又饿得半死，所以……我在帐篷门口昏过去了。那个时候我就像喜欢把胸脯束得紧紧的寄宿学校的女学生一样，有一种突然昏厥的习惯。他们把我抬进帐篷，给我喝白兰地，让我吃东西，等等。后来……第二天早晨，他们要我留下……"

又一阵停顿。

"他们想要一个驼背，或者一个类似的畸形人，供孩子们抛橘子皮、香蕉皮什么的，以博那些黑人观众一笑……那天晚上你看见那个小丑了……我担任了两年那样的角色。

"于是，我就这样着手学习那些把戏。我的身体还不够畸形，但他们弥补了不足，为我安上一个假驼背，还最大限度地利用这只脚和这条胳膊……好在当地的桑博人并不挑剔，很容易满足，只要有个活人供他们折磨就行了……小丑的衣服也起了很大作用。

"唯一的困难就在于我常常生病，无法演出。有时经理发起脾气，在我旧病发作的情况下仍逼我上场；我觉得，观众最喜欢的就是这样的夜晚。记得有一次，我演到半截就痛昏了过去……待我清醒过来，观众已把我团团围住，又是嘲笑，又是喊叫，还用东西砸我……"

"别讲啦！我再也受不了了！看在上帝的分上，你停下来吧！"

詹玛站起来，用双手捂住耳朵。牛虻停了下来，抬头看见她眼里闪着晶莹的泪花。

"糟糕，我真是个十足的白痴！"他压低声音说。

她走到房间的另一头，站在窗前向着外边眺望了一会儿。待她转回身来，牛虻正斜倚在桌上，用一只手遮住眼睛。他显然忘记了她的存在。于是，她一声不吭地在他身旁坐了下来。沉默了好长一段时间，她才慢慢说道：

"我想问你一个问题。"

"什么问题？"他一动不动地说。

"你为什么没有结束掉自己的生命？"

他带着沉重的表情诧异地抬起了头。"没想到你会提这样的问题。”他说，“那我的工作怎么办？谁能为我完成呢？”

“你的工作——啊，我明白了！你刚才还声称自己是懦夫呢！既然你经历了那样的磨难，还矢志不移，你就是我所遇到的最勇敢的人。”

他又遮住了眼睛，动情地将她的手紧紧握住。一阵似乎永无止境的沉寂笼罩在他们周围。

突然，一阵飞泉鸣玉般的女高音从楼下的花园里传来，唱的是一首蹩脚的法国歌：

喂，皮埃罗！跳吧，皮埃罗！
跳一会儿吧，我可怜的让诺！
舞蹈和欢乐万岁，
我尽情享受美丽的青春！
如果我哭泣或我叹息
如果我忧容满面——
先生，这只是给你开个玩笑。
哈！哈，哈，哈！
先生，这只是给你开个玩笑。

一听到歌声，牛虻立刻把手从詹玛那儿抽了回来，轻轻呻吟一声，身子向后缩去。詹玛用双手抓住他的胳膊，紧紧地按住，就像对待一个正在接受外科手术的病人一样。待歌声一落，花园里又传来一阵欢笑和鼓掌声；牛虻抬起头，那眼神就像是一只遭受折磨的野兽。

“不错，是绮达，”他慢吞吞地说，“那是她和她的军官朋友们。那天晚上，在里卡多没来之前，她就想进这房间。要是让她碰到我，我一定会发疯的！”

“可她并不知道，”詹玛低声反驳道，“她也想不到，她会使你难过的。”

“她就像一个克里奥尔人。”他颤抖着回答道，“我们带小乞儿回来那次，你还记得那天晚上她的脸是什么样吗？那些混血儿笑起来就是那个样子。”

花园里又爆发出一阵笑声。詹玛起身打开了窗户。只见绮达头上卖弄风情地缠着一条绣着金线的围巾，手中高举着一束紫罗兰，正站在花园小径上，而三个年轻的骑兵军官你争我抢，想把紫罗兰抢到手。

“莱尼小姐！”詹玛叫道。

绮达的脸沉了下来，像布了一层阴云。“夫人？”她转过身来，抬起眼睛说道，显出一副轻蔑的样子。

“能让你的朋友说话小声点吗？里瓦莱兹先生身体很不舒服。”

那吉卜赛女郎扔掉了手中的紫罗兰花束。“都滚吧！”她厉声对那几个惊慌失措的军官喝道，“你们让我心烦，先生们！”

她慢步出门到了街上。詹玛将窗户关好。

“他们走了。”她冲着牛虻说。

“谢谢。这样麻烦你，让我……我很过意不去。”

“算不了麻烦。”她的声音有些迟疑，立刻就被他听出来了。

“‘但是？’”他说，“你的话没说完，夫人。你的心里还有个‘但是’没有说出口。”

“如果你能看透人心，那你可不能为自己看到的东西感到生气。事情当然与我无关，可我不明白……”

“不明白我为什么嫌恶莱尼小姐？只有当……”

"不，我不明白你既然嫌恶她，为什么还要跟她同居。我觉得这是在侮辱她，侮辱一个女人和……"

"一个女人！"他刺耳地笑了起来，"那就是你所谓的女人？夫人，这只是为了好玩儿！"

"这不公平！"她说，"你没有权利当着别人的面这般说她，尤其是当着另一个女人的面！"

牛虻把脸转开，睁大眼睛躺在那里，望着窗外西沉的太阳。詹玛放下百叶窗，关上护窗板，不让他观看落日，然后在另一扇窗前坐下，又拿起了编织活。

"你想把灯点亮吗？"她隔了一会儿问道。

他摇了摇头。

当天色黑得看不清东西的时候，詹玛卷起编织物放进篮子里。她叠着双手坐了一会儿工夫，默默地观察着牛虻纹丝不动的身影。朦胧的暮色罩在他的脸上，似乎减弱了那种冷酷、嘲讽和自负的神情，却加深了他嘴角处可悲的皱纹。詹玛心潮起伏，浮想联翩，她父亲为纪念亚瑟竖起的一尊石头十字架清晰地出现在她的回忆里，那上面刻着一行文字：

惊涛骇浪淹没了我。

在鸦雀无声的静寂中，一个小时过去了。最后，她轻手轻脚地起身出了房间，回来时举着一盏灯。她迟疑了片刻，以为牛虻已经睡着了。当灯光落在他的脸上时，他却转过了身来。

"我给你煮了杯咖啡。"她把灯放下说。

"先搁一会儿吧。"他说，"能否请你到这儿来一下？"

他握住了她的双手。

“我一直在思考问题。”他说，“你是完全正确的，我把自己的生活搅得乱七八糟。可你别忘了，一个男人并非每天都能遇见值得……爱恋的女人；我曾潦倒困顿，害怕……”

“害怕什么？”

“害怕黑暗。有时我不敢单独过夜，必须有样活着的、实在的东西在我身旁。我怕外界的黑暗，那里有……不，不！并非如此，那只是微不足道的地狱——我真正怕的是内心的黑暗。那里没有哭泣声或咬紧牙关的声音，只有沉寂……沉寂……”

他的眼睛发直。她仍一动不动，几乎屏住了呼吸，直至他又开始讲话。

“这一切对你来说都很神秘，不是吗？你不明白——你不明白也是一种幸运。我的意思是说，我如果孤身一人生活，很可能会发疯……如果可以的话，不要把我想得太坏。我也许根本不是你想象中的那种邪恶之徒。”

“我不能替你做出判断，”她答道，“因为我没受过你那样的磨难。不过……我也陷入过困境，只不过形式不同罢了。我认为……我敢肯定……如果你是出于对某样东西的恐惧，去干一件的确很残酷、不公道或狭隘的事情，那你过后一定会懊悔的。还有——如果你在这件事上栽了跟头，我要是你，就会全盘皆输，我会诅咒上天，然后死去。”

他仍旧握着她的双手。

“请你告诉我！”他无比温柔地说，“你这一生是否干过真正残酷的事情？”

她没有回答，可是却垂下脑袋，两大滴泪水落在了他手上。

“告诉我！”他激动地低语道，把她的手握得更紧了，“告诉我！我已经把我心里的痛苦全都倒了出来。”

“干过……干过一次……那是在很久以前。他是我在这个世界上最爱的人。”

紧握着她手的那两只手剧烈地抖动起来，然而却没有松开。

“他是一位同志，”她继续说道，“我听信了诽谤他的谣言——那是警方编造的司空见惯的谣言。我把他当作叛徒，掴了他一耳光。他走后就投水自尽了。事隔两天之后，我发现他完全是无辜的。这段回忆也许比你的回忆更为痛苦。如果做过的事情可以挽回，我情愿砍掉我的右手。”

他的眼里闪现出一种她以前从未见过的稍纵即逝的危险神情。他猛然偷偷地低下头，吻了她的那只手。

她向后缩去，一脸惊慌的神情。“别这样！”她可怜地嚷道，“请你以后不要再这样了！你真让我伤心！”

“你以为你就没有伤过那个你害死的人的心吗？”

“我……我害死的人……啊，西萨尔在大门口，他终于来啦！我……我得走啦！”

马丁尼进屋时，发现牛虻独自一人躺在那儿，旁边放着一杯动也未动过的咖啡；牛虻显出一副倦怠、无精打采的样子，嘴里顾自轻声骂着脏话，仿佛他尝了咖啡却一点也不满意似的。

第九章

几天之后，牛虻的脸色仍然十分苍白，腿比平时瘸得更厉害了，他走进公共图书馆的阅览室，要求借红衣主教蒙太尼里的布道文集。正在不远处一张桌旁看书的里卡多抬头瞧了瞧他。他非常喜欢牛虻，可就是不能容忍他一点，即莫名其妙地对别人进行恶意的人身攻击。

“你是不是又在准备炮弹，打算进攻那个可怜的红衣主教？”他有些气愤地问。

“我亲爱的朋友，你怎么总……总……总是以为人家有恶毒的动机？太没有基督徒的风度了。我这是为新……新报纸写篇评论现代神学的文章。”

“什么新报纸？”里卡多皱起了眉头。一部新的出版法即将问世，而反对党正在筹办一份激进报纸，以使全城人震惊，这大概已是公开的秘密；但在形式上，这仍然是个秘密。

“当然是《骗子公报》或者《教会纵览》喽。”

“嘘……嘘！里瓦莱兹，咱们别打扰别的读者。”

“哦，那你就攻读你的外科学，那是你的学科；让我……我钻研神学，这是我……我的学科。我并不……不想干涉你对碎骨的研究，尽管我在这方面比你知道的多得多。”

他坐下来开始看布道文集，全神贯注。一个图书管理员走到他的跟前。

“里瓦莱兹先生！我想你曾加入杜普雷探险队，勘探过亚马孙河的支流吧？也许你愿意帮助我们解决一个难题。一位女士向我们借有关那次探险的记录，而那一套记录正在装订。”

“她想了解些什么？”

“只想了解探险队哪一年出发以及何时经过厄瓜多尔。”

“于一八三七年秋季从巴黎出发，一八三八年四月经过基多[①]。我们在巴西滞留了三年，曾到过里约[②]，于一八四一年夏季返回巴黎。那位女士想了解每次有重大发现的日期吗？”

“不，谢谢，仅此而已。我都记下来了。帕波，请把这页纸给波拉夫人拿去。非常感谢，里瓦莱兹先生。对不起，麻烦你了。”

牛虻靠到椅背上，困惑不解地皱了皱眉。詹玛要这些日期干什么？当他们经过厄瓜多尔时……

詹玛手中拿着那片纸回到了家。一八三八年四月……亚瑟是在一八三三年五月死的。五年的时间……

她在屋里来回踱起了步。这几天她夜难成寐，眼皮底下出现了黑影。

五年的时间……“极其优渥的家庭”……他发现一个他所信赖的人骗了他……

她停下来，举起双手抱住头。啊，这简直疯了……这是不可能的……这是荒谬的……

① 厄瓜多尔首都。

② 指里约热内卢，巴西旧都。

可是，当年在港湾里打捞尸体时，他们打捞得是何等辛苦！

五年的时间……他被印度水手打伤时，“还不满二十一岁”……这么说,他逃出家门时一定是十九岁。他不是说过“一年半……”这样的话吗？他的那双蓝眼睛以及紧张而不安地摆弄手指的姿势是怎么回事呢？他为什么对蒙太尼里如此刻薄？五年……五年……

她要是能知道他的确已淹死……她要是见到了他的尸体，那她的旧伤痕总有一天会不再疼痛，陈旧的回忆将不再使她感到恐惧。也许再过二十年，回首往事时，她就不再躲躲闪闪了。

她无法忘记自己所做过的事情，她的整个青春都蒙上了阴影。日复一日，年复一年，她跟可怕的悔恨情绪做着顽强的斗争。她总是提醒自己将来还要有工作干；她总是闭上眼睛，捂住耳朵，想忘掉过去那久久不散的魔影。日复一日，年复一年，死者尸体漂入大海的幻象一直在纠缠着她。她无法抑制心里的痛苦，大声叫喊道：“我害了亚瑟！亚瑟死了！”有时她觉得负担太重，自己已无法支撑。

而现在，就是送掉半条命，她也情愿承受以前的负担。如果是她害死他，那也是熟悉了的悲痛；这种悲痛她已忍受了多年，现在不至于被压垮。可是，假设她不是把他逼入了水中，而是逼到了……她坐下身，用双手捂住眼睛。由于他的死，她的一生变得惨淡无光！但愿她给他带来的不是比死亡更糟糕的后果……

她狠下心来，坚定地一点点回味着他过去地狱般的生活。他的过去清晰地展现在她的眼前，仿佛她亲眼看见、亲身经历过一般；裸露的灵魂那无奈的战栗，那比死还要让人难受的嘲笑，孤独的恐惧感，以及缓慢、残酷、难熬的痛苦。一切都是那样栩栩如生，就好像她曾经也在那肮脏的印第安茅屋里，坐在他的身旁；就好像她曾经跟他一道在银矿、咖啡种植园以及可怕的杂耍表演场上遭受过磨难……

杂耍表演……不，她至少得把那幅情景驱赶开。坐在这里想象那场面，足可以使人发疯。

她拉开了写字台的一个小抽屉。里面放着几件个人纪念品，都是她舍不得销毁的。她并不喜欢收藏惹人感伤的小东西；她的天性中也有脆弱的一面，把这些玩意儿保留下来是一种妥协。她很少允许自己翻看它们。

此刻，她把这些东西一件件取出来，里面有乔万尼给她写的第一封信，有他死时手里拿着的花朵，有她的孩子头上的一绺鬈发以及她父亲坟头上的一片枯叶。抽屉的深处放着一张亚瑟十岁时候的小照片——他现存的照片也就这么一张了。

她拿着照片坐下来，望着那充满稚气的漂亮的脸，望着望着，活生生的亚瑟的脸便跃然出现在她眼前。这张面孔的各个部位都是多么清晰啊！嘴角那敏感的线条，那诚恳的大眼睛，以及那天使般纯洁的表情——它们都铭刻在了她的记忆中，仿佛他昨日才撒手西去。慢慢地，泪水涌上来模糊了她的双眼，她看不清那张照片了。

唉，她怎么会产生这种念头！这样一个纯洁、超然的人竟然在悲惨、痛苦的生活中煎熬，即使梦中想起，也是一种亵渎。上帝肯定给了他一些慈爱，让他在青年时结束了生命。他就是化为乌有也比活下来变成那个牛虻强上一千倍——那个牛虻系着无可挑剔的领带，满口暧昧的俏皮话，摇动着刻薄的舌头，还收芭蕾舞演员做情妇！不，不！这完全是可怕、愚蠢的胡思乱想；她无端幻想，只会使自己空怀悲哀。亚瑟已经死了。

“我能进来吗？”门口有人低声问。

她吃了一惊，照片从手中掉落在地。只见牛虻一瘸一拐地走过来，把照片捡起来交给他。

“你吓了我一跳！”她说。

“很抱——抱歉。我来也许打扰你了？”

“不，我只是在翻一些旧东西。”

她犹疑片刻，然后把照片又递给了他。

“你觉得这张面孔怎样？”

他看照片时，她仔细观察他的脸，就好像他的表情可以决定她的生死；然而，她只看到了一种否定的、挑剔的表情。

“你给我出了个难题，”他说，“这张照片已经褪色了，而且小孩的脸历来都是难以判断的。不过，依我看，这孩子长大后一定是个倒霉蛋。他最明智的办法是压根儿不要让自己长大。”

“为什么？”

“你看看这下嘴唇的线条。这……这说明他的天性是：把痛苦就当痛苦，将错误视为错误。天下容不得这样的人，这世界需要的是只顾工作、缺乏感情的人。”

“像不像你所认识的哪个人呢？”

他更细心地看了看照片。

“不错，多么奇怪的一件事啊！当然像，非常像。”

“像谁？”

“蒙太尼……尼里主……主教。我倒是很想知道，冰清玉洁的主教大人是不是有侄子呢？我能问问照片上是谁吗？”

“这是我那天跟你讲的那个朋友小时候拍的照片——”

“就是你害死的那个？”

她不由自主地一缩身子。他在用那个可怕的字眼时，显得是多么轻描淡写，多么残酷无情啊！

“是的，是我害死的那个——假如他真的死了的话。”

“假如？”

她用眼睛盯着他的面孔。

“有时候我是有疑心的，”她说，“尸体一直没找到。他也许就像你一样逃离家门，去了南美洲。”

“但愿不是这样。那会让你心里留下一段糟糕的回忆。我曾经进……进行过激烈的战斗，被我送上黄泉路的也远不止一个人；可是，如果我心里想着自己曾把一个活……活人送到了美洲，我会睡不安稳的……”

“那么你是否认为，”她朝他跟前靠了靠，抱着双手，打断他的话问道，“如果他没有被淹死……如果他也经历了你那样的生活，那么他将永远不会回来，并把过去一笔勾销吗？你认为他永远不会忘记吗？别忘了，我也付出了代价。你看！”

她把额头上浓密的波浪似的头发往后一撩。乌黑的头发里，露出宽宽的一绺白发。

一阵长时间的沉默。

“我觉得，”牛虻慢条斯理地说道，“死去的最好让他死去吧。忘记过去固然是件困难的事，但是如果让我处在你那位死去的朋友的位置上，我宁肯永……永远安息。还魂的幽灵毕竟是丑陋的。”

她把照片放回抽屉，将桌子锁好。

“这是残酷的信条。”她说，“现在咱们说点别的吧。”

“我到这儿来，如果可以的话，是想跟你谈件小事——

这是私下的谈话，是关于我所酝酿的一项计划。”

她将一把椅子拉到桌旁，坐了下来。

“你对正在拟定的出版法有何感想？”他启口道，平素口吃的现象此刻消失得无影无踪了。

“我有何感想？我想不会有多大价值，但半块面包总比没有面包强。”

“毫无疑问。那么，你是打算为这些好人准备开办的一份报纸效力喽？”

“我想这样做。开办报纸总有大量实际的工作要干——印刷、安排发行，还有——”

“你还要把自己的聪明才智像这样浪费多久？”

“为什么是‘浪费’？”詹玛问道。

“浪费就是浪费。你明明知道自己的智力要比大多数跟你一道工作的人高得多，你却偏偏听凭他们分派你做常规性的苦工作和杂活。论知识，你远远胜出格拉西尼和盖利，就好像他们是小学生一样；然而，你却活似印刷厂的学徒，坐在那儿为他们看校样。”

“首先，我并不是把全部时间都花在看校样上；其次，我觉得你把我的智力夸大了。我的智力根本不像你想的那样冒尖儿。”

“我压根儿就没觉得你的智力冒尖儿，”他平静地回答，“可我认为你的见解是明智而可靠的，这一点要重要得多呢。在委员会召开的那些无聊的会议上，总是由你指出每个人逻辑上的弱点。”

“这话对其他人就不公道了。例如，马丁尼的思维逻辑性就很强，而法布里奇和莱伽的能力也毋庸置疑。还有，格拉西尼对意大利经济统计学的知识大概比国内任何一个官员都强。”

“这并不能说明多少问题，不过，咱们还是暂且不谈他们的能力了。关于你的事实是：你既然有这样的天赋，就可以做比目前更重要的工作，担任比目前责任更大的职务。”

“我非常满意自己的境况。我所做的工作也许价值并不很大，但大家都在做力所能及的事情。”

“波拉夫人，你我对这种谦虚和恭维的把戏表演得太过火了些。请你诚实地告诉我，你是否意识到自己用尽心血所干的工作，是比你差的人也能够胜任的呢？”

“既然你逼着我回答——是的，但仅局限于某种程度。”

“那你为什么要让这种情况持续下去呢？”

她没有回答。

“你为什么让它持续下去呢？”

“因为……我别无选择。”

“此话怎讲？”

她抬起头向他投来责备的目光。“你这样逼问未免有些残酷和欠公道。”

“可是，反正你要告诉我原因。”

“如果你非要追根问底，那么……我的生活已支离破碎，我现在对真正的工作已力不从心，大概只配做一头革命的老黄牛，干些党内艰苦的工作。起码，我是自觉自愿的，因为那些苦活总得有人去干。”

“当然得有人干，可是却不能由同一个人一直干下去。”

“也许，我适合于干那种工作。”

他半眯起眼睛望着她，一副高深莫测的样子。不一会儿，她抬起了头。

“咱们又回到了老话题上了，本来是要谈正经事的。让我告诉你吧，你说我能干这样那样的事情是无济于事的。目前，我决不会那样做。不过，我可以协助你斟酌你的计划。是什么样的计划呢？”

“你怎么先声称我提建议是无济于事，后又问我有什么设想？我的计划是请你以实际行动协助我，而不仅仅是斟酌。”

“让我听听，然后咱们再商量。”

“请先告诉我，你可曾听说过威尼西亚省正在酝酿一场起义。”

“自从大赦以来，我别的倒没听说过，净听人讲酝酿起义和圣费迪分子的阴谋什么的。我恐怕对这两种消息都持怀疑态度。”

“就大多数情况来说，我和你是一样的。可我现在所说的是确切而认真的准备工作，准备的是一次全省规模的反对奥地利人的起义。在教皇领地——尤其是在四大教省——许多青年志士都在暗中准备，他们要奔赴威尼西亚省，作为志愿军参加起义。我听罗马格纳的朋友讲的……”

“请你告诉我，”詹玛插话道，“你敢肯定你的那些朋友可以信赖吗？”

“十分肯定。我跟他们有私交，还跟他们一起工作过。”

“这么说，他们也是你的那个‘团体’里的成员？恕我直言，对于秘密团体传来的消息的准确性，我总是有些怀疑。我觉得那习惯……”

“谁说我是‘团体’里的人？”他厉声打断她的话问。

“没人说过，是我自己猜的。”

“啧！”他朝椅背上一仰，皱起眉头打量着她，“你是不是历来都喜欢猜测别人的私事？”他隔了一会儿问道。

“我经常猜。我善于观察,而且习惯把各种现象综合起来。我说这话，是让你遇到不想让我知道的事情，应该当心些。”

“我倒不介意你知道，只要你不传开就行。我想这件事还没有……”

詹玛扬起头，显得既诧异又有点生气。“的确是个没必要担心的问题！”她说道。

“当然，我知道你是不会对外人讲的；但我想，也许对你们党内的成员……”

“党的原则是相信事实，而不是我个人的猜想和幻想。我自然没对任何人提过这事。”

“谢谢你。那你猜过没有，我属于哪个团体？”

“我希望……你可不要对我的直率感到生气，是你自己扯开了这话头。你知道……我希望不是属于‘短刀会’。”

“你为什么抱这希望呢？”

“因为你适合干更出色的事情。”

“咱们都适合干比自己所从事的更出色的事情。这又转回到你自己的回答上。不管怎样，我并非属于‘短刀会’，而是属于‘红带会’。那是一个比较稳固的团体，他们工作也比较认真。”

“你指的是行刺工作吗？”

“那只是其中的一种。行刺自有一番大用途，但必须行之有效、组织严密并以宣传做后盾。而这正是我不喜欢‘短刀会’的原因。他们认为一把刀子就能解决天下所有的困难——这是错误的。它固然能解决许多问题，但并非全部。”

“你真的相信它可以解决难题？”

他吃惊地瞧了瞧她。

“当然，”她继续说道，“它是可以暂时消除由一个阴险的奸细或可恶的官吏的存在而造成的实际困难，但它是否在解决了一种困难后，又会导致更严重的困难，这就是另一问题了。我觉得这就像寓言中所讲的那样：将一个鬼清除出家门，又会进来七个新鬼。每一次暗杀只会使警察更加凶狠，使民众更习惯于暴力和野蛮，乃至最后，社会状况也许会比以前更糟。”

“依你之见，革命爆发时，将会出现什么新的情况呢？你以为到那个时候，民众就不必去习惯暴力了吗？战争毕竟是战争呀。”

“不错，可公开的革命是另一码事。那只是人们生活中的一个瞬间，是我们为了社会的进步不得不付出的代价。毋庸置疑，那时将发生可怕的事情，每次革命都必须如此。然而，那是些孤立现象，是一特殊时期的特殊情况。不问青红皂白的暗杀之所以可怕，是因为它会变成一种习性。民众一旦习以为常，他们对人命的神圣性就会感觉模糊。我到罗马格纳的次数不多，但根据我对当地人的些许观察，我产生的印象是：他们已经养成或正在养成机械的暴力习惯。”

“即便这样，也总比机械的服从和妥协的习惯强。”

“我并不这样认为。所有的机械性的习惯都是恶劣的盲从，而且这种习惯还很凶残。当然，如果你把革命者的工作仅仅视为迫使政府做出某些明确的让步，那么，你一定会觉得秘密团体和短刀是最得力的武器，因为政府最怕的莫过于这二者了。可是，如果你跟我一样，认为迫使政府让步本身并非目的，而只是实现目的之手段，认为我们真正需要改革的是人与人之间的关系，那你就得变换你的工作方法。使无知的民众习惯于流血的场面，绝对不能提升他们对人命的价值观。”

“那他们赋予宗教的价值呢？”

“我不知道。”

他笑了笑。

“我觉得，咱们的分歧是在灾难的根源这一点上。你认为灾难的根源在于人们不重视人命的价值。”

“不如说是不重视神圣的人性。”

“随你怎么说吧。依我看，咱们的混乱和错误的最大根源似乎是被人们称为‘宗教’的心理病症。”

“你是指具体的某个宗教吗？”

“啊，不！这仅仅是外部的症状。真正的病源是所谓的心理宗教倾向。那是一种病态的欲望——树立一个偶像去顶礼膜拜，跪下来冲着某样东西叩头——不管是耶稣、佛陀还是图图树[①]，都是没有区别的。当然，你不同意我的看法。你也许是无神论者、不可知论者，或随你是什么人吧，可我在五码以外就能感觉到你的宗教气质。不过，谈这些是没有用的。你说我把行刺仅仅看作消灭贪官污吏的手段，那你是完全错了——最为重要的是，它是一种破坏教会的威信和教育人民把教会代理人看作害虫的手段，而且我认为是最好的手段。”

“待你如愿以偿，唤醒了人们心中沉睡的野性，去向教会发泄时，那你就……”

“那我就完成了使我的生存产生价值的工作。”

“这就是你那天谈的工作？”

“不错，正是。”

她不寒而栗，将身子转过去。

---

① 某些黑人部落的神树。

“你对我感到失望啦？”他微笑着抬起头说。

“不，不全是。我觉得……我……有点害怕你。”

过了一会儿，她转过身来，以平素的那种一本正经的声音说：

“这是毫无益处的讨论。咱们的立足点差异太大。我这边相信的是宣传，宣传，再宣传；如果可能的话，举行公开的起义。”

“那就回过头谈谈我的计划吧；它与宣传有关，但涉及更多的是起义。”

“是吗？”

“就像我跟你说的那样，许多志愿者正从罗马格纳出发，进入威尼西亚参加起义。我们还不知道起义何时爆发，也许要到秋天或者冬天。但是亚平宁山区的志愿者必须武装起来，做好准备，这样他们接到命令后就能直接奔赴平原。我负责为他们把武器和弹药偷偷运进教皇领地……”

“等一等。你怎么会跟那个团体在一起工作呢？伦巴第和威尼西亚的革命党人都是拥戴新教皇的呀。他们支持开明的改良，与教会中的进步运动步调一致。像你这样一个‘毫不妥协’的反教会人士怎么能和他们上一条船？”

他耸了耸肩膀。“只要他们履行己任，他们就是找个布娃娃玩玩，又于我何妨呢？当然，他们会把教皇当成一个傀儡领袖。如果起义筹备工作步入正轨，我又管这些干什么呢？我觉得，打狗用什么样的棍子都行，只要能使人民反抗奥地利人，什么样的呐喊都可以。”

“你想让我做什么？”

“主要是协助我偷运武器。”

“但我怎么能干得了呢？”

“你恰恰是最能够胜任的人。我考虑要在英国购买武器，可把它们运回来有许多困难。从教皇领地的任何一个港口运进来都是不可能的。必须通过托斯卡纳这一带，再穿过亚平宁山区。”

“这样就要越过两道边境，而不是一道。”

“对，但是走另一条路连一点指望都没有。你总不能把大批的货物运进一个没有贸易往来的港口吧；而且你也知道奇维塔韦基亚港的全部船舶，大概也就是三条划艇和一条渔船。只要我们把东西运过托斯卡纳，我就可以打通教皇领地的边境。我的人熟悉山里的每一条道路，而且我们有许多地点可以隐藏。货物必须由海路到达里窝那，而这是我面临的一大困难。我与那里的走私贩子没有来往,我相信你有办法。”

“容我考虑五分钟。”

她向前欠欠身，胳膊肘支在膝上，手托着下巴。沉默片刻之后，她抬起头来。

“对于这方面的工作，也许我能有些用处，”她说，“但是我想先问你一个问题，然后咱们再接着说。你能不能向我保证，这事与任何行刺或者秘密暴力行动都没有关系？”

“那当然了。我决不会让你参加你不赞成的活动，这一点自不用说。”

“你什么时候要我给你一个确切的答复？”

“没有多少时间可耽搁了，不过我可以给你几天时间做决定。”

“下个星期六晚上有空吗？”

“让我想想……今天是星期四，有空。”

“那么你到这里来。我把这事再考虑一下，最后给你一个答复。”

第二个星期的星期天，詹玛把一份报告书呈递给了玛志尼党佛罗伦萨支部委员会，说她想从事一件特殊的政治工作，几个月内不能履行截至目前她一直为党担负的责任。

这消息令一些人感到诧异，但委员会没有加以反对。多年来，党内的人都知道她的判断是可以信赖的；委员们一致认为，如果波拉夫人做出了一个出人意料的举动，那可能是有充分理由的。

对于马丁尼，詹玛坦率直言，说她正帮助牛虻搞些“边境工作”。她认为应该把这些情况告诉老朋友，免得他们之间产生误会，或因出现猜疑和秘密而感到痛苦。她觉得自己必须以此证明对他的信任。听罢她的话，马丁尼不置可否，但她看得出，这消息不知为什么深深伤害了他。

他们坐在她家的露台上，目光掠过一片红色的屋顶向菲耶索莱方向眺望着。马丁尼沉默良久，然后站起身开始来回踱步，两只手插在口袋里，嘴中吹着口哨——这是他心情烦乱的一个明显标志。她坐在那里对着他瞧了一会儿。

“西萨尔，你在为这件事心烦，”她最后说道，“非常抱歉，让你感到这样不愉快。但是，在我看来这是正确的事情，所以我才决定了下来。”

“我并非是为这件事，”马丁尼闷闷不乐地回答，“对此我一无所知。一旦你同意去做这事，那么它可能就是对的。我信不过的是那个人。”

“我想你是误解他了；在深入了解他之前，我也信不过他。他远非完人，但是他的优点比你想象的要多得多。”

“很有可能。”有一会儿的时间，他默不作声地来回踱着步，然后突然在她身旁停下来。

“詹玛，放弃这件事吧！趁着还不太迟，把它放弃了吧！

别让那人把你拖入祸水里，使你过后懊悔。”

“西萨尔，”她温柔地说道，“你的话有些欠考虑。没有人把我拖进任何事中。我是经过慎重考虑，根据自己的意愿做出这个决定的。我知道你对里瓦莱兹有个人成见，但是我们现在讨论的是政治，而不是针对某个人。”

“夫人！放弃它吧！那个家伙很危险；他行踪诡秘，残酷无情，肆无忌惮——他爱上你了！”

詹玛身体往后一缩。

“西萨尔，你怎么能有这样荒唐的念头呢？”

“他爱上你了，”马丁尼重复道，“离开他吧，夫人！”

“亲爱的西萨尔，我不能离开他，我也不能跟你解释这是为什么。我们是拴在一起的——不是出于我们自己的意愿或行为。”

“如果你们拴在了一起，那么我就没有什么可说的了。”马丁尼厌烦地答道。他借口有事走了，在泥泞的街上徘徊了几个小时。这天晚上，他觉得整个世界漆黑一片。那个狡猾的家伙闯进来，偷走了他唯一心爱的人。

第十章

在接近二月中旬的时候，牛虻去了里窝那。詹玛给他介绍了一个年轻的英国人——一个开明的船运代理商，是她和丈夫在英国结识的。那人给佛罗伦萨的激进分子帮过几次小忙，借给他们钱去处理突发的紧急情况，允许他们利用他的办公地址作为党内的通讯处，等等。但总是由詹玛当中间人，以她的私人朋友的身份做每件事。因而，根据党内的规定，她可以随意利用这层关系去做任何她认为合适的事情。至于收效如何，则完全是另外一个问题。向一个友好的同情者借用地方接收西西里岛的来信，或者在他会计室的保险柜里存放一些文件，是一回事，而求他为起义偷运一批武器则是另一回事。对于他是否能同意，詹玛觉得希望渺茫。

“你只能去碰碰运气，”她对牛虻说，“可我觉得不会有结果的。如果你拿着推荐信去向他借五百斯库迪[1]，我想他立刻就会把钱给你——他极其慷慨——在危急关头，他也许会把自己的护照借给你，或者把逃亡者藏到他的地窖里。但如果你提到枪支这样的东西，他会朝你瞪眼睛，以为咱们俩都发疯了。”

① 意大利银币。

“话虽如此，他也许能给我一些指教，或者为我介绍一两个友好的水手。”牛虻回答，“不管怎样，还是值得我去试试。”

月底的一天，他来到她的书斋里，穿着打扮不如平时那么考究。她马上就从他的脸上看出来，他有好消息要告诉她。

“啊，谢天谢地！我正担心你出事了呢！”

“我觉得写信不太安全，所以就尽快赶了回来。”

“你刚到吗？”

“是的，一下驿站马车就直奔这儿；我来告诉你，所有的事情都办妥了。”

“你是说贝利真的答应帮忙啦？”

“何止帮忙，他把工作全部承担了下来——装箱、运输——全盘一把抓。枪支藏在货包里，直接从英国运过来。他的合伙人威廉斯，也是他的一位挚友，答应负责把货物从南安普敦发出，而贝利将货偷运过里窝那的海关。所以，我耽搁了这许久；威廉斯刚刚启程前往南安普敦，我把他一直送到热那亚。”

“为的是在船上商量细节问题？”

“是的，只有在我晕船晕得厉害，谈不成事情的情况下才作罢。”

“你晕船吗？”詹玛急切地问，心里不由回忆起她父亲有一天曾带着他们航海旅行，亚瑟晕船晕得死去活来的情形。

“尽管我常在海上漂泊，还是晕船晕得不行。不过到了热那亚，趁着船装货的工夫，我们到底还是把话谈完了。你大概认识威廉斯吧？他是个真正的好人，既可靠又有见识。在这一点上，贝利跟他一样，他们俩都不会走漏风声的。”

“可我觉得，干这种事贝利会冒很大风险的。”

“我把这一点跟他讲了，而他却面露愠怒之色说：‘这关你什么事呢！’应该料到他会这么回答。我要是在廷巴克图[①]遇见贝利，我会走上前打招呼：‘早安，英国人！’”

“可我想象不来你是怎么使他们答应下来的；还有威廉斯，我怎么也想不到他会同意帮忙。”

“是啊，起初他强烈反对，但不是害怕危险，而是觉得这件事一点也不正规。不过，我费了些口舌还是把他争取了过来。现在咱们还是谈谈细节吧。”

牛虻回到自己的寓所时，太阳已经落山，垂吊在花园墙头上方的日本贴梗海棠在暮色之中显得黑黝黝的。他摘了几朵，带进屋里。他一打开书斋的房门，绮达就从墙角的椅子上一跃而起，冲他飞跑过来。

“啊，费利斯，我还以为你再也不来了呢！”

他起初一冲动，想严厉地喝问她来他的书斋干什么，可记起已经三个星期没见她的面了，便伸出手冷淡地说：

“晚安，绮达，你好吗？”

她仰起脸等着他吻，可他擦身而过，仿佛没看见她的这个姿势，取过一个花瓶来插花。随即房门猛地敞开，那只牧羊犬冲了进来，狂喜地围着他又蹦又跳，高兴得汪汪直叫。他放下花，弯下腰拍着狗说：

“唔，沙顿，你好啊，老伙计？不错，真的是我。跟我握握手，好乖乖！”

绮达沉下脸，露出不快之色。

“咱们去吃饭吧？”她冷冰冰地问，“你写信说今天晚上

① 马里的一个商业城市。

回来，所以我让人准备了饭菜，在我那儿为你接风。”

他迅速地转过身。

“非……非常抱歉，真不该让你等我！我这……这就收拾一下，马上过去。也……也许，你可以把这些花放进水里。”

当他走进绮达的餐厅时，她正站在镜前，把一枝鲜花往衣服上别。她显然打定主意要做出高兴的样子，便捧着一小束系在一起的鲜红色蓓蕾迎上前来。

“这是献给你的花，让我为你插在扣眼里。”

吃饭的时候，他始终竭力对她和颜悦色，滔滔不绝地说些家常话，而她也满面生辉，笑容可掬。她对他的归来表现出的欢快情绪反而让他觉得有些尴尬。他已经习惯性地认为，她跟他已经井水不犯河水，过着自己的生活，和意气相投的一班朋友及伙伴厮混，所以他从来不曾想到她会惦记他。不过，她如此激动，八成是他不在时感到无聊了吧。

“咱们到露台上喝咖啡吧，”她说，“今晚真是暖意融融。”

“很好。把你的吉他带上吧，也许你还可以唱一段呢。”

她高兴得面颊绯红，因为他对音乐是很讲究的，难得请她唱歌。

露台上，靠墙放着一圈宽宽的木板凳。牛虻挑了个拐角，从那儿可以清楚地观赏群山的景色；绮达坐在矮墙上，一只脚搭在凳子上，背靠屋柱。她不大留意景色，只愿用眼睛打量牛虻。

“给我一支烟。”她说，“你走后，我可是连一次烟也没抽过。”

“好一个叫人开心的建议！我正想抽……抽烟呢，痛痛快快地享受享受。”

她将身子朝前凑了凑，情真意切地望着他。

"你真的很开心？"

牛虻眉宇间明朗起来。

"是啊，为什么不呢？我吃了一顿美味佳肴，又能够欣赏到欧洲最……最美的景色，马上还将喝到咖啡，听到匈牙利民歌。我心安理得，肠胃也不存在什么问题，还有什么可希求的呢？"

"我知道你还希求一样东西。"

"什么东西？"

"就是这个！"她把一个小硬纸盒抛进了他手里。

"炒……炒杏仁！在我抽……抽烟之前，你怎么就不……不告诉我呢？"他带着责备的语气嚷道。

"呀，别要孩子气啦！抽过烟也可以吃呀。唔，咖啡端来了。"

牛虻品着咖啡，吃着炒杏仁，神情认真、全神贯注地享受着，活像一只猫在享受奶油。

"在里窝那时喝的是劣……劣质咖啡，回来能喝上正……正宗货，真是够味儿！"他拖着腔咕哝道。

"就冲着这一点，既然回来了，就留在家里不要走啦。"

"不能久留，我明天还得走。"

她脸上的笑容消失了。

"明天！为什么？你要到哪儿去？"

"噢！要去两三个地……地方，有点公务。"

他已跟詹玛商量好，由他亲自进亚平宁山区，和边界地区的走私贩子们一道安排运武器的事情。穿越教皇领地的边境对他来说是件非常危险的事情，但要取得成功，却不得不那样做。

"总是公务公务的！"绮达轻轻叹了口气，随后大声问道：

"要去多长时间？"

"不长，也……也许只有两三个星期吧。"

"大概又是那种公务吧？"她突然问道。

"哪种公务？"

"就是你历来不惜冒险所从事的那种——令人厌烦的政治。"

"此事跟政……政治有一些关系。"

绮达扔掉了手中的纸烟。

"你骗我，"她说，"你这是要去冒险。"

"我将径直奔往地……地狱。"他懒洋洋地回答，"你那边是……是不是碰巧有朋友，想让我把那条常春藤捎给他们？不过，你没必……必要把那藤子全扯下来。"

她已恶狠狠从柱子上扯了一把藤蔓在手中，这时便勃然大怒地全都扔在了地上。

"你这是去冒险，"她重复道，"而你却连句实话也不肯讲！你以为我什么都不配，只配让人家欺骗和耍笑吗？总有一天你会被绞死的，到时候你连道别都来不及了。老是政治政治的——政治让我腻烦！"

"也……也让我腻烦，"牛虻懒洋洋地打着呵欠说，"所以，咱们还是谈些别的吧——要不，由你来唱歌。"

"哦，那就把吉他给我吧。唱什么好呢？"

"唱那首关于丢马的民谣吧，它非常适合你的嗓子。"

她开始唱那首古老的匈牙利民谣。此民谣讲的是一个人先丢了马，接着丢了家，最后丢了心上人，可他以回忆安慰自己，认为"摩哈赤[①]战场上的损失更为严重"。牛虻特别喜

① 匈牙利的一个地方，1526年，匈牙利人在此地被土耳其人打败。

欢这首民谣；它那强劲而忧伤的旋律，以及副歌中痛苦的斯多葛禁欲主义思想对他所产生的吸引力，为任何一首软绵绵的曲调所不及。

绮达的歌喉悦耳动听；她那芳唇吐出的音符有力而清越，充满了对生活热烈的渴望。要让她唱意大利或斯拉夫的歌，她一定唱不好，德国歌会唱得更糟，可匈牙利的民谣她却唱得声如贯珠。

牛虻听得睁大眼睛，嘴唇都合不拢了——他以前从未听过她唱得如此美妙。她唱到最后一句时，声音突然开始颤抖起来。

> “啊，这没什么！摩哈赤战场上的损失更为严重……”

她发出一阵抽泣，中断了歌声，把脸埋在常春藤的叶子里。

“绮达！”牛虻起身把吉他从她手中拿了过去，“你怎么啦？”

她只顾痉挛地啜泣着，两只手掩住脸。他碰了碰她的胳膊。

“快告诉我是怎么回事。”他抚慰地说。

“别管我！”她呜咽着朝后缩去，“别管我！”

他快步回到自己的位子上，等着那呜咽声渐渐止住。突然，他感到她搂住了他的脖子，只见她跪倒在他的身旁。

“费利斯，请你别去啦！不要离开我！”

“这个咱们以后再谈，”他说，同时轻轻地从她的怀抱里挣脱出来，“先讲讲你为何如此伤心吧。有什么东西让你害怕了吗？”

她默默地摇了摇头。

“是我做错了事情惹你伤心啦？”

“不是。”她抬起一只手抚摸着他的喉咙。

“那是什么原因呢？”

“你会被杀死的。”她终于悄声说道，“那天我听来这儿的一位客人说，你会遇到麻烦的——我问你时，你却嘲笑我！”

“我的傻孩子，”牛虻有些吃惊，犹豫了片刻之后说，“你把问题想得太严重了。我很可能有一天会身首异处，这对一个革命党人是很自然的结局。但你现在就……就害怕我被人杀死，是毫无理由的。我所冒的风险并不比其他人的大。”

“其他人……其他人与我何干？如果你爱我，就不应该一走了之，让我夜难成眠，担心你被捕入狱，或者睡觉时梦见你死了。你不关心我，待我还不如那条狗！”

牛虻站起身，慢吞吞地走到了露台的另一端。他完全没料到会出现这样的一幕，不知怎样回答才好。是啊，詹玛说得对，他使自己的生活陷入了错综复杂的境地，得花大气力才能脱身。

“坐下来，让咱们平心静气地谈谈，”过了一会儿，他走回来说道，“我想咱们之间产生了误会。我要是知道你是认真的，我肯定不会取笑的。你要对我讲清楚你的心病是什么，如果有误会，咱们是可以澄清的。”

“没有什么可澄清的。我看得出你心里根本一点都没有我。”

“我的傻孩子，咱们最好还是彼此开诚布公些。对于咱们之间的关系，我素来都很坦诚，我觉得我从未欺骗过你——”

“啊，算了吧！你是够坦诚的了；你只是把我当作一个妓女——一件在你之前有许多别的男人穿过、外表华丽却毫无价值的旧衣服，对这一点你甚至连样子都未装过……”

“嘘，绮达！我从没有那样想过任何一个人。”

“可你从未爱过我。”她阴沉着脸步步紧逼地说道。

“是的，我从未爱过你。你听我的话，尽量不要把我想得太坏。”

“谁说我想的是你的坏处？我……”

“请等等。我想说明的是：我根本不相信、也不尊重传统的道德规范。在我看来，男女之间的关系仅仅涉及的是个人喜欢和不喜欢的问题……”

“还有金钱呢。”她尖声笑了笑，插嘴说。他一愣神，犹豫了片刻，而后说道：

“当然，这是问题丑恶的一面。不过请相信我，当初如果我认为你不喜欢我，或者对这种事情有厌恶感，我就决不会提出要求，或者乘人之危劝你那样做。我一生中从未对任何一个女人做过那种事，也从未隐瞒过我的感情。请你相信，我讲的是实话……”

他迟疑了一下，而她一声不吭。

“我觉得，”他又继续说道，“一个男人如果在世上孤身一人，感到需要一个女人的陪伴，倘使他可以找到一个能吸引住他的女人，而这女人也不讨厌他，那么，他有权怀着感激和友好的心情接受那女人甘愿提供给他的欢乐，同时无须缔结更亲密的关系。只要双方都不存在不公平、侮辱人格或欺骗的现象，我看不出有什么害处。至于你在遇到我之前跟别的男人的关系，我是不曾考虑的。我只觉得咱们的联系对咱们俩都是愉快的和无害的，可一旦这种联系变得令人厌倦，任何一方都有解除它的自由。如果我说错了话……如果你对此形成了不同的看法，那么……”

他又打住了话头。

“那怎么样呢？”她眼也没抬，低声问。

“那我委屈了你，对此我十分抱歉。不过，我并不是有意的。”

“你‘并不是有意的’，你‘觉得’……费利斯，难道你是铁打的心肠？你一生中就没爱过一个女人吗？难道你看不出我是爱你的吗？”

他突然全身战栗；他已经很久没听到别人对他说“我爱你”了。紧接着，她跳起身，伸开臂膀将他搂住。

“费利斯，带我离开这儿吧！离开这个可怕的国家，离开这些人和他们的政治！咱们跟他们有什么干系呢？离开这里，咱们可以在一起幸福地生活。咱们到南美去，那儿是你曾经居住过的地方。”

一想到南美他便心生恐惧，这使他猛地清醒过来，又恢复了自制力；他将她的两只手从他的脖子上拉下来，紧紧地握住。

“绮达！希望你明白我对你说的话。我并不爱你；即便爱你，我也不会带你走的。在意大利有我的工作，有我的同志……”

“还有一个你更爱的人，你对那人的爱超过了对我的爱！”她恶狠狠地嚷嚷起来，“啊，我恨不得杀死你！你关心的不是你的同志们，而是……我知道那人是谁！”

“嘘！”他平静地说，“你太激动了，尽胡想些不着边际的事！”

“你以为我指的是波拉夫人？我可不是那么容易上当受骗的！你只跟她说政治，对她的关心并不比对我的多。我指的是那个红衣主教！”

牛虻大吃一惊，仿佛中了枪弹一样。

“红衣主教？”他机械地重复道。

“就是秋天来这儿布道的红衣主教蒙太尼里。你以为当他的马车经过时，我没有看到你的脸色？你的脸色就跟我的手帕一样白！喃，我一提他的名字，你便抖得像树叶一样！”

他站起身来。

“你自己都不知道你在讲什么。”他极其缓慢而平静地说，“我……痛恨那位红衣主教。他是我最大的仇敌。”

“不管是不是仇敌，你对他的爱超过对这个世界上任何一个人的爱。请瞧着我的脸，看你能不能说这不是真的！”

他转过身去，眺望着外面的花园。她偷偷观察着他，为自己说的话感到有点害怕，他的沉默具有一种让人惊恐的力量。最后，她悄悄走到他的跟前，像个受了惊吓的孩子一样，怯生生地扯了扯他的衣袖。他转过身来。

“这是真的。”他说。

第十一章

“可我总不……不能到山里跟他会面吧？布列西盖拉对我来说是个危机四伏的地方。”

“罗马格纳的每一寸土地对你而言都危机四伏；但此时此刻，布列西盖拉倒比其他地方都安全。”

“为什么？”

“等会儿再告诉你。别让那个穿蓝外套的家伙看到你的脸，他很可疑。是啊，那场暴风雨太可怕啦，好久都没有见过葡萄的收成这么糟了。”

牛虻把胳膊在桌上摆开，将脸埋在上边，像是不堪疲惫或不胜酒力一般。那个刚刚进来的穿着蓝外套的可疑人物眼珠子滴溜溜乱转，却只看到两个农夫对着一壶酒在谈论庄稼，还有一个山里人把脑袋伏在桌上打盹。在马拉迪这种小地方，这种景象很常见；蓝衣人显然认定在这里打探不出什么名堂来，只见他把酒一饮而尽，迈着悠闲的步子去了外屋。他倚在柜台上跟店主懒洋洋地闲聊着，一边不时地用一只眼的余光通过敞开的门扫视着那三个围桌而坐的人。那两个农夫仍在呷着酒，用方言谈论着天气，而牛虻打着鼾，像是一个毫无心事的人。

最后，密探似乎觉得不值得再在这家酒馆里浪费时间，于是付了酒钱，懒散地走出去，踱着步沿着狭窄的街道走了。牛虻打着哈欠，伸着懒腰，坐起身子来，用粗布衣袖揉着惺忪睡眼。

“刚才那情况好险啊。”他说道，同时从口袋里取出一把折叠刀，把桌上的稞麦面包切下来一大块。“他们是不是最近经常给你们添麻烦，米凯利？”

“他们比八月间的蚊子还讨厌，一分钟都不让你清静；不管到哪里去，总有个密探不离左右。甚至在那些他们以前不轻易涉足的山里面，他们现在也三五成群地出现——是吧，基诺？正是由于这个原因，我们才安排你跟多麦尼奇诺在城里会面。”

“原来如此。可为什么要在布列西盖拉呢？边界上的城镇里，密探素来都多如牛毛呀。”

“眼下到布列西盖拉去最合适。全国各地的朝圣者都云集在那里。”

“可那儿并非交通要冲呀。”

“那地方离去罗马的大路不远，许多复活节的朝圣者都要拐到那里去做弥撒。”

“我不……不明白布列西盖拉有什么特别诱人之处。”

“红衣主教就在那儿。你不记得他去年十二月间曾到佛罗伦萨布过道吗？就是那个红衣主教蒙太尼里。听说他引起了很大的轰动。”

“大概是吧，我是不听布道的。”

“你要知道，他享有圣人的美称。”

“他是怎么得来的呢？”

“不清楚。大概是因为他把全部的收入都布施出去，自己每年只用四五百个斯库迪度日，跟教区里的普通教士一样。”

“还有呢！”那个叫基诺的人插嘴说，“不止这些呢。他不仅乐善好施，而且终生致力于为穷人谋福利，使病人得到妥善的治疗，从早到晚听人们申冤诉苦。我对教士的厌恶不次于你，米凯利，可蒙太尼里大人和旁的红衣主教不一样。”

“唔，他可能是个白痴，但不是坏人！”米凯利说，“不管怎样，人们发了狂地崇拜他。最近又花样翻新，朝圣者们特意前去求他祝福。多麦尼奇诺计划扮作小贩到那儿去，带上一篮子不值钱的十字架和念珠。人们喜欢买下这种玩意儿让红衣主教摸摸，然后挂在小孩子的脖子上避邪驱魔。”

“等等。我怎么去——扮为朝圣者？这身装……装束我觉得倒挺……挺适合我，可我总不能像现在这个样子跑到布列西盖拉抛头露面；我要是被捕，就证……证明你是错的。”

“你不会被抓住的；我们为你准备了一套绝妙的装束，还有护照，各种东西一应俱全。”

“扮什么样的人？”

“一个西班牙的老朝圣者——一个从塞拉来的幡然悔悟的强盗。此人去年在安科纳染上了病，我们的一个朋友出于好心把他带上了一艘商船，送他到了威尼斯——那儿有他的朋友。于是他把他的证件留给我们，以示感激。那些证件对你正能派上用场。”

“一个幡然悔悟的强盗？那警察那边怎……怎么办？”

“啊，没有问题的！他几年前就服满了划船的苦役，然后便云游四方，到耶路撒冷等地拯救自己的灵魂。他曾经把亲生儿子错当成另一个人杀掉了，悔恨之下，便跑去向警察自首。”

“他年纪很大吗？”

“是的，不过，只要安一撮白胡子和假发套就可以伪装起来。至于其他方面，你跟他的特征完全相符。他是个瘸着一条腿的老兵，脸上像你一样有一道刀疤。还有，他是个西班牙人——你要是碰上西班牙的朝圣者，是可以跟他们攀谈的。”

“我在哪儿和多麦尼奇诺见面？”

“你在十字路口跟朝圣者们混在一起——待会儿我在地图上指给你看，你就说在山里走迷了路。到了城里，你就随着众人一起去红衣主教宫殿前的市场。”

“哦，他不……不是个圣人吗，怎么还住上了宫……宫殿？”

“他只占了一个厢房，其余的部分改造成了一所医院。你们在那儿等着他出来为大家祝福。到时候，多麦尼奇诺会拎着篮子走上前对你说：‘你也是来朝圣的吗，老爹？’你回答说：‘我是个不幸的罪人。’随后，他把篮子放下，用衣袖揩揩脸，你就出六个索尔多买一串念珠。”

“随即，当然就由他安排一个可以谈话的地方，是吧？”

“是的。趁着人们张着嘴瞻仰蒙太尼里之际，他将有充裕的时间给你留见面的地址。这是我们的计划，但如果不中你的意，我们可以通知多麦尼奇诺另行安排。”

“不用了，这就很好。只是要假胡须和发套看起来自然些。”

“你也是来朝圣的吗，老爹？”

牛虻坐在主教宫殿前的台阶上，一头乱蓬蓬的白发。他抬起头，以沙哑而颤抖的声音回答了暗号，话音里异邦味很浓。多麦尼奇诺从膀子上取下皮带，将那一篮子祭神的小玩意儿放在台阶上。农民和朝圣者们有的坐在台阶上，有的悠闲地逛市场，谁都没留意他们俩。但他们为安全起见，净说些不连贯的话。多麦尼奇诺操一口当地方言，而牛虻讲的是蹩脚的意大利语，还夹杂着一些西班牙语字眼。

“主教大人！主教大人出来啦！”宫门旁的人高声喊起来，“快闪开！主教大人出来啦！”

他们俩都立起了身。

“给你，老爹！”多麦尼奇诺说着，把一尊用纸包着的小神像塞进了牛虻的手中，“把这个也收下吧。请你到了罗马后为我祈祷。”

牛虻将东西揣到怀里，转过脸去瞧那个身穿大斋戒的紫罗兰色法衣、头戴大红帽子的人物——那人站在最高一层台阶上，张开双臂为人们祝福。

蒙太尼里缓慢地步下台阶，人们簇拥在周围吻他的手。许多人跪倒在地，待他走过时，捧起他的袍角亲吻。

“祝你们平安，我的孩子们！”

听到那清越而悦耳的声音，牛虻垂下了头，白发滑落下来遮在脸上。多麦尼奇诺见他手中的朝圣拐杖在颤抖，不由佩服地暗忖：“一个多么出色的演员啊！”

一个站在他们近旁的妇女弯腰把自己的孩子从台阶上抱起。“来呀，赛科，”她说道，“请主教大人为你祝福，就像亲爱的主当年祝福那些孩子一样[①]。”

牛虻朝前挪了一步，又停了下来。啊，这情形太让人难以接受了。这里所有的外人——朝圣者和山民们——都可以走上前和蒙太尼里说话，而他用手抚摸着孩子们的头发。他也许还会称呼农民的孩子“亲爱的”，就像他过去称呼……

牛虻一屁股又坐在了台阶上，扭过脸，不去看眼前的情

---

① 出自《圣经》。

景。要是能躲进哪个角落，听不到那声音就好了！这的确让任何人都无法忍受——他们离得那么近，简直近在咫尺，他一伸胳膊就能摸到那只亲爱的手。

“愿意进屋歇歇吗，我的朋友？”那柔和的声音说道，“你恐怕冷了吧？”

牛虻的心脏停止了跳动。一时间他什么也不知道了，只感到血流挤压得难受，仿佛要将他的胸膛撕裂开；随后，血流又反冲回来，在他的周身奔涌和燃烧。他仰起了脸。在他上方的那双严肃而深沉的眼睛，一看到他的面孔，便突然变得柔和起来，流露出神圣的同情之色。

“朝后站站，朋友们，”蒙太尼里冲人群说道，“我想和他谈谈。”

人们相互窃窃私语，慢慢向后退去。牛虻纹丝不动地坐在那里，牙关紧咬，两只眼睛盯着地面，他感觉到蒙太尼里把手轻轻地搭在了他的肩头。

“你一定遇到了大灾大难。我能帮你一些忙吗？”

牛虻默默地摇了摇头。

“你是来朝圣的吧？”

“我是一个不幸的罪人。”

蒙太尼里的问题碰巧跟他们的暗号相同，这就像根救命稻草一样，牛虻于绝望之中一把抓住，机械地做了回答。那只轻轻安抚他的手似乎在烧灼着他的肩膀，使他开始全身发抖。

红衣主教俯下身来，离他更近了。

“也许你愿意跟我单独谈谈吧？如果我能帮助你……”

牛虻这才第一次以坚定的目光直视蒙太尼里的眼睛，他已经恢复了自制力。

“一点用都不顶，”他说，“事情已毫无指望。”

一位警官钻出人群，走上前来。

“请原谅我的打搅，主教大人。我认为这个老头脑子有些不正常。但他完全没有恶意，证件也相符，所以我们不干涉。他犯过大罪，服过苦役，目前正在忏悔。”

“犯过大罪……”牛虻慢吞吞地摇着头，把警官的话又重复了一遍。

“谢谢，警长，请你让开点。我的朋友，一个人只要真心忏悔，任何事情都是有指望的。今天晚上你能来见我吗？”

“主教大人，你愿意接见一个害死过自己的亲生儿子的人吗？”

这个问题含有一丝挑战的语气，蒙太尼里听后一缩身子，像遇到了一股寒风般颤抖起来。

“无论你犯过什么样的罪，上帝都不允许我谴责你！”他庄严地说，“在上帝的眼里，咱们都是有罪的，而人间的正义也只不过是肮脏的遮羞布。假如你来找我，我会接见你的，就像我祈求上帝有一天会接纳我一样。”

牛虻伸出双手，突然摆出一副充满激情的姿势。

“听着，”他说，“你们这些基督徒全都听着！如果一个人害死了自己唯一的儿子，害死了爱他和信任他的儿子，害死了自己的亲骨肉；如果他用谎言和欺骗把自己的儿子引入死亡的陷阱——那么，这个人在天地之间还有指望吗？我对着上帝和人类忏悔了我的罪行，人类让我承受了刑罚，并放过了我；可是，上帝什么时候才会说声‘够了’呢？什么样的祝福才能解除上帝对我灵魂的诅咒呢？怎么样才能宽恕我所犯下的罪行呢？”

在随后的死一般的沉寂中，人们将目光投向蒙太尼里，看见他胸前的十字架一起一伏。

他终于抬起了眼睛，用一只微微发抖的手为牛虻祝福。

“上帝是仁慈的，”他说，“愿你把心中的痛苦诉说给至高无上的上帝，因为《圣经》上写着：‘不应该蔑视一颗破碎的和悔悟的心灵。’”

随即，他转身穿过市场，不时停下脚步跟人们交谈，并把他们的孩子搂在怀中。

傍晚时分，牛虻按照包神像的那张纸上所写的指示，来到了约定的会面地点。这次的会面地点在当地一位医生的家中，医生本人也是“社团”的积极分子。大多数的秘密成员已经聚集在了这里。他们在牛虻抵达时表现出的欣喜情绪，如果有必要的话，可以成为一个新的证据，说明牛虻是一个深得人心的领袖。

“我们很高兴再次见到你。”那个医生说，“但要是看到你离开，我们将更高兴。你来这儿风险太大，最起码我是反对这样安排的。你敢肯定，今天上午在市场上那些警探没注意上你吗？”

“哦，他们对我倒是够注……注意的，但是他们却……却没有认出我。多麦尼奇诺安……安排得天衣无缝。他人呢？我怎么没看见他？”

“他还没来。这么说，你是一帆风顺喽？红衣主教为你祝福了吗？”

“他的祝福？啧，那算不上什么。”正走进门来的多麦尼奇诺说道，“里瓦莱兹，你真像一块圣诞蛋糕，老是让人感到意外。你到底还有多少本事准备亮出来吓唬我们？”

“你在说什么呀？”牛虻慢条斯理地问。他靠在沙发背上，正在抽雪茄，身上仍穿着朝圣者的装束，但那白胡须和假发已被搁置一旁。

“想不到你竟是如此出色的演员。我一辈子都没见过那般精彩的表演。你把主教大人感动得差点掉下眼泪。”

“怎么回事？讲给我们听听，里瓦莱兹。”

牛虻耸了耸肩。他正处于沉默寡语的心境中。那些人见掏不出他的话，便转而央求多麦尼奇诺解释。当市场上发生的那一幕被描述了一遍之后，一个青年工人没有随着大伙儿哄堂大笑，而是突然说道：

“当然，做得的确非常巧妙，可我看不出那样当众表演有什么好处。”

“好处就在于，”牛虻插话说，“我愿到哪儿去就到哪儿去，想干什么就干什么，这个地区不论男女还是孩子，都不会怀疑我。那件事不到明天就会传得沸沸扬扬。我要是碰到暗探，他心里只会想：‘这就是在市场上忏悔罪行的疯子迪雅果。’这显然是一种有利条件。”

“是的，我明白了。不过，你要是没愚弄红衣主教就做成这件事就好了。他是个大好人，不该那般戏耍他。”

“我本人也觉得他是位正人君子。”牛虻慢吞吞地表示同意。

“别瞎扯了，桑德罗！我们这儿不需要红衣主教！”多麦尼奇诺说，“当初机会来了的时候，蒙太尼里大人要是到罗马任职，里瓦莱兹就不会愚弄他了。”

“他没有到罗马去，是因为他不想丢下这儿的工作。”

“更大的可能是因为他不想成为拉姆勃鲁斯契尼一伙的众矢之的。你们只管相信好啦，那些人掌握着对他不利的东西。一位红衣主教，特别是如此名声显赫的主教，却心甘情愿待在这样一块被上帝遗弃的小地方，咱们大家都知道这意味着什么……是吧，里瓦莱兹？”

牛虻正在吐烟圈。“也……也许他怀着一颗‘破……破碎的和悔悟的心灵’。”他说道，一边把头仰靠在沙发背上，观察着烟圈渐渐消散。“好啦，诸位，咱们言归正传吧。”

他们开始详细讨论偷运和藏匿武器的种种计划。牛虻聚精会神地倾听着，不时插话进去，敏锐地纠正一些不精确的方案或不周密的提议。待大伙都发完言后，他提了几点切合实际的建议，其中多数未经讨论便被采纳了。随后便散会了。他们还做出决定：至少在牛虻安全返回托斯卡纳之前，为了不招致警方的注意，应尽量避免时间太晚的会议。十点钟刚过，人们都已散尽，只剩下了医生、牛虻和多麦尼奇诺。他们三个开小组会讨论特殊问题。在长时间的激烈辩论之后，多麦尼奇诺抬头看了看挂钟说：

“十一点半；不能再开了，否则会让巡夜人看见的。”

“他什么时候从这里经过？”牛虻问。

“十二点左右；我想在他来之前赶回家去。晚安，乔尔达尼。里瓦莱兹，咱们一起走吧？”

“不，我觉得分开走比较安全。我还跟你碰头吗？”

“是的。下次在鲍罗尼斯堡见面。不知我将扮成什么样的人，不过你是知道暗号的。你大概明天要离开这里吧？”

牛虻正对着镜子细心地戴假胡须和发套。

“明天上午跟朝圣者们一道走。后天我装病留在一个牧人小屋里，再抄近路翻过山去。我将会赶在你前边到达约会地点。再见吧！”

教堂塔楼上的大钟敲响十二点时，牛虻来到一座庞大的空谷仓门前朝里望了望。这座谷仓被临时充作朝圣者们的寄宿处，地上横七竖八躺满了人，其中的大部分鼾声如雷，空气闷热而污浊，叫人难以忍受。他厌恶得浑身发抖，忙缩了回去——在这种地方简直睡不成觉。他宁愿四处走走，找间窝棚或干草堆，在那儿睡觉至少干净，也安静些。

这是一个美丽的夜晚，硕大的一轮满月在紫色的天空中发出皎洁的光辉。他漫无目的地在街上游荡，闷闷不乐地回忆着上午的情景，深悔不该同意多麦尼奇诺的计划，跑到布列西盖拉来开会。假如他一开始就宣称这个计划太危险，便会另择地点，他和蒙太尼里就省得演那出极为可笑的闹剧了。

神父的变化是多么大啊！可他的声音一点也没有变——在过去的岁月里，正是这个声音常常唤他“亲爱的”。

巡夜人的灯笼出现在了街道的另一端，牛虻急忙拐进了一条弯弯曲曲的窄巷。走了有几码远的路，他来到了教堂广场上，离主教宫的左厢房很近。广场上月光如水，空无一人；但他留意到教堂的一扇偏门虚掩着。一定是教堂司事忘记关了。更深夜静的，教堂里绝对不会在举行什么仪式。他不妨溜进去找条板凳睡下，省得再回到那令人窒息的谷仓里；天亮时，他可以在教堂司事未来之前悄悄走掉；即使有人发现了他，也自然会推想这个疯子迪雅果躲在哪个角落里做祈祷，结果被关在了里面。

他在门口听了听，然后走了进去，尽管他瘸着腿，但脚步却悄无声息。月光透过窗户洒进来，在大理石地板上形成一条条宽宽的光带。尤其是圣坛大殿，里边的一什一物都清晰可辨，宛如在白日一般。但见红衣主教蒙太尼里独自一人跪在圣坛踏板的前边，没有戴帽子，两手合在一起。

牛虻抽身退回到黑影里。是不是应该趁着蒙太尼里还没看到他，就溜之大吉呢？毫无疑问，这是最明智的做法，也许还是最仁慈的做法。可是，既然人群已经散去，没必要再演上午那种可恶的讽刺剧，他朝前凑近一些，再看一眼神父的面孔，又会有什么样的害处呢？也许这将是他的最后一次机会了——而且无须让神父看见他；他可以悄悄溜上前观看——仅此一次。随后，他将回到自己的工作中去。

他躲在厅柱投下的黑影里，蹑手蹑脚地摸到大殿的栏杆处，在靠近圣坛的偏门旁停了下来。主教的宝座遮出宽宽的阴影，足够给他做掩护，于是他屏住气，蹲伏在黑暗之中。

“我可怜的孩子！啊，上帝，我可怜的孩子！”

那断断续续的低语里充斥着无尽的绝望，牛虻听了不由自主地浑身战栗。接着传来一阵强烈、沉重、无泪的抽泣；他看见蒙太尼里把双手绞在一起，像是在忍受着肉体的痛苦。

他没想到情况会这么糟糕。他常常苦涩地安慰自己：“我没必要为此事再烦心，伤口老早就已经愈合了。”时隔多年，如今伤口又赤裸裸地暴露在他面前，可以看见它仍在淌血。不过，要想最终治愈创伤又是多么容易！他只需扬起手——只需向前一步说：“神父，是我。”另外，还有詹玛，还有她一头乌发中横贯的那一绺白丝。啊，但愿他能够宽恕！但愿他能够剜掉深深地烙进记忆里的过去——那印度水手、甘蔗种植园以及杂耍表演！他情愿宽恕、渴望宽恕，但又知道没有指望宽恕，因为他不能够宽恕，也不敢宽恕——没有比这更令人痛苦的了。

蒙太尼里最后站起来，在胸前画了个十字，转身离开圣坛。牛虻缩回到黑影的深处，吓得浑身打战，唯恐自己被瞧见，生怕对方会听见他心脏的跳动；后来他如释重负地吁了口长气。蒙太尼里擦身而过，距离之近，以至于那紫罗兰色长袍拂在了他的面颊上——已经走过去了，没有发现他。

没有发现他——啊，他究竟做了些什么？这可是他的最后一次机会——一个宝贵的机会——竟让他给错过了。他突然跳起来，跨到了光亮处。

“神父！”

他的声音回响着，沿着拱形屋顶渐渐消逝了，在他心里注入了莫名其妙的恐惧。他又缩回到黑影里。蒙太尼里一动不动地站在厅柱旁，瞪大眼睛倾听着，充满了对死亡的恐惧。牛虻说不清那沉寂持续了多长时间；也许只是一瞬间，或者是一段无穷无尽的时间。他猛地一惊，恢复了理智。蒙太尼里摇摇晃晃，仿佛要栽倒，但见他的嘴唇翕动着。起初还听不出声音……

“亚瑟！”终于传来了低语声，“唉，水很深……”

牛虻走上前来。

“请原谅，主教大人！我把你当成这里的一位神父了。”

“哦,原来是那个朝圣者？”蒙太尼里立刻恢复了自制力，不过牛虻见他手上的蓝宝石在闪闪颤动，便知道他仍在打哆嗦。“需要帮忙吗，我的朋友？天色已经晚了，教堂在夜里是要关门的。”

“如果是我做错了，主教大人，我恳请你原谅我。我见门开着，便走进来祈祷，后来发现你在默思，我还以为是个神父，就候在这里，想请他为这个十字架祝福。”

说着，牛虻举起了从多麦尼奇诺那儿买来的一个小小的锡质十字架。蒙太尼里接在手中，又进入大殿，把它在圣坛上搁了一会儿。

“拿去吧，我的孩子，”他说，“请你放心，大慈大悲的上帝是富于怜悯之心的。到罗马去吧，请求他的使臣——教皇为你祝福。祝你平安！”

牛虻垂下头接受了祝福，然后慢慢地转身离开。

“请留步！”蒙太尼里说。

他站在那里，一只手扶在大殿的栏杆上。

“你到罗马参加圣餐礼时，”他说，“请为一个极度痛苦的人祈祷——为一个受到主严惩的灵魂祈祷。”

他说话时，几乎连声音里都含着泪水，使得牛虻的决心动摇了起来。再有一瞬间，牛虻眼看就要自我暴露。可他的脑海里又浮现出来演杂耍的场面，记起自己像约拿[1]一样有理由怨气填胸。

“我算什么人，上帝怎肯听我的祈祷？我，一个别人躲避唯恐不及的人，一个异类！我怎能像主教大人一样，可以在上帝的圣座前献上神圣的一生，献上一个纯洁无瑕、无私无畏的灵魂……”

蒙太尼里猛然转过身子。

“我只有一样东西可以奉献，”他说，“那就是一颗破碎的心灵。”

几天之后，牛虻从皮斯托亚搭乘驿站马车回到了佛罗伦萨。他径直奔往詹玛的寓所，但詹玛出了门。他留下口信说第二天早晨再来，接着便向自己的住处走去，路上真心希望绮达千万不要再次侵入他的书斋。如果今天晚上再听到她妒忌的指责，那一定会像牙科医生嘎嘎响的锉子一样让他的神经承受不了。

“晚安，比安卡，”女仆把门打开时，他说道，“莱尼小姐今天来这儿了吗？”

女仆茫然地看着他。

---

① 《圣经》中的希伯来预言家，曾对上帝怨气冲天。

“莱尼小姐？这么说，她回来了，先生？”

“你这是什么意思？”他在门垫上停住脚步，皱着眉头问。

“您前脚走，她后脚就突然离开了，什么东西都没拿，连句要走的话也没说。”

“紧跟着我就走了？怎么，是在两个……两个星期之前吗？”

“是的，先生，是在同一天；她的东西还乱七八糟地放着呢。街坊邻居都在议论这事。”

牛虻默默无语地转身离开门阶，沿着小巷急步向绮达住的那幢房子走去。她的房间里，没有一样东西被人动过；他送给她的礼物全部都放在原来的地方；找不到一封信或一张字条。

“对不起，先生，”比安卡把脑袋探进门说道，“有位老太太……”

牛虻恶煞神似的转过身来。

“你来这儿干什么？跟踪我吗？”

“一位老太太想见你。”

“她要干什么？告诉她，我……我正忙着呢，不能见她。”

“先生，自从你出门后，她几乎天天晚上都过来，每次都问你何时回来。”

“你去问她有何……何贵干。不，算啦，我还是自己去吧。”

那个老太太正坐在他的客厅门旁等着。她衣着十分寒酸，脸上的皮像欧楂一样又黑又皱，头上缠一条色彩鲜艳的围巾。他进门时，她站起来，用炯炯有神的黑眼睛打量着他。

“原来你就是那个瘸腿的先生，”她以挑剔的目光从头到脚端详着他说，“绮达·莱尼托我给你带个口信。”

牛虻打开书斋的房门，用手扶着门请她进去；随即，他也跟了进去，将门关严，以防比安卡听见。

“请坐下。现……现在请你讲讲，你是什么人。”

“我是什么人不关你的事。我来这儿是要告诉你，绮达·莱尼跟我的儿子跑啦。”

“跟……你的儿子？”

“是的，先生；如果你有了相好的，却不懂得怎样留住她，你就别怪别的男人把她弄走。我儿子血管里流淌的是热血，而不是牛奶和清水；他是吉卜赛人。”

“啊，原来你是个吉卜赛人！那么，绮达是回到自己的同胞身边了？”

老太太望着他，露出惊奇和轻蔑的神情。显而易见，这帮基督徒没有一点男子气，遭受了侮辱也不生气。

“你有什么了不起的，她怎么能跟你一起生活？我们的姑娘由于心血来潮，或者因你出的价高，可以把身子借给你一时半会儿，但吉卜赛的骨血终究会回到吉卜赛人中间去。”

牛虻的面孔仍是那么冰冷、刚毅。

“她是随一个吉卜赛的大营走的，还是跟你的儿子在一起生活？”

老太太迸发出一阵大笑声。

“你还想去追她，让她回心转意？太晚啦，先生，你早该想到这一点！”

“不是，我只想了解实情，如果你肯告诉我的话。”

老太太耸了耸肩膀；对这种事都忍气吞声容忍下来的男人，实在不值得去羞辱。

“事情是这样的：就在你离开她的当天，她在路上遇见我的儿子，就用吉卜赛语跟他攀谈起来。我儿子见她尽管衣着华美，却是我们一族人，不由爱上了她那美丽的脸蛋——我们的男人都是这般爱法，然后把她带到了我们的营地。她把满腹的苦水都倒了出来，坐在那里哭哭啼啼的，怪可怜的小姑娘，让我们为她感到心酸。我们好言好语地劝她。最后，她脱下那身华丽的衣服，换上了我们自己姑娘的服饰，把自己交给了我的儿子，成为他的女人，也接受了他做她的男人。他绝不会冲她说：'我不爱你'以及'我还有别的事情要做呢'。女人在青春年少之时，需要有个男人；可你算什么男人？当一个美丽的姑娘用胳膊搂住你脖子的时候，你甚至连吻她也不会！"

"你刚才说，"他打断了她的话，"你给我带来了她的一个口信。"

"是的，我们吉卜赛大营出发时，我留了下来，就是为了递口信。她让我告诉你，你们这些人吹毛求疵、缺乏感情，她已经受够了。她想回到自己的同胞那里过自由自在的生活。她说：'请转告他，我是个女人，而且爱过他，就是为了这个原因，我才不愿再做他的婊子了。'那姑娘离开你是对的。只要有可能，女孩子家利用姿色挣点钱并无坏处，因为要漂亮脸蛋就是为了这个；但是，一个吉卜赛姑娘绝不会爱上你们那个种族的男人。"

牛虻站了起来。

"她的口信就这么多内容吗？"他说，"那么请你转告她，我认为她做得很对，并祝她幸福。我要说的就这些。晚安！"

他纹丝不动地站着，直到花园的大门在老太太的身后关上。随后，他坐下来，用双手捂住脸。

这是给他的又一记耳光！难道就不能给他留下一点点脸面、一丝丝尊严吗？他遭受过一个男人所能承受的一切磨难；

他的心灵曾经被拖入泥污里，被过往的行人践踏在脚下；他的灵魂处处都留着别人的轻蔑所打下的烙印，处处都留着别人的嘲讽刺出的疤痕。如今，这个他在路旁捡来的吉卜赛姑娘——甚至她也操起了鞭子。

沙顿在门外哀鸣，牛虻起身把它放了进来。那条狗冲到主人跟前，像平时一样表现得欣喜若狂，但它很快就看出情况不妙，便卧倒在他旁边的地毯上，把冷冰冰的鼻子伸进他无力的手中。

一个小时之后，詹玛来到了大门前。她敲了敲门，但没人来迎接她，因为比安卡见牛虻不想吃晚饭，便溜到隔壁厨子那里串门去了。比安卡没把门关上，大厅里的一盏灯也没熄。詹玛等了一会儿，随即决定进去看看能不能找到牛虻，因为她想跟他谈谈贝利送来的一个重要消息。她敲了敲书斋的门，里边传来了牛虻的声音："你可以走了，比安卡，我什么东西都不需要。"

她轻轻推开了门。屋里一片黑暗，可是当她走进去时，过道里的灯投进一束长长的光，她看见牛虻独自一人坐在那里，脑袋低垂在胸前，脚旁睡着那条狗。

"是我。"她说。

他惊跳起来。"詹玛……詹玛！啊，我是多么想见到你呀！"

未等她开口说话，他已跪倒在她脚下，把脸埋在她的裙褶里。他的整个身体痉挛似的抖作一团，这情形真比看到他哭泣更让人难过。

她静静地站着。她一点忙也帮不上——根本没有办法帮忙。这是最叫人痛苦的了。她只能站在一旁消极地观望——只要能解除他的痛苦，她不辞一死。她只要敢于俯下身子将他拥抱在怀里，让他紧贴在自己的心口上，用自己的身体保护他，使他不再蒙受伤害和冤屈，那他肯定又会变成她的亚瑟，曙光肯定会出现，阴影肯定会逃遁。

啊，不，不！他怎能忘记过去？不就是她把他抛进了地狱——不就是她用自己的右手掴了他一记耳光吗？

她白白错过了这一时机。只见牛虻慌忙地站起来，坐到桌旁，用一只手捂住眼睛，以牙齿咬住嘴唇，仿佛要把它咬穿。

不一会儿，他抬起头平静地说：

“恐怕让你受惊了。”

她朝他伸出双手。“亲爱的，”她说，“难道咱们之间的友情还不足以使你对我有一点点信任吗？这到底是怎么回事？”

“只是我个人的一些麻烦，我觉得你不必担心。”

“你听我讲，”她继续说道，双手握住他的一只手，想平息那痉挛性的抖动，“我并非企图过问自己不该过问的事情。可既然你出于自己的本意把你的许多隐私都告诉了我，何不再多告诉我一点——全当我是你的妹妹就是了。如果面具能给你带来安慰，你不妨把它罩在脸上，但为了你自己好，切不可在你的灵魂上也戴一个面具。”

牛虻把头垂得更低了。“你必须对我有耐心。”他说，“恐怕我不是个令人满意的兄长；不过，你只要知道……这一个星期里，我差点发疯，就像又回到了南美洲。不知怎么，我跟中了邪一般……”他刹住了话头。

“我就不能分担你的忧愁吗？”她最后低语道。

他的头一沉，伏在了她的胳膊上说：“上帝的惩罚是严厉的。”

第三部

第一章

接下来的五个星期，詹玛和牛虻情绪高昂、加班加点地工作，没有时间和精力考虑他们自己的事情。武器安全抵达教皇领地后，还剩下一个更艰难、更危险的任务：把武器从山洞及沟壑里的秘密贮存地神不知鬼不觉地转移到各个中心，然后再分散到各个村庄里。那个地区到处有密探出入。受牛虻之托运送弹药的多麦尼奇诺派信使到佛罗伦萨来，紧急请求帮助或宽限时间。牛虻曾坚决主张这项工作必须在六月中旬前完成；可由于在恶劣的路况下运送重货物所产生的困难，以及随时避人耳目所发生的层出不穷的障碍和延误，多麦尼奇诺便有些沉不住气了。"我现在左右为难，"他在信中写道，"我怕人发现，不敢加快工作的速度，可为了及时做好准备，又不能缓慢行事。请立刻给我派个得力的助手，要不就通知威尼斯人，非得到七月份的第一个星期我们才能准备停当。"

牛虻把信拿给詹玛；詹玛看信的时候，他低头皱着眉坐在那儿，逆方向抚弄着猫身上的毛。

"情况很糟。"詹玛说，"我们总不能让威尼斯人再等上三个星期呀。"

"当然不能，那是很荒唐的。多麦尼奇诺应……应该明……明白。我们必须听从威尼斯人的领导，而不是他们听从我们。”

“我觉得也不能怪多麦尼奇诺，他显然已尽了全力，不能让他去办不可能办到的事。”

“错不在多麦尼奇诺身上，怪就怪他一个人不能分成两个用。我们至少得有一个人负责看守贮存的武器，另一个管运输。他说得很对，必须给他个得力的助手。”

“可是给他什么样的助手呢？咱们在佛罗伦萨是无人可派的。”

“那我就得……得亲自去。”

她朝后一仰靠到椅背上，微微皱着眉看着他。

“不，这不行，风险太大。”

“如果找……找不到别的办法解决困难，就只能这样办。”

“那就必须找到别的办法，没什么可说的。眼下你根本不能再到那里去。”

牛虻的下唇角出现了一条执拗的纹线。

“我认为并……并非不能去。”

“如果你平心静气地考虑一下，就会明白的。你回来才五个星期，警方正在追查你这个朝圣者，满世界找线索呢。不错，我知道你擅长化装，可是别忘了，就在你装扮成迪雅果和那个乡下人时，许多人都见过你；而且，你无法掩饰你的跛足和脸上的疤痕。”

“天下的跛子多……多的是。”

“不错，然而在罗马格纳，像你这样瘸着一只脚，脸上横一道疤痕，左胳膊受过伤的人是不多的；另外你那蓝色的眼睛以及黝黑的肤色也很招眼。”

“眼睛不碍事，我可以用颠茄制剂叫它们变个样。”

“其他的特征你却改变不了。不，这是不行的。你有这么多的特征，眼下跑到那儿去，就等于眼睁睁往陷阱里跳。你肯定会被抓住的。”

“但总得有……有人去协助多麦尼奇诺呀。”

“在这样的危急关头，你被抓住，对他是毫无帮助的。你的被捕将会使整个方案失败。”

可牛虻不容易被劝服，二人争来争去也没有争出个结果来。詹玛开始觉察到他的性格里蕴藏着近乎无穷无尽的沉着、顽固的因素；如若不是感觉到了这件事情的严重性，她大概早就让步了，以求得到太平。然而，这不是一件能让她心服口服做出让步的事情；她觉得他跑一趟得不到多少实际的好处，不值得冒险。于是，她禁不住怀疑他之所以一门心思要去，并不是考虑到了政治上的迫切需要，而是病态地渴望从冒险中寻求刺激。他已经养成了拿生命当儿戏的习惯，她觉得他偏爱尝试不必要的冒险是一种任性，应沉着坚定地加以抵制。后来见自己的苦口婆心无法改变他自行其是的顽固决定，她便使出了撒手锏。

“不管怎样，咱们还是坦诚相见吧。”她说道，“是什么就是什么。你这么坚决要去，并不是为了解决多麦尼奇诺的困难，而是出于你自己的个人感情……”

“这不是事实！”牛虻激烈地打断了她的话，“他跟我无关，我就是永远见不上他，也不在乎。”

他停了下来，因为从她的脸上看出他已暴露了自己的心事。二人目光瞬间相撞，又都垂下了眼；他们对那个名字心照不宣。

“我并不是要去救多麦尼奇诺。”他终于喃喃地说，一边将半边脸埋在猫的毛里。“我……我很清楚，如果他得不到援助，行动就会有失败的危险。”

她对他无力的遁词置之不理，像是不曾被人打断过似的，径自说下去：

“你硬要去那里，是因为你向往冒险。你心情烦闷时，就渴望干危险的事情，正如你生病时渴望服鸦片一样。”

“并不是我要服鸦片，”他不忿地说，“而是别人硬要我服。”

“我敢说，反正你有些以自己的坚忍不拔精神为荣，请求别人为你解除肉体上的痛苦会刺伤你的自尊心；可你冒生命危险缓解精神上的烦躁却可以使你的自尊心得到满足。不过，说到底，其中的区别也只是世俗的偏见。”

牛虻把猫的脑袋向后一拉，低头望着那双绿色的圆眼睛。“这是真的吗，帕西特？”他说，“你的女主人说……说我的这些尖刻的话都是真的吗？难道我罪不容恕吗？你这个聪明的家伙，你从未问人要过鸦片，对吗？你的祖先是埃及的神，没有人踩……踩过它们的尾巴。可我很想知道，如果我把你的这只爪子放到烛……烛火上烧，你对人世间的疼痛是否还能保持镇定和超脱。那时你会求我给你鸦片吗？会吗？或者，服鸦片也许能救你的命呢？不，小猫咪，咱们没权利图方便而一死了之。如果能得到安慰，咱们可以叫……叫骂，但绝不该把这只爪子拿开。”

“够啦！”詹玛把猫从他的膝上抱走，放到了一只脚凳上。“这些事情你我以后有了时间再考虑。当下必须考虑的是如何使多麦尼奇诺摆脱困境。什么事，卡蒂？来客人啦？我正忙着呢。”

“赖特小姐派人给你送来了这个，夫人。”

那是一个封得很严实的包裹，里面有一封寄给赖特小姐的信，但没有拆开，贴的是教皇领地的邮票。詹玛的一些老同学仍住在佛罗伦萨。为安全起见，她的比较重要的信件常常用那些人的地址接收。

信中似乎讲的是亚平宁山区一座寄宿学校夏季开课的事情。詹玛飞快地把信扫了一眼，指着纸角上的两个小墨点说："这是米凯利做的记号。信是用化学墨水写的，显字灵在写字台的第三个抽屉里。对，就是它。"

牛虻把信摊在桌子上，用小刷子在上边抹了一气。当真正的内容以一行鲜亮的蓝色墨迹显现在纸上时，他朝椅背上一仰，哈哈大笑起来。

"写的是什么？"詹玛慌忙问。他把信递给了她。

多麦尼奇诺被捕。速来。

她拿着那页纸坐下来，绝望地盯着牛虻。

"怎……怎么样？"最后，他拉长音调，带着挖苦的劲儿柔声说，"这下该同意我去了吧？"

"是的，我想你得去一趟。"她叹了口气答道，"而且，我也去。"

他有点吃惊地抬起头来。"你也去？可是……"

"我当然要去。我知道佛罗伦萨不留一个人是非常糟糕的，但一切工作都必须暂停，得给那边多添一两个帮手。"

"那边能找到许多帮手。"

"但他们不是你可以完全信赖的人。你自己刚才还说必须有两个责任心强的人负责那儿的工作；既然多麦尼奇诺独力难支，让你单枪匹马地干也显然是不可能的。别忘了，你的境况如履薄冰，做那种工作会遇到诸多不便，所以你比任何人都需要帮手。原本得由你和多麦尼奇诺携手，现在必须由你我合力。”

牛虻愁眉不展地思索了一会儿。

“是的，你的话完全正确，”他说，“咱们愈早动身愈好。不过，咱俩不能一道上路。我今晚走，你可以搭乘明天下午的驿车出发。”

“到哪个地方？”

“这咱得合计一下。我觉得我最……最好直接赶到法恩查。如果今天深夜出发，我就骑马到圣劳伦佐郊区，在那儿化好装后继续朝前走。”

“我看只好这样了。”詹玛说道，她微微皱起的眉梢上含着一丝忧虑。“不过，你匆匆忙忙地出发，又委托郊区的走私贩子为你找化装的衣服，这样做风险很大。你至少应该有三天的时间隐匿形迹，然后再过边境。”

“你不必担心。”他笑吟吟地回答，“我也许以后会被抓住，但不是在边境上。只要一进山，我就和在这儿一样安全了；亚平宁山区里的走私贩子没有一个会出卖我。我心里不太踏实的是：你怎么过边境？”

“哦，那简单得很！我拿上路易莎·赖特的护照，就说去度假。罗马格纳没有一个人认识我，但每一个密探却都认识你。”

“幸……幸运的是，每一个走私犯子也都认识我。”

她掏出了怀表。

“现在两点钟。如果你夜里出发，就只剩下下午和傍晚这段时间了。”

“我最好回家去，把一切都安排好，找一匹出色的马。我骑马到圣劳伦佐去，这样安全些。”

“可如果去租马，就谈不上安全了。店主会……”

"我不租马。我认识一个人，问他借一匹就是了——他很可靠。他以前为我做过一些事情。不出两个星期，就会有个牧羊人把马送回来。等到五点或五点半钟，我再到这儿来；我走后，希望你去找马丁尼把事情对他解……解释清楚。"

"找马丁尼！"她转过身来，惊愕地望着他。

"是的，咱们必须对他推心置腹，除非你能想出另外的人来。"

"我不大明白你的意思。"

"这儿必须有可以信赖的人，以防出现特殊的困难。在这里的所有人当中，马丁尼是最让我放心的。当然，里卡多也会不遗余力地帮忙，但我认为马丁尼的头脑更沉稳些。不过，你比我更了解他，所以还是按你的想法做吧。"

"马丁尼是很可靠，而且在各个方面都精明强干，对此我毫不怀疑；我认为他可能会答应尽力帮助我们的，不过……"

他立刻明白了她的顾虑。

"詹玛，如果一位同志处境危急，你本来可以提供帮助，那位同志却因为怕刺伤你的感情或破坏你的心绪，没有来求你，你发现后心里会是什么滋味呢？你能说这样的态度是一种真正的关心吗？"

"好吧，"她略微迟疑了一下说道，"我马上叫卡蒂去请他来。卡蒂走后，我就去取路易莎的护照——她答应过随时可以借给我用。钱怎么办？我从银行里取一些吧？"

"不，别在这上边浪费时间。我账户里的存款够用一段日子的。以后等我存折上的钱用完，再用你的。那么，咱们五点半碰面。到时候你肯定在这里吗？"

"啊，肯定在！到那个时候我早就回来了。"

约定的时间过去半个小时之后，牛虻才赶了回来，他发现詹玛和马丁尼一起坐在露台上。他立刻看出他们谈得很不投机，两人的脸上都看得见争吵过的痕迹，马丁尼此刻异常沉默和阴郁。

“一切都安排妥当了？”詹玛抬起头问。

“是的。我给你带了些钱。夜里一点钟我要的马会在罗索桥的栅栏旁等我。”

“那不是太迟了吗？你应该在明日清晨人们没起床之前进入圣劳伦佐。”

“我会的，因为这是一匹速度非常快的马；我不愿在离开这儿的时候被任何人注意上。我不能再回家去了，有个密探在门口监视，他以为我在屋里呢。”

“你出来时怎么没被他看到？”

“我从厨房的窗户跳进后花园，又翻过邻家果园的墙头，所以来得这么迟——我不得不这样避开他。我让马的主人点着灯在书斋里坐一晚上。密探瞧见窗子里的灯光和窗帘上的人影，一定会以为我今天晚上在家里写东西。”

“那么你就留在这里，到时间便直接到栅栏那儿？”

“是的。今晚我不想再让人在街上瞧见。抽支雪茄吗，马丁尼？我知道波拉夫人不介意别人抽烟。”

“我要离开一下，想介意也不行。我得下楼帮卡蒂弄饭。”

詹玛走后，马丁尼站起身，背着手踱起步来。牛虻坐在那儿抽烟，默默无语地望着窗外的蒙蒙细雨。

“里瓦莱兹！”马丁尼在他面前停住脚步，眼睛盯着地面说道，“你这是要把她拖进什么样的事情当中呢？”

牛虻把雪茄从嘴上拿开，吐出长长一缕烟雾来。

“是她自己选择的，”他说，“没有任何人强迫她。”

“是的，是的，这我知道。但请你告诉我……”

马丁尼停了下来。

“只要能讲的，我会全都告诉你。”

“好吧，那么……我不太了解山里的详细情况……你是否要带她去执行极其危险的任务？”

“想听实话吗？”

“是的。”

“那么……是很危险。”

马丁尼转回身，继续来回踱步。不一会儿，他又停了下来。

“我想再问你一句话。如果你不愿回答，当然也就算了；但如果你愿回答，那就讲实话。你爱她吗？”

牛虻从容地磕掉烟灰，默不作声地继续抽烟。

“这就是说……你不愿回答？”

“不，我只是在想我有权利知道你为什么要问这个。”

“为什么？天哪，你看不出来是为什么？”

“啊！”他放下雪茄，目不转睛地盯着马丁尼。“是的，”最后，他慢吞吞地轻声说道，“我爱她。但你不要以为我会向她求爱，或者为爱情愁肠寸断。我只打算……”

他的声音显得奇异、含混而微弱，最后消失了。马丁尼朝他跟前凑了一步。

“只打算干什么？”

“去死。”

他直愣愣望着前方，表情冰冷而凝固，仿佛已经死去。等他再说话时，声音显得出奇地平淡且缺乏生气。

“你不必事先让她为此事烦心。”他说道，“我绝无生还的机会。这次行动对大家来说都是很危险的，她跟我一样心中有数。不过，那些走私贩子会竭尽全力保护她，不让她落入敌手。他们虽然有些粗野，但都是好样的。至于我，绞索已套在我的脖子上，一过边境也就意味着我把索套抽紧了。”

“里瓦莱兹，你这是什么意思？这当然是件危险的工作，尤其是对你，对此我是了解的。可你以前常常穿越边境，而且每次都很成功。”

“是的，但这次我会栽跟头。”

“为什么？你怎么知道？”

牛虻凄然地微微一笑。

“德国有一个传说，讲的是一个人在遇到伤心的事时便一死了之，这你还记得吗？不记得？他绝望地绞着双手，深夜在一个孤寂无人的地方了结了生命。上次在山里边我就遇到了一件伤心的事，这次一旦再穿过边境，我就回不来了。”

马丁尼走上前，一只手搭在他的椅背上。

“听着，里瓦莱兹！你说这一席玄奥的话，我连一个字也不懂，但我懂得一点：既然你有这种感觉，就不适合到那边去。你怀着被捕的信念，那你一去肯定会被抓住。你八成是病了或者思想出了问题，才会产生这等古怪的念头。如果我代替你去呢？不管什么样的实际工作我都能够完成，你只需跟你的人送个口信，解释……”

“让你替我去死？这倒是个绝妙的主意。”

“啊，我不一定就会被杀死！他们认识你，可是却不认识我。再说，即便我死去……”

他停下来，牛虻抬起头用探寻的目光慢慢注视着他。马丁尼的手从他身侧垂了下来。

“她对我的怀念不见得会像对你那么深切。”他以就事论事的口吻说，“另外，里瓦莱兹，这是一件公事，咱们必须以实际的观点看待问题——尽量考虑多数人的得失。你的‘终极价值'——经济学家不就是这样叫的吗？——按说比我的高；我虽然并不特别喜欢你，但还是有足够的理智看到这一点。你是一个比我重要的人；我不敢肯定你是否比我好，但你的价值的确比我的大，所以你死会比我死损失惨重。"

他说话的口气，像是在交易所谈论股票的价值。牛虻抬眼看了看他，浑身打着哆嗦，仿佛冷得不行。

"你就不能让我等着坟墓开启，将我吞没吗？

假如我必须死，
我情愿与黑暗永结良缘……①

算啦，马丁尼，你我都在胡说八道。"

"你当然是在胡扯。"马丁尼态度生硬地说。

"是的，你也一样。看在上天的分上，咱们就不要效仿唐·卡洛斯和波莎侯爵②，沉湎于浪漫的自我牺牲了。现在已经是十九世纪了；如果我的任务是死，我就得去死。"

"照此说来，如果我的任务是活下去，我就得活下去喽。你可真走运，里瓦莱兹。"

"是的，"牛虻字简词精地表示同意，"我一向都很走运。"

他们默默地抽了会儿烟，然后开始讨论工作的细节。当詹玛上楼喊他们吃饭时，两人无论是表情还是举止，都没有显露出他们的谈话曾出现过什么异常。吃过晚饭，他们坐在一起商量行动方案，又做了些必要的安排。直到十一点钟，马丁尼起身把帽子拿在手中说：

---

① 摘自莎士比亚戏剧《以牙还牙》。

② 德国诗人席勒的悲剧《唐·卡洛斯》中的两个主要人物，是16世纪的自由战士。

“我回家去取骑马用的斗篷，里瓦莱兹。我觉得你穿斗篷不容易让人认出来，比这身便装强。我还想出去侦察一下，确保周围没有密探，然后咱们再出发。”

“你陪我到栅栏那儿？”

“是的。万一有人跟踪，四只眼睛总比两只眼睛保险些。我十二点以前回到这儿来。我不来，你千万不能走。我还是把钥匙拿上吧，詹玛，免得按门铃把别人吵醒。”

马丁尼接钥匙时，詹玛抬眼看了看他的脸。她明白他编造出一个借口来，目的是想让她和牛虻单独待会儿。

“你我明天再谈。”她说，“早晨我的行装打点好后，还是有时间的。”

“哦，是的，时间很宽裕。有两三件小事我想问问你，里瓦莱兹；不过，这可以在到栅栏那儿去的路上问。詹玛，你还是让卡蒂睡觉去吧。你们俩说话尽量小声点。那么，咱们十二点再见。”

马丁尼微微点点头，笑了笑，然后就走了。他出门时随手砰的一声将门带上，好让邻居听见波拉夫人的客人已经走了。

詹玛到厨房里跟卡蒂道了晚安，然后用托盘端了浓咖啡回来。

“你想躺下来休息一会儿吗？”她说，“今夜你再不会有时间睡觉了。”

“哦，亲爱的，不！到了圣劳伦佐，那些人为我准备化装的东西时，我就可以睡觉。”

“那就喝些咖啡吧。等等，我去给你拿些饼干来。”

詹玛跪在食品柜前取东西时，牛虻突然在她的肩膀上方弯下腰来。

“里面放的是什么东西呀？巧克力乳酪和英国太妃糖！哇，奢……奢侈得跟国王一样！”

她仰起头，听他热情洋溢的口吻，不由淡然一笑。

“你喜欢吃糖果？我总是为西萨尔备着一些，他简直是个小孩子，不管什么糖都爱吃。”

“真……真的吗？那你明天另给他买一……一些，这些糖让我带走。不，还是让我把……把太妃糖放进衣袋吧，它们可以安慰我，以补偿生活中失去的欢乐。我真希……希望在我被绞死的那天，他们会给我块太妃糖吮吮。”

“啊，起码得让我找个纸盒子把糖装上，然后再往衣袋里放！要不会弄得黏糊糊的！把巧克力也放进去吗？”

“不，巧克力我想现在就吃，跟你分享。”

“可我不喜欢吃巧克力。我要你过来好好地坐下，像个有理智的人，在咱们俩当中的一个遇害之前，很可能不会再有安安静静谈话的机会了……”

“她竟然不……不喜欢吃巧克力！”牛虻喃喃自语道，“那我就得自己吃了。这是上绞架前的最后一顿晚餐，不对吗？今晚，你可得满足我的一切要求。首先，我想让你坐在这把安乐椅上。而我就像你刚才所说的，躺在这儿休息休息。”

他卧倒在她脚前的地毯上，将胳膊肘靠在椅子上，仰望着她的脸。

“你的脸多么苍白啊！”他说，“这是由于你把生活看得太悲惨和不喜欢吃巧克力……”

“请你正经一些，只五分钟也行！这毕竟是生死攸关的事情。”

“甚至连两分钟也不行。生也罢，死也罢，都不值得正儿八经。”

他早已把她的两只手拉住，这时正用指尖抚摸着她的手。

“不要一脸的严肃相，密涅瓦女神[①]！你马上要把我吓哭的，到时候你将追悔莫及。我真心希望你能再对我笑笑，因为你的笑能给人以意想不到的喜……喜悦。唔，亲爱的，你可别责骂我！咱们一起吃饼干吧，像两个乖孩子一样，不要再争吵不休——因为明日咱们也许会死去。”

他从盘中取过一块甜饼干，小心地掰为两半，把点缀的糖花也一丝不苟地从中间分开。

“这是一种圣餐，跟教堂里的谦谦君子们吃的那种一样。‘拿去吃吧，这是我身上的肉。’[②]而且，咱们必须用同……同一个酒杯喝酒，这你是知道的，对——就这样。‘干杯，为纪念……’[③]”

她放下了酒杯。

“请别这样！”她说着，几乎哽咽起来。他抬起头，又拉住了她的手。

“嘘！那就让咱们安静一会儿吧。当咱们当中的一个就义之后，另一个会记住这幕情景。我们将忘却这个狂呼乱吼、一个劲在我们的耳旁喧闹着的世界，手挽手地一道奔往秘密的死亡殿堂，安息在罂粟花丛中。嘘！我们将得到彻底的安宁。”

他把头架在她的膝盖上，用手捂住脸。在一片沉寂之中，她俯下身，将手放在他的黑发上。时间便这样一点点流逝。他们都一动不动，默默无语。

“亲爱的，快十二点啦。”她最后说道。他扬起了头。

---

① 罗马神话中司智慧、学问、战争等领域的女神。

② 基督在“最后的晚餐”上对弟子们说的一席话。

③ 同上。

“咱们只剩下几分钟了，马丁尼很快就会回来。也许，咱们再也不能相见。你没有话对我说吗？”

他慢慢立起身，走到了房间的另一侧。接着，是一段短暂的沉默。

“我只有一件事要说”，他用一种低得几乎听不见的声音说，“有件事得告诉你……”

他话到半截却停了下来，在窗前坐下，把脸埋在两手中。

“这么长时间了，你终于决定发慈悲啦。”她柔声细语地说。

“在我的生活中，对我发慈悲的人是不多的；起初我以为……你不会在意……”

“你现在不那么认为了吧。”

她等了一会儿，等他开口说话，后来她走过去站到了他身旁。

“那就最后把真相说出来吧。”她低语道，“你想想，如果你死了，而我没有——我就要终生蒙在鼓里——永远也不能确定……”

他拉起她的手，紧紧地握住。

“如果我遇到不测——情况是这样的，当我去南美时——啊，马丁尼！”

他猛然一惊，慌忙从她身边走至一旁，将房门一把拉开。马丁尼正在门垫上蹭他的靴子。

“一如既往，准时得分……分秒不差！你可真是个活……活时钟，马丁尼。这就是那件骑……骑马用的斗篷？”

“是的，还有两三件别的东西。外边下着瓢泼大雨，我尽量使这些东西不至于被浇湿。恐怕你这一路要受罪了。”

“哦，这不要紧，街上没尾巴吧？”

“没有，好像所有的密探都睡觉去了。今天夜里天气这么恶劣，所以这也并不奇怪。那是咖啡吗，詹玛？在挨大雨浇之前，他应该喝点热的东西，不然会感冒的。”

“这是清咖啡，味道太浓，我去煮些牛奶。”

她进了厨房，狠狠地咬着牙齿，紧紧地握住拳头，免得哭出声来。待她端着牛奶回来时，牛虻已披上了骑士斗篷，正在系马丁尼给他带来的皮质绑腿。他站着喝了杯咖啡，然后拿起宽檐骑士帽。

“我想出发的时间到了，马丁尼；咱们必须先兜个圈子，再到栅栏那儿，以防万一。夫人，咱们就暂时分手了。如果不出现特殊情况，我星期五跟你在弗尔利会面。等等，这……这是地址。”

他从笔记簿上撕下一张纸，用铅笔写了几个字。

“地址我已经有了。”她以单调而平静的声音说。

“真的？哦，没关系，把这也拿上。走吧，马丁尼。嘘——嘘——嘘！别让门弄出响声。”

他们轻手轻脚地摸下楼去。待临街的门吱呀一声在他们身后关上时，她回到房间里，机械地展开牛虻塞进她手里的那张纸条。在地址的下边写着这样一句话：

“到了那边，我把所有的一切都告诉你。”

第二章

这天是布列西盖拉的集市日，本地区的乡下人从大小村庄前来赶集，带来了猪、家禽、乳制品以及一群群半放养的山区的牛。市场上挤满了川流不息的人群，有的在哄笑和逗趣，有的则讨价还价地购买干无花果、廉价蛋糕和葵花子。几个肤色黝黑的孩子顶着炎炎烈日，光着脚、低着脑袋在人行道上玩耍，而他们的母亲带着一篮篮的牛油和鸡蛋坐在树荫下。

蒙太尼里大人出来给人们道早安，立刻被一群喧闹的孩子团团围住，孩子们争着向他献大束大束从山坡上采来的蝴蝶花、鲜红色的罂粟花以及清香扑鼻的白水仙。爱戴蒙太尼里的人们原谅他对野花的偏爱，认为一点点傻傻的嗜好对有大智慧的人是非常合适的。如果是一个不似他这般受公众爱戴的人，在屋里摆满野草闲花，就一定会招致人们的嘲笑；可是，这位福星高照的红衣主教有一星半点无伤大雅的怪癖，是不会引起非议的。

“喂，马列西雅，”蒙太尼里停下来，在一个孩子的头上拍了拍说，“你比上次我见到你时长高了。你祖母的风湿病好些了吗？”

“最近好些了，大人，但我母亲的病情却恶化了。”

“这话让我很难过；你回去告诉你母亲，让她哪天到这里来，看看乔尔达尼医生能为她做些什么。我会为她找处休养的地方，换换环境也许对她有好处。路伊基，你的气色好些了；你的眼睛怎么样了？”

蒙太尼里边向前走，边和山民们聊天。他总能记得孩子们的姓名和年龄，记得他们以及他们父母的忧患。他有时停下脚步，怀着同情之心询问圣诞节时染病的母牛目前的健康情况，或者询问上个集市日被车轮压烂的布娃娃的情况。

待他回到主教宫里，集市贸易开始了。一个跛子身穿蓝衬衣，乱蓬蓬的一绺黑发遮在眼前，左侧脸颊上深深地刻着一道刀疤，只见他悠闲地踱到一个货摊前，以非常蹩脚的意大利语要一杯柠檬汁喝。

“你不是本地人。”那个为他斟柠檬汁的女人打量了他一眼说。

“是的。我来自科西嘉。”

“来找活干？”

“是的。收干草的季节马上就要到了，有位绅士在拉文纳附近办了家农场，那天他跑到巴斯迪亚对我说，这儿的活是很多的。”

“但愿你能找到活，不过这一带的光景其实很糟。”

“科西嘉的光景更糟，大妈。不知我们这些穷人该怎么活。”

“你是一个人来的？”

“不，我有个伴呢，就是那个穿红衣服的。喂，保罗！”

米凯利听见有人叫他，便晃晃悠悠走了过来，两只手插在口袋里。他为了不让人认出来，头上戴着红色发套，装扮成一个地道的科西嘉人。至于牛虻化的装，那更是惟妙惟肖了。

他们一道闲逛着穿过市场，米凯利从牙缝里吹着口哨，而牛虻肩头挎一个包袱，拖着脚步走路，好让别人不容易看出他的瘸腿。他们在等待一位密使，准备把一些重要指示交代给他。

“麦康尼来了，骑着马，在那边拐角上。”米凯利突然低语道。牛虻仍挎着包袱，拖着脚步向那个骑马人走去。

“想找个收干草的吗，先生？”他摸了摸他的那顶破帽子说，一边还用一个手指摸摸马笼头。那是双方约好的暗号，只见那个貌似乡绅府内管家的骑马人翻身下马，将缰绳甩到马脖子上。

“你都能干些什么活，伙计？”

牛虻摆弄着他的帽子。

“我会割草，先生，还会修篱笆。”他答道。接着，他又径直说下去：“子夜一点钟到圆洞洞口去。你必须备两匹好马和一辆车，我在洞里等候——还有，我能开垦荒地，先生……”

“这就够啦，我需要的只是一个割草的。以前为人帮过工吗？”

“帮过一次，先生。记住，来的时候一定要武装好，我们可能会碰上巡逻队。不要走森林小道，另一条路比较安全。如果遇上暗探，不要停下来跟他啰唆，立刻朝他开枪……我很高兴为你工作，先生。”

“是的，就算这样吧，可我想要一个有经验的割草工人。不行，今天我身上一个子儿也没带。”

一个衣衫褴褛的叫花子无精打采地朝他们走过来，嘴里发出凄惨、单调的哀叫声。

“看在圣母的分上，可怜可怜一个苦命的瞎子吧……赶快离开这地方，有支巡逻队正向这儿靠近……最最神圣的天堂王后，纯洁的圣女啊……他们是奔你来的，里瓦莱兹，不出两分钟就会抵达这里……愿圣贤报答你……你必须冲出去，因为四边都有暗探。要想溜走不被人瞧见，是不可能的。”

麦康尼把马的缰绳塞进了牛虻的手中。

“事不宜迟！你骑马冲到桥那儿，然后把马放走，躲进山谷里去。我们都带着武器，可以拦上他们十分钟。”

“不，我不能让你们落入敌手。你们都集合到一起，跟在我后边一起开枪，朝我们的马跟前移动，它们就拴在那边主教宫门口的台阶旁；另外，把短刀都准备好。咱们边开火边撤退；看我扔掉帽子，大伙儿就砍断拴马索，各自跳上最近的一匹马。这样，咱们就可以潜入树林。”

他们说话的声音非常平静而低沉，就连近旁的人也会以为他们在谈割草的事，而非危险的计划。麦康尼牵着自己那匹牝马的缰绳，朝着那群拴着的马走去。牛虻懒洋洋地走在他旁边。而那个叫花子伸着手苦苦哀求着跟在后面。米凯利吹着口哨挨上来，叫花子从他身边经过时把情况告诉了他，而他又不动声色地转告了正在树下嚼生葱的三个乡下人。那三人立刻起身跟他走了；于是，任何人都没注意到这七个人全部集中在了主教宫门口的台阶旁，各自都手按藏着的短枪，一抬腿就可以冲到拴着的马跟前。

“在我行动之前，不要暴露自己。”牛虻以平静而清晰的声音说，“他们也许认不出咱们来。我开枪后，你们再一起发难。不要朝人打，把他们的马腿打断，让他们追不成咱们。三个人先开火，另三个趁机装弹药。在牵马的时候，如果有人挡在中间，就开枪打死他。我骑那匹栗色马；我扔掉帽子，大伙儿便各自上马，遇到任何情况都不能停下来。”

“他们来了！”米凯利说。牛虻转过身去，显出一副天真、愚笨又惊惶的神情，但见人们突然停止了交易。

十五个全副武装的人骑着马慢慢进了市场，他们艰难地穿过拥挤的人群，要不是广场的四处都布有暗探，这七个秘密工作者趁着众人把注意力集中在那群士兵身上的当儿，全可以悄悄脱身。米凯利向牛虻身前靠了靠。

“咱们现在溜不掉吗？”

“不行，四周尽是暗探，其中有一个人认出了我，刚才派人去把我在的位置告诉了那个队长。只有打断他们的马腿，咱们才可能脱身。”

“是哪一个暗探？”

“就是我要开枪打的第一个人。都准备好了吗？他们已经冲出了一条路，马上就要杀过来了。”

“闪开！”那位队长叫道，“我以教皇的名义命令你们！”

人群既慌张又惊讶，急忙向后退去；士兵们快马加鞭向主教宫台阶旁的这一小群人冲来。牛虻从怀里掏出枪，并未向迫近的军队瞄准，而是朝着那个向他们的马摸过来的暗探开了一枪。那家伙被打断了锁骨，应声倒下了。随着这一声枪响，紧跟着又响了六枪。与此同时，秘密工作者们坚定地向拴着的那群马靠近。

骑兵队里有匹马被绊了一下，向前冲去；另有一匹马可怕地嘶鸣了一声栽倒在地。接着，在人们惊恐不安的尖叫声中，传来了指挥官专横的大喝声——他直立在马镫上，将手中的剑高擎在头顶上方。

“这边来，弟兄们！”

他在马鞍上晃了晃，身体向后一沉：牛虻刚才又放了一枪，枪法很准。一小股鲜血顺着队长的军服朝下流淌，可他拼命地稳住身子，抓住马鬃，恶狠狠地叫嚷道：

“如果不能活捉，就打死那个瘸腿的恶魔！他就是里瓦莱兹！”

“再给我支枪，快点！”牛虻冲着他的同志们喊道，“你们都走！”

他扔掉了帽子。这一扔正是时候，因为那些被激怒的士兵已挥着闪闪发光的马刀冲到了他跟前。

“放下武装，你们全体！”

红衣主教蒙太尼里突然介入到交战双方之间；有个士兵恐慌地尖声叫嚷道：

“主教大人！天哪，你会被打死的！”

谁料蒙太尼里又朝前走了一步，面对着牛虻的枪口。

有五个秘密工作者已纵身上马，沿着崎岖的街道冲去。麦康尼也跃到了他那匹牝马的背上，驰离之际回首一望，想看看他们的领袖是否需要援助。那匹栗色马离牛虻近在咫尺，再有一瞬的时间，所有人都可以安全脱险；可那个穿红色法衣的人一走上前，牛虻突然犹豫起来，垂下了握枪的手。这一刹那决定了一切。他立即被围在了中间，被猛地掼倒在地，一个士兵用刀背磕飞了他手中的武器。麦康尼用马镫踢了踢马肚子，因为他身后的斜坡上响起了追兵震天动地的马蹄声。留在这里一道被捕，非但无用，反而会把事情弄得更糟。他一边纵马飞驰，一边坐在马鞍上转过身，准备把最后一颗子弹迎面射向离他最近的那个追兵，却看见牛虻血流满面地被马蹄践踏，被士兵和暗探们踩在脚下，同时听到了追捕者野蛮的咒骂声以及胜利和愤怒的叫喊声。

蒙太尼里没有注意到这里所发生的事情，因为他已离开了台阶，正在设法安抚受到惊吓的群众。片刻之后，他在那个受伤的暗探跟前俯下身来，可人群中惊恐的骚动又使他抬起头来。原来那些士兵绑住了俘虏的双手，正用绳子拖着他穿过广场。俘虏的脸色由于痛苦和疲倦变得铁青，他呼哧呼哧喘不过气来，但还是转过头望望红衣主教，咧着苍白的嘴唇笑了笑，低声说道：

“我祝……祝……贺你，主教大人。”

五天之后，马丁尼赶到了弗尔利。他收到了詹玛寄给他的一包印刷品，这是他们事先约好的暗号，表明她遇到了特殊的紧急情况需要他帮忙，他回想起那天在露台上的谈话，立刻便猜出了真相。他一路上不停地思考，觉得这样推测牛虻遇到不幸是完全没有理由的，要是把如此神经质和富于幻想的人说出的一番幼稚、迷信的话太当真，未免有些荒唐。可他愈是想排除那念头，那念头反倒在他心里愈是根深蒂固。

“我已猜到了是怎么回事：肯定是里瓦莱兹被捕了吧？”他走进詹玛的房间时说。

“他上星期四在布列西盖拉被抓了。他曾拼命自卫，打伤了巡逻队的队长和一名暗探。”

“武装抵抗——事情很严重！”

“反正都是一个样；他已身陷险境，多开一枪对他的情况也不会有多大影响。”

“依你看，他们打算怎样处置他呢？”

她的脸色甚至比以前更苍白了。

“依我看，”她说，“咱们绝不能等到探明他们的意图后再行动。”

“依你之见，我们可以救他出来？”

“必须这样做。”

马丁尼转过身去，背着手吹起口哨来。詹玛让他思考，没去打搅他。她静静地坐着，把头靠在椅背上，眼睛出神地眺望着窗外朦胧的远景，一副呆呆的悲戚表情。每当她脸上露出这种表情时，就很像丢勒的作品《忧郁》[1]中的人物。

“你见到他了吗？”马丁尼把脚步停了一下问道。

“没有。他原本是要第二天在这儿跟我会面的。”

“不错，我想起来了。他现在在何处？”

“在要塞里，看守得非常严密，听说还给他上了镣铐。”

马丁尼做了一个不屑一顾的手势。

“哦，那没关系，有把好锉刀，任多少镣铐都能锉断。只要他没负伤……”

“他似乎负了点轻伤，具体伤到什么程度无从得知。我觉得你最好听听米凯利的叙述，里瓦莱兹被捕时他在现场。”

“那他怎么没被抓住？难道他拔腿逃之夭夭，丢下里瓦莱兹不管了？”

“那并非他的过错。他跟其他人一样鏖战多时，一丝不苟地执行了里瓦莱兹给他的指示。在这一点上，他们所有的人都是一样的。只有一个人在最后的关头似乎忘掉了那项指示，或者说犯了错误，那就是里瓦莱兹本人。这件事有些让人无法解释。你等等，我去叫米凯利。”

她出了房间，不一会儿带来了米凯利和一个宽肩膀的山民。

“这位是麦康尼。”她说，“你听说过他，他也是一个走私贩子。他刚刚到达这儿，也许能说出更多的情况。米凯利，这位就是我对你说过的西萨尔·马丁尼。你能把你当时看到的情况和他讲讲吗？”

---

① 丢勒（1471—1528）是德国文艺复兴时期著名画家，《忧郁》是他的著名铜版雕刻画。

米凯利把他们和巡逻队遭遇的情况简单叙述了一遍。

“真不明白那是怎么回事。”他最后说道，“要是能想到他会被抓住，我们绝没有一个人肯丢下他。可他的指示非常明确，谁也想不到他扔掉帽子后，竟等着人家将他团团围住。他离那匹栗色马非常近——我看见他砍断了拴马索——而且，我亲手递给他一把装了弹药的手枪，然后才跨上了马背。我唯一能设想到的是他因为腿瘸，在上马时踩不着脚镫。可即使出现这种情况，他也可以开枪射击呀。”

“不，不是那回事。”麦康尼插言道，“他压根就没上马。由于我的马听见枪响吓得往后退，所以我是最后一个离开的。我回过头去，想看看他是否已脱险。要不是那个红衣主教，他完全能逃得掉。”

“啊！”詹玛轻声惊叫起来；马丁尼也惊异地重复道：“红衣主教？”

“是的，他挺身挡住了枪口——真该死！我想里瓦莱兹一定是慌了神，因为他垂下了握枪的那只手，又像这样抬起了另外一只手，”麦康尼说着用左手的手背拭了一下眼睛，“接着，那些家伙自然就冲向他了。”

“我实在想不通，”米凯利说，“里瓦莱兹怎么会在危急关头昏了头，这不是他一贯的做法。”

“他把手中的枪放低，大概是害怕杀死一个手无寸铁的人吧。”马丁尼插话说。米凯利耸了耸肩膀。

“手无寸铁的人就不该在酣战之中介入。打仗可不是闹着玩的。如果里瓦莱兹朝主教大人开一枪，而不是让自己像只温顺的兔子一样被人抓了去，那世界上就多一个诚实的人，少一个教士。”

米凯利转过身去，用牙齿咬住自己的胡须。他愤怒至极，就快要掉出眼泪来了。

“不管怎样，”马丁尼说，“事已至此，再浪费时间讨论前因后果是一点用也不顶的。现在的问题是怎样安排他越狱。你们大概都愿意为此冒风险吧？”

米凯利甚至不屑回答这种多余的问题，而麦康尼仅仅轻蔑地一笑说道：“就是我的亲兄弟不愿意干，我也会开枪打死他。”

“很好，那么——首先，你们有没有要塞的平面图？”

詹玛开了抽屉上的锁，取出几页纸来。

“我把平面图全都画好了。这是要塞的底层，这是塔楼的顶层和下边的一层，这是城墙的简图。这几条路通往山谷，而这是山里的小径、藏身之处以及地下通道。”

“你知道他被关在哪一座塔里吗？”

“东边的那座。关在那个安着铁窗的圆形囚室里。我在平面图上已做了标记。”

“这些情况你是从哪儿了解到的？”

“从一个绰号叫‘蟋蟀’的人那儿。他是要塞里的士兵，和我们的一个叫基诺的人是表兄弟。”

“你的动作真够快的。”

“时间耽搁不得。基诺立刻就去了布列西盖拉，其中的几份平面图是我们原先已经有的。这份藏货的地址清单是里瓦莱兹亲手记下的，你从笔迹上能看得出来。”

“那些卫兵都是些什么人？”

“这一点我们还未能够打探清楚；蟋蟀才到那地方，对别的人不了解。”

“咱们必须先从基诺那儿弄清蟋蟀本人的情况。关于当局的意图，都知道些什么？里瓦莱兹的案子是留在布列西盖拉审，还是送往拉文纳？”

“不知道。当然，拉文纳是这一教省的重镇，按法律程序，重大案件的初审只能在那儿进行。但在四大教省里，法律不太受重视，事情常常取决于当权者的个人意愿。”

“他们不会把他押往拉文纳去。”米凯利插话说。

“你为什么这样想？”

“对此我很有把握。布列西盖拉的军事总督菲拉里上校，就是被里瓦莱兹打伤的那个队长的亲叔叔。他是个报复心极强的畜生，绝不会放过虐待仇人的机会。”

“你认为他将设法把里瓦莱兹关在这里？”

“我认为他将设法绞死里瓦莱兹。”

马丁尼飞快瞥了一眼詹玛。她脸色非常苍白，但并不是因为听到这话而变色。显然，这种说法对她来说已经不新鲜了。

“他没有正式的手续很难如愿。”她平静地说，“但他可能会找某种借口设立军事法庭，事后再声称是为了维持城里治安的需要。”

“不过，红衣主教会怎么样呢？难道他允许这类事情发生？”

“他没有管理军事的权力。”

“不错，可他是个权势遮天的人物。不经他的同意，军事总督肯定不敢恣意妄为吧？”

“蒙太尼里决不会同意的。”麦康尼打断他们的话说，“他一向反对军事审判以及诸如此类的事情。只要把里瓦莱兹关在布列西盖拉，就不会出现严重的事态，因为红衣主教素来都是为囚犯说话的。我所担心的是把他押往拉文纳，一到那里，他就完了。”

“不能让他被押往那里。”米凯利说，“咱们可以在半路营救他；但是，要把他弄出要塞，却是另一码事。”

“我认为，”詹玛说，“坐以等待他被解往拉文纳的时机是十分不可取的。咱们必须在布列西盖拉下手，而且事不宜迟。西萨尔，你和我最好一起再把这要塞的平面图研究一次，看能不能想出办法来。我已经有了个主意，但有一个难点解决不了。”

“咱们走，麦康尼，”米凯利站起身说，“不要打搅他们，让他们考虑营救方案吧。今天下午我得上一趟弗格纳诺，想请你跟我一道去。文森佐还没有把弹药送来，按说昨天就应该到货的。”

他们俩走后，马丁尼来到詹玛跟前，无声地伸出手来。她让他把她的手指握了一会儿。

“你一直都是个好朋友，西萨尔，”她最后说道，“在危急关头能够提供有力的帮助。现在，咱们讨论一下方案吧。”

第三章

“我再一次万分诚恳地奉告主教大人，你的拒绝正把全城人的安全置于危险之中。”

总督力图在语气上保持对于教会高层显贵应有的尊敬，但声音中却分明含着怒气。他肝火旺盛，妻子花钱如流水，近三个星期来发生的情况使他的脾气经受了严峻的考验。愤愤不平、心怀不满的居民当中的危险情绪日益明显；本地区到处都在酝酿阴谋，窝藏的武器多如牛毛；那支无能的警卫部队是否效忠于他，令人感到怀疑；而这位红衣主教，曾在他跟副官的谈话中被他伤感地描绘成“纯粹顽固不化的化身”，现在把他逼到了绝望的边缘。如今，牛虻这个活生生的典型恶魔似一副重担压在了他身上。

这个“诡计多端的西班牙恶魔”先是打伤了总督的爱侄和他最宠信的暗探，继而又煽动卫兵，恐吓审问他的军官，“把监狱变成了他滋事生非的场所”。他在要塞里关了三个星期，布列西盖拉当局对这件案子已感到非常厌恶了。他们一次又一次地审讯他，竭尽威逼利诱之能事，可谓机关用尽，想使他招供，可他始终什么也不说，就跟被捕的那天一样。他们这才意识到，也许当初还不如立刻把他押送到拉文纳去。可现在补救这一过失已为时过晚。总督向教皇的特使递送有关牛虻落网的报告时，曾恳求特使特别恩准他亲自监督对这件案子的审理；他的恳求已被恩准，现在要打退堂鼓，无疑会丢尽脸面，等于承认他对付不了犯人。

像詹玛和马丁尼预料的那样，总督不久就产生了以军事法庭裁决这一棘手案子的念头，他认为这是唯一可行的办法。红衣主教蒙太尼里却顽固地拒不同意，使得他胸中的烦恼溢于言表。

“我想，”他说道，“主教大人要是知道我和我的助手们在这个人的身上尝到了多大的苦头，就会改变对这件事的看法。你抱着严正的态度反对不按司法程序办事的行为，对此我完全理解和尊重。不过，特殊的案子得用特殊的方法处理。”

“任何案子，”蒙太尼里回答说，“都不能用不公正的方法处理。通过秘密军事法庭的裁决给一个平民百姓定罪，既不公正也不合法。”

“这桩案子案情严重，主教大人，犯人很明显犯过几种大罪。他曾参加了臭名远扬的萨维格诺叛乱，要不是逃往托斯卡纳，斯宾诺拉大人指定的军事委员会肯定会枪毙他或者送他去划船服苦役。从那时起，他一直就没停止过阴谋活动。众所周知，他是国内祸害最大的秘密社团里的一个很有影响力的人物。至少有三名忠于职守的警探遭到暗杀，而他有重大嫌疑，即便不是他唆使，也是经过了他的同意。几乎可以肯定，这次他是在往该教省偷运武器时被当场捕获的。他对当局进行武装抵抗，使两名执行公务的官员身受重伤，而现在他对城里的安宁和秩序又构成了持续的威胁。设军事法庭裁决这样的案子，无疑是情有可原的。”

“不管这个人犯过什么样的罪行，”蒙太尼里答道，“他都有权受到公正的审判。”

“普通的法律程序会耽误时间，主教大人，而对于这桩案子，每一分钟都是很珍贵的。抛开别的不谈，我时时刻刻都在担心他逃跑。”

“如果有这种危险，那你的责任是更加严密地看守他。”

“我尽了全力，主教大人，可我依赖的是监狱里的看守，而那家伙似乎给所有的看守都灌了迷魂汤。三个星期之内我撤换了四批看守，惩罚那些士兵弄得我心灰意懒。结果一点用也不顶，还是阻止不了他们为他来回传递信件。那些笨蛋爱上了他，就好像他是女人一样。”

“这倒是非常奇怪。想必他有出众之处。”

“他的出众之处就是精通魔法妖术——哦，请原谅，主教大人，不过这个人的确可以让圣贤也失去耐心。说起来让人难以相信，但所有的审讯都得由我亲自主持，因为那个审讯官对他再也容忍不下去了。”

“怎么会那样？”

“一言难尽啊，主教大人。你只要看看他的言谈举止就会明白了。那情景让人觉得，审判官是罪犯，而他成了法官。”

“他究竟能干出什么可怕的事情呢？当然，他可以拒绝回答你们的问题，但除了沉默之外他别无良策。”

“他有刀子般锋利的舌头。我们都是凡夫俗子，主教大人，一生中大都做错过事情，我们不想让丑事张扬出去，这是人之常性。假如一个人二十年前犯过的一点小小的错误现在被挖掘出来，抛在他的脸上，那他会忍不下去的……”

“里瓦莱兹是不是揭出了那个审讯官的什么私人秘密？”

“哦……实际上……那个可怜的人任骑兵军官的时候，曾背上了债，借用过一小笔团队的钱……”

“实际上是窃用了委托给他管理的公款吧？”

“当然，那是大错特错的，主教大人；可他的朋友立刻就把钱还回去了，事情当时就平息啦……他出身于一个名声很好的家庭……从那以后他的生活是无可指责的。我想象不出里瓦莱兹怎么会查出那件事，反正在审讯时他一下子就端出了过去的丑闻——而且是当着那些下属的面！他当时的表情天真无邪，就像是在念祈祷词一样！当然，这件丑事现在已经传遍全省。如果主教大人只参加一次审讯，我相信你一定会明白……不必让他知道，你可以在一旁偷听……”

蒙太尼里转过身来盯着总督，脸上呈现出一丝不常有的表情。

“我是执掌宗教事务的使臣，”他说，“而非警察的暗探，偷听不是我职责范围里的事。”

“我……我不是有意冒犯你……”

“我觉得这个问题再讨论下去没有什么好处。倘使你把犯人带到这儿，我可以跟他谈谈。”

“我怀着十二分的敬意冒昧地奉劝主教大人不要那样做。那家伙已彻底不可救药。比较安全和明智的做法是：这次不必拘泥于法律条文，把他干掉算啦，免得他再害人。既然大人已发过了话，我如果还坚持己见，这是十分不礼貌的；但不管怎样，为了城里的秩序，我得对特使大人负责……”

“而我要对上帝和教皇负责，”蒙太尼里打断他的话说，“不允许在我的教区出现任何见不得人的勾当。既然你这样逼我，上校，那我就行使主教的特权。我不准许和平时期在这座城市里设立秘密军事法庭。明天上午十点钟，我要在这里接见犯人，我们单独谈谈。”

“主教大人，悉听尊便吧。”总督气愤却又不失恭敬地答道。他走开后，嘴里又嘟哝了一句：“他们简直就是一对，都是倔脾气。”

这次即将到来的会面他没有告诉任何人，事到临头才打开犯人的镣铐押他上主教宫。他对自己那个挂了彩的侄子抱怨说：“容忍这头臭名昭著的巴兰的驴子[1]践踏法律就已经够受的了，还得冒这种险，说不定那些士兵会跟他的党羽串通一气，半路把他劫走。”

牛虻在戒备森严的看守下走进了蒙太尼里的房间，他看见蒙太尼里正伏在一张堆满文件的桌子上写东西，于是猛然回忆起了一个炎热的仲夏午后的情景，当时他也是在这样的一间非常类似的书斋里，坐在那儿翻查布道文稿。百叶窗也是这样半掩着避暑气，外面有个水果小贩在吆喝：“卖草莓！卖草莓！”

他生气地把挡在眼前的头发朝后一甩，嘴上浮出一丝微笑。

蒙太尼里把目光从文件堆上抬起。

“你们可以到门厅里候着。”他对卫兵说。

“请原谅，主教大人，”卫队长显得有些慌乱，低声下气地说，“上校认为这名囚犯是个危险人物，最好……”

蒙太尼里的眼里突然射出威严的光。

“你们可以到门厅里候着。”他把刚才的话又平静地重复了一遍。卫队长满脸惶恐，敬了个礼，结结巴巴地道了歉，率领部下离开了房间。

“请坐。”待房门关上后，蒙太尼里说道。牛虻默默地坐了下来。

“里瓦莱兹先生，”蒙太尼里犹豫了一下，然后说道，“我

---

① 巴兰是《圣经》里的一位先知，曾遭到他的毛驴的斥责。此处用作骂人的话。

想提几个问题，如果你肯回答，我将不胜感激。”

牛虻微微一笑。“我现在主……主要的工作就是接受别人的提问。”

“接受提问，但不回答？我听他们是这样说的。不过，那些问题是负责你这个案子的审讯官提的，他们的职责是拿你的回答作为供词。”

“那么。主教大人的问……问题呢？”牛虻话中带刺，而语调更具侮辱性。蒙太尼里立刻就明白了，但庄严、和蔼的表情却未从脸上消失。

“我的问题，”他说，“不管你愿不愿意回答，只有你我两个人知道。倘若涉及你们政治上的秘密，你当然不必回答。虽然咱们素昧平生，但别的问题我希望你能够回答，算是给我个人的恩惠吧。”

“鄙人完……完全听从主教大人的吩咐。”牛虻微微鞠了个躬说，脸上的表情即使贪得无厌的人见了也会望而却步，不便乞求恩惠了。

“首先，据说你把武器偷运进本地区，用途何在？”

“用来灭……灭老鼠。”

“多么可怕的回答。如果你的同胞跟你的看法不同，你就把他们当作老鼠对待？”

“他们当中的一部……一部分是老鼠。”

蒙太尼里靠在椅背上，默默无语地把他打量了一会儿。

“你手上那是什么？”他猛不丁问道。

牛虻瞧了瞧自己的左手。“是一些老鼠咬的旧疤……疤痕。”

“请原谅，我说的是另一只手。那是新伤痕。”

那只纤细、灵巧的右手被严重地割伤和擦伤了。牛虻把手举起，手腕已肿起来，上面有一道又深又长的黑紫色伤痕。

“你看得出，只……只不过是点小伤，”他说，“那天我被抓住时——这得感谢主教大人，”说着他又欠欠身子鞠了个躬，“一个士兵在上面跺了几脚。”

蒙太尼里拉起那手腕，仔细检查了一下。“已经过去三个星期了，怎么还是这种状况？”他问道，“伤口全发炎了。”

“也许，镣铐的擦……擦压没给伤口带来多大好处。”

主教皱着眉头抬起眼睛望了望他。

“他们把镣铐戴在这新伤口上？”

“这很自……自然，主教大人，要戴就戴在新伤口上。旧伤痕用处不大，只会痛痛而已，不……不能烧灼得你死去活来。”

蒙太尼里又将他仔细端详了一番，然后起身拉开了一个盛满了包扎用品的抽屉。

“把那只手给我。”他说。

牛虻伸出了手，脸绷得跟铁板一样。蒙太尼里洗净伤口，轻轻地把它包扎好。显而易见，他已习惯了干这种活儿。

“我会跟他们提镣铐的事情的。”他说，“现在我想再问你个问题：你有什么打算？”

“答案十分简……简单，主教大人。能逃就逃，逃不了就死。”

“为什么说‘死’呢？”

“因为，总督要是不能达到枪毙我的目的，就会送我去划船服苦役，对我而言结……结果都是一样。我的身体是熬不下去的。”

蒙太尼里把胳膊架在桌子上，默默沉思。牛虻没打搅他，索性将身子朝后一仰，半闭住眼睛，懒洋洋地享受除掉镣铐给肉体带来的舒适感觉。

“假设，”蒙太尼里又开口说道，“你能够逃出去，你将怎样安排你的生活？”

“主教大人，我已经告诉过你了，我将灭……灭老鼠。”

“你将灭老鼠？这就是说，我要是把你从这儿放走——假如我有这种权力的话——你将利用你的自由去制造而非阻止暴力和流血事件？”

牛虻抬起眼睛望着墙上的十字架。“‘不是叫地上太平，乃是叫地上动刀兵’①；至……至少我可以回到好人中间。不过，就我个人而言，我倒喜欢用短枪。”

“里瓦莱兹先生，”蒙太尼里用镇定自若的语气说，“我没有侮辱过你的人格，也没贬低过你的信仰和朋友。你是否也能对我待之以礼？难道你希望让我觉得，一个无神论者不能够成为绅士吗？”

“啊，我全……全给忘了，主教大人在基督教的伦理观中是很看重礼仪的。我还记得你在佛罗伦萨的布道讲演，那是在我跟你的匿名捍卫者展开论……论战的时候。”

“这正是我想和你谈的其中的一个问题。你似乎对我怀有特殊的仇恨，能否解释一下原因呢？如果你只是把我作为信手拈来的攻击目标，那则另当别论。你们采取什么样的方式进行政治论战，是你们自己的事，咱们现在不讨论政治。可我当时觉得你对我有个人恩怨，如果真这样，我倒很乐于知道我是否做过错事，或在哪个地方得罪了你，才使你有这样的想法。”

好一个做过错事！牛虻把那只缠着绷带的手捂在喉咙

① 出自《圣经·新约·马太福音》。

处。“我必须跟主教大人提提莎士比亚的一个说法，”他轻轻笑了一声说，“我和那种人是一样的，受不住一只有益无害的猫[①]。我憎恶教士，一看见法衣就恨得咬……咬牙切齿。”

“哦，原来只是因为这个……”蒙太尼里不经意地做了个手势，把这个话题岔开。“不过，”他补充说，“骂人是一回事，歪曲事实则是另一回事。为了答复我的布道，你在文章中说我知道那个匿名作者的身份，那你就错了——我并不是指责你有意造谣，可你的话不是事实。时至今日我都不知道他姓甚名谁。”

牛虻把脑袋朝旁边一歪，好似一只聪明的知更鸟，一本正经地把他打量了一会儿，然后身子猛地向后一仰，爆发出一串大笑。

“多么圣……圣洁啊！唔，好一个可爱、天真、不谙世事的人——你竟然一直没猜到！你一……一点破绽都没看出来？”

蒙太尼里站起了身。“我明白了，里瓦莱兹先生，论战双方的文章都出自你一人之手吧？”

“我知道那是可耻的。”牛虻抬起头回答说，同时睁大一双纯洁无邪的蓝眼睛，“而你却把一切都囫囵个儿吞……吞了下来，就像吞牡蛎一样。那样做非常错误，可也怪……怪滑稽！”

蒙太尼里咬着嘴唇，又坐了下来。他从一开始就看出牛虻存心想惹他发脾气，而他早已打定主意无论出现什么样的情况都不动怒。不过，他现在开始明白了总督为什么会勃然大怒。在这三个星期里，一个人每天花两个小时审讯牛虻，

① 莎士比亚戏剧《威尼斯商人》中的片段。

那他偶尔骂骂人是可以原谅的。

“这个话题咱们先放下，”他平静地说，“我想见你主要是这样的目的：我是本地的红衣主教，在处理你的问题上，如果我行使自己的特权，说话还是有些分量的。但我的特权只限于干涉他们为了阻止你对他人使用暴力，而在你身上滥用不必要的暴力。我让你来，一方面是为了问问你是否有冤可诉——关于镣铐的事我会处理的；另一个方面是因为，我觉得应该先亲眼看看你是什么样的人，然后再发表自己的意见。”

“我无冤可诉，主教大人。战争就是战争。我又不是天真的小学生，决不指望当局会因为我把武器运……运入它的境内而对我亲切友好。他们竭尽全力对我狠打猛揍，是很自然的事情。至于我是个什么样的人，你曾经听过我的一次罗曼蒂克的忏悔。那是不是不够呢？你想让我再……再来一遍吗？”

“我不明白你的意思。”蒙太尼里冷冰冰地说，一边拿起支铅笔，用手指头扭来扭去。

“主教大人肯定还没忘记那个朝圣者迪雅果吧？”接着，牛虻突然变了腔调，用迪雅果的声音说道，“我是个不幸的罪人……”

那支铅笔咔嚓一声在蒙太尼里的手中折成了两截。“简直太过分了！”他说。

牛虻轻声笑笑，把头朝后一仰，坐在那里观望着红衣主教默默地在屋里来回踱步。

“里瓦莱兹先生，”蒙太尼里最后停在了他面前说，“你对我做出这种事，是娘胎里出来的人对他的不共戴天之敌都不肯做的。你触到了我的私人隐痛，把一个同胞的不幸当作你嘲笑和戏谑的材料。我再一次请求你告诉我：我是否做过对不起你的事情？如果没有做过，那你为什么要如此残酷无情地耍我？”

牛虻朝后靠到椅垫上，抬头望着，脸上的微笑难以捉摸，令人不寒而栗。

“我觉……觉得很开心，主教大人；你也看得太认真了，这有点让我想……想起了杂耍表演……”

蒙太尼里气得连嘴唇都白了，转过身去摇铃。

“你们可以把犯人押回去了！”卫兵们走进来时，他说道。

待他们离开后，他在桌旁坐下，一种不常有的愤怒使他仍在发抖，于是他便拿起一沓他的教区里的教士呈上的报告。

看了没几眼，他就把报告推开了，伏在桌上，用两只手捂住脸。牛虻似乎在屋里留下了他可怕的身影，他的面孔似幽灵般萦绕于眼前。蒙太尼里颤抖着身子坐在那里，提心吊胆，不敢抬起头来，生怕看见那个他明明知道不存在的幽灵。那种情景连幻象也算不上，只不过是由于神经过于紧张而产生的奇思怪想。可他却被一种难以名状的恐惧所左右，害怕那朦胧的身影——那受伤的手、微笑、冷酷的嘴巴，以及像深深的海水般神秘的眼睛……

他抖掉那古怪的念头，安下心来工作。他忙活了一整天，几乎没一刻空闲，那幽灵也没来打搅他。可深夜走进卧室时，他心里突生恐惧，脚停在了门口。倘若在梦中看到那幽灵该如何是好？他立即使自己恢复了常态，跪倒在十字架前祈祷。

可是，这一整夜他都没合眼。

第四章

蒙太尼里没有因为愤怒而忘却自己的诺言。他针对牛虻戴镣铐一事提出了强烈的抗议，弄得那个不幸的总督无计可施，在绝望之中只得除掉了犯人的全部镣铐。他对副官发牢骚说："真不知道主教大人下一次又会提出什么抗议来。如果他把给犯人戴一副普通的手铐也称为'残酷'，那他马上又会抱怨不该在窗子上安铁栅栏，或者要求我用牡蛎和松露款待里瓦莱兹。我年轻的时候，犯人就是犯人，受到的是相应的对待，没有人把叛逆者看得比盗贼高一等。可如今，造反成了一种时尚；主教大人似乎有意鼓励全国的恶棍去逞凶。"

"我不明白他为什么非要干涉。"副官说，"他又不是特使，无权过问民事和军务。根据法律……"

"谈法律有什么用？自从教皇打开牢门，把那帮子自由派匪徒全放出来对付我们，你还指望谁尊重法律！纯粹是昏了头！蒙太尼里大人当然要耍耍威风了。前任教皇在位时，他吃够了苦头，现在却成了不可一世的人物。他一步登天成了受宠的人，大可以为所欲为。我怎么能跟他唱对台戏？鬼知道，他也许得到了梵蒂冈那儿的秘密授权呢，如今的世道阴阳倒错，今天不知道明天会出什么乱子。在过去的太平岁月里人人做事都有板有眼，可现在……"

总督沮丧地摇了摇头。连红衣主教也婆婆妈妈地过问起狱规，还大谈政治犯的“权利”，这个世界变得过于复杂，让他接受不了。

再说牛虻，他在返回要塞时神经亢奋，已到了歇斯底里的边缘。跟蒙太尼里的会面使他的忍受力几乎彻底崩溃；他是在绝望之中才最后端出了那番有关于杂耍表演的话，只是为了结束那次会面，因为再过五分钟他就会流出眼泪来。

那天下午被叫去接受审讯时，他一个问题都不回答，只是捧腹大笑。当总督失去耐心、发脾气骂人时，他反倒笑得更加放肆了。不幸的总督怒火中烧、暴跳如雷，威胁要动用酷刑来惩罚这个桀骜不驯的犯人。但最后，他也像詹姆斯·伯顿很久以前那样得出了结论：跟这样一个不通情理的人辩论只是浪费口舌、徒伤肝火。

牛虻又被带回了牢房。他情绪消沉地在小床上躺下，郁闷又绝望，每一次大笑大闹之后都是这个样子。他一动不动，甚至停止了思想，一直躺到傍晚时分。经过上午感情上剧烈的折腾，他现在陷入了奇特的半麻木状态，自身的痛苦对他来说只不过是沉闷、机械的负担，压在一样木头般的东西上，他全然忘了那东西竟是一个灵魂。其实，事情怎样结束已无关紧要；对任何有感觉的生物来说，只有解除无法忍受的痛苦才是最要紧的，至于这种解除来自于环境的变化还是感觉的迟钝都是无足轻重的问题。也许他能够逃出去，也许他们将处死他；不管怎样，他都再也见不到他的神父了，所以他才感觉空虚和懊恼。

一个狱卒送来了晚饭，牛虻抬起沉甸甸的眼皮漠不关心地望了望。

“几点了？”

“六点钟。这是你的晚饭，先生。”

牛虻厌恶地看了看那发馊的、有了异味的、半温半冷的食物，然后把脸转开了。他身体不舒服，精神也不痛快，见到那食物就觉得恶心。

“不吃东西会得病的。”那士兵连忙说，“还是吃口面包吧，这对你有好处。”

那人说话时腔调恳切得出奇，从盘子上拿起一块没烤透的面包，接着又把它放了下去。秘密工作者的警觉在牛虻的心里复苏，他立刻猜到面包里藏着东西。

“放下它吧，待会儿我会吃的。”他漫不经心地说。门是开着的，他知道站在楼梯上的卫队长听得见他们之间的每一句话。

当牢门再次锁上时，在确定没有人从监视孔偷看的情况下，他拿起那块面包，小心翼翼地掰碎。果然不出他所料，面包里裹着东西——一捆小锉刀，是用一片纸包起来的，纸上写着几句话。他仔细地把纸展平，拿到较为明亮的地方。上面的字写得密密麻麻，纸片又小又薄，很难辨得清楚：

门锁已开，今晚无月光。尽快锉，两点至三点之间从甬道出来。我方一切准备就绪，以后恐难再有机会。

他兴奋地把纸片在手中揉碎。万事俱备，他只消把窗上的铁条锉断就可逃脱；多么幸运，镣铐给除掉了！他无须因锉镣铐而耽误时间了。总共有多少根铁条呢？两根，四根——每一根得锉两处，等于有八处。没关系，只要加紧干，这一夜他能锉得完……詹玛和马丁尼怎么如此之快就把一切——

化装用品、护照和藏身的地方——都准备好了呢？他们工作起来一定像马拉车那样使出了全身的力气……到底采用的是她的方案。他对自己的傻念头暗自觉得有些好笑；只要是个好的方案，是不是她的又有什么关系呢！不过他还是不由得感到高兴，因为是她想出了让他利用地下甬道的主意，这样他就不必像那些走私贩子起初建议的那样顺绳梯下去了。她的方案比较复杂，也比较困难，但却不似另一项方案那般会危及东墙外站岗的那个哨兵的生命。因而，当两项方案摆在他面前时，他毫不犹豫地选择了詹玛的。

根据她的安排，那个绰号叫“蟋蟀”的卫兵朋友将瞒着自己的同僚，瞅准时机打开通往城墙下秘密甬道的院子里的铁门，然后把钥匙再挂回卫兵室的钉子上。牛虻得知院门被打开后，就锉断窗上的铁条，把自己的衬衫撕成布条编作绳子，顺绳缒到院子里东边的宽墙上。趁哨兵眼光转向别处时，他将沿墙头用手和膝盖爬行，一旦哨兵再回过身来，他则贴伏在墙上。东南角有一座倒塌了一半的塔楼，有些地方是被浓密的常春藤维持着，但大量的碎石落在院中靠墙堆着。他将从塔楼里攀藤而下，顺石堆到院里，然后轻手轻脚地打开没有落锁的大门，顺甬道进入一条与之相连的地道。几百年前，这条地道曾是要塞与邻近山丘上一座塔楼之间的秘密通道，而今已完全废弃，多处被落下的岩石所阻塞。除了走私贩子，无人知道山坡上有一个精心掩盖起来的山洞，那是他们挖通与地道相接的。谁也想不到，违禁品常常就储藏在要塞的城墙底下，一放便是数星期，而海关人员却徒劳地跑到敢怒不敢言的山民家里搜查。牛虻将从这个洞口爬到山坡上，借夜色到一处偏僻的地方，马丁尼和一个走私贩子在那里接应他。计划有一个很大的难点就是需要在夜间巡查结束后伺机打开门锁，这样的机会并非每夜都能遇上，而且在天晴月朗之时不能从窗户往下缒，那样太容易被哨兵发现。既然现在的确是出逃的大好时机，绝不可以错过。

牛虻坐下来吃了些面包。至少，面包不像别的囚食那般令他反胃，再说他必须吃点东西维持体力。

他最好躺下来，争取睡上一会儿；在十点钟以前动手锉是不安全的，而且他还要苦干一个晚上呢。

他的神父毕竟也想到了让他逃跑！神父还是像当年的那个神父。可他是绝对不会同意的。无论如何都不能同意！如果他逃了出去，那必须是他自己以及同志们努力的结果；他绝不会接受教士们的帮助。

天气真热！这空气让人闷得难受，八成要打雷。他在小床上辗转反侧，一会儿把缠着绷带的右手放在头下当枕头，一会儿又抽出来。这只手灼痛得发抖！所有的旧伤疤都开始痛了起来，那是一种迟钝、连续不断的隐痛。这是怎么回事儿呢？啊，荒唐！这只不过是雷雨天气的缘故罢了。他得睡一会儿，休息一下再锉。

八处铁条，而且全都又粗又结实！还剩下几根没锉呢？显然是不多了。他肯定锉了好几个小时了——无数个小时了——肯定是这样的，所以他的胳膊才在发痛……怎么这么痛，痛到了骨髓里！可他的肋骨也痛得钻心，总不是锉铁条导致的吧；还有，那条瘸腿火辣辣地阵阵作痛，难道也是锉铁条锉的？

他猛然惊醒。不，他并没有睡着，而是在睁着眼睛做梦，梦见的是亟待完成的锉铁条工作。窗上的铁条原封不动地竖立在那里，仍是那么结实而牢固。远处的钟楼送来了十下钟鸣。他必须动手干了。

他从监视孔向外望望，见没有人看守，便从怀里取出一把锉刀来。

不，他没有什么毛病——一点也没有！全是想象出来的。肋骨痛是因为消化不良或受了风寒，或诸如此类的原因；在牢里待了三个星期，食物和空气都极其恶劣，所以这是不足为奇的。至于全身痛得发抖，一方面是因为神经紧张，再就是由于缺乏锻炼。多么荒唐，怎么先前就没想到这一点！

他想坐下来待一小会儿，让疼痛过去后再干活。一两分钟后，肯定就不会再痛了。

谁知坐下来却更糟了。当他坐着不动，疼痛变得更加肆虐，他的脸吓得发灰。不行，他必须站起来干活，摆脱掉疼痛。是否感觉疼痛，取决于他的意志，所以他得坚强起来，把疼痛逼回去。

他重新站起身，大声而清晰地自言自语道：

“我没有生病，也没有时间生病。我得锉断这些铁条，所以不能生病。”

随后，他动手锉了起来。

十点一刻——十点半——十点四十五……他锉啊锉，铁锉的每一次刮擦声都是那样刺耳，仿佛有人在锉他的肉体和灵魂。“真不知哪一个先锉断，”他轻声一笑，自言自语地说道，“是我呢还是这铁条？”他咬紧牙关继续朝下锉。

十一点半钟，他还在锉，只是手开始僵硬和发肿，简直握不牢锉刀。不，他不敢停下休息，只怕一中断这项艰巨的工作，他就再也没有勇气重新开始了。

门外有哨兵在走动，卡宾枪的枪托在门楣上擦了一下。牛虻停下来，向四周张望，握锉刀的手悬在半空。他是不是被发现了？

一团圆圆的小球从监视孔里飞进来，落在了地板上。他放下锉刀，猫腰去捡那圆东西。原来是一个小纸团。

他往下沉啊沉的，过去了很长时间，周围黑色的浪涛汹涌澎湃，向他发出怒吼……！

啊，对啦！他只不过猫下腰去捡那个纸团。他有些发晕，许多人弯腰时都有这种感觉。他并没有出毛病——一点也没有。

他把纸团拾起来，拿到亮光处，沉着地展开：

> 今夜无论如何都要逃出来，蟋蟀明日就要调往别处了。这是我们唯一的机会。

他像对待上一次的纸条一样，把这张也撕碎，然后又操起锉刀回去干活，沉默不语，顽强执着，孤注一掷。

一点钟了。他已经干了三个小时，四根铁条已锉断六处。再锉断两处就可以爬出去……

他开始回忆起前几次这种可怕的病症发作时的情景。最后的那一次是在新年，一想起那五个夜晚的情景他就不寒而栗。可那一次也没来得如此猝不及防，他以前从未遇到过这般突如其来的发作。

他丢下锉刀，茫然地伸出两只手，于极端绝望之中祈祷起来——自从他成为无神论者以来这还是首次，不知是对着什么东西，也许什么也不是，或者对着所有的一切祈祷。

“千万别在今夜！啊，让我明天再病倒吧！明天我什么样的痛苦都愿忍受——只是不要在今夜！”

他两只手按在太阳穴上，静静地站了一会儿，然后又一次拿起锉刀，又一次回去干活。

一点半，他已经开始锉最后一根铁条了。他那衬衫的袖子被他咬成了碎布，嘴唇上血迹斑斑，眼前一片红雾，额头上汗水如注，而他仍在锉啊，锉啊，锉啊……

在太阳出来之后，蒙太尼里睡着了。夜里他痛苦不堪、辗转反侧，早已累得精疲力竭，这阵子刚睡了会儿安稳觉，就又做起梦来。

起先，他的梦既朦胧又杂乱，支离破碎的情景和幻象接踵而至，转瞬即逝，互不连贯，但全都饱含相同的挣扎和痛苦的模糊色彩，全都笼罩着相同的难以名状的恐怖阴影。不一会儿，他开始梦见失眠的情景，这是一种可怕的、熟悉的旧梦，多少年来一直让他心惊肉跳。即便在梦中，他也认出这梦境都是自己以前经历过的。

他在一块广大空旷的地方游荡，想找个安静的场所躺下来睡觉。到处都有人来回走动，有的说说笑笑、吵吵闹闹，有的则祈祷、摇铃，还有的在一道敲击金属乐器。有时他倒能离喧嚣稍远一些，在草地上躺躺，在木板凳上躺躺，在石板上躺躺。他闭上眼睛，用手捂住眼遮光，对自己说："这下我可以睡了。"谁料人群又蜂拥而至，叫呀闹呀，喊着他的名字，求他："醒醒！快醒醒，我们需要你！"

他又来到了一座大宫殿里，那儿满是金碧辉煌的房间，有床、沙发和又低又软的躺椅。这时已是夜晚，他自言自语地说："终于找到一个可以睡觉的安静地方了。"可是，当他选了个黑暗的房间躺下来时，有人提着盏灯步入房间，无情的灯光照射着他的眼睛，说道："快起来，有人找你。"

他站起身，继续向前游荡，步履蹒跚，跌跌撞撞，活像一只受了伤、奄奄待毙的野兽。他听见时钟敲了一下，知道黑夜已经过去了一半——宝贵的夜晚竟是如此短暂。两点，三点，四点，五点——一到六点钟，全城人都会醒来，就再也不会有安宁。

他走到另一个房间，想躺到一张床上去，但有个人从枕上惊起，嚷嚷道："这是我的床！"他缩回了身去，心里一片绝望。

时钟鸣了一下又一下，而他仍在游荡，从一个房间到另一个房间，从一幢屋舍到另一幢屋舍，从一条走廊到另一条走廊。可怕的灰暗黎明一点点悄然接近了；时钟正在报五点钟；黑夜已经过去，而他没有得到休息。啊，痛苦啊！又是一天，又是一天！

他来到一条长长的地下走廊里，这是一条似乎没有终点的低矮的拱形通道。耀目的路灯和枝形吊灯把通道里照得雪亮，透过木格子顶部传来跳舞声、喧笑声和欢快的音乐声。在头顶上方的那个活人的世界，无疑在欢庆节日。啊，多么渴望有个地方能躲起来睡一觉，一个小小的地方，哪怕是坟墓也行！正自言自语间，他被一座敞着口的坟墓绊了一跤。那坟墓敞开着，散发出死亡和腐烂的气味——啊，没关系，只要能睡觉就行！

"这是我的坟墓！"说话的是格拉迪丝。她抬起头，穿着正在腐烂掉的尸衣凝视着他。他跪倒在尘埃中，冲她张开双臂。

"格拉迪丝！格拉迪丝！可怜可怜我吧，让我爬进这狭窄的地方睡一觉。我不向你求爱，不碰你也不跟你说话，只希望能让我躺在你旁边睡一会儿！唉，亲爱的，我已经好久没睡过觉了，一天也撑不下去了！那亮光明晃晃地照在我的灵魂上，而喧闹声在把我的大脑击打成粉末。格拉迪丝，让我进去睡一觉吧！”

他就要拉过她的尸衣遮在他眼上了，可她躲闪开，高声叫起来：

“这是亵渎，你可是教士啊！”

他又往前走啊走，来到了海岸旁光秃秃的岩石上，强烈的光照射着，海水呜咽着，发出低沉、不安、无休止的哀号。“啊！”他说，“海水会对我仁慈一些；它也疲倦得要死，却睡不成觉。”

这时，亚瑟从海水的深处钻出来，大声喊道：

“这海洋是我的！”

“主教大人！主教大人！”

蒙太尼里猛然惊醒。是他的仆人在敲门。他机械地站起来把门打开，仆人发现他的表情极其慌乱而惊恐。

“主教大人，你病了吗？”

蒙太尼里用双手在额头上擦了擦。

“不，我睡着了，你吓了我一跳。”

“十分抱歉。今天一大早我好像听到了你走动的声音，就以为……”

“时候不早了吧？”

“现在九点钟。总督来了，说有非常重要的事情。他知道主教大人一向起得很早……”

“他在楼下吗？我马上就来。”

他穿好衣服，下了楼。

“这样冒昧拜谒主教大人，恐怕有点不礼貌。”总督说。

“但愿没有出乱子吧？”

“出了非常大的乱子。里瓦莱兹险些越狱逃跑了。”

“哦，既然没有跑成，就不妨碍什么。到底是怎么回事？”

“他是在院子里紧靠小铁门的地方被发现的。今天早晨三点钟巡逻队去检查院子，一个队员被地上的什么东西绊了一下，他们拿过灯去一照，发现里瓦莱兹昏迷不醒地横躺在路上。他们立刻发警报，把我叫了去。当我检查他的囚室时，发现窗上的铁条全被锉断，有一条用撕破的衬衫编成的绳子悬系在断了的铁条根部。他用绳子缒下去，然后沿着墙头往外爬。通往地道的铁门被开了锁。看来，卫兵像是被收买了。”

“可他怎么横躺在路上？是不是从墙上掉下来摔伤了？”

“我起初也是这么想的，主教大人，可监狱里的医生查不出摔伤的痕迹。昨天值班的士兵说他昨天晚上送饭时，看见里瓦莱兹像是病得不轻，一点东西也没有吃。但那一定是胡扯八道，一个病人怎么能把那些铁条锉断，又顺着墙头爬走呢？不合乎情理。”

“里瓦莱兹本人是怎么招供的？”

“他失去了知觉，主教大人。”

“仍没醒过来？”

“醒倒是不时醒过来，只是迷迷糊糊的。呻吟几声就又神志不清了。”

“这情况十分奇怪。医生是怎么想的？”

“医生不知该怎么说好。如果是心脏病，却找不到一丝心脏病的痕迹。但不管怎样，正在他眼看就要逃脱时，一定是突然出了什么事。依我看，是仁慈的上帝直接干预，把他打倒在地。”

蒙太尼里微微拧起了眉头。

“你准备怎样处置他？”他问。

“这个问题不出几天我会解决的。这次我可是吸取了一个严重的教训。这就是除掉镣铐的后果——这话并不是要冒犯主教大人。”

“我希望，”蒙太尼里打断他的话说，“至少在他生病期间，不要给他再戴上镣铐。一个人处于你所描述的那种状态，是不可能再逃跑的。”

“我会仔细提防不让他逃跑的。”总督朝外走时，嘴里喃喃自语着，“让这位主教大人悲天悯人去吧，我才不管呢。里瓦莱兹已被链条锁得结结实实，而且还要这样锁下去，生不生病都一个样。”

“怎么会出这样的事？一切都准备停当，他已经走到了门前，竟然在最后关头昏了过去！简直像一个耸人听闻的玩笑。”

“我告诉你吧，”马丁尼回答说，“我唯一能想到的，就是他旧病复发。他一定是拼着力气撑着，等到了院里，便精疲力竭地昏了过去。”

麦康尼气急败坏地磕去了烟斗里的灰。

“唉，不管怎样，一切都完了。可怜的人哪，我们对他爱莫能助了。”

“可怜的人！”马丁尼低声附和道。他也开始意识到这个世界没了牛虻会显得空寂而凄凉。

“她是怎么想的？”这个走私贩子朝房间的另一端瞥了一眼，问道。詹玛正独自坐在那里，两手无力地放在膝上，目光空洞，茫然地直视着前方。

“我还没问过她；自从我把消息告诉给她，她一直没说过话。我们暂时最好不要打搅她。”

詹玛似乎觉察不到他们的存在，而他们俩把声音压低说话，仿佛面对的是一个死人。麦康尼阴郁地沉默了片刻，然后起身收好了烟斗。

“今天晚上我再来。”他说，可马丁尼用手势止住了他。

“先不要走，我还有话对你讲。”马丁尼把声音压得更低了，几乎是耳语一般问道：

“你认为真的毫无指望吗？”

“我现在看不出还有什么指望。咱们不能再尝试了。即便他身体好了，能完成他的那一部分工作，我们这边却是完不成了。哨兵们都受到了怀疑，他们正在被全部撤换掉。蟋蟀肯定也不会再有机会了。”

“依你看，”马丁尼突然问道，“等他康复的时候，如果把卫兵引开，是不是能成功呢？”

“把卫兵引开？你是什么意思？”

“哦，我想在圣体节①那一天，待游行队伍打要塞前经过时，我拦住总督冲他迎面开枪，所有的卫兵会拥过来抓我，这样，你们的一些人也许可以趁乱把里瓦莱兹救出来。这的确算不上是个计划，只不过是一种偶然的念头。”

“我怀疑是否行得通。”麦康尼表情十分严肃地说，“当然，要想弄出些名堂来，就需要好好地合计。不过……”他打住话头，望着马丁尼，“假如可以一试，你愿意那样做吗？”

马丁尼平时是个矜持的人，可现在是非常时期，于是便目光直视着走私贩子的脸。

“我愿意那样做吗？”他重复了一遍，“你看看她吧！”

---

① 天主教纪念耶稣殉难的节日。

没必要再朝下解释了，这句话道尽了衷肠。麦康尼扭过头向屋子那端望去。

他们谈话时，詹玛自始至终都没动一下。她的脸上没有疑虑，没有恐惧，甚至也没有悲哀，除了死亡的阴影什么都没有。这个走私贩子望着她，眼里便充满了泪水。

“快点吧，米凯利！”他推开通向露台的门，朝外瞧了瞧说，“你们俩是不是快谈完了？咱们要干的事还多着呢！”

米凯利和基诺一前一后从露台走了进来。

“我现在准备好了。”米凯利说，“只是想问夫人一声……”

他向詹玛走去，却被马丁尼拽住了胳膊。

“别打搅她，最好让她静静。”

“由她待着吧！”麦康尼补充说，“此时打搅她是不会有好处的。上帝知道，这件事让大家都够难受的了，可她比咱们更难受。可怜的人啊！”

第五章

整整一个星期，牛虻都处于一种可怕的状态。这次的病发作似排山倒海，总督既惊恐又迷惑，不仅冷酷地给牛虻上了手铐和脚镣，而且硬让人用皮带把他紧紧地绑在床上，稍一动作，皮带便勒进肉里。他以坚忍不拔的毅力苦苦忍受着，一直坚持到第六天晚上，那股傲气才土崩瓦解，他可怜巴巴地向监狱里的医生要一剂鸦片。医生很情愿给他，可总督听了这请求，严厉地禁止“这种愚蠢的行为”。

“他要鸦片干什么用，你怎么知道？”他说，“很有可能他一直在装病，是想把哨兵麻醉倒，或者玩弄类似的阴谋诡计。里瓦莱兹狡猾刁悍，什么事都做得出来。”

“给他一剂鸦片，是不能把哨兵麻醉倒的。”医生忍不住笑了笑说，“至于装病，你不必太担心。他很可能都快死了。”

“不管怎样，不许给他鸦片。一个人要是想让别人对他好些，自己应该规规矩矩。他活该受到一些严厉的惩罚。也许，这对他是个教训，让他再不要在铁窗条上做文章。”

“不过，法律不允许折磨犯人，”医生壮起胆子说，“这跟折磨是非常相近的。”

“我认为法律并没有对鸦片做出规定。”总督暴躁地说。

“事情当然由你定夺，上校。但无论如何，我希望你把那些皮带取掉。它们是没必要的，只能增加他的痛苦。现在不用怕他逃走。你就是释放他出狱，他也站不起身来。”

“我善良的先生，医生跟其他人一样，也可能会判断错误的。我现在安全地把他绑牢了，他就得这么待着。”

“那么，至少给他把皮带稍微松一些。把他绑得那么紧，简直是野蛮行径。”

“皮带一点也不能松。你要是不提什么野蛮不野蛮，我会感激你的，先生。我如果干一件事，其中必有理由。”

就这样，牛虻没有得到任何解脱，熬过了第七个夜晚。在囚室门外站岗的士兵听到那彻夜不息、撕心裂肺的呻吟声，便不寒而栗，一遍又一遍地在胸前画十字。牛虻的忍受力最后渐渐垮掉了。

早晨六点钟，哨兵在临下岗之前轻轻开了门锁，走进囚室。他明知这是在严重违反纪律，但临走不说句友好的话安慰安慰犯人，他于心不忍。

他发现牛虻闭着眼，张着嘴静静地躺在那儿。他默默站了会儿，然后俯下身问：

“我能帮你什么忙吗，先生？我马上要下岗了。”

牛虻睁开了眼睛。“你别管我！”他呻吟着说，“别管我……”

几乎还没等哨兵溜回自己的岗上，他就睡着了。

十天之后，总督又到主教宫里找红衣主教，可是蒙太尼里到皮艾维道塔沃去看一个病人了，下午才能回来。这天傍晚，正当他坐下来吃晚餐的时候，仆人进来通报：

“主教大人想跟老爷说话。”

总督慌忙照照镜子，看制服是否整齐，然后摆起极其威严的派头走进了客厅，蒙太尼里正坐在那儿，用手轻轻拍击着椅子扶手，眼睛望着窗外，眉宇间有一条焦虑的纹线。

“听说今天你去找过我。”他打断总督的客套话，带着一种他跟乡下人讲话时从不采用的略微有些专横的语气说，“是为了我一直想跟你谈的那件事吧？”

“是关于里瓦莱兹的事，主教大人。”

“我猜就是。这几天我一直在考虑此事。不过在谈之前，我很想听听你有什么新情况要讲。”

总督捋了捋胡须，显出一副窘迫的样子。

“其实，我到主教宫里去是想听听主教大人的高见。如果你仍然反对我所提议的方案，那我乐意知道你的指教。说实话，我真不知怎么办才好。”

“又有新的难题了？”

“下星期四,六月三号，是圣体节，无论如何都要在那一天之前把事情解决掉。”

“下星期四固然是圣体节，但为什么非得在圣体节之前解决此事呢?”

“如果我对你有所冒犯，主教大人，我表示十分抱歉。但倘若不提前除掉里瓦莱兹，我就不能对城里的安宁担负起责任。主教大人恐怕不知道，粗野的山里人要集聚在这儿庆祝节日，他们很可能攻破要塞的大门把他营救出去。不能让他们得逞，我会做出安排，即便非得用火药和子弹把他们扫出大门也在所不惜。在那一天十有八九会出现这种情况。这儿的罗马格纳人性格暴戾，一旦拔出刀子来……”

“我觉得只要小心一点，是可以阻止动刀子的事情发生的。我一直都认为，当地的居民如果受到合理的对待，便很容易相处。当然，假如你恐吓或强制一个罗马格纳人，他会变得无法驾驭。你认为他们企图实施新的营救计划，有什么根据吗？”

“今天早晨和昨天都有可靠的人向我报告，说本地区流言四起，居民们显然在筹划某种阴谋活动。可详细情况无从得知，否则就比较容易采取预防措施了。要让我说，有了上一次的那场惊吓，我还是觉得稳妥些好。对付里瓦莱兹这样的一条狡猾的狐狸，必须万分当心。”

“上一次我听说里瓦莱兹病情严重，既动弹不得也说不成话。那么，他现在恢复了吗？”

“似乎好多了，主教大人。他病得的确非常严重——除非那种样子是他伪装出来的。”

“你说他装病有什么根据呢？”

“哦，医生似乎相信他真的病了，不过那是一种非常神秘的病。不管怎样，他恢复过来了，脾气也更加倔强了。”

“他现在能做什么？”

“幸亏他能做的事情还不多。”总督心里想起了那些皮带，脸上挂着笑容回答道，“但他的行为让人捉摸不透。昨天早晨我到囚室里去问了他几个问题；他的身体还不能承受出去受审——再说，我觉得在他的病好之前尽量不要让外人看见他。否则荒谬的谣言立刻又会不胫而走。”

“所以你到囚室里审讯他了？”

“是的，主教大人。我当时希望他会比以前通情达理些。”

蒙太尼里仔细把他上下打量一番，几乎像是在审视一只新奇、讨厌的动物。幸好总督在抚摸他的剑带，没看到他的眼神。他接下来又若无其事地说：

“我原该对他管束严些，尤其是因为这儿是军队的监狱，可我并没有特别严厉地处罚他——我以为稍微宽容些，也许可以产生好的效果。我对他说，如果他的态度明智些，可以从宽处理他。你猜他是怎么回答的，主教大人？他躺在那儿盯了我一会儿，像是笼子里关的狼一样，然后轻声细语地说：'上校，我不能站起来勒死你，但我的牙齿还管用，你最好把你的喉咙挪得远一点。'他蛮横得活似一只野猫。"

"这并不让我感到惊奇。"蒙太尼里平静地说，"话说到这里，我要问你一个问题：你真的认为把里瓦莱兹关在监狱里会对本地区的安全构成严重的威胁？"

"我的的确确是这么想的，主教大人。"

"依你之见，为了防止流血事件，完全有必要在圣体节之前设法除掉他？"

"我只能再重复一遍：如果下个星期四他还在这儿，就难保圣体节能不经过战斗平安地过去，而且我认为那可能是一场恶战。"

"你认为没有他在此处，就不会有这种危险？"

"如果是那样的话，一点骚动也不会出现，要不顶多有一些喊口号、扔石头的现象。倘若主教大人你可以找个办法除掉他，我将负责维持安全。否则，我猜肯定会出大乱子。我深信他们已经制订了新的营救计划，下星期四大概就是实施的日子。假如到了那天早晨，他们突然发现里瓦莱兹压根儿就不在要塞里，他们的计划就会自行破灭，没有理由发动攻击了。可如果我们采取镇压措施，那一群群的人拔出匕首来，不等天黑这个地方就可能会化为灰烬了。"

"你为什么不把他送到拉文纳呢？"

"老天做证，主教大人，我十分乐意这样做！但我怎么能防止他们在路上劫走他呢？我没有足够的人手对抗武装进攻，而且所有的山里人都配着短刀、燧发枪或其他的什么武器。"

“那你还是不改初衷，想设军事法庭，并且请求我同意，是吧？”

“请原谅，主教大人，我只请求你一件事——帮助我阻止骚乱和流血。我非常愿意承认，像弗莱迪上校[①]那样的军事管制有时显得过于严厉，非但镇压不住民众，反而会把他们激怒。但我觉得对于这个案子来说，设军事法庭是一种明智措施，以长远的眼光看还是仁慈的举措。这样可以防止骚乱，否则将酿成大祸，很可能会导致重新启用教皇已废除了的军事管制。”

总督带着万分庄严的神色发表完这番讲话，等待着红衣主教的答复。蒙太尼里半晌没言语，待说出话来，却极其出人意料。

“菲拉里上校，你信不信上帝？”

“主教大人！”上校喘着气叫道，声音里充满了惊叹。

“你信不信上帝？”蒙太尼里又重复了一遍，同时站起身，以坚定、探寻的目光俯视着他。上校也站了起来。

“主教大人，我是个基督徒，而且我要求免罪的祈祷从未遭过拒绝。”

蒙太尼里把胸前的十字架举了起来。

“那么，你对着曾为了你们献出了生命的救世主的十字架起誓：你对我讲的都是实话。”

上校呆呆地站着，目光茫然地望着十字架，弄不清他和红衣主教到底哪一个发了疯。

“你曾请求我，”蒙太尼里继续说道，“让我同意处死一个人。如果你敢起誓，就亲吻这十字架，并且告诉我，你坚

① 镇压萨维格诺起义的刽子手。

信没有别的方法阻止更多的流血。别忘了，假如撒谎，就会降灾于你那不灭的灵魂。”

总督犹豫了一下，然后弯下腰把十字架捧至唇边。

“我坚信。”他说。

蒙太尼里慢慢把身子转了过去。

“明天我给你一个确切的答复。但我得先去见里瓦莱兹，单独跟他谈谈。”

“主教大人——如果让我说——我肯定你会后悔的。其实他昨天就托卫兵带话给我，请求见主教大人，可我没有理睬，因为……”

“没有理睬！”蒙太尼里重复道，“一个落到这般地步的人捎话给你，你竟然没有理睬？”

“如果惹主教大人不高兴，我表示抱歉。我不想让你为这等无礼的要求费心劳神。我现在已非常了解里瓦莱兹了，我认为他只是想羞辱你。其实，如果允许我谈谈自己的看法，你单独接近他，未免显得太轻率。他的确很危险——鉴于这种情况，事实上我觉得有必要对他使用一种温和的肉体约束……”

“你真的认为一个生着病、手无寸铁而且受着温和的肉体约束的人，仍具有很大的危险性？”蒙太尼里说话的语气非常柔和，但上校却被他轻蔑的弦外之音所刺痛，不由愤恨得红了脸。

“主教大人觉得怎么合适就怎么做吧。”他以极其生硬的腔调说，“我只不过是不希望你遭那份罪，听那家伙说些不堪入耳的轻慢话。”

“对于一名基督徒，你认为哪一样更让他伤心难过：是听几句轻慢的话，还是抛弃身陷困境的同胞？”

总督的身子笔直而僵硬，端出一副官架子，面孔此刻如木雕一般。蒙太尼里的态度深深地伤害了他，对此他非常恼怒，并用很客气的言辞表现了出来。

“主教大人想在什么时候探望犯人？”他问。

“立刻就去。”

“悉听尊便。如果你愿意稍微等一会儿，我可以派人为他准备一下。”

总督慌忙放下了官架子。他不愿让蒙太尼里看到那些皮带。

“谢谢，我倒情愿就这么去看他，不需要做什么准备。我这就到要塞去。晚安，上校，明天早晨你可以听到我的答复。”

第六章

听到囚室的房门开锁的声音，牛虻漠不关心，一副懒洋洋的样子，把目光投向别处。他猜想只会是总督又来审问打搅他。几名士兵登上狭窄的楼梯，他们的卡宾枪碰在墙上砰砰作响，随后只听一个恭敬的声音说道：“当心，这儿很陡，主教大人。”

牛虻猛然一惊，身子一颤，后又瘫下来，在皮带那令人痛苦的勒压下屏住呼吸。

蒙太尼里在卫队长以及三名卫兵的陪同下走了进来。

“假如主教大人愿意稍等一下，”卫队长紧张地说，“我的部下可以给你搬把椅子来——他已经去取了。恭请主教大人原谅，倘若早知大人光临，我们就会做些准备。”

“没必要做什么准备。队长，请你让我们单独谈谈，你带你的人到楼梯脚下等着，好吗？”

“遵命，主教大人。椅子搬来了，是否放到他身边去？”

牛虻闭着眼睛躺在那里，但他感觉到蒙太尼里在看他。

“他大概睡着了，主教大人。”卫队长的话音刚落，牛虻睁开了眼睛。

“不。”他说。

士兵们正要走出囚室，却突然听到蒙太尼里的一声惊叫，回头瞧见他正弯下腰看那皮带。

“这是谁干的？”蒙太尼里问道。卫队长不安地摸摸自己的帽子。

“是总督特意下的指令，主教大人。”

“这情况我一点都不知道，里瓦莱兹先生。”蒙太尼里无限悲痛地说。

“我告诉过你，主教大人，”牛虻冷酷地笑着回答道，“我压……压根儿就没指望他们会对我亲切友好。”

“队长，这样绑着有多长时间了？”

“自从他越狱那天起，主教大人。”

“有将近一个星期了？赶快拿把刀子来把这皮带割断。”

“禀告主教大人，医生也想把皮带除掉，可菲拉里上校不允许。”

“立刻把刀子拿来。”蒙太尼里并未提高声音，但士兵们看得见他已气得脸色煞白。卫队长从衣袋里掏出一把折叠刀，弯下腰去割绑在牛虻胳膊上的皮带。他的手不够灵巧，动作笨拙，反而把皮带扯得更紧了，弄得牛虻瑟缩着身子，尽管拼命克制，还是咬紧了嘴唇。蒙太尼里立刻走上前来，说道：

“你不知道怎么做，把刀子给我。”

“啊——啊——啊！”皮带掉落时，牛虻伸出胳膊，高兴地长长吁了口气。紧接着，蒙太尼里割断了另一条绑在他脚踝上的皮带。

“队长，请你把镣铐也去掉，然后到这儿来，我有话想跟你说。”

他站在窗旁观望着，直至卫队长把脚镣扔到地上，来到他跟前。

“现在，”他说道，“请你讲讲这里发生的一切情况。”

卫队长乐意把自己知道的情况和盘托出，他讲了牛虻的病、“惩罚措施”，以及医生怎样试图干预却未能成功。

“不过，主教大人，”他补充说，“上校不愿把皮带除掉，我认为是想得到口供。”

“得到口供？”

“是的，主教大人。前天我听见上校提出可以除去皮带，如果他……”卫队长说着扫了牛虻一眼，“如果他肯回答上校的一个问题。”

蒙太尼里搭在窗台上的那只手攥在了一起，士兵们面面相觑，他们以前从未看到过这位和蔼可亲的红衣主教发怒。这时的牛虻已忘记了他们的存在，忘记了一切，只感觉得到肉体获得自由的快意。他的四肢曾遭到了束缚，现在可以伸展、翻动和扭来扭去了，这种解脱让人多么欢喜啊。

“你现在可以走了，队长。”红衣主教说，“你不必因为违反了纪律感到不安。是我问起了你，而你的职责是对我讲明情况。你看着，不要让人来打扰我们。等谈完了，我自己会出去的。”

等房门在士兵们的身后关上时，他倚在窗台上，眺望了一会儿落日，好让牛虻再有一些喘息的时间。

“我听说，”他随后离开了窗户，在小床旁边坐下，说，“你想跟我单独谈谈。如果你感觉身体状况还好，可以跟我谈谈心里要说的话，我洗耳恭听。”

说话时，他的态度非常冰冷、生硬和傲慢，这对他来说是很不寻常的。皮带除掉之前，他觉得牛虻是一个遭受虐待和折磨的人；可现在，他记起了他们上一次的会面，以及会面结束时自己所受到的可怕的羞辱。牛虻把头懒洋洋地枕在一条胳膊上，抬起眼皮望了望。他具有一种天赋，转眼之间就可以换上优雅的态度。他的脸遮在阴影里，让人看不出他在经历着多么深重的磨难。可他抬起头时，傍晚的光线便清晰地勾勒出他是多么憔悴和苍白，这几天的痛苦印在他脸上的痕迹是多么明显。蒙太尼里的愤怒顿然冰消雪融。

“你的病恐怕很严重。”他说，“非常抱歉，这些情况我全然不知。否则，我早就出面制止了。”

牛虻耸了耸肩膀。“在交战中，一切手段都是正当的。”他冷若冰霜地说，“主教大人是站在基督徒的立场，从理论上反对皮带事件，但是要让上校也这样看待，就有失偏颇了。他当然不愿意把皮带套在自己的皮肉上——我也……也一样，可这是各……各人处境的问题。眼下我是落难之人，还想怎……怎么样呢？主教大人前来探监诚然是一番美意，但这大概也是从基督徒的立场出发的。探望囚犯——啊，对啦！我忘了这样一句话：‘照顾最……最卑微的人是一种美德。’[①]这并不是十分高深的功德，但卑微的人却感激涕零。”

“里瓦莱兹先生，”红衣主教打断他的话说，“我是为了你来的，并非为了我自己。如果你不是像你所说的是‘落难之人’，就凭你上周对我说的那番话，我是永远不会再搭理你的。可你既是囚犯又是病人，具有双重的权利，所以我无法不来。我既然来了，你有什么话要说呢？或者，你请我来只是想羞辱我，拿一个老人寻开心？”

牛虻没有回答。他已经扭过头去，一只手遮住眼睛躺在那里。

“非常抱歉，我想麻烦你一下，”末了，他嗓音嘶哑地说，“能不能给我喝点水？”

---

① 《福音全书》里基督说的话。

窗子旁放着一壶水，蒙太尼里起身取了来。他用胳膊拥住牛虻扶他起来时，突然感到那潮湿、冰凉的手指像老虎钳一样握住了他的手腕。

"把手给我——快——只一会儿。"牛虻低语道，"啊，这对你有什么关系呢？只一分钟。"

他瘫下来，把脸埋在蒙太尼里的胳膊上，从头至脚都在不停地战栗。

"喝点水吧！"蒙太尼里隔了一会儿说道。牛虻默默地喝了口水，然后合上眼睛躺回到床上。他自己也解释不清，蒙太尼里的手触及他的脸颊时，给他带来一种什么样的滋味，他只知道在他的一生中没有任何东西比那触摸更叫人难以忍受。

蒙太尼里把椅子朝小床跟前拉拉，坐了下来。牛虻像具尸体一动不动地躺着，面部发青，憔悴无比。沉默许久之后，他才睁开眼睛，把幽灵般的目光死死固定在红衣主教身上。

"谢谢。"他说，"我很抱歉。我想……你刚才问过我什么事情吧？"

"你的身体还不适合谈话。如果有话想对我说，我争取明天再来。"

"请别走，主教大人——其实，我并没有什么问题。这几天我……我有些烦乱；不过，有一半是在装病——你要是问上校，他会这么告诉你的。"

"我喜欢自己做结论。"蒙太尼里平心静气地回答。

"上校也……也一样。要知道，他的结论有时候是很机智的。光看他的外表，你绝……绝对想不到；可是……有时候他会生出新颖别致的念头来。就拿上个星期五来说吧——大概是星期五吧，一到关键时刻我的时间概念就有……有点混淆了——总之，我当时索要一剂鸦片，这我记得十分清楚；他跑到这里来，说我如果讲出是谁开……开的大门，我就可……可以得……得到鸦片。记得他这样说：'如果你是真病，就如实招来，如果你不招，我将把这视为你装病的证……证据。'我从……从未想过这会如此滑稽，真是太滑稽可笑了……"

牛虻说到这里，突然发出一阵刺耳的不和谐的大笑声；然后，他猛地转向一声不吭的蒙太尼里，继续朝下说，语速愈来愈快，结巴着，话里的字句难以让人辨得清。

"你不……不觉得这很滑……滑稽吗？当……当然感觉不到，你们笃信宗……宗教的人根本就没……没有幽默感——你们以悲剧的观点看待一切。例……例如那天夜里在大……大教堂里，你是多么严肃！想想吧，我扮演那个朝圣者，演得是多……多么动……动人！甚至连你今天晚上到这儿来……来这件事，你恐怕也看不出滑……滑稽的色彩。"

蒙太尼里站了起来。

"我来是想听听你的心里话，可我觉得你今晚太激动，不适合再说下去。最好让医生给你些镇静剂，睡上一夜，咱们明天再谈。"

"睡……睡觉？啊，如果主教大人同……同意上校的方案——一盎司铅弹就是绝……绝妙的镇静剂，我会睡……睡得很香的。"

"我不明白你的意思。"蒙太尼里转过身，吃惊地看着他说道。

牛虻又迸发出一阵大笑。

"主教大人，主教大人啊，诚……诚实是基督徒的主……

主要美德。你以……以为我不……不知道总督一直都在力图让……让你同意他设军事法庭的方案?你索……索性就答……答应了吧,主教大人。你的教兄教弟们处在你的位置,肯定会同意的,人人如此。你一点头,便功德无量,危害极……极小!真的,你不……不值得为这件事伤脑筋,一夜一夜地睡不着觉!”

“请你暂时不要笑,”蒙太尼里打断他的话说,“告诉我,这情况你是怎么知道的?谁跟你讲的?”

“我不是个人,而是个恶……恶魔,难……难道上校没……没告诉过你?没有?他倒是经常这样告……告诉我!唔,我是个地道的恶魔,能够猜……猜出别……别人的心思。主教大人正在想着我是个十……十分讨厌的家伙,希望有……有人把我解决掉,免得使你那敏感的良心不安。我猜得……一针见血,是吧?”

“你听我讲,”红衣主教又在他身旁坐下,表情十分严肃地说,“不管你是怎么发现的,这种情况的确属实。菲拉里上校害怕你的朋友再劫狱,想抢先下手——就用你说的那种方法。你看,我对你是非常坦率的。”

“主教大人历来都享有诚实的美……美名。”牛虻挖苦地说。

“你当然知道,”蒙太尼里继续说道,“按法律,我无权过问世俗事务,因为我是主教,而非特使。不过,我在本地区有很大影响力,我想上校至少要得到我的默许,否则他不敢采取极端的手段。直到现在,我一直无条件地反对他的计划,而他花大气力要扭转我的反对态度,说下星期四群众游行时,很有可能发生武装骚乱,大概会导致流血。你在听我讲话吗?”

牛虻正出神地凝视着窗外，听到问他，便转过头来，很疲倦地说：

“是的，我在听。”

“也许你的身体的确不大好，今晚怕谈不成了。我明天早晨来，好吗？这是件非常严肃的事，我需要你全神贯注。”

“我看还是现在谈完吧。”牛虻仍然以那种声调答道，“你说的每一句话我都在听。”

“如果为了你的缘故，”蒙太尼里继续说道，“真的有可能发生骚乱和流血事件，那我反对上校就得承担很大的责任。况且，我相信上校的话里至少有些是真实的。另一方面，我又觉得，他的判断是出于对你个人的仇恨，难免有几分歪曲，可能会夸大危险性。刚才看了这种可耻的野蛮行径，我认为那可能性更大了。”他拿眼睛扫了扫扔在地上的皮带和镣铐，又说了下去：

“如果我同意他的计划，就是断送了你；如果我拒绝，便有可能导致无辜的人丧生。对这件事我做过认真的思考，一心想找出办法来解决这一可怕的难题。现在，我起码已打定了主意。”

“当然是断送我，保全无辜的人——这是一个基督徒所能做出的唯一决定。‘如果你的右……右手冒犯了你，就砍掉它。’[①]我虽然不……不能荣幸地充当主教大人的右手，但是我冒犯过你，结……结论是很明显的。怎么加这么长的序言，何不直说了呢？”

牛虻无精打采地说着，显得既冷漠又轻蔑，像是对整个话题感到厌倦。

---

① 《福音全书》中基督的话。

“对不对？”他停顿了片刻之后又补充道，“这就是你的决定吧，主教大人？”

“不对。”

牛虻移动了一下位置，头枕着双手，半眯起眼睛瞅着蒙太尼里。红衣主教低头沉思，用一只手轻轻拍打着椅子扶手。啊，多么熟悉的老姿势呀！

“我决定要干一件完全没有先例的事情。”他最后抬起头说道，“当我听说你要求见我，我就决心到这里来把一切都告诉给你——这我已经做到了，然后让你自己决定这件事。”

“让我决定？”

“里瓦莱兹先生，我来这儿不是以红衣主教、主教或法官的身份，而是以普通人的身份。我不要求你说出你是否像上校所担心的那样知道这类劫狱计划。我非常理解，你即便知道，也是你的秘密，决不愿讲出来。不过，我求你设身处地为我想想。我年事已高，无疑不久于人世。我进入坟墓时，不愿手上沾满鲜血。”

“你的手上没沾过鲜血吗，主教大人？”

蒙太尼里的脸色更白了，不过他还是平静地继续说道：

“在我的一生中，一遇到高压措施和残暴行径，我就加以反对。我历来都不赞同任何形式的极刑；上一届教皇执政时，我屡次三番地强烈抗议军事管制，并因此遭到了冷落。时至今日，我一直都把自己拥有的影响和权力用于扶危济困。我请求你相信我，至少我说的是实话。眼下，我处于进退两难的境地。我要是拒绝了总督的要求，这座城市可能会有血光之灾，并且导致严重后果；而我要救下的这个人却在亵渎我的宗教，曾经诽谤、冤枉和侮辱过我本人（虽然这相对而言是件小事），而且我坚信他还会用我救下的命去干坏事。

可是——这毕竟是在搭救一个人的性命。”

蒙太尼里停顿了一下，然后又继续说道：

“里瓦莱兹先生，根据我的了解，你净干些邪恶、歹毒的事情；长期以来，我一直认为你是一个鲁莽、粗暴、肆无忌惮的人。现在我对你多少仍坚持这种看法。但在最近这两个星期中，你向我表明你是个勇敢的人，而且对自己的朋友忠贞不渝。你也使那些士兵爱戴和钦佩你——并非每个人都能做到这一点。我觉得我也许对你的判断是错误的，你身上可能具有某种优良品质，并不像你表面表现的那样。我现在针对你身上好的一面，郑重地恳求你凭着自己的良心诚实地告诉我——你要是处在我的位置会怎么做？”

随之而至的是长时间的沉寂。最后，牛虻抬起了头。

“起码，我会自己决定我的事情，并且承担后果。我可不愿按懦弱的基督徒的方式，鬼鬼祟祟地找别人为我排忧解难！”

这一番抨击突如其来，那异常激烈和愤怒的语调与方才佯装出的无精打采的样子形成了惊人的对比，就仿佛他突然摘下了面具一样。

“我们无神论者都认为，”他继续慷慨陈词，“一个人要是承担一种责任，他就得全力以赴顶住；倘若他被压垮，那他只好认命。可是，一个基督徒却会去哀求上帝或圣贤，如得不到帮助，他还会哀求他的敌人——他总可以找到一个脊梁替他承担重担。在你的《圣经》、弥撒书或任何一本伪善的神学书里，难道就没有一条可以遵循的准则，你为什么偏要来问我怎么办呢？苍天哪，真有你的！我的负担难道还不够重吗，怎么又要承担你推卸过来的责任？去找你的耶稣请教吧；他勒索走了人们最后一枚铜板，你也可以学他的样。

你毕竟断送的只是一个无神论者，是敌营里的人，自然算不上大罪过！”

他的声音戛然而止，他喘了几口粗气，随即又大声喊道：“你居然还谈什么残酷无情！告诉你，那头蠢……蠢驴就是把我折磨上一年，也没有你对我的伤害大，因为他没有头脑。他所能想到的办法就是把皮带勒紧，到了不能够更紧的时候，他便无计可施了。这一点任何笨蛋都能做到！然而你呢——‘请你自己签署你的死刑判决吧，我心肠太软，不忍下手。’啊,只有基督徒才想得出这样的办法！好一个善良、慈悲的基督徒呀，看见皮带勒得太紧便脸色苍白！当你刚走进来，像仁慈的天使一样，对上校的‘野蛮行径’无比震怒的时候，我便知道好戏就要开始啦！为什么那样瞧着我？可悲的人，你当然可以点头同意，而后回家吃你的饭，不值得这般大惊小怪。请转告你的上校，他可以枪毙我，绞死我，或采用任何便利的方式——如果能使他开心，便活活烤熟我——把这件事了结掉吧！”

牛虻简直让人认不出来了；由于愤怒和绝望，他已经发了狂，又是喘气又是战栗，眼睛里闪射出绿色的光芒，跟发了怒的猫的眼睛一样。

蒙太尼里早已站了起来，这时默默地低头望着他。他没听明白这一通疯狂指责的要点，可他却知道这番话发自一颗极端绝望的心；理解到这一点，他便原谅了牛虻对他的一切侮辱。

“嘘！”他说，“我并不想伤害你。说实在的，我根本就没有要把我的负担移到你身上的意图，你的负担已经够重的了。对任何人，我都从来没有这样做过……”

“撒谎！”牛虻喊叫出了声，眼睛里怒火在燃烧，“你升任主教那回呢？”

“升任主教那回？”

“啊！你记不起来啦？你的忘性可真大呀！‘如果你希望我留下的话，亚瑟，我将写信说我去不成了。’我当时才十九岁，你却让我替你决定何去何从。那种做法即便不可恶，也是滑稽可笑的。”

“别说啦！”蒙太尼里绝望地大叫一声，举起双手抱住了头。随后他又把手放下，慢慢走到窗前，在窗台上坐下，把一只胳膊支在铁窗条上，将前额贴住胳膊。牛虻躺在那里看着他，浑身颤抖。

过了一会儿，蒙太尼里起身走回来，嘴唇如死灰般苍白。“非常抱歉，”他说道，一边可怜巴巴地拼命想保持平素的那种镇静的态度，“我得回家了。我……不太舒服。”

他瑟瑟发抖，仿佛得了疟疾一般。牛虻的满腔愤恨顷刻间化为乌有。

“神父，难道你看不出……”

蒙太尼里向后退缩，木雕泥塑般站住了。

“绝不可能！”他最后低声说道，“上帝啊，怎么会有这种事！我一定是疯了……”

牛虻用一条胳膊支起身子，握住了那双发抖的手。

“神父，难道你不明白我其实并没有被淹死吗？”

那双发抖的手突然变得冰冷和僵硬。刹那间，所有的一切都在沉寂中死亡了。随后，蒙太尼里跪倒在地，把脸伏在了牛虻的胸膛上。

他抬起头时，太阳已经落山，西边的红霞正在渐渐消失。他们忘记了时间和地点，忘记了生与死，甚至忘记了他们是敌人。

“亚瑟，”蒙太尼里低语道，“真的是你？难道你从死神那儿回到了我身旁？”

“是从死神那儿回来的……”牛虻战栗着说道。他把头枕在蒙太尼里的胳膊上，像生病的孩子躺在母亲的怀抱中。

“你回来了，你终于回来了！”

牛虻深深地叹了一口气。“是啊，”他说，“你得跟我战斗，要不就处死我。”

“啊，别说啦，亲爱的！怎么现在还讲这等话。咱们像两个在黑暗中失散的孩子，都把对方错当成了妖魔鬼怪。而今咱们彼此相认，步入了光明。我可怜的孩子，你的变化真大啊——变化真大啊！你曾经充满了人生的欢乐，而现在看起来，仿佛亲身经历了天下所有的灾难！亚瑟，真的是你吗？我常梦见你回到了我身旁，醒来看到的却是黑暗和一间空房子。我怎么能知道，我不该再度醒来，发现这一切都是梦呢？给我一些明确的细节——跟我讲讲你的遭遇。”

“说起来很简单。我藏在一艘货船上，偷渡到了南美洲。”

“在那儿怎么样呢？”

“我在那儿过起了生活——如果你愿意称之为生活的话——啊，我总算看到了你曾经向我传授哲学的那个神学院之外的另一番天地！你说你梦见过我——是的，很多次！你说你梦见过我——是的，而我也梦见过你……”

说到这里，牛虻停了下来，浑身打着哆嗦。

“有一次，”他突然又开始讲道，“我在厄瓜多尔的一座矿里干活……”

“该不是当矿工吧？”

“不是，是当矿工的帮手——跟一帮苦力在一起打零工。

矿井口有一个工棚，我们就在里边睡觉。一天夜里——我当时正在生病，就跟最近患的这种病一样……顶着烈日运了一天的石头——我一定是花了眼，竟看见你从门口走了进来。你手捧十字架，那十字架就跟墙上的这个一样，口中念念有词，看也不看我便从我旁边擦身而过。我冲你喊叫，想请你帮帮我，给我些毒药或一把刀子什么的，让我结束一切苦难，免得我发疯。而你——啊……！”

他用一只手揩了揩眼睛，另一只手仍被蒙太尼里攥着。

“从你的表情我看出你已经听到了我的叫声，可你始终没回头，依旧念着祈祷词向前走。你祈祷完毕，吻了吻十字架，这才回头看我，低声说：‘我为你感到非常难过，亚瑟，可我不敢表露出来，不然主会生气的。’我看了看你的主，那个木头雕像正在发出嘲笑。

“后来我醒过来，看见工棚和那些患麻风病的苦力，便什么都明白了。我看出你更热衷于向你的那个魔鬼似的上帝邀宠，而不愿救我摆脱地狱。那情形我一直记在心头，你刚才用手碰我的时候，我才暂时忘掉。我……我一直在生病，我以前爱过你。但咱们之间已无其他可言，只有战争，战争，战争。你拉着我的手做什么？难道你不明白，只要你还信仰你的耶稣，咱们就只能是敌人吗？”

蒙太尼里埋下头吻了吻那只伤残了的手。

“亚瑟，我怎么能够不信仰他呢？在那些可怕的年代，我都一直坚持着自己的信仰，而现在他既然把你还给了我，我又如何能够去怀疑他？别忘了，我曾以为我害死了你。”

“你现在还要再害死我一次。”

“亚瑟！”这是一声痛彻心扉的叫喊；可牛虻不予理睬，继续往下说道：

“我们干什么事都要诚实，不要闪烁其词。你和我站在深渊的两边，要想隔着深渊拉起手是没有指望的。如果你认定自己不能够或不愿意放弃那东西，”他又望了望挂在墙上的十字架，“你就必须同意上校的主意……”

“同意！上帝啊——同意——亚瑟，可我爱你呀！”

牛虻的脸可怕地抽搐了一下。

“你更爱哪一个：我还是那东西？”

蒙太尼里慢慢地站了起来。由于恐惧，他的灵魂在萎缩，而他的肉体似乎也已干瘪，像霜打过的树叶，变得软弱无力、衰老颓丧。他从梦中醒来，眼前仍是一片黑暗和一间空房。

“亚瑟，稍微怜悯怜悯我吧！”

“当你的谎言把我逼到甘蔗园做黑人的奴隶时，你给过我多少怜悯？听到这话发抖啦——啊，菩萨心肠的圣人呀！这就是合乎上帝心意的那种人——不断地悔罪、苟延残喘的人。反正死去的只有他儿子一人。你声称你爱我，可你的爱已经使我付出了高昂的代价。你以为听几句甜言蜜语，我就可以忘掉前尘往事，再回来做你的亚瑟？我，曾在肮脏的妓院里洗过碟子，为那些比畜生还粗野的农场主当过马夫；我，戴着丑角帽、挂着铃铛，在跑江湖的杂耍班子里当过小丑，还到斗牛场为斗牛士们跑腿打杂；我，为每一个把脚踩在我脖子上的衣冠禽兽充当奴隶；我，饥肠辘辘，被别人吐唾沫，踩在脚下；我，连向别人讨口发霉的食物都遭到拒绝，因为狗有优先权。啊，说这些管什么用呢！我怎能说得尽你给我带来的灾难？而现在——你爱我！你对我爱得有多深？足以使你放弃你的上帝吗？啊，这个令人厌烦的耶稣到底为你做过什么，究竟为你吃过什么苦，使你爱他超过了爱我？难道就因为那双被钉穿的手，你才如此钟情于他？那你看看我的肉体吧！瞧，这儿，这儿，还有这儿……”

牛虻撕开衬衣，袒露出一片吓人的疤痕。

“神父，你的上帝是个骗子，他的伤口是伪造的，他的痛苦是在做戏！只有我才有权占据你的心！神父，你让我尝尽了天下所有的痛苦，你想象不来我过的是什么样的日子！可我没有寻死！我挺过了一切磨难，我的灵魂一直在忍受，因为我一定要回来跟你的这个上帝决战。我抱定了这个目的，拿它作为盾牌保护我的心，我才没有发疯，没有再死一次。现在我回来，却发现上帝仍霸占着我的位置——这个冒牌的殉难者，在十字架上只钉了六个小时便起死回生了！神父啊，我在十字架上钉了五年，而且我也起死回生了呀。你怎么来对待我呢？你怎么来对待我呢？”

他停下来。蒙太尼里坐着，活似一尊石像，或者一具竖在那里的死尸。起初，听了牛虻势如山洪般的绝望陈诉，他微微哆嗦，肌肉机械地抽搐着，好似挨了鞭打，可现在他十分平静。沉默了很长时间后，他抬起头，了无生气但却很耐心地说：

“亚瑟，能不能解释得更清楚一些？我又糊涂又害怕，我听不明白你的话。你要求我怎么做？”

牛虻用幽灵一样的面孔对着他。

“我什么也不要求你。爱，怎么能强迫呢？你可以自由选择，看我们俩哪一个是你最爱的。你如果最爱的是上帝，那你就选择他。”

“我听不明白你的话。”蒙太尼里疲倦地重复了一遍刚才的话，“我有什么可以选择呢？往事是不能够挽回的。”

“你必须在我们俩之间做出选择。如果你爱的是我，就从脖子上取下那个十字架跟我走。我的朋友正在安排一次新的越狱，有你协助会容易些。待我们安全地越过边界，你便公开地承认我。可如果你爱我爱得不够，如果在你眼里这个木头偶像比我更重要，那你就去告诉上校，说你同意他的计划。要去就快去，省得让我看着你感到痛苦。我经历的苦难够多的了。”

蒙太尼里抬起头，微微颤抖着。他这下开始明白了。

“我一定跟你的朋友取得联系。不过……让我随你一道走是不可能的……我是个教士。”

“而我不接受教士的恩惠。我决不会再妥协了，因为我已经妥协够了，吃尽了妥协的苦头，神父。你必须放弃你的教职，要不就放弃我。”

“我怎能放弃你呢？亚瑟，我怎能放弃你呢？”

“那就放弃上帝。你得在我们之间做出选择。难道你想让我分享你的爱——一半给我，一半给恶魔一般的上帝？我决不吃他的残羹冷炙。你要是属于他，就不属于我。”

“你要把我的心撕成两半吗？亚瑟！亚瑟啊！你想把我逼疯吗？”

牛虻把拳头砸在墙上。

“你得在我们之间做出选择。”他又一次重复道。

蒙太尼里从怀里掏出一个小匣子，里面放着一张又脏又皱的字条。

“你看看这个！”他说。

我以前相信你就和相信上帝一样。可上帝只是一尊泥塑像，一钉锤便可砸个粉碎；你一直用谎言欺骗我。

牛虻大笑一声，把字条还了回去。“十九岁的年轻人是多么天……天真啊！似乎拿起一把钉锤就可以轻而易举地把东西砸个粉碎。现在还是这种情况——只不过这次是我将被砸得粉碎。至于你，你仍可以用谎言来蛊惑许多其他的人，他们甚至永远也不会发现真相。”

“随你怎样想吧，”蒙太尼里说，“也许处在你的位置，我会跟你一样残酷无情——只有上帝知道。我不能按你的要求做，亚瑟，但我愿做自己力所能及的事情。我愿安排你逃走，待你安全后，我就到深山里寻死，或者服下过量安眠药自杀——你高兴让我怎么样都行。你满意吗？我只能做到这些。这是一桩大罪，但我想上帝会原谅我的，因为他比你仁慈……”

牛虻尖叫一声，猛然伸出两只手来。

“啊，太过分了！太过分了！我对你干了什么，你竟然这样想？你有什么权力……就好像我想找你报仇似的！难道你不明白，我只是想挽救你吗？难道你永远都不理解我爱你吗？”

他拉起蒙太尼里的双手，把热吻和泪水印在上边。

“神父，跟我们走吧！为什么要守着这个死气沉沉的教士和偶像构成的世界？这儿落满了旧时代的灰尘，腐朽霉烂、乌烟瘴气、臭味冲天！走出这个瘟疫横行的教会吧，跟我们一道投向光明！神父啊，只有我们才是生命和青春，只有我们才是永恒的春天，只有我们才是未来！神父啊，黎明即将来临，难道你不愿看到日出吗？醒来吧，让我们忘掉可怕的噩梦——醒来吧，我们将重新开始生活！神父啊，我一直爱着你——甚至在你害了我的时候，我的爱也没有改变——你还会害我吗？”

蒙太尼里抽回了双手。“啊，上帝可怜可怜我吧！”他高喊出声，“你的眼睛跟你母亲的一模一样！”

两人突然沉默了下来，这沉默异常漫长且深沉。在昏暗的暮色里，他们面面相觑，两颗心惊恐得停止了跳动。

“还有什么话要讲吗？”蒙太尼里低语道，“能给我一线希望吗？”

“不。除了跟教士们战斗，生命对我是毫无用处的。我不是人，而是一把刀子。如果你让我活下去，就是批准动用刀子。”

蒙太尼里转身看着十字架。“上帝啊！你听听这话！……”

他的声音消失在空落落的沉寂中，没有人回答，只是又一次唤醒了牛虻心里的那个喜欢嘲笑的魔鬼。

“大……大点声叫他，也许他睡……睡……睡着了。”

蒙太尼里像挨了打一样，猛然惊起，站在那儿直呆呆地望着前方。过了一会儿，他在床边坐下，双手掩面，哭了起来。牛虻不住地哆嗦，出了一身冷汗。他知道这眼泪意味着什么。

他扯过毯子蒙住头，不愿听到那哭声。他，一个生气勃勃的大活人，就要去死，这已经够他受的了。可他挡不开那哭声；那哭声在他的耳边轰鸣，在他的大脑里撞击，在他的脉管里跳动。蒙太尼里仍哭啊，哭啊，泪水从手指缝里滴落下来。

最后，他止住了哭声，像个刚刚哭过的孩子一样，用手帕擦干了眼泪。待他站起身时，手帕从他的膝盖上滑落在地。

“再谈下去是没用的，”他说，“你明白吗？”

“我明白。”牛虻木然而顺从地回答，“我不怪你。你的上帝肚子饿了，得用我去喂他。”

蒙太尼里把脸转向他。即将挖掘的坟墓也不会比他们俩更静默。他们一声不响，凝视着彼此的眼睛，就像一对被无法逾越的障碍隔开的情侣。

牛虻先垂下了目光。他把身子向下一缩，蒙住了面孔。蒙太尼里明白这举动是让他离开。他转过身，走出了囚室。过了一会儿，牛虻惊坐起来。

“啊，我受不了了！神父，快回来！请你回来！”

门已经关上了。他睁大眼睛，呆呆的目光慢慢朝四周看了看，心里明白一切都结束了。那个加利利人[①]胜利了。

整整一夜，下边院子里的小草在轻轻地摇动——那草儿很快就会被铁锹连根铲起，枯萎而死；整整一夜，牛虻孤单一人躺在黑暗里啜泣。

① 此处指基督。据说基督诞生于巴勒斯坦北部的加利利地区。

第七章

军事法庭于星期二早晨开庭。整个过程很简短，只不过走了走形式，仅仅花了二十分钟。其实，也没必要多用时间，被告不允许辩护，而证人只是那个被打伤的暗探和队长，还有几名士兵。判决书已提前写好；蒙太尼里送来了他们所需要的表示同意的非正式通知，因而法官们（菲拉里上校、当地龙骑兵团的少校以及瑞士卫队的两名军官）要做的事情就极少了。大声念过起诉书之后，证人提供证词，判决书也签了字，随即庄严地向死刑犯宣读。牛虻默默无语地听着，当按照正常程序问他有什么话说时，他只是不耐烦地挥挥手把问题岔开了。他怀里揣着蒙太尼里落下的那块手帕。昨天一整夜，他对着手帕又是亲吻又是落泪，好像那是个活物一样。此刻，他脸色苍白，无精打采，眼皮上仍有泪痕；但是，“处以枪决”的判决词对他似乎没有多大的影响。当这项判决念出来时，他的瞳孔有些放大，此外再无别的反应。

“把他带回囚室吧。”当所有的程序都结束后，总督吩咐道。那个显然已快落下眼泪的卫队长在这个纹丝不动的人儿肩上拍了拍。牛虻微微吃了一惊，朝四周瞧了瞧。

“啊，对，”他说，“我走神了。”

总督的脸上出现了一种近乎怜悯的表情。论天性，他并不是个残忍的人，内心暗暗为自己在这一个月里所扮演的角色感到有点羞愧。既然主要的目标已达到，他情愿在自己的职权范围内做一些小小的让步。

“你不用再戴镣铐了。”他望望牛虻那青肿的手腕说。随后他又转身冲着自己的侄子补充道：“他可以待在他自己的囚室里。死囚的牢房又阴又暗，关在那里也只是一种形式。”

他咳嗽一声，挪动了一下脚，分明很窘迫，随后把正要带犯人出去的卫队长叫了回来。

“等等，卫队长，我想跟他说句话。”

牛虻动也没动，对总督的话似乎毫无反应。

“如果你有话想转达给亲戚朋友……我想你有亲戚吧？”

没有回答。

“好吧，你考虑考虑，然后告诉我或者牧师。我会尽心办理的。你还是把口信交给牧师吧，他马上就来，夜里陪着你。如果还有别的要求……”

牛虻抬起了头。

“请告诉牧师，我情愿一个人待着。我没有朋友，不需要捎口信。”

“可你需要忏悔呀。”

“我是无神论者。我什么都不需要，只求得到安静。”

他的声音淡漠、平静，既不含蔑视也不含激愤；说完，他慢慢地转过身去。到了门口，他又停住了脚步。

“让我给忘了，上校，有件事我想求你。明天不要让他们绑住我或蒙住我的眼睛。我一定会一动不动地站在那里。”

星期三早晨日出时，他们把他押到了院子里。他的腿瘸得比平常更厉害，走路显得艰难而痛苦。他重重地靠在卫队长的胳膊上，但一切倦怠和顺从的表情已荡然无存。黑夜里，在一片死寂中，幽灵似的恐惧压倒了他，阴影世界的幻象和梦境也萦绕着他，但是一旦黑夜过去，这些也一同消失了；一旦阳光普照，一旦有敌人在跟前激起他的战斗情绪，他就无所畏惧了。

六名执行死刑的枪手沿着布满常春藤的墙壁一字排开。在那次不走运的越狱中，牛虻乘着月色攀爬的正是这堵布满裂缝、摇摇欲坠的院墙。枪手们站好，每个人手里都举着自己的卡宾枪，他们简直无法忍住眼里的泪水。派他们来枪毙牛虻，给他们带来了无法想象的恐惧。牛虻和他那犀利的妙语、无穷无尽的笑声，以及充满生气、富于感染力的勇气，好似游离的阳光照亮了他们单调、沉闷的生活。现在他就要死去，而且死在他们手里，在他们看来这就等于扑灭天上的明灯。

院子里的那棵巨大的无花果树下，他的坟墓正在等着他。那是夜间由一些不情愿的人挖出来的，滴滴泪水洒落在铁锹之上。他经过那儿时，含着微笑望了望那黑魆魆的土坑以及旁边枯萎的小草，深深吸了口气，嗅嗅那才从坑里挖出来的新鲜泥土的芳香。

在靠近那株树的地方，卫队长停住了脚步。牛虻四下里瞧瞧，绽出极欢快的笑容。

“要我站在这儿吗，卫队长？”

卫队长无声地点了点头，喉咙里像堵了个东西，恨自己竟无法求情救下他的性命。总督、他的侄子、指挥行刑的骑兵中卫、医生以及牧师都已经来到了院子里，这时他们表情严肃地走上前，但一看见牛虻那笑吟吟的眼睛里闪射出的轻蔑的光芒，便有些局促不安。

“早……早安，先生们！啊，尊敬的牧师，你也起这么早！你好呀，上尉！这次见面比上次让你愉快一些，是吧？我看你的胳膊还吊着绷带，那是我枪法太差的缘故。这些好汉比我的枪法准——是不是，伙计们？”

他扫视了一遍枪手们悲伤的面孔。

“反正，这次用不上绷带。喂，喂，你们何必如此愁眉不展！都站好，表演一下你们精湛的枪法。你们马上就要迎来艰巨的工作了，会让你们应付不了的，根本不像预先练习的那样。”

“我的孩子，”牧师走上前来，打断了他的话，其他的人退到后边让他们俩单独谈，“再过一会儿，你就要去见造物主了。留给你忏悔的这最后几分钟，难道你就用来说这种话吗？我恳求你想一想，你身上带着这么多的罪恶，不求主赦免就死去，该是多么可怕的事情。当你站在最高审判者[①]面前的时候，想忏悔就太晚了。难道你要带着满口的俏皮话走向上帝威严的神座不成？”

“俏皮话，尊敬的牧师？我想大概只有你们才喜欢那一套令人厌烦的说教吧。轮到我们动手的时候，我们将用大炮轰，而不是这么六七支破枪，那时你就会看到我们的俏皮话的分量了。”

“你们要用大炮轰！啊，不幸的人呀！难道你还没意识到自己已站在了可怕的深渊边缘吗？”

牛虻侧过脸看了看那敞开的墓坑。

“这……这么说，牧师大人认为把我放进那里就一了百了啦？也许，也许你们会在坟墓上压一块石头防……防止我

---

① 此处指上帝。

‘三天之后复……复活’[1]吧？别害怕，牧师大人！我不会侵犯无聊的戏剧的专利。我将像老……老鼠一样静静地躺在你们安置我的地方。尽管如此，我们还是会用大炮轰。”

“啊，仁慈的上帝呀，”牧师高声说道，“饶恕这个可悲的人吧！”

“阿门！”那位骑兵中尉用一种低沉的声音喃喃道，而上校和他的侄子虔诚地在胸前画了十字。

牧师眼见再坚持下去也没指望收到任何成效，于是放弃了徒然的努力，摇着头退到了一旁，嘴里低声念着祈祷词。他们没耽搁时间，很快就把简单的准备工作做完了，牛虻自动站到指定地点，只是转过头来，朝着红黄色交融的壮丽晨曦观望了一会儿。他再一次请求不要蒙住他的眼睛，脸上蔑视的表情逼得上校只好同意。二人都忘了，这会给士兵们带来多么大的痛苦。

牛虻含着微笑，面对士兵们站好，而士兵们手里的枪抖个不停。

“我已完全准备就绪。”他说。

中尉趋前一步，激动得有些发抖。他以前从未发过执行死刑的口令。

“预备——瞄准——射击！”

牛虻摇晃了一下，随即便恢复了平衡。一颗偏斜的子弹擦破了他的脸颊，几滴鲜血落在了白领巾上。另一颗子弹击中了他的膝盖上方。硝烟慢慢散去后，士兵们定睛一瞧，只见他仍在那里微笑，一边用那只伤残的手擦脸上的血迹。

“你们的枪法糟透啦，伙计们！”他说道，声音异常清晰，

① 据说基督在死后三天复活。出自《圣经》。

使那些呆若木鸡的可怜的士兵醒过神来。“再来一次。”

那一排枪手不约而同地发出了呻吟声，身子也颤抖着。每个人都朝旁边瞄准，心里暗暗希望致命的枪弹不是自己而是旁边的人射出的。而牛虻仍站在那里冲他们微笑；他们只不过把刑场变成了屠宰场，那件可怕的事情还得从头做起。他们心里产生了突如其来的恐惧，垂下枪口，绝望地听着军官们愤怒的斥骂，用呆滞的目光惊慌地望着那个他们开枪射击却没有打死的人。

总督冲着他们的脸晃着拳头，穷凶极恶地吼叫着，命令他们站好位置，端起枪赶快把事情了结掉。他和士兵们一样完全丧失了勇气，不敢用眼睛看那个傲然屹立、不肯倒下去的可怕的人。当牛虻跟他说话时，他被那嘲弄的声音吓得抖作一团。

“上校，今天早晨你带来的这支行刑队不称职！让我试试，看我能不能让他们射得准一些。注意啦，兄弟们！把枪口抬高些，那位兄弟朝左边瞄瞄。老天呀，伙计，你手里拿的是枪，不是炒锅！都瞄准了吧？请注意！预备——瞄准——”

“射击！”上校抢先一步，发出了开枪的命令。要是让犯人自己发口令枪毙自己，那岂不是太不像话了。

又是乱糟糟、缺乏秩序的几声枪响，接着行刑队便乱了队形，枪手全都瑟瑟发抖，睁大迷茫的眼睛望着前方。其中有的士兵就没开枪，而是把枪扔到一旁，蹲在地上嘴里痛苦地低声念叨着：“我办不到——我办不到！”

硝烟慢慢散了，飘浮到空中与晨曦融合在一起。他们看见牛虻倒了下去，但也看到他仍然没有死。起初那一瞬间，官兵们全都如石像一般站在那里，看着那个可怕的身影在地上扭动和挣扎；后来，医生和上校都大叫一声冲上前去，因为牛虻一只膝盖着地吃力地跪起身子，而且仍冲着士兵大笑。

“又没打中！再……试一次，弟兄们！看看你们能不能……”

他突然摇晃了一下，歪倒在了草地上。

“他死了吗？”上校小声问。医生跪下来，用手摸摸那血糊糊的衬衫，然后轻声回答：

“我想是死了——谢天谢地！”

“谢天谢地，”上校也说道，“终于死了！”

他的侄子这时碰了碰他的胳膊。

“叔叔！红衣主教来了！他在大门口，想进来。”

“什么？不能让他进来——我不允许。卫兵是干什么吃的？主教大人……”

大门开了又关上，蒙太尼里已经站在了院子里，用充满恐惧的目光呆呆地望着眼前的情景。

“主教大人！必须请你原谅——这场景不适合你看！死刑刚刚执行完，尸体还没有……”

“我来就是要看看他。”蒙太尼里说。总督这时才发现他的声音和神情都像是一个梦游的病人。

“啊，我的上帝！”一个士兵突然喊叫了起来。总督急忙回头望去。天哪……

草地上的那团血肉模糊的躯体又一次开始挣扎和呻吟。医生慌忙蹲下身子，把他的头抬起放在自己的膝上。

“快些！”他不顾一切地大声喊叫，“你们这些野蛮人，快点吧！看在上帝的分上，让这一切结束吧！实在让人受不了啦！”

大股的鲜血喷射在他的手上，他怀里抱着的那个肉体痉挛着，使他从头到脚也抖动了起来。当他疯狂地四处张望求援时，牧师隔着他的肩头伏下身，把一个十字架放到了那个垂死的人的唇边。

“以圣父和圣子的名义……”

牛虻靠着医生的膝盖支起身子，圆睁双眼，直视着十字架。

在一片凝固了的沉寂之中，他慢慢抬起被打断了的右手，将那个偶像推到了一旁。耶稣的面孔被抹上了鲜红的血迹。

“神父……这下你的……上帝……该满意了吧？”

他的头一歪，落到了医生的胳膊上。

“主教大人！”

由于红衣主教仍未从恍惚的状态中清醒过来，菲拉里上校又喊了一声，这次声音更大了。

“主教大人！”

蒙太尼里抬起了头。

“他死了。”

“已经完全死了，主教大人。你离开这儿吧！这场景怪吓人的。”

“他死了。”蒙太尼里重复了一遍，又看了看死者的脸。“我摸了摸他，他已经死了。”

“一个人身上挨了六七枪，还会怎么样呢？”那位中尉轻蔑地嘀咕道。医生悄声回答说：“他看见血，大概吓糊涂了。”

总督用手紧紧拉住了蒙太尼里的胳膊。

“主教大人，你还是不要再看他了。能让牧师送你回家吗？”

“是的——我这就走。”

蒙太尼里慢慢转过身，离开那血淋淋的地方，牧师和卫队长跟在后边。在大门旁他停下来，如幽灵一般，呆滞而诧异地回头望了望。

“他死了。”

几小时之后，麦康尼来到山坡上的一间茅屋里告诉马丁尼，说他已经没有必要捐躯了。

第二次营救工作此时已全部就绪，因为这一次的方案比上一次简单得多。根据他们的安排，第二天早晨圣体节的游行队伍路过丘陵上的要塞时，马丁尼将冲出人群，从怀里拔枪向总督的脸开火。趁随之而来的大乱之际，二十名荷枪者会蜂拥攻破大门，闯入塔楼，把钥匙抢到手，然后进囚室把犯人背走，遇到挡道的就打死或驱赶。出了大门，他们将边战边退，掩护由一群骑着马、全副武装的走私贩子组成的第二梯队把牛虻送进山里的安全隐蔽地。在这个小团体里，只有一个人对此项计划一无所知，那就是詹玛。马丁尼特别要求过要对她保密。“她如果知道的话会为此事忧心忡忡的。”他解释说。

当麦康尼走进花园大门时，马丁尼推开玻璃门，来到游廊里迎住他。

“有消息吗，麦康尼？你说说！”

麦康尼把宽边草帽向后推了推。

二人在游廊里坐下，谁都没有言语。一看见帽檐下的那副面孔，马丁尼就什么都明白了。

“什么时候的事情？”隔了老半晌，他才问道。那声音连他自己听起来都觉得异常呆钝、乏力。

“今天早晨日出时分，这是卫队长告诉我的。他在现场目睹了一切。”

马丁尼垂下头，轻轻弹开衣袖上的一根散线头。

空，一切皆空[①]；这也化成了一堆泡影。他原本可以在明天献出生命。现在，他一心向往之地消失了，那宛若金色晚霞般的梦幻里的仙境消逝于黑暗来临之际。他又得回到那个平平常常的世界里——那里有格拉西尼和盖利，有写密码和印小册子的事务，有党内同志的争论，有奥地利暗探乏味的阴谋——那种旧模式的单调的工作叫人心里感到厌倦。他的内心深处有一大片空荡荡的地方，如今牛虻一死，就再没有任何事情、任何人可以充实那儿了。

他听到有人在问他问题，便抬起头来，同时感到纳闷，不知现在还有什么事情值得一谈。

“你说什么？”

“我说你应该把这消息告诉她。”

生活，还有对生活的种种恐惧，又重新反映在了马丁尼的脸上。

“我怎么对她开口呢？”他嚷嚷起来，“还不如让我去杀了她呢。啊！我怎么能开口，怎么能对她讲！”

他双手遮住眼睛；接着，他虽然没看见，却感到身旁的麦康尼吓了一跳，于是便抬起头来。詹玛正站立在门口。

“你听说了吗，西萨尔？”她说，“一切都完了。他们已经枪决了他。”

---

① 出自《圣经》。

第八章

“让我们跪拜在上帝的神座前。”在教士和助手们的簇拥下，蒙太尼里站在高大的祭坛前，用平稳的语调高声朗读祭文。教堂里到处都闪耀着光芒和色彩；从教徒们的节日盛装，一直到挂着火红帷幔和花环的厅柱，没有一处阴暗的地方。在宽敞的入口处悬挂着巨大的红色帘幕，六月炎阳的光线射穿幕褶，就像穿透了麦田里的红色罂粟花花瓣。教会里的教士们擎着蜡烛和火炬，一群群的教民拿着十字架和旗子——侧厢原本阴暗的礼拜堂里此时通亮一片。在甬道里，游行用的丝绸旗帜层层叠叠地垂下来，金色的旗杆和流苏在拱门下闪闪发光。在彩色玻璃的映照下，唱诗班教士的白法衣被染得似彩虹一般。阳光洒在圣坛的地板上，呈现出交错的橙色、紫色和绿色的格子图案。祭坛后边悬挂着一幅亮光闪闪的银色幔帐。幔帐、装饰物以及祭坛灯光映衬着蒙太尼里的身影，只见他穿着拖地的白色长袍，宛如一尊注入了生命的大理石雕像。

按照节日游行的惯例，他只主持弥撒，不参加庆典，所以待到恕罪祈祷结束时，他便离开祭坛，迈着缓慢的步子走向主教的宝座，而两侧主持仪式的神父和教士们纷纷冲着他深深地鞠躬致意。

“主教大人恐怕身体不舒服，”一位教士对自己身旁的人说，“他似乎有些不对劲。”

蒙太尼里低下头让别人为他戴镶着珠宝的主教冠。充当荣誉执事的教士为他戴上主教冠，打量了他一眼，然后欠过身子附耳低语：

“主教大人，你病了吗？”

蒙太尼里微微冲他侧了侧身子，从他的眼神看，似乎没听见教士的话。

“很对不起，主教大人！”这位教士屈身行了个礼低声说，回到了自己的位置上，一路埋怨自己不该打搅红衣主教虔诚的祈祷。

那熟悉的仪式在继续进行，蒙太尼里直挺挺一动不动地坐着，闪亮的主教冠和织金锦缎法衣反射着太阳光，白色节日长袍那沉甸甸的襞裥铺扫在红色地毯上。百十来支蜡烛的光芒照得他胸前的蓝宝石闪闪发光，而且也照射进那双深沉、平静的眼睛里，可在那儿却一丝反光也没有。他听到有人说“请赐福吧，尊敬的主教”，便弯下腰为那人祝福，身上的钻石与阳光交相辉映。此时他也许想到了深山里壮观而可怕的冰雪幽灵，头顶彩虹，身披漫天大雪，伸开双手，把祝福或诅咒撒向人间。

奉献圣饼时，他走下宝座，跪倒在祭坛前。他的一举一动都显得古怪、呆板和僵硬；待他起身回到自己的位置时，那个身着盛装坐在总督后面的龙骑兵团少校，对着被牛虻打伤的那个队长低声说：“毫无疑问，这个年老的红衣主教撑不住了，他举手投足都像台机器。”

“那才好呢！”队长低声回答，“自从可恶的大赦令颁布以来，他简直就是套在我们脖子上的磨盘。”

“可是在军事法庭一事上，他还是让步了呀。”

“最后是让步了，但他拖了许久才拿定主意。老天爷，这天气太闷热了！游行时咱们都会中暑的。可惜咱们不是红衣主教，不然一路上都有华盖为咱们遮太阳。嘘——嘘——嘘！我叔叔在朝这边看呢！”

菲拉里上校回过头严厉地扫了这两个年轻军官一眼。昨天早晨的那个重大事件结束之后，他处于一种虔诚和严肃的心境中，这时真想责备他们不该对在他看来“十分有必要”的事情缺乏合适的感情。

司仪们开始召集参加游行的人们，为他们安排位置。菲拉里上校起身离开了自己的位置，走到圣堂的栏杆边上，示意其他的军官到他身边。弥撒结束时，圣饼被放进了水晶罩后边的太阳圣钵[①]里。主持弥撒的神父和他的助手们退入圣器室更衣，这时教堂里嗡嗡地响起了一片低沉的谈话声。蒙太尼里仍坐在自己的宝座上，眼睛直视前方，一动也不动。人类生命和运动的海洋似乎在他的周围和脚下涌动，又在他的宝座跟前化为一潭死水。有人把一只香炉送到他面前，他机械地把香插入炉中，眼睛既不右视也不左看。

教士们从圣器室回来，在圣堂里等待他下来，而他依旧纹丝不动地坐在那里。名誉执事朝前俯下身子取下那顶主教冠时，迟疑地又低语了一声：

“主教大人！”

红衣主教向四周看看。

“你说什么？”

“参加游行，你真的能受得了吗？日头很毒。”

---

① 用黄金和水晶做成的容器，形状似太阳，游行时用于盛放圣饼。

“日头有什么关系？”

蒙太尼里说话的声音冰冷而慎重，于是这位教士又觉得自己冒犯了他。

“请原谅我，主教大人。我以为你不舒服呢。”

蒙太尼里没有答话，站起身来。他在宝座的最顶端台阶上停留了片刻，仍以那种慎重的声音问道：

“那是什么？”

这时，他的白袍那长长的下摆已扫下台阶，铺展在圣堂的地板上，而他用手指着白色缎面上一个火红的光点。

“那只不过是从彩色窗户射进来的阳光，主教大人。”

“阳光？怎么这么红？”

他走下台阶，跪在祭坛前，把香炉前后晃了晃。当他把香炉又递还给执事时，方格状的阳光洒落在他裸露的头顶上以及仰天呆望的眼里，在那些教士遮在他周围的帐幕上投下一团红色的光。

他从副主祭手中接过神圣的、金光闪闪的太阳圣钵。当他站起身时，唱诗班和风琴顿时送出一阵激昂的旋律。

唱吧，歌喉，歌唱荣耀
圣体的无穷奥妙，
歌唱他的宝贵鲜血——
为了世人得救赎，
那出身高贵的圣子、
万邦之王所倾流。

执仪仗器具的人缓步向前，把丝绸华盖张在他的头顶；荣誉执事们分列左右，把白袍的长襞向后扯开。当侍祭们弓下腰从圣堂的地板上托起他的袍角时，负责开路的民间司仪便庄严地列成两行，高擎燃烧的蜡烛，分左右两侧走出中殿。

蒙太尼里高高地站在祭坛前，在华盖下一动不动，用手稳稳地将圣餐钵托起，观望着人群从他面前经过。成双结对的人们手拿蜡烛、幡徽、火炬、十字架、神像和旗帜缓步走下圣堂的台阶，在点缀着花环的厅柱中间，沿着宽宽的甬道，从撩起的红色帘幕下来到阳光灿烂的街上。他们唱赞美诗的声音弱了下来，变为低声的嗡响，乃至被不断响起的新声音所淹没——无尽的人流滚滚向前，甬道上总有新的脚步声在回响。

教民们的队伍过去了——他们一个个身穿白衣，脸罩细纱。接下来是“哀悼会”的信徒们——他们从头到脚一身黑，眼睛从面具的小孔里闪烁着微弱的光。接着走来了庄严的修士队伍——里面有身穿暗色衣袍、打着褐色赤脚的托钵修士，也有披着白袍、表情严肃的多明我会修士。再往后边则是地区世俗长官、龙骑兵队、卡宾枪手和当地警官；总督穿着漂亮的节日服装，跟官场的同僚们走在一起。一位执事手擎巨大的十字架跟在后边，两个侍祭拿着耀眼夺目的蜡烛拱卫两旁。当他们走出大门时，帘幕被高高撩起，蒙太尼里从华盖下看了一眼阳光灿烂、铺着地毯的街道，悬挂着旗幡的墙壁，以及身穿白袍沿街撒玫瑰花瓣的孩子们。啊，玫瑰花，它们是多么红呀！

游行队伍鱼贯向前——一张又一张的面孔，一团又一团的色彩在移动。庄重威严的白色长袍被绚丽多彩的法衣和绣着花纹的教士服饰取代；现在经过的是一个高大精美的金色十字架，它傲立于一片通明的蜡烛上方；教堂里的教士们庄严肃穆，披着阴惨惨的白色斗篷。一位牧师手持法杖，在两把熊熊燃烧的火炬的护卫下走下圣堂。侍祭们步上前来，合着音乐的节拍摇动着香炉。执仪仗器具的人把华盖又向高处举了举，嘴里数着步点："一二，一二！"蒙太尼里踏上了"十字架之路"①。

他走下圣堂的台阶，一直穿过甬道，从琴声如雷鸣的唱诗楼下以及撩起的帘幕下——那帘幕红艳艳的，红得令人心惊——径直来到阳光灿烂的街道上。街上满地血红的玫瑰花，全都枯萎了，被许多双路过的脚踩烂在红色的地毯上。他在门口停留了片刻，几位世俗官吏上前换下了撑华盖的人。接着，队伍又向前移动，他双手紧捧太阳圣钵；周围唱诗班的歌声此起彼伏，与香炉的摆动以及隆隆的脚步声相合拍。

> 主使基督的肉体变成面包，
> 主使基督的鲜血变成红酒……

到处是鲜血，到处是鲜血！铺展在他面前的地毯宛若一条红色的河流，遍地的玫瑰花好似迸溅在石头上的鲜血……啊，上帝呀！难道你的大地和天空都被鲜血染红？啊，万能的上帝，这是怎么回事——你的嘴唇竟然也沾上了血迹！

> 让我们深深鞠躬，
> 让我们膜拜这伟大的圣餐。

他透过水晶罩瞧那圣饼。那饼里边渗出来的是什么——从黄金圣钵的四角滴落下来，流淌到他的白袍上？看呀，从

---

① 耶稣背负十字架赴难之路，此处隐喻蒙太尼里的状况。

手上滴落的东西又是什么?

要塞院落里的小草被践踏,被染成了红色——红殷殷一片——竟有那么多的鲜血。鲜血顺着那脸颊朝下流,从那被打穿的右手朝下滴,受伤的腰部滚烫的鲜血迸流如注。甚至有一绺头发也浸透了血——那头发黏糊糊地贴在额头上——哦,那是死亡的虚汗,是刺骨的疼痛产生的后果。

唱诗班的歌声升高了音调,充满了欢庆的氛围:

赞美圣父和圣子,
赞美主拯救世界,
赞美主的光荣和权威,
赞美主的恩惠。

啊,简直让人无法容忍!上帝竟然高坐在天堂黄灿灿的神座上,血淋淋的嘴角挂着微笑,俯视人间的痛苦和死亡,这难道还不够吗?这难道还不够吗?为什么还得加上这可笑的赞美和祝福?基督曾为拯救人类捐献了身躯,曾为了替人类赎罪流尽了鲜血,这难道还不够吗?

啊,大点声呼唤他吧,他也许睡着了!

你真的安息了,亲爱的孩子,永远不会醒来了?难道坟墓对自己的战利品如此戒备,难道树下的黑坑甚至连一刻也不愿把你放松吗,我心爱的孩子?

这时,水晶罩后边的圣饼做出了回答,那滴落的鲜血似乎在说:

"这不是你的选择吗,难道还要后悔?你的愿望不是得到了满足吗?你看看这些披金挂银、在光亮中行走的人:我是为他们才躺入了坟墓。你看看那些撒玫瑰花瓣的孩子,听听他们的歌声是否甜蜜：正是为了他们，我的嘴里才填满了泥土，而那些玫瑰花是我用心里的血浇红的。你瞧吧，有些人跪下来吮吸从你的袍角上滴落的鲜血，我为了他们流下鲜血，来满足他们的嗜血癖性。因为《圣经》上说：‘人为朋友舍命，人的爱心没有比这个大的。’”

“亚瑟啊，亚瑟，世上还有比这更伟大的爱！一个人如果献出的是他最心爱的人的生命，岂不是更伟大吗？”

又传来了回答声：

“谁是你最心爱的人？事实上，并不是我。”

他欲言又止，因为此时唱诗班的歌声拂过，好像北风掠过结冰的池塘，压下了这些话。

我们向伟大的躯体顶礼，
我们向光荣的鲜血奉祭，
把它们吃下去，喝下去，
我们幸福无比。

喝吧，基督徒们；喝吧，你们全都喝吧！这难道不是为你们准备的？为了你们，奔涌的鲜血染红了草地；为了你们，活人的肉才被抽干了血，再被撕碎。吃吧，你们这些吃人的人；吃吧，你们全都吃吧！这是你们的宴会，你们的酒席，你们的欢乐节日！赶快来一道欢庆节日吧，加入我们游行的队列。男女老幼，全部都来吃肉啊！快来斟一杯血酒，趁着颜色鲜红喝下去；快来吃这尸体呀……

啊，上帝，看看那要塞！阴沉沉、黑魆魆的要塞，和它那坍塌的城墙以及丘陵间发暗的塔楼，正满脸怒容地俯视着在尘土飞扬的道路上经过的游行队伍。吊桥的铁齿固定在大门的上方；要塞如一头野兽伏卧在山坡上，护卫着自己的猎物。可是，不管那铁齿多么牢固都要被弄断和砸碎，院落里的那座坟墓必须交出那个死人。因为基督徒主人们正在走来，排着庞大的队伍走来参加神圣的血肉宴会，就像大批的饥鼠来会餐；他们嘴里喊着："请赐予！请赐予！"就没有个够的时候。

"你还不满意吗？为了这些人，我牺牲了生命；是你断送了我，以便让他们活下去；瞧，他们所有的人都列队来了，决不肯散去。

"这是基督徒的大军，是你那个上帝的追随者；他们是个强大的族群。大火在他们前边开路，烈焰在他们身后燃烧；前边是伊甸园，而身后是荒芜的野地——是啊，任何东西都别想逃出他们的手掌。"

"啊，你回来吧，回到我身边来吧，亲爱的；对于自己的选择我追悔莫及！你回来吧，咱们可以偷偷溜掉，逃到一个黑暗、寂静的坟墓里，让那支吞食一切的大军找不到咱们。咱们将挽着胳膊躺在那儿，睡呀，睡呀，睡呀。饥饿的基督徒们在无情的日光下会从我们的头顶上路过，他们号叫着寻找鲜血喝，寻找人肉吃，嗷嗷之声隐约地鸣响于咱们的耳旁，但他们将继续往前赶路，留下咱们一道安息。"

可那声音又回答道：

"我能到何处藏身呢？《圣经》上写得明明白白：'他们将在城里无孔不入；他们将在墙头上奔跑，将爬上屋顶，将像盗贼一样破窗而入。'如果我在山顶上建一座坟墓，难道他们就不会打开吗？如果我在河床上挖一个墓坑，难道他们就不会摧毁吗？说实话，他们是嗜血的猎狗，擅长找出猎物；为了他们，我的伤口流出了鲜血，让他们痛饮。你就听不到他们在唱什么歌吗？”

这时，人们高唱圣体歌，从两道红色帘幕之间走进教堂来，因为游行已经结束，所有的玫瑰花都已经撒出。

膜拜圣体吧，
那是圣母马利亚之子，
为了拯救人类，
他被钉在十字架上，
钉子刺穿了他的躯体，
任凭鲜血流淌。

当歌声停止时，蒙太尼里跨入大门，从两排鸦雀无声的修士和教士中间穿过——那些人都跪在自己的位置上，手里高擎明亮的蜡烛。他看见他们都把饥饿的眼睛盯在他手里捧的圣体上，而且也明白了为什么他经过时他们都低下了头。原来，暗色的血顺着他白色法衣的皱襞流淌下来，他每走一步都在教堂的石头地板上留下一团深深的、殷红的血迹。

他沿着甬道走向圣堂的栏杆；撑华盖的人停住了脚步，于是他从华盖下走出来，步上祭坛的台阶。身穿白袍、手捧香炉的侍祭们以及高擎火炬的神父们跪于左右两旁，他们注视着殉难者[1]的“尸体”，眼睛在耀眼的烛光中贪婪地闪烁。

当他站立在祭坛前，用一双血迹斑斑的手把自己钟爱的遇难者那血肉模糊的尸体高高举起时，来宾们又引吭高歌，要求开始吃圣餐。

---

① 此处指耶稣。

啊，神圣的主！
崇高的牺牲者，
我们心之慰抚，
我们永世的安乐。

啊，这下他们要来抢尸体啦……去吧，亲爱的，去迎接你悲惨的厄运吧，为这些不可抗拒的饿狼打开天堂的大门。最底层地狱的大门已为我开启。

荣誉执事将圣钵放在祭坛上时，蒙太尼里原地跪倒在台阶上；鲜血从头顶洁白的祭坛上流下，滴落在他的头上。人们仍在歌唱，歌声在拱门下轰鸣，沿着穹隆顶回荡：

三位一体的圣灵，
他使我们世代相传，
他的光荣永世长存，
永无终止。

“永世长存，永无终止！”啊，耶稣多么幸运，他可以长眠于十字架下！啊，耶稣多么幸运，他可以说：“全结束啦！”而这种厄运永远也没有尽头，如运转的群星般永恒。这是不死的害虫，这是熄不灭的欲火。“永世长存，永无终止！”

在后面的仪式里，蒙太尼里疲倦而耐心地扮演着自己的角色，完全出自他旧日的习惯，机械地完成了那些对他已毫无意义的礼仪。谢恩祷告结束后，他又跪倒在祭坛前，以手掩面。一位教士诵读免罪表的声音忽高忽低，显得遥远而模糊，像来自一个不再属于他的世界。

那声音停止了，他站起来，伸出手让众人肃静。几位信徒正朝门口走，这时嘴里叽咕一声慌忙转回身来，但听见教堂里一片低语：

“主教大人有话要说。”

蒙太尼里手下的教士心里既吃惊又纳闷，都来到了他跟前，其中的一个忙不迭地小声问：“主教大人，你现在想对大家讲话吗？”

蒙太尼里默默地挥手让他们闪开。教士们窃窃私语着退了下来。这种现象有些反常，甚至是不合规定的。可红衣主教既然愿意，他是有这种权利的。毫无疑问，他要发表非常重要的讲话——宣布罗马的新的改革措施，或者教皇的特殊通告。

蒙太尼里从祭坛的台阶上俯视着无数张仰起的面孔。人们满怀热切的希望瞻仰着他，而他像幽灵一样站在高处，纹丝不动，脸色苍白。

“嘘——嘘！肃静！”各领队轻声叫喊道，于是信徒们的嗡嗡声沉寂下来，犹如一阵风儿消失在了低语的树梢间。在死一般的寂静里，众人抬头注视着祭坛台阶上那个白色的身影。蒙太尼里慢条斯理、从容不迫地开始讲话：

“《约翰福音》里写着：‘上帝钟爱世人，献出了唯一的爱子，让所有的世人得到拯救。’

“今天这个节日是纪念那个为了拯救你们而惨遭杀害的殉难者的肉体和鲜血，为了纪念那个扫除人间罪恶的上帝的羔羊，为了纪念由于你们的胡作非为而丧生的圣子。你们聚集在这里，穿着庄重的节日服装，都是来分吃上天赐给你们的祭品，并感谢这种大恩大德的。我知道，今天上午你们来参加宴席，分享殉难者的尸体时，心里都充满了欢乐，因为你们都记得圣子的苦难，他正是为了挽救你们才献出了生命。

“可是，请告诉我，你们当中哪一个想到过另外一种苦难——把自己的儿子献出来钉死在十字架上的圣父的苦难？有谁还记得，圣父从天堂的神座上俯视加尔瓦略[①]时心里的痛苦？

“我的子民们，今天你们列队进行庄严的游行时，我观察过你们；我看到你们由于赎了罪而在内心里感到由衷的喜悦，并为自己得到拯救而感到庆幸。然而，我请求你们想一想，这种拯救是以什么样的代价换来的。这的确是一种非常昂贵的拯救，其代价高于红宝石，是用鲜血换来的。”

听众们微微战栗，久久未停。圣堂里的教士身子前倾，相互间窃窃私语，但演讲者仍在继续朝下讲，大家也就肃静了下来。

“所以我今天要告诉你们：我，就是这样一种情况。我曾经顾及你们的软弱和悲伤，顾及你们膝下的小孩子——一想到他们即将死去，我便于心不忍。我望了望我亲爱的儿子的眼睛，知道赎罪的鲜血在他的身上流淌。于是我便下定了决心，让他去面对厄运。

“罪恶就是这样被赎清的。他为你们献出了生命，被黑暗所吞食。他死了，而且不能再复活；他死了，从而我失去了爱子。啊，我的孩子，我的孩子呀！”

红衣主教的声音变成了长长的哀号；人们惊叫失声，像是发出来的回声。教士们全都站了起来，几位荣誉执事冲上前拽住讲演者的胳膊。他挣脱开来，突然转过来面对着他们，那双眼睛就像是一只愤怒的野兽的眼睛。

① 耶稣受难的地方。

“你们要干什么？难道鲜血还不够你们喝的吗？你们这些豺狼，轮到你们的时候，会给你们喂饱的！”

执事退下去，挤在一起瑟瑟发抖，呼吸急促而沉重，面孔白得像粉笔一样。蒙太尼里又转向听众，他们在他面前摇晃着，颤抖着，犹如疾风下的一片麦田。

“是你们害死了他！是你们害死了他！由于我不愿让你们遭难，我便饮下了这杯苦酒。看见你们在我的跟前虚伪地赞美和卑鄙地祈祷，我后悔了，悔不该那样做！他应该活下来，而你们才该滚进肮脏、无底的地狱，跟你们的罪孽一起烂掉。你们那染上瘟疫的灵魂到底有什么价值，竟然为它们付出如此之高的代价？可是，一切都太晚了，太晚了！我大声呼叫，但他已听不到；我叩击坟墓之门，但他已不会醒来；我独自一人站在这荒芜的地方，四周望望——血迹斑斑的大地埋葬着我亲爱的人，唯一留给我的是那个虚幻的可怕的天堂，天地之间满目苍凉。我把他奉献了出来；啊，毒蛇的子孙们，我是为了你们才把他奉献了出来！

“把你们救世主的遗体拿去吧，因为它是你们的！我把它抛给你们，就像把一根骨头抛给一群咆哮的野狗！已经有人为你们偿付了这次宴席；快来吃吧，你们这些食人者、吸血鬼，你们这些专吃腐尸的野兽！看吧，鲜血从祭坛上泉涌而下，滚烫滚烫，泛着泡沫，那是我亲爱的人心里流出来的血，是为你们抛洒的热血！喝吧，舔吧，让鲜血沾满你们全身！那人肉任你们去争抢，吞食吧，再不要来打扰我啦！这尸体就是给你们吃的。你们瞧，它血肉模糊，但受尽磨难的生命仍在跳动；拿去吃吧，基督徒们，吃吧！”

他抓起盛着圣饼的太阳圣钵，高高地举在头顶，这时猛地一下摔在地上。金属与石头撞击发出哐当一声响，教士们蜂拥而上，二十只手抓住了这个疯子。

这时，也只是在这时，人们才歇斯底里般狂呼乱叫，一下子打破了沉寂，碰翻了椅子和板凳，争相奔往门外，互相践踏着，慌乱中扯下了帘幕和花环，形成一股汹涌澎湃、啜泣唏嘘的人流汇到街上去了。

尾　声

“詹玛，楼下有个人想见你。”马丁尼压低声调说——这十天来，他们两人说话时无意中用的都是这种声调。低沉的声调，再加上缓慢平静的举止，这就是他们表达悲哀的唯一方式。

詹玛挽着袖子，系着围裙，正在把弹药捆成小包，好拿去分发。从一大清早她就一直在工作，此刻在下午炫目的日光下，她的脸色已显得疲倦和憔悴。

“是个男人吗，西萨尔？他有什么事？”

“不知道，亲爱的。他不肯告诉我，说必须跟你单独谈。”

“好吧，”她摘掉围裙，放下衣袖说，“看来我必须去见他了，但他很有可能是个暗探。”

“反正我就在隔壁的房间，一喊就应。把他支走后，你最好躺下来休息一会儿，今天你站的时间太久了。”

“哦，不！我还想继续干下去。”

她慢慢地走下楼梯，马丁尼默默跟在后边。这几天她看起来像老了十岁，头上的那一绺白发散开成了一大片。她现在老是低垂眼帘，偶然一抬起，眼睛里的凄惨神情会使他不寒而栗。

在小客厅里，她发现来客是个看上去有些笨拙的汉子，并着脚站在屋子中央。他的整个气质以及她进来时他抬头望她的那种有点慌乱的神情，使她认定他是瑞士卫队里的一名士兵。他穿着一件乡下人的罩衫，分明不是他自己的，眼睛不时四处张望，像是害怕被人发现。

“你会讲德语吗？”他用浓重的苏黎世土话问。

“会一点。听说你想见我。”

“你就是波拉夫人吗？我给你带来了一封信。”

“一……封信？”她开始发起抖来，忙把一只手撑在桌子上稳住自己。

“我是那里的一个卫兵。”他说着指了指窗外丘陵上的要塞，“这信是上星期被枪毙的那个人托我送的。他临刑前一天晚上写了这封信，我答应一定亲自交给你本人。”

她低下了头。这么说，他到底留下了遗言。

“正因为这个，信才迟迟没能送来。”士兵继续说道，“他吩咐过不要交给别人，只能交给你，而我一直脱不了身——他们看得很紧。后来我只好借了这套衣服才溜了出来。”

他在怀里摸索着。由于天气很热，他掏出的那封折叠的信，不仅又脏又皱，而且被汗弄得有点潮湿。他站了一会儿，不安地挪动着脚，后来抬起手挠挠后脑勺。

“你不要讲出去。”他又羞怯地说道，同时不信任地瞥了她一眼，“我是冒着生命危险到这儿来的。”

“我当然不会讲出去。不，请你等等……”

他转身欲走时，她叫住他，伸手去摸钱包，而他生气地把身子向后一缩。

“我不要你的钱。”他粗声粗气地说，“我全是为了他，因为他托过我。我真想多为他干点什么。他待我很好——上帝保佑我！”

他的声音有点哽咽，使她抬起了头。只见他正在慢慢地用脏兮兮的衣袖擦眼睛。

“我和我的同事们不得不开枪。”他低声说，“军人必须服从命令。我们把子弹打偏了，只好又一次开枪——他嘲笑我们，称我们是不中用的行刑队——他对我很好……”

屋子里一片寂静。过了一会儿，他挺直腰杆，笨拙地行了一个军礼，然后走了。

詹玛手里拿着信，静静地站了一小会儿，然后在敞开的窗前坐下，看起信来。信是用铅笔写的，密密麻麻的字，有几处简直无法辨认。但信的开头用英文写的几个字却清清楚楚：

亲爱的吉姆：

下边的字迹一下子变得模糊起来。她又一次失去了他——又一次失去了他！一看到这熟悉的孩童时代的称呼，她心里又忽然产生了绝望、悲痛的情绪，她不顾一切地伸出手来，仿佛堆在他身上的泥土在压迫着她的心。

过了片刻，她又拿起信继续朝下看：

明天日出时分我就要被枪毙了。所以，要遵守诺言把一切都告诉你，我现在就得开口了。不过，你我之间毕竟不需要多加解释。咱们不用多说话，总能相互理解，甚至在孩提时代便如此。

因此，你该明白，亲爱的，你大可不必为扇耳光那件旧事感到伤心。当然，那是一次沉重的打击，但同样沉重的打击我经受得多了，我都挺了过来，甚至还回击过几次——这不，我还活着，我仍健在，就像咱们小时候看的书（我忘记了书名）里的鲭鱼“活蹦乱跳”。只不过这是我最后的一跳了，明天早晨“戏剧就该收场了”——你我可以把这句话翻译成:“杂耍该收场了。”这得感谢众神，因为至少他们还怜悯咱们，怜悯虽然不多，但毕竟还是有一些的——为了这一点还有其他所有的恩赐，咱们该心存感激！

关于明天早晨的事，我希望你和马丁尼都能理解，我是非常幸福和满足的，这是命运之神给我的最好的结局。请把这一点转告马丁尼，算是我的口信。他是个好人，也是个好战友，会理解的。你要知道，亲爱的，那些陷入泥潭的家伙迫不及待地重新采用秘密审判和处决的手段，对咱们是件好事，对他们反而不利。如果你们活下来的人能够坚定地团结在一起，给他们以狠命的打击，就可以大功告成。而我，将带着轻松的心情走到院子里去，就像回家过节的小学生一样。我完成了自己的任务——这一死刑判决证明我的任务完成得很出色。他们枪毙我，是因为他们害怕我。一个人能够做到这一点，还希求什么呢？

不过，我仅有一个心愿。一个将要死去的人有权利提提个人的心事，我的心事是想让你明白我为什么总对你粗暴无礼，为什么迟迟不肯忘掉宿怨。当然，你是知道其中的原因的，我告诉你只是图心里畅快。詹玛，当你还是个难看的小姑娘，穿一件方格布长衫，围一条皱巴巴的领巾，背后拖一条小辫子的时候，我就爱上了你，如今仍在爱着你。记得那天我吻你的手，你可怜地求我“以后不要再那样做”的事吗？我知道那是一种无赖行径，但务必请你原谅；现在我在这张纸上写着你名字的地方吻了吻。这样，我吻了你两次，而且两次都没有经过你的同意。

就此搁笔。别了，亲爱的。

信的末尾没有签名，只有一首他们俩小时候一道学过的儿歌：

我是一只牛虻，
幸福欢畅，
不管是活着，
还是已死亡。①

半小时之后，马丁尼走进来，见状不由一惊，打破了一直蔓延着的沉寂，扔掉手中的布告，张开臂膀抱住了她。

“詹玛！看在上帝的分上，怎么了？不要哭了——你从来就没有哭过呀！詹玛！詹玛，我亲爱的！”

“没什么，西萨尔。以后我再跟你解释，现在我……我不能说。”

她慌忙把沾满泪痕的信塞进衣袋，起身将脸探出窗外，不让对方看到自己的表情。马丁尼没再言语，用牙咬住胡须。这许多年来，他第一次像小学生一样地流露出真情，可她居

① 引自威廉·布莱克的小诗《苍蝇》。原文第二句原应译为“快乐的苍蝇（fly）”，但牛虻常用 Gadfly 暗指自己，故译为“牛虻”。

然没有注意到!

“教堂在敲钟,”隔了一会儿，她恢复了自制力后，回头说道,“一定是死人了。”

“我来就是让你看这个的……”马丁尼以平素的那种声音回答道。他把布告从地上捡起，递给了她。这是一则匆匆印出来的圈着黑边的讣告，上面用大号字体写着:“敬爱的红衣教主，罗伦梭·蒙太尼里大人，因心脏动脉瘤破裂在拉文纳突然病逝。”

她把目光迅速从讣告上移开，抬起头来。马丁尼从她的眼睛里看到了无声的话语，于是耸耸肩说道:

“还能怎样呢，夫人?动脉瘤是一个极为合适的医学名词。”

(完)

图书在版编目（CIP）数据

牛虻：汉英对照 /（爱）艾捷尔·丽莲·伏尼契（Ethel Lilian Voynich）著；方华文译. --南京：译林出版社，2025.7. --（双语经典）. --ISBN 978-7-5753-0643-0

I.H319.4

中国国家版本馆 CIP 数据核字第 2025GY8702 号

牛虻　〔爱尔兰〕艾捷尔·丽莲·伏尼契／著　方华文／译

责任编辑　陈绍敏
特约编辑　赵丽娟　苑浩泰
装帧设计　字里行间设计工作室
校　　对　刘文硕
责任印制　贺　伟

出版发行　译林出版社
地　　址　南京市湖南路 1 号 A 楼
邮　　箱　yilin@yilin.com
网　　址　www.yilin.com
市场热线　010-85376178
排　　版　字里行间设计工作室
印　　刷　三河市中晟雅豪印务有限公司
开　　本　889 毫米 ×1194 毫米　1/32
印　　张　23.625
版　　次　2025 年 7 月第 1 版
印　　次　2025 年 7 月第 1 次印刷
书　　号　ISBN 978-7-5753-0643-0
定　　价　79.80元

Bilingual Classics

THE GADFLY

Ethel Lilian Voynich

CONTENTS

AUTHOR'S PREFACE

MY most cordial thanks are due to the any persons who helped me to collect, in Italy, the materials for this story. I am especially indebted to the officials of the Marucelliana Library of Florence, and of the State Archives and Civic Museum of Bologna, for their courtesy and kindness.

PART I

CHAPTER I

ARTHUR sat in the library of the theological seminary at Pisa, looking through a pile of manuscript sermons. It was a hot evening in June, and the windows stood wide open, with the shutters half closed for coolness. The Father Director, Canon Montanelli, paused a moment in his writing to glance lovingly at the black head bent over the papers.

"Can't you find it, carino? Never mind; I must rewrite the passage. Possibly it has got torn up, and I have kept you all this time for nothing."

Montanelli's voice was rather low, but full and resonant, with a silvery purity of tone that gave to his speech a peculiar charm. It was the voice of a born orator, rich in possible modulations. When he spoke to Arthur its note was always that of a caress.

"No, Padre, I must find it; I'm sure you put it here. You will never make it the same by rewriting."

Montanelli went on with his work. A sleepy cockchafer hummed drowsily outside the window, and the long, melancholy call of a fruitseller echoed down the street: "Fragola! fragola!"

" 'On the Healing of the Leper'; here it is." Arthur came across the room with the velvet tread that always exasperated the good folk at home. He was a slender little creature, more like an Italian in a sixteenth-century portrait than a middle-class English lad of the thirties. From the long eyebrows and sensitive mouth to the small hands and feet, everything about him was too much chiseled, overdelicate. Sitting still, he might have been taken for a very pretty girl masquerading in male attire; but when he moved, his lithe agility suggested a tame panther without the claws.

"Is that really it? What should I do without you, Arthur? I should always be losing my things. No, I am not going to write any more now. Come out into the garden, and I will help you with your work. What is the bit you couldn't understand?"

They went out into the still, shadowy cloister garden. The seminary occupied the buildings of an old Dominican monastery, and two hundred years ago the square courtyard had been stiff and trim, and the rosemary and lavender had grown in close-cut bushes between the straight box edgings. Now the white-robed monks who had tended them were laid away and forgotten; but the scented herbs flowered still in the gracious mid-summer evening, though no man gathered their blossoms for simples any more. Tufts of wild parsley and columbine filled the cracks between the flagged footways, and the well in the middle of the courtyard was given up to ferns and matted stone-crop. The roses had run wild, and their straggling suckers trailed across the paths; in the box borders flared great red poppies; tall foxgloves drooped above the tangled grasses; and the old vine, untrained and barren of fruit, swayed from the branches of the neglected medlar-tree, shaking a leafy head with slow and sad persistence.

In one corner stood a huge summer-flowering magnolia, a tower of dark foliage, splashed here and there with milk-white blossoms. A rough wooden bench had been placed against the trunk; and on this Montanelli sat down. Arthur was studying philosophy at the university; and, coming to a difficulty with a book, had applied to "the Padre" for an explanation of the point. Montanelli was a universal encyclopaedia to him, though he had never been a pupil of the seminary.

"I had better go now," he said when the passage had been cleared up; "unless you want me for anything."

"I don't want to work any more, but I should like you to stay a bit if you have time."

"Oh, yes!" He leaned back against the tree-trunk and looked up through the dusky branches at the first faint stars glimmering in a quiet sky. The dreamy, mystical eyes, deep blue under black lashes, were an inheritance from his Cornish mother, and Montanelli turned his head away, that he might not see them.

"You are looking tired, carino," he said.

"I can't help it." There was a weary sound in Arthur's voice, and the Padre noticed it at once.

"You should not have gone up to college so soon; you were tired out with sick-nursing and being up at night. I ought to have insisted on your taking a thorough rest before you left Leghorn."

"Oh, Padre, what's the use of that? I couldn't stop in that miserable house after mother died. Julia would have driven me mad!"

Julia was his eldest step-brother's wife, and a thorn in his side.

"I should not have wished you to stay with your relatives," Montanelli answered gently. "I am sure it would have been the worst possible thing for you. But I wish you could have accepted the invitation of your English doctor friend; if you had spent a month in his house you would have been more fit to study."

"No, Padre, I shouldn't indeed! The Warrens are very good and kind, but they don't understand; and then they are sorry for me, —I can see it in all their faces, —and they would try to console me, and talk about mother. Gemma wouldn't, of course; she always knew what not to say, even when we were babies; but the others would. And it isn't only that——"

"What is it then, my son?"

Arthur pulled off some blossoms from a drooping foxglove stem and crushed them nervously in his hand.

"I can't bear the town," he began after a moment's pause. "There are the shops where she used to buy me toys when I was a little thing, and the walk along the shore where I used to take her until she got too ill. Wherever I go it's the same thing; every market-girl comes up to me with bunches of flowers—as if I wanted them now! And there's the church-yard—I had to get away; it made me sick to see the place——"

He broke off and sat tearing the foxglove bells to pieces. The silence was so long and deep that he looked up, wondering why the Padre did not speak. It was growing dark under the branches of the magnolia, and everything seemed dim and indistinct; but there was light enough to show the ghastly paleness of Montanelli's face. He was bending his head down, his right hand tightly clenched upon the edge of the bench. Arthur looked away with a sense of awe-struck wonder. It was as though he had stepped unwittingly on to holy ground.

"My God!" he thought; "how small and selfish I am beside him! If my trouble were his own he couldn't feel it more."

Presently Montanelli raised his head and looked round. "I won't press you to go back there; at all events, just now," he said in his most caressing tone; "but you must promise me to take a thorough rest when your vacation begins this summer. I think you had better get a holiday right away from the neighborhood of Leghorn. I can't have you breaking down in health."

"Where shall you go when the seminary closes, Padre?"

"I shall have to take the pupils into the hills, as usual, and see them settled there. But by the middle of August the subdirector will be back from his holiday. I shall try to get up into the Alps for a little change. Will you come with me? I could take you for some long mountain rambles, and you would like to study the Alpine mosses and lichens. But perhaps it would be rather dull for you alone with me?"

"Padre!" Arthur clasped his hands in what Julia called his "demonstrative foreign way." "I would give anything on earth to go away with you. Only—I am not sure——" He stopped.

"You don't think Mr. Burton would allow it?"

"He wouldn't like it, of course, but he could hardly interfere. I am eighteen now and can do what I choose. After all, he's only my step-brother; I don't see that I owe him obedience. He was always unkind to mother."

"But if he seriously objects, I think you had better not defy his wishes; you may find your position at home made much harder if——"

"Not a bit harder!" Arthur broke in passionately. "They always did hate me and always will—it doesn't matter what I do. Besides, how can James seriously object to my going away with you—with my father confessor?"

"He is a Protestant, remember. However, you had better write to him, and we will wait to hear what he thinks. But you must not be impatient, my son; it matters just as much what you do, whether people hate you or love you."

The rebuke was so gently given that Arthur hardly coloured under it. "Yes, I know," he answered, sighing; "but it is so difficult——"

"I was sorry you could not come to me on Tuesday evening," Montanelli said, abruptly introducing a new subject. "The Bishop of Arezzo was here, and I should have liked you to meet him."

"I had promised one of the students to go to a meeting at his lodgings, and they would have been expecting me."

"What sort of meeting?"

Arthur seemed embarrassed by the question. "It—it was n-not a r-regular meeting," he said with a nervous little stammer. "A student had come from Genoa, and he made a speech to us—a-a sort of—lecture."

"What did he lecture about?"

Arthur hesitated. "You won't ask me his name, Padre, will you? Because I promised——"

"I will ask you no questions at all, and if you have promised secrecy of course you must not tell me; but I think you can almost trust me by this time."

"Padre, of course I can. He spoke about—us and our duty to the people—and to—our own selves; and about—what we might do to help——"

"To help whom?"

"The contadini—and——"

"And?"

"Italy."

There was a long silence.

"Tell me, Arthur," said Montanelli, turning to him and speaking very gravely, "how long have you been thinking about this?"

"Since—last winter."

"Before your mother's death? And did she know of it?"

"N-no. I—I didn't care about it then."

"And now you—care about it?"

Arthur pulled another handful of bells off the foxglove.

"It was this way, Padre," he began, with his eyes on the ground. "When I was preparing for the entrance examination last autumn, I got to know a good many of the students; you remember? Well, some of them began to talk to me about—all these things, and lent me books. But I didn't care much about it; I always wanted to get home quick to mother. You see, she was quite alone among them all in that dungeon of a house; and Julia's tongue was enough to kill her. Then, in the winter, when she got so ill, I forgot all about the students and their books; and then, you know, I left off coming to Pisa altogether. I should have talked to mother if I had thought of it; but it went right out of my head. Then I found out that she was going to die—— You know, I was almost constantly with her towards the end; often I would sit up the night, and Gemma Warren would come in the day to let me get to sleep. Well, it was in those long nights; I got thinking about the books and about what the students had said—and wondering—whether they were right and—what— Our Lord would have said about it all."

"Did you ask Him?" Montanelli's voice was not quite steady.

"Often, Padre. Sometimes I have prayed to Him to tell me what I must do, or to let me die with mother. But I couldn't find any answer."

"And you never said a word to me. Arthur, I hoped you could have trusted me."

"Padre, you know I trust you! But there are some things you can't talk about to anyone. I—it seemed to me that no one could help me—not even you or mother; I must have my own answer straight from God. You see, it is for all my life and all my soul."

Montanelli turned away and stared into the dusky gloom of the magnolia branches. The twilight was so dim that his figure had a shadowy look, like a dark ghost among the darker boughs.

"And then?" he asked slowly.

"And then—she died. You know, I had been up the last three nights with her——"

He broke off and paused a moment, but Montanelli did not move.

"All those two days before they buried her," Arthur went on in a lower voice, "I couldn't think about anything. Then, after the funeral, I was ill; you remember, I couldn't come to confession."

"Yes; I remember."

"Well, in the night I got up and went into mother's room. It was all empty; there was only the great crucifix in the alcove. And I thought perhaps God would help me. I knelt down and waited—all night. And in the morning when I came to my senses—Padre, it isn't any use; I can't explain. I can't tell you what I saw—I hardly know myself. But I know that God has answered me, and that I dare not disobey Him."

For a moment they sat quite silent in the darkness. Then Montanelli turned and laid his hand on Arthur's shoulder.

"My son," he said, "God forbid that I should say He has not spoken to your soul. But remember your condition when this thing happened, and do not take the fancies of grief or illness for His solemn call. And if, indeed, it has been His will to answer you out of the shadow of death, be sure that you put no false construction on His word. What is this thing you have it in your heart to do?"

Arthur stood up and answered slowly, as though repeating a catechism:

"To give up my life to Italy, to help in freeing her from all this slavery and wretchedness, and in driving out the Austrians, that she may be a free republic, with no king but Christ."

"Arthur, think a moment what you are saying! You are not even an Italian."

"That makes no difference; I am myself. I have seen this thing, and I belong to it."

There was silence again.

"You spoke just now of what Christ would have said——"

Montanelli began slowly; but Arthur interrupted him:

"Christ said: 'He that loseth his life for my sake shall find it.' "

Montanelli leaned his arm against a branch, and shaded his eyes with one hand.

"Sit down a moment, my son," he said at last.

Arthur sat down, and the Padre took both his hands in a strong and steady clasp.

"I cannot argue with you to-night," he said; "this has come upon me so suddenly—I had not thought—I must have time to think it over. Later on we will talk more definitely. But, for just now, I want you to remember one thing. If you get into trouble over this, if you—die, you will break my heart."

"Padre——"

"No; let me finish what I have to say. I told you once that I have no one in the world but you. I think you do not fully understand what that means. It is difficult when one is so young; at your age I should not have understood. Arthur, you are as my—as my—own son to me. Do you see? You are the light of my eyes and the desire of my heart. I would die to keep you from making a false step and ruining your life. But there is nothing I can do. I don't ask you to make any promises to me; I only ask you to remember this, and to be careful. Think well before you take an irrevocable step, for my sake, if not for the sake of your mother in heaven."

"I will think—and—Padre, pray for me, and for Italy."

He knelt down in silence, and in silence Montanelli laid his hand on the bent head. A moment later Arthur rose, kissed the hand, and went softly away across the dewy grass. Montanelli sat alone under the magnolia tree, looking straight before him into the blackness.

"It is the vengeance of God that has fallen upon me," he thought, "as it fell upon David. I, that have defiled His sanctuary, and taken the Body of the Lord into polluted hands, —He has been very patient with me, and now it is come. 'For thou didst it secretly, but I will do this thing before all Israel, and before the sun; *the child that is born unto thee shall surely die.*' "

CHAPTER II

MR. JAMES BURTON did not at all like the idea of his young step-brother "careering about Switzerland" with Montanelli. But positively to forbid a harmless botanizing tour with an elderly professor of theology would seem to Arthur, who knew nothing of the reason for the prohibition, absurdly tyrannical. He would immediately attribute it to religious or racial prejudice; and the Burtons prided themselves on their enlightened tolerance. The whole family had been staunch Protestants and Conservatives ever since Burton & Sons, ship-owners, of London and Leghorn, had first set up in business, more than a century back. But they held that English gentlemen must deal fairly, even with Papists; and when the head of the house, finding it dull to remain a widower, had married the pretty Catholic governess of his younger children, the two elder sons, James and Thomas, much as they resented the presence of a step-mother hardly older than themselves, had submitted with sulky resignation to the will of Providence. Since the father's death the eldest brother's marriage had further complicated an already difficult position;

but both brothers had honestly tried to protect Gladys, as long as she lived, from Julia's merciless tongue, and to do their duty, as they understood it, by Arthur. They did not even pretend to like the lad, and their generosity towards him showed itself chiefly in providing him with lavish supplies of pocket money and allowing him to go his own way.

In answer to his letter, accordingly, Arthur received a cheque to cover his expenses and a cold permission to do as he pleased about his holidays. He expended half his spare cash on botanical books and pressing cases, and started off with the Padre for his first Alpine ramble.

Montanelli was in lighter spirits than Arthur had seen him in for a long while. After the first shock of the conversation in the garden he had gradually recovered his mental balance, and now looked upon the case more calmly. Arthur was very young and inexperienced; his decision could hardly be, as yet, irrevocable. Surely there was still time to win him back by gentle persuasion and reasoning from the dangerous path upon which he had barely entered.

They had intended to stay a few days at Geneva; but at the first sight of the glaring white streets and dusty, tourist-crammed promenades, a little frown appeared on Arthur's face. Montanelli watched him with quiet amusement.

"You don't like it, carino?"

"I hardly know. It's so different from what I expected. Yes, the lake is beautiful, and I like the shape of those hills." They were standing on Rousseau's Island, and he pointed to the long, severe outlines of the Savoy side. "But the town looks so stiff and tidy, somehow—so Protestant; it has a self-satisfied air. No, I don't like it; it reminds me of Julia."

Montanelli laughed. "Poor boy, what a misfortune! Well, we are here for our own amusement, so there is no reason why we should stop. Suppose we take a sail on the lake to-day, and go up into the mountains to-morrow morning?"

"But, Padre, you wanted to stay here?"

"My dear boy, I have seen all these places a dozen times. My holiday is to see your pleasure. Where would you like to go?"

"If it is really the same to you, I should like to follow the river back to its source."

"The Rhone?"

"No, the Arve; it runs so fast."

"Then we will go to Chamonix."

They spent the afternoon drifting about in a little sailing boat. The beautiful lake produced far less impression upon Arthur than the gray and muddy Arve. He had grown up beside the Mediterranean, and was accustomed to blue ripples; but he had a positive passion for swiftly moving water, and the hurried rushing of the glacier stream delighted him beyond measure. "It is so much in earnest," he said.

Early on the following morning they started for Chamonix. Arthur was in very high spirits while driving through the fertile valley country; but when they entered upon the winding road near Cluses, and the great, jagged hills closed in around them, he became serious and silent. From St. Martin they walked slowly up the valley, stopping to sleep at wayside châlets or tiny mountain villages, and wandering on again as their fancy directed. Arthur was peculiarly sensitive to the influence of scenery, and the first waterfall that they passed threw him into an ecstacy which was delightful to see; but as they drew nearer to the snow-peaks he passed out of this rapturous mood into one of dreamy exaltation that Montanelli had not seen before. There seemed to be a kind of mystical relationship between him and the mountains. He would lie for hours motionless in the dark, secret, echoing pine-forests, looking out between the straight, tall trunks into the sunlit outer world of flashing peaks and barren cliffs. Montanelli watched him with a kind of sad envy.

"I wish you could show me what you see, carino," he said one day as he looked up from his book, and saw Arthur stretched beside him on the moss in the same attitude as an hour before, gazing out with wide, dilated eyes into the glittering expanse of blue and white. They had turned aside from the high-road to sleep at a quiet village near the falls of the Diosaz, and, the sun being already low in a cloudless sky, had mounted a point of pine-clad rock to wait for the Alpine glow over the dome and needles of the Mont Blanc chain. Arthur raised his head with eyes full of wonder and mystery.

"What I see, Padre? I see a great, white being in a blue void that has no beginning and no end. I see it waiting, age after age, for the coming of the Spirit of God. I see it through a glass darkly."

Montanelli sighed.

"I used to see those things once."

"Do you never see them now?"

"Never. I shall not see them any more. They are there,

I know; but I have not the eyes to see them. I see quite other things."

"What do you see?"

"I, carino? I see a blue sky and a snow-mountain—that is all when I look up into the heights. But down there it is different."

He pointed to the valley below them. Arthur knelt down and bent over the sheer edge of the precipice. The great pine trees, dusky in the gathering shades of evening, stood like sentinels along the narrow banks confining the river. Presently the sun, red as a glowing coal, dipped behind a jagged mountain peak, and all the life and light deserted the face of nature. Straightway there came upon the valley something dark and threatening—sullen, terrible, full of spectral weapons. The perpendicular cliffs of the barren western mountains seemed like the teeth of a monster lurking to snatch a victim and drag him down into the maw of the deep valley, black with its moaning forests. The pine trees were rows of knife-blades whispering: "Fall upon us!" and in the gathering darkness the torrent roared and howled, beating against its rocky prison walls with the frenzy of an everlasting despair.

"Padre!" Arthur rose, shuddering, and drew back from the precipice. "It is like hell."

"No, my son," Montanelli answered softly, "it is only like a human soul."

"The souls of them that sit in darkness and in the shadow of death?"

"The souls of them that pass you day by day in the street."

Arthur shivered, looking down into the shadows. A dim white mist was hovering among the pine trees, clinging faintly about the desperate agony of the torrent, like a miserable ghost that had no consolation to give.

"Look!" Arthur said suddenly. "The people that walked in darkness have seen a great light."

Eastwards the snow-peaks burned in the afterglow. When the red light had faded from the summits Montanelli turned and roused Arthur with a touch on the shoulder.

"Come in, carino; all the light is gone. We shall lose our way in the dark if we stay any longer."

"It is like a corpse," Arthur said as he turned away from the spectral face of the great snow-peak glimmering through the twilight.

They descended cautiously among the black trees to the châlet where they were to sleep.

As Montanelli entered the room where Arthur was waiting for him at the supper table, he saw that the lad seemed to have shaken off the ghostly fancies of the dark, and to have changed into quite another creature.

"Oh, Padre, do come and look at this absurd dog! It can dance on its hind legs."

He was as much absorbed in the dog and its accomplishments as he had been in the afterglow. The woman of the châlet, red-faced and white-aproned, with sturdy arms akimbo, stood by smiling, while he put the animal through its tricks. "One can see there's not much on his mind if he can carry on that way," she said in patois to her daughter. "And what a handsome lad!"

Arthur coloured like a schoolgirl, and the woman, seeing that he had understood, went away laughing at his confusion. At supper he talked of nothing but plans for excursions, mountain ascents, and botanizing expeditions. Evidently his dreamy fancies had not interfered with either his spirits or his appetite.

When Montanelli awoke the next morning Arthur had disappeared. He had started before daybreak for the higher pastures "to help Gaspard drive up the goats."

Breakfast had not long been on the table, however, when he came tearing into the room, hatless, with a tiny peasant girl of three years old perched on his shoulder, and a great bunch of wild flowers in his hand.

Montanelli looked up, smiling. This was a curious contrast to the grave and silent Arthur of Pisa or Leghorn.

"Where have you been, you madcap? Scampering all over the mountains without any breakfast?"

"Oh, Padre, it was so jolly! The mountains look perfectly glorious at sunrise; and the dew is so thick! Just look!"

He lifted for inspection a wet and muddy boot.

"We took some bread and cheese with us, and got some goat's milk up there on the pasture; oh, it *was* nasty! But I'm hungry again, now; and I want something for this little person, too. Annette, won't you have some honey?"

He had sat down with the child on his knee, and was helping her to put the flowers in order.

"No, no!" Montanelli interposed. "I can't have you catching cold. Run and change your wet things. Come to me, Annette. Where did you pick her up?"

"At the top of the village. She belongs to the man we saw yesterday—the man that cobbles the commune's boots. Hasn't she lovely eyes? She's got a tortoise in her pocket, and she calls it 'Caroline.' "

When Arthur had changed his wet socks and came down to breakfast he found the child seated on the Padre's knee, chattering volubly to him about her tortoise, which she was holding upside down in a chubby hand, that "monsieur" might admire the wriggling legs.

"Look, monsieur!" she was saying gravely in her half-intelligible patois: "Look at Caroline's boots!"

Montanelli sat playing with the child, stroking her hair, admiring her darling tortoise, and telling her wonderful stories. The woman of the châlet, coming in to clear the table, stared in amazement at the sight of Annette turning out the pockets of the grave gentleman in clerical dress.

"God teaches the little ones to know a good man," she said. "Annette is always afraid of strangers; and see, she is not shy with his reverence at all. The wonderful thing! Kneel down, Annette, and ask the good monsieur's blessing before he goes; it will bring thee luck."

"I didn't know you could play with children that way, Padre," Arthur said an hour later, as they walked through the sunlit pasture-land. "That child never took her eyes off you all the time. Do you know, I think——"

"Yes?"

"I was only going to say—it seems to me almost a pity that the Church should forbid priests to marry. I cannot quite understand why. You see, the training of children is such a serious thing, and it means so much to them to be surrounded from the very beginning with good influences, that I should have thought the holier a man's vocation and the purer his life, the more fit he is to be a father. I am sure, Padre, if you had not been under a vow, —if you had married, —your children would have been the very——"

"Hush!"

The word was uttered in a hasty whisper that seemed to deepen the ensuing silence.

"Padre," Arthur began again, distressed by the other's sombre look, "do you think there is anything wrong in what I said? Of course I may be mistaken; but I must think as it comes natural to me to think."

"Perhaps," Montanelli answered gently, "you do not quite realize the meaning of what you just said. You will see differently in a few years. Meanwhile we had better talk about something else."

It was the first break in the perfect ease and harmony that reigned between them on this ideal holiday.

From Chamonix they went on by the Tête-Noire to Martigny, where they stopped to rest, as the weather was stiflingly hot. After dinner they sat on the terrace of the hotel, which was sheltered from the sun and commanded a good view of the mountains. Arthur brought out his specimen box and plunged into an earnest botanical discussion in Italian.

Two English artists were sitting on the terrace; one sketching, the other lazily chatting. It did not seem to have occurred to him that the strangers might understand English.

"Leave off daubing at the landscape, Willie," he said; "and

draw that glorious Italian boy going into ecstasies over those bits of ferns. Just look at the line of his eyebrows! You only need to put a crucifix for the magnifying-glass and a Roman toga for the jacket and knickerbockers, and there's your Early Christian complete, expression and all."

"Early Christian be hanged! I sat beside that youth at dinner; he was just as ecstatic over the roast fowl as over those grubby little weeds. He's pretty enough; that olive colouring is beautiful; but he's not half so picturesque as his father."

"His—who?"

"His father, sitting there straight in front of you. Do you mean to say you've passed him over? It's a perfectly magnificent face."

"Why, you dunder-headed, go-to-meeting Methodist! Don't you know a Catholic priest when you see one?"

"A priest? By Jove, so he is! Yes, I forgot; vow of chastity, and all that sort of thing. Well then, we'll be charitable and suppose the boy's his nephew."

"What idiotic people!" Arthur whispered, looking up with dancing eyes. "Still, it is kind of them to think me like you; I wish I were really your nephew—— Padre, what is the matter? How white you are!"

Montanelli was standing up, pressing one hand to his forehead. "I am a little giddy," he said in a curiously faint, dull tone. "Perhaps I was too much in the sun this morning. I will go and lie down, carino; it's nothing but the heat."

After a fortnight beside the Lake of Lucerne Arthur and

Montanelli returned to Italy by the St. Gothard Pass. They had been fortunate as to weather and had made several very pleasant excursions; but the first charm was gone out of their enjoyment. Montanelli was continually haunted by an uneasy thought of the "more definite talk" for which this holiday was to have been the opportunity. In the Arve valley he had purposely put off all reference to the subject of which they had spoken under the magnolia tree; it would be cruel, he thought, to spoil the first delights of Alpine scenery for a nature so artistic as Arthur's by associating them with a conversation which must necessarily be painful. Ever since the day at Martigny he had said to himself each morning: "I will speak to-day," and each evening: "I will speak to-morrow;" and now the holiday was over, and he still repeated again and again: "To-morrow, to-morrow." A chill, indefinable sense of something not quite the same as it had been, of an invisible veil falling between himself and Arthur, kept him silent, until, on the last evening of their holiday, he realized suddenly that he must speak now if he would speak at all. They were stopping for the night at Lugano, and were to start for Pisa next morning. He would at least find out how far his darling had been drawn into the fatal quicksand of Italian politics.

"The rain has stopped, carino," he said after sunset; "and this is the only chance we shall have to see the lake. Come out; I want to have a talk with you."

They walked along the water's edge to a quiet spot and sat down on a low stone wall. Close beside them grew a rose-bush, covered with scarlet hips; one or two belated clusters of creamy blossom still hung from an upper branch, swaying mournfully and heavy with raindrops. On the green surface of the lake a little boat, with white wings faintly fluttering, rocked in the dewy breeze. It looked as light and frail as a tuft of silvery dandelion seed flung upon the water. High up on Monte Salvatore the window of some shepherd's hut opened a golden eye. The roses hung their heads and dreamed under the still September clouds, and the water plashed and murmured softly among the pebbles of the shore.

"This will be my only chance of a quiet talk with you for a long time," Montanelli began. "You will go back to your college work and friends; and I, too, shall be very busy this winter. I want to understand quite clearly what our position as regards each other is to be; and so, if you——" He stopped for a moment and then continued more slowly: "If you feel that you can still trust me as you used to do, I want you to tell me more definitely than that night in the seminary garden, how far you have gone."

Arthur looked out across the water, listened quietly, and said nothing.

"I want to know, if you will tell me," Montanelli went on; "whether you have bound yourself by a vow, or—in any way."

"There is nothing to tell, dear Padre; I have not bound myself, but I am bound."

"I don't understand——"

"What is the use of vows? They are not what binds people. If you feel in a certain way about a thing, that binds you to it; if you don't feel that way, nothing else can bind you."

"Do you mean, then, that this thing—this—feeling is quite irrevocable? Arthur, have you thought what you are saying?"

Arthur turned round and looked straight into Montanelli's eyes.

"Padre, you asked me if I could trust you. Can you not trust me, too? Indeed, if there were anything to tell, I would tell it to you; but there is no use in talking about these things. I have not forgotten what you said to me that night; I shall never forget it. But I must go my way and follow the light that I see."

Montanelli picked a rose from the bush, pulled off the petals one by one, and tossed them into the water.

"You are right, carino. Yes, we will say no more about these things; it seems there is indeed no help in many words— Well, well, let us go in."

CHAPTER III

THE autumn and winter passed uneventfully. Arthur was reading hard and had little spare time. He contrived to get a glimpse of Montanelli once or oftener in every week, if only for a few minutes. From time to time he would come in to ask for help with some difficult book; but on these occasions the subject of study was strictly adhered to. Montanelli, feeling, rather than observing, the slight, impalpable barrier that had come between them, shrank from everything which might seem like an attempt to retain the old close relationship. Arthur's visits now caused him more distress than pleasure, so trying was the constant effort to appear at ease and to behave as if nothing were altered. Arthur, for his part, noticed, hardly understanding it, the subtle change in the Padre's manner; and, vaguely feeling that it had some connection with the vexed question of the "new ideas," avoided all mention of the subject with which his thoughts were constantly filled. Yet he had never loved Montanelli so deeply as now. The dim, persistent sense of dissatisfaction, of spiritual emptiness, which he had tried so hard to stifle under a load of theology and ritual, had vanished into nothing at the touch of Young Italy. All the unhealthy fancies born of loneliness and sick-room watching had passed away, and the doubts against which he used to pray had gone without the need of exorcism. With the awakening of a new enthusiasm, a clearer, fresher religious ideal (for it was more in this light than in that of a political development that the students' movement had appeared to him), had come a sense of rest and completeness, of peace on earth and good will towards men; and in this mood of solemn and tender exaltation all the world seemed to him full of light. He found a new element of something lovable in the persons whom he had most disliked; and Montanelli, who for five years had been his ideal hero, was now in his eyes surrounded with an additional halo, as a potential prophet of the new faith. He listened with passionate eagerness to the Padre's sermons, trying to find in them some trace of inner kinship with the republican ideal; and pored over the Gospels, rejoicing in the democratic tendencies of Christianity at its origin.

One day in January he called at the seminary to return a book which he had borrowed. Hearing that the Father Director was out, he went up to Montanelli's private study, placed the volume on its shelf, and was about to leave the room when the title of a book lying on the table caught his eyes. It was Dante's "De Monarchia." He began to read it and soon became so absorbed that when the door opened and shut he did not hear. He was aroused from his preoccupation by Montanelli's voice behind him.

"I did not expect you to-day," said the Padre, glancing at the title of the book. "I was just going to send and ask if you could come to me this evening."

"Is it anything important? I have an engagement for this evening; but I will miss it if——"

"No; to-morrow will do. I want to see you because I am going away on Tuesday. I have been sent for to Rome."

"To Rome? For long?"

"The letter says, 'till after Easter.' It is from the Vatican. I would have let you know at once, but have been very busy settling up things about the seminary and making arrangements for the new Director."

"But, Padre, surely you are not giving up the seminary?"

"It will have to be so; but I shall probably come back to Pisa, for some time at least."

"But why are you giving it up?"

"Well, it is not yet officially announced; but I am offered a bishopric."

"Padre! Where?"

"That is the point about which I have to go to Rome. It is not yet decided whether I am to take a see in the Apennines, or to remain here as Suffragan."

"And is the new Director chosen yet?"

"Father Cardi has been nominated and arrives here to-morrow."

"Is not that rather sudden?"

"Yes; but—— The decisions of the Vatican are sometimes not communicated till the last moment."

"Do you know the new Director?"

"Not personally; but he is very highly spoken of. Monsignor Belloni, who writes, says that he is a man of great erudition."

"The seminary will miss you terribly."

"I don't know about the seminary, but I am sure you will miss me, carino; perhaps almost as much as I shall miss you."

"I shall indeed; but I am very glad, for all that."

"Are you? I don't know that I am." He sat down at the table with a weary look on his face; not the look of a man who is expecting high promotion.

"Are you busy this afternoon, Arthur?" he said after a moment. "If not, I wish you would stay with me for a while, as you can't come to-night. I am a little out of sorts, I think; and I want to see as much of you as possible before leaving."

"Yes, I can stay a bit. I am due at six."

"One of your meetings?"

Arthur nodded; and Montanelli changed the subject hastily.

"I want to speak to you about yourself," he said. "You will need another confessor in my absence."

"When you come back I may go on confessing to you, may I not?"

"My dear boy, how can you ask? Of course I am speaking only of the three or four months that I shall be away. Will you go to one of the Fathers of Santa Caterina?"

"Very well."

They talked of other matters for a little while; then Arthur rose.

"I must go, Padre; the students will be waiting for me."

The haggard look came back to Montanelli's face.

"Already? You had almost charmed away my black mood. Well, good-bye."

"Good-bye. I will be sure to come to-morrow."

"Try to come early, so that I may have time to see you alone. Father Cardi will be here. Arthur, my dear boy, be careful while I am gone; don't be led into doing anything rash, at least before I come back. You cannot think how anxious I feel about leaving you."

"There is no need, Padre; everything is quite quiet. It will be a long time yet."

"Good-bye," Montanelli said abruptly, and sat down to his writing.

The first person upon whom Arthur's eyes fell, as he entered the room where the students' little gatherings were held, was his old playmate, Dr. Warren's daughter. She was sitting in a corner by the window, listening with an absorbed and earnest face to what one of the "initiators," a tall young Lombard in a threadbare coat, was saying to her. During the last few months she had changed and developed greatly, and now looked a grown-up young woman, though the dense black plaits still hung down her back in school-girl fashion. She was dressed all in black, and had thrown a black scarf over her head, as the room was cold and draughty. At her breast was a spray of cypress, the emblem of Young Italy. The initiator was passionately describing to her the misery of the Calabrian peasantry; and she sat listening silently, her chin resting on one hand and her eyes on the ground. To Arthur she seemed a melancholy vision of Liberty mourning for the lost Republic. (Julia would have seen in her only an overgrown hoyden, with a sallow complexion, an irregular nose, and an old stuff frock that was too short for her.)

"You here, Jim!" he said, coming up to her when the initiator had been called to the other end of the room. "Jim" was a childish corruption of her curious baptismal name: Jennifer. Her Italian schoolmates called her "Gemma."

She raised her head with a start.

"Arthur! Oh, I didn't know you—belonged here!"

"And I had no idea about you. Jim, since when have you——?"

"You don't understand!" she interposed quickly. "I am not a member. It is only that I have done one or two little things. You see, I met Bini—you know Carlo Bini?"

"Yes, of course." Bini was the organizer of the Leghorn branch; and all Young Italy knew him.

"Well, he began talking to me about these things; and I asked him to let me go to a students' meeting. The other day he wrote to me to Florence—— Didn't you know I had been to Florence for the Christmas holidays?"

"I don't often hear from home now."

"Ah, yes! Anyhow, I went to stay with the Wrights." (The Wrights were old schoolfellows of hers who had moved to Florence.) "Then Bini wrote and told me to pass through Pisa to-day on my way home, so that I could come here. Ah! They're going to begin."

The lecture was upon the ideal Republic and the duty of the young to fit themselves for it. The lecturer's comprehension of his subject was somewhat vague; but Arthur listened with devout admiration. His mind at this period was curiously uncritical; when he accepted a moral ideal he swallowed it whole without stopping to think whether it was quite digestible. When the lecture and the long discussion which followed it were finished and the students began to disperse, he went up to Gemma, who was still sitting in the corner of the room.

"Let me walk with you, Jim. Where are you staying?"

"With Marietta."

"Your father's old housekeeper?"

"Yes; she lives a good way from here."

They walked for some time in silence. Then Arthur said suddenly:

"You are seventeen, now, aren't you?"

"I was seventeen in October."

"I always knew you would not grow up like other girls and begin wanting to go to balls and all that sort of thing. Jim, dear, I have so often wondered whether you would ever come to be one of us."

"So have I."

"You said you had done things for Bini; I didn't know you even knew him."

"It wasn't for Bini; it was for the other one."

"Which other one?"

"The one that was talking to me to-night—Bolla."

"Do you know him well?" Arthur put in with a little touch of jealousy. Bolla was a sore subject with him; there had been a rivalry between them about some work which the committee of Young Italy had finally intrusted to Bolla, declaring Arthur too young and inexperienced.

"I know him pretty well; and I like him very much. He has

been staying in Leghorn."

"I know; he went there in November——"

"Because of the steamers. Arthur, don't you think your house would be safer than ours for that work? Nobody would suspect a rich shipping family like yours; and you know everyone at the docks——"

"Hush! not so loud, dear! So it was in your house the books from Marseilles were hidden?"

"Only for one day. Oh! perhaps I oughtn't to have told you."

"Why not? You know I belong to the society. Gemma, dear, there is nothing in all the world that would make me so happy as for you to join us—you and the Padre."

"Your Padre! Surely he——"

"No; he thinks differently. But I have sometimes fancied—that is—hoped—I don't know——"

"But, Arthur! he's a priest."

"What of that? There are priests in the society—two of them write in the paper. And why not? It is the mission of the priesthood to lead the world to higher ideals and aims, and what else does the society try to do? It is, after all, more a religious and moral question than a political one. If people are fit to be free and responsible citizens, no one can keep them enslaved."

Gemma knit her brows. "It seems to me, Arthur," she said, "that there's a muddle somewhere in your logic. A priest teaches religious doctrine. I don't see what that has to do with getting rid of the Austrians."

"A priest is a teacher of Christianity, and the greatest of all revolutionists was Christ."

"Do you know, I was talking about priests to father the other day, and he said——"

"Gemma, your father is a Protestant."

After a little pause she looked round at him frankly.

"Look here, we had better leave this subject alone. You are always intolerant when you talk about Protestants."

"I didn't mean to be intolerant. But I think Protestants are generally intolerant when they talk about priests."

"I dare say. Anyhow, we have so often quarreled over this subject that it is not worth while to begin again. What did you think of the lecture?"

"I liked it very much—especially the last part. I was glad he spoke so strongly about the need of living the Republic, not dreaming of it. It is as Christ said: 'The Kingdom of Heaven is within you.' "

"It was just that part that I didn't like. He talked so much of the wonderful things we ought to think and feel and be, but he never told us practically what we ought to do."

"When the time of crisis comes there will be plenty for us to do; but we must be patient; these great changes are not made in a day."

"The longer a thing is to take doing, the more reason to begin at once. You talk about being fit for freedom—did you ever know anyone so fit for it as your mother? Wasn't she the most perfectly angelic woman you ever saw? And what use was all her goodness? She was a slave till the day she died—bullied and worried and insulted by your brother James and his wife. It would have been much better for her if she had not been so sweet and patient; they would never have treated her so. That's just the way with Italy; it's not patience that's wanted—it's for somebody to get up and defend themselves——"

"Jim, dear, if anger and passion could have saved Italy she would have been free long ago; it is not hatred that she needs, it is love."

As he said the word a sudden flush went up to his forehead and died out again. Gemma did not see it; she was looking straight before her with knitted brows and set mouth.

"You think I am wrong, Arthur," she said after a pause; "but I am right, and you will grow to see it some day. This is the house. Will you come in?"

"No; it's late. Good-night, dear!"

He was standing on the doorstep, clasping her hand in both of his.

"For God and the people——"

Slowly and gravely she completed the unfinished motto:

"Now and forever."

Then she pulled away her hand and ran into the house. When the door had closed behind her he stooped and picked up the spray of cypress which had fallen from her breast.

CHAPTER IV

ARTHUR went back to his lodgings feeling as though he had wings. He was absolutely, cloudlessly happy. At the meeting there had been hints of preparations for armed insurrection; and now Gemma was a comrade, and he loved her. They could work together, possibly even die together, for the Republic that was to be. The blossoming time of their hope was come, and the Padre would see it and believe.

The next morning, however, he awoke in a soberer mood and remembered that Gemma was going to Leghorn and the Padre to Rome. January, February, March—three long months to Easter! And if Gemma should fall under "Protestant" influences at home (in Arthur's vocabulary "Protestant" stood for "Philistine")——No, Gemma would never learn to flirt and simper and captivate tourists and bald-headed shipowners, like the other English girls in Leghorn; she was made of different stuff. But she might be very miserable; she was so young, so friendless, so utterly alone among all those wooden people. If only mother had lived——

In the evening he went to the seminary, where he found

Montanelli entertaining the new Director and looking both tired and bored. Instead of lighting up, as usual, at the sight of Arthur, the Padre's face grew darker.

"This is the student I spoke to you about," he said, introducing Arthur stiffly. "I shall be much obliged if you will allow him to continue using the library."

Father Cardi, a benevolent-looking elderly priest, at once began talking to Arthur about the Sapienza, with an ease and familiarity which showed him to be well acquainted with college life. The conversation soon drifted into a discussion of university regulations, a burning question of that day. To Arthur's great delight, the new Director spoke strongly against the custom adopted by the university authorities of constantly worrying the students by senseless and vexatious restrictions.

"I have had a good deal of experience in guiding young people," he said; "and I make it a rule never to prohibit anything without a good reason. There are very few young men who will give much trouble if proper consideration and respect for their personality are shown to them. But, of course, the most docile horse will kick if you are always jerking at the rein."

Arthur opened his eyes wide; he had not expected to hear the students' cause pleaded by the new Director. Montanelli took no part in the discussion; its subject, apparently, did not interest him. The expression of his face was so unutterably hopeless and weary that Father Cardi broke off suddenly.

"I am afraid I have overtired you, Canon. You must forgive my talkativeness; I am hot upon this subject and forget that others may grow weary of it."

"On the contrary, I was much interested." Montanelli was not given to stereotyped politeness, and his tone jarred uncomfortably upon Arthur.

When Father Cardi went to his own room Montanelli turned to Arthur with the intent and brooding look that his face had worn all the evening.

"Arthur, my dear boy," he began slowly; "I have something to tell you."

"He must have had bad news," flashed through Arthur's mind, as he looked anxiously at the haggard face. There was a long pause.

"How do you like the new Director?" Montanelli asked suddenly.

The question was so unexpected that, for a moment, Arthur was at a loss how to reply to it.

"I—I like him very much, I think—at least—no, I am not quite sure that I do. But it is difficult to say, after seeing a person once."

Montanelli sat beating his hand gently on the arm of his chair; a habit with him when anxious or perplexed.

"About this journey to Rome," he began again; "if you think there is any—well—if you wish it, Arthur, I will write and say I cannot go."

"Padre! But the Vatican——"

"The Vatican will find someone else. I can send apologies."

"But why? I can't understand."

Montanelli drew one hand across his forehead.

"I am anxious about you. Things keep coming into my

head—and after all, there is no need for me to go——"

"But the bishopric——"

"Oh, Arthur! what shall it profit me if I gain a bishopric and lose——"

He broke off. Arthur had never seen him like this before, and was greatly troubled.

"I can't understand," he said. "Padre, if you could explain to me more—more definitely, what it is you think——"

"I think nothing; I am haunted with a horrible fear. Tell me, is there any special danger?"

"He has heard something," Arthur thought, remembering the whispers of a projected revolt. But the secret was not his to tell; and he merely answered: "What special danger should there be?"

"Don't question me—answer me!" Montanelli's voice was almost harsh in its eagerness. "Are you in danger? I don't want to know your secrets; only tell me that!"

"We are all in God's hands, Padre; anything may always happen. But I know of no reason why I should not be here alive and safe when you come back."

"When I come back—— Listen, carino; I will leave it in your hands. You need give me no reason; only say to me, 'Stay,' and I will give up this journey. There will be no injury to anyone, and I shall feel you are safer if I have you beside me."

This kind of morbid fancifulness was so foreign to Montanelli's character that Arthur looked at him with grave anxiety.

"Padre, I am sure you are not well. Of course you must

go to Rome, and try to have a thorough rest and get rid of your sleeplessness and headaches."

"Very well," Montanelli interrupted, as if tired of the subject; "I will start by the early coach to-morrow morning."

Arthur looked at him, wondering.

"You had something to tell me?" he said.

"No, no; nothing more—nothing of any consequence." There was a startled, almost terrified look in his face.

A few days after Montanelli's departure Arthur went to fetch a book from the seminary library, and met Father Cardi on the stairs.

"Ah, Mr. Burton!" exclaimed the Director; "the very person I wanted. Please come in and help me out of a difficulty."

He opened the study door, and Arthur followed him into the room with a foolish, secret sense of resentment. It seemed hard to see this dear study, the Padre's own private sanctum, invaded by a stranger.

"I am a terrible book-worm," said the Director; "and my first act when I got here was to examine the library. It seems very interesting, but I do not understand the system by which it is catalogued."

"The catalogue is imperfect; many of the best books have been added to the collection lately."

"Can you spare half an hour to explain the arrangement to me?"

They went into the library, and Arthur carefully explained the catalogue. When he rose to take his hat, the Director interfered, laughing.

"No, no! I can't have you rushing off in that way. It is Saturday, and quite time for you to leave off work till Monday morning. Stop and have supper with me, now I have kept you so late. I am quite alone, and shall be glad of company."

His manner was so bright and pleasant that Arthur felt at ease with him at once. After some desultory conversation, the Director inquired how long he had known Montanelli.

"For about seven years. He came back from China when I was twelve years old."

"Ah, yes! It was there that he gained his reputation as a missionary preacher. Have you been his pupil ever since?"

"He began teaching me a year later, about the time when I first confessed to him. Since I have been at the Sapienza he has still gone on helping me with anything I wanted to study that was not in the regular course. He has been very kind to me—you can hardly imagine how kind."

"I can well believe it; he is a man whom no one can fail to admire—a most noble and beautiful nature. I have met priests who were out in China with him; and they had no words high enough to praise his energy and courage under all hardships, and his unfailing devotion. You are fortunate to have had in your youth the help and guidance of such a man. I understood from him that you have lost both parents."

"Yes; my father died when I was a child, and my mother a year ago."

"Have you brothers and sisters?"

"No; I have step-brothers; but they were business men when

I was in the nursery."

"You must have had a lonely childhood; perhaps you value Canon Montanelli's kindness the more for that. By the way, have you chosen a confessor for the time of his absence?"

"I thought of going to one of the fathers of Santa Caterina, if they have not too many penitents."

"Will you confess to me?"

Arthur opened his eyes in wonder.

"Reverend Father, of course I—should be glad; only——"

"Only the Director of a theological seminary does not usually receive lay penitents? That is quite true. But I know Canon Montanelli takes a great interest in you, and I fancy he is a little anxious on your behalf—just as I should be if I were leaving a favourite pupil—and would like to know you were under the spiritual guidance of his colleague. And, to be quite frank with you, my son, I like you, and should be glad to give you any help I can."

"If you put it that way, of course I shall be very grateful for your guidance."

"Then you will come to me next month? That's right. And run in to see me, my lad, when you have time any evening."

Shortly before Easter Montanelli's appointment to the little see of Brisighella, in the Etruscan Apennines, was officially announced. He wrote to Arthur from Rome in a cheerful and tranquil spirit; evidently his depression was passing over. "You must come to see me every vacation," he wrote; "and I shall often be coming to Pisa; so I hope to see a good deal of you, if not so much as I should wish."

Dr. Warren had invited Arthur to spend the Easter holidays with him and his children, instead of in the dreary, rat-ridden old place where Julia now reigned supreme. Enclosed in the letter was a short note, scrawled in Gemma's childish, irregular handwriting, begging him to come if possible, "as I want to talk to you about something." Still more encouraging was the whispered communication passing around from student to student in the university; everyone was to be prepared for great things after Easter.

All this had put Arthur into a state of rapturous anticipation, in which the wildest improbabilities hinted at among the students seemed to him natural and likely to be realized within the next two months.

He arranged to go home on Thursday in Passion week, and to spend the first days of the vacation there, that the pleasure of visiting the Warrens and the delight of seeing Gemma might not unfit him for the solemn religious meditation demanded by the Church from all her children at this season. He wrote to Gemma, promising to come on Easter Monday; and went up to his bedroom on Wednesday night with a soul at peace.

He knelt down before the crucifix. Father Cardi had promised to receive him in the morning; and for this, his last confession before the Easter communion, he must prepare himself by long and earnest prayer. Kneeling with clasped hands and bent head, he looked back over the month, and reckoned up the miniature sins of impatience, carelessness, hastiness of temper, which had left their faint, small spots upon the whiteness of his soul. Beyond these he could find nothing; in this month he had been too happy to sin much. He crossed himself, and, rising, began to undress.

As he unfastened his shirt a scrap of paper slipped from it and fluttered to the floor. It was Gemma's letter, which he had worn all day upon his neck. He picked it up, unfolded it, and kissed the dear scribble; then began folding the paper up again, with a dim consciousness of having done something very ridiculous, when he noticed on the back of the sheet a postscript which he had not read before. "Be sure and come as soon as possible," it ran, "for I want you to meet Bolla. He has been staying here, and we have read together every day."

The hot colour went up to Arthur's forehead as he read.

Always Bolla! What was he doing in Leghorn again? And why should Gemma want to read with him? Had he bewitched her with his smuggling? It had been quite easy to see at the meeting in January that he was in love with her; that was why he had been so earnest over his propaganda. And now he was close to her—reading with her every day.

Arthur suddenly threw the letter aside and knelt down again before the crucifix. And this was the soul that was preparing for absolution, for the Easter sacrament—the soul at peace with God and itself and all the world! A soul capable of sordid jealousies and suspicions; of selfish animosities and ungenerous hatred—and against a comrade! He covered his face with both hands in bitter humiliation. Only five minutes ago he had been dreaming of martyrdom; and now he had been guilty of a mean and petty thought like this!

When he entered the seminary chapel on Thursday morning he found Father Cardi alone. After repeating the Confiteor, he plunged at once into the subject of his last night's backsliding.

"My father, I accuse myself of the sins of jealousy and anger, and of unworthy thoughts against one who has done me no wrong."

Farther Cardi knew quite well with what kind of penitent he had to deal. He only said softly: "You have not told me all, my son."

"Father, the man against whom I have thought an unchristian thought is one whom I am especially bound to love and honour."

"One to whom you are bound by ties of blood?"

"By a still closer tie."

"By what tie, my son?"

"By that of comradeship."

"Comradeship in what?"

"In a great and holy work."

A little pause.

"And your anger against this—comrade, your jealousy of him, was called forth by his success in that work being greater than yours?"

"I—yes, partly. I envied him his experience—his usefulness. And then—I thought—I feared—that he would take from me the heart of the girl I—love."

"And this girl that you love, is she a daughter of the Holy Church?"

"No; she is a Protestant."

"A heretic?"

Arthur clasped his hands in great distress. "Yes, a heretic," he repeated. "We were brought up together; our mothers were friends—and I—envied him, because I saw that he loves her, too, and because—because——"

"My son," said Father Cardi, speaking after a moment's silence, slowly and gravely, "you have still not told me all; there is more than this upon your soul."

"Father, I——" He faltered and broke off again.

The priest waited silently.

"I envied him because the society—the Young Italy—that I belong to——"

"Yes?"

"Intrusted him with a work that I had hoped—would be given to me, that I had thought myself—specially adapted for."

"What work?"

"The taking in of books—political books—from the steamers that bring them—and finding a hiding place for them—in the town——"

"And this work was given by the party to your rival?"

"To Bolla—and I envied him."

"And he gave you no cause for this feeling? You do not accuse him of having neglected the mission intrusted to him?"

"No, father; he has worked bravely and devotedly; he is a true patriot and has deserved nothing but love and respect from me."

Father Cardi pondered.

"My son, if there is within you a new light, a dream of some great work to be accomplished for your fellow-men, a hope that shall lighten the burdens of the weary and oppressed, take heed how you deal with the most precious blessing of God. All good things are of His giving; and of His giving is the new birth. If you have found the way of sacrifice, the way that leads to peace; if you have joined with loving comrades to bring deliverance to them that weep and mourn in secret; then see to it that your soul be free from envy and passion and your heart as an altar where the sacred fire burns eternally. Remember that this is a high and holy thing, and that the heart which would receive it must be purified from every selfish thought. This vocation is as the vocation of a priest; it is not for the love of a woman, nor for the moment of a fleeting passion; it is *for God And the people; it is now and forever*."

"Ah!" Arthur started and clasped his hands; he had almost burst out sobbing at the motto. "Father, you give us the sanction of the Church! Christ is on our side——"

"My son," the priest answered solemnly, "Christ drove the moneychangers out of the Temple, for His House shall be called a House of Prayer, and they had made it a den of thieves."

After a long silence, Arthur whispered tremulously:

"And Italy shall be His Temple when they are driven out——"

He stopped; and the soft answer came back:

" 'The earth and the fulness thereof are mine, saith the Lord.' "

CHAPTER V

THAT afternoon Arthur felt the need of a long walk. He intrusted his luggage to a fellow-student and went to Leghorn on foot.

The day was damp and cloudy, but not cold; and the low, level country seemed to him fairer than he had ever known it to look before. He had a sense of delight in the soft elasticity of the wet grass under his feet and in the shy, wondering eyes of the wild spring flowers by the roadside. In a thorn-acacia bush at the edge of a little strip of wood a bird was building a nest, and flew up as he passed with a startled cry and a quick fluttering of brown wings.

He tried to keep his mind fixed upon the devout meditations proper to the eve of Good Friday. But thoughts of Montanelli and Gemma got so much in the way of this devotional exercise that at last he gave up the attempt and allowed his fancy to drift away to the wonders and glories of the coming insurrection, and to the part in it that he had allotted to his two idols. The Padre was to be the leader, the apostle, the prophet before whose sacred wrath the powers of darkness were to flee, and at whose feet the young defenders of Liberty were to learn afresh the old doctrines, the old truths in their new and unimagined significance.

And Gemma? Oh, Gemma would fight at the barricades. She was made of the clay from which heroines are moulded; she would be the perfect comrade, the maiden undefiled and unafraid, of whom so many poets have dreamed. She would stand beside him, shoulder to shoulder, rejoicing under the winged death-storm; and they would die together, perhaps in the moment of victory—without doubt there would be a victory. Of his love he would tell her nothing; he would say no word that might disturb her peace or spoil her tranquil sense of comradeship. She was to him a holy thing, a spotless victim to be laid upon the altar as a burnt-offering for the deliverance of the people; and who was he that he should enter into the white sanctuary of a soul that knew no other love than God and Italy?

God and Italy—— Then came a sudden drop from the clouds as he entered the great, dreary house in the "Street of Palaces," and Julia's butler, immaculate, calm, and politely disapproving as ever, confronted him upon the stairs.

"Good-evening, Gibbons; are my brothers in?"

"Mr. Thomas is in, sir; and Mrs. Burton. They are in the drawing room."

Arthur went in with a dull sense of oppression. What a dismal house it was! The flood of life seemed to roll past and leave it always just above high-water mark. Nothing in it ever changed—neither the people, nor the family portraits, nor the heavy furniture and ugly plate, nor the vulgar ostentation of riches, nor the lifeless aspect of everything. Even the flowers on the brass stands looked like painted metal flowers that had never known the stirring of young sap within them in the warm spring days. Julia, dressed for dinner, and waiting for visitors in the drawing room which was to her the centre of existence, might have sat for a fashion-plate just as she was, with her wooden smile and flaxen ringlets, and the lap-dog on her knee.

"How do you do, Arthur?" she said stiffly, giving him the tips of her fingers for a moment, and then transferring them to the more congenial contact of the lap-dog's silken coat. "I hope you are quite well and have made satisfactory progress at college."

Arthur murmured the first commonplace that he could think of at the moment, and relapsed into uncomfortable silence. The arrival of James, in his most pompous mood and accompanied by a stiff, elderly shipping-agent, did not improve matters; and when Gibbons announced that dinner was served, Arthur rose with a little sigh of relief.

"I won't come to dinner, Julia. If you'll excuse me I will go to my room."

"You're overdoing that fasting, my boy," said Thomas; "I am sure you'll make yourself ill."

"Oh, no! Good-night."

In the corridor Arthur met the under housemaid and asked her to knock at his door at six in the morning.

"The signorino is going to church?"

"Yes. Good-night, Teresa."

He went into his room. It had belonged to his mother, and the alcove opposite the window had been fitted up during her long illness as an oratory. A great crucifix on a black pedestal occupied the middle of the altar; and before it hung a little Roman lamp. This was the room where she had died. Her portrait was on the wall beside the bed; and on the table stood a china bowl which had been hers, filled with a great bunch of her favourite violets. It was just a year since her death; and the Italian servants had not forgotten her.

He took out of his portmanteau a framed picture, carefully wrapped up. It was a crayon portrait of Montanelli, which had come from Rome only a few days before. He was unwrapping this precious treasure when Julia's page brought in a supper-tray on which the old Italian cook, who had served Gladys before the harsh, new mistress came, had placed such little delicacies as she considered her dear signorino might permit himself to eat without infringing the rules of the Church. Arthur refused everything but a piece of bread; and the page, a nephew of Gibbons, lately arrived from England, grinned significantly as he carried out the tray. He had already joined the Protestant camp in the servants' hall.

Arthur went into the alcove and knelt down before the crucifix, trying to compose his mind to the proper attitude for prayer and meditation. But this he found difficult to accomplish. He had, as Thomas said, rather overdone the Lenten privations, and they had gone to his head like strong wine. Little quivers of excitement went down his back, and the crucifix swam in a misty cloud before his eyes. It was only after a long litany, mechanically repeated, that he succeeded in recalling his wandering imagination to the mystery of the Atonement. At last sheer physical weariness conquered the feverish agitation of his nerves, and he lay down to sleep in a calm and peaceful mood, free from all unquiet or disturbing thoughts.

He was fast asleep when a sharp, impatient knock came at his door. "Ah, Teresa!" he thought, turning over lazily. The knock was repeated, and he awoke with a violent start.

"Signorino! signorino!" cried a man's voice in Italian; "get up for the love of God!"

Arthur jumped out of bed.

"What is the matter? Who is it?"

"It's I, Gian Battista. Get up, quick, for Our Lady's sake!"

Arthur hurriedly dressed and opened the door. As he stared in perplexity at the coachman's pale, terrified face, the sound of tramping feet and clanking metal came along the corridor, and he suddenly realized the truth.

"For me?" he asked coolly.

"For you! Oh, signorino, make haste! What have you to hide? See, I can put——"

"I have nothing to hide. Do my brothers know?"

The first uniform appeared at the turn of the passage.

"The signor has been called; all the house is awake. Alas! what a misfortune—what a terrible misfortune! And on Good Friday! Holy Saints, have pity!"

Gian Battista burst into tears. Arthur moved a few steps forward and waited for the gendarmes, who came clattering along, followed by a shivering crowd of servants in various impromptu costumes. As the soldiers surrounded Arthur, the master and mistress of the house brought up the rear of this strange procession; he in dressing gown and slippers, she in a long peignoir, with her hair in curlpapers.

"There is, sure, another flood toward, and these couples are coming to the ark! Here comes a pair of very strange beasts!"

The quotation flashed across Arthur's mind as he looked at the grotesque figures. He checked a laugh with a sense of its jarring incongruity—this was a time for worthier thoughts. "Ave Maria, Regina Coeli!" he whispered, and turned his eyes away, that the bobbing of Julia's curlpapers might not again tempt him to levity.

"Kindly explain to me," said Mr. Burton, approaching the officer of gendarmerie, "what is the meaning of this violent intrusion into a private house? I warn you that, unless you are prepared to furnish me with a satisfactory explanation, I shall feel bound to complain to the English Ambassador."

"I presume," replied the officer stiffly, "that you will recognize this as a sufficient explanation; the English Ambassador certainly will." He pulled out a warrant for the arrest of Arthur Burton, student of philosophy, and, handing it to James, added coldly: "If you wish for any further explanation, you had better apply in person to the chief of police."

Julia snatched the paper from her husband, glanced over it, and flew at Arthur like nothing else in the world but a fashionable lady in a rage.

"So it's you that have disgraced the family!" she screamed; "setting all the rabble in the town gaping and staring as if the thing were a show? So you have turned jail-bird, now, with all your piety! It's what we might have expected from that Popish woman's child——"

"You must not speak to a prisoner in a foreign language, madam," the officer interrupted; but his remonstrance was hardly audible under the torrent of Julia's vociferous English.

"Just what we might have expected! Fasting and prayer and saintly meditation; and this is what was underneath it all! I thought that would be the end of it."

Dr. Warren had once compared Julia to a salad into which the cook had upset the vinegar cruet. The sound of her thin, hard voice set Arthur's teeth on edge, and the simile suddenly popped up in his memory.

"There's no use in this kind of talk," he said. "You need not be afraid of any unpleasantness; everyone will understand that you are all quite innocent. I suppose, gentlemen, you want to search my things. I have nothing to hide."

While the gendarmes ransacked the room, reading his letters, examining his college papers, and turning out drawers and boxes, he sat waiting on the edge of the bed, a little flushed with excitement, but in no way distressed. The search did not disquiet him. He had always burned letters which could possibly compromise anyone, and beyond a few manuscript verses, half revolutionary, half mystical, and two or three numbers of *Young Italy*, the gendarmes found nothing to repay them for their trouble. Julia, after a long resistance, yielded to the entreaties of her brother-in-law and went back to bed, sweeping past Arthur with magnificent disdain, James meekly following.

When they had left the room, Thomas, who all this while had been tramping up and down, trying to look indifferent, approached the officer and asked permission to speak to the prisoner. Receiving a nod in answer, he went up to Arthur and muttered in a rather husky voice:

"I say; this is an infernally awkward business. I'm very sorry about it."

Arthur looked up with a face as serene as a summer morning. "You have always been good to me," he said. "There's nothing to be sorry about. I shall be safe enough."

"Look here, Arthur!" Thomas gave his moustache a hard pull and plunged head first into the awkward question. "Is—all this anything to do with—money? Because, if it is, I——"

"With money! Why, no! What could it have to do——"

"Then it's some political tomfoolery? I thought so. Well, don't you get down in the mouth—and never mind all the stuff Julia talks. It's only her spiteful tongue; and if you want help, —cash, or anything, —let me know, will you?"

Arthur held out his hand in silence, and Thomas left the room with a carefully made-up expression of unconcern that rendered his face more stolid than ever.

The gendarmes, meanwhile, had finished their search, and the officer in charge requested Arthur to put on his outdoor clothes. He obeyed at once and turned to leave the room; then stopped with sudden hesitation. It seemed hard to take leave of his mother's oratory in the presence of these officials.

"Have you any objection to leaving the room for a moment?" he asked. "You see that I cannot escape and that there is nothing to conceal."

"I am sorry, but it is forbidden to leave a prisoner alone."

"Very well, it doesn't matter."

He went into the alcove, and, kneeling down, kissed the feet and pedestal of the crucifix, whispering softly: "Lord, keep me faithful unto death."

When he rose, the officer was standing by the table, examining Montanelli's portrait. "Is this a relative of yours?" he asked.

"No; it is my confessor, the new Bishop of Brisighella."

On the staircase the Italian servants were waiting, anxious and sorrowful. They all loved Arthur for his own sake and his mother's, and crowded round him, kissing his hands and dress with passionate grief. Gian Battista stood by, the tears dripping down his gray moustache. None of the Burtons came out to take leave of him. Their coldness accentuated the tenderness and sympathy of the servants, and Arthur was near to breaking down as he pressed the hands held out to him.

"Good-bye, Gian Battista. Kiss the little ones for me. Good-bye, Teresa. Pray for me, all of you; and God keep you! Good-bye, good-bye!"

He ran hastily downstairs to the front door. A moment later only a little group of silent men and sobbing women stood on the doorstep watching the carriage as it drove away.

CHAPTER VI

ARTHUR was taken to the huge mediaeval fortress at the harbour's mouth. He found prison life fairly endurable. His cell was unpleasantly damp and dark; but he had been brought up in a palace in the Via Borra, and neither close air, rats, nor foul smells were novelties to him. The food, also, was both bad and insufficient; but James soon obtained permission to send him all the necessaries of life from home. He was kept in solitary confinement, and, though the vigilance of the warders was less strict than he had expected, he failed to obtain any explanation of the cause of his arrest. Nevertheless, the tranquil frame of mind in which he had entered the fortress did not change. Not being allowed books, he spent his time in prayer and devout meditation, and waited without impatience or anxiety for the further course of events.

One day a soldier unlocked the door of his cell and called to him: "This way, please!" After two or three questions, to which he got no answer but, "Talking is forbidden," Arthur resigned himself to the inevitable and followed the soldier through a labyrinth of courtyards, corridors, and stairs, all more or less musty-smelling, into a large, light room in which three persons in military uniform sat at a long table covered with green baize and littered with papers, chatting in a languid, desultory way. They put on a stiff, business air as he came in, and the oldest of them, a foppish-looking man with gray whiskers and a colonel's uniform, pointed to a chair on the other side of the table and began the preliminary interrogation.

Arthur had expected to be threatened, abused, and sworn at, and had prepared himself to answer with dignity and patience; but he was pleasantly disappointed. The colonel was stiff, cold and formal, but perfectly courteous. The usual questions as to his name, age, nationality, and social position were put and answered, and the replies written down in monotonous succession. He was beginning to feel bored and impatient, when the colonel asked:

"And now, Mr. Burton, what do you know about Young Italy?"

"I know that it is a society which publishes a newspaper in Marseilles and circulates it in Italy, with the object of inducing people to revolt and drive the Austrian army out of the country."

"You have read this paper, I think?"

"Yes; I am interested in the subject."

"When you read it you realized that you were committing an illegal action?"

"Certainly."

"Where did you get the copies which were found in your room?"

"That I cannot tell you."

"Mr. Burton, you must not say 'I cannot tell' here; you are bound to answer my questions."

"I will not, then, if you object to 'cannot.' "

"You will regret it if you permit yourself to use such expressions," remarked the colonel. As Arthur made no reply, he went on:

"I may as well tell you that evidence has come into our hands proving your connection with this society to be much more intimate than is implied by the mere reading of forbidden literature. It will be to your advantage to confess frankly. In any case the truth will be sure to come out, and you will find it useless to screen yourself behind evasion and denials."

"I have no desire to screen myself. What is it you want to know?"

"Firstly, how did you, a foreigner, come to be implicated in matters of this kind?"

"I thought about the subject and read everything I could get hold of, and formed my own conclusions."

"Who persuaded you to join this society?"

"No one; I wished to join it."

"You are shilly-shallying with me," said the colonel, sharply; his patience was evidently beginning to give out. "No one can join a society by himself. To whom did you communicate your wish to join it?"

Silence.

"Will you have the kindness to answer me?"

"Not when you ask questions of that kind."

Arthur spoke sullenly; a curious, nervous irritability was

taking possession of him. He knew by this time that many arrests had been made in both Leghorn and Pisa; and, though still ignorant of the extent of the calamity, he had already heard enough to put him into a fever of anxiety for the safety of Gemma and his other friends. The studied politeness of the officers, the dull game of fencing and parrying, of insidious questions and evasive answers, worried and annoyed him, and the clumsy tramping backward and forward of the sentinel outside the door jarred detestably upon his ear.

"Oh, by the bye, when did you last meet Giovanni Bolla?" asked the colonel, after a little more bandying of words. "Just before you left Pisa, was it?"

"I know no one of that name."

"What! Giovanni Bolla? Surely you know him—a tall young fellow, closely shaven. Why, he is one of your fellow-students."

"There are many students in the university whom I don't know."

"Oh, but you must know Bolla, surely! Look, this is his handwriting. You see, he knows you well enough."

The colonel carelessly handed him a paper headed: "Protocol," and signed: "Giovanni Bolla." Glancing down it Arthur came upon his own name. He looked up in surprise. "Am I to read it?"

"Yes, you may as well; it concerns you."

He began to read, while the officers sat silently watching his face. The document appeared to consist of depositions in answer to a long string of questions. Evidently Bolla, too, must have been arrested. The first depositions were of the usual stereotyped character; then followed a short account of Bolla's connection with the society, of the dissemination of prohibited literature in Leghorn, and of the students' meetings. Next came "Among those who joined us was a young Englishman, Arthur Burton, who belongs to one of the rich shipowning families."

The blood rushed into Arthur's face. Bolla had betrayed him! Bolla, who had taken upon himself the solemn duties of an initiator—Bolla, who had converted Gemma—who was in love with her! He laid down the paper and stared at the floor.

"I hope that little document has refreshed your memory?" hinted the colonel politely.

Arthur shook his head. "I know no one of that name," he repeated in a dull, hard voice. "There must be some mistake."

"Mistake? Oh, nonsense! Come, Mr. Burton, chivalry and quixotism are very fine things in their way; but there's no use in overdoing them. It's an error all you young people fall into at first. Come, think! What good is it for you to compromise yourself and spoil your prospects in life over a simple formality about a man that has betrayed you? You see yourself, he wasn't so particular as to what he said about you."

A faint shade of something like mockery had crept into the colonel's voice. Arthur looked up with a start; a sudden light flashed upon his mind.

"It's a lie!" he cried out. "It's a forgery! I can see it in your face, you cowardly—— You've got some prisoner there you want to compromise, or a trap you want to drag me into. You are a forger, and a liar, and a scoundrel——"

"Silence!" shouted the colonel, starting up in a rage; his two colleagues were already on their feet. “Captain Tommasi,” he went on, turning to one of them, “ring for the guard, if you please, and have this young gentleman put in the punishment cell for a few days. He wants a lesson, I see, to bring him to reason.”

The punishment cell was a dark, damp, filthy hole under ground. Instead of bringing Arthur “to reason,” it thoroughly exasperated him. His luxurious home had rendered him daintily fastidious about personal cleanliness, and the first effect of the slimy, vermin-covered walls, the floor heaped with accumulations of filth and garbage, the fearful stench of fungi and sewage and rotting wood, was strong enough to have satisfied the offended officer. When he was pushed in and the door locked behind him he took three cautious steps forward with outstretched hands, shuddering with disgust as his fingers came into contact with the slippery wall, and groped in the dense blackness for some spot less filthy than the rest in which to sit down.

The long day passed in unbroken blackness and silence, and the night brought no change. In the utter void and absence of all external impressions, he gradually lost the consciousness of time; and when, on the following morning, a key was turned in the door lock, and the frightened rats scurried past him squeaking, he started up in a sudden panic, his heart throbbing furiously and a roaring noise in his ears, as though he had been shut away from light and sound for months instead of hours.

The door opened, letting in a feeble lantern gleam—a flood of blinding light, it seemed to him—and the head warder entered, carrying a piece of bread and a mug of water. Arthur made a step forward; he was quite convinced that the man had come to let him out. Before he had time to speak, the warder put the bread and mug into his hands, turned round and went away without a word, locking the door again.

Arthur stamped his foot upon the ground. For the first time in his life he was savagely angry. But as the hours went by, the consciousness of time and place gradually slipped further and further away. The blackness seemed an illimitable thing, with no beginning and no end, and life had, as it were, stopped for him. On the evening of the third day, when the door was opened and the head warder appeared on the threshold with a soldier, he looked up, dazed and bewildered, shading his eyes from the unaccustomed light, and vaguely wondering how many hours or weeks he had been in this grave.

"This way, please," said the cool business voice of the warder. Arthur rose and moved forward mechanically, with a strange unsteadiness, swaying and stumbling like a drunkard. He resented the warder's attempt to help him up the steep, narrow steps leading to the courtyard; but as he reached the highest step a sudden giddiness came over him, so that he staggered and would have fallen backwards had the warder not caught him by the shoulder.

"There, he'll be all right now," said a cheerful voice; "they most of them go off this way coming out into the air."

Arthur struggled desperately for breath as another handful of water was dashed into his face. The blackness seemed to fall away from him in pieces with a rushing noise; then he woke suddenly into full consciousness, and, pushing aside the warder's arm, walked along the corridor and up the stairs almost steadily. They stopped for a moment in front of a door; then it opened, and before he realized where they were taking him he was in the brightly lighted interrogation room, staring in confused wonder at the table and the papers and the officers sitting in their accustomed places.

"Ah, it's Mr. Burton!" said the colonel. "I hope we shall be able to talk more comfortably now. Well, and how do you like the dark cell? Not quite so luxurious as your brother's drawing room, is it? eh?"

Arthur raised his eyes to the colonel's smiling face. He was seized by a frantic desire to spring at the throat of this gray-whiskered fop and tear it with his teeth. Probably something of this kind was visible in his face, for the colonel added immediately, in a quite different tone:

"Sit down, Mr. Burton, and drink some water; you are excited."

Arthur pushed aside the glass of water held out to him; and, leaning his arms on the table, rested his forehead on one hand and tried to collect his thoughts. The colonel sat watching him keenly, noting with experienced eyes the unsteady hands and lips, the hair dripping with water, the dim gaze that told of physical prostration and disordered nerves.

"Now, Mr. Burton," he said after a few minutes; "we will start at the point where we left off; and as there has been a certain amount of unpleasantness between us, I may as well begin by saying that I, for my part, have no desire to be anything but indulgent with you. If you will behave properly and reasonably, I assure you that we shall not treat you with any unnecessary harshness."

"What do you want me to do?"

Arthur spoke in a hard, sullen voice, quite different from his natural tone.

"I only want you to tell us frankly, in a straightforward and honourable manner, what you know of this society and its adherents. First of all, how long have you known Bolla?"

"I never met him in my life. I know nothing whatever about him."

"Really? Well, we will return to that subject presently. I think you know a young man named Carlo Bini?"

"I never heard of such a person."

"That is very extraordinary. What about Francesco Neri?"

"I never heard the name."

"But here is a letter in your handwriting, addressed to him. Look!"

Arthur glanced carelessly at the letter and laid it aside.

"Do you recognize that letter?"

"No."

"You deny that it is in your writing?"

"I deny nothing. I have no recollection of it."

"Perhaps you remember this one?"

A second letter was handed to him, and he saw that it was one which he had written in the autumn to a fellow-student.

"No."

"Nor the person to whom it is addressed?"

"Nor the person."

"Your memory is singularly short."

"It is a defect from which I have always suffered."

"Indeed! And I heard the other day from a university professor that you are considered by no means deficient; rather clever in fact."

"You probably judge of cleverness by the police-spy standard; university professors use words in a different sense."

The note of rising irritation was plainly audible in Arthur's voice. He was physically exhausted with hunger, foul air, and want of sleep; every bone in his body seemed to ache separately; and the colonel's voice grated on his exasperated nerves, setting his teeth on edge like the squeak of a slate pencil.

"Mr. Burton," said the colonel, leaning back in his chair and speaking gravely, "you are again forgetting yourself; and I warn you once more that this kind of talk will do you no good. Surely you have had enough of the dark cell not to want any more just for the present. I tell you plainly that I shall use strong measures with you if you persist in repulsing gentle ones. Mind, I have proof—positive proof—that some of these young men have been engaged in smuggling prohibited literature into this port; and that you have been in communication with them. Now, are you going to tell me, without compulsion, what you know about this affair?"

Arthur bent his head lower. A blind, senseless, wild-beast fury was beginning to stir within him like a live thing. The possibility of losing command over himself was more appalling to him than any threats. For the first time he began to realize what latent potentialities may lie hidden beneath the culture of any gentleman and the piety of any Christian; and the terror of himself was strong upon him.

"I am waiting for your answer," said the colonel.

"I have no answer to give."

"You positively refuse to answer?"

"I will tell you nothing at all."

"Then I must simply order you back into the punishment cell, and keep you there till you change your mind. If there is much more trouble with you, I shall put you in irons."

Arthur looked up, trembling from head to foot. "You will do as you please," he said slowly; "and whether the English Ambassador will stand your playing tricks of that kind with a British subject who has not been convicted of any crime is for him to decide."

At last Arthur was conducted back to his own cell, where he flung himself down upon the bed and slept till the next morning. He was not put in irons, and saw no more of the dreaded dark cell; but the feud between him and the colonel grew more inveterate with every interrogation. It was quite useless for Arthur to pray in his cell for grace to conquer his evil passions, or to meditate half the night long upon the patience and meekness of Christ. No sooner was he brought again into the long, bare room with its baize-covered table, and confronted with the colonel's waxed moustache, than the unchristian spirit would take possession of him once more, suggesting bitter repartees and contemptuous answers. Before he had been a month in the prison the mutual irritation had reached such a height that he and the colonel could not see each other's faces without losing their temper.

The continual strain of this petty warfare was beginning to tell heavily upon his nerves. Knowing how closely he was watched, and remembering certain dreadful rumours which he had heard of prisoners secretly drugged with belladonna that notes might be taken of their ravings, he gradually became afraid to sleep or eat; and if a mouse ran past him in the night, would start up drenched with cold sweat and quivering with terror, fancying that someone was hiding in the room to listen if he talked in his sleep. The gendarmes were evidently trying to entrap him into making some admission which might compromise Bolla; and so great was his fear of slipping, by any inadvertency, into a pitfall, that he was really in danger of doing so through sheer nervousness. Bolla's name rang in his ears night and day, interfering even with his devotions, and forcing its way in among the beads of the rosary instead of the name of Mary. But the worst thing of all was that his religion, like the outer world, seemed to be slipping away from him as the days went by. To this last foothold he clung with feverish tenacity, spending several hours of each day in prayer and meditation; but his thoughts wandered more and more often to Bolla, and the prayers were growing terribly mechanical.

His greatest comfort was the head warder of the prison. This was a little old man, fat and bald, who at first had tried his hardest to wear a severe expression. Gradually the good nature which peeped out of every dimple in his chubby face conquered his official scruples, and he began carrying messages for the prisoners from cell to cell.

One afternoon in the middle of May this warder came into the cell with a face so scowling and gloomy that Arthur looked at him in astonishment.

"Why, Enrico!" he exclaimed; "what on earth is wrong with

you to-day?"

"Nothing," said Enrico snappishly; and, going up to the pallet, he began pulling off the rug, which was Arthur's property.

"What do you want with my things? Am I to be moved into another cell?"

"No; you're to be let out."

"Let out? What—to-day? For altogether? Enrico!"

In his excitement Arthur had caught hold of the old man's arm. It was angrily wrenched away.

"Enrico! What has come to you? Why don't you answer? Are we all going to be let out?"

A contemptuous grunt was the only reply.

"Look here!" Arthur again took hold of the warder's arm, laughing. "It is no use for you to be cross to me, because I'm not going to get offended. I want to know about the others."

"Which others?" growled Enrico, suddenly laying down the shirt he was folding. "Not Bolla, I suppose?"

"Bolla and all the rest, of course. Enrico, what is the matter with you?"

"Well, he's not likely to be let out in a hurry, poor lad, when a comrade has betrayed him. Ugh!" Enrico took up the shirt again in disgust.

"Betrayed him? A comrade? Oh, how dreadful!" Arthur's eyes dilated with horror. Enrico turned quickly round.

"Why, wasn't it you?"

"I? Are you off your head, man? I?"

"Well, they told him so yesterday at interrogation, anyhow. I'm very glad if it wasn't you, for I always thought you were rather a decent young fellow. This way!" Enrico stepped out into the corridor and Arthur followed him, a light breaking in upon the confusion of his mind.

"They told Bolla I'd betrayed him? Of course they did! Why, man, they told me he had betrayed me. Surely Bolla isn't fool enough to believe that sort of stuff?"

"Then it really isn't true?" Enrico stopped at the foot of the stairs and looked searchingly at Arthur, who merely shrugged his shoulders.

"Of course it's a lie."

"Well, I'm glad to hear it, my lad, and I'll tell him you said so. But you see what they told him was that you had denounced him out of—well, out of jealousy, because of your both being sweet on the same girl."

"It's a lie!" Arthur repeated the words in a quick, breathless whisper. A sudden, paralyzing fear had come over him. "The same girl—jealousy!" How could they know—how could they know?

"Wait a minute, my lad." Enrico stopped in the corridor leading to the interrogation room, and spoke softly. "I believe you; but just tell me one thing. I know you're a Catholic; did you ever say anything in the confessional——"

"It's a lie!" This time Arthur's voice had risen to a stifled cry.

Enrico shrugged his shoulders and moved on again. "You know best, of course; but you wouldn't be the only young fool that's been taken in that way. There's a tremendous ado just now about a priest in Pisa that some of your friends have found out. They've printed a leaflet saying he's a spy."

He opened the door of the interrogation room, and, seeing

that Arthur stood motionless, staring blankly before him, pushed him gently across the threshold.

"Good-afternoon, Mr. Burton," said the colonel, smiling and showing his teeth amiably. "I have great pleasure in congratulating you. An order for your release has arrived from Florence. Will you kindly sign this paper?"

Arthur went up to him. "I want to know," he said in a dull voice, "who it was that betrayed me."

The colonel raised his eyebrows with a smile.

"Can't you guess? Think a minute."

Arthur shook his head. The colonel put out both hands with a gesture of polite surprise.

"Can't guess? Really? Why, you yourself, Mr. Burton. Who else could know your private love affairs?"

Arthur turned away in silence. On the wall hung a large wooden crucifix; and his eyes wandered slowly to its face; but with no appeal in them, only a dim wonder at this supine and patient God that had no thunderbolt for a priest who betrayed the confessional.

"Will you kindly sign this receipt for your papers?" said the colonel blandly; "and then I need not keep you any longer. I am sure you must be in a hurry to get home; and my time is very much taken up just now with the affairs of that foolish young man, Bolla, who tried your Christian forbearance so hard. I am afraid he will get a rather heavy sentence. Good-afternoon!"

Arthur signed the receipt, took his papers, and went out in dead silence. He followed Enrico to the massive gate; and, without a word of farewell, descended to the water's edge, where a ferryman was waiting to take him across the moat. As he mounted the stone steps leading to the street, a girl in a cotton dress and straw hat ran up to him with outstretched hands.

"Arthur! Oh, I'm so glad—I'm so glad!"

He drew his hands away, shivering.

"Jim!" he said at last, in a voice that did not seem to belong to him. "Jim!"

"I've been waiting here for half an hour. They said you would come out at four. Arthur, why do you look at me like that? Something has happened! Arthur, what has come to you? Stop!"

He had turned away, and was walking slowly down the street, as if he had forgotten her presence. Thoroughly frightened at his manner, she ran after him and caught him by the arm.

"Arthur!"

He stopped and looked up with bewildered eyes. She slipped her arm through his, and they walked on again for a moment in silence.

"Listen, dear," she began softly; "you mustn't get so upset over this wretched business. I know it's dreadfully hard on you, but everybody understands."

"What business?" he asked in the same dull voice.

"I mean, about Bolla's letter."

Arthur's face contracted painfully at the name.

"I thought you wouldn't have heard of it," Gemma went on; "but I suppose they've told you. Bolla must be perfectly mad to have imagined such a thing."

"Such a thing——?"

"You don't know about it, then? He has written a horrible

letter, saying that you have told about the steamers, and got him arrested. It's perfectly absurd, of course; everyone that knows you sees that; it's only the people who don't know you that have been upset by it. Really, that's what I came here for—to tell you that no one in our group believes a word of it."

"Gemma! But it's—it's true!"

She shrank slowly away from him, and stood quite still, her eyes wide and dark with horror, her face as white as the kerchief at her neck. A great icy wave of silence seemed to have swept round them both, shutting them out, in a world apart, from the life and movement of the street.

"Yes," he whispered at last; "the steamers—I spoke of that; and I said his name—oh, my God! my God! What shall I do?"

He came to himself suddenly, realizing her presence and the mortal terror in her face. Yes, of course, she must think——

"Gemma, you don't understand!" he burst out, moving nearer; but she recoiled with a sharp cry:

"Don't touch me!"

Arthur seized her right hand with sudden violence.

"Listen, for God's sake! It was not my fault; I——"

"Let go; let my hand go! Let go!"

The next instant she wrenched her fingers away from his, and struck him across the cheek with her open hand.

A kind of mist came over his eyes. For a little while he was conscious of nothing but Gemma's white and desperate face, and the right hand which she had fiercely rubbed on the skirt of her cotton dress. Then the daylight crept back again, and he looked round and saw that he was alone.

CHAPTER VII

IT had long been dark when Arthur rang at the front door of the great house in the Via Borra. He remembered that he had been wandering about the streets; but where, or why, or for how long, he had no idea. Julia's page opened the door, yawning, and grinned significantly at the haggard, stony face. It seemed to him a prodigious joke to have the young master come home from jail like a "drunk and disorderly" beggar. Arthur went upstairs. On the first floor he met Gibbons coming down with an air of lofty and solemn disapproval. He tried to pass with a muttered "Good evening"; but Gibbons was no easy person to get past against his will.

"The gentlemen are out, sir," he said, looking critically at Arthur's rather neglected dress and hair. "They have gone with the mistress to an evening party, and will not be back till nearly twelve."

Arthur looked at his watch; it was nine o'clock. Oh, yes! he would have time—plenty of time——

"My mistress desired me to ask whether you would like any

supper, sir; and to say that she hopes you will sit up for her, as she particularly wishes to speak to you this evening."

"I don't want anything, thank you; you can tell her I have not gone to bed."

He went up to his room. Nothing in it had been changed since his arrest; Montanelli's portrait was on the table where he had placed it, and the crucifix stood in the alcove as before. He paused a moment on the threshold, listening; but the house was quite still; evidently no one was coming to disturb him. He stepped softly into the room and locked the door.

And so he had come to the end. There was nothing to think or trouble about; an importunate and useless consciousness to get rid of—and nothing more. It seemed a stupid, aimless kind of thing, somehow.

He had not formed any resolve to commit suicide, nor indeed had he thought much about it; the thing was quite obvious and inevitable. He had even no definite idea as to what manner of death to choose; all that mattered was to be done with it quickly—to have it over and forget. He had no weapon in the room, not even a pocketknife; but that was of no consequence—a towel would do, or a sheet torn into strips.

There was a large nail just over the window. That would do; but it must be firm to bear his weight. He got up on a chair to feel the nail; it was not quite firm, and he stepped down again and took a hammer from a drawer. He knocked in the nail, and was about to pull a sheet off his bed, when he suddenly remembered that he had not said his prayers. Of course, one must pray before dying; every Christian does that. There are even special prayers for a departing soul.

He went into the alcove and knelt down before the crucifix. "Almighty and merciful God——" he began aloud; and with that broke off and said no more. Indeed, the world was grown so dull that there was nothing left to pray for—or against. And then, what did Christ know about a trouble of this kind—Christ, who had never suffered it? He had only been betrayed, like Bolla; He had never been tricked into betraying.

Arthur rose, crossing himself from old habit. Approaching the table, he saw lying upon it a letter addressed to him, in Montanelli's handwriting. It was in pencil:

> My Dear Boy: It is a great disappointment to me that I cannot see you on the day of your release; but I have been sent for to visit a dying man. I shall not get back till late at night. Come to me early to-morrow morning. In great haste,
>
> L. M.

He put down the letter with a sigh; it did seem hard on the Padre.

How the people had laughed and gossiped in the streets! Nothing was altered since the days when he had been alive. Not the least little one of all the daily trifles round him was changed because a human soul, a living human soul, had been struck down dead. It was all just the same as before. The water had plashed in the fountains; the sparrows had twittered under the eaves; just as they had done yesterday, just as they would do to-morrow. And as for him, he was dead—quite dead.

He sat down on the edge of the bed, crossed his arms along the foot-rail, and rested his forehead upon them. There was plenty of time; and his head ached so—the very middle of the brain seemed to ache; it was all so dull and stupid—so utterly meaningless——

The front-door bell rang sharply, and he started up in a breathless agony of terror, with both hands at his throat. They had come back—he had sat there dreaming, and let the precious time slip away—and now he must see their faces and hear their cruel tongues—their sneers and comments—If only he had a knife——

He looked desperately round the room. His mother's work-basket stood in a little cupboard; surely there would be scissors; he might sever an artery. No; the sheet and nail were safer, if he had time.

He dragged the counterpane from his bed, and with frantic haste began tearing off a strip. The sound of footsteps came up the stairs. No; the strip was too wide; it would not tie firmly; and there must be a noose. He worked faster as the footsteps drew nearer; and the blood throbbed in his temples and roared in his ears. Quicker—quicker! Oh, God! five minutes more!

There was a knock at the door. The strip of torn stuff dropped from his hands, and he sat quite still, holding his breath to listen. The handle of the door was tried; then Julia's voice called:

"Arthur!"

He stood up, panting.

"Arthur, open the door, please; we are waiting."

He gathered up the torn counterpane, threw it into a drawer, and hastily smoothed down the bed.

"Arthur!" This time it was James who called, and the door-handle was shaken impatiently. "Are you asleep?"

Arthur looked round the room, saw that everything was hidden, and unlocked the door.

"I should think you might at least have obeyed my express request that you should sit up for us, Arthur," said Julia, sweeping into the room in a towering passion. "You appear to think it the proper thing for us to dance attendance for half an hour at your door——"

"Four minutes, my dear," James mildly corrected, stepping into the room at the end of his wife's pink satin train. "I certainly think, Arthur, that it would have been more—becoming if——"

"What do you want?" Arthur interrupted. He was standing with his hand upon the door, glancing furtively from one to the other like a trapped animal. But James was too obtuse and Julia too angry to notice the look.

Mr. Burton placed a chair for his wife and sat down, carefully pulling up his new trousers at the knees. "Julia and I," he began, "feel it to be our duty to speak to you seriously about——"

"I can't listen to-night; I—I'm not well. My head aches—you must wait."

Arthur spoke in a strange, indistinct voice, with a confused and rambling manner. James looked round in surprise.

"Is there anything the matter with you?" he asked anxiously, suddenly remembering that Arthur had come from a very hotbed of infection. "I hope you're not sickening for anything. You look quite feverish."

"Nonsense!" Julia interrupted sharply. "It's only the usual theatricals, because he's ashamed to face us. Come here and sit down, Arthur."

Arthur slowly crossed the room and sat down on the bed. "Yes?" he said wearily.

Mr. Burton coughed, cleared his throat, smoothed his already immaculate beard, and began the carefully prepared speech over again:

"I feel it to be my duty—my painful duty—to speak very seriously to you about your extraordinary behaviour in connecting yourself with—a—law-breakers and incendiaries and—a—persons of disreputable character. I believe you to have been, perhaps, more foolish than depraved—a——"

He paused.

"Yes?" Arthur said again.

"Now, I do not wish to be hard on you," James went on, softening a little in spite of himself before the weary hopelessness of Arthur's manner. "I am quite willing to believe that you have been led away by bad companions, and to take into account your youth and inexperience and the—a—a—imprudent and—a—impulsive character which you have, I fear, inherited from your mother."

Arthur's eyes wandered slowly to his mother's portrait and back again, but he did not speak.

"But you will, I feel sure, understand," James continued, "that it is quite impossible for me to keep any longer in my house a person who has brought public disgrace upon a name so highly respected as ours."

"Yes?" Arthur repeated once more.

"Well?" said Julia sharply, closing her fan with a snap and laying it across her knee. "Are you going to have the goodness to say anything but 'Yes,' Arthur?"

"You will do as you think best, of course," he answered slowly, without moving. "It doesn't matter much either way."

"Doesn't—matter?" James repeated, aghast; and his wife rose with a laugh.

"Oh, it doesn't matter, doesn't it? Well, James, I hope you understand now how much gratitude you may expect in that quarter. I told you what would come of showing charity to Papist adventuresses and their——"

"Hush, hush! Never mind that, my dear!"

"It's all nonsense, James; we've had more than enough of this sentimentality! A love-child setting himself up as a member of the family—it's quite time he did know what his mother was! Why should we be saddled with the child of a Popish priest's amourettes? There, then—look!"

She pulled a crumpled sheet of paper out of her pocket and tossed it across the table to Arthur. He opened it; the writing was in his mother's hand, and was dated four months before his birth. It was a confession, addressed to her husband, and with two signatures.

Arthur's eyes travelled slowly down the page, past the unsteady letters in which her name was written, to the strong, familiar signature: "Lorenzo Montanelli." For a moment he stared at the writing; then, without a word, refolded the paper and laid it down. James rose and took his wife by the arm.

"There, Julia, that will do. Just go downstairs now; it's late, and I want to talk a little business with Arthur. It won't interest you."

She glanced up at her husband; then back at Arthur, who was silently staring at the floor.

"He seems half stupid," she whispered.

When she had gathered up her train and left the room, James carefully shut the door and went back to his chair beside the table. Arthur sat as before, perfectly motionless and silent.

"Arthur," James began in a milder tone, now Julia was not there to hear, "I am very sorry that this has come out. You might just as well not have known it. However, all that's over; and I am pleased to see that you can behave with such self-control. Julia is a—a little excited; ladies often—anyhow, I don't want to be too hard on you."

He stopped to see what effect the kindly words had produced; but Arthur was quite motionless.

"Of course, my dear boy," James went on after a moment, "this is a distressing story altogether, and the best thing we can do is to hold our tongues about it. My father was generous enough not to divorce your mother when she confessed her fall to him; he only demanded that the man who had led her astray should leave the country at once; and, as you know, he went to China as a missionary. For my part, I was very much against your having anything to do with him when he came back; but my father, just at the last, consented to let him teach you, on condition that he never attempted to see your mother. I must, in justice, acknowledge that I believe they both observed that condition faithfully to the end. It is a very deplorable business; but——"

Arthur looked up. All the life and expression had gone out of his face; it was like a waxen mask.

"D-don't you think," he said softly, with a curious stammering hesitation on the words, "th-that—all this—is—v-very—funny?"

"*Funny*?" James pushed his chair away from the table, and sat staring at him, too much petrified for anger. "Funny! Arthur, are you mad?"

Arthur suddenly threw back his head, and burst into a frantic fit of laughing.

"Arthur!" exclaimed the shipowner, rising with dignity, "I am amazed at your levity!"

There was no answer but peal after peal of laughter, so loud and boisterous that even James began to doubt whether there was not something more the matter here than levity.

"Just like a hysterical woman," he muttered, turning, with a contemptuous shrug of his shoulders, to tramp impatiently up and down the room. "Really, Arthur, you're worse than Julia; there, stop laughing! I can't wait about here all night."

He might as well have asked the crucifix to come down from its pedestal. Arthur was past caring for remonstrances or exhortations; he only laughed, and laughed, and laughed without end.

"This is absurd!" said James, stopping at last in his irritated pacing to and fro. "You are evidently too much excited to be reasonable to-night. I can't talk business with you if you're going on that way. Come to me to-morrow morning after breakfast. And now you had better go to bed. Good-night."

He went out, slamming the door. "Now for the hysterics downstairs," he muttered as he tramped noisily away. "I suppose it'll be tears there!"

The frenzied laughter died on Arthur's lips. He snatched up the hammer from the table and flung himself upon the crucifix.

With the crash that followed he came suddenly to his senses, standing before the empty pedestal, the hammer still in his hand, and the fragments of the broken image scattered on the floor about his feet.

He threw down the hammer. "So easy!" he said, and turned away. "And what an idiot I am!"

He sat down by the table, panting heavily for breath, and rested his forehead on both hands. Presently he rose, and, going to the wash-stand, poured a jugful of cold water over his head and face. He came back quite composed, and sat down to think.

And it was for such things as these—for these false and slavish people, these dumb and soulless gods—that he had suffered all these tortures of shame and passion and despair; had made a rope to hang himself, forsooth, because one priest was a liar. As if they were not all liars! Well, all that was done with; he was wiser now. He need only shake off these vermin and begin life afresh.

There were plenty of goods vessels in the docks; it would be an easy matter to stow himself away in one of them, and get across to Canada, Australia, Cape Colony—anywhere. It was no matter for the country, if only it was far enough; and, as for the life out there, he could see, and if it did not suit him he could try some other place.

He took out his purse. Only thirty-three paoli; but his watch was a good one. That would help him along a bit; and in any case it was of no consequence—he should pull through somehow. But they would search for him, all these people; they would be sure to make inquiries at the docks. No; he must put them on a false scent—make them believe him dead; then he should be quite free—quite free. He laughed softly to himself at the thought of the Burtons searching for his corpse. What a farce the whole thing was!

Taking a sheet of paper, he wrote the first words that occurred to him:

> I believed in you as I believed in God. God is a thing made of clay, that I can smash with a hammer; and you have fooled me with a lie.

He folded up the paper, directed it to Montanelli, and, taking another sheet, wrote across it: "Look for my body in Darsena." Then he put on his hat and went out of the room. Passing his mother's portrait, he looked up with a laugh and a shrug of his shoulders. She, too, had lied to him.

He crept softly along the corridor, and, slipping back the door-bolts, went out on to the great, dark, echoing marble staircase. It seemed to yawn beneath him like a black pit as he descended.

He crossed the courtyard, treading cautiously for fear of waking Gian Battista, who slept on the ground floor. In the wood-cellar at the back was a little grated window, opening on the canal and not more than four feet from the ground. He remembered that the rusty grating had broken away on one side; by pushing a little he could make an aperture wide enough to climb out by.

The grating was strong, and he grazed his hands badly and tore the sleeve of his coat; but that was no matter. He looked up and down the street; there was no one in sight, and the canal lay black and silent, an ugly trench between two straight and slimy walls. The untried universe might prove a dismal hole, but it could hardly be more flat and sordid than the corner which he was leaving behind him. There was nothing to regret; nothing to look back upon. It had been a pestilent little stagnant world, full of squalid lies and clumsy cheats and foul-smelling ditches that were not even deep enough to drown a man.

He walked along the canal bank, and came out upon the tiny square by the Medici palace. It was here that Gemma had run up to him with her vivid face, her outstretched hands. Here was the little flight of wet stone steps leading down to the moat; and there the fortress scowling across the strip of dirty water. He had never noticed before how squat and mean it looked.

Passing through the narrow streets he reached the Darsena shipping-basin, where he took off his hat and flung it into the water. It would be found, of course, when they dragged for his body. Then he walked on along the water's edge, considering perplexedly what to do next. He must contrive to hide on some ship; but it was a difficult thing to do. His only chance would be to get on to the huge old Medici breakwater and walk along to the further end of it. There was a low-class tavern on the point; probably he should find some sailor there who could be bribed.

But the dock gates were closed. How should he get past them, and past the customs officials? His stock of money would not furnish the high bribe that they would demand for letting him through at night and without a passport. Besides they might recognize him.

As he passed the bronze statue of the "Four Moors," a man's figure emerged from an old house on the opposite side of the shipping basin and approached the bridge. Arthur slipped at once into the deep shadow behind the group of statuary and crouched down in the darkness, peeping cautiously round the corner of the pedestal.

It was a soft spring night, warm and starlit. The water lapped against the stone walls of the basin and swirled in gentle eddies round the steps with a sound as of low laughter. Somewhere near a chain creaked, swinging slowly to and fro. A huge iron crane towered up, tall and melancholy in the dimness. Black on a shimmering expanse of starry sky and pearly cloud-wreaths, the figures of the fettered, struggling slaves stood out in vain and vehement protest against a merciless doom.

The man approached unsteadily along the water side, shouting an English street song. He was evidently a sailor returning from a carouse at some tavern. No one else was within sight. As he drew near, Arthur stood up and stepped into the middle of the roadway. The sailor broke off in his song with an oath, and stopped short.

"I want to speak to you," Arthur said in Italian. "Do you understand me?"

The man shook his head. "It's no use talking that patter to me," he said; then, plunging into bad French, asked sullenly: "What do you want? Why can't you let me pass?"

"Just come out of the light here a minute; I want to speak to you."

"Ah! wouldn't you like it? Out of the light! Got a knife anywhere about you?"

"No, no, man! Can't you see I only want your help? I'll pay you for it?"

"Eh? What? And dressed like a swell, too——" The sailor had relapsed into English. He now moved into the shadow and leaned against the railing of the pedestal.

"Well," he said, returning to his atrocious French; "and what is it you want?"

"I want to get away from here——"

"Aha! Stowaway! Want me to hide you? Been up to something, I suppose. Stuck a knife into somebody, eh? Just like these foreigners! And where might you be wanting to go? Not to the police station, I fancy?"

He laughed in his tipsy way, and winked one eye.

"What vessel do you belong to?"

"*Carlotta*—Leghorn to Buenos Ayres; shipping oil one way and hides the other. She's over there"—pointing in the direction of the breakwater—"beastly old hulk!"

"Buenos Ayres—yes! Can you hide me anywhere on board?"

"How much can you give?"

"Not very much; I have only a few paoli."

"No. Can't do it under fifty—and cheap at that, too—a swell like you."

"What do you mean by a swell? If you like my clothes you may change with me, but I can't give you more money than I have got."

"You have a watch there. Hand it over."

Arthur took out a lady's gold watch, delicately chased and enamelled, with the initials "G. B." on the back. It had been his mother's—but what did that matter now?

"Ah!" remarked the sailor with a quick glance at it. "Stolen, of course! Let me look!"

Arthur drew his hand away. "No," he said. "I will give you the watch when we are on board; not before."

"You're not such a fool as you look, after all! I'll bet it's your first scrape, though, eh?"

"That is my business. Ah! there comes the watchman."

They crouched down behind the group of statuary and waited till the watchman had passed. Then the sailor rose, and, telling Arthur to follow him, walked on, laughing foolishly to himself. Arthur followed in silence.

The sailor led him back to the little irregular square by the Medici palace; and, stopping in a dark corner, mumbled in what was intended for a cautious whisper:

"Wait here; those soldier fellows will see you if you come further."

"What are you going to do?"

"Get you some clothes. I'm not going to take you on board with that bloody coatsleeve."

Arthur glanced down at the sleeve which had been torn by the window grating. A little blood from the grazed hand had fallen upon it. Evidently the man thought him a murderer. Well, it was of no consequence what people thought.

After some time the sailor came back, triumphant, with a bundle under his arm.

"Change," he whispered; "and make haste about it. I must get back, and that old Jew has kept me bargaining and haggling for half an hour."

Arthur obeyed, shrinking with instinctive disgust at the first touch of second-hand clothes. Fortunately these, though rough and coarse, were fairly clean. When he stepped into the light in his new attire, the sailor looked at him with tipsy solemnity and gravely nodded his approval.

"You'll do," he said. "This way, and don't make a noise." Arthur, carrying his discarded clothes, followed him through a labyrinth of winding canals and dark narrow alleys; the mediaeval slum quarter which the people of Leghorn call "New Venice." Here and there a gloomy old palace, solitary among the squalid houses and filthy courts, stood between two noisome ditches, with a forlorn air of trying to preserve its ancient dignity and yet of knowing the effort to be a hopeless one. Some of the alleys, he knew, were notorious dens of thieves, cut-throats, and smugglers; others were merely wretched and poverty-stricken.

Beside one of the little bridges the sailor stopped, and, looking round to see that they were not observed, descended a flight of stone steps to a narrow landing stage. Under the bridge was a dirty, crazy old boat. Sharply ordering Arthur to jump in and lie down, he seated himself in the boat and began rowing towards the harbour's mouth. Arthur lay still on the wet and leaky planks, hidden by the clothes which the man had thrown over him, and peeping out from under them at the familiar streets and houses.

Presently they passed under a bridge and entered that part of the canal which forms a moat for the fortress. The massive walls rose out of the water, broad at the base and narrowing upward to the frowning turrets. How strong, how threatening they had seemed to him a few hours ago! And now——

He laughed softly as he lay in the bottom of the boat.

"Hold your noise," the sailor whispered, "and keep your head covered! We're close to the custom house."

Arthur drew the clothes over his head. A few yards further on the boat stopped before a row of masts chained together, which lay across the surface of the canal, blocking the narrow waterway between the custom house and the fortress wall. A sleepy official came out yawning and bent over the water's edge with a lantern in his hand.

"Passports, please."

The sailor handed up his official papers. Arthur, half stifled under the clothes, held his breath, listening.

"A nice time of night to come back to your ship!" grumbled the customs official. "Been out on the spree, I suppose. What's in your boat?"

"Old clothes. Got them cheap." He held up the waistcoat for inspection. The official, lowering his lantern, bent over, straining his eyes to see.

"It's all right, I suppose. You can pass."

He lifted the barrier and the boat moved slowly out into the dark, heaving water. At a little distance Arthur sat up and threw off the clothes.

"Here she is," the sailor whispered, after rowing for some time in silence. "Keep close behind me and hold your tongue."

He clambered up the side of a huge black monster, swearing under his breath at the clumsiness of the landsman, though Arthur's natural agility rendered him less awkward than most people would have been in his place. Once safely on board, they crept cautiously between dark masses of rigging and machinery, and came at last to a hatchway, which the sailor softly raised.

"Down here!" he whispered. "I'll be back in a minute."

The hold was not only damp and dark, but intolerably foul. At first Arthur instinctively drew back, half choked by the stench of raw hides and rancid oil. Then he remembered the "punishment cell," and descended the ladder, shrugging his shoulders. Life is pretty much the same everywhere, it seemed; ugly, putrid, infested with vermin, full of shameful secrets and dark corners. Still, life is life, and he must make the best of it.

In a few minutes the sailor came back with something in his hands which Arthur could not distinctly see for the darkness.

"Now, give me the watch and money. Make haste!"

Taking advantage of the darkness, Arthur succeeded in keeping back a few coins.

"You must get me something to eat," he said; "I am half starved."

"I've brought it. Here you are." The sailor handed him a pitcher, some hard biscuit, and a piece of salt pork. "Now mind, you must hide in this empty barrel, here, when the customs officers come to examine to-morrow morning. Keep as still as a mouse till we're right out at sea. I'll let you know when to come out. And won't you just catch it when the captain sees you—that's all! Got the drink safe? Good-night!"

The hatchway closed, and Arthur, setting the precious "drink" in a safe place, climbed on to an oil barrel to eat his pork and biscuit. Then he curled himself up on the dirty floor; and, for the first time since his babyhood, settled himself to sleep without a prayer. The rats scurried round him in the darkness; but neither their persistent noise nor the swaying of the ship, nor the nauseating stench of oil, nor the prospect of to-morrow's sea-sickness, could keep him awake. He cared no more for them all than for the broken and dishonoured idols that only yesterday had been the gods of his adoration.

PART II

THIRTEEN YEARS LATER

CHAPTER I

ONE evening in July, 1846, a few acquaintances met at Professor Fabrizi's house in Florence to discuss plans for future political work.

Several of them belonged to the Mazzinian party and would have been satisfied with nothing less than a democratic Republic and a United Italy. Others were Constitutional Monarchists and Liberals of various shades. On one point, however, they were all agreed; that of dissatisfaction with the Tuscan censorship; and the popular professor had called the meeting in the hope that, on this one subject at least, the representatives of the dissentient parties would be able to get through an hour's discussion without quarrelling.

Only a fortnight had elapsed since the famous amnesty which Pius IX. had granted, on his accession, to political offenders in the Papal States; but the wave of liberal enthusiasm caused by it was already spreading over Italy. In Tuscany even the government appeared to have been affected by the astounding event. It had occurred to Fabrizi and a few other leading Florentines that this was a propitious moment for a bold effort to reform the press-laws.

"Of course," the dramatist Lega had said, when the subject was first broached to him; "it would be impossible to start a newspaper till we can get the press-law changed; we should not bring out the first number. But we may be able to run some pamphlets through the censorship already; and the sooner we begin the sooner we shall get the law changed."

He was now explaining in Fabrizi's library his theory of the line which should be taken by liberal writers at the moment.

"There is no doubt," interposed one of the company, a gray-haired barrister with a rather drawling manner of speech, "that in some way we must take advantage of the moment. We shall not see such a favourable one again for bringing forward serious reforms. But I doubt the pamphlets doing any good. They will only irritate and frighten the government instead of winning it over to our side, which is what we really want to do. If once the authorities begin to think of us as dangerous agitators our chance of getting their help is gone."

"Then what would you have us do?"

"Petition."

"To the Grand Duke?"

"Yes; for an augmentation of the liberty of the press."

A keen-looking, dark man sitting by the window turned his head round with a laugh.

"You'll get a lot out of petitioning!" he said. "I should have thought the result of the Renzi case was enough to cure anybody of going to work that way."

"My dear sir, I am as much grieved as you are that we did not succeed in preventing the extradition of Renzi. But really—I do not wish to hurt the sensibilities of anyone, but I cannot help thinking that our failure in that case was largely due to the impatience and vehemence of some persons among our number. I should certainly hesitate——"

"As every Piedmontese always does," the dark man interrupted sharply. "I don't know where the vehemence and impatience lay, unless you found them in the strings of meek petitions we sent in. That may be vehemence for Tuscany or Piedmont, but we should not call it particularly vehement in Naples."

"Fortunately," remarked the Piedmontese, "Neapolitan vehemence is peculiar to Naples."

"There, there, gentlemen, that will do!" the professor put in. "Neapolitan customs are very good things in their way and Piedmontese customs in theirs; but just now we are in Tuscany, and the Tuscan custom is to stick to the matter in hand. Grassini votes for petitions and Galli against them. What do you think, Dr. Riccardo?"

"I see no harm in petitions, and if Grassini gets one up I'll sign it with all the pleasure in life. But I don't think mere petitioning and nothing else will accomplish much. Why can't we have both petitions and pamphlets?"

"Simply because the pamphlets will put the government into a state of mind in which it won't grant the petitions," said Grassini.

"It won't do that anyhow." The Neapolitan rose and came

across to the table. "Gentlemen, you're on the wrong tack. Conciliating the government will do no good. What we must do is to rouse the people."

"That's easier said than done; how are you going to start?"

"Fancy asking Galli that! Of course he'd start by knocking the censor on the head."

"No, indeed, I shouldn't," said Galli stoutly. "You always think if a man comes from down south he must believe in no argument but cold steel."

"Well, what do you propose, then? Sh! Attention, gentlemen! Galli has a proposal to make."

The whole company, which had broken up into little knots of twos and threes, carrying on separate discussions, collected round the table to listen. Galli raised his hands in expostulation.

"No, gentlemen, it is not a proposal; it is merely a suggestion. It appears to me that there is a great practical danger in all this rejoicing over the new Pope. People seem to think that, because he has struck out a new line and granted this amnesty, we have only to throw ourselves—all of us, the whole of Italy—into his arms and he will carry us to the promised land. Now, I am second to no one in admiration of the Pope's behaviour; the amnesty was a splendid action."

"I am sure His Holiness ought to feel flattered——" Grassini began contemptuously.

"There, Grassini, do let the man speak!" Riccardo interrupted in his turn. "It's a most extraordinary thing that you two never can keep from sparring like a cat and dog. Get on, Galli!"

"What I wanted to say is this," continued the Neapolitan.

"The Holy Father, undoubtedly, is acting with the best intentions; but how far he will succeed in carrying his reforms is another question. Just now it's smooth enough and, of course, the reactionists all over Italy will lie quiet for a month or two till the excitement about the amnesty blows over; but they are not likely to let the power be taken out of their hands without a fight, and my own belief is that before the winter is half over we shall have Jesuits and Gregorians and Sanfedists and all the rest of the crew about our ears, plotting and intriguing, and poisoning off everybody they can't bribe."

"That's likely enough."

"Very well, then; shall we wait here, meekly sending in petitions, till Lambruschini and his pack have persuaded the Grand Duke to put us bodily under Jesuit rule, with perhaps a few Austrian hussars to patrol the streets and keep us in order; or shall we forestall them and take advantage of their momentary discomfiture to strike the first blow?"

"Tell us first what blow you propose?"

"I would suggest that we start an organized propaganda and agitation against the Jesuits."

"A pamphleteering declaration of war, in fact?"

"Yes; exposing their intrigues, ferreting out their secrets, and calling upon the people to make common cause against them."

"But there are no Jesuits here to expose."

"Aren't there? Wait three months and see how many we shall have. It'll be too late to keep them out then."

"But really to rouse the town against the Jesuits one must speak plainly; and if you do that how will you evade the censorship?"

"I wouldn't evade it; I would defy it."

"You would print the pamphlets anonymously? That's all very well, but the fact is, we have all seen enough of the clandestine press to know——"

"I did not mean that. I would print the pamphlets openly, with our names and addresses, and let them prosecute us if they dare."

"The project is a perfectly mad one," Grassini exclaimed. "It is simply putting one's head into the lion's mouth out of sheer wantonness."

"Oh, you needn't be afraid!" Galli cut in sharply; "we shouldn't ask you to go to prison for our pamphlets."

"Hold your tongue, Galli!" said Riccardo. "It's not a question of being afraid; we're all as ready as you are to go to prison if there's any good to be got by it, but it is childish to run into danger for nothing. For my part, I have an amendment to the proposal to suggest."

"Well, what is it?"

"I think we might contrive, with care, to fight the Jesuits without coming into collision with the censorship."

"I don't see how you are going to manage it."

"I think that it is possible to clothe what one has to say in so roundabout a form that——"

"That the censorship won't understand it? And then you'll expect every poor artisan and labourer to find out the meaning by the light of the ignorance and stupidity that are in him! That doesn't sound very practicable."

"Martini, what do you think?" asked the professor, turning

to a broad-shouldered man with a great brown beard, who was sitting beside him.

"I think that I will reserve my opinion till I have more facts to go upon. It's a question of trying experiments and seeing what comes of them."

"And you, Sacconi?"

"I should like to hear what Signora Bolla has to say. Her suggestions are always valuable."

Everyone turned to the only woman in the room, who had been sitting on the sofa, resting her chin on one hand and listening in silence to the discussion. She had deep, serious black eyes, but as she raised them now there was an unmistakable gleam of amusement in them.

"I am afraid," she said; "that I disagree with everybody."

"You always do, and the worst of it is that you are always right," Riccardo put in.

"I think it is quite true that we must fight the Jesuits somehow; and if we can't do it with one weapon we must with another. But mere defiance is a feeble weapon and evasion a cumbersome one. As for petitioning, that is a child's toy."

"I hope, signora," Grassini interposed, with a solemn face; "that you are not suggesting such methods as—assassination?"

Martini tugged at his big moustache and Galli sniggered outright. Even the grave young woman could not repress a smile.

"Believe me," she said, "that if I were ferocious enough to think of such things I should not be childish enough to talk about them. But the deadliest weapon I know is ridicule. If you can once succeed in rendering the Jesuits ludicrous, in making people laugh at them and their claims, you have conquered them without bloodshed."

"I believe you are right, as far as that goes," Fabrizi said; "but I don't see how you are going to carry the thing through."

"Why should we not be able to carry it through?" asked Martini. "A satirical thing has a better chance of getting over the censorship difficulty than a serious one; and, if it must be cloaked, the average reader is more likely to find out the double meaning of an apparently silly joke than of a scientific or economic treatise."

"Then is your suggestion, signora, that we should issue satirical pamphlets, or attempt to run a comic paper? That last, I am sure, the censorship would never allow."

"I don't mean exactly either. I believe a series of small satirical leaflets, in verse or prose, to be sold cheap or distributed free about the streets, would be very useful. If we could find a clever artist who would enter into the spirit of the thing, we might have them illustrated."

"It's a capital idea, if only one could carry it out; but if the thing is to be done at all it must be well done. We should want a first-class satirist; and where are we to get him?"

"You see," added Lega, "most of us are serious writers; and, with all respect to the company, I am afraid that a general attempt to be humorous would present the spectacle of an elephant trying to dance the tarantella."

"I never suggested that we should all rush into work for which we are unfitted. My idea was that we should try to find a really gifted satirist—there must be one to be got somewhere in Italy, surely—and offer to provide the necessary funds. Of course we should have to know something of the man and make sure that he would work on lines with which we could agree."

"But where are you going to find him? I can count up the satirists of any real talent on the fingers of one hand; and none of them are available. Giusti wouldn't accept; he is fully occupied as it is. There are one or two good men in Lombardy, but they write only in the Milanese dialect——"

"And moreover," said Grassini, "the Tuscan people can be influenced in better ways than this. I am sure that it would be felt as, to say the least, a want of political *savoir faire* if we were to treat this solemn question of civil and religious liberty as a subject for trifling. Florence is not a mere wilderness of factories and money-getting like London, nor a haunt of idle luxury like Paris. It is a city with a great history——"

"So was Athens," she interrupted, smiling; "but it was 'rather sluggish from its size and needed a gadfly to rouse it'——"

Riccardo struck his hand upon the table. "Why, we never thought of the Gadfly! The very man!"

"Who is that?"

"The Gadfly—Felice Rivarez. Don't you remember him? One of Muratori's band that came down from the Apennines three years ago?"

"Oh, you knew that set, didn't you? I remember your travelling with them when they went on to Paris."

"Yes; I went as far as Leghorn to see Rivarez off for Marseilles. He wouldn't stop in Tuscany; he said there was nothing left to do but laugh, once the insurrection had failed, and so he had better go to Paris. No doubt he agreed with Signor Grassini that Tuscany is the wrong place to laugh in. But I am nearly sure he would come back if we asked him, now that there is a chance of doing something in Italy."

"What name did you say?"

"Rivarez. He's a Brazilian, I think. At any rate, I know he has lived out there. He is one of the wittiest men I ever came across. Heaven knows we had nothing to be merry over, that week in Leghorn; it was enough to break one's heart to look at poor Lambertini; but there was no keeping one's countenance when Rivarez was in the room; it was one perpetual fire of absurdities. He had a nasty sabre-cut across the face, too; I remember sewing it up. He's an odd creature; but I believe he and his nonsense kept some of those poor lads from breaking down altogether."

"Is that the man who writes political skits in the French papers under the name of 'Le Taon'?"

"Yes; short paragraphs mostly, and comic feuilletons. The smugglers up in the Apennines called him 'the Gadfly' because of his tongue; and he took the nickname to sign his work with."

"I know something about this gentleman," said Grassini, breaking in upon the conversation in his slow and stately manner; "and I cannot say that what I have heard is much to his credit. He undoubtedly possesses a certain showy, superficial cleverness, though I think his abilities have been exaggerated; and possibly he is not lacking in physical courage; but his reputation in Paris and Vienna is, I believe, very far from spotless. He appears to be a gentleman of—a—a—many adventures and unknown antecedents. It is said that he was picked up out of charity by Duprez's expedition somewhere in the wilds of tropical South

America, in a state of inconceivable savagery and degradation. I believe he has never satisfactorily explained how he came to be in such a condition. As for the rising in the Apennines, I fear it is no secret that persons of all characters took part in that unfortunate affair. The men who were executed in Bologna are known to have been nothing but common malefactors; and the character of many who escaped will hardly bear description. Without doubt, *some* of the participators were men of high character——"

"Some of them were the intimate friends of several persons in this room!" Riccardo interrupted, with an angry ring in his voice. "It's all very well to be particular and exclusive, Grassini; but these 'common malefactors' died for their belief, which is more than you or I have done as yet."

"And another time when people tell you the stale gossip of Paris," added Galli, "you can tell them from me that they are mistaken about the Duprez expedition. I know Duprez's adjutant, Martel, personally, and have heard the whole story from him. It's true that they found Rivarez stranded out there. He had been taken prisoner in the war, fighting for the Argentine Republic, and had escaped. He was wandering about the country in various disguises, trying to get back to Buenos Ayres. But the story of their taking him on out of charity is a pure fabrication. Their interpreter had fallen ill and been obliged to turn back; and not one of the Frenchmen could speak the native languages; so they offered him the post, and he spent the whole three years with them, exploring the tributaries of the Amazon. Martel told me he believed they never would have got through the expedition at all if it had not been for Rivarez."

"Whatever he may be," said Fabrizi; "there must be something remarkable about a man who could lay his 'come hither' on two old campaigners like Martel and Duprez as he seems to have done. What do you think, signora?"

"I know nothing about the matter; I was in England when the fugitives passed through Tuscany. But I should think that if the companions who were with a man on a three years' expedition in savage countries, and the comrades who were with him through an insurrection, think well of him, that is recommendation enough to counterbalance a good deal of boulevard gossip."

"There is no question about the opinion his comrades had of him," said Riccardo. "From Muratori and Zambeccari down to the roughest mountaineers they were all devoted to him. Moreover, he is a personal friend of Orsini. It's quite true, on the other hand, that there are endless cock-and-bull stories of a not very pleasant kind going about concerning him in Paris; but if a man doesn't want to make enemies he shouldn't become a political satirist."

"I'm not quite sure," interposed Lega; "but it seems to me that I saw him once when the refugees were here. Was he not hunchbacked, or crooked, or something of that kind?"

The professor had opened a drawer in his writing-table and was turning over a heap of papers. "I think I have his police description somewhere here," he said. "You remember when they escaped and hid in the mountain passes their personal appearance was posted up everywhere, and that Cardinal—what's the scoundrel's name?—Spinola, offered a reward for their heads."

"There was a splendid story about Rivarez and that police paper, by the way. He put on a soldier's old uniform and tramped across country as a carabineer wounded in the discharge of his duty and trying to find his company. He actually got Spinola's search-party to give him a lift, and rode the whole day in one of their waggons, telling them harrowing stories of how he had been taken captive by the rebels and dragged off into their haunts in the mountains, and of the fearful tortures that he had suffered at their hands. They showed him the description paper, and he told them all the rubbish he could think of about 'the fiend they call the Gadfly.' Then at night, when they were asleep, he poured a bucketful of water into their powder and decamped, with his pockets full of provisions and ammunition——"

"Ah, here's the paper," Fabrizi broke in: " 'Felice Rivarez, called: *The Gadfly*. Age, about 30; birthplace and parentage, unknown, probably South American; profession, journalist. Short; black hair; black beard; dark skin; eyes, blue; forehead, broad and square; nose, mouth, chin——' Yes, here it is: 'Special marks: right foot lame; left arm twisted; two ringers missing on left hand; recent sabre-cut across face; stammers.' Then there's a note put: 'Very expert shot; care should be taken in arresting.' "

"It's an extraordinary thing that he can have managed to deceive the search-party with such a formidable list of identification marks."

"It was nothing but sheer audacity that carried him through, of course. If it had once occurred to them to suspect him he would have been lost. But the air of confiding innocence that he can put on when he chooses would bring a man through anything. Well, gentlemen, what do you think of the proposal? Rivarez seems to be pretty well known to several of the company. Shall we suggest to him that we should be glad of his help here or not?"

"I think," said Fabrizi, "that he might be sounded upon the subject, just to find out whether he would be inclined to think of the plan."

"Oh, he'll be inclined, you may be sure, once it's a case of fighting the Jesuits; he is the most savage anti-clerical I ever met; in fact, he's rather rabid on the point."

"Then will you write, Riccardo?"

"Certainly. Let me see, where is he now? In Switzerland, I think. He's the most restless being; always flitting about. But as for the pamphlet question——"

They plunged into a long and animated discussion. When at last the company began to disperse Martini went up to the quiet young woman.

"I will see you home, Gemma."

"Thanks; I want to have a business talk with you."

"Anything wrong with the addresses?" he asked softly.

"Nothing serious; but I think it is time to make a few alterations. Two letters have been stopped in the post this week. They were both quite unimportant, and it may have been accidental; but we cannot afford to have any risks. If once the police have begun to suspect any of our addresses, they must be changed immediately."

"I will come in about that to-morrow. I am not going to talk business with you to-night; you look tired."

"I am not tired."

"Then you are depressed again."

"Oh, no; not particularly."

CHAPTER II

"Is the mistress in, Katie?"

"Yes, sir; she is dressing. If you'll just step into the parlour she will be down in a few minutes."

Katie ushered the visitor in with the cheerful friendliness of a true Devonshire girl. Martini was a special favourite of hers. He spoke English, like a foreigner, of course, but still quite respectably; and he never sat discussing politics at the top of his voice till one in the morning, when the mistress was tired, as some visitors had a way of doing. Moreover, he had come to Devonshire to help the mistress in her trouble, when her baby was dead and her husband dying there; and ever since that time the big, awkward, silent man had been to Katie as much "one of the family" as was the lazy black cat which now ensconced itself upon his knee. Pasht, for his part, regarded Martini as a useful piece of household furniture. This visitor never trod upon his tail, or puffed tobacco smoke into his eyes, or in any way obtruded upon his consciousness an aggressive biped personality. He behaved as a mere man should: provided a comfortable knee to lie upon and purr, and at table never forgot that to look on while human beings eat fish is not interesting for a cat. The friendship between them was of old date. Once, when Pasht was a kitten and his mistress too ill to think about him, he had come from England under Martini's care, tucked away in a basket. Since then, long experience had convinced him that this clumsy human bear was no fair-weather friend.

"How snug you look, you two!" said Gemma, coming into the room. "One would think you had settled yourselves for the evening."

Martini carefully lifted the cat off his knee. "I came early," he said, "in the hope that you will give me some tea before we start. There will probably be a frightful crush, and Grassini won't give us any sensible supper—they never do in those fashionable houses."

"Come now!" she said, laughing; "that's as bad as Galli! Poor Grassini has quite enough sins of his own to answer for without having his wife's imperfect housekeeping visited upon his head. As for the tea, it will be ready in a minute. Katie has been making some Devonshire cakes specially for you."

"Katie is a good soul, isn't she, Pasht? By the way, so are you to have put on that pretty dress. I was afraid you would forget."

"I promised you I would wear it, though it is rather warm for a hot evening like this."

"It will be much cooler up at Fiesole; and nothing else ever suits you so well as white cashmere. I have brought you some flowers to wear with it."

"Oh, those lovely cluster roses; I am so fond of them! But

they had much better go into water. I hate to wear flowers."

"Now that's one of your superstitious fancies."

"No, it isn't; only I think they must get so bored, spending all the evening pinned to such a dull companion."

"I am afraid we shall all be bored tonight. The conversazione will be dull beyond endurance."

"Why?"

"Partly because everything Grassini touches becomes as dull as himself."

"Now don't be spiteful. It is not fair when we are going to be a man's guests."

"You are always right, Madonna. Well then, it will be dull because half the interesting people are not coming."

"How is that?"

"I don't know. Out of town, or ill, or something. Anyway, there will be two or three ambassadors and some learned Germans, and the usual nondescript crowd of tourists and Russian princes and literary club people, and a few French officers; nobody else that I know of—except, of course, the new satirist, who is to be the attraction of the evening."

"The new satirist? What, Rivarez? But I thought Grassini disapproved of him so strongly."

"Yes; but once the man is here and is sure to be talked about, of course Grassini wants his house to be the first place where the new lion will be on show. You may be sure Rivarez has heard nothing of Grassini's disapproval. He may have guessed it, though; he's sharp enough."

"I did not even know he had come."

"He only arrived yesterday. Here comes the tea. No, don't get up; let me fetch the kettle."

He was never so happy as in this little study. Gemma's friendship, her grave unconsciousness of the charm she exercised over him, her frank and simple comradeship were the brightest things for him in a life that was none too bright; and whenever he began to feel more than usually depressed he would come in here after business hours and sit with her, generally in silence, watching her as she bent over her needlework or poured out tea. She never questioned him about his troubles or expressed any sympathy in words; but he always went away stronger and calmer, feeling, as he put it to himself, that he could "trudge through another fortnight quite respectably." She possessed, without knowing it, the rare gift of consolation; and when, two years ago, his dearest friends had been betrayed in Calabria and shot down like wolves, her steady faith had been perhaps the thing which had saved him from despair.

On Sunday mornings he sometimes came in to "talk business," that expression standing for anything connected with the practical work of the Mazzinian party, of which they both were active and devoted members. She was quite a different creature then; keen, cool, and logical, perfectly accurate and perfectly neutral. Those who saw her only at her political work regarded her as a trained and disciplined conspirator, trustworthy, courageous, in every way a valuable member of the party, but somehow lacking in life and individuality. "She's a born conspirator, worth any dozen of us; and she is nothing more," Galli had said of her. The "Madonna Gemma" whom Martini knew was very difficult to get at.

"Well, and what is your 'new satirist' like?" she asked, glancing back over her shoulder as she opened the sideboard. "There, Cesare, there are barley-sugar and candied angelica for you. I wonder, by the way, why revolutionary men are always so fond of sweets."

"Other men are, too, only they think it beneath their dignity to confess it. The new satirist? Oh, the kind of man that ordinary women will rave over and you will dislike. A sort of professional dealer in sharp speeches, that goes about the world with a lackadaisical manner and a handsome ballet-girl dangling on to his coat-tails."

"Do you mean that there is really a ballet-girl, or simply that you feel cross and want to imitate the sharp speeches?"

"The Lord defend me! No; the ballet-girl is real enough and handsome enough, too, for those who like shrewish beauty. Personally, I don't. She's a Hungarian gipsy, or something of that kind, so Riccardo says; from some provincial theatre in Galicia. He seems to be rather a cool hand; he has been introducing the girl to people just as if she were his maiden aunt."

"Well, that's only fair if he has taken her away from her home."

"You may look at things that way, dear Madonna, but society won't. I think most people will very much resent being introduced to a woman whom they know to be his mistress."

"How can they know it unless he tells them so?"

"It's plain enough; you'll see if you meet her. But I should think even he would not have the audacity to bring her to the Grassinis'."

"They wouldn't receive her. Signora Grassini is not the woman to do unconventional things of that kind. But I wanted to hear about Signor Rivarez as a satirist, not as a man. Fabrizi told me he had been written to and had consented to come and take up the campaign against the Jesuits; and that is the last I have heard. There has been such a rush of work this week."

"I don't know that I can tell you much more. There doesn't seem to have been any difficulty over the money question, as we feared there would be. He's well off, it appears, and willing to work for nothing."

"Has he a private fortune, then?"

"Apparently he has; though it seems rather odd—you heard that night at Fabrizi's about the state the Duprez expedition found him in. But he has got shares in mines somewhere out in Brazil; and then he has been immensely successful as a feuilleton writer in Paris and Vienna and London. He seems to have half a dozen languages at his finger-tips; and there's nothing to prevent his keeping up his newspaper connections from here. Slanging the Jesuits won't take all his time."

"That's true, of course. It's time to start, Cesare. Yes, I will wear the roses. Wait just a minute."

She ran upstairs, and came back with the roses in the bosom of her dress, and a long scarf of black Spanish lace thrown over her head. Martini surveyed her with artistic approval.

"You look like a queen, Madonna mia; like the great and wise Queen of Sheba."

"What an unkind speech!" she retorted, laughing; "when you know how hard I've been trying to mould myself into the image of the typical society lady! Who wants a conspirator to look like the Queen of Sheba? That's not the way to keep clear of spies."

"You'll never be able to personate the stupid society woman if you try for ever. But it doesn't matter, after all; you're too fair to look upon for spies to guess your opinions, even though you can't simper and hide behind your fan like Signora Grassini."

"Now Cesare, let that poor woman alone! There, take some more barley-sugar to sweeten your temper. Are you ready? Then we had better start."

Martini had been quite right in saying that the conversazione would be both crowded and dull. The literary men talked polite small-talk and looked hopelessly bored, while the "nondescript crowd of tourists and Russian princes" fluttered up and down the rooms, asking each other who were the various celebrities and trying to carry on intellectual conversation. Grassini was receiving his guests with a manner as carefully polished as his boots; but his cold face lighted up at the sight of Gemma. He did not really like her and indeed was secretly a little afraid of her; but he realized that without her his drawing room would lack a great attraction. He had risen high in his profession, and now that he was rich and well known his chief ambition was to make of his house a centre of liberal and intellectual society. He was painfully conscious that the insignificant, overdressed little woman whom in his youth he had made the mistake of marrying was not fit, with her vapid talk and faded prettiness, to be the mistress of a great literary salon. When he could prevail upon Gemma to come he always felt that the evening would be a success. Her quiet graciousness of manner set the guests at their ease, and her very presence seemed to lay the spectre of vulgarity which always, in his imagination, haunted the house.

Signora Grassini greeted Gemma affectionately, exclaiming in a loud whisper: "How charming you look to-night!" and examining the white cashmere with viciously critical eyes. She hated her visitor rancourously, for the very things for which Martini loved her; for her quiet strength of character; for her grave, sincere directness; for the steady balance of her mind; for the very expression of her face. And when Signora Grassini hated a woman, she showed it by effusive tenderness. Gemma took the compliments and endearments for what they were worth, and troubled her head no more about them. What is called "going into society" was in her eyes one of the wearisome and rather unpleasant tasks which a conspirator who wishes not to attract the notice of spies must conscientiously fulfil. She classed it together with the laborious work of writing in cipher; and, knowing how valuable a practical safeguard against suspicion is the reputation of being a well-dressed woman, studied the fashion-plates as carefully as she did the keys of her ciphers.

The bored and melancholy literary lions brightened up a little at the sound of Gemma's name; she was very popular among them; and the radical journalists, especially, gravitated at once to her end of the long room. But she was far too practised a conspirator to let them monopolize her. Radicals could be had any day; and now, when they came crowding round her, she gently sent them about their business, reminding them with a smile that they need not waste their time on converting her when there were so many tourists in need of instruction. For her part, she devoted herself to an English M.P. whose sympathies the republican party was anxious to gain; and, knowing him to be a specialist on finance, she first won his attention by asking his opinion on a technical point concerning the Austrian currency, and then deftly turned the conversation to the condition of the Lombardo-Venetian revenue. The Englishman, who had expected to be bored with small-talk, looked askance at her, evidently fearing that he had fallen into the clutches of a blue-stocking; but finding that she was both pleasant to look at and interesting to talk to, surrendered completely and plunged into as grave a discussion of Italian finance as if she had been Metternich. When Grassini brought up a Frenchman "who wishes to ask Signora Bolla something about the history of Young Italy," the M. P. rose with a bewildered sense that perhaps there was more ground for Italian discontent than he had supposed.

Later in the evening Gemma slipped out on to the terrace under the drawing-room windows to sit alone for a few moments among the great camellias and oleanders. The close air and continually shifting crowd in the rooms were beginning to give her a headache. At the further end of the terrace stood a row of palms and tree-ferns, planted in large tubs which were hidden by a bank of lilies and other flowering plants. The whole formed a complete screen, behind which was a little nook commanding a beautiful view out across the valley. The branches of a pomegranate tree, clustered with late blossoms, hung beside the narrow opening between the plants.

In this nook Gemma took refuge, hoping that no one would guess her whereabouts until she had secured herself against the threatening headache by a little rest and silence. The night was warm and beautifully still; but coming out from the hot, close rooms she felt it cool, and drew her lace scarf about her head.

Presently the sounds of voices and footsteps approaching along the terrace roused her from the dreamy state into which she had fallen. She drew back into the shadow, hoping to escape notice and get a few more precious minutes of silence before again having to rack her tired brain for conversation. To her great annoyance the footsteps paused near to the screen; then Signora Grassini's thin, piping little voice broke off for a moment in its stream of chatter.

The other voice, a man's, was remarkably soft and musical; but its sweetness of tone was marred by a peculiar, purring drawl, perhaps mere affectation, more probably the result of a habitual effort to conquer some impediment of speech, but in any case very unpleasant.

"English, did you say?" it asked. "But surely the name is quite Italian. What was it—Bolla?"

"Yes; she is the widow of poor Giovanni Bolla, who died in England about four years ago, —don't you remember? Ah, I forgot—you lead such a wandering life; we can't expect you to know of all our unhappy country's martyrs—they are so many!"

Signora Grassini sighed. She always talked in this style to strangers; the role of a patriotic mourner for the sorrows of Italy formed an effective combination with her boarding-school manner and pretty infantine pout.

"Died in England!" repeated the other voice. "Was he a refugee, then? I seem to recognize the name, somehow; was he not connected with Young Italy in its early days?"

"Yes; he was one of the unfortunate young men who were arrested in '33—you remember that sad affair? He was released in a few months; then, two or three years later, when there was a warrant out against him again, he escaped to England. The next we heard was that he was married there. It was a most romantic affair altogether, but poor Bolla always was romantic."

"And then he died in England, you say?"

"Yes, of consumption; he could not stand that terrible English climate. And she lost her only child just before his death; it caught scarlet fever. Very sad, is it not? And we are all so fond of dear Gemma! She is a little stiff, poor thing; the English always are, you know; but I think her troubles have made her melancholy, and——"

Gemma stood up and pushed back the boughs of the pomegranate tree. This retailing of her private sorrows for purposes of small-talk was almost unbearable to her, and there was visible annoyance in her face as she stepped into the light.

"Ah! here she is!" exclaimed the hostess, with admirable coolness. "Gemma, dear, I was wondering where you could have disappeared to. Signor Felice Rivarez wishes to make your acquaintance."

"So it's the Gadfly," thought Gemma, looking at him with some curiosity. He bowed to her decorously enough, but his eyes glanced over her face and figure with a look which seemed to her insolently keen and inquisitorial.

"You have found a d-d-delightful little nook here," he remarked, looking at the thick screen; "and w-w-what a charming view!"

"Yes; it's a pretty corner. I came out here to get some air."

"It seems almost ungrateful to the good God to stay indoors on such a lovely night," said the hostess, raising her eyes to the stars. (She had good eyelashes and liked to show them.) "Look, signore! Would not our sweet Italy be heaven on earth if only she were free? To think that she should be a bond-slave, with such flowers and such skies!"

"And such patriotic women!" the Gadfly murmured in his soft, languid drawl.

Gemma glanced round at him in some trepidation; his impudence was too glaring, surely, to deceive anyone. But she had underrated Signora Grassini's appetite for compliments; the poor woman cast down her lashes with a sigh.

"Ah, signore, it is so little that a woman can do! Perhaps some day I may prove my right to the name of an Italian—who knows? And now I must go back to my social duties; the French ambassador has begged me to introduce his ward to all the notabilities; you must come in presently and see her. She is a most charming girl. Gemma, dear, I brought Signor Rivarez out to show him our beautiful view; I must leave him under your care. I know you will look after him and introduce him to everyone. Ah! there is that delightful Russian prince! Have you met him? They say he is a great favourite of the Emperor Nicholas. He is military commander of some Polish town with a name that nobody can pronounce. Quelle nuit magnifique! N'est-ce-pas, mon prince?"

She fluttered away, chattering volubly to a bull-necked man with a heavy jaw and a coat glittering with orders; and her plaintive dirges for "notre malheureuse patrie," interpolated with "charmant" and "mon prince," died away along the terrace.

Gemma stood quite still beside the pomegranate tree. She was sorry for the poor, silly little woman, and annoyed at the Gadfly's languid insolence. He was watching the retreating figures with an expression of face that angered her; it seemed ungenerous to mock at such pitiable creatures.

"There go Italian and—Russian patriotism," he said, turning to her with a smile; "arm in arm and mightily pleased with each other's company. Which do you prefer?"

She frowned slightly and made no answer.

"Of c-course," he went on; "it's all a question of p-personal taste; but I think, of the two, I like the Russian variety best—it's so thorough. If Russia had to depend on flowers and skies for her supremacy instead of on powder and shot, how long do you think 'mon prince' would k-keep that Polish fortress?"

"I think," she answered coldly, "that we can hold our personal opinions without ridiculing a woman whose guests we are."

"Ah, yes! I f-forgot the obligations of hospitality here in Italy; they are a wonderfully hospitable people, these Italians. I'm sure the Austrians find them so. Won't you sit down?"

He limped across the terrace to fetch a chair for her, and placed himself opposite to her, leaning against the balustrade. The light from a window was shining full on his face; and she was able to study it at her leisure.

She was disappointed. She had expected to see a striking and powerful, if not pleasant face; but the most salient points of his appearance were a tendency to foppishness in dress and rather more than a tendency to a certain veiled insolence of expression and manner. For the rest, he was as swarthy as a mulatto, and, notwithstanding his lameness, as agile as a cat. His whole personality was oddly suggestive of a black jaguar. The forehead and left cheek were terribly disfigured by the long crooked scar of the old sabre-cut; and she had already noticed that, when he began to stammer in speaking, that side of his face was affected with a nervous twitch. But for these defects he would have been, in a certain restless and uncomfortable way, rather handsome; but it was not an attractive face.

Presently he began again in his soft, murmuring purr ("Just the voice a jaguar would talk in, if it could speak and were in a good humour," Gemma said to herself with rising irritation).

"I hear," he said, "that you are interested in the radical press, and write for the papers."

"I write a little; I have not time to do much."

"Ah, of course! I understood from Signora Grassini that you undertake other important work as well."

Gemma raised her eyebrows slightly. Signora Grassini, like the silly little woman she was, had evidently been chattering imprudently to this slippery creature, whom Gemma, for her part, was beginning actually to dislike.

"My time is a good deal taken up," she said rather stiffly; "but Signora Grassini overrates the importance of my occupations. They are mostly of a very trivial character."

"Well, the world would be in a bad way if we *all* of us spent our time in chanting dirges for Italy. I should think the neighbourhood of our host of this evening and his wife would make anybody frivolous, in self-defence. Oh, yes, I know what you're going to say; you are perfectly right, but they are both so deliciously funny with their patriotism. —Are you going in already? It is so nice out here!"

"I think I will go in now. Is that my scarf? Thank you."

He had picked it up, and now stood looking at her with wide eyes as blue and innocent as forget-me-nots in a brook.

"I know you are offended with me," he said penitently, "for fooling that painted-up wax doll; but what can a fellow do?"

"Since you ask me, I do think it an ungenerous and—well—cowardly thing to hold one's intellectual inferiors up to ridicule in that way; it is like laughing at a cripple, or——"

He caught his breath suddenly, painfully; and shrank back, glancing at his lame foot and mutilated hand. In another instant he recovered his self-possession and burst out laughing.

"That's hardly a fair comparison, signora; we cripples don't flaunt our deformities in people's faces as she does her stupidity. At least give us credit for recognizing that crooked backs are no pleasanter than crooked ways. There is a step here; will you take my arm?"

She re-entered the house in embarrassed silence; his unexpected sensitiveness had completely disconcerted her.

Directly he opened the door of the great reception room she realized that something unusual had happened in her absence. Most of the gentlemen looked both angry and uncomfortable; the ladies, with hot cheeks and carefully feigned unconsciousness, were all collected at one end of the room; the host was fingering his eye-glasses with suppressed but unmistakable fury, and a little group of tourists stood in a corner casting amused glances at the further end of the room. Evidently something was going on there which appeared to them in the light of a joke, and to most of the guests in that of an insult. Signora Grassini alone did not appear to have noticed anything; she was fluttering her fan coquettishly and chattering to the secretary of the Dutch embassy, who listened with a broad grin on his face.

Gemma paused an instant in the doorway, turning to see if the Gadfly, too, had noticed the disturbed appearance of the company. There was no mistaking the malicious triumph in his eyes as he glanced from the face of the blissfully unconscious hostess to a sofa at the end of the room. She understood at once; he had brought his mistress here under some false colour, which had deceived no one but Signora Grassini.

The gipsy-girl was leaning back on the sofa, surrounded by a group of simpering dandies and blandly ironical cavalry officers. She was gorgeously dressed in amber and scarlet, with an Oriental brilliancy of tint and profusion of ornament as startling in a Florentine literary salon as if she had been some tropical bird among sparrows and starlings. She herself seemed to feel out of place, and looked at the offended ladies with a fiercely contemptuous scowl. Catching sight of the Gadfly as he crossed the room with Gemma, she sprang up and came towards him, with a voluble flood of painfully incorrect French.

"M. Rivarez, I have been looking for you everywhere! Count Saltykov wants to know whether you can go to his villa to-morrow night. There will be dancing."

"I am sorry I can't go; but then I couldn't dance if I did. Signora Bolla, allow me to introduce to you Mme. Zita Reni."

The gipsy glanced round at Gemma with a half defiant air and bowed stiffly. She was certainly handsome enough, as Martini had said, with a vivid, animal, unintelligent beauty; and the perfect harmony and freedom of her movements were delightful to see; but her forehead was low and narrow, and the line of her delicate nostrils was unsympathetic, almost cruel. The sense of oppression which Gemma had felt in the Gadfly's society was intensified by the gypsy's presence; and when, a moment later, the host came up to beg Signora Bolla to help him entertain some tourists in the other room, she consented with an odd feeling of relief.

"Well, Madonna, and what do you think of the Gadfly?" Martini asked as they drove back to Florence late at night. "Did you ever see anything quite so shameless as the way he fooled that poor little Grassini woman?"

"About the ballet-girl, you mean?"

"Yes, he persuaded her the girl was going to be the lion of the season. Signora Grassini would do anything for a celebrity."

"I thought it an unfair and unkind thing to do; it put the Grassinis into a false position; and it was nothing less than cruel to the girl herself. I am sure she felt ill at ease."

"You had a talk with him, didn't you? What did you think of him?"

"Oh, Cesare, I didn't think anything except how glad I was to see the last of him. I never met anyone so fearfully tiring. He gave me a headache in ten minutes. He is like an incarnate demon of unrest."

"I thought you wouldn't like him; and, to tell the truth, no more do I. The man's as slippery as an eel; I don't trust him."

CHAPTER III

THE Gadfly took lodgings outside the Roman gate, near to which Zita was boarding. He was evidently somewhat of a sybarite; and, though nothing in the rooms showed any serious extravagance, there was a tendency to luxuriousness in trifles and to a certain fastidious daintiness in the arrangement of everything which surprised Galli and Riccardo. They had expected to find a man who had lived among the wildernesses of the Amazon more simple in his tastes, and wondered at his spotless ties and rows of boots, and at the masses of flowers which always stood upon his writing table. On the whole they got on very well with him. He was hospitable and friendly to everyone, especially to the local members of the Mazzinian party. To this rule Gemma, apparently, formed an exception; he seemed to have taken a dislike to her from the time of their first meeting, and in every way avoided her company. On two or three occasions he was actually rude to her, thus bringing upon himself Martini's most cordial detestation. There had been no love lost between the two men from the beginning; their temperaments appeared to be too incompatible for them to feel anything but repugnance for each other. On Martini's part this was fast developing into hostility.

"I don't care about his not liking me," he said one day to Gemma with an aggrieved air. "I don't like him, for that matter; so there's no harm done. But I can't stand the way he behaves to you. If it weren't for the scandal it would make in the party first to beg a man to come and then to quarrel with him, I should call him to account for it."

"Let him alone, Cesare; it isn't of any consequence, and after all, it's as much my fault as his."

"What is your fault?"

"That he dislikes me so. I said a brutal thing to him when we first met, that night at the Grassinis'."

"*You* said a brutal thing? That's hard to believe, Madonna."

"It was unintentional, of course, and I was very sorry. I said something about people laughing at cripples, and he took it personally. It had never occurred to me to think of him as a cripple; he is not so badly deformed."

"Of course not. He has one shoulder higher than the other, and his left arm is pretty badly disabled, but he's neither hunchbacked nor clubfooted. As for his lameness, it isn't worth talking about."

"Anyway, he shivered all over and changed colour. Of course it was horribly tactless of me, but it's odd he should be so sensitive. I wonder if he has ever suffered from any cruel jokes of that kind."

"Much more likely to have perpetrated them, I should think. There's a sort of internal brutality about that man, under all his fine manners, that is perfectly sickening to me."

"Now, Cesare, that's downright unfair. I don't like him any more than you do, but what is the use of making him out worse than he is? His manner is a little affected and irritating—I expect he has been too much lionized—and the everlasting smart speeches are dreadfully tiring; but I don't believe he means any harm."

"I don't know what he means, but there's something not clean about a man who sneers at everything. It fairly disgusted me the other day at Fabrizi's debate to hear the way he cried down the reforms in Rome, just as if he wanted to find a foul motive for everything."

Gemma sighed. "I am afraid I agreed better with him than with you on that point," she said. "All you good people are so full of the most delightful hopes and expectations; you are always ready to think that if one well-meaning middle-aged gentleman happens to get elected Pope, everything else will come right of itself. He has only got to throw open the prison doors and give his blessing to everybody all round, and we may expect the millennium within three months. You never seem able to see that he can't set things right even if he would. It's the principle of the thing that's wrong, not the behaviour of this man or that."

"What principle? The temporal power of the Pope?"

"Why that in particular? That's merely a part of the general wrong. The bad principle is that any man should hold over another the power to bind and loose. It's a false relationship to stand in towards one's fellows."

Martini held up his hands. "That will do, Madonna," he

said, laughing. "I am not going to discuss with you, once you begin talking rank Antinomianism in that fashion. I'm sure your ancestors must have been English Levellers in the seventeenth century. Besides, what I came round about is this MS."

He pulled it out of his pocket.

"Another new pamphlet?"

"A stupid thing this wretched man Rivarez sent in to yesterday's committee. I knew we should come to loggerheads with him before long."

"What is the matter with it? Honestly, Cesare, I think you are a little prejudiced. Rivarez may be unpleasant, but he's not stupid."

"Oh, I don't deny that this is clever enough in its way; but you had better read the thing yourself."

The pamphlet was a skit on the wild enthusiasm over the new Pope with which Italy was still ringing. Like all the Gadfly's writing, it was bitter and vindictive; but, notwithstanding her irritation at the style, Gemma could not help recognizing in her heart the justice of the criticism.

"I quite agree with you that it is detestably malicious," she said, laying down the manuscript. "But the worst thing about it is that it's all true."

"Gemma!"

"Yes, but it is. The man's a cold-blooded eel, if you like; but he's got the truth on his side. There is no use in our trying to persuade ourselves that this doesn't hit the mark—it does!"

"Then do you suggest that we should print it?"

"Ah! that's quite another matter. I certainly don't think we ought to print it as it stands; it would hurt and alienate everybody and do no good. But if he would rewrite it and cut out the personal attacks, I think it might be made into a really valuable piece of work. As political criticism it is very fine. I had no idea he could write so well. He says things which need saying and which none of us have had the courage to say. This passage, where he compares Italy to a tipsy man weeping with tenderness on the neck of the thief who is picking his pocket, is splendidly written."

"Gemma! The very worst bit in the whole thing! I hate that ill-natured yelping at everything and everybody!"

"So do I; but that's not the point. Rivarez has a very disagreeable style, and as a human being he is not attractive; but when he says that we have made ourselves drunk with processions and embracing and shouting about love and reconciliation, and that the Jesuits and Sanfedists are the people who will profit by it all, he's right a thousand times. I wish I could have been at the committee yesterday. What decision did you finally arrive at?"

"What I have come here about: to ask you to go and talk it over with him and persuade him to soften the thing."

"Me? But I hardly know the man; and besides that, he detests me. Why should I go, of all people?"

"Simply because there's no one else to do it to-day. Besides, you are more reasonable than the rest of us, and won't get into useless arguments and quarrel with him, as we should."

"I shan't do that, certainly. Well, I will go if you like, though I have not much hope of success."

"I am sure you will be able to manage him if you try. Yes, and tell him that the committee all admired the thing from a literary point of view. That will put him into a good humour, and it's perfectly true, too."

The Gadfly was sitting beside a table covered with flowers and ferns, staring absently at the floor, with an open letter on his knee. A shaggy collie dog, lying on a rug at his feet, raised its head and growled as Gemma knocked at the open door, and the Gadfly rose hastily and bowed in a stiff, ceremonious way. His face had suddenly grown hard and expressionless.

"You are too kind," he said in his most chilling manner. "If you had let me know that you wanted to speak to me I would have called on you."

Seeing that he evidently wished her at the end of the earth, Gemma hastened to state her business. He bowed again and placed a chair for her.

"The committee wished me to call upon you," she began, "because there has been a certain difference of opinion about your pamphlet."

"So I expected." He smiled and sat down opposite to her, drawing a large vase of chrysanthemums between his face and the light.

"Most of the members agreed that, however much they may admire the pamphlet as a literary composition, they do not think that in its present form it is quite suitable for publication. They fear that the vehemence of its tone may give offence, and alienate persons whose help and support are valuable to the party."

He pulled a chrysanthemum from the vase and began slowly plucking off one white petal after another. As her eyes happened to catch the movement of the slim right hand dropping the petals, one by one, an uncomfortable sensation came over Gemma, as though she had somewhere seen that gesture before.

"As a literary composition," he remarked in his soft, cold voice, "it is utterly worthless, and could be admired only by persons who know nothing about literature. As for its giving offence, that is the very thing I intended it to do."

"That I quite understand. The question is whether you may not succeed in giving offence to the wrong people."

He shrugged his shoulders and put a torn-off petal between his teeth. "I think you are mistaken," he said. "The question is: For what purpose did your committee invite me to come here? I understood, to expose and ridicule the Jesuits. I fulfil my obligation to the best of my ability."

"And I can assure you that no one has any doubt as to either the ability or the good-will. What the committee fears is that the liberal party may take offence, and also that the town workmen may withdraw their moral support. You may have meant the pamphlet for an attack upon the Sanfedists: but many readers will construe it as an attack upon the Church and the new Pope; and this, as a matter of political tactics, the committee does not consider desirable."

"I begin to understand. So long as I keep to the particular set of clerical gentlemen with whom the party is just now on bad terms, I may speak sooth if the fancy takes me; but directly I touch upon the committee's own pet priests—'truth's a dog must to kennel; he must be whipped out, when the—Holy Father may stand by the fire and——' Yes, the fool was right; I'd rather be any kind of a thing than a fool. Of course I must bow to the committee's decision, but I continue to think that it has pared its wit o' both sides and left—M-mon-signor M-m-montan-n-nelli in the middle."

"Montanelli?" Gemma repeated. "I don't understand you. Do you mean the Bishop of Brisighella?"

"Yes; the new Pope has just created him a Cardinal, you know. I have a letter about him here. Would you care to hear it? The writer is a friend of mine on the other side of the frontier."

"The Papal frontier?"

"Yes. This is what he writes——" He took up the letter which had been in his hand when she entered, and read aloud, suddenly beginning to stammer violently:

" 'Y-o-you will s-s-s-soon have the p-pleasure of m-m-meeting one of our w-w-worst enemies, C-cardinal Lorenzo M-montan-n-nelli, the B-b-bishop of Brisig-g-hella. He int-t——' "

He broke off, paused a moment, and began again, very slowly and drawling insufferably, but no longer stammering:

" 'He intends to visit Tuscany during the coming month on a mission of reconciliation. He will preach first in Florence, where he will stay for about three weeks; then will go on to Siena and Pisa, and return to the Romagna by Pistoja. He ostensibly belongs to the liberal party in the Church, and is a personal friend of the Pope and Cardinal Feretti. Under Gregory he was out of favour, and was kept out of sight in a little hole in the Apennines. Now he has come suddenly to the front. Really, of course, he is as much pulled by Jesuit wires as any Sanfedist in the country. This mission was suggested by some of the Jesuit fathers. He is one of the most brilliant preachers in the Church, and as mischievous in his way as Lambruschini himself. His business is to keep the popular enthusiasm over the Pope from subsiding, and to occupy the public attention until the Grand Duke has signed a project which the agents of the Jesuits are preparing to lay before him. What this project is I have been unable to discover.' Then, further on, it says: 'Whether Montanelli understands for what purpose he is being sent to Tuscany, or whether the Jesuits are playing on him, I cannot make out. He is either an uncommonly clever knave, or the biggest ass that was ever foaled. The odd thing is that, so far as I can discover, he neither takes bribes nor keeps mistresses—the first time I ever came across such a thing.' "

He laid down the letter and sat looking at her with half-shut eyes, waiting, apparently, for her to speak.

"Are you satisfied that your informant is correct in his facts?" she asked after a moment.

"As to the irreproachable character of Monsignor M-mon-t-tan-nelli's private life? No; but neither is he. As you will observe, he puts in the s-s-saving clause: 'So far as I c-can discover——' "

"I was not speaking of that," she interposed coldly, "but of the part about this mission."

"I can fully trust the writer. He is an old friend of mine—one of my comrades of '43, and he is in a position which gives him exceptional opportunities for finding out things of that kind."

"Some official at the Vatican," thought Gemma quickly. "So that's the kind of connections you have? I guessed there was something of that sort."

"This letter is, of course, a private one," the Gadfly went on;

"and you understand that the information is to be kept strictly to the members of your committee."

"That hardly needs saying. Then about the pamphlet: may I tell the committee that you consent to make a few alterations and soften it a little, or that——"

"Don't you think the alterations may succeed in spoiling the beauty of the 'literary composition,' signora, as well as in reducing the vehemence of the tone?"

"You are asking my personal opinion. What I have come here to express is that of the committee as a whole."

"Does that imply that y-y-you disagree with the committee as a whole?" He had put the letter into his pocket and was now leaning forward and looking at her with an eager, concentrated expression which quite changed the character of his face. "You think——"

"If you care to know what I personally think—I disagree with the majority on both points. I do not at all admire the pamphlet from a literary point of view, and I do think it true as a presentation of facts and wise as a matter of tactics."

"That is——"

"I quite agree with you that Italy is being led away by a will-o'-the-wisp and that all this enthusiasm and rejoicing will probably land her in a terrible bog; and I should be most heartily glad to have that openly and boldly said, even at the cost of offending or alienating some of our present supporters. But as a member of a body the large majority of which holds the opposite view, I cannot insist upon my personal opinion; and I certainly think that if things of that kind are to be said at all, they should be said temperately and quietly; not in the tone adopted in this pamphlet."

"Will you wait a minute while I look through the manuscript?"

He took it up and glanced down the pages. A dissatisfied frown settled on his face.

"Yes, of course, you are perfectly right. The thing's written like a *cafe chantant* skit, not a political satire. But what's a man to do? If I write decently the public won't understand it; they will say it's dull if it isn't spiteful enough."

"Don't you think spitefulness manages to be dull when we get too much of it?"

He threw a keen, rapid glance at her, and burst out laughing.

"Apparently the signora belongs to the dreadful category of people who are always right! Then if I yield to the temptation to be spiteful, I may come in time to be as dull as Signora Grassini? Heavens, what a fate! No, you needn't frown. I know you don't like me, and I am going to keep to business. What it comes to, then, is practically this: if I cut out the personalities and leave the essential part of the thing as it is, the committee will very much regret that they can't take the responsibility of printing it. If I cut out the political truth and make all the hard names apply to no one but the party's enemies, the committee will praise the thing up to the skies, and you and I will know it's not worth printing. Rather a nice point of metaphysics: Which is the more desirable condition, to be printed and not be worth it, or to be worth it and not be printed? Well, signora?"

"I do not think you are tied to any such alternative. I believe that if you were to cut out the personalities the committee would consent to print the pamphlet, though the majority would, of course, not agree with it; and I am convinced that it would be very useful. But you would have to lay aside the spitefulness. If you are going to say a thing the substance of which is a big pill for your readers to swallow, there is no use in frightening them at the beginning by the form."

He sighed and shrugged his shoulders resignedly. "I submit, signora; but on one condition. If you rob me of my laugh now, I must have it out next time. When His Eminence, the irreproachable Cardinal, turns up in Florence, neither you nor your committee must object to my being as spiteful as I like. It's my due!"

He spoke in his lightest, coldest manner, pulling the chrysanthemums out of their vase and holding them up to watch the light through the translucent petals. "What an unsteady hand he has," she thought, seeing how the flowers shook and quivered. "Surely he doesn't drink!"

"You had better discuss the matter with the other members of the committee," she said, rising. "I cannot form any opinion as to what they will think about it."

"And you?" He had risen too, and was leaning against the table, pressing the flowers to his face.

She hesitated. The question distressed her, bringing up old and miserable associations. "I—hardly know," she said at last. "Many years ago I used to know something about Monsignor Montanelli. He was only a canon at that time, and Director of the theological seminary in the province where I lived as a girl. I heard a great deal about him from—someone who knew him very intimately; and I never heard anything of him that was not good. I believe that, in those days at least, he was really a most remarkable man. But that was long ago, and he may have changed. Irresponsible power corrupts so many people."

The Gadfly raised his head from the flowers, and looked at her with a steady face.

"At any rate," he said, "if Monsignor Montanelli is not himself a scoundrel, he is a tool in scoundrelly hands. It is all one to me which he is—and to my friends across the frontier. A stone in the path may have the best intentions, but it must be kicked out of the path, for all that. Allow me, signora!" He rang the bell, and, limping to the door, opened it for her to pass out.

"It was very kind of you to call, signora. May I send for a vettura? No? Good-afternoon, then! Bianca, open the hall-door, please."

Gemma went out into the street, pondering anxiously. "My friends across the frontier"—who were they? And how was the stone to be kicked out of the path? If with satire only, why had he said it with such dangerous eyes?

CHAPTER IV

MONSIGNOR MONTANELLI arrived in Florence in the first week of October. His visit caused a little flutter of excitement throughout the town. He was a famous preacher and a representative of the reformed Papacy; and people looked eagerly to him for an exposition of the "new doctrine," the gospel of love and reconciliation which was to cure the sorrows of Italy. The nomination of Cardinal Gizzi to the Roman State Secretaryship in place of the universally detested Lambruschini had raised the public enthusiasm to its highest pitch; and Montanelli was just the man who could most easily sustain it. The irreproachable strictness of his life was a phenomenon sufficiently rare among the high dignitaries of the Roman Church to attract the attention of people accustomed to regard blackmailing, peculation, and disreputable intrigues as almost invariable adjuncts to the career of a prelate. Moreover, his talent as a preacher was really great; and with his beautiful voice and magnetic personality, he would in any time and place have made his mark.

Grassini, as usual, strained every nerve to get the newly

arrived celebrity to his house; but Montanelli was no easy game to catch. To all invitations he replied with the same courteous but positive refusal, saying that his health was bad and his time fully occupied, and that he had neither strength nor leisure for going into society.

"What omnivorous creatures those Grassinis are!" Martini said contemptuously to Gemma as they crossed the Signoria square one bright, cold Sunday morning. "Did you notice the way Grassini bowed when the Cardinal's carriage drove up? It's all one to them who a man is, so long as he's talked about. I never saw such lion-hunters in my life. Only last August it was the Gadfly; now it's Montanelli. I hope His Eminence feels flattered at the attention; a precious lot of adventurers have shared it with him."

They had been hearing Montanelli preach in the Cathedral; and the great building had been so thronged with eager listeners that Martini, fearing a return of Gemma's troublesome headaches, had persuaded her to come away before the Mass was over. The sunny morning, the first after a week of rain, offered him an excuse for suggesting a walk among the garden slopes by San Niccolò.

"No," she answered; "I should like a walk if you have time; but not to the hills. Let us keep along the Lung'Arno; Montanelli will pass on his way back from church and I am like Grassini—I want to see the notability."

"But you have just seen him."

"Not close. There was such a crush in the Cathedral, and his back was turned to us when the carriage passed. If we keep near to the bridge we shall be sure to see him well—he is staying on the Lung'Arno, you know."

"But what has given you such a sudden fancy to see Montanelli? You never used to care about famous preachers."

"It is not famous preachers; it is the man himself; I want to see how much he has changed since I saw him last."

"When was that?"

"Two days after Arthur's death."

Martini glanced at her anxiously. They had come out on to the Lung'Arno, and she was staring absently across the water, with a look on her face that he hated to see.

"Gemma, dear," he said after a moment; "are you going to let that miserable business haunt you all your life? We have all made mistakes when we were seventeen."

"We have not all killed our dearest friend when we were seventeen," she answered wearily; and, leaning her arm on the stone balustrade of the bridge, looked down into the river. Martini held his tongue; he was almost afraid to speak to her when this mood was on her.

"I never look down at water without remembering," she said, slowly raising her eyes to his; then with a nervous little shiver: "Let us walk on a bit, Cesare; it is chilly for standing."

They crossed the bridge in silence and walked on along the river-side. After a few minutes she spoke again.

"What a beautiful voice that man has! There is something about it that I have never heard in any other human voice. I believe it is the secret of half his influence."

"It is a wonderful voice," Martini assented, catching at a subject of conversation which might lead her away from the dreadful memory called up by the river, "and he is, apart from his voice, about the finest preacher I have ever heard. But I believe the secret of his influence lies deeper than that. It is the way his life stands out from that of almost all the other prelates. I don't know whether you could lay your hand on one other high dignitary in all the Italian Church—except the Pope himself—whose reputation is so utterly spotless. I remember, when I was in the Romagna last year, passing through his diocese and seeing those fierce mountaineers waiting in the rain to get a glimpse of him or touch his dress. He is venerated there almost as a saint; and that means a good deal among the Romagnols, who generally hate everything that wears a cassock. I remarked to one of the old peasants, —as typical a smuggler as ever I saw in my life, —that the people seemed very much devoted to their bishop, and he said: 'We don't love bishops, they are liars; we love Monsignor Montanelli. Nobody has ever known him to tell a lie or do an unjust thing.' "

"I wonder," Gemma said, half to herself, "if he knows the people think that about him."

"Why shouldn't he know it? Do you think it is not true?"

"I know it is not true."

"How do you know it?"

"Because he told me so."

"*He* told you? Montanelli? Gemma, what do you mean?"

She pushed the hair back from her forehead and turned towards him. They were standing still again, he leaning on the balustrade and she slowly drawing lines on the pavement with the point of her umbrella.

"Cesare, you and I have been friends for all these years, and I have never told you what really happened about Arthur."

"There is no need to tell me, dear," he broke in hastily; "I know all about it already."

"Giovanni told you?"

"Yes, when he was dying. He told me about it one night when I was sitting up with him. He said—— Gemma, dear, I had better tell you the truth, now we have begun talking about it—he said that you were always brooding over that wretched story, and he begged me to be as good a friend to you as I could and try to keep you from thinking of it. And I have tried to, dear, though I may not have succeeded—I have, indeed."

"I know you have," she answered softly, raising her eyes for a moment; "I should have been badly off without your friendship. But—Giovanni did not tell you about Monsignor Montanelli, then?"

"No, I didn't know that he had anything to do with it. What he told me was about—all that affair with the spy, and about——"

"About my striking Arthur and his drowning himself. Well, I will tell you about Montanelli."

They turned back towards the bridge over which the Cardinal's carriage would have to pass. Gemma looked out steadily across the water as she spoke.

"In those days Montanelli was a canon; he was Director of the Theological Seminary at Pisa, and used to give Arthur lessons in philosophy and read with him after he went up to the Sapienza. They were perfectly devoted to each other; more like two lovers than teacher and pupil. Arthur almost worshipped the ground that Montanelli walked on, and I remember his once telling me that if he lost his 'Padre'—he always used to call Montanelli so—he should go and drown himself. Well, then you know what happened about the spy. The next day, my father and the Burtons—Arthur's step-brothers, most detestable people—spent the whole day dragging the Darsena basin for the body; and I sat in my room alone and thought of what I had done——"

She paused a moment, and went on again:

"Late in the evening my father came into my room and said: 'Gemma, child, come downstairs; there's a man I want you to see.' And when we went down there was one of the students belonging to the group sitting in the consulting room, all white and shaking; and he told us about Giovanni's second letter coming from the prison to say that they had heard from the jailer about Cardi, and that Arthur had been tricked in the confessional. I remember the student saying to me: 'It is at least some consolation that we know he was innocent.' My father held my hands and tried to comfort me; he did not know then about the blow. Then I went back to my room and sat there all night alone. In the morning my father went out again with the Burtons to see the harbour dragged. They had some hope of finding the body there."

"It was never found, was it?"

"No; it must have got washed out to sea; but they thought there was a chance. I was alone in my room and the servant came up to say that a 'reverendissimo padre' had called and she had told him my father was at the docks and he had gone away. I knew it must be Montanelli; so I ran out at the back door and caught him up at the garden gate. When I said: 'Canon Montanelli, I want to speak to you,' he just stopped and waited silently for me to speak. Oh, Cesare, if you had seen his face—it haunted me for months afterwards! I said: 'I am Dr. Warren's daughter, and I have come to tell you that it is I who have killed Arthur.' I told him everything, and he stood and listened, like a figure cut in stone, till I had finished; then he said: 'Set your heart at rest, my child; it is I that am a murderer, not you. I deceived him and he found it out.' And with that he turned and went out at the gate without another word."

"And then?"

"I don't know what happened to him after that; I heard the same evening that he had fallen down in the street in a kind of fit and had been carried into a house near the docks; but that is all I know. My father did everything he could for me; when I told him about it he threw up his practice and took me away to England at once, so that I should never hear anything that could remind me. He was afraid I should end in the water, too; and indeed I believe I was near it at one time. But then, you know, when we found out that my father had cancer I was obliged to come to myself—there was no one else to nurse him. And after he died I was left with the little ones on my hands until my elder brother was able to give them a home. Then there was Giovanni. Do you know, when he came to England we were almost afraid to meet each other with that frightful memory between us. He was so bitterly remorseful for his share in it all—that unhappy letter he wrote from prison. But I believe, really, it was our common trouble that drew us together."

Martini smiled and shook his head.

"It may have been so on your side," he said; "but Giovanni had made up his mind from the first time he ever saw you. I remember his coming back to Milan after that first visit to Leghorn and raving about you to me till I was perfectly sick of hearing of the English Gemma. I thought I should hate you. Ah! there it comes!"

The carriage crossed the bridge and drove up to a large house on the Lung'Arno. Montanelli was leaning back on the cushions as if too tired to care any longer for the enthusiastic crowd which had collected round the door to catch a glimpse of him. The inspired look that his face had worn in the Cathedral had faded quite away and the sunlight showed the lines of care and fatigue. When he had alighted and passed, with the heavy, spiritless tread of weary and heart-sick old age, into the house, Gemma turned away and walked slowly to the bridge. Her face seemed for a moment to reflect the withered, hopeless look of his. Martini walked beside her in silence.

"I have so often wondered," she began again after a little pause; "what he meant about the deception. It has sometimes occurred to me——"

"Yes?"

"Well, it is very strange; there was the most extraordinary personal resemblance between them."

"Between whom?"

"Arthur and Montanelli. It was not only I who noticed it. And there was something mysterious in the relationship between the members of that household. Mrs. Burton, Arthur's mother, was one of the sweetest women I ever knew. Her face had the same spiritual look as Arthur's, and I believe they were alike in character, too. But she always seemed half frightened, like a detected criminal; and her step-son's wife used to treat her as no decent person treats a dog. And then Arthur himself was such a startling contrast to all those vulgar Burtons. Of course, when one is a child one takes everything for granted; but looking back on it afterwards I have often wondered whether Arthur was really a Burton."

"Possibly he found out something about his mother—that may easily have been the cause of his death, not the Cardi affair at all," Martini interposed, offering the only consolation he could think of at the moment. Gemma shook her head.

"If you could have seen his face after I struck him, Cesare, you would not think that. It may be all true about Montanelli—very likely it is—but what I have done I have done."

They walked on a little way without speaking.

"My dear," Martini said at last; "if there were any way on earth to undo a thing that is once done, it would be worth while to brood over our old mistakes; but as it is, let the dead bury their dead. It is a terrible story, but at least the poor lad is out of it now, and luckier than some of those that are left—the ones that are in exile and in prison. You and I have them to think of, we have no right to eat out our hearts for the dead. Remember what your own Shelley says: 'The past is Death's, the future is thine own.' Take it, while it is still yours, and fix your mind, not on what you may have done long ago to hurt, but on what you can do now to help."

In his earnestness he had taken her hand. He dropped it

suddenly and drew back at the sound of a soft, cold, drawling voice behind him.

"Monsignor Montan-n-nelli," murmured this languid voice, "is undoubtedly all you say, my dear doctor. In fact, he appears to be so much too good for this world that he ought to be politely escorted into the next. I am sure he would cause as great a sensation there as he has done here; there are p-p-probably many old-established ghosts who have never seen such a thing as an honest cardinal. And there is nothing that ghosts love as they do novelties——"

"How do you know that?" asked Dr. Riccardo's voice in a tone of ill-suppressed irritation.

"From Holy Writ, my dear sir. If the Gospel is to be trusted, even the most respectable of all Ghosts had a f-f-fancy for capricious alliances. Now, honesty and c-c-cardinals—that seems to me a somewhat capricious alliance, and rather an uncomfortable one, like shrimps and liquorice. Ah, Signor Martini, and Signora Bolla! Lovely weather after the rain, is it not? Have you been to hear the n-new Savonarola, too?"

Martini turned round sharply. The Gadfly, with a cigar in his mouth and a hot-house flower in his buttonhole, was holding out to him a slender, carefully-gloved hand. With the sunlight reflected in his immaculate boots and glancing back from the water on to his smiling face, he looked to Martini less lame and more conceited than usual. They were shaking hands, affably on the one side and rather sulkily on the other, when Riccardo hastily exclaimed:

"I am afraid Signora Bolla is not well!"

She was so pale that her face looked almost livid under the shadow of her bonnet, and the ribbon at her throat fluttered perceptibly from the violent beating of the heart.

"I will go home," she said faintly.

A cab was called and Martini got in with her to see her safely home. As the Gadfly bent down to arrange her cloak, which was hanging over the wheel, he raised his eyes suddenly to her face, and Martini saw that she shrank away with a look of something like terror.

"Gemma, what is the matter with you?" he asked, in English, when they had started. "What did that scoundrel say to you?"

"Nothing, Cesare; it was no fault of his. I—I—had a fright——"

"A fright?"

"Yes; I fancied——" She put one hand over her eyes, and he waited silently till she should recover her self-command. Her face was already regaining its natural colour.

"You are quite right," she said at last, turning to him and speaking in her usual voice; "it is worse than useless to look back at a horrible past. It plays tricks with one's nerves and makes one imagine all sorts of impossible things. We will *never* talk about that subject again, Cesare, or I shall see fantastic likenesses to Arthur in every face I meet. It is a kind of hallucination, like a nightmare in broad daylight. Just now, when that odious little fop came up, I fancied it was Arthur."

CHAPTER V

THE Gadfly certainly knew how to make personal enemies. He had arrived in Florence in August, and by the end of October three-fourths of the committee which had invited him shared Martini's opinion. His savage attacks upon Montanelli had annoyed even his admirers; and Galli himself, who at first had been inclined to uphold everything the witty satirist said or did, began to acknowledge with an aggrieved air that Montanelli had better have been left in peace. "Decent cardinals are none so plenty. One might treat them politely when they do turn up."

The only person who, apparently, remained quite indifferent to the storm of caricatures and pasquinades was Montanelli himself. It seemed, as Martini said, hardly worth while to expend one's energy in ridiculing a man who took it so good-humouredly. It was said in the town that Montanelli, one day when the Archbishop of Florence was dining with him, had found in the room one of the Gadfly's bitter personal lampoons against himself, had read it through and handed the paper to the Archbishop, remarking: "That is rather cleverly put, is it not?"

One day there appeared in the town a leaflet, headed: "The Mystery of the Annunciation." Even had the author omitted his now familiar signature, a sketch of a gadfly with spread wings, the bitter, trenchant style would have left in the minds of most readers no doubt as to his identity. The skit was in the form of a dialogue between Tuscany as the Virgin Mary, and Montanelli as the angel who, bearing the lilies of purity and crowned with the olive branch of peace, was announcing the advent of the Jesuits. The whole thing was full of offensive personal allusions and hints of the most risky nature, and all Florence felt the satire to be both ungenerous and unfair. And yet all Florence laughed. There was something so irresistible in the Gadfly's grave absurdities that those who most disapproved of and disliked him laughed as immoderately at all his squibs as did his warmest partisans. Repulsive in tone as the leaflet was, it left its trace upon the popular feeling of the town. Montanelli's personal reputation stood too high for any lampoon, however witty, seriously to injure it, but for a moment the tide almost turned against him. The Gadfly had known where to sting; and, though eager crowds still collected before the Cardinal's house to see him enter or leave his carriage, ominous cries of "Jesuit!" and "Sanfedist spy!" often mingled with the cheers and benedictions.

But Montanelli had no lack of supporters. Two days after the publication of the skit, the *Churchman*, a leading clerical paper, brought out a brilliant article, called: "An Answer to 'The Mystery of the Annunciation,' " and signed: "A Son of the Church." It was an impassioned defence of Montanelli against the Gadfly's slanderous imputations. The anonymous writer, after expounding, with great eloquence and fervour, the doctrine of peace on earth and good will towards men, of which the new Pontiff was the evangelist, concluded by challenging the Gadfly to prove a single one of his assertions, and solemnly appealing to the public not to believe a contemptible slanderer. Both the cogency of the article as a bit of special pleading and its merit as a literary composition were sufficiently far above the average to attract much attention in the town, especially as not even the editor of the newspaper could guess the author's identity. The article was soon reprinted separately in pamphlet form; and the "anonymous defender" was discussed in every coffee-shop in Florence.

The Gadfly responded with a violent attack on the new Pontificate and all its supporters, especially on Montanelli, who, he cautiously hinted, had probably consented to the panegyric on himself. To this the anonymous defender again replied in the *Churchman* with an indignant denial. During the rest of Montanelli's stay the controversy raging between the two writers occupied more of the public attention than did even the famous preacher himself.

Some members of the liberal party ventured to remonstrate with the Gadfly about the unnecessary malice of his tone towards Montanelli; but they did not get much satisfaction out of him. He only smiled affably and answered with a languid little stammer: "R-really, gentlemen, you are rather unfair. I expressly stipulated, when I gave in to Signora Bolla, that I should be allowed a l-l-little chuckle all to myself now. It is so nominated in the bond!"

At the end of October Montanelli returned to his see in the Romagna, and, before leaving Florence, preached a farewell sermon in which he spoke of the controversy, gently deprecating the vehemence of both writers and begging his unknown defender to set an example of tolerance by closing a useless and unseemly war of words. On the following day the *Churchman* contained a notice that, at Monsignor Montanelli's publicly expressed desire, "A Son of the Church" would withdraw from the controversy.

The last word remained with the Gadfly. He issued a little leaflet, in which he declared himself disarmed and converted by Montanelli's Christian meekness and ready to weep tears of reconciliation upon the neck of the first Sanfedist he met. "I am even willing," he concluded; "to embrace my anonymous challenger himself; and if my readers knew, as his Eminence and I know, what that implies and why he remains anonymous, they would believe in the sincerity of my conversion."

In the latter part of November he announced to the literary committee that he was going for a fortnight's holiday to the seaside. He went, apparently, to Leghorn; but Dr. Riccardo, going there soon after and wishing to speak to him, searched the town for him in vain. On the 5th of December a political demonstration of the most extreme character burst out in the States of the Church, along the whole chain of the Apennines; and people began to guess the reason of the Gadfly's sudden fancy to take his holidays in the depth of winter. He came back to Florence when the riots had been quelled, and, meeting Riccardo in the street, remarked affably:

"I hear you were inquiring for me in Leghorn; I was staying in Pisa. What a pretty old town it is! There's something quite Arcadian about it."

In Christmas week he attended an afternoon meeting of the literary committee which was held in Dr. Riccardo's lodgings near the Porta alla Croce. The meeting was a full one, and when he came in, a little late, with an apologetic bow and smile, there seemed to be no seat empty. Riccardo rose to fetch a chair from the next room, but the Gadfly stopped him. "Don't trouble about it," he said; "I shall be quite comfortable here"; and crossing the room to a window beside which Gemma had placed her chair, he sat down on the sill, leaning his head indolently back against the shutter.

As he looked down at Gemma, smiling with half-shut eyes, in the subtle, sphinx-like way that gave him the look of a Leonardo da Vinci portrait, the instinctive distrust with which he inspired her deepened into a sense of unreasoning fear.

The proposal under discussion was that a pamphlet be issued setting forth the committee's views on the dearth with which Tuscany was threatened and the measures which should be taken to meet it. The matter was a somewhat difficult one to decide, because, as usual, the committee's views upon the subject were much divided. The more advanced section, to which Gemma, Martini, and Riccardo belonged, was in favour of an energetic appeal to both government and public to take adequate measures at once for the relief of the peasantry. The moderate division—including, of course, Grassini—feared that an over-emphatic tone might irritate rather than convince the ministry.

"It is all very well, gentlemen, to want the people helped at once," he said, looking round upon the red-hot radicals with his calm and pitying air. "We most of us want a good many things that we are not likely to get; but if we start with the tone you propose to adopt, the government is very likely not to begin any relief measures at all till there is actual famine. If we could only induce the ministry to make an inquiry into the state of the crops it would be a step in advance."

Galli, in his corner by the stove, jumped up to answer his enemy.

"A step in advance—yes, my dear sir; but if there's going to be a famine, it won't wait for us to advance at that pace. The people might all starve before we got to any actual relief."

"It would be interesting to know——" Sacconi began; but several voices interrupted him.

"Speak up; we can't hear!"

"I should think not, with such an infernal row in the street," said Galli, irritably. "Is that window shut, Riccardo? One can't hear one's self speak!"

Gemma looked round. "Yes," she said, "the window is quite shut. I think there is a variety show, or some such thing, passing."

The sounds of shouting and laughter, of the tinkling of bells and trampling of feet, resounded from the street below, mixed with the braying of a villainous brass band and the unmerciful banging of a drum.

"It can't be helped these few days," said Riccardo; "we must expect noise at Christmas time. What were you saying, Sacconi?"

"I said it would be interesting to hear what is thought about the matter in Pisa and Leghorn. Perhaps Signor Rivarez can tell us something; he has just come from there."

The Gadfly did not answer. He was staring out of the

window and appeared not to have heard what had been said.

"Signor Rivarez!" said Gemma. She was the only person sitting near to him, and as he remained silent she bent forward and touched him on the arm. He slowly turned his face to her, and she started as she saw its fixed and awful immobility. For a moment it was like the face of a corpse; then the lips moved in a strange, lifeless way.

"Yes," he whispered; "a variety show."

Her first instinct was to shield him from the curiosity of the others. Without understanding what was the matter with him, she realized that some frightful fancy or hallucination had seized upon him, and that, for the moment, he was at its mercy, body and soul. She rose quickly and, standing between him and the company, threw the window open as if to look out. No one but herself had seen his face.

In the street a travelling circus was passing, with mountebanks on donkeys and harlequins in parti-coloured dresses. The crowd of holiday masqueraders, laughing and shoving, was exchanging jests and showers of paper ribbon with the clowns and flinging little bags of sugar-plums to the columbine, who sat in her car, tricked out in tinsel and feathers, with artificial curls on her forehead and an artificial smile on her painted lips. Behind the car came a motley string of figures—street Arabs, beggars, clowns turning somersaults, and costermongers hawking their wares. They were jostling, pelting, and applauding a figure which at first Gemma could not see for the pushing and swaying of the crowd. The next moment, however, she saw plainly what it was—a hunchback, dwarfish and ugly, grotesquely attired in a fool's dress, with paper cap and bells. He evidently belonged to the strolling company, and was amusing the crowd with hideous grimaces and contortions.

"What is going on out there?" asked Riccardo, approaching the window. "You seem very much interested."

He was a little surprised at their keeping the whole committee waiting to look at a strolling company of mountebanks. Gemma turned round.

"It is nothing interesting," she said; "only a variety show; but they made such a noise that I thought it must be something else."

She was standing with one hand upon the window-sill, and suddenly felt the Gadfly's cold fingers press the hand with a passionate clasp. "Thank you!" he whispered softly; and then, closing the window, sat down again upon the sill.

"I'm afraid," he said in his airy manner, "that I have interrupted you, gentlemen. I was l-looking at the variety show; it is s-such a p-pretty sight."

"Sacconi was asking you a question," said Martini gruffly. The Gadfly's behaviour seemed to him an absurd piece of affectation, and he was annoyed that Gemma should have been tactless enough to follow his example. It was not like her.

The Gadfly disclaimed all knowledge of the state of feeling in Pisa, explaining that he had been there "only on a holiday." He then plunged at once into an animated discussion, first of agricultural prospects, then of the pamphlet question; and continued pouring out a flood of stammering talk till the others were quite tired. He seemed to find some feverish delight in the sound of his own voice.

When the meeting ended and the members of the committee rose to go, Riccardo came up to Martini.

"Will you stop to dinner with me? Fabrizi and Sacconi have promised to stay."

"Thanks; but I was going to see Signora Bolla home."

"Are you really afraid I can't get home by myself?" she asked, rising and putting on her wrap. "Of course he will stay with you, Dr. Riccardo; it's good for him to get a change. He doesn't go out half enough."

"If you will allow me, I will see you home," the Gadfly interposed; "I am going in that direction."

"If you really are going that way——"

"I suppose you won't have time to drop in here in the course of the evening, will you, Rivarez?" asked Riccardo, as he opened the door for them.

The Gadfly looked back over his shoulder, laughing. "I, my dear fellow? I'm going to see the variety show!"

"What a strange creature that is; and what an odd affection for mountebanks!" said Riccardo, coming back to his visitors.

"Case of a fellow-feeling, I should think," said Martini; "the man's a mountebank himself, if ever I saw one."

"I wish I could think he was only that," Fabrizi interposed, with a grave face. "If he is a mountebank I am afraid he's a very dangerous one."

"Dangerous in what way?"

"Well, I don't like those mysterious little pleasure trips that he is so fond of taking. This is the third time, you know; and I don't believe he has been in Pisa at all."

"I suppose it is almost an open secret that it's into the mountains he goes," said Sacconi. "He has hardly taken the trouble to deny that he is still in relations with the smugglers he got to know in the Savigno affair, and it's quite natural he should take advantage of their friendship to get his leaflets across the Papal frontier."

"For my part," said Riccardo; "what I wanted to talk to you about is this very question. It occurred to me that we could hardly do better than ask Rivarez to undertake the management of our own smuggling. That press at Pistoja is very inefficiently managed, to my thinking; and the way the leaflets are taken across, always rolled in those everlasting cigars, is more than primitive."

"It has answered pretty well up till now," said Martini contuma-ciously. He was getting wearied of hearing Galli and Riccardo always put the Gadfly forward as a model to copy, and inclined to think that the world had gone well enough before this "lackadaisical buccaneer" turned up to set everyone to rights.

"It has answered so far well that we have been satisfied with it for want of anything better; but you know there have been plenty of arrests and confiscations. Now I believe that if Rivarez undertook the business for us, there would be less of that."

"Why do you think so?"

"In the first place, the smugglers look upon us as strangers to do business with, or as sheep to fleece, whereas Rivarez is their personal friend, very likely their leader, whom they look up to and trust. You may be sure every smuggler in the Apennines will do for a man who was in the Savigno revolt what he will not do for us. In the next place, there's hardly a man among us that knows the mountains as Rivarez does. Remember, he has been a fugitive among them, and knows the smugglers' paths by heart. No smuggler would dare to cheat him, even if he wished to, and no smuggler could cheat him if he dared to try."

"Then is your proposal that we should ask him to take over the whole management of our literature on the other side of the frontier—distribution, addresses, hiding-places, everything—or simply that we should ask him to put the things across for us?"

"Well, as for addresses and hiding-places, he probably knows already all the ones that we have and a good many more that we have not. I don't suppose we should be able to teach him much in that line. As for distribution, it's as the others prefer, of course. The important question, to my mind, is the actual smuggling itself. Once the books are safe in Bologna, it's a comparatively simple matter to circulate them."

"For my part," said Martini, "I am against the plan. In the first place, all this about his skilfulness is mere conjecture; we have not actually seen him engaged in frontier work and do not know whether he keeps his head in critical moments."

"Oh, you needn't have any doubt of that!" Riccardo put in. "The history of the Savigno affair proves that he keeps his head."

"And then," Martini went on; "I do not feel at all inclined, from what little I know of Rivarez, to intrust him with all the party's secrets. He seems to me feather-brained and theatrical. To give the whole management of a party's contraband work into a man's hands is a serious matter. Fabrizi, what do you think?"

"If I had only such objections as yours, Martini," replied the professor, "I should certainly waive them in the case of a man really possessing, as Rivarez undoubtedly does, all the qualifications Riccardo speaks of. For my part, I have not the slightest doubt as to either his courage, his honesty, or his presence of mind; and that he knows both mountains and mountaineers we have had ample proof. But there is another objection. I do not feel sure that it is only for the smuggling of pamphlets he goes into the mountains. I have begun to doubt whether he has not another purpose. This is, of course, entirely between ourselves. It is a mere suspicion. It seems to me just possible that he is in connexion with some one of the 'sects,' and perhaps with the most dangerous of them."

"Which one do you mean—the 'Red Girdles'?"

"No; the 'Occoltellatori.' "

"The 'Knifers'! But that is a little body of outlaws—peasants, most of them, with neither education nor political experience."

"So were the insurgents of Savigno; but they had a few educated men as leaders, and this little society may have the same. And remember, it's pretty well known that most of the members of those more violent sects in the Romagna are survivors of the Savigno affair, who found themselves too weak to fight the Churchmen in open insurrection, and so have fallen back on assassination. Their hands are not strong enough for guns, and they take to knives instead."

"But what makes you suppose Rivarez to be connected with them?"

"I don't suppose, I merely suspect. In any case, I think we had better find out for certain before we intrust our smuggling to him. If he attempted to do both kinds of work at once he would injure our party most terribly; he would simply destroy its reputation and accomplish nothing. However, we will talk of that another time. I wanted to speak to you about the news from Rome. It is said that a commission is to be appointed to draw up a project for a municipal constitution."

CHAPTER VI

GEMMA and the Gadfly walked silently along the Lung'Arno. His feverish talkativeness seemed to have quite spent itself; he had hardly spoken a word since they left Riccardo's door, and Gemma was heartily glad of his silence. She always felt embarrassed in his company, and to-day more so than usual, for his strange behaviour at the committee meeting had greatly perplexed her.

By the Uffizi palace he suddenly stopped and turned to her.

"Are you tired?"

"No; why?"

"Nor especially busy this evening?"

"No."

"I want to ask a favour of you; I want you to come for a walk with me."

"Where to?"

"Nowhere in particular; anywhere you like."

"But what for?"

He hesitated.

"I—can't tell you—at least, it's very difficult; but please come if you can."

He raised his eyes suddenly from the ground, and she saw how strange their expression was.

"There is something the matter with you," she said gently. He pulled a leaf from the flower in his button-hole, and began tearing it to pieces. Who was it that he was so oddly like? Someone who had that same trick of the fingers and hurried, nervous gesture.

"I am in trouble," he said, looking down at his hands and speaking in a hardly audible voice. "I—don't want to be alone this evening. Will you come?"

"Yes, certainly, unless you would rather go to my lodgings."

"No; come and dine with me at a restaurant. There's one on the Signoria. Please don't refuse, now; you've promised!"

They went into a restaurant, where he ordered dinner, but hardly touched his own share, and remained obstinately silent, crumbling the bread over the cloth, and fidgeting with the fringe of his table napkin. Gemma felt thoroughly uncomfortable, and began to wish she had refused to come; the silence was growing awkward; yet she could not begin to make small-talk with a person who seemed to have forgotten her presence. At last he looked up and said abruptly:

"Would you like to see the variety show?"

She stared at him in astonishment. What had he got into his head about variety shows?

"Have you ever seen one?" he asked before she had time to speak.

"No; I don't think so. I didn't suppose they were interesting."

"They are very interesting. I don't think anyone can study the life of the people without seeing them. Let us go back to the Porta alla Croce."

When they arrived the mountebanks had set up their tent beside the town gate, and an abominable scraping of fiddles and banging of drums announced that the performance had begun.

The entertainment was of the roughest kind. A few clowns, harlequins, and acrobats, a circus-rider jumping through hoops, the painted columbine, and the hunchback performing various dull and foolish antics, represented the entire force of the company. The jokes were not, on the whole, coarse or offensive; but they were very tame and stale, and there was a depressing flatness about the whole thing. The audience laughed and clapped from their innate Tuscan courtesy; but the only part which they seemed really to enjoy was the performance of the hunchback, in which Gemma could find nothing either witty or skilful. It was merely a series of grotesque and hideous contortions, which the spectators mimicked, holding up children on their shoulders that the little ones might see the "ugly man."

"Signor Rivarez, do you really think this attractive?" said Gemma, turning to the Gadfly, who was standing beside her, his arm round one of the wooden posts of the tent. "It seems to me——"

She broke off and remained looking at him silently. Except when she had stood with Montanelli at the garden gate in Leghorn, she had never seen a human face express such fathomless, hopeless misery. She thought of Dante's hell as she watched him.

Presently the hunchback, receiving a kick from one of the clowns, turned a somersault and tumbled in a grotesque heap outside the ring. A dialogue between two clowns began, and the Gadfly seemed to wake out of a dream.

"Shall we go?" he asked; "or would you like to see more?"

"I would rather go."

They left the tent, and walked across the dark green to the river. For a few moments neither spoke.

"What did you think of the show?" the Gadfly asked presently.

"I thought it rather a dreary business; and part of it seemed to me positively unpleasant."

"Which part?"

"Well, all those grimaces and contortions. They are simply ugly; there is nothing clever about them."

"Do you mean the hunchback's performance?"

Remembering his peculiar sensitiveness on the subject of his own physical defects, she had avoided mentioning this particular bit of the entertainment; but now that he had touched upon the subject himself, she answered: "Yes; I did not like that part at all."

"That was the part the people enjoyed most."

"I dare say; and that is just the worst thing about it."

"Because it was inartistic?"

"N-no; it was all inartistic. I meant—because it was cruel."

He smiled.

"Cruel? Do you mean to the hunchback?"

"I mean—— Of course the man himself was quite indifferent; no doubt, it is to him just a way of getting a living, like the circus-rider's way or the columbine's. But the thing makes one feel unhappy. It is humiliating; it is the degradation of a human being."

"He probably is not any more degraded than he was to start with. Most of us are degraded in one way or another."

"Yes; but this—I dare say you will think it an absurd prejudice; but a human body, to me, is a sacred thing; I don't like to see it treated irreverently and made hideous."

"And a human soul?"

He had stopped short, and was standing with one hand on the stone balustrade of the embankment, looking straight at her.

"A soul?" she repeated, stopping in her turn to look at him in wonder.

He flung out both hands with a sudden, passionate gesture.

"Has it never occurred to you that that miserable clown may have a soul—a living, struggling, human soul, tied down into that crooked hulk of a body and forced to slave for it? You that are so tender-hearted to everything—you that pity the body in its fool's dress and bells—have you never thought of the wretched soul that has not even motley to cover its horrible nakedness? Think of it shivering with cold, stilled with shame and misery, before all those people—feeling their jeers that cut like a whip—their laughter, that burns like red-hot iron on the bare flesh! Think of it looking round—so helpless before them all—for the mountains that will not fall on it—for the rocks that have not the heart to cover it—envying the rats that can creep into some hole in the earth and hide; and remember that a soul is dumb—it has no voice to cry out—it must endure, and endure, and endure. Oh!

I'm talking nonsense! Why on earth don't you laugh? You have no sense of humour!"

Slowly and in dead silence she turned and walked on along the river side. During the whole evening it had not once occurred to her to connect his trouble, whatever it might be, with the variety show; and now that some dim picture of his inner life had been revealed to her by this sudden outburst, she could not find, in her overwhelming pity for him, one word to say. He walked on beside her, with his head turned away, and looked into the water.

"I want you, please, to understand," he began suddenly, turning to her with a defiant air, "that everything I have just been saying to you is pure imagination. I'm rather given to romancing, but I don't like people to take it seriously."

She made no answer, and they walked on in silence. As they passed by the gateway of the Uffizi, he crossed the road and stooped down over a dark bundle that was lying against the railings.

"What is the matter, little one?" he asked, more gently than she had ever heard him speak. "Why don't you go home?"

The bundle moved, and answered something in a low, moaning voice. Gemma came across to look, and saw a child of about six years old, ragged and dirty, crouching on the pavement like a frightened animal. The Gadfly was bending down with his hand on the unkempt head.

"What is it?" he said, stooping lower to catch the unintelligible answer. "You ought to go home to bed; little boys have no business out of doors at night; you'll be quite frozen! Give me your hand and jump up like a man! Where do you live?"

He took the child's arm to raise him. The result was a sharp scream and a quick shrinking away.

"Why, what is it?" the Gadfly asked, kneeling down on the pavement. "Ah! Signora, look here!"

The child's shoulder and jacket were covered with blood.

"Tell me what has happened?" the Gadfly went on caressingly. "It wasn't a fall, was it? No? Someone's been beating you? I thought so! Who was it?"

"My uncle."

"Ah, yes! And when was it?"

"This morning. He was drunk, and I—I——"

"And you got in his way—was that it? You shouldn't get in people's way when they are drunk, little man; they don't like it. What shall we do with this poor mite, signora? Come here to the light, sonny, and let me look at that shoulder. Put your arm round my neck; I won't hurt you. There we are!"

He lifted the boy in his arms, and, carrying him across the street, set him down on the wide stone balustrade. Then, taking out a pocket-knife, he deftly ripped up the torn sleeve, supporting the child's head against his breast, while Gemma held the injured arm. The shoulder was badly bruised and grazed, and there was a deep gash on the arm.

"That's an ugly cut to give a mite like you," said the Gadfly, fastening his handkerchief round the wound to prevent the jacket from rubbing against it. "What did he do it with?"

"The shovel. I went to ask him to give me a soldo to get some polenta at the corner shop, and he hit me with the shovel."

The Gadfly shuddered. "Ah!" he said softly, "that hurts;

doesn't it, little one?"

"He hit me with the shovel—and I ran away—I ran away—because he hit me."

"And you've been wandering about ever since, without any dinner?"

Instead of answering, the child began to sob violently. The Gadfly lifted him off the balustrade.

"There, there! We'll soon set all that straight. I wonder if we can get a cab anywhere. I'm afraid they'll all be waiting by the theatre; there's a grand performance going on to-night. I am sorry to drag you about so, signora; but——"

"I would rather come with you. You may want help. Do you think you can carry him so far? Isn't he very heavy?"

"Oh, I can manage, thank you."

At the theatre door they found only a few cabs waiting, and these were all engaged. The performance was over, and most of the audience had gone. Zita's name was printed in large letters on the wall-placards; she had been dancing in the ballet. Asking Gemma to wait for him a moment, the Gadfly went round to the performers' entrance, and spoke to an attendant.

"Has Mme. Reni gone yet?"

"No, sir," the man answered, staring blankly at the spectacle of a well-dressed gentleman carrying a ragged street child in his arms, "Mme. Reni is just coming out, I think; her carriage is waiting for her. Yes; there she comes."

Zita descended the stairs, leaning on the arm of a young cavalry officer. She looked superbly handsome, with an opera cloak of flame-coloured velvet thrown over her evening dress, and a great fan of ostrich plumes hanging from her waist. In the entry she stopped short, and, drawing her hand away from the officer's arm, approached the Gadfly in amazement.

"Felice!" she exclaimed under her breath, "what *have* you got there?"

"I have picked up this child in the street. It is hurt and starving; and I want to get it home as quickly as possible. There is not a cab to be got anywhere, so I want to have your carriage."

"Felice! you are not going to take a horrid beggar-child into your rooms! Send for a policeman, and let him carry it to the Refuge or whatever is the proper place for it. You can't have all the paupers in the town——"

"It is hurt," the Gadfly repeated; "it can go to the Refuge to-morrow, if necessary, but I must see to the child first and give it some food."

Zita made a little grimace of disgust. "You've got its head right against your shirt! How *can* you? It is dirty!"

The Gadfly looked up with a sudden flash of anger.

"It is hungry," he said fiercely. "You don't know what that means, do you?"

"Signor Rivarez," interposed Gemma, coming forward, "my lodgings are quite close. Let us take the child in there. Then, if you cannot find a vettura, I will manage to put it up for the night."

He turned round quickly. "You don't mind?"

"Of course not. Good-night, Mme. Reni!"

The gipsy, with a stiff bow and an angry shrug of her shoulders, took her officer's arm again, and, gathering up the train of her dress, swept past them to the contested carriage.

"I will send it back to fetch you and the child, if you like, M. Rivarez," she said, pausing on the doorstep.

"Very well; I will give the address." He came out on to the pavement, gave the address to the driver, and walked back to Gemma with his burden.

Katie was waiting up for her mistress; and, on hearing what had happened, ran for warm water and other necessaries. Placing the child on a chair, the Gadfly knelt down beside him, and, deftly slipping off the ragged clothing, bathed and bandaged the wound with tender, skilful hands. He had just finished washing the boy, and was wrapping him in a warm blanket, when Gemma came in with a tray in her hands.

"Is your patient ready for his supper?" she asked, smiling at the strange little figure. "I have been cooking it for him."

The Gadfly stood up and rolled the dirty rags together. "I'm afraid we have made a terrible mess in your room," he said. "As for these, they had better go straight into the fire, and I will buy him some new clothes to-morrow. Have you any brandy in the house, signora? I think he ought to have a little. I will just wash my hands, if you will allow me."

When the child had finished his supper, he immediately went to sleep in the Gadfly's arms, with his rough head against the white shirt-front. Gemma, who had been helping Katie to set the disordered room tidy again, sat down at the table.

"Signor Rivarez, you must take something before you go home—you had hardly any dinner, and it's very late."

"I should like a cup of tea in the English fashion, if you have it. I'm sorry to keep you up so late."

"Oh! that doesn't matter. Put the child down on the sofa; he will tire you. Wait a minute; I will just lay a sheet over the cushions. What are you going to do with him?"

"To-morrow? Find out whether he has any other relations except that drunken brute; and if not, I suppose I must follow Mme. Reni's advice, and take him to the Refuge. Perhaps the kindest thing to do would be to put a stone round his neck and pitch him into the river there; but that would expose me to unpleasant consequences. Fast asleep! What an odd little lump of ill-luck you are, you mite—not half as capable of defending yourself as a stray cat!"

When Katie brought in the tea-tray, the boy opened his eyes and sat up with a bewildered air. Recognizing the Gadfly, whom he already regarded as his natural protector, he wriggled off the sofa, and, much encumbered by the folds of his blanket, came up to nestle against him. He was by now sufficiently revived to be inquisitive; and, pointing to the mutilated left hand, in which the Gadfly was holding a piece of cake, asked: "What's that?"

"That? Cake; do you want some? I think you've had enough for now. Wait till to-morrow, little man."

"No—that!" He stretched out his hand and touched the stumps of the amputated fingers and the great scar on the wrist. The Gadfly put down his cake.

"Oh, that! It's the same sort of thing as what you have on your shoulder—a hit I got from someone stronger than I was."

"Didn't it hurt awfully?"

"Oh, I don't know—not more than other things. There, now, go to sleep again; you have no business asking questions at this time of night."

When the carriage arrived the boy was again asleep; and the Gadfly, without awaking him, lifted him gently and carried him out on to the stairs.

"You have been a sort of ministering angel to me to-day," he said to Gemma, pausing at the door. "But I suppose that need not prevent us from quarrelling to our heart's content in future."

"I have no desire to quarrel with anyone."

"Ah! but I have. Life would be unendurable without quarrels. A good quarrel is the salt of the earth; it's better than a variety show!"

And with that he went downstairs, laughing softly to himself, with the sleeping child in his arms.

CHAPTER VII

ONE day in the first week of January Martini, who had sent round the forms of invitation to the monthly group-meeting of the literary committee, received from the Gadfly a laconic, pencil-scrawled "Very sorry: can't come." He was a little annoyed, as a notice of "important business" had been put into the invitation; this cavalier treatment seemed to him almost insolent. Moreover, three separate letters containing bad news arrived during the day, and the wind was in the east, so that Martini felt out of sorts and out of temper; and when, at the group meeting, Dr. Riccardo asked, "Isn't Rivarez here?" he answered rather sulkily: "No; he seems to have got something more interesting on hand, and can't come, or doesn't want to."

"Really, Martini," said Galli irritably, "you are about the most prejudiced person in Florence. Once you object to a man, everything he does is wrong. How could Rivarez come when he's ill?"

"Who told you he was ill?"

"Didn't you know? He's been laid up for the last four days."

"What's the matter with him?"

"I don't know. He had to put off an appointment with me on Thursday on account of illness; and last night, when I went round, I heard that he was too ill to see anyone. I thought Riccardo would be looking after him."

"I knew nothing about it. I'll go round to-night and see if he wants anything."

The next morning Riccardo, looking very pale and tired, came into Gemma's little study. She was sitting at the table, reading out monotonous strings of figures to Martini, who, with a magnifying glass in one hand and a finely pointed pencil in the other, was making tiny marks in the pages of a book. She made with one hand a gesture requesting silence. Riccardo, knowing that a person who is writing in cipher must not be interrupted, sat down on the sofa behind her and yawned like a man who can hardly keep awake.

"2, 4; 3, 7; 6, 1; 3, 5; 4, 1;" Gemma's voice went on with machine-like evenness. "8, 4; 7, 2; 5, 1; that finishes the sentence, Cesare."

She stuck a pin into the paper to mark the exact place, and turned round.

"Good-morning, doctor; how fagged you look! Are you well?"

"Oh, I'm well enough—only tired out. I've had an awful night with Rivarez."

"With Rivarez?"

"Yes; I've been up with him all night, and now I must go off to my hospital patients. I just came round to know whether you can think of anyone that could look after him a bit for the next few days. He's in a devil of a state. I'll do my best, of course; but I really haven't the time; and he won't hear of my sending in a nurse."

"What is the matter with him?"

"Well, rather a complication of things. First of all——"

"First of all, have you had any breakfast?"

"Yes, thank you. About Rivarez—no doubt, it's complicated with a lot of nerve trouble; but the main cause of disturbance is an old injury that seems to have been disgracefully neglected. Altogether, he's in a frightfully knocked-about state; I suppose it was that war in South America—and he certainly didn't get proper care when the mischief was done. Probably things were managed in a very rough-and-ready fashion out there; he's lucky to be alive at all. However, there's a chronic tendency to inflammation, and any trifle may bring on an attack——"

"Is that dangerous?"

"N-no; the chief danger in a case of that kind is of the patient getting desperate and taking a dose of arsenic."

"It is very painful, of course?"

"It's simply horrible; I don't know how he manages to bear it. I was obliged to stupefy him with opium in the night—a thing I hate to do with a nervous patient; but I had to stop it somehow."

"He is nervous, I should think."

"Very, but splendidly plucky. As long as he was not actually light-headed with the pain last night, his coolness was quite wonderful. But I had an awful job with him towards the end. How long do you suppose this thing has been going on? Just five nights; and not a soul within call except that stupid landlady, who wouldn't wake if the house tumbled down, and would be no use if she did."

"But what about the ballet-girl?"

"Yes; isn't that a curious thing? He won't let her come near him. He has a morbid horror of her. Altogether, he's one of the most incomprehensible creatures I ever met—a perfect mass of contradictions."

He took out his watch and looked at it with a preoccupied face. "I shall be late at the hospital; but it can't be helped. The junior will have to begin without me for once. I wish I had known of all this before—it ought not to have been let go on that way night after night."

"But why on earth didn't he send to say he was ill?" Martini interrupted. "He might have guessed we shouldn't have left him stranded in that fashion."

"I wish, doctor," said Gemma, "that you had sent for one of us last night, instead of wearing yourself out like this."

"My dear lady, I wanted to send round to Galli; but Rivarez got so frantic at the suggestion that I didn't dare attempt it. When I asked him whether there was anyone else he would like fetched, he looked at me for a minute, as if he were scared out of his wits, and then put up both hands to his eyes and said: 'Don't tell them; they will laugh!' He seemed quite possessed with some fancy about people laughing at something. I couldn't make out what; he kept talking Spanish; but patients do say the oddest things sometimes."

"Who is with him now?" asked Gemma.

"No one except the landlady and her maid."

"I'll go to him at once," said Martini.

"Thank you. I'll look round again in the evening. You'll find a paper of written directions in the table-drawer by the large window, and the opium is on the shelf in the next room. If the pain comes on again, give him another dose—not more than one; but don't leave the bottle where he can get at it, whatever you do; he might be tempted to take too much."

When Martini entered the darkened room, the Gadfly turned his head round quickly, and, holding out to him a burning hand, began, in a bad imitation of his usual flippant manner:

"Ah, Martini! You have come to rout me out about those proofs. It's no use swearing at me for missing the committee last night; the fact is, I have not been quite well, and——"

"Never mind the committee. I have just seen Riccardo, and have come to know if I can be of any use."

The Gadfly set his face like a flint.

"Oh, really! that is very kind of you; but it wasn't worth the trouble. I'm only a little out of sorts."

"So I understood from Riccardo. He was up with you all night, I believe."

The Gadfly bit his lip savagely.

"I am quite comfortable, thank you, and don't want anything."

"Very well; then I will sit in the other room; perhaps you would rather be alone. I will leave the door ajar, in case you call me."

"Please don't trouble about it; I really shan't want anything. I should be wasting your time for nothing."

"Nonsense, man!" Martini broke in roughly. "What's the use of trying to fool me that way? Do you think I have no eyes? Lie still and go to sleep, if you can."

He went into the adjoining room, and, leaving the door open, sat down with a book. Presently he heard the Gadfly move restlessly two or three times. He put down his book and listened. There was a short silence, then another restless movement; then the quick, heavy, panting breath of a man clenching his teeth to suppress a groan. He went back into the room.

"Can I do anything for you, Rivarez?"

There was no answer, and he crossed the room to the bedside. The Gadfly, with a ghastly, livid face, looked at him for a moment, and silently shook his head.

"Shall I give you some more opium? Riccardo said you were to have it if the pain got very bad."

"No, thank you; I can bear it a bit longer. It may be worse later on."

Martini shrugged his shoulders and sat down beside the bed. For an interminable hour he watched in silence; then he rose and fetched the opium.

"Rivarez, I won't let this go on any longer; if you can stand it, I can't. You must have the stuff."

The Gadfly took it without speaking. Then he turned away and closed his eyes. Martini sat down again, and listened as the breathing became gradually deep and even.

The Gadfly was too much exhausted to wake easily when once asleep. Hour after hour he lay absolutely motionless. Martini approached him several times during the day and evening, and looked at the still figure; but, except the breathing, there was no sign of life. The face was so wan and colourless that at last a sudden fear seized upon him; what if he had given too much opium? The injured left arm lay on the coverlet, and he shook it gently to rouse the sleeper. As he did so, the unfastened sleeve fell back, showing a series of deep and fearful scars covering the arm from wrist to elbow.

"That arm must have been in a pleasant condition when those marks were fresh," said Riccardo's voice behind him.

"Ah, there you are at last! Look here, Riccardo; ought this man to sleep forever? I gave him a dose about ten hours ago, and he hasn't moved a muscle since."

Riccardo stooped down and listened for a moment.

"No; he is breathing quite properly; it's nothing but sheer exhaustion—what you might expect after such a night. There may be another paroxysm before morning. Someone will sit up, I hope?"

"Galli will; he has sent to say he will be here by ten."

"It's nearly that now. Ah, he's waking! Just see the maidservant gets that broth hot. Gently—gently, Rivarez! There, there, you needn't fight, man; I'm not a bishop!"

The Gadfly started up with a shrinking, scared look. "Is it my turn?" he said hurriedly in Spanish. "Keep the people amused a minute; I—— Ah! I didn't see you, Riccardo."

He looked round the room and drew one hand across his forehead as if bewildered. "Martini! Why, I thought you had gone away. I must have been asleep."

"You have been sleeping like the beauty in the fairy story for the last ten hours; and now you are to have some broth and go to sleep again."

"Ten hours! Martini, surely you haven't been here all that time?"

"Yes; I was beginning to wonder whether I hadn't given you an overdose of opium."

The Gadfly shot a sly glance at him.

"No such luck! Wouldn't you have nice quiet committee-meetings? What the devil do you want, Riccardo? Do for mercy's sake leave me in peace, can't you? I hate being mauled about by doctors."

"Well then, drink this and I'll leave you in peace. I shall come round in a day or two, though, and give you a thorough overhauling. I think you have pulled through the worst of this business now; you don't look quite so much like a death's head at a feast."

"Oh, I shall be all right soon, thanks. Who's that—Galli? I seem to have a collection of all the graces here to-night."

"I have come to stop the night with you."

"Nonsense! I don't want anyone. Go home, all the lot of you. Even if the thing should come on again, you can't help me; I won't keep taking opium. It's all very well once in a way."

"I'm afraid you're right," Riccardo said. "But that's not always an easy resolution to stick to."

The Gadfly looked up, smiling. "No fear! If I'd been going in for that sort of thing, I should have done it long ago."

"Anyway, you are not going to be left alone," Riccardo

answered drily. "Come into the other room a minute, Galli; I want to speak to you. Good-night, Rivarez; I'll look in to-morrow."

Martini was following them out of the room when he heard his name softly called. The Gadfly was holding out a hand to him.

"Thank you!"

"Oh, stuff! Go to sleep."

When Riccardo had gone, Martini remained a few minutes in the outer room, talking with Galli. As he opened the front door of the house he heard a carriage stop at the garden gate and saw a woman's figure get out and come up the path. It was Zita, returning, evidently, from some evening entertainment. He lifted his hat and stood aside to let her pass, then went out into the dark lane leading from the house to the Poggio Imperiale. Presently the gate clicked and rapid footsteps came down the lane.

"Wait a minute!" she said.

When he turned back to meet her she stopped short, and then came slowly towards him, dragging one hand after her along the hedge. There was a single street-lamp at the corner, and he saw by its light that she was hanging her head down as though embarrassed or ashamed.

"How is he?" she asked without looking up.

"Much better than he was this morning. He has been asleep most of the day and seems less exhausted. I think the attack is passing over."

She still kept her eyes on the ground.

"Has it been very bad this time?"

"About as bad as it can well be, I should think."

"I thought so. When he won't let me come into the room,

that always means it's bad."

"Does he often have attacks like this?"

"That depends—— It's so irregular. Last summer, in Switzerland, he was quite well; but the winter before, when we were in Vienna, it was awful. He wouldn't let me come near him for days together. He hates to have me about when he's ill."

She glanced up for a moment, and, dropping her eyes again, went on:

"He always used to send me off to a ball, or concert, or something, on one pretext or another, when he felt it coming on. Then he would lock himself into his room. I used to slip back and sit outside the door—he would have been furious if he'd known. He'd let the dog come in if it whined, but not me. He cares more for it, I think."

There was a curious, sullen defiance in her manner.

"Well, I hope it won't be so bad any more," said Martini kindly. "Dr. Riccardo is taking the case seriously in hand. Perhaps he will be able to make a permanent improvement. And, in any case, the treatment gives relief at the moment. But you had better send to us at once, another time. He would have suffered very much less if we had known of it earlier. Good-night!"

He held out his hand, but she drew back with a quick gesture of refusal.

"I don't see why you want to shake hands with his mistress."

"As you like, of course," he began in embarrassment.

She stamped her foot on the ground. "I hate you!" she cried, turning on him with eyes like glowing coals. "I hate you all! You come here talking politics to him; and he lets you sit up the night with him and give him things to stop the pain, and I daren't so much as peep at him through the door! What is he to you? What right have you to come and steal him away from me? I hate you! I hate you! I *hate* you!"

She burst into a violent fit of sobbing, and, darting back into the garden, slammed the gate in his face.

"Good Heavens!" said Martini to himself, as he walked down the lane. "That girl is actually in love with him! Of all the extraordinary things——"

CHAPTER VIII

THE Gadfly's recovery was rapid. One afternoon in the following week Riccardo found him lying on the sofa in a Turkish dressing-gown, chatting with Martini and Galli. He even talked about going downstairs; but Riccardo merely laughed at the suggestion and asked whether he would like a tramp across the valley to Fiesole to start with.

"You might go and call on the Grassinis for a change," he added wickedly. "I'm sure madame would be delighted to see you, especially now, when you look so pale and interesting."

The Gadfly clasped his hands with a tragic gesture.

"Bless my soul! I never thought of that! She'd take me for one of Italy's martyrs, and talk patriotism to me. I should have to act up to the part, and tell her I've been cut to pieces in an underground dungeon and stuck together again rather badly; and she'd want to know exactly what the process felt like. You don't think she'd believe it, Riccardo? I'll bet you my Indian dagger against the bottled tape-worm in your den that she'll swallow the biggest lie I can invent. That's a generous offer, and you'd better jump at it."

"Thanks, I'm not so fond of murderous tools as you are."

"Well, a tape-worm is as murderous as a dagger, any day, and not half so pretty."

"But as it happens, my dear fellow, I don't want the dagger and I do want the tape-worm. Martini, I must run off. Are you in charge of this obstreperous patient?"

"Only till three o'clock. Galli and I have to go to San Miniato, and Signora Bolla is coming till I can get back."

"Signora Bolla!" the Gadfly repeated in a tone of dismay. "Why, Martini, this will never do! I can't have a lady bothered over me and my ailments. Besides, where is she to sit? She won't like to come in here."

"Since when have you gone in so fiercely for the proprieties?" asked Riccardo, laughing. "My good man, Signora Bolla is head nurse in general to all of us. She has looked after sick people ever since she was in short frocks, and does it better than any sister of mercy I know. Won't like to come into your room! Why, you might be talking of the Grassini woman! I needn't leave any directions if she's coming, Martini. Heart alive, it's half-past two; I must be off!"

"Now, Rivarez, take your physic before she comes," said Galli, approaching the sofa with a medicine glass.

"Damn the physic!" The Gadfly had reached the irritable stage of convalescence, and was inclined to give his devoted nurses a bad time. "W-what do you want to d-d-dose me with all sorts of horrors for now the pain is gone?"

"Just because I don't want it to come back. You wouldn't like it if you collapsed when Signora Bolla is here and she had to give you opium."

"My g-good sir, if that pain is going to come back it will come; it's not a t-toothache to be frightened away with your trashy mixtures. They are about as much use as a t-toy squirt for a house on fire. However, I suppose you must have your way."

He took the glass with his left hand, and the sight of the terrible scars recalled Galli to the former subject of conversation.

"By the way," he asked; "how did you get so much knocked about? In the war, was it?"

"Now, didn't I just tell you it was a case of secret dungeons and——"

"Yes, that version is for Signora Grassini's benefit. Really, I suppose it was in the war with Brazil?"

"Yes, I got a bit hurt there; and then hunting in the savage districts and one thing and another."

"Ah, yes; on the scientific expedition. You can fasten your shirt; I have quite done. You seem to have had an exciting time of it out there."

"Well, of course you can't live in savage countries without getting a few adventures once in a way," said the Gadfly lightly; "and you can hardly expect them all to be pleasant."

"Still, I don't understand how you managed to get so much knocked about unless in a bad adventure with wild beasts—those scars on your left arm, for instance."

"Ah, that was in a puma-hunt. You see, I had fired——"

There was a knock at the door.

"Is the room tidy, Martini? Yes? Then please open the door.

This is really most kind, signora; you must excuse my not getting up."

"Of course you mustn't get up; I have not come as a caller. I am a little early, Cesare. I thought perhaps you were in a hurry to go."

"I can stop for a quarter of an hour. Let me put your cloak in the other room. Shall I take the basket, too?"

"Take care; those are new-laid eggs. Katie brought them in from Monte Oliveto this morning. There are some Christmas roses for you, Signor Rivarez; I know you are fond of flowers."

She sat down beside the table and began clipping the stalks of the flowers and arranging them in a vase.

"Well, Rivarez," said Galli; "tell us the rest of the puma-hunt story; you had just begun."

"Ah, yes! Galli was asking me about life in South America, signora; and I was telling him how I came to get my left arm spoiled. It was in Peru. We had been wading a river on a puma-hunt, and when I fired at the beast the powder wouldn't go off; it had got splashed with water. Naturally the puma didn't wait for me to rectify that; and this is the result."

"That must have been a pleasant experience."

"Oh, not so bad! One must take the rough with the smooth, of course; but it's a splendid life on the whole. Serpent-catching, for instance——"

He rattled on, telling anecdote after anecdote; now of the Argentine war, now of the Brazilian expedition, now of hunting feats and adventures with savages or wild beasts. Galli, with the delight of a child hearing a fairy story, kept interrupting every moment to ask questions. He was of the impressionable Neapolitan temperament and loved everything sensational. Gemma took some knitting from her basket and listened silently, with busy fingers and downcast eyes. Martini frowned and fidgeted. The manner in which the anecdotes were told seemed to him boastful and self-conscious; and, notwithstanding his unwilling admiration for a man who could endure physical pain with the amazing fortitude which he had seen the week before, he genuinely disliked the Gadfly and all his works and ways.

"It must have been a glorious life!" sighed Galli with naive envy. "I wonder you ever made up your mind to leave Brazil. Other countries must seem so flat after it!"

"I think I was happiest in Peru and Ecuador," said the Gadfly. "That really is a magnificent tract of country. Of course it is very hot, especially the coast district of Ecuador, and one has to rough it a bit; but the scenery is superb beyond imagination."

"I believe," said Galli, "the perfect freedom of life in a barbarous country would attract me more than any scenery. A man must feel his personal, human dignity as he can never feel it in our crowded towns."

"Yes," the Gadfly answered; "that is——"

Gemma raised her eyes from her knitting and looked at him. He flushed suddenly scarlet and broke off. There was a little pause.

"Surely it is not come on again?" asked Galli anxiously.

"Oh, nothing to speak of, thanks to your s-s-soothing application that I b-b-blasphemed against. Are you going already, Martini?"

"Yes. Come along, Galli; we shall be late."

Gemma followed the two men out of the room, and presently returned with an egg beaten up in milk.

"Take this, please," she said with mild authority; and sat down again to her knitting. The Gadfly obeyed meekly.

For half an hour, neither spoke. Then the Gadfly said in a very low voice:

"Signora Bolla!"

She looked up. He was tearing the fringe of the couch-rug, and kept his eyes lowered.

"You didn't believe I was speaking the truth just now," he began.

"I had not the smallest doubt that you were telling falsehoods," she answered quietly.

"You were quite right. I was telling falsehoods all the time."

"Do you mean about the war?"

"About everything. I was not in that war at all; and as for the expedition, I had a few adventures, of course, and most of those stories are true, but it was not that way I got smashed. You have detected me in one lie, so I may as well confess the lot, I suppose."

"Does it not seem to you rather a waste of energy to invent so many falsehoods?" she asked. "I should have thought it was hardly worth the trouble."

"What would you have? You know your own English proverb: 'Ask no questions and you'll be told no lies.' It's no pleasure to me to fool people that way, but I must answer them somehow when they ask what made a cripple of me; and I may as well invent something pretty while I'm about it. You saw how pleased Galli was."

"Do you prefer pleasing Galli to speaking the truth?"

"The truth!" He looked up with the torn fringe in his hand. "You wouldn't have me tell those people the truth? I'd cut my tongue out first!" Then with an awkward, shy abruptness: "I have never told it to anybody yet; but I'll tell you if you care to hear."

She silently laid down her knitting. To her there was something grievously pathetic in this hard, secret, unlovable creature, suddenly flinging his personal confidence at the feet of a woman whom he barely knew and whom he apparently disliked.

A long silence followed, and she looked up. He was leaning his left arm on the little table beside him, and shading his eyes with the mutilated hand, and she noticed the nervous tension of the fingers and the throbbing of the scar on the wrist. She came up to him and called him softly by name. He started violently and raised his head.

"I f-forgot," he stammered apologetically. "I was g-going to t-tell you about——"

"About the—accident or whatever it was that caused your lameness. But if it worries you——"

"The accident? Oh, the smashing! Yes; only it wasn't an accident, it was a poker."

She stared at him in blank amazement. He pushed back his hair with a hand that shook perceptibly, and looked up at her, smiling.

"Won't you sit down? Bring your chair close, please. I'm so sorry I can't get it for you. R-really, now I come to think of it, the case would have been a p-perfect t-treasure-trove for Riccardo if he had had me to treat; he has the true surgeon's love for broken bones, and I believe everything in me that was breakable was broken on that occasion—except my neck."

"And your courage," she put in softly. "But perhaps you count that among your unbreakable possessions."

He shook his head. "No," he said; "my courage has been mended up after a fashion, with the rest of me; but it was fairly broken then, like a smashed tea-cup; that's the horrible part of it. Ah—— Yes; well, I was telling you about the poker.

"It was—let me see—nearly thirteen years ago, in Lima. I told you Peru was a delightful country to live in; but it's not quite so nice for people that happen to be at low water, as I was. I had been down in the Argentine, and then in Chili, tramping the country and starving, mostly; and had come up from Valparaiso as odd-man on a cattle-boat. I couldn't get any work in Lima itself, so I went down to the docks, —they're at Callao, you know, —to try there. Well of course in all those shipping-ports there are low quarters where the sea-faring people congregate; and after some time I got taken on as servant in one of the gambling hells there. I had to do the cooking and billiard-marking, and fetch drink for the sailors and their women, and all that sort of thing. Not very pleasant work; still I was glad to get it; there was at least food and the sight of human faces and sound of human tongues—of a kind. You may think that was no advantage; but I had just been down with yellow fever, alone in the outhouse of a wretched half-caste shanty, and the thing had given me the horrors. Well, one night I was told to put out a tipsy Lascar who was making himself obnoxious; he had come ashore and lost all his money and was in a bad temper. Of course I had to obey if I didn't want to lose my place and starve; but the man was twice as strong as I—I was not twenty-one and as weak as a cat after the fever. Besides, he had the poker."

He paused a moment, glancing furtively at her; then went on: "Apparently he intended to put an end to me altogether; but somehow he managed to scamp his work—Lascars always do if they have a chance; and left just enough of me not smashed to go on living with."

"Yes, but the other people, could they not interfere? Were they all afraid of one Lascar?"

He looked up and burst out laughing.

"*The other people*? The gamblers and the people of the house? Why, you don't understand! They were negroes and Chinese and Heaven knows what; and I was their servant—*their property*. They stood round and enjoyed the fun, of course. That sort of thing counts for a good joke out there. So it is if you don't happen to be the subject practised on."

She shuddered.

"Then what was the end of it?"

"That I can't tell you much about; a man doesn't remember the next few days after a thing of that kind, as a rule. But there was a ship's surgeon near, and it seems that when they found I was not dead, somebody called him in. He patched me up after a fashion—Riccardo seems to think it was rather badly done, but that may be professional jealousy. Anyhow, when I came to my senses, an old native woman had taken me in for Christian charity—that sounds queer, doesn't it? She used to sit huddled up in the corner of the hut, smoking a black pipe and spitting on the floor and crooning to herself. However, she meant well, and she told me I might die in peace and nobody should disturb me. But the spirit of contradiction was strong in me and I elected to live. It was rather a difficult job scrambling back to life, and sometimes I am inclined to think it was a great deal of cry for very little wool. Anyway that old woman's patience was wonderful; she kept me—how long was it?—nearly four months lying in her hut, raving like a mad thing at intervals, and as vicious as a bear with a sore ear between-whiles. The pain was pretty bad, you see, and my temper had been spoiled in childhood with overmuch coddling."

"And then?"

"Oh, then—I got up somehow and crawled away. No, don't think it was any delicacy about taking a poor woman's charity—I was past caring for that; it was only that I couldn't bear the place any longer. You talked just now about my courage; if you had seen me then! The worst of the pain used to come on every evening, about dusk; and in the afternoon I used to lie alone, and watch the sun get lower and lower—— Oh, you can't understand! It makes me sick to look at a sunset now!"

A long pause.

"Well, then I went up country, to see if I could get work anywhere—it would have driven me mad to stay in Lima. I got as far as Cuzco, and there—— Really I don't know why I'm inflicting all this ancient history on you; it hasn't even the merit of being funny."

She raised her head and looked at him with deep and serious

eyes. "*Please* don't talk that way," she said.

He bit his lip and tore off another piece of the rug-fringe.

"Shall I go on?" he asked after a moment.

"If—if you will. I am afraid it is horrible to you to remember."

"Do you think I forget when I hold my tongue? It's worse then. But don't imagine it's the thing itself that haunts me so. It is the fact of having lost the power over myself."

"I—don't think I quite understand."

"I mean, it is the fact of having come to the end of my courage, to the point where I found myself a coward."

"Surely there is a limit to what anyone can bear."

"Yes; and the man who has once reached that limit never knows when he may reach it again."

"Would you mind telling me," she asked, hesitating, "how you came to be stranded out there alone at twenty?"

"Very simply: I had a good opening in life, at home in the old country, and ran away from it."

"Why?"

He laughed again in his quick, harsh way.

"Why? Because I was a priggish young cub, I suppose. I had been brought up in an over-luxurious home, and coddled and faddled after till I thought the world was made of pink cotton-wool and sugared almonds. Then one fine day I found out that someone I had trusted had deceived me. Why, how you start! What is it?"

"Nothing. Go on, please."

"I found out that I had been tricked into believing a lie; a common bit of experience, of course; but, as I tell you, I was young and priggish, and thought that liars go to hell. So I ran away from home and plunged into South America to sink or swim as I could, without a cent in my pocket or a word of Spanish in my tongue, or anything but white hands and expensive habits to get my bread with. And the natural result was that I got a dip into the real hell to cure me of imagining sham ones. A pretty thorough dip, too—it was just five years before the Duprez expedition came along and pulled me out."

"Five years! Oh, that is terrible! And had you no friends?"

"Friends! I"—he turned on her with sudden fierceness—"I have *never* had a friend!"

The next instant he seemed a little ashamed of his vehemence, and went on quickly:

"You mustn't take all this too seriously; I dare say I made the worst of things, and really it wasn't so bad the first year and a half; I was young and strong and I managed to scramble along fairly well till the Lascar put his mark on me. But after that I couldn't get work. It's wonderful what an effectual tool a poker is if you handle it properly; and nobody cares to employ a cripple."

"What sort of work did you do?"

"What I could get. For some time I lived by odd-jobbing for the blacks on the sugar plantations, fetching and carrying and so on. It's one of the curious things in life, by the way, that slaves always contrive to have a slave of their own, and there's nothing a negro likes so much as a white fag to bully. But it was no use; the overseers always turned me off. I was too lame to be quick; and I couldn't manage the heavy loads. And then I was always getting these attacks of inflammation, or whatever the confounded thing is.

"After some time I went down to the silver-mines and tried to get work there; but it was all no good. The managers laughed at the very notion of taking me on, and as for the men, they made a dead set at me."

"Why was that?"

"Oh, human nature, I suppose; they saw I had only one hand that I could hit back with. They're a mangy, half-caste lot; negroes and Zambos mostly. And then those horrible coolies! So at last I got enough of that, and set off to tramp the country at random; just wandering about, on the chance of something turning up."

"To tramp? With that lame foot!"

He looked up with a sudden, piteous catching of the breath.

"I—I was hungry," he said.

She turned her head a little away and rested her chin on one hand. After a moment's silence he began again, his voice sinking lower and lower as he spoke:

"Well, I tramped, and tramped, till I was nearly mad with tramping, and nothing came of it. I got down into Ecuador, and there it was worse than ever. Sometimes I'd get a bit of tinkering to do, —I'm a pretty fair tinker, —or an errand to run, or a pigstye to clean out; sometimes I did—oh, I hardly know what. And then at last, one day——"

The slender, brown hand clenched itself suddenly on the table, and Gemma, raising her head, glanced at him anxiously. His side-face was turned towards her, and she could see a vein on the temple beating like a hammer, with quick, irregular strokes. She bent forward and laid a gentle hand on his arm.

"Never mind the rest; it's almost too horrible to talk about."

He stared doubtfully at the hand, shook his head, and went on steadily:

"Then one day I met a travelling variety show. You remember that one the other night; well, that sort of thing, only coarser and more indecent. The Zambos are not like these gentle Florentines; they don't care for anything that is not foul or brutal. There was bull-fighting, too, of course. They had camped out by the roadside for the night; and I went up to their tent to beg. Well, the weather was hot and I was half starved, and so—I fainted at the door of the tent. I had a trick of fainting suddenly at that time, like a boarding-school girl with tight stays. So they took me in and gave me brandy, and food, and so on; and then—the next morning—they offered me——"

Another pause.

"They wanted a hunchback, or monstrosity of some kind; for the boys to pelt with orange-peel and banana-skins—something to set the blacks laughing—— You saw the clown that night—well, I was that—for two years. I suppose you have a humanitarian feeling about negroes and Chinese. Wait till you've been at their mercy!

"Well, I learned to do the tricks. I was not quite deformed enough; but they set that right with an artificial hump and made the most of this foot and arm—— And the Zambos are not critical; they're easily satisfied if only they can get hold of some live thing to torture—the fool's dress makes a good deal of difference, too.

"The only difficulty was that I was so often ill and unable to play. Sometimes, if the manager was out of temper, he would insist on my coming into the ring when I had these attacks on; and I believe the people liked those evenings best. Once, I remember, I fainted right off with the pain in the middle of the performance—— When I came to my senses again, the audience had got round me—hooting and yelling and pelting me with——"

"Don't! I can't hear any more! Stop, for God's sake!"

She was standing up with both hands over her ears. He broke off, and, looking up, saw the glitter of tears in her eyes.

"Damn it all, what an idiot I am!" he said under his breath.

She crossed the room and stood for a little while looking out of the window. When she turned round, the Gadfly was again leaning on the table and covering his eyes with one hand. He had evidently forgotten her presence, and she sat down beside him without speaking. After a long silence she said slowly:

"I want to ask you a question."

"Yes?" without moving.

"Why did you not cut your throat?"

He looked up in grave surprise. "I did not expect *you* to ask that," he said. "And what about my work? Who would have done it for me?"

"Your work—— Ah, I see! You talked just now about being a coward; well, if you have come through that and kept to your purpose, you are the very bravest man that I have ever met."

He covered his eyes again, and held her hand in a close passionate clasp. A silence that seemed to have no end fell around them.

Suddenly a clear and fresh soprano voice rang out from the garden below, singing a verse of a doggerel French song:

> Eh, Pierrôt! Danse, Pierrôt!
> Danse un peu, mon pauvre Jeannôt!
> Vive la danse et l'allégresse!
> Jouissons de nôtre bell' jeunesse!
> Si moi je pleure ou moi je soupire,
> Si moi je fais la triste figure—
> Monsieur, ce n'est que pour rire!
> Ha! Ha, ha, ha!
> Monsieur, ce n'est que pour rire!

At the first words the Gadfly tore his hand from Gemma's and shrank away with a stifled groan. She clasped both hands round his arm and pressed it firmly, as she might have pressed that of a person undergoing a surgical operation. When the song broke off and a chorus of laughter and applause came from the garden, he looked up with the eyes of a tortured animal.

"Yes, it is Zita," he said slowly; "with her officer friends. She tried to come in here the other night, before Riccardo came. I should have gone mad if she had touched me!"

"But she does not know," Gemma protested softly. "She cannot guess that she is hurting you."

"She is like a Creole," he answered, shuddering. "Do you remember her face that night when we brought in the beggar-child? That is how the half-castes look when they laugh."

Another burst of laughter came from the garden. Gemma

rose and opened the window. Zita, with a gold-embroidered scarf wound coquettishly round her head, was standing in the garden path, holding up a bunch of violets, for the possession of which three young cavalry officers appeared to be competing.

"Mme. Reni!" said Gemma.

Zita's face darkened like a thunder-cloud. "Madame?" she said, turning and raising her eyes with a defiant look.

"Would your friends mind speaking a little more softly? Signor Rivarez is very unwell."

The gipsy flung down her violets. "Allez-vous en!" she said, turning sharply on the astonished officers. "Vous m'embêtez, messieurs!"

She went slowly out into the road. Gemma closed the window.

"They have gone away," she said, turning to him.

"Thank you. I—I am sorry to have troubled you."

"It was no trouble." He at once detected the hesitation in her voice.

" 'But?' " he said. "That sentence was not finished, signora; there was an unspoken 'but' in the back of your mind."

"If you look into the backs of people's minds, you mustn't be offended at what you read there. It is not my affair, of course, but I cannot understand——"

"My aversion to Mme. Reni? It is only when——"

"No, your caring to live with her when you feel that aversion. It seems to me an insult to her as a woman and as——"

"A woman!" He burst out laughing harshly. "Is *that* what you call a woman? 'Madame, ce n'est que pour rire!' "

"That is not fair!" she said. "You have no right to speak of her in that way to anyone—especially to another woman!"

He turned away, and lay with wide-open eyes, looking out of the window at the sinking sun. She lowered the blind and closed the shutters, that he might not see it set; then sat down at the table by the other window and took up her knitting again.

"Would you like the lamp?" she asked after a moment.

He shook his head.

When it grew too dark to see, Gemma rolled up her knitting and laid it in the basket. For some time she sat with folded hands, silently watching the Gadfly's motionless figure. The dim evening light, falling on his face, seemed to soften away its hard, mocking, self-assertive look, and to deepen the tragic lines about the mouth. By some fanciful association of ideas her memory went vividly back to the stone cross which her father had set up in memory of Arthur, and to its inscription:

All thy waves and billows have gone over me.

An hour passed in unbroken silence. At last she rose and went softly out of the room. Coming back with a lamp, she paused for a moment, thinking that the Gadfly was asleep. As the light fell on his face he turned round.

"I have made you a cup of coffee," she said, setting down the lamp.

"Put it down a minute. Will you come here, please."

He took both her hands in his.

"I have been thinking," he said. "You are quite right; it is an ugly tangle I have got my life into. But remember, a man does not meet every day a woman whom he can—love; and I—I have been in deep waters. I am afraid——"

"Afraid——"

"Of the dark. Sometimes I *dare* not be alone at night. I must have something living—something solid beside me. It is the outer darkness, where shall be—— No, no! It's not that; that's a sixpenny toy hell;—it's the *inner* darkness. There's no weeping or gnashing of teeth there; only silence—silence——"

His eyes dilated. She was quite still, hardly breathing till he spoke again.

"This is all mystification to you, isn't it? You can't understand—luckily for you. What I mean is that I have a pretty fair chance of going mad if I try to live quite alone—— Don't think too hardly of me, if you can help it; I am not altogether the vicious brute you perhaps imagine me to be."

"I cannot try to judge for you," she answered. "I have not suffered as you have. But—I have been in rather deep water too, in another way; and I think—I am sure—that if you let the fear of anything drive you to do a really cruel or unjust or ungenerous thing, you will regret it afterwards. For the rest—if you have failed in this one thing, I know that I, in your place, should have failed altogether,—should have cursed God and died."

He still kept her hands in his.

"Tell me," he said very softly; "have you ever in your life done a really cruel thing?"

She did not answer, but her head sank down, and two great tears fell on his hand.

"Tell me!" he whispered passionately, clasping her hands tighter. "Tell me! I have told you all my misery."

"Yes, —once, —long ago. And I did it to the person I loved best in the world."

The hands that clasped hers were trembling violently; but they did not loosen their hold.

"He was a comrade," she went on; "and I believed a slander against him, —a common glaring lie that the police had invented. I struck him in the face for a traitor; and he went away and drowned himself. Then, two days later, I found out that he had been quite innocent. Perhaps that is a worse memory than any of yours. I would cut off my right hand to undo what it has done."

Something swift and dangerous—something that she had not seen before, —flashed into his eyes. He bent his head down with a furtive, sudden gesture and kissed the hand.

She drew back with a startled face. "Don't!" she cried out piteously. "Please don't ever do that again! You hurt me!"

"Do you think you didn't hurt the man you killed?"

"The man I—killed—— Ah, there is Cesare at the gate at last! I—I must go!"

When Martini came into the room he found the Gadfly lying alone with the untouched coffee beside him, swearing softly to himself in a languid, spiritless way, as though he got no satisfaction out of it.

CHAPTER IX

A FEW days later, the Gadfly, still rather pale and limping more than usual, entered the reading room of the public library and asked for Cardinal Montanelli's sermons. Riccardo, who was reading at a table near him, looked up. He liked the Gadfly very much, but could not digest this one trait in him—this curious personal maliciousness.

"Are you preparing another volley against that unlucky Cardinal?" he asked half irritably.

"My dear fellow, why do you a-a-always attribute evil m-m-motives to people? It's m-most unchristian. I am preparing an essay on contemporary theology for the n-n-new paper."

"What new paper?" Riccardo frowned. It was perhaps an open secret that a new press-law was expected and that the Opposition was preparing to astonish the town with a radical newspaper; but still it was, formally, a secret.

"The *Swindlers' Gazette*, of course, or the *Church Calendar*."

"Sh-sh! Rivarez, we are disturbing the other readers."

"Well then, stick to your surgery, if that's your subject, and l-l-leave me to th-theology—that's mine. I d-d-don't interfere with your treatment of broken bones, though I know a p-p-precious lot more about them than you do."

He sat down to his volume of sermons with an intent and preoccupied face. One of the librarians came up to him.

"Signor Rivarez! I think you were in the Duprez expedition, exploring the tributaries of the Amazon? Perhaps you will kindly help us in a difficulty. A lady has been inquiring for the records of the expedition, and they are at the binder's."

"What does she want to know?"

"Only in what year the expedition started and when it passed through Ecuador."

"It started from Paris in the autumn of 1837, and passed through Quito in April, 1838. We were three years in Brazil; then went down to Rio and got back to Paris in the summer of 1841. Does the lady want the dates of the separate discoveries?"

"No, thank you; only these. I have written them down. Beppo, take this paper to Signora Bolla, please. Many thanks, Signor Rivarez. I am sorry to have troubled you."

The Gadfly leaned back in his chair with a perplexed frown. What did she want the dates for? When they passed through Ecuador——

Gemma went home with the slip of paper in her hand. April, 1838—and Arthur had died in May, 1833. Five years—

She began pacing up and down her room. She had slept badly the last few nights, and there were dark shadows under her eyes.

Five years; —and an "overluxurious home"—and "someone he had trusted had deceived him"—had deceived him—and he had found it out——

She stopped and put up both hands to her head. Oh, this was utterly mad—it was not possible—it was absurd——

And yet, how they had dragged that harbour!

Five years—and he was "not twenty-one" when the Lascar—— Then he must have been nineteen when he ran away from home. Had he not said: "A year and a half——" Where did he get those blue eyes from, and that nervous restlessness of the fingers? And why was he so bitter against Montanelli? Five years—five years——

If she could but know that he was drowned—if she could but have seen the body; some day, surely, the old wound would have left off aching, the old memory would have lost its terrors. Perhaps in another twenty years she would have learned to look back without shrinking.

All her youth had been poisoned by the thought of what she had done. Resolutely, day after day and year after year, she had fought against the demon of remorse. Always she had remembered that her work lay in the future; always had shut her eyes and ears to the haunting spectre of the past. And day after day, year after year, the image of the drowned body drifting out to sea had never left her, and the bitter cry that she could not silence had risen in her heart: "I have killed Arthur! Arthur is dead!" Sometimes it had seemed to her that her burden was too heavy to be borne.

Now she would have given half her life to have that burden

back again. If she had killed him—that was a familiar grief; she had endured it too long to sink under it now. But if she had driven him, not into the water but into—— She sat down, covering her eyes with both hands. And her life had been darkened for his sake, because he was dead! If she had brought upon him nothing worse than death——

Steadily, pitilessly she went back, step by step, through the hell of his past life. It was as vivid to her as though she had seen and felt it all; the helpless shivering of the naked soul, the mockery that was bitterer than death, the horror of loneliness, the slow, grinding, relentless agony. It was as vivid as if she had sat beside him in the filthy Indian hut; as if she had suffered with him in the silver-mines, the coffee fields, the horrible variety show—

The variety show—— No, she must shut out that image, at least; it was enough to drive one mad to sit and think of it.

She opened a little drawer in her writing-desk. It contained the few personal relics which she could not bring herself to destroy. She was not given to the hoarding up of sentimental trifles; and the preservation of these keepsakes was a concession to that weaker side of her nature which she kept under with so steady a hand. She very seldom allowed herself to look at them.

Now she took them out, one after another: Giovanni's first letter to her, and the flowers that had lain in his dead hand; a lock of her baby's hair and a withered leaf from her father's grave. At the back of the drawer was a miniature portrait of Arthur at ten years old—the only existing likeness of him.

She sat down with it in her hands and looked at the beautiful childish head, till the face of the real Arthur rose up afresh before her. How clear it was in every detail! The sensitive lines of the mouth, the wide, earnest eyes, the seraphic purity of expression—they were graven in upon her memory, as though he had died yesterday. Slowly the blinding tears welled up and hid the portrait.

Oh, how could she have thought such a thing! It was like sacrilege even to dream of this bright, far-off spirit, bound to the sordid miseries of life. Surely the gods had loved him a little, and had let him die young! Better a thousand times that he should pass into utter nothingness than that he should live and be the Gadfly—the Gadfly, with his faultless neckties and his doubtful witticisms, his bitter tongue and his ballet girl! No, no! It was all a horrible, senseless fancy; and she had vexed her heart with vain imaginings. Arthur was dead.

"May I come in?" asked a soft voice at the door.

She started so that the portrait fell from her hand, and the Gadfly, limping across the room, picked it up and handed it to her.

"How you startled me!" she said.

"I am s-so sorry. Perhaps I am disturbing you?"

"No. I was only turning over some old things."

She hesitated for a moment; then handed him back the miniature.

"What do you think of that head?"

While he looked at it she watched his face as though her life depended upon its expression; but it was merely negative and critical.

"You have set me a difficult task," he said. "The portrait is faded, and a child's face is always hard to read. But I should think that child would grow into an unlucky man, and the wisest thing he could do would be to abstain from growing into a man at all."

"Why?"

"Look at the line of the under-lip. Th-th-that is the sort of nature that feels pain as pain and wrong as wrong; and the world has no r-r-room for such people; it needs people who feel nothing but their work."

"Is it at all like anyone you know?"

He looked at the portrait more closely.

"Yes. What a curious thing! Of course it is; very like."

"Like whom?"

"C-c-cardinal Montan-nelli. I wonder whether his irreproachable Eminence has any nephews, by the way? Who is it, if I may ask?"

"It is a portrait, taken in childhood, of the friend I told you about the other day——"

"Whom you killed?"

She winced in spite of herself. How lightly, how cruelly he used that dreadful word!

"Yes, whom I killed—if he is really dead."

"If?"

She kept her eyes on his face.

"I have sometimes doubted," she said. "The body was never found. He may have run away from home, like you, and gone to South America."

"Let us hope not. That would be a bad memory to carry about with you. I have d-d-done some hard fighting in my t-time, and have sent m-more than one man to Hades, perhaps; but if I had it on my conscience that I had sent any l-living thing to South

America, I should sleep badly——"

"Then do you believe," she interrupted, coming nearer to him with clasped hands, "that if he were not drowned, —if he had been through your experience instead, —he would never come back and let the past go? Do you believe he would *never* forget? Remember, it has cost me something, too. Look!"

She pushed back the heavy waves of hair from her forehead. Through the black locks ran a broad white streak.

There was a long silence.

"I think," the Gadfly said slowly, "that the dead are better dead. Forgetting some things is a difficult matter. And if I were in the place of your dead friend, I would s-s-stay dead. The *revenant* is an ugly spectre."

She put the portrait back into its drawer and locked the desk.

"That is hard doctrine," she said. "And now we will talk about something else."

"I came to have a little business talk with you, if I may—a private one, about a plan that I have in my head."

She drew a chair to the table and sat down.

"What do you think of the projected press-law?" he began, without a trace of his usual stammer.

"What I think of it? I think it will not be of much value, but half a loaf is better than no bread."

"Undoubtedly. Then do you intend to work on one of the new papers these good folk here are preparing to start?"

"I thought of doing so. There is always a great deal of practical work to be done in starting any paper—printing and circulation arrangements and——"

"How long are you going to waste your mental gifts in that fashion?"

"Why 'waste'?"

"Because it is waste. You know quite well that you have a far better head than most of the men you are working with, and you let them make a regular drudge and Johannes factotum of you. Intellectually you are as far ahead of Grassini and Galli as if they were schoolboys; yet you sit correcting their proofs like a printer's devil."

"In the first place, I don't spend all my time in correcting proofs; and moreover it seems to me that you exaggerate my mental capacities. They are by no means so brilliant as you think."

"I don't think them brilliant at all," he answered quietly; "but I do think them sound and solid, which is of much more importance. At those dreary committee meetings it is always you who put your finger on the weak spot in everybody's logic."

"You are not fair to the others. Martini, for instance, has a very logical head, and there is no doubt about the capacities of Fabrizi and Lega. Then Grassini has a sounder knowledge of Italian economic statistics than any official in the country, perhaps."

"Well, that's not saying much; but let us lay them and their capacities aside. The fact remains that you, with such gifts as you possess, might do more important work and fill a more responsible post than at present."

"I am quite satisfied with my position. The work I am doing is not of very much value, perhaps, but we all do what we can."

"Signora Bolla, you and I have gone too far to play at

compliments and modest denials now. Tell me honestly, do you recognize that you are using up your brain on work which persons inferior to you could do as well?"

"Since you press me for an answer—yes, to some extent."

"Then why do you let that go on?"

No answer.

"Why do you let it go on?"

"Because—I can't help it."

"Why?"

She looked up reproachfully. "That is unkind—it's not fair to press me so."

"But all the same you are going to tell me why."

"If you must have it, then—because my life has been smashed into pieces, and I have not the energy to start anything *real*, now. I am about fit to be a revolutionary cab-horse, and do the party's drudge-work. At least I do it conscientiously, and it must be done by somebody."

"Certainly it must be done by somebody; but not always by the same person."

"It's about all I'm fit for."

He looked at her with half-shut eyes, inscrutably. Presently she raised her head.

"We are returning to the old subject; and this was to be a business talk. It is quite useless, I assure you, to tell me I might have done all sorts of things. I shall never do them now. But I may be able to help you in thinking out your plan. What is it?"

"You begin by telling me that it is useless for me to suggest anything, and then ask what I want to suggest. My plan requires your help in action, not only in thinking out."

"Let me hear it and then we will discuss."

"Tell me first whether you have heard anything about schemes for a rising in Venetia."

"I have heard of nothing but schemes for risings and Sanfedist plots ever since the amnesty, and I fear I am as sceptical about the one as about the other."

"So am I, in most cases; but I am speaking of really serious preparations for a rising of the whole province against the Austrians. A good many young fellows in the Papal States—particularly in the Four Legations—are secretly preparing to get across there and join as volunteers. And I hear from my friends in the Romagna——"

"Tell me," she interrupted, "are you quite sure that these friends of yours can be trusted?"

"Quite sure. I know them personally, and have worked with them."

"That is, they are members of the 'sect' to which you belong? Forgive my scepticism, but I am always a little doubtful as to the accuracy of information received from secret societies. It seems to me that the habit——"

"Who told you I belonged to a 'sect'?" he interrupted sharply.

"No one; I guessed it."

"Ah!" He leaned back in his chair and looked at her, frowning. "Do you always guess people's private affairs?" he said after a moment.

"Very often. I am rather observant, and have a habit of

putting things together. I tell you that so that you may be careful when you don't want me to know a thing."

"I don't mind your knowing anything so long as it goes no further. I suppose this has not——"

She lifted her head with a gesture of half-offended surprise. "Surely that is an unnecessary question!" she said.

"Of course I know you would not speak of anything to outsiders; but I thought that perhaps, to the members of your party——"

"The party's business is with facts, not with my personal conjectures and fancies. Of course I have never mentioned the subject to anyone."

"Thank you. Do you happen to have guessed which sect I belong to?"

"I hope—you must not take offence at my frankness; it was you who started this talk, you know—— I do hope it is not the 'Knifers.' "

"Why do you hope that?"

"Because you are fit for better things."

"We are all fit for better things than we ever do. There is your own answer back again. However, it is not the 'Knifers' that I belong to, but the 'Red Girdles.' They are a steadier lot, and take their work more seriously."

"Do you mean the work of knifing?"

"That, among other things. Knives are very useful in their way; but only when you have a good, organized propaganda behind them. That is what I dislike in the other sect. They think a knife can settle all the world's difficulties; and that's a mistake. It can settle a good many, but not all."

"Do you honestly believe that it settles any?"

He looked at her in surprise.

"Of course," she went on, "it eliminates, for the moment, the practical difficulty caused by the presence of a clever spy or objectionable official; but whether it does not create worse difficulties in place of the one removed is another question. It seems to me like the parable of the swept and garnished house and the seven devils. Every assassination only makes the police more vicious and the people more accustomed to violence and brutality, and the last state of the community may be worse than the first."

"What do you think will happen when the revolution comes? Do you suppose the people won't have to get accustomed to violence then? War is war."

"Yes, but open revolution is another matter. It is one moment in the people's life, and it is the price we have to pay for all our progress. No doubt fearful things will happen; they must in every revolution. But they will be isolated facts—exceptional features of an exceptional moment. The horrible thing about this promiscuous knifing is that it becomes a habit. The people get to look upon it as an every-day occurrence, and their sense of the sacredness of human life gets blunted. I have not been much in the Romagna, but what little I have seen of the people has given me the impression that they have got, or are getting, into a mechanical habit of violence."

"Surely even that is better than a mechanical habit of obedience and submission."

“I don’t think so. All mechanical habits are bad and slavish, and this one is ferocious as well. Of course, if you look upon the work of the revolutionist as the mere wresting of certain definite concessions from the government, then the secret sect and the knife must seem to you the best weapons, for there is nothing else which all governments so dread. But if you think, as I do, that to force the government’s hand is not an end in itself, but only a means to an end, and that what we really need to reform is the relation between man and man, then you must go differently to work. Accustoming ignorant people to the sight of blood is not the way to raise the value they put on human life.”

“And the value they put on religion?”

“I don’t understand.”

He smiled.

“I think we differ as to where the root of the mischief lies. You place it in a lack of appreciation of the value of human life.”

“Rather of the sacredness of human personality.”

“Put it as you like. To me the great cause of our muddles and mistakes seems to lie in the mental disease called religion.”

“Do you mean any religion in particular?”

“Oh, no! That is a mere question of external symptoms. The disease itself is what is called a religious attitude of mind. It is the morbid desire to set up a fetich and adore it, to fall down and worship something. It makes little difference whether the something be Jesus or Buddha or a tum-tum tree. You don’t agree with me, of course. You may be atheist or agnostic or anything you like, but I could feel the religious temperament in you at five yards. However, it is of no use for us to discuss that. But you are quite mistaken in thinking that I, for one, look upon the knifing as merely a means of removing objectionable officials—it is, above all, a means, and I think the best means, of undermining the prestige of the Church and of accustoming people to look upon clerical agents as upon any other vermin."

"And when you have accomplished that; when you have roused the wild beast that sleeps in the people and set it on the Church; then——"

"Then I shall have done the work that makes it worth my while to live."

"Is *that* the work you spoke of the other day?"

"Yes, just that."

She shivered and turned away.

"You are disappointed in me?" he said, looking up with a smile.

"No; not exactly that. I am—I think—a little afraid of you."

She turned round after a moment and said in her ordinary business voice:

"This is an unprofitable discussion. Our standpoints are too different. For my part, I believe in propaganda, propaganda, and propaganda; and when you can get it, open insurrection."

"Then let us come back to the question of my plan; it has something to do with propaganda and more with insurrection."

"Yes?"

"As I tell you, a good many volunteers are going from the Romagna to join the Venetians. We do not know yet how soon the insurrection will break out. It may not be till the autumn or winter; but the volunteers in the Apennines must be armed and ready, so that they may be able to start for the plains directly they are sent for. I have undertaken to smuggle the firearms and ammunition on to Papal territory for them——"

"Wait a minute. How do you come to be working with that set? The revolutionists in Lombardy and Venetia are all in favour of the new Pope. They are going in for liberal reforms, hand in hand with the progressive movement in the Church. How can a 'no-compromise' anti-clerical like you get on with them?"

He shrugged his shoulders. "What is it to me if they like to amuse themselves with a rag-doll, so long as they do their work? Of course they will take the Pope for a figurehead. What have I to do with that, if only the insurrection gets under way somehow? Any stick will do to beat a dog with, I suppose, and any cry to set the people on the Austrians."

"What is it you want me to do?"

"Chiefly to help me get the firearms across."

"But how could I do that?"

"You are just the person who could do it best. I think of buying the arms in England, and there is a good deal of difficulty about bringing them over. It's impossible to get them through any of the Pontifical sea-ports; they must come by Tuscany, and go across the Apennines."

"That makes two frontiers to cross instead of one."

"Yes; but the other way is hopeless; you can't smuggle a big transport in at a harbour where there is no trade, and you know the whole shipping of Civita Vecchia amounts to about three row-boats and a fishing smack. If we once get the things across Tuscany, I can manage the Papal frontier; my men know every path in the mountains, and we have plenty of hiding-places. The transport must come by sea to Leghorn, and that is my great difficulty; I am not in with the smugglers there, and I believe you are."

"Give me five minutes to think."

She leaned forward, resting one elbow on her knee, and supporting the chin on the raised hand. After a few moments' silence she looked up.

"It is possible that I might be of some use in that part of the work," she said; "but before we go any further, I want to ask you a question. Can you give me your word that this business is not connected with any stabbing or secret violence of any kind?"

"Certainly. It goes without saying that I should not have asked you to join in a thing of which I know you disapprove."

"When do you want a definite answer from me?"

"There is not much time to lose; but I can give you a few days to decide in."

"Are you free next Saturday evening?"

"Let me see—to-day is Thursday; yes."

"Then come here. I will think the matter over and give you a final answer."

On the following Sunday Gemma sent in to the committee of the Florentine branch of the Mazzinian party a statement that she wished to undertake a special work of a political nature, which would for a few months prevent her from performing the functions for which she had up till now been responsible to the party.

Some surprise was felt at this announcement, but the committee raised no objection; she had been known in the party for several years as a person whose judgment might be trusted; and the members agreed that if Signora Bolla took an unexpected step, she probably had good reasons for it.

To Martini she said frankly that she had undertaken to help the Gadfly with some "frontier work." She had stipulated for the right to tell her old friend this much, in order that there might be no misunderstanding or painful sense of doubt and mystery between them. It seemed to her that she owed him this proof of confidence. He made no comment when she told him; but she saw, without knowing why, that the news had wounded him deeply.

They were sitting on the terrace of her lodging, looking out over the red roofs to Fiesole. After a long silence, Martini rose and began tramping up and down with his hands in his pockets, whistling to himself—a sure sign with him of mental agitation. She sat looking at him for a little while.

"Cesare, you are worried about this affair," she said at last. "I am very sorry you feel so despondent over it; but I could decide only as seemed right to me."

"It is not the affair," he answered, sullenly; "I know nothing about it, and it probably is all right, once you have consented to go into it. It's the *man* I distrust."

"I think you misunderstand him; I did till I got to know him better. He is far from perfect, but there is much more good in him than you think."

"Very likely." For a moment he tramped to and fro in silence, then suddenly stopped beside her.

"Gemma, give it up! Give it up before it is too late! Don't let that man drag you into things you will repent afterwards."

"Cesare," she said gently, "you are not thinking what you are saying. No one is dragging me into anything. I have made this decision of my own will, after thinking the matter well over alone. You have a personal dislike to Rivarez, I know; but we are talking of politics now, not of persons."

"Madonna! Give it up! That man is dangerous; he is secret, and cruel, and unscrupulous—and he is in love with you!"

She drew back.

"Cesare, how can you get such fancies into your head?"

"He is in love with you," Martini repeated. "Keep clear of him, Madonna!"

"Dear Cesare, I can't keep clear of him; and I can't explain to you why. We are tied together—not by any wish or doing of our own."

"If you are tied, there is nothing more to say," Martini answered wearily.

He went away, saying that he was busy, and tramped for hours up and down the muddy streets. The world looked very black to him that evening. One poor ewe-lamb—and this slippery creature had stepped in and stolen it away.

CHAPTER X

TOWARDS the middle of February the Gadfly went to Leghorn. Gemma had introduced him to a young Englishman there, a shipping-agent of liberal views, whom she and her husband had known in England. He had on several occasions performed little services for the Florentine radicals: had lent money to meet an unforeseen emergency, had allowed his business address to be used for the party's letters, etc.; but always through Gemma's mediumship, and as a private friend of hers. She was, therefore, according to party etiquette, free to make use of the connexion in any way that might seem good to her. Whether any use could be got out of it was quite another question. To ask a friendly sympathizer to lend his address for letters from Sicily or to keep a few documents in a corner of his counting-house safe was one thing; to ask him to smuggle over a transport of firearms for an insurrection was another; and she had very little hope of his consenting.

"You can but try," she had said to the Gadfly; "but I don't think anything will come of it. If you were to go to him with that recommendation and ask for five hundred scudi, I dare say he'd give them to you at once—he's exceedingly generous, —and perhaps at a pinch he would lend you his passport or hide a fugitive in his cellar; but if you mention such a thing as rifles he will stare at you and think we're both demented."

"Perhaps he may give me a few hints, though, or introduce me to a friendly sailor or two," the Gadfly had answered. "Anyway, it's worth while to try."

One day at the end of the month he came into her study less carefully dressed than usual, and she saw at once from his face that he had good news to tell.

"Ah, at last! I was beginning to think something must have happened to you!"

"I thought it safer not to write, and I couldn't get back sooner."

"You have just arrived?"

"Yes; I am straight from the diligence; I looked in to tell you that the affair is all settled."

"Do you mean that Bailey has really consented to help?"

"More than to help; he has undertaken the whole thing, —packing, transports, —everything. The rifles will be hidden in bales of merchandise and will come straight through from England. His partner, Williams, who is a great friend of his, has consented to see the transport off from Southampton, and Bailey will slip it through the custom house at Leghorn. That is why I have been such a long time; Williams was just starting for Southampton, and I went with him as far as Genoa."

"To talk over details on the way?"

"Yes, as long as I wasn't too sea-sick to talk about anything."

"Are you a bad sailor?" she asked quickly, remembering how Arthur had suffered from sea-sickness one day when her father had taken them both for a pleasure-trip.

"About as bad as is possible, in spite of having been at sea so much. But we had a talk while they were loading at Genoa. You know Williams, I think? He's a thoroughly good fellow, trustworthy and sensible; so is Bailey, for that matter; and they both know how to hold their tongues."

"It seems to me, though, that Bailey is running a serious risk in doing a thing like this."

"So I told him, and he only looked sulky and said: 'What business is that of yours?' Just the sort of thing one would expect him to say. If I met Bailey in Timbuctoo, I should go up to him and say: 'Good-morning, Englishman.' "

"But I can't conceive how you managed to get their consent; Williams, too; the last man I should have thought of."

"Yes, he objected strongly at first; not on the ground of danger, though, but because the thing is 'so unbusiness-like.' But I managed to win him over after a bit. And now we will go into details."

When the Gadfly reached his lodgings the sun had set, and the blossoming pyrus japonica that hung over the garden wall looked dark in the fading light. He gathered a few sprays and carried them into the house. As he opened the study door, Zita started up from a chair in the corner and ran towards him.

"Oh, Felice; I thought you were never coming!"

His first impulse was to ask her sharply what business she had in his study; but, remembering that he had not seen her for three weeks, he held out his hand and said, rather frigidly:

"Good-evening, Zita; how are you?"

She put up her face to be kissed, but he moved past as though he had not seen the gesture, and took up a vase to put the pyrus in. The next instant the door was flung wide open, and the collie, rushing into the room, performed an ecstatic dance round him, barking and whining with delight. He put down the flowers and stooped to pat the dog.

"Well, Shaitan, how are you, old man? Yes, it's really I. Shake hands, like a good dog!"

The hard, sullen look came into Zita's face.

"Shall we go to dinner?" she asked coldly. "I ordered it for you at my place, as you wrote that you were coming this evening."

He turned round quickly.

"I am v-v-very sorry; you sh-should not have waited for me! I will just get a bit tidy and come round at once. P-perhaps you would not mind putting these into water."

When he came into Zita's dining room she was standing before a mirror, fastening one of the sprays into her dress. She had apparently made up her mind to be good-humoured, and came up to him with a little cluster of crimson buds tied together.

"Here is a buttonhole for you; let me put it in your coat."

All through dinner-time he did his best to be amiable, and kept up a flow of small-talk, to which she responded with radiant smiles. Her evident joy at his return somewhat embarrassed him; he had grown so accustomed to the idea that she led her own life apart from his, among such friends and companions as were congenial to her, that it had never occurred to him to imagine her as missing him. And yet she must have felt dull to be so much excited now.

"Let us have coffee up on the terrace," she said; "it is quite warm this evening."

"Very well. Shall I take your guitar? Perhaps you will sing."

She flushed with delight; he was critical about music and did not often ask her to sing.

On the terrace was a broad wooden bench running round the walls. The Gadfly chose a corner with a good view of the hills, and Zita, seating herself on the low wall with her feet on the bench, leaned back against a pillar of the roof. She did not care much for scenery; she preferred to look at the Gadfly.

"Give me a cigarette," she said. "I don't believe I have smoked once since you went away."

"Happy thought! It's just s-s-smoke I want to complete my bliss."

She leaned forward and looked at him earnestly.

"Are you really happy?"

The Gadfly's mobile brows went up.

"Yes; why not? I have had a good dinner; I am looking at one of the m-most beautiful views in Europe; and now I'm going to have coffee and hear a Hungarian folk-song. There is nothing the matter with either my conscience or my digestion; what more can man desire?"

"I know another thing you desire."

"What?"

"That!" She tossed a little cardboard box into his hand.

"B-burnt almonds! Why d-didn't you tell me before I began to s-smoke?" he cried reproachfully.

"Why, you baby! you can eat them when you have done smoking. There comes the coffee."

The Gadfly sipped his coffee and ate his burnt almonds with the grave and concentrated enjoyment of a cat drinking cream.

"How nice it is to come back to d-decent coffee, after the s-s-stuff one gets at Leghorn!" he said in his purring drawl.

"A very good reason for stopping at home now you are here."

"Not much stopping for me; I'm off again to-morrow."

The smile died on her face.

"To-morrow! What for? Where are you going to?"

"Oh! two or three p-p-places, on business."

It had been decided between him and Gemma that he must go in person into the Apennines to make arrangements with the smugglers of the frontier region about the transporting of the firearms. To cross the Papal frontier was for him a matter of serious danger; but it had to be done if the work was to succeed.

"Always business!" Zita sighed under her breath; and then asked aloud:

"Shall you be gone long?"

"No; only a fortnight or three weeks, p-p-probably."

"I suppose it's some of *that* business?" she asked abruptly.

" 'That' business?"

"The business you're always trying to get your neck broken over—the everlasting politics."

"It has something to do with p-p-politics."

Zita threw away her cigarette.

"You are fooling me," she said. "You are going into some danger or other."

"I'm going s-s-straight into the inf-fernal regions," he answered languidly. "D-do you happen to have any friends there you want to send that ivy to? You n-needn't pull it all down, though."

She had fiercely torn off a handful of the climber from the pillar, and now flung it down with vehement anger.

"You are going into danger," she repeated; "and you won't even say so honestly! Do you think I am fit for nothing but to be fooled and joked with? You will get yourself hanged one of these days, and never so much as say good-bye. It's always politics and politics—I'm sick of politics!"

"S-so am I," said the Gadfly, yawning lazily; "and therefore we'll talk about something else—unless you will sing."

"Well, give me the guitar, then. What shall I sing?"

"The ballad of the lost horse; it suits your voice so well."

She began to sing the old Hungarian ballad of the man who loses first his horse, then his home, and then his sweetheart, and consoles himself with the reflection that "more was lost at Mohacz field." The song was one of the Gadfly's especial favourites; its fierce and tragic melody and the bitter stoicism of the refrain appealed to him as no softer music ever did.

Zita was in excellent voice; the notes came from her lips strong and clear, full of the vehement desire of life. She would have sung Italian or Slavonic music badly, and German still worse;

but she sang the Magyar folk-songs splendidly.

The Gadfly listened with wide-open eyes and parted lips; he had never heard her sing like this before. As she came to the last line, her voice began suddenly to shake.

Ah, no matter! More was lost——

She broke down with a sob and hid her face among the ivy leaves.

"Zita!" The Gadfly rose and took the guitar from her hand. "What is it?"

She only sobbed convulsively, hiding her face in both hands. He touched her on the arm.

"Tell me what is the matter," he said caressingly.

"Let me alone!" she sobbed, shrinking away. "Let me alone!"

He went quietly back to his seat and waited till the sobs died away. Suddenly he felt her arms about his neck; she was kneeling on the floor beside him.

"Felice—don't go! Don't go away!"

"We will talk about that afterwards," he said, gently extricating himself from the clinging arms. "Tell me first what has upset you so. Has anything been frightening you?"

She silently shook her head.

"Have I done anything to hurt you?"

"No." She put a hand up against his throat.

"What, then?"

"You will get killed," she whispered at last. "I heard one of those men that come here say the other day that you will get into trouble—and when I ask you about it you laugh at me!"

"My dear child," the Gadfly said, after a little pause of astonishment, "you have got some exaggerated notion into your head. Very likely I shall get killed some day—that is the natural consequence of being a revolutionist. But there is no reason to suppose I am g-g-going to get killed just now. I am running no more risk than other people."

"Other people—what are other people to me? If you loved me you wouldn't go off this way and leave me to lie awake at night, wondering whether you're arrested, or dream you are dead whenever I go to sleep. You don't care as much for me as for that dog there!"

The Gadfly rose and walked slowly to the other end of the terrace. He was quite unprepared for such a scene as this and at a loss how to answer her. Yes, Gemma was right; he had got his life into a tangle that he would have hard work to undo.

"Sit down and let us talk about it quietly," he said, coming back after a moment. "I think we have misunderstood each other; of course I should not have laughed if I had thought you were serious. Try to tell me plainly what is troubling you; and then, if there is any misunderstanding, we may be able to clear it up."

"There's nothing to clear up. I can see you don't care a brass farthing for me."

"My dear child, we had better be quite frank with each other. I have always tried to be honest about our relationship, and I think I have never deceived you as to——"

"Oh, no! you have been honest enough; you have never even pretended to think of me as anything else but a prostitute, —a trumpery bit of second-hand finery that plenty of other men have had before you—"

"Hush, Zita! I have never thought that way about any living thing."

"You have never loved me," she insisted sullenly.

"No, I have never loved you. Listen to me, and try to think as little harm of me as you can."

"Who said I thought any harm of you? I——"

"Wait a minute. This is what I want to say: I have no belief whatever in conventional moral codes, and no respect for them. To me the relations between men and women are simply questions of personal likes and dislikes——"

"And of money," she interrupted with a harsh little laugh. He winced and hesitated a moment.

"That, of course, is the ugly part of the matter. But believe me, if I had thought that you disliked me, or felt any repulsion to the thing, I would never have suggested it, or taken advantage of your position to persuade you to it. I have never done that to any woman in my life, and I have never told a woman a lie about my feeling for her. You may trust me that I am speaking the truth——"

He paused a moment, but she did not answer.

"I thought," he went on; "that if a man is alone in the world and feels the need of—of a woman's presence about him, and if he can find a woman who is attractive to him and to whom he is not repulsive, he has a right to accept, in a grateful and friendly spirit, such pleasure as that woman is willing to give him, without entering into any closer bond. I saw no harm in the thing, provided only there is no unfairness or insult or deceit on either side. As for your having been in that relation with other men before I met you, I did not think about that. I merely thought that the connexion would be a pleasant and harmless one for both of us, and that either was free to break it as soon as it became irksome. If I was mistaken—if you have grown to look upon it differently—then——"

He paused again.

"Then?" she whispered, without looking up.

"Then I have done you a wrong, and I am very sorry. But I did not mean to do it."

"You 'did not mean' and you 'thought'—— Felice, are you made of cast iron? Have you never been in love with a woman in your life that you can't see I love you?"

A sudden thrill went through him; it was so long since anyone had said to him: "I love you." Instantly she started up and flung her arms round him.

"Felice, come away with me! Come away from this dreadful country and all these people and their politics! What have we got to do with them? Come away, and we will be happy together. Let us go to South America, where you used to live."

The physical horror of association startled him back into self-control; he unclasped her hands from his neck and held them in a steady grasp.

"Zita! Try to understand what I am saying to you. I do not love you; and if I did I would not come away with you. I have my work in Italy, and my comrades——"

"And someone else that you love better than me!" she cried

out fiercely. "Oh, I could kill you! It is not your comrades you care about; it's—— I know who it is!"

"Hush!" he said quietly. "You are excited and imagining things that are not true."

"You suppose I am thinking of Signora Bolla? I'm not so easily duped! You only talk politics with her; you care no more for her than you do for me. It's that Cardinal!"

The Gadfly started as if he had been shot.

"Cardinal?" he repeated mechanically.

"Cardinal Montanelli, that came here preaching in the autumn. Do you think I didn't see your face when his carriage passed? You were as white as my pocket-handkerchief! Why, you're shaking like a leaf now because I mentioned his name!"

He stood up.

"You don't know what you are talking about," he said very slowly and softly. "I—hate the Cardinal. He is the worst enemy I have."

"Enemy or no, you love him better than you love anyone else in the world. Look me in the face and say that is not true, if you can!"

He turned away, and looked out into the garden. She watched him furtively, half-scared at what she had done; there was something terrifying in his silence. At last she stole up to him, like a frightened child, and timidly pulled his sleeve. He turned round.

"It is true," he said.

CHAPTER XI

"BUT c-c-can't I meet him somewhere in the hills? Brisighella is a risky place for me."

"Every inch of ground in the Romagna is risky for you; but just at this moment Brisighella is safer for you than any other place."

"Why?"

"I'll tell you in a minute. Don't let that man with the blue jacket see your face; he's dangerous. Yes; it was a terrible storm; I don't remember to have seen the vines so bad for a long time."

The Gadfly spread his arms on the table, and laid his face upon them, like a man overcome with fatigue or wine; and the dangerous new-comer in the blue jacket, glancing swiftly round, saw only two farmers discussing their crops over a flask of wine and a sleepy mountaineer with his head on the table. It was the usual sort of thing to see in little places like Marradi; and the owner of the blue jacket apparently made up his mind that nothing could be gained by listening; for he drank his wine at a gulp and sauntered into the outer room. There he stood leaning on the counter and gossiping lazily with the landlord, glancing every now and then out of the corner of one eye through the open door, beyond which sat the three figures at the table. The two farmers went on sipping their wine and discussing the weather in the local dialect, and the Gadfly snored like a man whose conscience is sound.

At last the spy seemed to make up his mind that there was nothing in the wine-shop worth further waste of his time. He paid his reckoning, and, lounging out of the house, sauntered away down the narrow street. The Gadfly, yawning and stretching, lifted himself up and sleepily rubbed the sleeve of his linen blouse across his eyes.

"Pretty sharp practice that," he said, pulling a clasp-knife out of his pocket and cutting off a chunk from the rye-loaf on the table. "Have they been worrying you much lately, Michele?"

"They've been worse than mosquitos in August. There's no getting a minute's peace; wherever one goes, there's always a spy hanging about. Even right up in the hills, where they used to be so shy about venturing, they have taken to coming in bands of three or four—haven't they, Gino? That's why we arranged for you to meet Domenichino in the town."

"Yes; but why Brisighella? A frontier town is always full of spies."

"Brisighella just now is a capital place. It's swarming with pilgrims from all parts of the country."

"But it's not on the way to anywhere."

"It's not far out of the way to Rome, and many of the Easter Pilgrims are going round to hear Mass there."

"I d-d-didn't know there was anything special in Brisighella."

"There's the Cardinal. Don't you remember his going to Florence to preach last December? It's that same Cardinal Montanelli. They say he made a great sensation."

"I dare say; I don't go to hear sermons."

"Well, he has the reputation of being a saint, you see."

"How does he manage that?"

"I don't know. I suppose it's because he gives away all his income, and lives like a parish priest with four or five hundred scudi a year."

"Ah!" interposed the man called Gino; "but it's more than that. He doesn't only give away money; he spends his whole life in looking after the poor, and seeing the sick are properly treated, and hearing complaints and grievances from morning till night. I'm no fonder of priests than you are, Michele, but Monsignor Montanelli is not like other Cardinals."

"Oh, I dare say he's more fool than knave!" said Michele. "Anyhow, the people are mad after him, and the last new freak is for the pilgrims to go round that way to ask his blessing. Domenichino thought of going as a pedlar, with a basket of cheap crosses and rosaries. The people like to buy those things and ask the Cardinal to touch them; then they put them round their babies' necks to keep off the evil eye."

"Wait a minute. How am I to go—as a pilgrim? This make-up suits me p-pretty well, I think; but it w-won't do for me to show myself in Brisighella in the same character that I had here; it would be ev-v-vidence against you if I get taken."

"You won't get taken; we have a splendid disguise for you,

with a passport and all complete."

"What is it?"

"An old Spanish pilgrim—a repentant brigand from the Sierras. He fell ill in Ancona last year, and one of our friends took him on board a trading-vessel out of charity, and set him down in Venice, where he had friends, and he left his papers with us to show his gratitude. They will just do for you."

"A repentant b-b-brigand? But w-what about the police?"

"Oh, that's all right! He finished his term of the galleys some years ago, and has been going about to Jerusalem and all sorts of places saving his soul ever since. He killed his son by mistake for somebody else, and gave himself up to the police in a fit of remorse."

"Was he quite old?"

"Yes; but a white beard and wig will set that right, and the description suits you to perfection in every other respect. He was an old soldier, with a lame foot and a sabre-cut across the face like yours; and then his being a Spaniard, too—you see, if you meet any Spanish pilgrims, you can talk to them all right."

"Where am I to meet Domenichino?"

"You join the pilgrims at the cross-road that we will show you on the map, saying you had lost your way in the hills. Then, when you reach the town, you go with the rest of them into the marketplace, in front of the Cardinal's palace."

"Oh, he manages to live in a p-palace, then, in s-spite of being a saint?"

"He lives in one wing of it, and has turned the rest into a hospital. Well, you all wait there for him to come out and give his benediction, and Domenichino will come up with his basket and say: 'Are you one of the pilgrims, father?' and you answer: 'I am a miserable sinner.' Then he puts down his basket and wipes his face with his sleeve, and you offer him six soldi for a rosary."

"Then, of course, he arranges where we can talk?"

"Yes; he will have plenty of time to give you the address of the meeting-place while the people are gaping at Montanelli. That was our plan; but if you don't like it, we can let Domenichino know and arrange something else."

"No; it will do; only see that the beard and wig look natural."

"Are you one of the pilgrims, father?"

The Gadfly, sitting on the steps of the episcopal palace, looked up from under his ragged white locks, and gave the password in a husky, trembling voice, with a strong foreign accent. Domenichino slipped the leather strap from his shoulder, and set down his basket of pious gewgaws on the step. The crowd of peasants and pilgrims sitting on the steps and lounging about the market-place was taking no notice of them, but for precaution's sake they kept up a desultory conversation, Domenichino speaking in the local dialect and the Gadfly in broken Italian, intermixed with Spanish words.

"His Eminence! His Eminence is coming out!" shouted the people by the door. "Stand aside! His Eminence is coming!"

They both stood up.

"Here, father," said Domenichino, putting into the Gadfly's hand a little image wrapped in paper; "take this, too, and pray for me when you get to Rome."

The Gadfly thrust it into his breast, and turned to look at the figure in the violet Lenten robe and scarlet cap that was standing on the upper step and blessing the people with outstretched arms.

Montanelli came slowly down the steps, the people crowding about him to kiss his hands. Many knelt down and put the hem of his cassock to their lips as he passed.

"Peace be with you, my children!"

At the sound of the clear, silvery voice, the Gadfly bent his head, so that the white hair fell across his face; and Domenichino, seeing the quivering of the pilgrim's staff in his hand, said to himself with admiration: "What an actor!"

A woman standing near to them stooped down and lifted her child from the step. "Come, Cecco," she said. "His Eminence will bless you as the dear Lord blessed the children."

The Gadfly moved a step forward and stopped. Oh, it was hard! All these outsiders—these pilgrims and mountaineers—could go up and speak to him, and he would lay his hand on their children's hair. Perhaps he would say "Carino" to that peasant boy, as he used to say——

The Gadfly sank down again on the step, turning away that he might not see. If only he could shrink into some corner and stop his ears to shut out the sound! Indeed, it was more than any man should have to bear—to be so close, so close that he could have put out his arm and touched the dear hand.

"Will you not come under shelter, my friend?" the soft voice said. "I am afraid you are chilled."

The Gadfly's heart stood still. For a moment he was conscious of nothing but the sickening pressure of the blood that seemed as if it would tear his breast asunder; then it rushed back, tingling and burning through all his body, and he looked up. The grave, deep eyes above him grew suddenly tender with divine compassion at the sight of his face.

"Stand back a little, friends," Montanelli said, turning to the crowd; "I want to speak to him."

The people fell slowly back, whispering to each other, and the Gadfly, sitting motionless, with teeth clenched and eyes on the ground, felt the gentle touch of Montanelli's hand upon his shoulder.

"You have had some great trouble. Can I do anything to help you?"

The Gadfly shook his head in silence.

"Are you a pilgrim?"

"I am a miserable sinner."

The accidental similarity of Montanelli's question to the password came like a chance straw, that the Gadfly, in his desperation, caught at, answering automatically. He had begun to tremble under the soft pressure of the hand that seemed to burn upon his shoulder.

The Cardinal bent down closer to him.

"Perhaps you would care to speak to me alone? If I can be any help to you——"

For the first time the Gadfly looked straight and steadily into Montanelli's eyes; he was already recovering his self-command.

"It would be no use," he said; "the thing is hopeless."

A police official stepped forward out of the crowd.

"Forgive my intruding, Your Eminence. I think the old man

is not quite sound in his mind. He is perfectly harmless, and his papers are in order, so we don't interfere with him. He has been in penal servitude for a great crime, and is now doing penance."

"A great crime," the Gadfly repeated, shaking his head slowly.

"Thank you, captain; stand aside a little, please. My friend, nothing is hopeless if a man has sincerely repented. Will you not come to me this evening?"

"Would Your Eminence receive a man who is guilty of the death of his own son?"

The question had almost the tone of a challenge, and Montanelli shrank and shivered under it as under a cold wind.

"God forbid that I should condemn you, whatever you have done!" he said solemnly. "In His sight we are all guilty alike, and our righteousness is as filthy rags. If you will come to me I will receive you as I pray that He may one day receive me."

The Gadfly stretched out his hands with a sudden gesture of passion.

"Listen!" he said; "and listen all of you, Christians! If a man has killed his only son—his son who loved and trusted him, who was flesh of his flesh and bone of his bone; if he has led his son into a death-trap with lies and deceit—is there hope for that man in earth or heaven? I have confessed my sin before God and man, and I have suffered the punishment that men have laid on me, and they have let me go; but when will God say, 'It is enough'? What benediction will take away His curse from my soul? What absolution will undo this thing that I have done?"

In the dead silence that followed the people looked at Montanelli, and saw the heaving of the cross upon his breast.

He raised his eyes at last, and gave the benediction with a hand that was not quite steady.

"God is merciful," he said. "Lay your burden before His throne; for it is written: 'A broken and contrite heart shalt thou not despise.' "

He turned away and walked through the market-place, stopping everywhere to speak to the people, and to take their children in his arms.

In the evening the Gadfly, following the directions written on the wrapping of the image, made his way to the appointed meeting-place. It was the house of a local doctor, who was an active member of the "sect." Most of the conspirators were already assembled, and their delight at the Gadfly's arrival gave him a new proof, if he had needed one, of his popularity as a leader.

"We're glad enough to see you again," said the doctor; "but we shall be gladder still to see you go. It's a fearfully risky business, and I, for one, was against the plan. Are you quite sure none of those police rats noticed you in the market-place this morning?"

"Oh, they n-noticed me enough, but they d-didn't recognize me. Domenichino m-managed the thing capitally. But where is he? I don't see him."

"He has not come yet. So you got on all smoothly? Did the Cardinal give you his blessing?"

"His blessing? Oh, that's nothing," said Domenichino, coming in at the door. "Rivarez, you're as full of surprises as a Christmas cake. How many more talents are you going to astonish us with?"

"What is it now?" asked the Gadfly languidly. He was leaning back on a sofa, smoking a cigar. He still wore his pilgrim's dress, but the white beard and wig lay beside him.

"I had no idea you were such an actor. I never saw a thing done so magnificently in my life. You nearly moved His Eminence to tears."

"How was that? Let us hear, Rivarez."

The Gadfly shrugged his shoulders. He was in a taciturn and laconic mood, and the others, seeing that nothing was to be got out of him, appealed to Domenichino to explain. When the scene in the market-place had been related, one young workman, who had not joined in the laughter of the rest, remarked abruptly:

"It was very clever, of course; but I don't see what good all this play-acting business has done to anybody."

"Just this much," the Gadfly put in; "that I can go where I like and do what I like anywhere in this district, and not a single man, woman, or child will ever think of suspecting me. The story will be all over the place by to-morrow, and when I meet a spy he will only think: 'It's mad Diego, that confessed his sins in the market-place.' That is an advantage gained, surely."

"Yes, I see. Still, I wish the thing could have been done without fooling the Cardinal. He's too good to have that sort of trick played on him."

"I thought myself he seemed fairly decent," the Gadfly lazily assented.

"Nonsense, Sandro! We don't want Cardinals here!" said Domenichino. "And if Monsignor Montanelli had taken that post in Rome when he had the chance of getting it, Rivarez couldn't have fooled him."

"He wouldn't take it because he didn't want to leave his work here."

"More likely because he didn't want to get poisoned off by Lambruschini's agents. They've got something against him, you may depend upon it. When a Cardinal, especially such a popular one, 'prefers to stay' in a God-forsaken little hole like this, we all know what that means—don't we, Rivarez?"

The Gadfly was making smoke-rings. "Perhaps it is a c-c-case of a 'b-b-broken and contrite heart,' " he remarked, leaning his head back to watch them float away. "And now, men, let us get to business."

They began to discuss in detail the various plans which had been formed for the smuggling and concealment of weapons. The Gadfly listened with keen attention, interrupting every now and then to correct sharply some inaccurate statement or imprudent proposal. When everyone had finished speaking, he made a few practical suggestions, most of which were adopted without discussion. The meeting then broke up. It had been resolved that, at least until he was safely back in Tuscany, very late meetings, which might attract the notice of the police, should be avoided. By a little after ten o'clock all had dispersed except the doctor, the Gadfly, and Domenichino, who remained as a sub-committee for the discussion of special points. After a long and hot dispute, Domenichino looked up at the clock.

"Half-past eleven; we mustn't stop any longer or the night-watchman may see us."

"When does he pass?" asked the Gadfly.

"About twelve o'clock; and I want to be home before he comes. Good-night, Giordani. Rivarez, shall we walk together?"

"No; I think we are safer apart. Then I shall see you again?"

"Yes; at Castel Bolognese. I don't know yet what disguise I shall be in, but you have the password. You leave here to-morrow, I think?"

The Gadfly was carefully putting on his beard and wig before the looking-glass.

"To-morrow morning, with the pilgrims. On the next day I fall ill and stop behind in a shepherd's hut, and then take a short cut across the hills. I shall be down there before you will. Good-night!"

Twelve o'clock was striking from the Cathedral bell-tower as the Gadfly looked in at the door of the great empty barn which had been thrown open as a lodging for the pilgrims. The floor was covered with clumsy figures, most of which were snoring lustily, and the air was insufferably close and foul. He drew back with a little shudder of repugnance; it would be useless to attempt to sleep in there; he would take a walk, and then find some shed or haystack which would, at least, be clean and quiet.

It was a glorious night, with a great full moon gleaming in a purple sky. He began to wander through the streets in an aimless way, brooding miserably over the scene of the morning, and wishing that he had never consented to Domenichino's plan of holding the meeting in Brisighella. If at the beginning he had declared the project too dangerous, some other place would have been chosen; and both he and Montanelli would have been spared this ghastly, ridiculous farce.

How changed the Padre was! And yet his voice was not changed at all; it was just the same as in the old days, when he used to say: "Carino."

The lantern of the night-watchman appeared at the other end of the street, and the Gadfly turned down a narrow, crooked alley. After walking a few yards he found himself in the Cathedral Square, close to the left wing of the episcopal palace. The square was flooded with moonlight, and there was no one in sight; but he noticed that a side door of the Cathedral was ajar. The sacristan must have forgotten to shut it. Surely nothing could be going on there so late at night. He might as well go in and sleep on one of the benches instead of in the stifling barn; he could slip out in the morning before the sacristan came; and even if anyone did find him, the natural supposition would be that mad Diego had been saying his prayers in some corner, and had got shut in.

He listened a moment at the door, and then entered with the noiseless step that he had retained notwithstanding his lameness. The moonlight streamed through the windows, and lay in broad bands on the marble floor. In the chancel, especially, everything was as clearly visible as by daylight. At the foot of the altar steps Cardinal Montanelli knelt alone, bare-headed, with clasped hands.

The Gadfly drew back into the shadow. Should he slip away before Montanelli saw him? That, no doubt, would be the wisest thing to do—perhaps the most merciful. And yet, what harm could it do for him to go just a little nearer—to look at the Padre's face once more, now that the crowd was gone, and there was no need to keep up the hideous comedy of the morning? Perhaps it would be his last chance—and the Padre need not see him; he would steal up softly and look—just this once. Then he would go back to his work.

Keeping in the shadow of the pillars, he crept softly up to the chancel rails, and paused at the side entrance, close to the altar. The shadow of the episcopal throne was broad enough to cover him, and he crouched down in the darkness, holding his breath.

"My poor boy! Oh, God; my poor boy!"

The broken whisper was full of such endless despair that the Gadfly shuddered in spite of himself. Then came deep, heavy, tearless sobs; and he saw Montanelli wring his hands together like a man in bodily pain.

He had not thought it would be so bad as this. How often had he said to himself with bitter assurance: "I need not trouble about it; that wound was healed long ago." Now, after all these years, it was laid bare before him, and he saw it bleeding still. And how easy it would be to heal it now at last! He need only lift his hand—only step forward and say: "Padre, it is I." There was Gemma, too, with that white streak across her hair. Oh, if he could but forgive! If he could but cut out from his memory the past that was burned into it so deep—the Lascar, and the sugar-plantation, and the variety show! Surely there was no other misery like this—to be willing to forgive, to long to forgive; and to know that it was hopeless—that he could not, dared not forgive.

Montanelli rose at last, made the sign of the cross, and turned away from the altar. The Gadfly shrank further back into the shadow, trembling with fear lest he should be seen, lest the very beating of his heart should betray him; then he drew a long breath of relief. Montanelli had passed him, so close that the violet robe had brushed against his cheek, —had passed and had not seen him.

Had not seen him—— Oh, what had he done? This had been his last chance—this one precious moment—and he had let it slip away. He started up and stepped into the light.

"Padre!"

The sound of his own voice, ringing up and dying away along the arches of the roof, filled him with fantastic terror. He shrank back again into the shadow. Montanelli stood beside the pillar, motionless, listening with wide-open eyes, full of the horror of death. How long the silence lasted the Gadfly could not tell; it might have been an instant, or an eternity. He came to his senses with a sudden shock. Montanelli was beginning to sway as though he would fall, and his lips moved, at first silently.

"Arthur!" the low whisper came at last; "yes, the water is deep——"

The Gadfly came forward.

"Forgive me, Your Eminence! I thought it was one of the priests."

"Ah, it is the pilgrim?" Montanelli had at once recovered his self-control, though the Gadfly could see, from the restless glitter of the sapphire on his hand, that he was still trembling. "Are you in need of anything, my friend? It is late, and the Cathedral is closed at night."

"I beg pardon, Your Eminence, if I have done wrong. I saw the door open, and came in to pray, and when I saw a priest, as I thought, in meditation, I waited to ask a blessing on this."

He held up the little tin cross that he had bought from

Domenichino. Montanelli took it from his hand, and, re-entering the chancel, laid it for a moment on the altar.

"Take it, my son," he said, "and be at rest, for the Lord is tender and pitiful. Go to Rome, and ask the blessing of His minister, the Holy Father. Peace be with you!"

The Gadfly bent his head to receive the benediction, and turned slowly away.

"Stop!" said Montanelli.

He was standing with one hand on the chancel rail.

"When you receive the Holy Eucharist in Rome," he said, "pray for one in deep affliction—for one on whose soul the hand of the Lord is heavy."

There were almost tears in his voice, and the Gadfly's resolution wavered. Another instant and he would have betrayed himself. Then the thought of the variety-show came up again, and he remembered, like Jonah, that he did well to be angry.

"Who am I, that He should hear my prayers? A leper and an outcast! If I could bring to His throne, as Your Eminence can, the offering of a holy life—of a soul without spot or secret shame——"

Montanelli turned abruptly away.

"I have only one offering to give," he said; "a broken heart."

A few days later the Gadfly returned to Florence in the diligence from Pistoja. He went straight to Gemma's lodgings, but she was out. Leaving a message that he would return in the morning he went home, sincerely hoping that he should not again find his study invaded by Zita. Her jealous reproaches would act on his nerves, if he were to hear much of them to-night, like the rasping of a dentist's file.

"Good-evening, Bianca," he said when the maid-servant opened the door. "Has Mme. Reni been here to-day?"

She stared at him blankly

"Mme. Reni? Has she come back, then, sir?"

"What do you mean?" he asked with a frown, stopping short on the mat.

"She went away quite suddenly, just after you did, and left all her things behind her. She never so much as said she was going."

"Just after I did? What, a f-fortnight ago?"

"Yes, sir, the same day; and her things are lying about higgledy-piggledy. All the neighbours are talking about it."

He turned away from the door-step without speaking, and went hastily down the lane to the house where Zita had been lodging. In her rooms nothing had been touched; all the presents that he had given her were in their usual places; there was no letter or scrap of writing anywhere.

"If you please, sir," said Bianca, putting her head in at the door, "there's an old woman——"

He turned round fiercely.

"What do you want here—following me about?"

"An old woman wishes to see you."

"What does she want? Tell her I c-can't see her; I'm busy."

"She has been coming nearly every evening since you went away, sir, always asking when you would come back."

"Ask her w-what her business is. No; never mind; I suppose I must go myself."

The old woman was waiting at his hall door. She was very poorly dressed, with a face as brown and wrinkled as a medlar, and a bright-coloured scarf twisted round her head. As he came in she rose and looked at him with keen black eyes.

"You are the lame gentleman," she said, inspecting him critically from head to foot. "I have brought you a message from Zita Reni."

He opened the study door, and held it for her to pass in; then followed her and shut the door, that Bianca might not hear.

"Sit down, please. N-now, tell me who you are."

"It's no business of yours who I am. I have come to tell you that Zita Reni has gone away with my son."

"With—your—son?"

"Yes, sir; if you don't know how to keep your mistress when you've got her, you can't complain if other men take her. My son has blood in his veins, not milk and water; he comes of the Romany folk."

"Ah, you are a gipsy! Zita has gone back to her own people, then?"

She looked at him in amazed contempt. Apparently, these Christians had not even manhood enough to be angry when they were insulted.

"What sort of stuff are you made of, that she should stay with you? Our women may lend themselves to you a bit for a girl's fancy, or if you pay them well; but the Romany blood comes back to the Romany folk."

The Gadfly's face remained as cold and steady as before.

"Has she gone away with a gipsy camp, or merely to live with your son?"

The woman burst out laughing.

"Do you think of following her and trying to win her back? It's too late, sir; you should have thought of that before!"

"No; I only want to know the truth, if you will tell it to me."

She shrugged her shoulders; it was hardly worth while to abuse a person who took it so meekly.

"The truth, then, is that she met my son in the road the day you left her, and spoke to him in the Romany tongue; and when he saw she was one of our folk, in spite of her fine clothes, he fell in love with her bonny face, as *our* men fall in love, and took her to our camp. She told us all her trouble, and sat crying and sobbing, poor lassie, till our hearts were sore for her. We comforted her as best we could; and at last she took off her fine clothes and put on the things our lasses wear, and gave herself to my son, to be his woman and to have him for her man. He won't say to her: 'I don't love you,' and: 'I've other things to do.' When a woman is young, she wants a man; and what sort of man are you, that you can't even kiss a handsome girl when she puts her arms round your neck?"

"You said," he interrupted, "that you had brought me a message from her."

"Yes; I stopped behind when the camp went on, so as to give it. She told me to say that she has had enough of your folk and their hair-splitting and their sluggish blood; and that she wants to get back to her own people and be free. 'Tell him,' she said, 'that I am a woman, and that I loved him; and that is why I would not be his harlot any longer.' The lassie was right to come away. There's no harm in a girl getting a bit of money out of her good looks if she can—that's what good looks are for; but a Romany lass has nothing to do with *loving* a man of your race."

The Gadfly stood up.

"Is that all the message?" he said. "Then tell her, please, that I think she has done right, and that I hope she will be happy. That is all I have to say. Good-night!"

He stood perfectly still until the garden gate closed behind her; then he sat down and covered his face with both hands.

Another blow on the cheek! Was no rag of pride to be left him—no shred of self-respect? Surely he had suffered everything that man can endure; his very heart had been dragged in the mud and trampled under the feet of the passers-by; there was no spot in his soul where someone's contempt was not branded in, where someone's mockery had not left its iron trace. And now this gipsy girl, whom he had picked up by the wayside—even she had the whip in her hand.

Shaitan whined at the door, and the Gadfly rose to let him in. The dog rushed up to his master with his usual frantic manifestations of delight, but soon, understanding that something was wrong, lay down on the rug beside him, and thrust a cold nose into the listless hand.

An hour later Gemma came up to the front door. No one appeared in answer to her knock; Bianca, finding that the Gadfly did not want any dinner, had slipped out to visit a neighbour's cook. She had left the door open, and a light burning in the hall. Gemma, after waiting for some time, decided to enter and try if she could find the Gadfly, as she wished to speak to him about an important message which had come from Bailey. She knocked at the study door, and the Gadfly's voice answered from within: "You can go away, Bianca. I don't want anything."

She softly opened the door. The room was quite dark, but the passage lamp threw a long stream of light across it as she entered, and she saw the Gadfly sitting alone, his head sunk on his breast, and the dog asleep at his feet.

"It is I," she said.

He started up. "Gemma,—— Gemma! Oh, I have wanted you so!"

Before she could speak he was kneeling on the floor at her feet and hiding his face in the folds of her dress. His whole body was shaken with a convulsive tremor that was worse to see than tears.

She stood still. There was nothing she could do to help him—nothing. This was the bitterest thing of all. She must stand by and look on passively—she who would have died to spare him pain. Could she but dare to stoop and clasp her arms about him, to hold him close against her heart and shield him, were it with her own body, from all further harm or wrong; surely then he would be Arthur to her again; surely then the day would break and the shadows flee away.

Ah, no, no! How could he ever forget? Was it not she who had cast him into hell—she, with her own right hand?

She had let the moment slip by. He rose hastily and sat down by the table, covering his eyes with one hand and biting his lip as if he would bite it through.

Presently he looked up and said quietly:

"I am afraid I startled you."

She held out both her hands to him. "Dear," she said, "are we not friends enough by now for you to trust me a little bit? What is it?"

"Only a private trouble of my own. I don't see why you should be worried over it."

"Listen a moment," she went on, taking his hand in both of hers to steady its convulsive trembling. "I have not tried to lay hands on a thing that is not mine to touch. But now that you have given me, of your own free will, so much of your confidence, will you not give me a little more—as you would do if I were your sister. Keep the mask on your face, if it is any consolation to you, but don't wear a mask on your soul, for your own sake."

He bent his head lower. "You must be patient with me," he said. "I am an unsatisfactory sort of brother to have, I'm afraid; but if you only knew—— I have been nearly mad this last week. It has been like South America again. And somehow the devil gets into me and——" He broke off.

"May I not have my share in your trouble?" she whispered at last.

His head sank down on her arm. "The hand of the Lord is heavy."

PART III

CHAPTER I

THE next five weeks were spent by Gemma and the Gadfly in a whirl of excitement and overwork which left them little time or energy for thinking about their personal affairs. When the arms had been safely smuggled into Papal territory there remained a still more difficult and dangerous task: that of conveying them unobserved from the secret stores in the mountain caverns and ravines to the various local centres and thence to the separate villages. The whole district was swarming with spies; and Domenichino, to whom the Gadfly had intrusted the ammunition, sent into Florence a messenger with an urgent appeal for either help or extra time. The Gadfly had insisted that the work should be finished by the middle of June; and what with the difficulty of conveying heavy transports over bad roads, and the endless hindrances and delays caused by the necessity of continually evading observation, Domenichino was growing desperate. "I am between Scylla and Charybdis," he wrote. "I dare not work quickly, for fear of detection, and I must not work slowly if we are to be ready in time. Either send me efficient help at once, or let the Venetians know that we shall not be ready till the first week in July."

The Gadfly carried the letter to Gemma and, while she read it, sat frowning at the floor and stroking the cat's fur the wrong way.

"This is bad," she said. "We can hardly keep the Venetians waiting for three weeks."

"Of course we can't; the thing is absurd. Domenichino m-might unders-s-stand that. We must follow the lead of the Venetians, not they ours."

"I don't see that Domenichino is to blame; he has evidently done his best, and he can't do impossibilities."

"It's not in Domenichino that the fault lies; it's in the fact of his being one person instead of two. We ought to have at least one responsible man to guard the store and another to see the transports off. He is quite right; he must have efficient help."

"But what help are we going to give him? We have no one in Florence to send."

"Then I m-must go myself."

She leaned back in her chair and looked at him with a little frown.

"No, that won't do; it's too risky."

"It will have to do if we can't f-f-find any other way out of the difficulty."

"Then we must find another way, that's all. It's out of the question for you to go again just now."

An obstinate line appeared at the corners of his under lip.

"I d-don't see that it's out of the question."

"You will see if you think about the thing calmly for a minute. It is only five weeks since you got back; the police are on the scent about that pilgrim business, and scouring the country to find a clue. Yes, I know you are clever at disguises; but remember what a lot of people saw you, both as Diego and as the countryman; and you can't disguise your lameness or the scar on your face."

"There are p-plenty of lame people in the world."

"Yes, but there are not plenty of people in the Romagna with a lame foot and a sabre-cut across the cheek and a left arm injured like yours, and the combination of blue eyes with such dark colouring."

"The eyes don't matter; I can alter them with belladonna."

"You can't alter the other things. No, it won't do. For you to go there just now, with all your identification-marks, would be to walk into a trap with your eyes open. You would certainly be taken."

"But s-s-someone must help Domenichino."

"It will be no help to him to have you caught at a critical moment like this. Your arrest would mean the failure of the whole thing."

But the Gadfly was difficult to convince, and the discussion went on and on without coming nearer to any settlement. Gemma was beginning to realize how nearly inexhaustible was the fund of quiet obstinacy in his character; and, had the matter not been one about which she felt strongly, she would probably have yielded for the sake of peace. This, however, was a case in which she could not conscientiously give way; the practical advantage to be gained from the proposed journey seemed to her not sufficiently important to be worth the risk, and she could not help suspecting that his desire to go was prompted less by a conviction of grave political necessity than by a morbid craving for the excitement of danger. He had got into the habit of risking his neck, and his tendency to run into unnecessary peril seemed to her a form of intemperance which should be quietly but steadily resisted. Finding all her arguments unavailing against his dogged resolve to go his own way, she fired her last shot.

"Let us be honest about it, anyway," she said; "and call things by their true names. It is not Domenichino's difficulty that makes you so determined to go. It is your own personal passion for——"

"It's not true!" he interrupted vehemently. "He is nothing to me; I don't care if I never see him again."

He broke off, seeing in her face that he had betrayed himself. Their eyes met for an instant, and dropped; and neither of them uttered the name that was in both their minds.

"It—it is not Domenichino I want to save," he stammered at last, with his face half buried in the cat's fur; "it is that I—I understand the danger of the work failing if he has no help."

She passed over the feeble little subterfuge, and went on as if there had been no interruption:

"It is your passion for running into danger which makes you want to go there. You have the same craving for danger when you are worried that you had for opium when you were ill."

"It was not I that asked for the opium," he said defiantly; "it was the others who insisted on giving it to me."

"I dare say. You plume yourself a little on your stoicism,

and to ask for physical relief would have hurt your pride; but it is rather flattered than otherwise when you risk your life to relieve the irritation of your nerves. And yet, after all, the distinction is a merely conventional one."

He drew the cat's head back and looked down into the round, green eyes. "Is it true, Pasht?" he said. "Are all these unkind things true that your mistress is s-saying about me? Is it a case of *mea culpa*; *mea m-maxima culpa*? You wise beast, you never ask for opium, do you? Your ancestors were gods in Egypt, and no man t-trod on their tails. I wonder, though, what would become of your calm superiority to earthly ills if I were to take this paw of yours and hold it in the c-candle. Would you ask me for opium then? Would you? Or perhaps—for death? No, pussy, we have no right to die for our personal convenience. We may spit and s-swear a bit, if it consoles us; but we mustn't pull the paw away."

"Hush!" She took the cat off his knee and put it down on a footstool. "You and I will have time for thinking about those things later on. What we have to think of now is how to get Domenichino out of his difficulty. What is it, Katie; a visitor? I am busy."

"Miss Wright has sent you this, ma'am, by hand."

The packet, which was carefully sealed, contained a letter, addressed to Miss Wright, but unopened and with a Papal stamp. Gemma's old school friends still lived in Florence, and her more important letters were often received, for safety, at their address.

"It is Michele's mark," she said, glancing quickly over the letter, which seemed to be about the summer-terms at a boarding house in the Apennines, and pointing to two little blots on a corner of the page. "It is in chemical ink; the reagent is in the third drawer of the writing-table. Yes; that is it."

He laid the letter open on the desk and passed a little brush over its pages. When the real message stood out on the paper in a brilliant blue line, he leaned back in his chair and burst out laughing.

"What is it?" she asked hurriedly. He handed her the paper.

"*Domenichino has been arrested. Come at once.*"

She sat down with the paper in her hand and stared hopelessly at the Gadfly.

"W-well?" he said at last, with his soft, ironical drawl; "are you satisfied now that I must go?"

"Yes, I suppose you must," she answered, sighing. "And I too."

He looked up with a little start. "You too? But——"

"Of course. It will be very awkward, I know, to be left without anyone here in Florence; but everything must go to the wall now except the providing of an extra pair of hands."

"There are plenty of hands to be got there."

"They don't belong to people whom you can trust thoroughly, though. You said yourself just now that there must be two responsible persons in charge; and if Domenichino couldn't manage alone it is evidently impossible for you to do so. A person as desperately compromised as you are is very much handicapped, remember, in work of that kind, and more dependent on help than anyone else would be. Instead of you and Domenichino, it must be you and I."

He considered for a moment, frowning.

"Yes, you are quite right," he said; "and the sooner we go the better. But we must not start together. If I go off to-night, you can take, say, the afternoon coach to-morrow."

"Where to?"

"That we must discuss. I think I had b-b-better go straight in to Faenza. If I start late to-night and ride to Borgo San Lorenzo I can get my disguise arranged there and go straight on."

"I don't see what else we can do," she said, with an anxious little frown; "but it is very risky, your going off in such a hurry and trusting to the smugglers finding you a disguise at Borgo. You ought to have at least three clear days to double on your trace before you cross the frontier."

"You needn't be afraid," he answered, smiling; "I may get taken further on, but not at the frontier. Once in the hills I am as safe as here; there's not a smuggler in the Apennines that would betray me. What I am not quite sure about is how you are to get across."

"Oh, that is very simple! I shall take Louisa Wright's passport and go for a holiday. No one knows me in the Romagna, but every spy knows you."

"F-fortunately, so does every smuggler."

She took out her watch.

"Half-past two. We have the afternoon and evening, then, if you are to start to-night."

"Then the best thing will be for me to go home and settle everything now, and arrange about a good horse. I shall ride in to San Lorenzo; it will be safer."

"But it won't be safe at all to hire a horse. The owner will——"

"I shan't hire one. I know a man that will lend me a horse, and that can be trusted. He has done things for me before. One of the shepherds will bring it back in a fortnight. I shall be here again by five or half-past, then; and while I am gone, I w-want you to go and find Martini and exp-plain everything to him."

"Martini!" She turned round and looked at him in astonishment.

"Yes; we must take him into confidence—unless you can think of anyone else."

"I don't quite understand what you mean."

"We must have someone here whom we can trust, in case of any special difficulty; and of all the set here Martini is the man in whom I have most confidence. Riccardo would do anything he could for us, of course; but I think Martini has a steadier head. Still, you know him better than I do; it is as you think."

"I have not the slightest doubt as to Martini's trustworthiness and efficiency in every respect; and I think he would probably consent to give us any help he could. But——"

He understood at once.

"Gemma, what would you feel if you found out that a comrade in bitter need had not asked you for help you might have given, for fear of hurting or distressing you? Would you say there was any true kindness in that?"

"Very well," she said, after a little pause; "I will send Katie round at once and ask him to come; and while she is gone I will go to Louisa for her passport; she promised to lend it whenever I want one. What about money? Shall I draw some out of the bank?"

"No; don't waste time on that; I can draw enough from my account to last us for a bit. We will fall back on yours later on if my balance runs short. Till half-past five, then; I shall be sure to find you here, of course?"

"Oh, yes! I shall be back long before then."

Half an hour after the appointed time he returned, and found Gemma and Martini sitting on the terrace together. He saw at once that their conversation had been a distressing one; the traces of agitation were visible in both of them, and Martini was unusually silent and glum.

"Have you arranged everything?" she asked, looking up.

"Yes; and I have brought you some money for the journey. The horse will be ready for me at the Ponte Rosso barrier at one in the night."

"Is not that rather late? You ought to get into San Lorenzo before the people are up in the morning."

"So I shall; it's a very fast horse; and I don't want to leave here when there's a chance of anyone noticing me. I shan't go home any more; there's a spy watching at the door, and he thinks me in."

"How did you get out without his seeing you?"

"Out of the kitchen window into the back garden and over the neighbour's orchard wall; that's what makes me so late; I had to dodge him. I left the owner of the horse to sit in the study all the evening with the lamp lighted. When the spy sees the light in the window and a shadow on the blind he will be quite satisfied that I am writing at home this evening."

"Then you will stay here till it is time to go to the barrier?"

"Yes; I don't want to be seen in the street any more to-night. Have a cigar, Martini? I know Signora Bolla doesn't mind smoke."

"I shan't be here to mind; I must go downstairs and help Katie with the dinner."

When she had gone Martini got up and began to pace to and fro with his hands behind his back. The Gadfly sat smoking and looking silently out at the drizzling rain.

"Rivarez!" Martini began, stopping in front of him, but keeping his eyes on the ground; "what sort of thing are you going to drag her into?"

The Gadfly took the cigar from his mouth and blew away a long trail of smoke.

"She has chosen for herself," he said, "without compulsion on anyone's part."

"Yes, yes—I know. But tell me——"

He stopped.

"I will tell you anything I can."

"Well, then—I don't know much about the details of these affairs in the hills, —are you going to take her into any very serious danger?"

"Do you want the truth?"

"Yes."

"Then—yes."

Martini turned away and went on pacing up and down. Presently he stopped again.

"I want to ask you another question. If you don't choose to answer it, you needn't, of course; but if you do answer, then answer honestly. Are you in love with her?"

The Gadfly deliberately knocked the ash from his cigar and went on smoking in silence.

"That means—that you don't choose to answer?"

"No; only that I think I have a right to know why you ask me that."

"Why? Good God, man, can't you see why?"

"Ah!" He laid down his cigar and looked steadily at Martini. "Yes," he said at last, slowly and softly. "I am in love with her. But you needn't think I am going to make love to her, or worry about it. I am only going to——"

His voice died away in a strange, faint whisper. Martini came a step nearer.

"Only going—to——"

"To die."

He was staring straight before him with a cold, fixed look, as if he were dead already. When he spoke again his voice was curiously lifeless and even.

"You needn't worry her about it beforehand," he said; "but there's not the ghost of a chance for me. It's dangerous for everyone; that she knows as well as I do; but the smugglers will do their best to prevent her getting taken. They are good fellows, though they are a bit rough. As for me, the rope is round my neck, and when I cross the frontier I pull the noose."

"Rivarez, what do you mean? Of course it's dangerous, and particularly so for you; I understand that; but you have often crossed the frontier before and always been successful."

"Yes, and this time I shall fail."

"But why? How can you know?"

The Gadfly smiled drearily.

"Do you remember the German legend of the man that died when he met his own Double? No? It appeared to him at night in a lonely place, wringing its hands in despair. Well, I met mine the last time I was in the hills; and when I cross the frontier again I shan't come back."

Martini came up to him and put a hand on the back of his chair.

"Listen, Rivarez; I don't understand a word of all this metaphysical stuff, but I do understand one thing: If you feel about it that way, you are not in a fit state to go. The surest way to get taken is to go with a conviction that you will be taken. You must be ill, or out of sorts somehow, to get maggots of that kind into your head. Suppose I go instead of you? I can do any practical work there is to be done, and you can send a message to your men, explaining——"

"And let you get killed instead? That would be very clever."

"Oh, I'm not likely to get killed! They don't know me as they do you. And, besides, even if I did——"

He stopped, and the Gadfly looked up with a slow, inquiring gaze. Martini's hand dropped by his side.

"She very likely wouldn't miss me as much as she would you," he said in his most matter-of-fact voice. "And then, besides, Rivarez, this is public business, and we have to look at it from the point of view of utility—the greatest good of the greatest number. Your 'final value'—isn't that what the economists call it?—is higher than mine; I have brains enough to see that, though

I haven't any cause to be particularly fond of you. You are a bigger man than I am; I'm not sure that you are a better one, but there's more of you, and your death would be a greater loss than mine."

From the way he spoke he might have been discussing the value of shares on the Exchange. The Gadfly looked up, shivering as if with cold.

"Would you have me wait till my grave opens of itself to swallow me up?

> If I must die,
> I will encounter darkness as a bride——

Look here, Martini, you and I are talking nonsense."

"You are, certainly," said Martini gruffly.

"Yes, and so are you. For Heaven's sake, don't let's go in for romantic self-sacrifice, like Don Carlos and Marquis Posa. This is the nineteenth century; and if it's my business to die, I have got to do it."

"And if it's my business to live, I have got to do that, I suppose. You're the lucky one, Rivarez."

"Yes," the Gadfly assented laconically; "I was always lucky."

They smoked in silence for a few minutes, and then began to talk of business details. When Gemma came up to call them to dinner, neither of them betrayed in face or manner that their conversation had been in any way unusual. After dinner they sat discussing plans and making necessary arrangements till eleven o'clock, when Martini rose and took his hat.

"I will go home and fetch that riding-cloak of mine, Rivarez. I think you will be less recognizable in it than in your light suit. I want to reconnoitre a bit, too, and make sure there are no spies about before we start."

"Are you coming with me to the barrier?"

"Yes; it's safer to have four eyes than two in case of anyone following you. I'll be back by twelve. Be sure you don't start without me. I had better take the key, Gemma, so as not to wake anyone by ringing."

She raised her eyes to his face as he took the keys. She understood that he had invented a pretext in order to leave her alone with the Gadfly.

"You and I will talk to-morrow," she said. "We shall have time in the morning, when my packing is finished."

"Oh, yes! Plenty of time. There are two or three little things I want to ask you about, Rivarez; but we can talk them over on our way to the barrier. You had better send Katie to bed, Gemma; and be as quiet as you can, both of you. Good-bye till twelve, then."

He went away with a little nod and smile, banging the door after him to let the neighbours hear that Signora Bolla's visitor was gone.

Gemma went out into the kitchen to say good-night to Katie, and came back with black coffee on a tray.

"Would you like to lie down a bit?" she said. "You won't have any sleep the rest of the night."

"Oh, dear no! I shall sleep at San Lorenzo while the men are getting my disguise ready."

"Then have some coffee. Wait a minute; I will get you out the biscuits."

As she knelt down at the side-board he suddenly stooped over her shoulder.

"Whatever have you got there? Chocolate creams and English toffee! Why, this is l-luxury for a king!"

She looked up, smiling faintly at his enthusiastic tone.

"Are you fond of sweets? I always keep them for Cesare; he is a perfect baby over any kind of lollipops."

"R-r-really? Well, you must get him s-some more to-morrow and give me these to take with me. No, let me p-p-put the toffee in my pocket; it will console me for all the lost joys of life. I d-do hope they'll give me a bit of toffee to suck the day I'm hanged."

"Oh, do let me find a cardboard box for it, at least, before you put it in your pocket! You will be so sticky! Shall I put the chocolates in, too?"

"No, I want to eat them now, with you."

"But I don't like chocolate, and I want you to come and sit down like a reasonable human being. We very likely shan't have another chance to talk quietly before one or other of us is killed, and——"

"She d-d-doesn't like chocolate!" he murmured under his breath. "Then I must be greedy all by myself. This is a case of the hangman's supper, isn't it? You are going to humour all my whims to-night. First of all, I want you to sit on this easy-chair, and, as you said I might lie down, I shall lie here and be comfortable."

He threw himself down on the rug at her feet, leaning his elbow on the chair and looking up into her face.

"How pale you are!" he said. "That's because you take life sadly, and don't like chocolate——"

"Do be serious for just five minutes! After all, it is a matter of life and death."

"Not even for two minutes, dear; neither life nor death is worth it."

He had taken hold of both her hands and was stroking them with the tips of his fingers.

"Don't look so grave, Minerva! You'll make me cry in a minute, and then you'll be sorry. I do wish you'd smile again; you have such a d-delightfully unexpected smile. There now, don't scold me, dear! Let us eat our biscuits together, like two good children, without quarrelling over them—for to-morrow we die."

He took a sweet biscuit from the plate and carefully halved it, breaking the sugar ornament down the middle with scrupulous exactness.

"This is a kind of sacrament, like what the goody-goody people have in church. 'Take, eat; this is my body.' And we must d-drink the wine out of the s-s-same glass, you know—yes, that is right. 'Do this in remembrance——' "

She put down the glass.

"Don't!" she said, with almost a sob. He looked up, and took her hands again.

"Hush, then! Let us be quiet for a little bit. When one of us dies, the other will remember this. We will forget this loud, insistent world that howls about our ears; we will go away together, hand in hand; we will go away into the secret halls of death, and lie among the poppy-flowers. Hush! We will be quite still."

He laid his head down against her knee and covered his face. In the silence she bent over him, her hand on the black head. So the time slipped on and on; and they neither moved nor spoke.

"Dear, it is almost twelve," she said at last. He raised his head.

"We have only a few minutes more; Martini will be back presently. Perhaps we shall never see each other again. Have you nothing to say to me?"

He slowly rose and walked away to the other side of the room. There was a moment's silence.

"I have one thing to say," he began in a hardly audible voice; "one thing—to tell you——"

He stopped and sat down by the window, hiding his face in both hands.

"You have been a long time deciding to be merciful," she said softly.

"I have not seen much mercy in my life; and I thought—at first—you wouldn't care——"

"You don't think that now."

She waited a moment for him to speak and then crossed the room and stood beside him.

"Tell me the truth at last," she whispered. "Think, if you are killed and I not—I should have to go through all my life and never know—never be quite sure——"

He took her hands and clasped them tightly.

"If I am killed—— You see, when I went to South America—— Ah, Martini!"

He broke away with a violent start and threw open the door of the room. Martini was rubbing his boots on the mat.

"Punctual to the m-m-minute, as usual! You're an an-n-nimated chronometer, Martini. Is that the r-r-riding-cloak?"

"Yes; and two or three other things. I have kept them as dry as I could, but it's pouring with rain. You will have a most uncomfortable ride, I'm afraid."

"Oh, that's no matter. Is the street clear?"

"Yes; all the spies seem to have gone to bed. I don't much wonder either, on such a villainous night. Is that coffee, Gemma? He ought to have something hot before he goes out into the wet, or he will catch cold."

"It is black coffee, and very strong. I will boil some milk."

She went into the kitchen, passionately clenching her teeth and hands to keep from breaking down. When she returned with the milk the Gadfly had put on the riding-cloak and was fastening the leather gaiters which Martini had brought. He drank a cup of coffee, standing, and took up the broad-brimmed riding hat.

"I think it's time to start, Martini; we must make a round before we go to the barrier, in case of anything. Good-bye, for the present, signora; I shall meet you at Forlì on Friday, then, unless anything special turns up. Wait a minute; th-this is the address."

He tore a leaf out of his pocket-book and wrote a few words in pencil.

"I have it already," she said in a dull, quiet voice.

"H-have you? Well, there it is, anyway. Come, Martini. Sh-sh-sh! Don't let the door creak!"

They crept softly downstairs. When the street door clicked

behind them she went back into the room and mechanically unfolded the paper he had put into her hand. Underneath the address was written:

"I will tell you everything there."

CHAPTER II

IT was market-day in Brisighella, and the country folk had come in from the villages and hamlets of the district with their pigs and poultry, their dairy produce and droves of half-wild mountain cattle. The market-place was thronged with a perpetually shifting crowd, laughing, joking, bargaining for dried figs, cheap cakes, and sunflower seeds. The brown, bare-footed children sprawled, face downward, on the pavement in the hot sun, while their mothers sat under the trees with their baskets of butter and eggs.

Monsignor Montanelli, coming out to wish the people "Good-morning," was at once surrounded by a clamourous throng of children, holding up for his acceptance great bunches of irises and scarlet poppies and sweet white narcissus from the mountain slopes. His passion for wild flowers was affectionately tolerated by the people, as one of the little follies which sit gracefully on very wise men. If anyone less universally beloved had filled his house with weeds and grasses they would have laughed at him; but the "blessed Cardinal" could afford a few harmless eccentricities.

"Well, Mariuccia," he said, stopping to pat one of the children on the head; "you have grown since I saw you last. And how is the grandmother's rheumatism?"

"She's been better lately, Your Eminence; but mother's bad now."

"I'm sorry to hear that; tell the mother to come down here some day and see whether Dr. Giordani can do anything for her. I will find somewhere to put her up; perhaps the change will do her good. You are looking better, Luigi; how are your eyes?"

He passed on, chatting with the mountaineers. He always remembered the names and ages of the children, their troubles and those of their parents; and would stop to inquire, with sympathetic interest, for the health of the cow that fell sick at Christmas, or of the rag-doll that was crushed under a cart-wheel last market-day.

When he returned to the palace the marketing began. A lame man in a blue shirt, with a shock of black hair hanging into his eyes and a deep scar across the left cheek, lounged up to one of the booths and, in very bad Italian, asked for a drink of lemonade.

"You're not from these parts," said the woman who poured it out, glancing up at him.

"No. I come from Corsica."

"Looking for work?"

"Yes; it will be hay-cutting time soon, and a gentleman that has a farm near Ravenna came across to Bastia the other day and told me there's plenty of work to be got there."

"I hope you'll find it so, I'm sure, but times are bad

hereabouts."

"They're worse in Corsica, mother. I don't know what we poor folk are coming to."

"Have you come over alone?"

"No, my mate is with me; there he is, in the red shirt. Holà, Paolo!"

Michele hearing himself called, came lounging up with his hands in his pockets. He made a fairly good Corsican, in spite of the red wig which he had put on to render himself unrecognizable. As for the Gadfly, he looked his part to perfection.

They sauntered through the market-place together, Michele whistling between his teeth, and the Gadfly trudging along with a bundle over his shoulder, shuffling his feet on the ground to render his lameness less observable. They were waiting for an emissary, to whom important directions had to be given.

"There's Marcone, on horseback, at that corner," Michele whispered suddenly. The Gadfly, still carrying his bundle, shuffled towards the horseman.

"Do you happen to be wanting a hay-maker, sir?" he said, touching his ragged cap and running one finger along the bridle. It was the signal agreed upon, and the rider, who from his appcarance might have been a country squire's bailiff, dismounted and threw the reins on the horse's neck.

"What sort of work can you do, my man?"

The Gadfly fumbled with his cap.

"I can cut grass, sir, and trim hedges"—he began; and without any break in his voice, went straight on: "At one in the morning at the mouth of the round cave. You must have two good horses and a cart. I shall be waiting inside the cave—— And then I can dig, sir, and——"

"That will do, I only want a grass-cutter. Have you ever been out before?"

"Once, sir. Mind, you must come well-armed; we may meet a flying squadron. Don't go by the wood-path; you're safer on the other side. If you meet a spy, don't stop to argue with him; fire at once—— I should be very glad of work, sir."

"Yes, I dare say, but I want an experienced grass-cutter. No, I haven't got any coppers to-day."

A very ragged beggar had slouched up to them, with a doleful, monotonous whine.

"Have pity on a poor blind man, in the name of the Blessed Virgin—— Get out of this place at once; there's a flying squadron coming along—— Most Holy Queen of Heaven, Maiden undefiled—— It's you they're after, Rivarez; they'll be here in two minutes—— And so may the saints reward you—— You'll have to make a dash for it; there are spies at all the corners. It's no use trying to slip away without being seen."

Marcone slipped the reins into the Gadfly's hand.

"Make haste! Ride out to the bridge and let the horse go; you can hide in the ravine. We're all armed; we can keep them back for ten minutes."

"No. I won't have you fellows taken. Stand together, all of you, and fire after me in order. Move up towards our horses; there they are, tethered by the palace steps; and have your knives ready. We retreat fighting, and when I throw my cap down, cut the halters and jump every man on the nearest horse. We may all reach the wood that way."

They had spoken in so quiet an undertone that even the nearest bystanders had not supposed their conversation to refer to anything more dangerous than grass-cutting. Marcone, leading his own mare by the bridle, walked towards the tethered horses, the Gadfly slouching along beside him, and the beggar following them with an outstretched hand and a persistent whine. Michele came up whistling; the beggar had warned him in passing, and he quietly handed on the news to three countrymen who were eating raw onions under a tree. They immediately rose and followed him; and before anyone's notice had been attracted to them, the whole seven were standing together by the steps of the palace, each man with one hand on the hidden pistol, and the tethered horses within easy reach.

"Don't betray yourselves till I move," the Gadfly said softly and clearly. "They may not recognize us. When I fire, then begin in order. Don't fire at the men; lame their horses—then they can't follow us. Three of you fire, while the other three reload. If anyone comes between you and our horses, kill him. I take the roan. When I throw down my cap, each man for himself; don't stop for anything."

"Here they come," said Michele; and the Gadfly turned round, with an air of naive and stupid wonder, as the people suddenly broke off in their bargaining.

Fifteen armed men rode slowly into the marketplace. They had great difficulty to get past the throng of people at all, and, but for the spies at the corners of the square, all the seven conspirators could have slipped quietly away while the attention of the crowd was fixed upon the soldiers. Michele moved a little closer to the Gadfly.

"Couldn't we get away now?"

"No; we're surrounded with spies, and one of them has recognized me. He has just sent a man to tell the captain where I am. Our only chance is to lame their horses."

"Which is the spy?"

"The first man I fire at. Are you all ready? They have made a lane to us; they are going to come with a rush."

"Out of the way there!" shouted the captain. "In the name of His Holiness!"

The crowd had drawn back, startled and wondering; and the soldiers made a quick dash towards the little group standing by the palace steps. The Gadfly drew a pistol from his blouse and fired, not at the advancing troops, but at the spy, who was approaching the horses, and who fell back with a broken collar-bone. Immediately after the report, six more shots were fired in quick succession, as the conspirators moved steadily closer to the tethered horses.

One of the cavalry horses stumbled and plunged; another fell to the ground with a fearful cry. Then, through the shrieking of the panic-stricken people, came the loud, imperious voice of the officer in command, who had risen in the stirrups and was holding a sword above his head.

"This way, men!"

He swayed in the saddle and sank back; the Gadfly had fired again with his deadly aim. A little stream of blood was trickling down the captain's uniform; but he steadied himself with a violent effort, and, clutching at his horse's mane, cried out fiercely:

"Kill that lame devil if you can't take him alive! It's Rivarez!"

"Another pistol, quick!" the Gadfly called to his men; "and go!"

He flung down his cap. It was only just in time, for the swords of the now infuriated soldiers were flashing close in front of him.

"Put down your weapons, all of you!"

Cardinal Montanelli had stepped suddenly between the combatants; and one of the soldiers cried out in a voice sharp with terror:

"Your Eminence! My God, you'll be murdered!"

Montanelli only moved a step nearer, and faced the Gadfly's pistol.

Five of the conspirators were already on horseback and dashing up the hilly street. Marcone sprang on to the back of his mare. In the moment of riding away, he glanced back to see whether his leader was in need of help. The roan was close at hand, and in another instant all would have been safe; but as the figure in the scarlet cassock stepped forward, the Gadfly suddenly wavered and the hand with the pistol sank down. The instant decided everything. Immediately he was surrounded and flung violently to the ground, and the weapon was dashed out of his hand by a blow from the flat of a soldier's sword. Marcone struck his mare's flank with the stirrup; the hoofs of the cavalry horses were thundering up the hill behind him; and it would have been worse than useless to stay and be taken too. Turning in the saddle as he galloped away, to fire a last shot in the teeth of the nearest pursuer, he saw the Gadfly, with blood on his face, trampled under the feet of horses and soldiers and spies; and heard the savage curses of the captors, the yells of triumph and rage.

Montanelli did not notice what had happened; he had moved away from the steps, and was trying to calm the terrified people. Presently, as he stooped over the wounded spy, a startled movement of the crowd made him look up. The soldiers were crossing the square, dragging their prisoner after them by the rope with which his hands were tied. His face was livid with pain and exhaustion, and he panted fearfully for breath; but he looked round at the Cardinal, smiling with white lips, and whispered:

"I c-cong-gratulate your Eminence."

Five days later Martini reached Forlì. He had received from Gemma by post a bundle of printed circulars, the signal agreed upon in case of his being needed in any special emergency; and, remembering the conversation on the terrace, he guessed the truth at once. All through the journey he kept repeating to himself that there was no reason for supposing anything to have happened to the Gadfly, and that it was absurd to attach any importance to the childish superstitions of so nervous and fanciful a person; but the more he reasoned with himself against the idea, the more firmly did it take possession of his mind.

"I have guessed what it is: Rivarez is taken, of course?" he said, as he came into Gemma's room.

"He was arrested last Thursday, at Brisighella. He defended himself desperately and wounded the captain of the squadron and a spy."

"Armed resistance; that's bad!"

"It makes no difference; he was too deeply compromised already for a pistol-shot more or less to affect his position much."

"What do you think they are going to do with him?"

She grew a shade paler even than before.

"I think," she said; "that we must not wait to find out what they mean to do."

"You think we shall be able to effect a rescue?"

"We *must*."

He turned away and began to whistle, with his hands behind his back. Gemma let him think undisturbed. She was sitting still, leaning her head against the back of the chair, and looking out into vague distance with a fixed and tragic absorption. When her face wore that expression, it had a look of Dürer's "Melancolia."

"Have you seen him?" Martini asked, stopping for a moment in his tramp.

"No; he was to have met me here the next morning."

"Yes, I remember. Where is he?"

"In the fortress; very strictly guarded, and, they say, in chains."

He made a gesture of indifference.

"Oh, that's no matter; a good file will get rid of any number of chains. If only he isn't wounded——"

"He seems to have been slightly hurt, but exactly how much we don't know. I think you had better hear the account of it from Michele himself; he was present at the arrest."

"How does he come not to have been taken too? Did he run away and leave Rivarez in the lurch?"

"It's not his fault; he fought as long as anybody did, and followed the directions given him to the letter. For that matter, so did they all. The only person who seems to have forgotten, or somehow made a mistake at the last minute, is Rivarez himself. There's something inexplicable about it altogether. Wait a moment; I will call Michele."

She went out of the room, and presently came back with Michele and a broad-shouldered mountaineer.

"This is Marco," she said. "You have heard of him; he is one of the smugglers. He has just got here, and perhaps will be able to tell us more. Michele, this is Cesare Martini, that I spoke to you about. Will you tell him what happened, as far as you saw it?"

Michele gave a short account of the skirmish with the squadron.

"I can't understand how it happened," he concluded. "Not one of us would have left him if we had thought he would be taken; but his directions were quite precise, and it never occurred to us, when he threw down his cap, that he would wait to let them surround him. He was close beside the roan—I saw him cut the tether—and I handed him a loaded pistol myself before I mounted. The only thing I can suppose is that he missed his footing, —being lame, —in trying to mount. But even then, he could have fired."

"No, it wasn't that," Marcone interposed. "He didn't attempt to mount. I was the last one to go, because my mare shied at the firing; and I looked round to see whether he was safe. He would have got off clear if it hadn't been for the Cardinal."

"Ah!" Gemma exclaimed softly; and Martini repeated in

amazement: "The Cardinal?"

"Yes; he threw himself in front of the pistol—confound him! I suppose Rivarez must have been startled, for he dropped his pistol-hand and put the other one up like this"—laying the back of his left wrist across his eyes—"and of course they all rushed on him."

"I can't make that out," said Michele. "It's not like Rivarez to lose his head at a crisis."

"Probably he lowered his pistol for fear of killing an unarmed man," Martini put in. Michele shrugged his shoulders.

"Unarmed men shouldn't poke their noses into the middle of a fight. War is war. If Rivarez had put a bullet into His Eminence, instead of letting himself be caught like a tame rabbit, there'd be one honest man the more and one priest the less."

He turned away, biting his moustache. His anger was very near to breaking down in tears.

"Anyway," said Martini, "the thing's done, and there's no use wasting time in discussing how it happened. The question now is how we're to arrange an escape for him. I suppose you're all willing to risk it?"

Michele did not even condescend to answer the superfluous question, and the smuggler only remarked with a little laugh: "I'd shoot my own brother, if he weren't willing."

"Very well, then—— First thing; have you got a plan of the fortress?"

Gemma unlocked a drawer and took out several sheets of paper.

"I have made out all the plans. Here is the ground floor of

the fortress; here are the upper and lower stories of the towers, and here the plan of the ramparts. These are the roads leading to the valley, and here are the paths and hiding-places in the mountains, and the underground passages."

"Do you know which of the towers he is in?"

"The east one, in the round room with the grated window. I have marked it on the plan."

"How did you get your information?"

"From a man nicknamed 'The Cricket,' a soldier of the guard. He is cousin to one of our men—Gino."

"You have been quick about it."

"There's no time to lose. Gino went into Brisighella at once; and some of the plans we already had. That list of hiding-places was made by Rivarez himself; you can see by the handwriting."

"What sort of men are the soldiers of the guard?"

"That we have not been able to find out yet; the Cricket has only just come to the place, and knows nothing about the other men."

"We must find out from Gino what the Cricket himself is like. Is anything known of the government's intentions? Is Rivarez likely to be tried in Brisighella or taken in to Ravenna?"

"That we don't know. Ravenna, of course, is the chief town of the Legation and by law cases of importance can be tried only there, in the Tribunal of First Instance. But law doesn't count for much in the Four Legations; it depends on the personal fancy of anybody who happens to be in power."

"They won't take him in to Ravenna," Michele interposed.

"What makes you think so?"

"I am sure of it. Colonel Ferrari, the military Governor at Brisighella, is uncle to the officer that Rivarez wounded; he's a vindictive sort of brute and won't give up a chance to spite an enemy."

"You think he will try to keep Rivarez here?"

"I think he will try to get him hanged."

Martini glanced quickly at Gemma. She was very pale, but her face had not changed at the words. Evidently the idea was no new one to her.

"He can hardly do that without some formality," she said quietly; "but he might possibly get up a court-martial on some pretext or other, and justify himself afterwards by saying that the peace of the town required it."

"But what about the Cardinal? Would he consent to things of that kind?"

"He has no jurisdiction in military affairs."

"No, but he has great influence. Surely the Governor would not venture on such a step without his consent?"

"He'll never get that," Marcone interrupted. "Montanelli was always against the military commissions, and everything of the kind. So long as they keep him in Brisighella nothing serious can happen; the Cardinal will always take the part of any prisoner. What I am afraid of is their taking him to Ravenna. Once there, he's lost."

"We shouldn't let him get there," said Michele. "We could manage a rescue on the road; but to get him out of the fortress here is another matter."

"I think," said Gemma; "that it would be quite useless to wait for the chance of his being transferred to Ravenna. We must make the attempt at Brisighella, and we have no time to lose. Cesare, you and I had better go over the plan of the fortress together, and see whether we can think out anything. I have an idea in my head, but I can't get over one point."

"Come, Marcone," said Michele, rising; "we will leave them to think out their scheme. I have to go across to Fognano this afternoon, and I want you to come with me. Vincenzo hasn't sent those cartridges, and they ought to have been here yesterday."

When the two men had gone, Martini went up to Gemma and silently held out his hand. She let her fingers lie in his for a moment.

"You were always a good friend, Cesare," she said at last; "and a very present help in trouble. And now let us discuss plans."

CHAPTER III

"AND I once more most earnestly assure Your Eminence that your refusal is endangering the peace of the town."

The Governor tried to preserve the respectful tone due to a high dignitary of the Church; but there was audible irritation in his voice. His liver was out of order, his wife was running up heavy bills, and his temper had been sorely tried during the last three weeks. A sullen, disaffected populace, whose dangerous mood grew daily more apparent; a district honeycombed with plots and bristling with hidden weapons; an inefficient garrison, of whose loyalty he was more than doubtful, and a Cardinal whom he had pathetically described to his adjutant as the "incarnation of immaculate pig-headedness," had already reduced him to the verge of desperation. Now he was saddled with the Gadfly, an animated quintessence of the spirit of mischief.

Having begun by disabling both the Governor's favourite nephew and his most valuable spy, the "crooked Spanish devil" had followed up his exploits in the market-place by suborning the guards, browbeating the interrogating officers, and "turning the prison into a bear-garden." He had now been three weeks in the fortress, and the authorities of Brisighella were heartily sick of their bargain. They had subjected him to interrogation upon interrogation; and after employing, to obtain admissions from him, every device of threat, persuasion, and stratagem which their ingenuity could suggest, remained just as wise as on the day of his capture. They had begun to realize that it would perhaps have been better to send him into Ravenna at once. It was, however, too late to rectify the mistake. The Governor, when sending in to the Legate his report of the arrest, had begged, as a special favour, permission to superintend personally the investigation of this case; and, his request having been graciously acceded to, he could not now withdraw without a humiliating confession that he was overmatched.

The idea of settling the difficulty by a courtmartial had, as Gemma and Michele had foreseen, presented itself to him as the only satisfactory solution; and Cardinal Montanelli's stubborn refusal to countenance this was the last drop which made the cup of his vexations overflow.

"I think," he said, "that if Your Eminence knew what I and my assistants have put up with from this man you would feel differently about the matter. I fully understand and respect the conscientious objection to irregularities in judicial proceedings; but this is an exceptional case and calls for exceptional measures."

"There is no case," Montanelli answered, "which calls for injustice; and to condemn a civilian by the judgment of a secret military tribunal is both unjust and illegal."

"The case amounts to this, Your Eminence: The prisoner is

manifestly guilty of several capital crimes. He joined the infamous attempt of Savigno, and the military commission nominated by Monsignor Spinola would certainly have had him shot or sent to the galleys then, had he not succeeded in escaping to Tuscany. Since that time he has never ceased plotting. He is known to be an influential member of one of the most pestilent secret societies in the country. He is gravely suspected of having consented to, if not inspired, the assassination of no less than three confidential police agents. He has been caught—one might almost say—in the act of smuggling firearms into the Legation. He has offered armed resistance to authority and seriously wounded two officials in the discharge of their duty, and he is now a standing menace to the peace and order of the town. Surely, in such a case, a court-martial is justifiable."

"Whatever the man has done," Montanelli replied, "he has the right to be judged according to law."

"The ordinary course of law involves delay, Your Eminence, and in this case every moment is precious. Besides everything else, I am in constant terror of his escaping."

"If there is any danger of that, it rests with you to guard him more closely."

"I do my best, Your Eminence, but I am dependent upon the prison staff, and the man seems to have bewitched them all. I have changed the guard four times within three weeks; I have punished the soldiers till I am tired of it, and nothing is of any use. I can't prevent their carrying letters backwards and forwards. The fools are in love with him as if he were a woman."

"That is very curious. There must be something remarkable

about him."

"There's a remarkable amount of devilry—I beg pardon, Your Eminence, but really this man is enough to try the patience of a saint. It's hardly credible, but I have to conduct all the interrogations myself, for the regular officer cannot stand it any longer."

"How is that?"

"It's difficult to explain. Your Eminence, but you would understand if you had once heard the way he goes on. One might think the interrogating officer were the criminal and he the judge."

"But what is there so terrible that he can do? He can refuse to answer your questions, of course; but he has no weapon except silence."

"And a tongue like a razor. We are all mortal, Your Eminence, and most of us have made mistakes in our time that we don't want published on the house-tops. That's only human nature, and it's hard on a man to have his little slips of twenty years ago raked up and thrown in his teeth——"

"Has Rivarez brought up some personal secret of the interrogating officer?"

"Well, really—the poor fellow got into debt when he was a cavalry officer, and borrowed a little sum from the regimental funds——"

"Stole public money that had been intrusted to him, in fact?"

"Of course it was very wrong, Your Eminence; but his friends paid it back at once, and the affair was hushed up, —he comes of a good family, —and ever since then he has been irreproachable. How Rivarez found out about it I can't conceive;

but the first thing he did at interrogation was to bring up this old scandal—before the subaltern, too! And with as innocent a face as if he were saying his prayers! Of course the story's all over the Legation by now. If Your Eminence would only be present at one of the interrogations, I am sure you would realize—— He needn't know anything about it. You might overhear him from——"

Montanelli turned round and looked at the Governor with an expression which his face did not often wear.

"I am a minister of religion," he said; "not a police-spy; and eavesdropping forms no part of my professional duties."

"I—I didn't mean to give offence——"

"I think we shall not get any good out of discussing this question further. If you will send the prisoner here, I will have a talk with him."

"I venture very respectfully to advise Your Eminence not to attempt it. The man is perfectly incorrigible. It would be both safer and wiser to overstep the letter of the law for this once, and get rid of him before he does any more mischief. It is with great diffidence that I venture to press the point after what Your Eminence has said; but after all I am responsible to Monsignor the Legate for the order of the town——"

"And I," Montanelli interrupted, "am responsible to God and His Holiness that there shall be no underhand dealing in my diocese. Since you press me in the matter, colonel, I take my stand upon my privilege as Cardinal. I will not allow a secret court-martial in this town in peace-time. I will receive the prisoner here, and alone, at ten to-morrow morning."

"As Your Eminence pleases," the Governor replied with

sulky respectfulness; and went away, grumbling to himself: "They're about a pair, as far as obstinacy goes."

He told no one of the approaching interview till it was actually time to knock off the prisoner's chains and start for the palace. It was quite enough, as he remarked to his wounded nephew, to have this Most Eminent son of Balaam's ass laying down the law, without running any risk of the soldiers plotting with Rivarez and his friends to effect an escape on the way.

When the Gadfly, strongly guarded, entered the room where Montanelli was writing at a table covered with papers, a sudden recollection came over him, of a hot midsummer afternoon when he had sat turning over manuscript sermons in a study much like this. The shutters had been closed, as they were here, to keep out the heat, and a fruitseller's voice outside had called: "Fragola! Fragola!"

He shook the hair angrily back from his eyes and set his mouth in a smile.

Montanelli looked up from his papers.

"You can wait in the hall," he said to the guards.

"May it please Your Eminence," began the sergeant, in a lowered voice and with evident nervousness, "the colonel thinks that this prisoner is dangerous and that it would be better——"

A sudden flash came into Montanelli's eyes.

"You can wait in the hall," he repeated quietly; and the sergeant, saluting and stammering excuses with a frightened face, left the room with his men.

"Sit down, please," said the Cardinal, when the door was shut. The Gadfly obeyed in silence.

"Signor Rivarez," Montanelli began after a pause, "I wish to ask you a few questions, and shall be very much obliged to you if you will answer them."

The Gadfly smiled. "My ch-ch-chief occupation at p-p-present is to be asked questions."

"And—not to answer them? So I have heard; but these questions are put by officials who are investigating your case and whose duty is to use your answers as evidence."

"And th-those of Your Eminence?" There was a covert insult in the tone more than in the words, and the Cardinal understood it at once; but his face did not lose its grave sweetness of expression.

"Mine," he said, "whether you answer them or not, will remain between you and me. If they should trench upon your political secrets, of course you will not answer. Otherwise, though we are complete strangers to each other, I hope that you will do so, as a personal favour to me."

"I am ent-t-tirely at the service of Your Eminence." He said it with a little bow, and a face that would have taken the heart to ask favours out of the daughters of the horse-leech.

"First, then, you are said to have been smuggling firearms into this district. What are they wanted for?"

"T-t-to k-k-kill rats with."

"That is a terrible answer. Are all your fellow-men rats in your eyes if they cannot think as you do?"

"S-s-some of them."

Montanelli leaned back in his chair and looked at him in silence for a little while.

"What is that on your hand?" he asked suddenly.

The Gadfly glanced at his left hand. "Old m-m-marks from the teeth of some of the rats."

"Excuse me; I was speaking of the other hand. That is a fresh hurt."

The slender, flexible right hand was badly cut and grazed. The Gadfly held it up. The wrist was swollen, and across it ran a deep and long black bruise.

"It is a m-m-mere trifle, as you see," he said. "When I was arrested the other day, —thanks to Your Eminence," —he made another little bow, —"one of the soldiers stamped on it."

Montanelli took the wrist and examined it closely. "How does it come to be in such a state now, after three weeks?" he asked. "It is all inflamed."

"Possibly the p-p-pressure of the iron has not done it much good."

The Cardinal looked up with a frown.

"Have they been putting irons on a fresh wound?"

"N-n-naturally, Your Eminence; that is what fresh wounds are for. Old wounds are not much use. They will only ache; you c-c-can't make them burn properly."

Montanelli looked at him again in the same close, scrutinizing way; then rose and opened a drawer full of surgical appliances.

"Give me the hand," he said.

The Gadfly, with a face as hard as beaten iron, held out the hand, and Montanelli, after bathing the injured place, gently bandaged it. Evidently he was accustomed to such work.

"I will speak about the irons," he said. "And now I want to

ask you another question: What do you propose to do?"

"Th-th-that is very simply answered, Your Eminence. To escape if I can, and if I can't, to die."

"Why 'to die'?"

"Because if the Governor doesn't succeed in getting me shot, I shall be sent to the galleys, and for me that c-c-comes to the same thing. I have not got the health to live through it."

Montanelli rested his arm on the table and pondered silently. The Gadfly did not disturb him. He was leaning back with half-shut eyes, lazily enjoying the delicious physical sensation of relief from the chains.

"Supposing," Montanelli began again, "that you were to succeed in escaping; what should you do with your life?"

"I have already told Your Eminence; I should k-k-kill rats."

"You would kill rats. That is to say, that if I were to let you escape from here now, —supposing I had the power to do so, —you would use your freedom to foster violence and bloodshed instead of preventing them?"

The Gadfly raised his eyes to the crucifix on the wall. " 'Not peace, but a sword'; —at l-least I should be in good company. For my own part, though, I prefer pistols."

"Signor Rivarcz," said the Cardinal with unruffled composure, "I have not insulted you as yet, or spoken slightingly of your beliefs or friends. May I not expect the same courtesy from you, or do you wish me to suppose that an atheist cannot be a gentleman?"

"Ah, I q-quite forgot. Your Eminence places courtesy high among the Christian virtues. I remember your sermon in Florence, on the occasion of my c-controversy with your anonymous defender."

"That is one of the subjects about which I wished to speak to you. Would you mind explaining to me the reason of the peculiar bitterness you seem to feel against me? If you have simply picked me out as a convenient target, that is another matter. Your methods of political controversy are your own affair, and we are not discussing politics now. But I fancied at the time that there was some personal animosity towards me; and if so, I should be glad to know whether I have ever done you wrong or in any way given you cause for such a feeling."

Ever done him wrong! The Gadfly put up the bandaged hand to his throat. "I must refer Your Eminence to Shakspere," he said with a little laugh. "It's as with the man who can't endure a harmless, necessary cat. My antipathy is a priest. The sight of the cassock makes my t-t-teeth ache."

"Oh, if it is only that——" Montanelli dismissed the subject with an indifferent gesture. "Still," he added, "abuse is one thing and perversion of fact is another. When you stated, in answer to my sermon, that I knew the identity of the anonymous writer, you made a mistake, —I do not accuse you of wilful falsehood, — and stated what was untrue. I am to this day quite ignorant of his name."

The Gadfly put his head on one side, like an intelligent robin, looked at him for a moment gravely, then suddenly threw himself back and burst into a peal of laughter.

"S-s-sancta simplicitas! Oh, you, sweet, innocent, Arcadian people—and you never guessed! You n-never saw the cloven hoof?"

Montanelli stood up. "Am I to understand, Signor Rivarez, that you wrote both sides of the controversy yourself?"

"It was a shame, I know," the Gadfly answered, looking up with wide, innocent blue eyes. "And you s-s-swallowed everything whole; just as if it had been an oyster. It was very wrong; but oh, it w-w-was so funny!"

Montanelli bit his lip and sat down again. He had realized from the first that the Gadfly was trying to make him lose his temper, and had resolved to keep it whatever happened; but he was beginning to find excuses for the Governor's exasperation. A man who had been spending two hours a day for the last three weeks in interrogating the Gadfly might be pardoned an occasional swear-word.

"We will drop that subject," he said quietly. "What I wanted to see you for particularly is this: My position here as Cardinal gives me some voice, if I choose to claim my privilege, in the question of what is to be done with you. The only use to which I should ever put such a privilege would be to interfere in case of any violence to you which was not necessary to prevent you from doing violence to others. I sent for you, therefore, partly in order to ask whether you have anything to complain of, —I will see about the irons; but perhaps there is something else, —and partly because I felt it right, before giving my opinion, to see for myself what sort of man you are."

"I have nothing to complain of, Your Eminence. 'A la guerre comme à la guerre.' I am not a schoolboy, to expect any government to pat me on the head for s-s-smuggling firearms onto its territory. It's only natural that they should hit as hard as they can. As for what sort of man I am, you have had a romantic confession of my sins once. Is not that enough; or w-w-would you like me to begin again?"

"I don't understand you," Montanelli said coldly, taking up a pencil and twisting it between his fingers.

"Surely Your Eminence has not forgotten old Diego, the pilgrim?" He suddenly changed his voice and began to speak as Diego: "I am a miserable sinner——"

The pencil snapped in Montanelli's hand. "That is too much!" he said.

The Gadfly leaned his head back with a soft little laugh, and sat watching while the Cardinal paced silently up and down the room.

"Signor Rivarez," said Montanelli, stopping at last in front of him, "you have done a thing to me that a man who was born of a woman should hesitate to do to his worst enemy. You have stolen in upon my private grief and have made for yourself a mock and a jest out of the sorrow of a fellow-man. I once more beg you to tell me: Have I ever done you wrong? And if not, why have you played this heartless trick on me?"

The Gadfly, leaning back against the chair-cushions, looked up with his subtle, chilling, inscrutable smile.

"It am-m-mused me, Your Eminence; you took it all so much to heart, and it rem-m-minded me—a little bit—of a variety show——"

Montanelli, white to the very lips, turned away and rang the bell.

"You can take back the prisoner," he said when the guards came in.

After they had gone he sat down at the table, still trembling with unaccustomed indignation, and took up a pile of reports which had been sent in to him by the parish priests of his diocese.

Presently he pushed them away, and, leaning on the table, hid his face in both hands. The Gadfly seemed to have left some terrible shadow of himself, some ghostly trail of his personality, to haunt the room; and Montanelli sat trembling and cowering, not daring to look up lest he should see the phantom presence that he knew was not there. The spectre hardly amounted to a hallucination. It was a mere fancy of overwrought nerves; but he was seized with an unutterable dread of its shadowy presence—of the wounded hand, the smiling, cruel mouth, the mysterious eyes, like deep sea water——

He shook off the fancy and settled to his work. All day long he had scarcely a free moment, and the thing did not trouble him; but going into his bedroom late at night, he stopped on the threshold with a sudden shock of fear. What if he should see it in a dream? He recovered himself immediately and knelt down before the crucifix to pray.

But he lay awake the whole night through.

CHAPTER IV

MONTANELLI's anger did not make him neglectful of his promise. He protested so emphatically against the manner in which the Gadfly had been chained that the unfortunate Governor, who by now was at his wit's end, knocked off all the fetters in the recklessness of despair. "How am I to know," he grumbled to the adjutant, "what His Eminence will object to next? If he calls a simple pair of handcuffs 'cruelty,' he'll be exclaiming against the window-bars presently, or wanting me to feed Rivarez on oysters and truffles. In my young days malefactors were malefactors and were treated accordingly, and nobody thought a traitor any better than a thief. But it's the fashion to be seditious nowadays; and His Eminence seems inclined to encourage all the scoundrels in the country."

"I don't see what business he has got to interfere at all," the adjutant remarked. "He is not a Legate and has no authority in civil and military affairs. By law——"

"What is the use of talking about law? You can't expect anyone to respect laws after the Holy Father has opened the prisons and turned the whole crew of Liberal scamps loose on us! It's a positive infatuation! Of course Monsignor Montanelli will give himself airs; he was quiet enough under His Holiness the late Pope, but he's cock of the walk now. He has jumped into favour all at once and can do as he pleases. How am I to oppose him? He may have secret authorization from the Vatican, for all I know. Everything's topsy-turvy now; you can't tell from day to day what may happen next. In the good old times one knew what to be at, but nowadays——"

The Governor shook his head ruefully. A world in which Cardinals troubled themselves over trifles of prison discipline and talked about the "rights" of political offenders was a world that was growing too complex for him.

The Gadfly, for his part, had returned to the fortress in a state of nervous excitement bordering on hysteria. The meeting with Montanelli had strained his endurance almost to breaking-point; and his final brutality about the variety show had been uttered in sheer desperation, merely to cut short an interview which, in another five minutes, would have ended in tears.

Called up for interrogation in the afternoon of the same day, he did nothing but go into convulsions of laughter at every question put to him; and when the Governor, worried out of all patience, lost his temper and began to swear, he only laughed more immoderately than ever. The unlucky Governor fumed and stormed and threatened his refractory prisoner with impossible punishments; but finally came, as James Burton had come long ago, to the conclusion that it was mere waste of breath and temper to argue with a person in so unreasonable a state of mind.

The Gadfly was once more taken back to his cell; and there lay down upon the pallet, in the mood of black and hopeless depression which always succeeded to his boisterous fits. He lay till evening without moving, without even thinking; he had passed, after the vehement emotion of the morning, into a strange, half-apathetic state, in which his own misery was hardly more to him than a dull and mechanical weight, pressing on some wooden thing that had forgotten to be a soul. In truth, it was of little consequence how all ended; the one thing that mattered to any sentient being was to be spared unbearable pain, and whether the relief came from altered conditions or from the deadening of the power to feel, was a question of no moment. Perhaps he would succeed in escaping; perhaps they would kill him; in any case he should never see the Padre again, and it was all vanity and vexation of spirit.

One of the warders brought in supper, and the Gadfly looked up with heavy-eyed indifference.

"What time is it?"

"Six o'clock. Your supper, sir."

He looked with disgust at the stale, foul-smelling, half-cold mess, and turned his head away. He was feeling bodily ill as well as depressed; and the sight of the food sickened him.

"You will be ill if you don't eat," said the soldier hurriedly. "Take a bit of bread, anyway; it'll do you good."

The man spoke with a curious earnestness of tone, lifting a piece of sodden bread from the plate and putting it down again. All the conspirator awoke in the Gadfly; he had guessed at once that there was something hidden in the bread.

"You can leave it; I'll eat a bit by and by," he said carelessly. The door was open, and he knew that the sergeant on the stairs could hear every word spoken between them.

When the door was locked on him again, and he had satisfied himself that no one was watching at the spy-hole, he took up the piece of bread and carefully crumbled it away. In the middle was the thing he had expected, a bundle of small files. It was wrapped in a bit of paper, on which a few words were written. He smoothed the paper out carefully and carried it to what little light there was. The writing was crowded into so narrow a space, and on such thin paper, that it was very difficult to read.

> The door is unlocked, and there is no moon. Get the filing done as fast as possible, and come by the passage between two and three. We are quite ready and may not have another chance.

He crushed the paper feverishly in his hand. All the preparations were ready, then, and he had only to file the window bars; how lucky it was that the chains were off! He need not stop about filing them. How many bars were there? Two, four; and each must be filed in two places: eight. Oh, he could manage that in the course of the night if he made haste—— How had Gemma and Martini contrived to get everything ready so quickly—disguises, passports, hiding-places? They must have worked like cart-horses to do it—— And it was her plan that had been adopted after all. He laughed a little to himself at his own foolishness; as if it mattered whether the plan was hers or not, once it was a good one! And yet he could not help being glad that it was she who had struck on the idea of his utilizing the subterranean passage, instead of letting himself down by a rope-ladder, as the smugglers had at first suggested. Hers was the more complex and difficult plan, but did not involve, as the other did, a risk to the life of the sentinel on duty outside the east wall. Therefore, when the two schemes had been laid before him, he had unhesitatingly chosen Gemma's.

The arrangement was that the friendly guard who went by the nickname of "The Cricket" should seize the first opportunity of unlocking, without the knowledge of his fellows, the iron gate leading from the courtyard into the subterranean passage underneath the ramparts, and should then replace the key on its nail in the guard-room. The Gadfly, on receiving information of this, was to file through the bars of his window, tear his shirt into strips and plait them into a rope, by means of which he could let himself down on to the broad east wall of the courtyard. Along this wall he was to creep on hands and knees while the sentinel was looking in the opposite direction, lying flat upon the masonry whenever the man turned towards him. At the southeast corner was a half-ruined turret. It was upheld, to some extent, by a thick growth of ivy; but great masses of crumbling stone had fallen inward and lay in the courtyard, heaped against the wall. From this turret he was to climb down by the ivy and the heaps of stone into the courtyard; and, softly opening the unlocked gate, to make his way along the passage to a subterranean tunnel communicating with it. Centuries ago this tunnel had formed a secret corridor between the fortress and a tower on the neighbouring hill; now it was quite disused and blocked in many places by the falling in of the rocks. No one but the smugglers knew of a certain carefully-hidden hole in the mountain-side which they had bored through to the tunnel; no one suspected that stores of forbidden merchandise were often kept, for weeks together, under the very ramparts of the fortress itself, while the customs-officers were vainly searching the houses of the sullen, wrathful-eyed mountaineers. At this hole the Gadfly was to creep out on to the hillside, and make his way in the dark to a lonely spot where Martini and a smuggler would be waiting for him. The one great difficulty was that opportunities to unlock the gate after the evening patrol did not occur every night, and the descent from the window could not be made in very clear weather without too great a risk of being observed by the sentinel. Now that there was really a fair chance of success, it must not be missed.

He sat down and began to eat some of the bread. It at least did not disgust him like the rest of the prison food, and he must eat something to keep up his strength.

He had better lie down a bit, too, and try to get a little sleep; it would not be safe to begin filing before ten o'clock, and he would have a hard night's work.

And so, after all, the Padre had been thinking of letting him escape! That was like the Padre. But he, for his part, would never consent to it. Anything rather than that! If he escaped, it should be his own doing and that of his comrades; he would have no favours from priests.

How hot it was! Surely it must be going to thunder; the air was so close and oppressive. He moved restlessly on the pallet and put the bandaged right hand behind his head for a pillow; then drew it away again. How it burned and throbbed! And all the old wounds were beginning to ache, with a dull, faint persistence. What was the matter with them? Oh, absurd! It was only the thundery weather. He would go to sleep and get a little rest before beginning his filing.

Eight bars, and all so thick and strong! How many more were there left to file? Surely not many. He must have been filing for hours, —interminable hours—yes, of course, that was what made his arm ache——And how it ached; right through to the very bone! But it could hardly be the filing that made his side ache so; and the throbbing, burning pain in the lame leg—was that from filing?

He started up. No, he had not been asleep; he had been dreaming with open eyes—dreaming of filing, and it was all still to do. There stood the window-bars, untouched, strong and firm as ever. And there was ten striking from the clock-tower in the distance. He must get to work.

He looked through the spy-hole, and, seeing that no one was watching, took one of the files from his breast.

No, there was nothing the matter with him—nothing! It was all imagination. The pain in his side was indigestion, or a chill, or some such thing; not much wonder, after three weeks of this insufferable prison food and air. As for the aching and throbbing all over, it was partly nervous trouble and partly want of exercise. Yes, that was it, no doubt; want of exercise. How absurd not to have thought of that before!

He would sit down a little bit, though, and let it pass before he got to work. It would be sure to go over in a minute or two.

To sit still was worse than all. When he sat still he was at its mercy, and his face grew gray with fear. No, he must get up and set to work, and shake it off. It should depend upon his will to feel or not to feel; and he would not feel, he would force it back.

He stood up again and spoke to himself, aloud and distinctly:

"I am not ill; I have no time to be ill. I have those bars to file, and I am not going to be ill."

Then he began to file.

A quarter-past ten—half-past ten—a quarter to eleven——He filed and filed, and every grating scrape of the iron was as though someone were filing on his body and brain. "I wonder which will be filed through first," he said to himself with a little laugh; "I or the bars?" And he set his teeth and went on filing.

Half-past eleven. He was still filing, though the hand was stiff and swollen and would hardly grasp the tool. No, he dared not stop to rest; if he once put the horrible thing down he should never have the courage to begin again.

The sentinel moved outside the door, and the butt end of his carbine scratched against the lintel. The Gadfly stopped and looked round, the file still in his lifted hand. Was he discovered?

A little round pellet had been shot through the spy-hole and was lying on the floor. He laid down the file and stooped to pick up the round thing. It was a bit of rolled paper.

It was a long way to go down and down, with the black waves rushing about him—how they roared——!

Ah, yes! He was only stooping down to pick up the paper. He was a bit giddy; many people are when they stoop. There was nothing the matter with him—nothing.

He picked it up, carried it to the light, and unfolded it steadily.

> Come to-night, whatever happens; the Cricket will be transferred to-morrow to another service. This is our only chance.

He destroyed the paper as he had done the former one, picked up his file again, and went back to work, dogged and mute and desperate.

One o'clock. He had been working for three hours now, and six of the eight bars were filed. Two more, and then, to climb——

He began to recall the former occasions when these terrible attacks had come on. The last had been the one at New Year; and he shuddered as he remembered those five nights. But that time it had not come on so suddenly; he had never known it so sudden.

He dropped the file and flung out both hands blindly, praying, in his utter desperation, for the first time since he had been an atheist; praying to anything—to nothing—to everything.

"Not to-night! Oh, let me be ill to-morrow! I will bear anything to-morrow—only not to-night!"

He stood still for a moment, with both hands up to his temples; then he took up the file once more, and once more went back to his work.

Half-past one. He had begun on the last bar. His shirt-sleeve was bitten to rags; there was blood on his lips and a red mist before his eyes, and the sweat poured from his forehead as he filed, and filed, and filed——

After sunrise Montanelli fell asleep. He was utterly worn out with the restless misery of the night and slept for a little while quietly; then he began to dream.

At first he dreamed vaguely, confusedly; broken fragments of images and fancies followed each other, fleeting and incoherent, but all filled with the same dim sense of struggle and pain, the same shadow of indefinable dread. Presently he began to dream of sleeplessness; the old, frightful, familiar dream that had been a terror to him for years. And even as he dreamed he recognized that he had been through it all before.

He was wandering about in a great empty place, trying to find some quiet spot where he could lie down and sleep. Everywhere there were people, walking up and down; talking, laughing, shouting; praying, ringing bells, and clashing metal instruments together. Sometimes he would get away to a little distance from the noise, and would lie down, now on the grass, now on a wooden bench, now on some slab of stone. He would shut his eyes and cover them with both hands to keep out the light; and would say to himself: "Now I will get to sleep." Then the crowds would come sweeping up to him, shouting, yelling, calling him by name, begging him: "Wake up! Wake up, quick; we want you!"

Again: he was in a great palace, full of gorgeous rooms, with beds and couches and low soft lounges. It was night, and he said to himself: "Here, at last, I shall find a quiet place to sleep." But when he chose a dark room and lay down, someone came in with a lamp, flashing the merciless light into his eyes, and said: "Get up; you are wanted."

He rose and wandered on, staggering and stumbling like a creature wounded to death; and heard the clocks strike one, and knew that half the night was gone already—the precious night that was so short. Two, three, four, five—by six o'clock the whole town would wake up and there would be no more silence.

He went into another room and would have lain down on a bed, but someone started up from the pillows, crying out: "This bed is mine!" and he shrank away with despair in his heart.

Hour after hour struck, and still he wandered on and on, from room to room, from house to house, from corridor to corridor. The horrible gray dawn was creeping near and nearer; the clocks were striking five; the night was gone and he had found no rest. Oh, misery! Another day—another day!

He was in a long, subterranean corridor, a low, vaulted passage that seemed to have no end. It was lighted with glaring lamps and chandeliers; and through its grated roof came the sounds of dancing and laughter and merry music. *Up there*, in the world of the live people overhead, there was some festival, no doubt. Oh, for a place to hide and sleep; some little place, were it even a grave! And as he spoke he stumbled over an open grave. An open grave, smelling of death and rottenness—— Ah, what matter, so he could but sleep!

"This grave is mine!" It was Gladys; and she raised her head and stared at him over the rotting shroud. Then he knelt down and stretched out his arms to her.

"Gladys! Gladys! Have a little pity on me; let me creep into this narrow space and sleep. I do not ask you for your love; I will not touch you, will not speak to you; only let me lie down beside you and sleep! Oh, love, it is so long since I have slept! I cannot bear another day. The light glares in upon my soul; the noise is beating my brain to dust. Gladys, let me come in here and sleep!"

And he would have drawn her shroud across his eyes. But she shrank away, screaming:

"It is sacrilege; you are a priest!"

On and on he wandered, and came out upon the sea-shore, on the barren rocks where the fierce light struck down, and the water moaned its low, perpetual wail of unrest. "Ah!" he said; "the sea will be more merciful; it, too, is wearied unto death and cannot sleep."

Then Arthur rose up from the deep, and cried aloud:

"This sea is mine!"

"Your Eminence! Your Eminence!"

Montanelli awoke with a start. His servant was knocking at the door. He rose mechanically and opened it, and the man saw how wild and scared he looked.

"Your Eminence—are you ill?"

He drew both hands across his forehead.

"No; I was asleep, and you startled me."

"I am very sorry; I thought I had heard you moving early this morning, and I supposed——"

"Is it late now?"

"It is nine o'clock, and the Governor has called. He says he has very important business, and knowing Your Eminence to be an early riser——"

"Is he downstairs? I will come presently."

He dressed and went downstairs.

"I am afraid this is an unceremonious way to call upon Your Eminence," the Governor began.

"I hope there is nothing the matter?"

"There is very much the matter. Rivarez has all but succeeded in escaping."

"Well, so long as he has not quite succeeded there is no harm done. How was it?"

"He was found in the courtyard, right against the little iron gate. When the patrol came in to inspect the courtyard at three o'clock this morning one of the men stumbled over something on the ground; and when they brought the light up they found Rivarez lying across the path unconscious. They raised an alarm at once and called me up; and when I went to examine his cell I found all the window-bars filed through and a rope made of torn body-linen hanging from one of them. He had let himself down and climbed along the wall. The iron gate, which leads into the subterranean tunnels, was found to be unlocked. That looks as if the guards had been suborned."

"But how did he come to be lying across the path? Did he fall from the rampart and hurt himself?"

"That is what I thought at first. Your Eminence; but the prison surgeon can't find any trace of a fall. The soldier who was on duty yesterday says that Rivarez looked very ill last night when he brought in the supper, and did not eat anything. But that must be nonsense; a sick man couldn't file those bars through and climb along that roof. It's not in reason."

"Does he give any account of himself?"

"He is unconscious, Your Eminence."

"Still?"

"He just half comes to himself from time to time and moans, and then goes off again."

"That is very strange. What does the doctor think?"

"He doesn't know what to think. There is no trace of heart-disease that he can find to account for the thing; but whatever is the matter with him, it is something that must have come on suddenly, just when he had nearly managed to escape. For my part, I believe he was struck down by the direct intervention of a merciful Providence."

Montanelli frowned slightly.

"What are you going to do with him?" he asked.

"That is a question I shall settle in a very few days. In the meantime I have had a good lesson. That is what comes of taking off the irons—with all due respect to Your Eminence."

"I hope," Montanelli interrupted, "that you will at least not replace the fetters while he is ill. A man in the condition you describe can hardly make any more attempts to escape."

"I shall take good care he doesn't," the Governor muttered to himself as he went out. "His Eminence can go hang with his sentimental scruples for all I care. Rivarez is chained pretty tight now, and is going to stop so, ill or not."

"But how can it have happened? To faint away at the last moment, when everything was ready; when he was at the very gate! It's like some hideous joke."

"I tell you," Martini answered, "the only thing I can think of is that one of these attacks must have come on, and that he must have struggled against it as long as his strength lasted and have fainted from sheer exhaustion when he got down into the courtyard."

Marcone knocked the ashes savagely from his pipe.

"Well, anyhow, that's the end of it; we can't do anything for him now, poor fellow."

"Poor fellow!" Martini echoed, under his breath. He was beginning to realise that to him, too, the world would look empty and dismal without the Gadfly.

"What does she think?" the smuggler asked, glancing towards the other end of the room, where Gemma sat alone, her hands lying idly in her lap, her eyes looking straight before her into blank nothingness.

"I have not asked her; she has not spoken since I brought her the news. We had best not disturb her just yet."

She did not appear to be conscious of their presence, but they both spoke with lowered voices, as though they were looking at a corpse. After a dreary little pause, Marcone rose and put away his pipe.

"I will come back this evening," he said; but Martini stopped him with a gesture.

"Don't go yet; I want to speak to you." He dropped his voice still lower and continued in almost a whisper:

"Do you believe there is really no hope?"

"I don't see what hope there can be now. We can't attempt it again. Even if he were well enough to manage his part of the thing, we couldn't do our share. The sentinels are all being changed, on suspicion. The Cricket won't get another chance, you may be sure."

"Don't you think," Martini asked suddenly; "that, when he recovers, something might be done by calling off the sentinels?"

"Calling off the sentinels? What do you mean?"

"Well, it has occurred to me that if I were to get in the Governor's way when the procession passes close by the fortress on Corpus Domini day and fire in his face, all the sentinels would come rushing to get hold of me, and some of you fellows could perhaps help Rivarez out in the confusion. It really hardly amounts to a plan; it only came into my head."

"I doubt whether it could be managed," Marcone answered with a very grave face. "Certainly it would want a lot of thinking out for anything to come of it. But"—he stopped and looked at Martini—"if it should be possible—would you do it?"

Martini was a reserved man at ordinary times; but this was not an ordinary time. He looked straight into the smuggler's face.

"Would I do it?" he repeated. "Look at her!"

There was no need for further explanations; in saying that he had said all. Marcone turned and looked across the room.

She had not moved since their conversation began. There was no doubt, no fear, even no grief in her face; there was nothing in it but the shadow of death. The smuggler's eyes filled with tears as he looked at her.

"Make haste, Michele!" he said, throwing open the verandah door and looking out. "Aren't you nearly done, you two? There are a hundred and fifty things to do!"

Michele, followed by Gino, came in from the verandah.

"I am ready now," he said. "I only want to ask the signora——"

He was moving towards her when Martini caught him by the arm.

"Don't disturb her; she's better alone."

"Let her be!" Marcone added. "We shan't do any good by meddling. God knows, it's hard enough on all of us; but it's worse for her, poor soul!"

CHAPTER V

FOR a week the Gadfly lay in a fearful state. The attack was a violent one, and the Governor, rendered brutal by fear and perplexity, had not only chained him hand and foot, but had insisted on his being bound to his pallet with leather straps, drawn so tight that he could not move without their cutting into the flesh. He endured everything with his dogged, bitter stoicism till the end of the sixth day. Then his pride broke down, and he piteously entreated the prison doctor for a dose of opium. The doctor was quite willing to give it; but the Governor, hearing of the request, sharply forbade "any such foolery."

"How do you know what he wants it for?" he said. "It's just as likely as not that he's shamming all the time and wants to drug the sentinel, or some such devilry. Rivarez is cunning enough for anything."

"My giving him a dose would hardly help him to drug the sentinel," replied the doctor, unable to suppress a smile. "And as for shamming—there's not much fear of that. He is as likely as not to die."

"Anyway, I won't have it given. If a man wants to be tenderly treated, he should behave accordingly. He has thoroughly deserved a little sharp discipline. Perhaps it will be a lesson to him not to play tricks with the window-bars again."

"The law does not admit of torture, though," the doctor ventured to say; "and this is coming perilously near it."

"The law says nothing about opium, I think," said the Governor snappishly.

"It is for you to decide, of course, colonel; but I hope you will let the straps be taken off at any rate. They are a needless aggravation of his misery. There's no fear of his escaping now. He couldn't stand if you let him go free."

"My good sir, a doctor may make a mistake like other people, I suppose. I have got him safe strapped now, and he's going to stop so."

"At least, then, have the straps a little loosened. It is downright barbarity to keep them drawn so tight."

"They will stop exactly as they are; and I will thank you, sir, not to talk about barbarity to me. If I do a thing, I have a reason for it."

So the seventh night passed without any relief, and the soldier stationed on guard at the cell door crossed himself, shuddering, over and over again, as he listened all night long to heart-rending moans. The Gadfly's endurance was failing him at last.

At six in the morning the sentinel, just before going off duty, unlocked the door softly and entered the cell. He knew that he was committing a serious breach of discipline, but could not bear to go away without offering the consolation of a friendly word.

He found the Gadfly lying still, with closed eyes and parted lips. He stood silent for a moment; then stooped down and asked:

"Can I do anything for you, sir? I have only a minute."

The Gadfly opened his eyes. "Let me alone!" he moaned. "Let me alone——"

He was asleep almost before the soldier had slipped back to his post.

Ten days afterwards the Governor called again at the palace, but found that the Cardinal had gone to visit a sick man at Pieve d'Ottavo, and was not expected home till the afternoon. That evening, just as he was sitting down to dinner, his servant came in to announce:

"His Eminence would like to speak to you."

The Governor, with a hasty glance into the looking glass, to make sure that his uniform was in order, put on his most dignified air, and went into the reception room, where Montanelli was sitting, beating his hand gently on the arm of the chair and looking out of the window with an anxious line between his brows.

"I heard that you called to-day," he said, cutting short the Governor's polite speeches with a slightly imperious manner which he never adopted in speaking to the country folk. "It was probably on the business about which I have been wishing to speak to you."

"It was about Rivarez, Your Eminence."

"So I supposed. I have been thinking the matter over these last few days. But before we go into that, I should like to hear whether you have anything new to tell me."

The Governor pulled his moustaches with an embarrassed air.

"The fact is, I came to know whether Your Eminence had anything to tell me. If you still have an objection to the course I proposed taking, I should be sincerely glad of your advice in the matter; for, honestly, I don't know what to do."

"Is there any new difficulty?"

"Only that next Thursday is the 3d of June, —Corpus Domini, —and somehow or other the matter must be settled before then."

"Thursday is Corpus Domini, certainly; but why must it be settled especially before then?"

"I am exceedingly sorry, Your Eminence, if I seem to oppose you, but I can't undertake to be responsible for the peace of the town if Rivarez is not got rid of before then. All the roughest set in the hills collects here for that day, as Your Eminence knows, and it is more than probable that they may attempt to break open the fortress gates and take him out. They won't succeed; I'll take care of that, if I have to sweep them from the gates with powder and shot. But we are very likely to have something of that kind before the day is over. Here in the Romagna there is bad blood in the people, and when once they get out their knives——"

"I think with a little care we can prevent matters going as far as knives. I have always found the people of this district easy to get on with, if they are reasonably treated. Of course, if you once begin to threaten or coerce a Romagnol he becomes unmanageable. But have you any reason for supposing a new rescue scheme is intended?"

"I heard, both this morning and yesterday, from confidential agents of mine, that a great many rumours are circulating all over the district and that the people are evidently up to some mischief or other. But one can't find out the details; if one could it would be easier to take precautions. And for my part, after the fright we had the other day, I prefer to be on the safe side. With such a cunning fox as Rivarez one can't be too careful."

"The last I heard about Rivarez was that he was too ill to move or speak. Is he recovering, then?"

"He seems much better now, Your Eminence. He certainly has been very ill—unless he was shamming all the time."

"Have you any reason for supposing that likely?"

"Well, the doctor seems convinced that it was all genuine; but it's a very mysterious kind of illness. Any way, he is recovering, and more intractable than ever."

"What has he done now?"

"There's not much he can do, fortunately," the Governor answered, smiling as he remembered the straps. "But his behaviour is something indescribable. Yesterday morning I went into the cell to ask him a few questions; he is not well enough yet to come to me for interrogation—and indeed, I thought it best not to run any risk of the people seeing him until he recovers. Such absurd stories always get about at once."

"So you went there to interrogate him?"

"Yes, Your Eminence. I hoped he would be more amenable to reason now."

Montanelli looked him over deliberately, almost as if he

had been inspecting a new and disagreeable animal. Fortunately, however, the Governor was fingering his sword-belt, and did not see the look. He went on placidly:

"I have not subjected him to any particular severities, but I have been obliged to be rather strict with him—especially as it is a military prison—and I thought that perhaps a little indulgence might have a good effect. I offered to relax the discipline considerably if he would behave in a reasonable manner; and how does Your Eminence suppose he answered me? He lay looking at me a minute, like a wolf in a cage, and then said quite softly: 'Colonel, I can't get up and strangle you; but my teeth are pretty good; you had better take your throat a little further off.' He is as savage as a wild-cat."

"I am not surprised to hear it," Montanelli answered quietly. "But I came to ask you a question. Do you honestly believe that the presence of Rivarez in the prison here constitutes a serious danger to the peace of the district?"

"Most certainly I do, Your Eminence."

"You think that, to prevent the risk of bloodshed, it is absolutely necessary that he should somehow be got rid of before Corpus Domini?"

"I can only repeat that if he is here on Thursday, I do not expect the festival to pass over without a fight, and I think it likely to be a serious one."

"And you think that if he were not here there would be no such danger?"

"In that case, there would either be no disturbance at all, or at most a little shouting and stone-throwing. If Your Eminence can find some way of getting rid of him, I will undertake that the peace shall be kept. Otherwise, I expect most serious trouble. I am convinced that a new rescue plot is on hand, and Thursday is the day when we may expect the attempt. Now, if on that very morning they suddenly find that he is not in the fortress at all, their plan fails of itself, and they have no occasion to begin fighting. But if we have to repulse them, and the daggers once get drawn among such throngs of people, we are likely to have the place burnt down before nightfall."

"Then why do you not send him in to Ravenna?"

"Heaven knows, Your Eminence, I should be thankful to do it! But how am I to prevent the people rescuing him on the way? I have not soldiers enough to resist an armed attack; and all these mountaineers have got knives or flint-locks or some such thing."

"You still persist, then, in wishing for a court-martial, and in asking my consent to it?"

"Pardon me, Your Eminence; I ask you only one thing—to help me prevent riots and bloodshed. I am quite willing to admit that the military commissions, such as that of Colonel Freddi, were sometimes unnecessarily severe, and irritated instead of subduing the people; but I think that in this case a court-martial would be a wise measure and in the long run a merciful one. It would prevent a riot, which in itself would be a terrible disaster, and which very likely might cause a return of the military commissions His Holiness has abolished."

The Governor finished his little speech with much solemnity, and waited for the Cardinal's answer. It was a long time coming; and when it came was startlingly unexpected.

"Colonel Ferrari, do you believe in God?"

"Your Eminence!" the colonel gasped in a voice full of exclamation-stops.

"Do you believe in God?" Montanelli repeated, rising and looking down at him with steady, searching eyes. The colonel rose too.

"Your Eminence, I am a Christian man, and have never yet been refused absolution."

Montanelli lifted the cross from his breast.

"Then swear on the cross of the Redeemer Who died for you, that you have been speaking the truth to me."

The colonel stood still and gazed at it blankly. He could not quite make up his mind which was mad, he or the Cardinal.

"You have asked me," Montanelli went on, "to give my consent to a man's death. Kiss the cross, if you dare, and tell me that you believe there is no other way to prevent greater bloodshed. And remember that if you tell me a lie you are imperilling your immortal soul."

After a little pause, the Governor bent down and put the cross to his lips.

"I believe it," he said.

Montanelli turned slowly away.

"I will give you a definite answer to-morrow. But first I must see Rivarez and speak to him alone."

"Your Eminence—if I might suggest—I am sure you will regret it. For that matter, he sent me a message yesterday, by the guard, asking to see Your Eminence; but I took no notice of it, because——"

"Took no notice!" Montanelli repeated. "A man in such circumstances sent you a message, and you took no notice of it?"

"I am sorry if Your Eminence is displeased. I did not wish to trouble you over a mere impertinence like that; I know Rivarez well enough by now to feel sure that he only wanted to insult you. And, indeed, if you will allow me to say so, it would be most imprudent to go near him alone; he is really dangerous—so much so, in fact, that I have thought it necessary to use some physical restraint of a mild kind——"

"And you really think there is much danger to be apprehended from one sick and unarmed man, who is under physical restraint of a mild kind?" Montanelli spoke quite gently, but the colonel felt the sting of his quiet contempt, and flushed under it resentfully.

"Your Eminence will do as you think best," he said in his stiffest manner. "I only wished to spare you the pain of hearing this man's awful blasphemies."

"Which do you think the more grievous misfortune for a Christian man; to hear a blasphemous word uttered, or to abandon a fellow-creature in extremity?"

The Governor stood erect and stiff, with his official face, like a face of wood. He was deeply offended at Montanelli's treatment of him, and showed it by unusual ceremoniousness.

"At what time does Your Eminence wish to visit the prisoner?" he asked.

"I will go to him at once."

"As Your Eminence pleases. If you will kindly wait a few moments, I will send someone to prepare him."

The Governor had come down from his official pedestal in a great hurry. He did not want Montanelli to see the straps.

"Thank you; I would rather see him as he is, without preparation. I will go straight up to the fortress. Good-evening, colonel; you may expect my answer to-morrow morning."

CHAPTER VI

HEARING the cell-door unlocked, the Gadfly turned away his eyes with languid indifference. He supposed that it was only the Governor, coming to worry him with another interrogation. Several soldiers mounted the narrow stair, their carbines clanking against the wall; then a deferential voice said: "It is rather steep here, Your Eminence."

He started convulsively, and then shrank down, catching his breath under the stinging pressure of the straps.

Montanelli came in with the sergeant and three guards.

"If Your Eminence will kindly wait a moment," the sergeant began nervously, "one of my men will bring a chair. He has just gone to fetch it. Your Eminence will excuse us—if we had been expecting you, we should have been prepared."

"There is no need for any preparation. Will you kindly leave us alone, sergeant; and wait at the foot of the stairs with your men?"

"Yes, Your Eminence. Here is the chair; shall I put it beside him?"

The Gadfly was lying with closed eyes; but he felt that Montanelli was looking at him.

"I think he is asleep, Your Eminence," the sergeant was beginning, but the Gadfly opened his eyes.

"No," he said.

As the soldiers were leaving the cell they were stopped by a sudden exclamation from Montanelli; and, turning back, saw that he was bending down to examine the straps.

"Who has been doing this?" he asked. The sergeant fumbled with his cap.

"It was by the Governor's express orders, Your Eminence."

"I had no idea of this, Signor Rivarez," Montanelli said in a voice of great distress.

"I told Your Eminence," the Gadfly answered, with his hard smile, "that I n-n-never expected to be patted on the head."

"Sergeant, how long has this been going on?"

"Since he tried to escape, Your Eminence."

"That is, nearly a week? Bring a knife and cut these off at once."

"May it please Your Eminence, the doctor wanted to take them off, but Colonel Ferrari wouldn't allow it."

"Bring a knife at once." Montanelli had not raised his voice, but the soldiers could see that he was white with anger. The sergeant took a clasp-knife from his pocket, and bent down to cut the arm-strap. He was not a skilful-fingered man; and he jerked the strap tighter with an awkward movement, so that the Gadfly winced and bit his lip in spite of all his self-control. Montanelli came forward at once.

"You don't know how to do it; give me the knife."

"Ah-h-h!" The Gadfly stretched out his arms with a long, rapturous sigh as the strap fell off. The next instant Montanelli had cut the other one, which bound his ankles.

"Take off the irons, too, sergeant; and then come here. I want to speak to you."

He stood by the window, looking on, till the sergeant threw down the fetters and approached him.

"Now," he said, "tell me everything that has been happening."

The sergeant, nothing loath, related all that he knew of the Gadfly's illness, of the "disciplinary measures," and of the doctor's unsuccessful attempt to interfere.

"But I think, Your Eminence," he added, "that the colonel wanted the straps kept on as a means of getting evidence."

"Evidence?"

"Yes, Your Eminence; the day before yesterday I heard him offer to have them taken off if he"—with a glance at the Gadfly—"would answer a question he had asked."

Montanelli clenched his hand on the window-sill, and the soldiers glanced at one another: they had never seen the gentle Cardinal angry before. As for the Gadfly, he had forgotten their existence; he had forgotten everything except the physical sensation of freedom. He was cramped in every limb; and now stretched, and turned, and twisted about in a positive ecstasy of relief.

"You can go now, sergeant," the Cardinal said. "You need not feel anxious about having committed a breach of discipline;

it was your duty to tell me when I asked you. See that no one disturbs us. I will come out when I am ready."

When the door had closed behind the soldiers, he leaned on the window-sill and looked for a while at the sinking sun, so as to leave the Gadfly a little more breathing time.

"I have heard," he said presently, leaving the window, and sitting down beside the pallet, "that you wish to speak to me alone. If you feel well enough to tell me what you wanted to say, I am at your service."

He spoke very coldly, with a stiff, imperious manner that was not natural to him. Until the straps were off, the Gadfly was to him simply a grievously wronged and tortured human being; but now he recalled their last interview, and the deadly insult with which it had closed. The Gadfly looked up, resting his head lazily on one arm. He possessed the gift of slipping into graceful attitudes; and when his face was in shadow no one would have guessed through what deep waters he had been passing. But, as he looked up, the clear evening light showed how haggard and colourless he was, and how plainly the trace of the last few days was stamped on him. Montanelli's anger died away.

"I am afraid you have been terribly ill," he said. "I am sincerely sorry that I did not know of all this. I would have put a stop to it before."

The Gadfly shrugged his shoulders. "All's fair in war," he said coolly. "Your Eminence objects to straps theoretically, from the Christian standpoint; but it is hardly fair to expect the colonel to see that. He, no doubt, would prefer not to try them on his own skin—which is j-j-just my case. But that is a matter of p-p-personal convenience. At this moment I am undermost—w-w-what would you have? It is very kind of Your Eminence, though, to call here; but perhaps that was done from the C-c-christian standpoint, too. Visiting prisoners—ah, yes! I forgot. 'Inasmuch as ye did it unto one of the l-least of these'—it's not very complimentary, but one of the least is duly grateful."

"Signor Rivarez," the Cardinal interrupted, "I have come here on your account—not on my own. If you had not been 'undermost,' as you call it, I should never have spoken to you again after what you said to me last week; but you have the double privilege of a prisoner and a sick man, and I could not refuse to come. Have you anything to say to me, now I am here; or have you sent for me merely to amuse yourself by insulting an old man?"

There was no answer. The Gadfly had turned away, and was lying with one hand across his eyes.

"I am—very sorry to trouble you," he said at last, huskily; "but could I have a little water?"

There was a jug of water standing by the window, and Montanelli rose and fetched it. As he slipped his arm round the Gadfly to lift him, he suddenly felt the damp, cold fingers close over his wrist like a vice.

"Give me your hand—quick—just a moment," the Gadfly whispered. "Oh, what difference does it make to you? Only one minute!"

He sank down, hiding his face on Montanelli's arm, and quivering from head to foot.

"Drink a little water," Montanelli said after a moment. The

Gadfly obeyed silently; then lay back on the pallet with closed eyes. He himself could have given no explanation of what had happened to him when Montanelli's hand had touched his cheek; he only knew that in all his life there had been nothing more terrible.

Montanelli drew his chair closer to the pallet and sat down. The Gadfly was lying quite motionless, like a corpse, and his face was livid and drawn. After a long silence, he opened his eyes, and fixed their haunting, spectral gaze on the Cardinal.

"Thank you," he said. "I—am sorry. I think—you asked me something?"

"You are not fit to talk. If there is anything you want to say to me, I will try to come again to-morrow."

"Please don't go, Your Eminence—indeed, there is nothing the matter with me. I—I have been a little upset these few days; it was half of it malingering, though—the colonel will tell you so if you ask him."

"I prefer to form my own conclusions," Montanelli answered quietly.

"S-so does the colonel. And occasionally, do you know, they are rather witty. You w-w-wouldn't think it to look at him; but s-s-sometimes he gets hold of an or-r-riginal idea. On Friday night, for instance—I think it was Friday, but I got a l-little mixed as to time towards the end—anyhow, I asked for a d-dose of opium—I remember that quite distinctly; and he came in here and said I m-might h-h-have it if I would tell him who un-l-l-locked the gate. I remember his saying: 'If it's real, you'll consent; if you don't, I shall look upon it as a p-proof that you are shamming.' It n-n-never oc-c-curred to me before how comic that is; it's one of the f-f-funniest things——"

He burst into a sudden fit of harsh, discordant laughter; then, turning sharply on the silent Cardinal, went on, more and more hurriedly, and stammering so that the words were hardly intelligible:

"You d-d-don't see that it's f-f-funny? Of c-course not; you r-religious people n-n-never have any s-sense of humour—you t-take everything t-t-tragically. F-for instance, that night in the Cath-thedral—how solemn you were! By the way—w-what a path-thetic figure I must have c-cut as the pilgrim! I d-don't believe you e-even see anything c-c-comic in the b-business you have c-come about this evening."

Montanelli rose.

"I came to hear what you have to say; but I think you are too much excited to say it to-night. The doctor had better give you a sedative, and we will talk to-morrow, when you have had a night's sleep."

"S-sleep? Oh, I shall s-sleep well enough, Your Eminence, when you g-give your c-consent to the colonel's plan—an ounce of l-lead is a s-splendid sedative."

"I don't understand you," Montanelli said, turning to him with a startled look.

The Gadfly burst out laughing again.

"Your Eminence, Your Eminence, t-t-truth is the c-chief of the Christian virtues! D-d-do you th-th-think I d-d-don't know how hard the Governor has been trying to g-get your consent to a court-martial? You had b-better by half g-give it, Your Eminence;

it's only w-what all your b-brother prelates would do in your place. 'Cosi fan tutti;' and then you would be doing s-such a lot of good, and so l-little harm! Really, it's n-not worth all the sleepless nights you have been spending over it!"

"Please stop laughing a minute," Montanelli interrupted, "and tell me how you heard all this. Who has been talking to you about it?"

"H-hasn't the colonel e-e-ever told you I am a d-d-devil—not a man? No? He has t-told me so often enough! Well, I am devil enough to f-find out a little bit what p-people are thinking about. Your E-eminence is thinking that I'm a conf-founded nuisance, and you wish s-somebody else had to settle what's to be done with me, without disturbing your s-sensitive conscience. That's a p-pretty fair guess, isn't it?"

"Listen to me," the Cardinal said, sitting down again beside him, with a very grave face. "However you found out all this, it is quite true. Colonel Ferrari fears another rescue attempt on the part of your friends, and wishes to forestall it in—the way you speak of. You see, I am quite frank with you."

"Your E-eminence was always f-f-famous for truthfulness," the Gadfly put in bitterly.

"You know, of course," Montanelli went on, "that legally I have no jurisdiction in temporal matters; I am a bishop, not a legate. But I have a good deal of influence in this district; and the colonel will not, I think, venture to take so extreme a course unless he can get, at least, my tacit consent to it. Up till now I have unconditionally opposed the scheme; and he has been trying very hard to conquer my objection by assuring me that there is great danger of an armed attempt on Thursday when the crowd collects for the procession—an attempt which probably would end in bloodshed. Do you follow me?"

The Gadfly was staring absently out of the window. He looked round and answered in a weary voice:

"Yes, I am listening."

"Perhaps you are really not well enough to stand this conversation to-night. Shall I come back in the morning? It is a very serious matter, and I want your whole attention."

"I would rather get it over now," the Gadfly answered in the same tone. "I follow everything you say."

"Now, if it be true," Montanelli went on, "that there is any real danger of riots and bloodshed on account of you, I am taking upon myself a tremendous responsibility in opposing the colonel; and I believe there is at least some truth in what he says. On the other hand, I am inclined to think that his judgment is warped, to a certain extent, by his personal animosity against you, and that he probably exaggerates the danger. That seems to me the more likely since I have seen this shameful brutality." He glanced at the straps and chains lying on the floor, and went on:

"If I consent, I kill you; if I refuse, I run the risk of killing innocent persons. I have considered the matter earnestly, and have sought with all my heart for a way out of this dreadful alternative. And now at last I have made up my mind."

"To kill me and s-save the innocent persons, of course—the only decision a Christian man could possibly come to. 'If thy r-right hand offend thee,' etc. I have n-not the honour to be the right hand of Your Eminence, and I have offended you; the c-cconclusion is plain. Couldn't you tell me that without so much preamble?"

The Gadfly spoke with languid indifference and contempt, like a man weary of the whole subject.

"Well?" he added after a little pause. "Was that the decision, Your Eminence?"

"No."

The Gadfly shifted his position, putting both hands behind his head, and looked at Montanelli with half-shut eyes. The Cardinal, with his head sunk down as in deep thought, was softly beating one hand on the arm of his chair. Ah, that old, familiar gesture!

"I have decided," he said, raising his head at last, "to do, I suppose, an utterly unprecedented thing. When I heard that you had asked to see me, I resolved to come here and tell you everything, as I have done, and to place the matter in your own hands."

"In—my hands?"

"Signor Rivarez, I have not come to you as cardinal, or as bishop, or as judge; I have come to you as one man to another. I do not ask you to tell me whether you know of any such scheme as the colonel apprehends. I understand quite well that, if you do, it is your secret and you will not tell it. But I do ask you to put yourself in my place. I am old, and, no doubt, have not much longer to live. I would go down to my grave without blood on my hands."

"Is there none on them as yet, Your Eminence?"

Montanelli grew a shade paler, but went on quietly:

"All my life I have opposed repressive measures and cruelty wherever I have met with them. I have always disapproved of capital punishment in all its forms; I have protested earnestly and repeatedly against the military commissions in the last reign, and have been out of favour on account of doing so. Up till now such influence and power as I have possessed have always been employed on the side of mercy. I ask you to believe me, at least, that I am speaking the truth. Now, I am placed in this dilemma. By refusing, I am exposing the town to the danger of riots and all their consequences; and this to save the life of a man who blasphemes against my religion, who has slandered and wronged and insulted me personally (though that is comparatively a trifle), and who, as I firmly believe, will put that life to a bad use when it is given to him. But—it is to save a man's life."

He paused a moment, and went on again:

"Signor Rivarez, everything that I know of your career seems to me bad and mischievous; and I have long believed you to be reckless and violent and unscrupulous. To some extent I hold that opinion of you still. But during this last fortnight you have shown me that you are a brave man and that you can be faithful to your friends. You have made the soldiers love and admire you, too; and not every man could have done that. I think that perhaps I have misjudged you, and that there is in you something better than what you show outside. To that better self in you I appeal, and solemnly entreat you, on your conscience, to tell me truthfully—in my place, what would you do?"

A long silence followed; then the Gadfly looked up.

"At least, I would decide my own actions for myself, and take the consequences of them. I would not come sneaking to other people, in the cowardly Christian way, asking them to solve my problems for me!"

The onslaught was so sudden, and its extraordinary vehemence and passion were in such startling contrast to the languid affectation of a moment before, that it was as though he had thrown off a mask.

"We atheists," he went on fiercely, "understand that if a man has a thing to bear, he must bear it as best he can; and if he sinks under it—why, so much the worse for him. But a Christian comes whining to his God, or his saints; or, if they won't help him, to his enemies—he can always find a back to shift his burdens on to. Isn't there a rule to go by in your Bible, or your Missal, or any of your canting theology books, that you must come to me to tell you what to do? Heavens and earth, man! Haven't I enough as it is, without your laying your responsibilities on my shoulders? Go back to your Jesus; he exacted the uttermost farthing, and you'd better do the same. After all, you'll only be killing an atheist—a man who boggles over 'shibboleth'; and that's no great crime, surely!"

He broke off, panting for breath, and then burst out again:

"And *you* to talk of cruelty! Why, that p-p-pudding-headed ass couldn't hurt me as much as you do if he tried for a year; he hasn't got the brains. All he can think of is to pull a strap tight, and when he can't get it any tighter he's at the end of his resources. Any fool can do that! But you—— 'Sign your own death sentence, please; I'm too tender-hearted to do it myself.' Oh! it would take a Christian to hit on that—a gentle, compassionate

Christian, that turns pale at the sight of a strap pulled too tight! I might have known when you came in, like an angel of mercy—so shocked at the colonel's 'barbarity'—that the real thing was going to begin! Why do you look at me that way? Consent, man, of course, and go home to your dinner; the thing's not worth all this fuss. Tell your colonel he can have me shot, or hanged, or whatever comes handiest—roasted alive, if it's any amusement to him—and be done with it!"

The Gadfly was hardly recognizable; he was beside himself with rage and desperation, panting and quivering, his eyes glittering with green reflections like the eyes of an angry cat.

Montanelli had risen, and was looking down at him silently. He did not understand the drift of the frenzied reproaches, but he understood out of what extremity they were uttered; and, understanding that, forgave all past insults.

"Hush!" he said. "I did not want to hurt you so. Indeed, I never meant to shift my burden on to you, who have too much already. I have never consciously done that to any living creature——"

"It's a lie!" the Gadfly cried out with blazing eyes. "And the bishopric?"

"The—bishopric?"

"Ah! You've forgotten that? It's so easy to forget! 'If you wish it, Arthur, I will say I cannot go. I was to decide your life for you—I, at nineteen! If it weren't so hideous, it would be funny."

"Stop!" Montanelli put up both hands to his head with a desperate cry. He let them fall again, and walked slowly away to the window. There he sat down on the sill, resting one arm on the bars, and pressing his forehead against it. The Gadfly lay and watched him, trembling.

Presently Montanelli rose and came back, with lips as pale as ashes.

"I am very sorry," he said, struggling piteously to keep up his usual quiet manner, "but I must go home. I—am not quite well."

He was shivering as if with ague. All the Gadfly's fury broke down.

"Padre, can't you see——"

Montanelli shrank away, and stood still.

"Only not that!" he whispered at last. "My God, anything but that! If I am going mad——"

The Gadfly raised himself on one arm, and took the shaking hands in his.

"Padre, will you never understand that I am not really drowned?"

The hands grew suddenly cold and stiff. For a moment everything was dead with silence, and then Montanelli knelt down and hid his face on the Gadfly's breast.

When he raised his head the sun had set, and the red glow was dying in the west. They had forgotten time and place, and life and death; they had forgotten, even, that they were enemies.

"Arthur," Montanelli whispered, "are you real? Have you come back to me from the dead?"

"From the dead——" the Gadfly repeated, shivering. He was lying with his head on Montanelli's arm, as a sick child might lie in its mother's embrace.

"You have come back—you have come back at last!"

The Gadfly sighed heavily. "Yes," he said; "and you have to fight me, or to kill me."

"Oh, hush, carino! What is all that now? We have been like two children lost in the dark, mistaking one another for phantoms. Now we have found each other, and have come out into the light. My poor boy, how changed you are—how changed you are! You look as if all the ocean of the world's misery had passed over your head—you that used to be so full of the joy of life! Arthur, is it really you? I have dreamed so often that you had come back to me; and then have waked and seen the outer darkness staring in upon an empty place. How can I know I shall not wake again and find it all a dream? Give me something tangible—tell me how it all happened."

"It happened simply enough. I hid on a goods vessel, as stowaway, and got out to South America."

"And there?"

"There I—lived, if you like to call it so, till—oh, I have seen something else besides theological seminaries since you used to teach me philosophy! You say you have dreamed of me—yes, and much! You say you have dreamed of me—yes, and I of you——"

Hc broke off, shuddering.

"Once," he began again abruptly, "I was working at a mine in Ecuador——"

"Not as a miner?"

"No, as a miner's fag—odd-jobbing with the coolies. We had a barrack to sleep in at the pit's mouth; and one night—I had been ill, the same as lately, and carrying stones in the blazing sun—

I must have got light-headed, for I saw you come in at the doorway. You were holding a crucifix like that one on the wall. You were praying, and brushed past me without turning. I cried out to you to help me—to give me poison or a knife—something to put an end to it all before I went mad. And you—ah——!"

He drew one hand across his eyes. Montanelli was still clasping the other.

"I saw in your face that you had heard, but you never looked round; you went on with your prayers. When you had finished, and kissed the crucifix, you glanced round and whispered: 'I am very sorry for you, Arthur; but I daren't show it; He would be angry.' And I looked at Him, and the wooden image was laughing.

"Then, when I came to my senses, and saw the barrack and the coolies with their leprosy, I understood. I saw that you care more to curry favour with that devilish God of yours than to save me from any hell. And I have remembered that. I forgot just now when you touched me; I—have been ill, and I used to love you once. But there can be nothing between us but war, and war, and war. What do you want to hold my hand for? Can't you see that while you believe in your Jesus we can't be anything but enemies?"

Montanelli bent his head and kissed the mutilated hand.

"Arthur, how can I help believing in Him? If I have kept my faith through all these frightful years, how can I ever doubt Him any more, now that He has given you back to me? Remember, I thought I had killed you."

"You have that still to do."

"Arthur!" It was a cry of actual terror; but the Gadfly went on, unheeding:

"Let us be honest, whatever we do, and not shilly-shally. You and I stand on two sides of a pit, and it's hopeless trying to join hands across it. If you have decided that you can't, or won't, give up that thing"—he glanced again at the crucifix on the wall—"you must consent to what the colonel——"

"Consent! My God—consent—Arthur, but I love you!"

The Gadfly's face contracted fearfully.

"Which do you love best, me or that thing?"

Montanelli slowly rose. The very soul in him withered with dread, and he seemed to shrivel up bodily, and to grow feeble, and old, and wilted, like a leaf that the frost has touched. He had awaked out of his dream, and the outer darkness was staring in upon an empty place.

"Arthur, have just a little mercy on me——"

"How much had you for me when your lies drove me out to be slave to the blacks on the sugar-plantations? You shudder at that—ah, these tender-hearted saints! This is the man after God's own heart—the man that repents of his sin and lives. No one dies but his son. You say you love me, —your love has cost me dear enough! Do you think I can blot out everything, and turn back into Arthur at a few soft words—I, that have been dish-washer in filthy half-caste brothels and stable-boy to Creole farmers that were worse brutes than their own cattle? I, that have been zany in cap and bells for a strolling variety show—drudge and Jack-of-all-trades to the matadors in the bull-fighting ring; I, that have been slave to every black beast who cared to set his foot on my neck; I, that have been starved and spat upon and trampled under foot; I, that have begged for mouldy scraps and been refused because the dogs had the first right? Oh, what is the use of all this! How can I *tell* you what you have brought on me? And now—you love me! How much do you love me? Enough to give up your God for me? Oh, what has He done for you, this everlasting Jesus, —what has He suffered for you, that you should love Him more than me? Is it for the pierced hands He is so dear to you? Look at mine! Look here, and here, and here——"

He tore open his shirt and showed the ghastly scars.

"Padre, this God of yours is an impostor, His wounds are sham wounds, His pain is all a farce! It is I that have the right to your heart! Padre, there is no torture you have not put me to; if you could only know what my life has been! And yet I would not die! I have endured it all, and have possessed my soul in patience, because I would come back and fight this God of yours. I have held this purpose as a shield against my heart, and it has saved me from madness, and from the second death. And now, when I come back, I find Him still in my place—this sham victim that was crucified for six hours, forsooth, and rose again from the dead! Padre, I have been crucified for five years, and I, too, have risen from the dead. What are you going to do with me? What are you going to do with me?"

He broke down. Montanelli sat like some stone image, or like a dead man set upright. At first, under the fiery torrent of the Gadfly's despair, he had quivered a little, with the automatic shrinking of the flesh, as under the lash of a whip; but now he was quite still. After a long silence he looked up and spoke, lifelessly, patiently:

"Arthur, will you explain to me more clearly? You confuse

and terrify me so, I can't understand. What is it you demand of me?"

The Gadfly turned to him a spectral face.

"I demand nothing. Who shall compel love? You are free to choose between us two the one who is most dear to you. If you love Him best, choose Him."

"I can't understand," Montanelli repeated wearily. "What is there I can choose? I cannot undo the past."

"You have to choose between us. If you love me, take that cross off your neck and come away with me. My friends are arranging another attempt, and with your help they could manage it easily. Then, when we are safe over the frontier, acknowledge me publicly. But if you don't love me enough for that, —if this wooden idol is more to you than I, —then go to the colonel and tell him you consent. And if you go, then go at once, and spare me the misery of seeing you. I have enough without that."

Montanelli looked up, trembling faintly. He was beginning to understand.

"I will communicate with your friends, of course. But—to go with you—it is impossible—I am a priest."

"And I accept no favours from priests. I will have no more compromises, Padre; I have had enough of them, and of their consequences. You must give up your priesthood, or you must give up me."

"How can I give you up? Arthur, how can I give you up?"

"Then give up Him. You have to choose between us. Would you offer me a share of your love—half for me, half for your fiend of a God? I will not take His leavings. If you are His, you are not mine."

"Would you have me tear my heart in two? Arthur! Arthur! Do you want to drive me mad?"

The Gadfly struck his hand against the wall.

"You have to choose between us," he repeated once more.

Montanelli drew from his breast a little case containing a bit of soiled and crumpled paper.

"Look!" he said.

> I believed in you, as I believed in God. God is a thing made of clay, that I can smash with a hammer; and you have fooled me with a lie.

The Gadfly laughed and handed it back. "How d-d-delightfully young one is at nineteen! To take a hammer and smash things seems so easy. It's that now—only it's I that am under the hammer. As for you, there are plenty of other people you can fool with lies—and they won't even find you out."

"As you will," Montanelli said. "Perhaps in your place I should be as merciless as you—God knows. I can't do what you ask, Arthur; but I will do what I can. I will arrange your escape, and when you are safe I will have an accident in the mountains, or take the wrong sleeping-draught by mistake—whatever you like to choose. Will that content you? It is all I can do. It is a great sin; but I think He will forgive me. He is more merciful——"

The Gadfly flung out both hands with a sharp cry.

"Oh, that is too much! That is too much! What have I done that you should think of me that way? What right have you——

As if I wanted to be revenged on you! Can't you see that I only want to save you? Will you never understand that I love you?"

He caught hold of Montanelli's hands and covered them with burning kisses and tears.

"Padre, come away with us! What have you to do with this dead world of priests and idols? They are full of the dust of bygone ages; they are rotten; they are pestilent and foul! Come out of this plague-stricken Church—come away with us into the light! Padre, it is we that are life and youth; it is we that are the everlasting springtime; it is we that are the future! Padre, the dawn is close upon us—will you miss your part in the sunrise? Wake up, and let us forget the horrible nightmares, —wake up, and we will begin our life again! Padre, I have always loved you—always, even when you killed me—will you kill me again?"

Montanelli tore his hands away. "Oh, God have mercy on me!" he cried out. "*You have your mother's eyes*!"

A strange silence, long and deep and sudden, fell upon them both. In the gray twilight they looked at each other, and their hearts stood still with fear.

"Have you anything more to say?" Montanelli whispered. "Any—hope to give me?"

"No. My life is of no use to me except to fight priests. I am not a man; I am a knife. If you let me live, you sanction knives."

Montanelli turned to the crucifix. "God! Listen to this——"

His voice died away into the empty stillness without response. Only the mocking devil awoke again in the Gadfly.

" 'C-c-call him louder; perchance he s-s-sleepeth'——"

Montanelli started up as if he had been struck. For a

moment he stood looking straight before him; —then he sat down on the edge of the pallet, covered his face with both hands, and burst into tears. A long shudder passed through the Gadfly, and the damp cold broke out on his body. He knew what the tears meant.

He drew the blanket over his head that he might not hear. It was enough that he had to die—he who was so vividly, magnificently alive. But he could not shut out the sound; it rang in his ears, it beat in his brain, it throbbed in all his pulses. And still Montanelli sobbed and sobbed, and the tears dripped down between his fingers.

He left off sobbing at last, and dried his eyes with his handkerchief, like a child that has been crying. As he stood up the handkerchief slipped from his knee and fell to the floor.

"There is no use in talking any more," he said. "You understand?"

"I understand," the Gadfly answered, with dull submission. "It's not your fault. Your God is hungry, and must be fed."

Montanelli turned towards him. The grave that was to be dug was not more still than they were. Silent, they looked into each other's eyes, as two lovers, torn apart, might gaze across the barrier they cannot pass.

It was the Gadfly whose eyes sank first. He shrank down, hiding his face; and Montanelli understood that the gesture meant "Go!" He turned, and went out of the cell. A moment later the Gadfly started up.

"Oh, I can't bear it! Padre, come back! Come back!"

The door was shut. He looked around him slowly, with a

wide, still gaze, and understood that all was over. The Galilean had conquered.

All night long the grass waved softly in the courtyard below—the grass that was so soon to wither, uprooted by the spade; and all night long the Gadfly lay alone in the darkness, and sobbed.

CHAPTER VII

THE court-martial was held on Tuesday morning. It was a very short and simple affair; a mere formality, occupying barely twenty minutes. There was, indeed, nothing to spend much time over; no defence was allowed, and the only witnesses were the wounded spy and officer and a few soldiers. The sentence was drawn up beforehand; Montanelli had sent in the desired informal consent; and the judges (Colonel Ferrari, the local major of dragoons, and two officers of the Swiss guards) had little to do. The indictment was read aloud, the witnesses gave their evidence, and the signatures were affixed to the sentence, which was then read to the condemned man with befitting solemnity. He listened in silence; and when asked, according to the usual form, whether he had anything to say, merely waved the question aside with an impatient movement of his hand. Hidden on his breast was the handkerchief which Montanelli had let fall. It had been kissed and wept over all night, as though it were a living thing. Now he looked wan and spiritless, and the traces of tears were still about his eyelids; but the words: "to be shot," did not seem to affect him much. When they were uttered, the pupils of his eyes dilated, but that was all.

"Take him back to his cell," the Governor said, when all the formalities were over; and the sergeant, who was evidently near to breaking down, touched the motionless figure on the shoulder. The Gadfly looked round him with a little start.

"Ah, yes!" he said. "I forgot."

There was something almost like pity in the Governor's face. He was not a cruel man by nature, and was secretly a little ashamed of the part he had been playing during the last month. Now that his main point was gained he was willing to make every little concession in his power.

"You needn't put the irons on again," he said, glancing at the bruised and swollen wrists. "And he can stay in his own cell. The condemned cell is wretchedly dark and gloomy," he added, turning to his nephew; "and really the thing's a mere formality."

He coughed and shifted his feet in evident embarrassment; then called back the sergeant, who was leaving the room with his prisoner.

"Wait, sergeant; I want to speak to him."

The Gadfly did not move, and the Governor's voice seemed to fall on unresponsive ears.

"If you have any message you would like conveyed to your friends or relatives—— You have relatives, I suppose?"

There was no answer.

"Well, think it over and tell me, or the priest. I will see it is not neglected. You had better give your messages to the priest; he shall come at once, and stay the night with you. If there is any other wish——"

The Gadfly looked up.

"Tell the priest I would rather be alone. I have no friends and no messages."

"But you will want to confess."

"I am an atheist. I want nothing but to be left in peace."

He said it in a dull, quiet voice, without defiance or irritation; and turned slowly away. At the door he stopped again.

"I forgot, colonel; there is a favour I wanted to ask. Don't let them tie me or bandage my eyes to-morrow, please. I will stand quite still."

At sunrise on Wednesday morning they brought him out into the courtyard. His lameness was more than usually apparent, and he walked with evident difficulty and pain, leaning heavily on the sergeant's arm; but all the weary submission had gone out of his face. The spectral terrors that had crushed him down in the empty silence, the visions and dreams of the world of shadows, were gone with the night which gave them birth; and once the sun was shining and his enemies were present to rouse the fighting spirit in him, he was not afraid.

The six carabineers who had been told off for the execution were drawn up in line against the ivied wall; the same crannied and crumbling wall down which he had climbed on the night of his unlucky attempt. They could hardly refrain from weeping as they stood together, each man with his carbine in his hand. It seemed to them a horror beyond imagination that they should be called out to kill the Gadfly. He and his stinging repartees, his perpetual laughter, his bright, infectious courage, had come into their dull and dreary lives like a wandering sunbeam; and that he should die, and at their hands, was to them as the darkening of the clear lamps of heaven.

Under the great fig-tree in the courtyard, his grave was waiting for him. It had been dug in the night by unwilling hands; and tears had fallen on the spade. As he passed he looked down, smiling, at the black pit and the withering grass beside it; and drew a long breath, to smell the scent of the freshly turned earth.

Near the tree the sergeant stopped short, and the Gadfly looked round with his brightest smile.

"Shall I stand here, sergeant?"

The man nodded silently; there was a lump in his throat, and he could not have spoken to save his life. The Governor, his nephew, the lieutenant of carabineers who was to command, a doctor and a priest were already in the courtyard, and came forward with grave faces, half abashed under the radiant defiance of the Gadfly's laughing eyes.

"G-good morning, gentlemen! Ah, and his reverence is up so early, too! How do you do, captain? This is a pleasanter occasion for you than our former meeting, isn't it? I see your arm is still in a sling; that's because I bungled my work. These good fellows will do theirs better—won't you, lads?"

He glanced round at the gloomy faces of the carabineers.

"There'll be no need of slings this time, any way. There, there, you needn't look so doleful over it! Put your heels together and show how straight you can shoot. Before long there'll be more work cut out for you than you'll know how to get through, and there's nothing like practice beforehand."

"My son," the priest interrupted, coming forward, while the others drew back to leave them alone together; "in a few minutes you must enter into the presence of your Maker. Have you no other use but this for these last moments that are left you for repentance? Think, I entreat you, how dreadful a thing it is to die without absolution, with all your sins upon your head. When you stand before your Judge it will be too late to repent. Will you approach His awful throne with a jest upon your lips?"

"A jest, your reverence? It is your side that needs that little homily, I think. When our turn comes we shall use field-guns instead of half a dozen second-hand carbines, and then you'll see how much we're in jest."

"*You* will use field-guns! Oh, unhappy man! Have you still not realized on what frightful brink you stand?"

The Gadfly glanced back over his shoulder at the open grave.

"And s-s-so your reverence thinks that, when you have put me down there, you will have done with me? Perhaps you will lay a stone on the top to pre-v-vent a r-resurrection 'after three days'? No fear, your reverence! I shan't poach on the monopoly in cheap theatricals; I shall lie as still as a m-mouse, just where you put me. And all the same, *we* shall use field-guns."

"Oh, merciful God," the priest cried out; "forgive this wretched man!"

"Amen!" murmured the lieutenant of carabineers, in a deep bass growl, while the colonel and his nephew crossed themselves devoutly.

As there was evidently no hope of further insistence

producing any effect, the priest gave up the fruitless attempt and moved aside, shaking his head and murmuring a prayer. The short and simple preparations were made without more delay, and the Gadfly placed himself in the required position, only turning his head to glance up for a moment at the red and yellow splendour of the sunrise. He had repeated the request that his eyes might not be bandaged, and his defiant face had wrung from the colonel a reluctant consent. They had both forgotten what they were inflicting on the soldiers.

He stood and faced them, smiling, and the carbines shook in their hands.

"I am quite ready," he said.

The lieutenant stepped forward, trembling a little with excitement. He had never given the word of command for an execution before.

"Ready—present—fire!"

The Gadfly staggered a little and recovered his balance. One unsteady shot had grazed his cheek, and a little blood fell on to the white cravat. Another ball had struck him above the knee. When the smoke cleared away the soldiers looked and saw him smiling still and wiping the blood from his cheek with the mutilated hand.

"A bad shot, men!" he said; and his voice cut in, clear and articulate, upon the dazed stupor of the wretched soldiers. "Have another try."

A general groan and shudder passed through the row of carabineers. Each man had aimed aside, with a secret hope that the death-shot would come from his neighbour's hand, not his;

and there the Gadfly stood and smiled at them; they had only turned the execution into a butchery, and the whole ghastly business was to do again. They were seized with sudden terror, and, lowering their carbines, listened hopelessly to the furious curses and reproaches of the officers, staring in dull horror at the man whom they had killed and who somehow was not dead.

The Governor shook his fist in their faces, savagely shouting to them to stand in position, to present arms, to make haste and get the thing over. He had become as thoroughly demoralized as they were, and dared not look at the terrible figure that stood, and stood, and would not fall. When the Gadfly spoke to him he started and shuddered at the sound of the mocking voice.

"You have brought out the awkward squad this morning, colonel! Let me see if I can manage them better. Now, men! Hold your tool higher there, you to the left. Bless your heart, man, it's a carbine you've got in your hand, not a frying-pan! Are you all straight? Now then! Ready—present——"

"Fire!" the colonel interrupted, starting forward. It was intolerable that this man should give the command for his own death.

There was another confused, disorganized volley, and the line broke up into a knot of shivering figures, staring before them with wild eyes. One of the soldiers had not even discharged his carbine; he had flung it away, and crouched down, moaning under his breath: "I can't—I can't!"

The smoke cleared slowly away, floating up into the glimmer of the early sunlight; and they saw that the Gadfly had fallen; and saw, too, that he was still not dead. For the first moment soldiers and officials stood as if they had been turned to stone, and watched the ghastly thing that writhed and struggled on the ground; then both doctor and colonel rushed forward with a cry, for he had dragged himself up on one knee and was still facing the soldiers, and still laughing.

"Another miss! Try—again, lads—see—if you can't——"

He suddenly swayed and fell over sideways on the grass.

"Is he dead?" the colonel asked under his breath; and the doctor, kneeling down, with a hand on the bloody shirt, answered softly:

"I think so—God be praised!"

"God be praised!" the colonel repeated. "At last!"

His nephew was touching him on the arm.

"Uncle! It's the Cardinal! He's at the gate and wants to come in."

"What? He can't come in—I won't have it! What are the guards about? Your Eminence——"

The gate had opened and shut, and Montanelli was standing in the courtyard, looking before him with still and awful eyes.

"Your Eminence! I must beg of you—this is not a fit sight for you! The execution is only just over; the body is not yet——"

"I have come to look at him," Montanelli said. Even at the moment it struck the Governor that his voice and bearing were those of a sleep-walker.

"Oh, my God!" one of the soldiers cried out suddenly; and the Governor glanced hastily back. Surely——

The blood-stained heap on the grass had once more begun to struggle and moan. The doctor flung himself down and lifted the head upon his knee.

"Make haste!" he cried in desperation. "You savages, make haste! Get it over, for God's sake! There's no bearing this!"

Great jets of blood poured over his hands, and the convulsions of the figure that he held in his arms shook him, too, from head to foot. As he looked frantically round for help, the priest bent over his shoulder and put a crucifix to the lips of the dying man.

"In the name of the Father and of the Son——"

The Gadfly raised himself against the doctor's knee, and, with wide-open eyes, looked straight upon the crucifix.

Slowly, amid hushed and frozen stillness, he lifted the broken right hand and pushed away the image. There was a red smear across its face.

"Padre—is your—God—satisfied?"

His head fell back on the doctor's arm.

"Your Eminence!"

As the Cardinal did not awake from his stupor, Colonel Ferrari repeated, louder:

"Your Eminence!"

Montanelli looked up.

"He is dead."

"Quite dead, your Eminence. Will you not come away? This is a horrible sight."

"He is dead," Montanelli repeated, and looked down again at the face. "I touched him; and he is dead."

"What does he expect a man to be with half a dozen bullets

in him?" the lieutenant whispered contemptuously; and the doctor whispered back. "I think the sight of the blood has upset him."

The Governor put his hand firmly on Montanelli's arm.

"Your Eminence—you had better not look at him any longer. Will you allow the chaplain to escort you home?"

"Yes—I will go."

He turned slowly from the blood-stained spot and walked away, the priest and sergeant following. At the gate he paused and looked back, with a ghostlike, still surprise.

"He is dead."

A few hours later Marcone went up to a cottage on the hillside to tell Martini that there was no longer any need for him to throw away his life.

All the preparations for a second attempt at rescue were ready, as the plot was much more simple than the former one. It had been arranged that on the following morning, as the Corpus Domini procession passed along the fortress hill, Martini should step forward out of the crowd, draw a pistol from his breast, and fire in the Governor's face. In the moment of wild confusion which would follow twenty armed men were to make a sudden rush at the gate, break into the tower, and, taking the turnkey with them by force, to enter the prisoner's cell and carry him bodily away, killing or overpowering everyone who interfered with them. From the gate they were to retire fighting, and cover the retreat of a second band of armed and mounted smugglers, who would carry him off into a safe hiding-place in the hills. The only person in the little group who knew nothing of the plan was Gemma; it had been kept from her at Martini's special desire. "She will break her heart over it soon enough," he had said.

As the smuggler came in at the garden gate Martini opened the glass door and stepped out on to the verandah to meet him.

"Any news, Marcone? Ah!"

The smuggler had pushed back his broad-brimmed straw hat.

They sat down together on the verandah. Not a word was spoken on either side. From the instant when Martini had caught sight of the face under the hat-brim he had understood.

"When was it?" he asked after a long pause; and his own voice, in his ears, was as dull and wearisome as everything else.

"This morning, at sunrise. The sergeant told me. He was there and saw it."

Martini looked down and flicked a stray thread from his coat-sleeve.

Vanity of vanities; this also is vanity. He was to have died to-morrow. And now the land of his heart's desire had vanished, like the fairyland of golden sunset dreams that fades away when the darkness comes; and he was driven back into the world of every day and every night—the world of Grassini and Galli, of ciphering and pamphleteering, of party squabbles between comrades and dreary intrigues among Austrian spies—of the old revolutionary mill-round that maketh the heart sick. And somewhere down at the bottom of his consciousness there was a great empty place; a place that nothing and no one would fill any more, now that the Gadfly was dead.

Someone was asking him a question, and he raised his head,

wondering what could be left that was worth the trouble of talking about.

"What did you say?"

"I was saying that of course you will break the news to her."

Life, and all the horror of life, came back into Martini's face.

"How can I tell her?" he cried out. "You might as well ask me to go and stab her. Oh, how can I tell her—how can I!"

He had clasped both hands over his eyes; but, without seeing, he felt the smuggler start beside him, and looked up. Gemma was standing in the doorway.

"Have you heard, Cesare?" she said. "It is all over. They have shot him."

CHAPTER VIII

"INTROIBO ad altare Dei." Montanelli stood before the high altar among his ministers and acolytes and read the Introit aloud in steady tones. All the Cathedral was a blaze of light and colour; from the holiday dresses of the congregation to the pillars with their flaming draperies and wreaths of flowers there was no dull spot in it. Over the open spaces of the doorway fell great scarlet curtains, through whose folds the hot June sunlight glowed, as through the petals of red poppies in a corn-field. The religious orders with their candles and torches, the companies of the parishes with their crosses and flags, lighted up the dim side-chapels; and in the aisles the silken folds of the processional banners drooped, their gilded staves and tassels glinting under the arches. The surplices of the choristers gleamed, rainbow-tinted, beneath the coloured windows; the sunlight lay on the chancel floor in chequered stains of orange and purple and green. Behind the altar hung a shimmering veil of silver tissue; and against the veil and the decorations and the altar-lights the Cardinal's figure stood out in its trailing white robes like a marble statue that had come to life.

As was customary on processional days, he was only to preside at the Mass, not to celebrate, so at the end of the Indulgentiam he turned from the altar and walked slowly to the episcopal throne, celebrant and ministers bowing low as he passed.

"I'm afraid His Eminence is not well," one of the canons whispered to his neighbour; "he seems so strange."

Montanelli bent his head to receive the jewelled mitre. The priest who was acting as deacon of honour put it on, looked at him for an instant, then leaned forward and whispered softly:

"Your Eminence, are you ill?"

Montanelli turned slightly towards him. There was no recognition in his eyes.

"Pardon, Your Eminence!" the priest whispered, as he made a genuflexion and went back to his place, reproaching himself for having interrupted the Cardinal's devotions.

The familiar ceremony went on; and Montanelli sat erect and still, his glittering mitre and gold-brocaded vestments flashing back the sunlight, and the heavy folds of his white festival mantle sweeping down over the red carpet. The light of a hundred candles sparkled among the sapphires on his breast, and shone into the deep, still eyes that had no answering gleam; and when, at the words: "Benedicite, pater eminentissime," he stooped to bless the incense, and the sunbeams played among the diamonds, he might have recalled some splendid and fearful ice-spirit of the mountains, crowned with rainbows and robed in drifted snow, scattering, with extended hands, a shower of blessings or of curses.

At the elevation of the Host he descended from his throne and knelt before the altar. There was a strange, still evenness about all his movements; and as he rose and went back to his place the major of dragoons, who was sitting in gala uniform behind the Governor, whispered to the wounded captain: "The old Cardinal's breaking, not a doubt of it. He goes through his work like a machine."

"So much the better!" the captain whispered back. "He's been nothing but a mill-stone round all our necks ever since that confounded amnesty."

"He did give in, though, about the court-martial."

"Yes, at last; but he was a precious time making up his mind to. Heavens, how close it is! We shall all get sun-stroke in the procession. It's a pity we're not Cardinals, to have a canopy held over our heads all the way—— Sh-sh-sh! There's my uncle looking at us!"

Colonel Ferrari had turned round to glance severely at the two younger officers. After the solemn event of yesterday morning he was in a devout and serious frame of mind, and inclined to reproach them with a want of proper feeling about what he regarded as "a painful necessity of state."

The masters of the ceremonies began to assemble and place in order those who were to take part in the procession. Colonel Ferrari rose from his place and moved up to the chancel-rail, beckoning to the other officers to accompany him. When the Mass was finished, and the Host had been placed behind the crystal shield in the processional sun, the celebrant and his ministers retired to the sacristy to change their vestments, and a little buzz of whispered conversation broke out through the church. Montanelli remained seated on his throne, looking straight before him, immovably. All the sea of human life and motion seemed to surge around and below him, and to die away into stillness about his feet. A censer was brought to him; and he raised his hand with the action of an automaton, and put the incense into the vessel, looking neither to the right nor to the left.

The clergy had come back from the sacristy, and were waiting in the chancel for him to descend; but he remained utterly motionless. The deacon of honour, bending forward to take off the mitre, whispered again, hesitatingly:

"Your Eminence!"

The Cardinal looked round.

"What did you say?"

"Are you quite sure the procession will not be too much for you? The sun is very hot."

"What does the sun matter?"

Montanelli spoke in a cold, measured voice, and the priest again fancied that he must have given offence.

"Forgive me, Your Eminence. I thought you seemed unwell."

Montanelli rose without answering. He paused a moment on the upper step of the throne, and asked in the same measured way:

"What is that?"

The long train of his mantle swept down over the steps and lay spread out on the chancel-floor, and he was pointing to a fiery stain on the white satin.

"It's only the sunlight shining through a coloured window, Your Eminence."

"The sunlight? Is it so red?"

He descended the steps, and knelt before the altar, swinging the censer slowly to and fro. As he handed it back, the chequered sunlight fell on his bared head and wide, uplifted eyes, and cast a crimson glow across the white veil that his ministers were folding round him.

He took from the deacon the sacred golden sun; and stood up, as choir and organ burst into a peal of triumphal melody.

Pange, lingua, gloriosi
Corporis mysterium,
Sanguinisque pretiosi
Quem in mundi pretium,
Fructus ventris generosi
Rex effudit gentium.

The bearers came slowly forward, and raised the silken canopy over his head, while the deacons of honour stepped to their places at his right and left and drew back the long folds of the mantle. As the acolytes stooped to lift his robe from the chancel-floor, the lay fraternities heading the procession started to pace down the nave in stately double file, with lighted candles held to left and right.

He stood above them, by the altar, motionless under the white canopy, holding the Eucharist aloft with steady hands, and watched them as they passed. Two by two, with candles and banners and torches, with crosses and images and flags, they swept slowly down the chancel steps, along the broad nave between the garlanded pillars, and out under the lifted scarlet curtains into the blazing sunlight of the street; and the sound of their chanting died into a rolling murmur, drowned in the pealing of new and newer voices, as the unending stream flowed on, and yet new footsteps echoed down the nave.

The companies of the parishes passed, with their white shrouds and veiled faces; then the brothers of the Misericordia, black from head to foot, their eyes faintly gleaming through the holes in their masks. Next came the monks in solemn row: the mendicant friars, with their dusky cowls and bare, brown feet; the white-robed, grave Dominicans. Then followed the lay officials of the district; dragoons and carabineers and the local police-officials; the Governor in gala uniform, with his brother officers beside him. A deacon followed, holding up a great cross between two acolytes with gleaming candles; and as the curtains were lifted high to let them pass out at the doorway, Montanelli caught a momentary glimpse, from where he stood under the canopy, of the sunlit blaze of carpeted street and flag-hung walls and white-robed children scattering roses. Ah, the roses; how red they were!

On and on the procession paced in order; form succeeding to form and colour to colour. Long white surplices, grave and seemly, gave place to gorgeous vestments and embroidered pluvials. Now passed a tall and slender golden cross, borne high above the lighted candles; now the cathedral canons, stately in their dead white mantles. A chaplain paced down the chancel, with the crozier between two flaring torches; then the acolytes moved forward in step, their censers swinging to the rhythm of the music; the bearers raised the canopy higher, counting their steps: "One, two; one, two!" and Montanelli started upon the Way of the Cross.

Down the chancel steps and all along the nave he passed; under the gallery where the organ pealed and thundered; under the lifted curtains that were so red—so fearfully red; and out into the glaring street, where the blood-red roses lay and withered, crushed into the red carpet by the passing of many feet. A moment's pause at the door, while the lay officials came forward to replace the canopy-bearers; then the procession moved on again, and he with it, his hands clasping the Eucharistic sun, and the voices of the choristers swelling and dying around him, with the rhythmical swaying of censers and the rolling tramp of feet.

Verbum caro, panem verum,
Verbo carnem efficit;
Sitque sanguis Christi merum——

Always blood and always blood! The carpet stretched before him like a red river; the roses lay like blood splashed on the stones—— Oh, God! Is all Thine earth grown red, and all Thy heaven? Ah, what is it to Thee, Thou mighty God—— Thou, whose very lips are smeared with blood!

Tantum ergo Sacramentum,
Veneremur cernui.

He looked through the crystal shield at the Eucharist. What was that oozing from the wafer—dripping down between the points of the golden sun—down on to his white robe? What had he seen dripping down—dripping from a lifted hand?

The grass in the courtyard was trampled and red, —all red, —there was so much blood. It was trickling down the cheek, and dripping from the pierced right hand, and gushing in a hot red torrent from the wounded side. Even a lock of the hair was dabbled in it,—the hair that lay all wet and matted on the forehead—ah, that was the death-sweat; it came from the horrible pain.

The voices of the choristers rose higher, triumphantly:

> Genitori, genitoque,
> Laus et jubilatio,
> Salus, honor, virtus quoque,
> Sit et benedictio.

Oh, that is more than any patience can endure! God, Who sittest on the brazen heavens enthroned, and smilest with bloody lips, looking down upon agony and death, is it not enough? Is it not enough, without this mockery of praise and blessing? Body of Christ, Thou that wast broken for the salvation of men; blood of Christ, Thou that wast shed for the remission of sins; is it not enough?

Ah, call Him louder; perchance He sleepeth!

Dost Thou sleep indeed, dear love; and wilt Thou never wake again? Is the grave so jealous of its victory; and will the black pit under the tree not loose Thee even for a little, heart's delight?

Then the Thing behind the crystal shield made answer, and the blood dripped down as It spoke:

"Hast thou chosen, and wilt repent of thy choice? Is thy desire not fulfilled? Look upon these men that walk in the light and are clad in silk and in gold: for their sake was I laid in the black pit. Look upon the children scattering roses, and hearken to their singing if it be sweet: for their sake is my mouth filled with dust, and the roses are red from the well-springs of my heart. See where the people kneel to drink the blood that drips from thy garment-hem: for their sake was it shed, to quench their ravening thirst. For it is written: 'Greater love hath no man than this, if a man lay down his life for his friends.' "

"Oh, Arthur, Arthur; there is greater love than this! If a man lay down the life of his best beloved, is not that greater?"

And It answered again:

"Who is thy best beloved? In sooth, not I."

And when he would have spoken the words froze on his tongue, for the singing of the choristers passed over them, as the north wind over icy pools, and hushed them into silence:

> Dedit fragilibus corporis ferculum,
> Dedit et tristibus sanguinis poculum,
> Dicens: Accipite, quod trado vasculum
> Omnes ex eo bibite.

Drink of it, Christians; drink of it, all of you! Is it not yours?

For you the red stream stains the grass; for you the living flesh is seared and torn. Eat of it, cannibals; eat of it, all of you! This is your feast and your orgy; this is the day of your joy! Haste you and come to the festival; join the procession and march with us; women and children, young men and old men—come to the sharing of flesh! Come to the pouring of blood-wine and drink of it while it is red; take and eat of the Body——

Ah, God; the fortress! Sullen and brown, with crumbling battlements and towers dark among the barren hills, it scowled on the procession sweeping past in the dusty road below. The iron teeth of the portcullis were drawn down over the mouth of the gate; and as a beast crouched on the mountain-side, the fortress guarded its prey. Yet, be the teeth clenched never so fast, they shall be broken and riven asunder; and the grave in the courtyard within shall yield up her dead. For the Christian hosts are marching, marching in mighty procession to their sacramental feast of blood, as marches an army of famished rats to the gleaning; and their cry is: "Give! Give!" and they say not: "It is enough."

"Wilt thou not be satisfied? For these men was I sacrificed; thou hast destroyed me that they might live; and behold, they march everyone on his ways, and they shall not break their ranks.

"This is the army of Christians, the followers of thy God; a great people and a strong. A fire devoureth before them, and behind them a flame burneth; the land is as the garden of Eden before them, and behind them a desolate wilderness; yea, and nothing shall escape them."

"Oh, yet come back, come back to me, beloved; for I repent

me of my choice! Come back, and we will creep away together, to some dark and silent grave where the devouring army shall not find us; and we will lay us down there, locked in one another's arms, and sleep, and sleep, and sleep. And the hungry Christians shall pass by in the merciless daylight above our heads; and when they howl for blood to drink and for flesh to eat, their cry shall be faint in our ears; and they shall pass on their ways and leave us to our rest."

And It answered yet again:

"Where shall I hide me? Is it not written: 'They shall run to and fro in the city; they shall run upon the wall; they shall climb up upon the houses; they shall enter in at the windows like a thief?' If I build me a tomb on the mountain-top, shall they not break it open? If I dig me a grave in the river-bed, shall they not tear it up? Verily, they are keen as blood-hounds to seek out their prey; and for them are my wounds red, that they may drink. Canst thou not hear them, what they sing?"

And they sang, as they went in between the scarlet curtains of the Cathedral door; for the procession was over, and all the roses were strewn:

Ave, verum Corpus, natum
De Maria Virgine:
Vere passum, immolatum
In cruce pro homine!
Cujus latus perforatum
Undam fluxit cum sanguinae;
Esto nobis praegustatum

Mortis in examinae.

And when they had left off singing, he entered at the doorway, and passed between the silent rows of monks and priests, where they knelt, each man in his place, with the lighted candles uplifted. And he saw their hungry eyes fixed on the sacred Body that he bore; and he knew why they bowed their heads as he passed. For the dark stream ran down the folds of his white vestments; and on the stones of the Cathedral floor his footsteps left a deep, red stain.

So he passed up the nave to the chancel rails; and there the bearers paused, and he went out from under the canopy and up to the altar steps. To left and right the white-robed acolytes knelt with their censers and the chaplains with their torches; and their eyes shone greedily in the flaring light as they watched the Body of the Victim.

And as he stood before the altar, holding aloft with blood-stained hands the torn and mangled body of his murdered love, the voices of the guests bidden to the Eucharistic feast rang out in another peal of song:

Oh salutaris Hostia,
Quae coeli pandis ostium;
Bella praemunt hostilia,
Da robur, fer, auxilium!

Ah, and now they come to take the Body—— Go then, dear heart, to thy bitter doom, and open the gates of heaven for these ravening wolves that will not be denied. The gates that are opened for me are the gates of the nethermost hell.

And as the deacon of honour placed the sacred vessel on the altar, Montanelli sank down where he had stood, and knelt upon the step; and from the white altar above him the blood flowed down and dripped upon his head. And the voices of the singers rang on, pealing under the arches and echoing along the vaulted roof:

Uni trinoque Domino
Sit sempiterna gloria:
Qui vitam sine termino
Nobis donet in patria.

"Sine termino—sine termino!" Oh, happy Jesus, Who could sink beneath His cross! Oh, happy Jesus, Who could say: "It is finished!" This doom is never ended; it is eternal as the stars in their courses. This is the worm that dieth not and the fire that is not quenched. "Sine termino, sine termino!"

Wearily, patiently, he went through his part in the remaining ceremonies, fulfilling mechanically, from old habit, the rites that had no longer any meaning for him. Then, after the benediction, he knelt down again before the altar and covered his face; and the voice of the priest reading aloud the list of indulgences swelled and sank like a far-off murmur from a world to which he belonged no more.

The voice broke off, and he stood up and stretched out his hand for silence. Some of the congregation were moving towards the doors; and they turned back with a hurried rustle and murmur, as a whisper went through the Cathedral:

"His Eminence is going to speak."

His ministers, startled and wondering, drew closer to him and one of them whispered hastily: "Your Eminence, do you intend to speak to the people now?"

Montanelli silently waved him aside. The priests drew back, whispering together; the thing was unusual, even irregular; but it was within the Cardinal's prerogative if he chose to do it. No doubt, he had some statement of exceptional importance to make; some new reform from Rome to announce or a special communication from the Holy Father.

Montanelli looked down from the altar-steps upon the sea of upturned faces. Full of eager expectancy they looked up at him as he stood above them, spectral and still and white.

"Sh-sh! Silence!" the leaders of the procession called softly; and the murmuring of the congregation died into stillness, as a gust of wind dies among whispering tree-tops. All the crowd gazed up, in breathless silence, at the white figure on the altar-steps. Slowly and steadily he began to speak:

"It is written in the Gospel according to St. John: 'God so loved the world, that He gave His only begotten Son that the world through Him might be saved.'

"This is the festival of the Body and Blood of the Victim who was slain for your salvation; the Lamb of God, which taketh away the sins of the world; the Son of God, Who died for your transgressions. And you are assembled here in solemn festival array, to eat of the sacrifice that was given for you, and to render thanks for this great mercy. And I know that this morning, when you came to share in the banquet, to eat of the Body of the Victim, your hearts were filled with joy, as you remembered the Passion of God the Son, Who died, that you might be saved.

"But tell me, which among you has thought of that other Passion—of the Passion of God the Father, Who gave His Son to be crucified? Which of you has remembered the agony of God the Father, when He bent from His throne in the heavens above, and looked down upon Calvary?

"I have watched you to-day, my people, as you walked in your ranks in solemn procession; and I have seen that your hearts are glad within you for the remission of your sins, and that you rejoice in your salvation. Yet I pray you that you consider at what price that salvation was bought. Surely it is very precious, and the price of it is above rubies; it is the price of blood."

A faint, long shudder passed through the listening crowd. In the chancel the priests bent forward and whispered to one another; but the preacher went on speaking, and they held their peace.

"Therefore it is that I speak with you this day: I AM THAT I AM. For I looked upon your weakness and your sorrow, and upon the little children about your feet; and my heart was moved to compassion for their sake, that they must die. Then I looked into my dear son's eyes; and I knew that the Atonement of Blood was there. And I went my way, and left him to his doom.

"This is the remission of sins. He died for you, and the darkness has swallowed him up; he is dead, and there is no resurrection; he is dead, and I have no son. Oh, my boy, my boy!"

The Cardinal's voice broke in a long, wailing cry; and the voices of the terrified people answered it like an echo. All the clergy had risen from their places, and the deacons of honour started forward to lay their hands on the preacher's arm. But he wrenched it away, and faced them suddenly, with the eyes of an angry wild beast.

"What is this? Is there not blood enough? Wait your turn, jackals; you shall all be fed!"

They shrank away and huddled shivering together, their panting breath thick and loud, their faces white with the whiteness of chalk. Montanelli turned again to the people, and they swayed and shook before him, as a field of corn before a hurricane.

"You have killed him! You have killed him! And I suffered it, because I would not let you die. And now, when you come about me with your lying praises and your unclean prayers, I repent me—I repent me that I have done this thing! It were better that you all should rot in your vices, in the bottomless filth of damnation, and that he should live. What is the worth of your plague-spotted souls, that such a price should be paid for them? But it is too late—too late! I cry aloud, but he does not hear me; I beat at the door of the grave, but he will not wake; I stand alone, in desert space, and look around me, from the blood-stained earth where the heart of my heart lies buried, to the void and awful heaven that is left unto me, desolate. I have given him up; oh, generation of vipers, I have given him up for you!

"Take your salvation, since it is yours! I fling it to you as a bone is flung to a pack of snarling curs! The price of your banquet is paid for you; come, then, and gorge yourselves, cannibals, bloodsuckers—carrion beasts that feed on the dead! See where the blood streams down from the altar, foaming and hot from my darling's heart—the blood that was shed for you! Wallow and lap it and smear yourselves red with it! Snatch and fight for the flesh and devour it—and trouble me no more! This is the body that was given for you—look at it, torn and bleeding, throbbing still with the tortured life, quivering from the bitter death-agony; take it, Christians, and eat!"

He had caught up the sun with the Host and lifted it above his head; and now flung it crashing down upon the floor. At the ring of the metal on stone the clergy rushed forward together, and twenty hands seized the madman.

Then, and only then, the silence of the people broke in a wild, hysterical scream; and, overturning chairs and benches, beating at the doorways, trampling one upon another, tearing down curtains and garlands in their haste, the surging, sobbing human flood poured out upon the street.

EPILOGUE

"GEMMA, there's a man downstairs who wants to see you." Martini spoke in the subdued tone which they had both unconsciously adopted during these last ten days. That, and a certain slow evenness of speech and movement, were the sole expression which either of them gave to their grief.

Gemma, with bare arms and an apron over her dress, was standing at a table, putting up little packages of cartridges for distribution. She had stood over the work since early morning; and now, in the glaring afternoon, her face looked haggard with fatigue.

"A man, Cesare? What does he want?"

"I don't know, dear. He wouldn't tell me. He said he must speak to you alone."

"Very well." She took off her apron and pulled down the sleeves of her dress. "I must go to him, I suppose; but very likely it's only a spy."

"In any case, I shall be in the next room, within call. As soon as you get rid of him you had better go and lie down a bit. You have been standing too long to-day."

"Oh, no! I would rather go on working."

She went slowly down the stairs, Martini following in silence. She had grown to look ten years older in these few days, and the gray streak across her hair had widened into a broad band. She mostly kept her eyes lowered now; but when, by chance, she raised them, he shivered at the horror in their shadows.

In the little parlour she found a clumsy-looking man standing with his heels together in the middle of the floor. His whole figure and the half-frightened way he looked up when she came in, suggested to her that he must be one of the Swiss guards. He wore a countryman's blouse, which evidently did not belong to him, and kept glancing round as though afraid of detection.

"Can you speak German?" he asked in the heavy Zürich patois.

"A little. I hear you want to see me."

"You are Signora Bolla? I've brought you a letter."

"A—letter?" She was beginning to tremble, and rested one hand on the table to steady herself.

"I'm one of the guard over there." He pointed out of the window to the fortress on the hill. "It's from—the man that was shot last week. He wrote it the night before. I promised him I'd give it into your own hand myself."

She bent her head down. So he had written after all.

"That's why I've been so long bringing it," the soldier went on. "He said I was not to give it to anyone but you, and I couldn't get off before—they watched me so. I had to borrow these things to come in."

He was fumbling in the breast of his blouse. The weather was hot, and the sheet of folded paper that he pulled out was not only dirty and crumpled, but damp. He stood for a moment shuffling his feet uneasily; then put up one hand and scratched the back of his head.

"You won't say anything," he began again timidly, with a distrustful glance at her. "It's as much as my life's worth to have come here."

"Of course I shall not say anything. No, wait a minute——"

As he turned to go, she stopped him, feeling for her purse; but he drew back, offended.

"I don't want your money," he said roughly. "I did it for him—because he asked me to. I'd have done more than that for him. He'd been good to me—God help me!"

The little catch in his voice made her look up. He was slowly rubbing a grimy sleeve across his eyes.

"We had to shoot," he went on under his breath; "my mates and I. A man must obey orders. We bungled it, and had to fire again—and he laughed at us—he called us the awkward squad—and he'd been good to me——"

There was silence in the room. A moment later he straightened himself up, made a clumsy military salute, and went away.

She stood still for a little while with the paper in her hand; then sat down by the open window to read. The letter was closely written in pencil, and in some parts hardly legible. But the first two words stood out quite clear upon the page; and they were in English:

Dear Jim.

The writing grew suddenly blurred and misty. And she had

lost him again—had lost him again! At the sight of the familiar childish nickname all the hopelessness of her bereavement came over her afresh, and she put out her hands in blind desperation, as though the weight of the earth-clods that lay above him were pressing on her heart.

Presently she took up the paper again and went on reading:

I am to be shot at sunrise to-morrow. So if I am to keep at all my promise to tell you everything, I must keep it now. But, after all, there is not much need of explanations between you and me. We always understood each other without many words, even when we were little things.

And so, you see, my dear, you had no need to break your heart over that old story of the blow. It was a hard hit, of course; but I have had plenty of others as hard, and yet I have managed to get over them,—even to pay back a few of them,—and here I am still, like the mackerel in our nursery-book (I forget its name), 'Alive and kicking, oh!' This is my last kick, though; and then, to-morrow morning, and—'Finita la Commedia!' You and I will translate that: 'The variety show is over'; and will give thanks to the gods that they have had, at least, so much mercy on us. It is not much, but it is something; and for this and all other blessings may we be truly thankful!

About that same to-morrow morning, I want both you and Martini to understand clearly that I am quite happy and satisfied, and could ask no better thing of Fate. Tell that to Martini as a message from me; he is a good fellow and a good comrade, and he will understand. You see, dear, I *know* that the stick-in-the-mud people are doing us a good turn and themselves a bad one by going back to secret trials and executions so soon, and I *know* that if you who are left stand together steadily and hit hard, you will see great things. As for me, I shall go out into the courtyard with as light a heart as any child starting home for the holidays. I have done my share of the work, and this death-sentence is the proof that I have done it thoroughly. They kill me because they are afraid of me; and what more can any man's heart desire?

It desires just one thing more, though. A man who is going to die has a right to a personal fancy, and mine is that you should see why I have always been such a sulky brute to you, and so slow to forget old scores. Of course, though, you understand why, and I tell you only for the pleasure of writing the words. I loved you, Gemma, when you were an ugly little girl in a gingham frock, with a scratchy tucker and your hair in a pig-tail down your back; and I love you still. Do you remember that day when I kissed your hand, and when you so piteously begged me 'never to do that again'? It was a scoundrelly trick to play, I know; but you must forgive that; and now I kiss the paper where I have written your name. So I have kissed you twice, and both times without your consent.

That is all. Good-bye, my dear.

There was no signature, but a verse which they had learned together as children was written under the letter:

Then am I

A happy fly,
If I live
Or if I die.

Half an hour later Martini entered the room, and, startled out of the silence of half a life-time, threw down the placard he was carrying and flung his arms about her.

"Gemma! What is it, for God's sake? Don't sob like that—you that never cry! Gemma! Gemma, my darling!"

"Nothing, Cesare; I will tell you afterwards—I—can't talk about it just now."

She hurriedly slipped the tear-stained letter into her pocket; and, rising, leaned out of the window to hide her face. Martini held his tongue and bit his moustache. After all these years he had betrayed himself like a schoolboy—and she had not even noticed it!

"The Cathedral bell is tolling," she said after a little while, looking round with recovered self-command. "Someone must be dead."

"That is what I came to show you," Martini answered in his everyday voice. He picked up the placard from the floor and handed it to her. Hastily printed in large type was a black-bordered announcement that: "Our dearly beloved Bishop, His Eminence the Cardinal, Monsignor Lorenzo Montanelli," had died suddenly at Ravenna, "from the rupture of an aneurism of the heart."

She glanced up quickly from the paper, and Martini answered the unspoken suggestion in her eyes with a shrug of his shoulders.

"What would you have, Madonna? Aneurism is as good a word as any other."

A happy fly
If I live
Or if I die.

Half an hour later Martini entered the room, and, startled out of the silence of half a life-time, threw down the placard he was carrying and flung his arms about her.

"Gemma! What is it, for God's sake? Don't sob like that—you that never cry! Gemma, Gemma, my darling!"

"Nothing, Cesare; I will tell you afterwards—I—can't talk about it just now."

She hurriedly slipped the tear-stained letter into her pocket, and, rising, leaned out of the window to hide her face. Martini held his tongue and bit his moustache. After all these years he had betrayed himself like a schoolboy—and she had not even noticed!

"The Cathedral bell is tolling," she said after a little while, looking round with recovered self-command. "Someone must be dead."

"That is what I came to show you," Martini answered in his everyday voice. He picked up the placard from the floor and handed it to her. Hastily printed in large type was a black-bordered announcement that: "Our dearly beloved Bishop, His Eminence the Cardinal, Monsignor Lorenzo Montanelli" had died suddenly at Ravenna, "from the rupture of an aneurism of the heart."

She glanced up quickly from the paper, and Martini answered the unspoken suspicion in her eyes with a shrug of his shoulders.

"What would you have, Madonna? Aneurism is as good a word as any other."

A happy fly,
If I live
Or if I die.

Half an hour later Martini entered the room, and, startled out of the silence of half a life-time, threw down the placard he was carrying and flung his arms about her.

"Gemma! What is it, for God's sake? Don't sob like that—you that never cry! Gemma! Gemma, my darling!"

"Nothing, Cesare; I will tell you afterwards—I—can't talk about it just now."

She hurriedly slipped the tear-stained letter into her pocket, and, rising, leaned out of the window to hide her face. Martini held his tongue and bit his moustache. After all these years he had betrayed himself like a schoolboy—and she had not even noticed it!

"The Cathedral bell is tolling," she said after a little while, looking round with recovered self-command. "Someone must be dead."

"That is what I came to show you," Martini answered in his everyday voice. He picked up the placard from the floor and handed it to her. Hastily printed in large type was a black-bordered announcement that "our dearly beloved Bishop, His Eminence the Cardinal, Monsignor Lorenzo Montanelli" had died suddenly at Ravenna, "from the rupture of an aneurism of the heart."

She glanced up quickly from the paper and Martini answered the unspoken suspicion in her eyes with a shrug of his shoulders.

"What would you have, Madonna? Aneurism is as good a word as any other."